GOLDMANN

Von Guy Gavriel Kay erscheinen im Goldmann Verlag:

Silbermantel
Die Herren von Fionavar 1 · 23939

Das wandernde Feuer
Die Herren von Fionavar 2 · 23940

Ein Kind von Licht und Schatten
Die Herren von Fionavar 3 · 23941

FANTASY

GUY GAVRIEL KAY

EIN KIND VON LICHT UND SCHATTEN

Die Herren von Fionavar Band 3

THE DARKEST ROAD

Aus dem Englischen übertragen
von Eluan Ghazal

GOLDMANN VERLAG

Der Goldmann Verlag
ist ein Unternehmen der Verlagsgruppe Bertelsmann

Made in Germany · 6/89 · 1. Auflage

Umschlaggestaltung: Design Team München
Umschlagillustration: Martin Springett
Innenillustration: Sue Reynolds
Satz: Fotosatz Glücker, Würzburg
Druck: Elsnerdruck, Berlin
Verlagsnummer: 23941
Lektorat: Christoph Göhler
Redaktion: Theodor Singer
Herstellung: Peter Papenbrok
ISBN 3-442-23941-9

Fionavar
RÜKWÜSTE
BERG RANGAT
STARKHAD
UNGARCH
GWYNIR
SKELEDARAK-KETTE
VALGRIND
ERIDU
LINDEN-BUCHT
ANDARIEN
BANIRTAL
Strand von SENNETT
CELYN
CELINSEE
BANIRLÖK
KRISTALLSEE
DANILOTH
DIE EBENE
EDRYN GAP
FALINNHAIN
AKKAIZE
Klippen von RUDH
PENDARAN-WALD
ADEIN
CELIDON
TEG
VEIRENE
CYNMERE
ANOR LISEN
LATHAM
KATH MEIGOL
LARAK
RIENNA
KHARN
LLEWEN
BRENNIN
DAS HOHE KÖNIGREICH
NORTH KEEP
LLYCHLYN
RHODEN
DUN MAURA
CARNEVON-KETTE
AEVEN
PARAS DERVAL
SAEREN-FÄLLE
MORNIR WALD
GWEN YSTRAT
N
TAERLINDEL
SERESH
SOUTH KEEP
SAEREN
CYNAN
LARAI RIGAL
RAITH
SANG MARLEN
SHALHASSANS WINTERPALAST
CATHAL
DAS GARTENLAND

Was bisher geschah:

Die fünf Menschen, die die Welt Fionavar vor dem Entwirker Rakoth Maugrim retten müssen, wurden, nachdem sie ihre jeweilige Bestimmung erkannt haben, wieder auf unsere Welt zurückgeworfen. Doch Jennifer wurde während ihrer Gefangenschaft von Rakoth Maugrim geschwängert. Deshalb kehren Jennifer, Kimberly, Paul, Kevin und Dave wieder nach Fionavar zurück. Die Seherin Kim sucht während des Übergangs in einer anderen Realität nach Arthur, dem ewigen Krieger, der ihnen beistehen soll. Metran, ein abtrünniger Zauberer im Dienste Rakoth Maugrims, hat während ihrer Abwesenheit ganz Fionavar mit einem ewigen Winter überzogen.

Dort widmen sich die fünf wieder ihren jeweiligen Aufgaben: Dave erweckt mit seinem magischen Horn die Wilde Jagd, Geisterreiter, die sich von niemandem bändigen lassen und zwischen den Welten reiten können, und vernichtet mit ihrer Hilfe ein Heer von Svart Alfar; Kevin gerät in einer Mittsommernacht in das Reich der Göttin und befreit dadurch Fionavar aus dem Bann des Winters. Jennifer gibt ihren Sohn Darien in Pflege und erkennt, daß sie auf einer anderen Welt einst Guinevere, Arthurs Frau, war.

Paul schließlich führt eine Expedition zu einer Todesinsel an, auf der sich Metran niedergelassen hat. Mit Hilfe des Zauberers Loren Silbermantel, des Prinzen Diarmuid und König Arthurs gelingt es, Metran zu überwältigen. Und sie erwecken Lancelot, den Liebhaber Guineveres, zu neuem Leben . . .

TEIL I

Das letzte Kanior

Kapitel 1

»Hast du einen Herzenswunsch?« Kim Ford hatte gerade erst zu studieren begonnen – sie war eine der Jüngsten an der Universität und sah obendrein für ihr Alter noch jung aus –, da hatte ihr ein Verehrer diese Frage bei einem ersten Rendez-vous mit Cappuccino gestellt. Sie war sehr beeindruckt gewesen. Später, als sie nicht mehr so jung war, hatte sie oft lächeln müssen, wenn sie daran dachte, daß er es fast geschafft hätte, sie ins Bett zu kriegen ... mit ein paar Redensarten und einer Einladung in ein schickes Restaurant. Die Frage allerdings hatte sie nicht vergessen.

So viel älter war sie inzwischen nicht geworden, aber sie hatte weiße Haare und war so weit weg von zu Hause, wie sie sich nur vorstellen konnte – und jetzt wußte sie eine Antwort auf diese Frage.

Ihr Herzenswunsch war es, daß der bärtige Mann mit den grünen Tätowierungen auf seiner Stirn und seinen Wangen, der über ihr stand, einen sofortigen und schmerzvollen Tod erleiden sollte.

Die Stelle, wo er sie getreten hatte, schmerzte, und jeder noch so flache Atemzug verursachte ein heftiges Stechen. Neben ihr lag zusammengekrümmt Brock von Banir Tal. Aus einer Wunde am Kopf sickerte Blut. Aus ihrer Position konnte Kim nicht erkennen, ob der Zwerg noch lebte oder nicht, und hätte sie in diesem Augenblick töten können, dann wäre der tätowierte Mann tot gewesen. Sie schaute um sich – wie durch einen Dunst von Schmerzen. Sie waren auf einem Hochplateau von etwa fünfzig Männern umringt, und die meisten von ihnen trugen die grünen Tätowierungen von Eridu.

Sie blickte auf ihre Hand nieder und sah, daß der Baelrath ganz ruhig war, lediglich ein in einen Ring gefaßter roter Stein. Sie konnte keine Kraft aus ihm ziehen, sie konnte ihr Verlangen nicht stillen.

Im Grunde war sie davon nicht überrascht. Der Kriegsstein hatte ihr mit seiner Kraft von Anfang an nichts als Not und

Schmerz gebracht, und wie hätte es auch anders sein können? »Weißt du«, sagte der bärtige Eridu mit scharfem Spott, »was die Dalrei da unten vollführt haben?«

»Was, was haben sie getan, Ceriog?« fragte ein anderer Mann. Er trat ein wenig nach vorn, löste sich aus dem Kreis der Männer. Kim sah, daß er älter war als die meisten von ihnen. Sein dunkles Haar war von grauen Strähnen durchzogen, und er trug keine Spur der grünen Tätowierungen.

»Ich *dachte*, daß es dich interessieren würde«, entgegnete der eine, der mit Ceriog angesprochen wurde, und lachte. In seinem Tonfall lag etwas Verstörtes, was nach Schmerz klang. Kim versuchte, es nicht zu hören, aber sie war eine Seherin, und dieses Lachen ließ eine Vorahnung in ihr aufkeimen. Wieder sah sie zu Brock hinüber. Er hatte sich nicht bewegt. Noch immer tröpfelte das Blut langsam aus seiner Wunde an der Seite seines Kopfes.

»Ja, es interessiert mich«, bestätigte der andere Mann sanft.

Ceriog hörte auf zu lachen. »Letzte Nacht sind sie nach Norden geritten«, fuhr er fort, »alle von ihnen, nur die Blinden nicht. Sie haben Frauen und Kinder schutzlos in ihrem Lager östlich des Latham gerade unter uns zurückgelassen.«

Die zuhörenden Männer murmelten und sprachen unter sich. Kim schloß die Augen. Was war dann geschehen? Was konnte Ivor dazu getrieben haben, so etwas zu tun?

»Was«, fragte der alte Mann noch immer ruhig, »hat das mit uns zu tun?«

Ceriog trat einen Schritt auf ihn zu. »Du bist mehr als ein Dummkopf«, hielt er ihm vor. »Selbst unter Ausgestoßenen bist du ein Ausgestoßener. Warum sollte irgend jemand von uns dir deine Fragen beantworten, wo du uns doch nicht einmal deinen Namen nennst?«

Der andere Mann hob ein wenig seine Stimme. Auf dem windstillen Plateau war sie gut hörbar. »Ich war mehr Jahre im Vorgebirge und in den Bergen«, sagte er, »als ich mich überhaupt erinnern kann. In all diesen Jahren habe ich Dalreidan als meinen Namen angegeben. Des Reiters Sohn nannte ich mich, und bis heute hat das noch niemand in Frage gestellt. Was kann es dich kümmern, Ceriog, wenn ich das Grab meines Vaters nicht entehren wollte und deshalb seinen Namen aus dem meinigen entfernte?«

Ceriog schniefte verächtlich. »Alter Mann, es gibt hier keinen, der kein Verbrechen begangen hätte. Warum solltest du anders sein?«

»Weil ich eine Mutter und ein Kind getötet habe.«

Kim öffnete die Augen und sah im Licht der Nachmittagssonne zu ihm hinüber. Stille lag auf dem Plateau, nur unterbrochen von Ceriogs Gelächter. Und wieder hörte Kim heraus, daß da etwas anderes mitschwang, irgend etwas zwischen Wahnsinn und Schmerz.

Ceriog spottete: »Das hätte dir aber wirklich Geschmack auf mehr geben sollen!« Er riß seine Arme auseinander. »Jedenfalls sollten wir alle inzwischen Geschmack auf den Tod bekommen haben! Ich war zurückgekommen, um euch zu sagen, daß da unten Frauen und Kinder sind, an denen ihr euer Vergnügen haben könnt. Ich hätte allerdings nicht gedacht, daß ich so schnell einen Zwerg in meiner Gewalt haben würde.«

Er lachte nicht mehr. Statt dessen drehte er sich um und blickte auf den Körper von Brock hinab, der bewußtlos auf dem sonnengebackenen Stein des Plateaus lag.

Eine wehe Vorahnung schwappte über Kimberly hinweg. Es war eine Erinnerung, aber nicht ihre eigene. Es war eine Erinnerung aus Ysannes Bewußtsein, deren Seele in diesem Augenblick Teil der ihrigen war. Eine Erinnerung an eine Sage, an eine Geschichte wie ein Alptraum aus der Kindheit, eine Geschichte von schlimmen Übeltaten, die vor sehr langer Zeit verübt worden waren.

»Was ist geschehen?« schrie sie. Sie zuckte vor Schmerz, voll verzweifelter Begierde, es zu erfahren. »Was haben sie getan?«

Ceriog blickte auf sie. Alle blickten auf sie. Zum ersten Mal begegnete sie seinen Augen und wich zurück vor dem offenen Leiden, das sie darin las. Sein Kopf schnellte wie in Krämpfen auf und nieder.

»Faebur!« rief er plötzlich laut. Ein jüngerer Mann aus Eridu mit hellerem Bart trat nach vorne. »Spiel noch einmal den Boten, Faebur. Erzähle die Geschichte noch einmal. Wir wollen sehen, ob sie mit der Zeit besser wird. Sie möchte wissen, was die Zwerge getan haben. *Sag es ihr!*«

Sie war eine Seherin. Die Fäden des Zeitwebstuhls flogen für sie hin und her. Noch als Faebur mit flacher Stimme seine Erzählung begann, drang Kim unmittelbar hinter seine Worte zurück zu den Bildern, die dahinter standen, und sie fand Schrecken.

Sie kannte ja den Hintergrund der Geschichte, was sie jedoch nicht weniger bitter machte: die Geschichte von Kaen und Blod, den beiden Brüdern, die vor vierzig Jahren die Zwerge auf die Suche nach dem verlorenen Kessel von Kath Meigol geführt hatten. Als die Ratsversammlung der Zwerge dafür votiert hatte, ihnen zu helfen, hatte Matt Sören, der junge König, sein Zepter weggeworfen, er hatte die Diamantkrone abgesetzt und die Zwillingsberge verlassen, um als Quelle für Loren Silbermantel ein ganz anderes Schicksal zu erfahren.

Dann war vor einem Jahr der Zwerg, der nun neben ihr lag, mit Nachrichten über schlimme Übeltaten nach Paras Derval gekommen: Kaen und Blod war es nicht gelungen, den Kessel zu finden, und vierzig Jahre erfolgloser Suche hatten sie an den Rand des Wahnsinns gebracht. Deshalb hatten sie eine unheilige Allianz geschlossen. Mit Hilfe des betrügerischen Magiers Metran hatten sie schließlich den Kessel der Riesen ausgegraben . . . und den Preis dafür bezahlt. Ein doppelter Preis: Die Zwerge hatten den Wachtstein von Eridu zerbrochen und auf diese Weise die Warnkette der fünf Steine zerrissen, und dann hatten sie den Kessel selbst in die Hand ihres neuen Meisters gegeben, desjenigen, der durch die Verbindung der fünf Wachtsteine fest und sicher unter dem Berg Rangat gebannt sein sollte . . . es war Rakoth Maugrim, der Entwirker. Dies alles hatte sie schon gewußt, auch daß Metran den Kessel dazu verwendet hatte, um den mörderischen Winter einzuschließen, der vor fünf Tagen geendet hatte, an dem Morgen nach jener Nacht, als Kevin Laine sich geopfert hatte, um ihn zu beenden. Aber was seither geschehen war, hatte sie nicht gewußt. Sie las es nun in Faeburs Gesicht, sie vernahm seine Worte und fühlte die Bilder wie Peitschenhiebe in ihrer Seele.

Der Todesregen von Eridu.

»Als der Schnee zu schmelzen begann«, berichtete Faebur, »freuten wir uns. Ich hörte, wie in dem befestigten Larak die Glocken läuteten, auch wenn ich nicht dorthin zurückkehren konnte. Mein Vater hatte mich hierher in die Berge vertrieben, trotzdem war auch ich für das Ende der mörderischen Kälte dankbar.« Kim erinnerte sich, daß auch sie gedankt hatte, noch während sie trauerte . . . vor der dunklen Höhle von Dun Maura hatte sie die Totenklagen der Priesterinnen gehört.

Oh, mein geliebter Mann!

»Drei Tage lang«, fuhr Faebur in seinem gefühllosen, dumpfen Tonfall fort, »schien die Sonne. Das Gras und die Blumen kehrten über Nacht zurück. Als am vierten Tag der Regen kam, schien auch dies natürlich zu sein. Ein Grund zur Freude.

Dann aber, als ich von den hohen Bergen im Westen von Larak nach unten blickte, hörte ich, wie das Schreien begann. Der Regen erreichte die Berge nicht, aber auf den darunterliegenden Hängen konnte ich die Hirten mit ihren Ziegen und Schafen sehen, und ich hörte, daß sie schrieen, als der Regen fiel, und ich sah, daß sich riesige schwarze Beulen auf Tieren und Menschen bildeten und daß sie aufsprangen, als sie starben.«

Seherinnen konnten – und mußten sogar auf Grund ihrer Begabung – hinter den Worten zu den Bildern vordringen, die in den Schlingen der Zeit hingen. So sehr sie sich auch bemühte, Kims zweites inneres Gesicht erlaubte es ihr nicht, von dem Bild wegzublicken, das in Faeburs Worten enthalten war. Und als die Zwillingsseele mit ihren beiden Erinnerungszügen wußte sie sogar noch mehr, als Faebur wußte. Denn Ysannes Kindheitserinnerungen waren die ihrigen, sie waren nur noch klarer, und sie wußte, daß der Regen einst in einer fernen dunklen Zeit geschaffen worden war und daß die Toten für alle, die sie berührten, tödlich waren und deshalb nicht begraben werden konnten.

Und das hieß . . . Pest. Selbst nachdem der Regen aufgehört hatte.

»Wie lange hat er gedauert?« fragte sie plötzlich.

Ceriogs scharfes Gelächter machte ihr ihren Fehler bewußt und öffnete eine neue, noch tiefere Ader des Schreckens, noch bevor er zu sprechen begann. »Wie lange?« schnappte er, und seine Stimme wirbelte verloren umher. »Weißes Haar sollte doch mehr Weisheit bringen. Schau nach Osten, dummes Weib, schau hinauf zum Tal des Kharn. Schau vorbei am Kath Meigol und sage mir, wie lange es gedauert hat!«

Sie blickte hinauf. Die Bergluft war dünn und klar, die Sommersonne strahlend hell. Sie konnte von diesem Hochplateau weit sehen, fast bis nach Eridu.

Sie konnte erkennen, wie sich die Regenwolken im Osten der Berge auftürmten. Der Regen hatte nicht aufgehört. Und sie wußte so sicher, wie sie nur irgend etwas wissen konnte, daß er in ihre Richtung kommen würde, wenn er nicht aufgehalten werden würde. Über den Bergrücken von Carnevon und den Skeledarak nach Brennin, Cathal, die weite Ebene der Dalrei und dann natürlich zu jenem Ort, wo Rakoths unsterblicher Haß sich konzentrierte . . . nach Daniloth, wo die Lios Alfar wohnten.

Ihre Gedanken waren in Schrecken gehüllt, sie schwangen sich hinweg zum Westen, weit jenseits des Landes, über das Meer, wo ein Schiff zu einem Ort des Todes segelte. Es hieß *Prydwen*, so wußte sie. Sie wußte die Namen vieler Dinge, aber nicht alles Wissen war auch Macht. Jedenfalls nicht angesichts des Übels, das von diesem dunklen Himmel im Osten herabfiel.

Kim fühlte sich hilflos, voller Angst, und sie drehte sich zurück zu Ceriog. Dabei wurde sie gewahr, daß der Baelrath auf ihrer Hand glimmte. Auch das verstand sie: Der Regen, der ihr gerade eben gezeigt worden war, war ein Akt des Krieges, und der Kriegsstein reagierte. Unauffällig drehte sie den Ring nach innen und schloß ihre Hand, so daß er nicht gesehen werden konnte. »Du wolltest wissen, was die Zwerge getan haben, und jetzt weißt du es«, sagte Ceriog, und seine Stimme war tief und bedrohlich.

»Nicht alle Zwerge!« widersprach sie und setzte sich mühsam auf, der Schmerz, den dies verursachte, machte sie keuchen. »Hör mir zu! Ich weiß mehr darüber als du. Ich . . .«

»Ohne Zweifel weißt du mehr darüber, da du ja mit einem von ihnen zusammen reist. Und du wirst mir davon erzählen, bevor wir auch mit dir fertig sind. Aber der Zwerg kommt zuerst dran. Ich freue mich zu sehen«, fügte Ceriog hinzu, »daß er nicht tot ist.« Kim riß ihren Kopf herum. Sie schrie auf. Brock stöhnte, seine Hände bewegten sich kaum merklich. Was sie damit riskierte, kümmerte sie nicht, sie kroch hinüber, um ihm zu helfen. »Ich brauche saubere Tücher und heißes Wasser!« rief sie. »Schnell!«

Keiner bewegte sich. Ceriog lachte. »Es scheint«, sagte er, »daß du mich nicht verstanden hast. Ich freue mich, daß er noch lebt, weil ich beabsichtige, ihn mit großer Sorgfalt zu töten.«

Nun begriff sie, und da sie begriff, konnte sie ihn nicht länger hassen . . . Es schien, daß klare, unkomplizierte Herzenswünsche für sie nicht erlaubt waren. Dies war auch nicht weiter erstaunlich, wenn sie daran dachte, wer sie war und was sie mit sich trug.

Sie konnte nicht mehr hassen, noch konnte sie ihr Mitleid für einen Menschen, dessen Volk so vollständig vernichtet wurde, zurückhalten. Aber sie konnte ihm auch nicht erlauben weiterzumachen. Er war näher gekommen und hatte ein Messer gezogen. Unter den Zuschauern vernahm sie ein leises, fast feines Rascheln der Erwartung, die meisten von ihnen waren aus Eridu. Von ihnen konnte man kein Mitleid erwarten.

Sie drehte den Ring wieder auf die Außenseite ihrer Hand und warf ihren Arm hoch in die Luft.

»Tu ihm nichts zuleide!« schrie sie, so streng sie nur konnte. »Ich bin die Seherin von Brennin, ich trage den Baelrath auf meiner Hand und einen Vellinstein, das Geschenk eines Magiers, um mein Handgelenk!«

Sie war aber auch höllisch schwach und spürte einen qualvollen Schmerz in ihrer Seite, sie hatte nicht die geringste Vorstellung, wie sie sie von ihrem Vorhaben abhalten konnte.

Ceriog schien dies zu ahnen, vielleicht hatte ihn auch die Anwesenheit des Zwerges so aufgestachelt, daß bei ihm keine Abschrekkung mehr verfing. Er lächelte dünn durch seine Tätowierungen und seinen dunklen Bart.

»Das gefällt mir«, sagte er und blickte auf den Baelrath. »Ein hübsches Spielzeug für die Stunden, die uns noch bleiben, bevor der Regen nach Westen kommt und wir alle schwarz werden und sterben. Aber zuerst«, murmelte er, »will ich den Zwerg ganz langsam töten, und du wirst zuschauen.«

Sie würde ihn nicht aufhalten können. Sie war eine Seherin, eine Botin, eine Sturmkrähe auf den Winden des Krieges. Sie konnte Macht erwecken und sammeln, und manchmal konnte sie rot aufflammen und zwischen Orten und Welten fliegen, um dies zu tun. Sie hatte zwei Seelen in sich und sie trug die Bürde des Baelrath auf ihrem Finger und in ihrem Herzen. Aber sie war außerstande, einen Mann mit einem gezogenen Messer aufzuhalten, und schon gar nicht fünfzig von ihnen, die aus Kummer, Wut und angesichts des nahenden Todes fast wahnsinnig waren.

Brock stöhnte. Kim spürte, wie sein Lebensblut durch ihre Kleider sickerte, während sie seinen Kopf auf ihrem Schoß hielt.

Sie starrte hinauf zu Ceriog und versuchte es ein letztes Mal.

»Hör mir zu . . .«, begann sie.

»Und du schaust zu«, wiederholte er, ohne sie zu beachten.

»Ich glaube nicht«, warf Dalreidan ein. »Laß sie in Ruhe, Ceriog.« Der Eridu fuhr herum. Ein verklärter Schimmer von Vergnügen erschien auf seinem dunklen Gesicht.

»Du willst mich aufhalten, alter Mann?«

»Das sollte nicht nötig sein«, erwiderte Dalreidan ruhig. »Du bist kein Dummkopf. Du hast ihre Worte vernommen, sie ist die Seherin von Brennin. Mit wessen Hilfe und wie sonst können wir aufhalten, was da kommt?«

Der andere Mann schien ihn kaum gehört zu haben. »Für einen Zwerg?« schnarrte er. »Du würdest jetzt für einen Zwerg eintreten?« Seine Stimme kletterte mit wachsender Ungläubigkeit immer höher. »Dalreidan, das ist das erste Mal seit langer Zeit, daß so etwas zwischen uns aufkommt.«

»Das müßte nicht sein. Handle vernünftig. Mir geht es nicht um die Führung, Ceriog. Sondern nur darum . . .«

»Nur darum, dem Führer zu sagen, was er zu tun hat und was nicht!« unterbrach ihn Ceriog bösartig. Ein eisiger Augenblick der Ruhe, und dann peitschte Ceriogs Arm nach vorne, und sein Dolch flog – über die Schulter von Dalreidan. Dieser hatte sich gebückt, abgerollt und war schon wieder auf den Beinen. Das war eine Bewegung, die im Lauf der letzten tausend Jahre immer wieder in der Ebene geübt wurde. Niemand hatte gesehen, wie Dalreidan sein eigenes Messer zückte, niemand hatte gesehen, wie er es warf. Sie sahen es erst, als es in Ceriogs Herz eingedrungen war. Und als einen Augenblick später der Schock vorüber war, sahen sie auch, daß der tote Mann aus Eridu lächelte, als ob er von einem überwältigenden Schmerz erlöst worden sei.

Mit einemmal wurde Kim dieses Schweigen bewußt. Die Sonne oben am Himmel, die Finger im Windhauch, das Gewicht von Brocks Kopf in ihrem Schoß . . .

Einzelne Eindrücke von Zeit und Raum, die durch die Explosion von Gewalt unnatürlich lebhaft geworden waren.

Diese Gewalt war gekommen und gegangen und ließ fünfzig Menschen auf diesem Hochplateau in dieser Stille zurück.

Dalreidan ging hinüber, um seinen Dolch zu holen. Seine

Schritte klangen laut auf dem Felsen. Niemand sprach. Dalreidan kniete nieder, zog den Dolch heraus und reinigte ihn am Ärmel des Toten vom Blut. Langsam stand er wieder auf und blickte wieder in die Runde.

»Er hat zuerst geworfen«, stellte er fest.

Bewegung kam unter die Männer, die Anspannung löste sich, es war, als hätte ein jeder von ihnen seinen Atem angehalten.

»So ist es«, bestätigte ein Mann aus Eridu ruhig. Er war noch älter als Dalreidan, seine grünen Tätowierungen lagen tief in den Falten seines Gesichtes. »Ein solcher Fall muß nicht gerächt werden, weder nach den Gesetzen des Löwen, noch nach dem Recht der Berge.«

Dalreidan nickte langsam. »Ich weiß nichts von dem ersteren und allzuviel von dem letzteren«, erklärte er, »aber ich glaube, ihr wißt, daß ich kein Verlangen nach Ceriogs Tod hatte, und schon gar nicht danach, seinen Platz einzunehmen. Ich werde innerhalb einer Stunde von diesem Ort verschwunden sein.«

Wieder kam Bewegung in die Runde. »Kommt es darauf an?« fragte der junge Faebur. »Du brauchst nicht zu gehen, der Regen kommt ohnehin bald.«

Und dies richtete die Aufmerksamkeit wieder auf Kim, sie hatte sich von dem Schrecken erholt ... Ceriogs Tod war nicht der erste gewaltsame Tod, den sie in Fionavar mit hatte ansehen müssen ... Und als sich alle Augen auf sie richteten, war sie bereit. »Vielleicht kommt er nicht«, sagte sie und blickte auf Faebur. Der Baelrath war noch immer lebendig, er blinkte, allerdings nicht sehr intensiv.

»Bist du wirklich die Seherin von Brennin?« wollte er wissen.

Sie nickte. »Mit diesem Zwerg, Brock von Banir Tal, bin ich auf einer Reise für den Großkönig von Brennin. Er ist aus den Zwillingsbergen geflohen, um uns die Nachricht über den Verrat der anderen zu bringen.«

»Ein Zwerg im Dienste von Ailell?« fragte Dalreidan. Sie schüttelte den Kopf. »Im Dienste seines Sohnes. Ailell starb vor mehr als einem Jahr, an jenem Tag, als der Berg in Flammen stand. Nun herrscht Aileron in Paras Derval.«

Dalreidan verzog seinen Mund. »Neuigkeiten«, murmelte er, »werden in den Bergen langsam gewoben.«

»Aileron?« warf Faebur dazwischen. »Man sprach in Larak von

ihm. Er war ein Ausgestoßener, nicht?«

Kim hörte die Hoffnung in seiner Stimme, einen unausgesprochenen Gedanken. Er war sehr jung; der Bart konnte es nur teilweise verbergen. »Das war er«, bestätigte sie sanft. »Manchmal kehren sie nach Hause zurück.«

»Wenn es ein Zuhause gibt«, versetzte der ältere Mann aus Eridu. »Seherin, kannst du den Regen aufhalten?«

Sie zögerte und blickte an ihm vorbei gegen Osten, wo sich die Wolken hoch auftürmten. Dann antwortete sie: »Unmittelbar kann ich es nicht. Aber der Großkönig hat andere im Dienst, und durch mein zweites Gesicht weiß ich, daß einige von ihnen gerade jetzt zu dem Ort segeln, wo der Todesregen erzeugt wird, wie es ja auch mit dem Winter gewesen ist. Und wenn es uns gelungen ist, den Winter zu beenden, dann . . .«

». . . können wir auch den Regen beenden!« brummelte eine tiefe Stimme mit grimmiger Entschlossenheit.

Sie blickte hinab. Seine Augen waren offen.

»O Brock!« rief sie.

»Auf diesem Schiff«, fuhr der Zwerg fort – er sprach langsam, aber klar – »befinden sich Loren Silbermantel und mein Herr Matt Sören, der echte König der Zwerge. Wenn irgend jemand auf dieser Welt uns retten kann, dann sind es diese beiden.« Er hielt inne, atmete schwer.

Kim hielt ihn fest in ihren Armen, einen Augenblick lang übermannte sie die Erleichterung. »Vorsichtig«, mahnte sie, »versuche nicht zu sprechen.«

Er sah zu ihr auf. »Mach dir nicht so viele Sorgen«, bat er, »sonst kriegst du eine Furche in deiner Stirn.« Sie lachte und holte tief Atem. »Einen Zwerg umzubringen, ist nicht so leicht«, fuhr er fort. »Ich brauche einen Verband, damit das Blut nicht in meine Augen rinnt, und viel Wasser zu trinken. Wenn ich dann eine Stunde im Schatten ausruhen kann, können wir weitergehen.«

Er blutete noch immer. Kim bemerkte, daß sie weinte und seine haarige Brust viel zu fest umklammerte. Sie löste ihren Griff und öffnete ihren Mund, um zu sagen, was zu sagen nahelag.

»Wohin? Wohin gehen?« Es war Faebur. »Welche Reise bringt dich in die Berge von Carnevon, Seherin von Brennin?« Er versuchte, streng zu klingen, aber die Wirkung war umgekehrt.

Einen langen Augenblick sah sie zu ihm hin und fragte dann, um Zeit zu gewinnen: »Faebur, warum bist *du* hier; warum bist du ausgestoßen?«

Er errötete, antwortete aber leise nach einer Pause: »Mein Vater verstieß mich, denn alle Väter in Eridu haben dazu das Recht.«

»Warum?« fragte sie. »Warum tat er das?«

»Seherin ...« begann Dalreidan.

»Nein«, unterbrach ihn Faebur und winkte ab. »Kurz zuvor noch, Dalreidan, hast du uns deinen Grund genannt. Es kommt darauf gar nicht mehr an. Ich werde die Frage beantworten. Auf dem Weltgewebe ist kein Blut mit meinem Namen, ich habe nur meine Stadt verraten, und in Eridu heißt es, daß dies auf dem Gewebe rot erscheint und deshalb dem Blut gleicht. Es ist schnell erzählt. Beim Wettkampf am Ta'Sirona, den Sommerspielen in Teg Vereine, traf ich vor einem Jahr ein Mädchen aus dem schwer befestigten Akkaize im Norden und liebte sie, und sie ... sah und liebte mich ebenso. Als ich im Herbst des Jahres wieder in Larak war, nannte mir mein Vater die Frau, die er für mich ausgesucht hatte, und ich ... wies ihn ab und nannte ihm den Grund.«

Kim vernahm beifällige Stimmen von den anderen Männern aus Eridu und schloß daraus, daß sie nicht gewußt hatten, warum sich Faebur in den Bergen aufhielt. Bei Dalreidan war es dasselbe, bis er gerade eben von seinen Morden erzählt hatte. Dies war das Recht der Berge, dachte sie. Man stellte keine Fragen. Aber sie hatte eine Frage gestellt, und Faebur antwortete. »Als ich das tat, legte mein Vater das Kleid an, begab sich zum Löwenplatz von Larak und rief die vier Herolde als Zeugen herbei. Er verfluchte mich, ich solle nach Westen gehen, nach Carnevon und Skeledarak, und in Eridu keine Heimat haben, und das heißt«, ... es klang bitter ... »daß mein Vater mein Leben gerettet hat. Dann jedenfalls, wenn euer Magier und Zwergenkönig Rakoths Regen beenden kann. Seherin, du bist dazu nicht in der Lage, das hast du uns gesagt. Ich will dich noch einmal fragen, wohin in den Bergen geht deine Reise?«

Er hatte ihr geantwortet, er hatte die Antwort seines Herzens ausgesprochen. Es gab Gründe, nichts zu erwidern, aber keiner davon erschien zwingend. Nun, da sie von dem Regen wußten, der östlich von ihnen niederging.

»Nach Kath Meigol«, erklärte sie und bemerkte, wie die Ausgestoßenen der Berge in Schweigen erstarrten. Viele von ihnen schlugen Zeichen, mit denen sie das Böse abwehren wollten.

Selbst Dalreidan schien erschrocken. Sie konnte sehen, daß er erblaßt war. Er hockte sich vor ihr nieder und verbrachte einen Augenblick damit, Kieselsteinchen auf dem Felsen zu sammeln und sie wieder zu zerstreuen. Schließlich sprach er: »Sicherlich bist du nicht dumm, wenn du das bist, was du bist, deshalb möchte ich nicht sagen, was ich am liebsten sagen würde. Aber ich habe eine Frage.«

Er wartete ihr Nicken ab und fuhr dann fort.

»Wie kannst du deinem Großkönig oder irgend jemand sonst in diesem Krieg dienen, wenn du von den Geistern des Paraiko verflucht bist?«

Wieder sah Kim, wie alle ringsherum das Zeichen gegen das Böse machten. Selbst Brock mußte eine jähe Bewegung unterdrükken. Sie schüttelte den Kopf. »Es ist eine vernünftige Frage...« begann sie.

»Hör mir zu«, unterbrach sie Dalreidan, er war unfähig, auf ihre Antwort zu warten. »Der Blutfluch ist kein leeres Geschwätz, das weiß ich. Vor Jahren habe ich einmal Wildschafe gejagt, es war im Norden und im Osten von hier, und ich war so mit meiner Jagdbeute beschäftigt, daß ich nicht bemerkte, wie weit ich gegangen war. Dann brach die Dämmerung herein, und ich erkannte, daß ich mich an den Grenzen von Kath Meigol befand. Seherin von Brennin, ich bin nicht mehr jung, aber ich bin auch kein alter Mann, der am Winterfeuer Geschichten spinnt und die Wahrheit wie schlechte Wolle auszieht: Ich war dort, und deshalb kann ich dir versichern: Alle, die dorthin gehen, laden einen Fluch auf sich: Unglück, Tod und Seelen, die verlorengehen. Seherin, das ist die Wahrheit, das ist keine Geschichte. An den Grenzen von Kath Meigol habe ich es selbst gefühlt.«

Sie schloß ihre Augen.

Rette uns, hörte sie. Ruana. Sie öffnete ihre Augen und entgegnete: »Ich weiß, daß es keine bloße Geschichte ist. Es gibt einen Fluch. Aber ich glaube, daß es nicht das ist, wofür es gehalten wird.«

»Du glaubst nicht, Seherin, was weißt du?«

Wußte sie? Nein, eigentlich nicht. Weder Ysannes noch Lorens Kenntnisse, noch die der Dana-Priesterinnen reichten zu den Riesen zurück. Selbst die Tradition der Zwerge oder der Lios Alfar wußten darüber nichts mehr auszusagen. Kim verfügte nur über ihr eigenes Wissen: Es stammte aus der Zeit in Gwen Ystrat, als sie, geschützt durch die Kräfte ihrer Freunde, jene schreckliche Reise in die Pläne des Entwirkers unternommen hatte. Und dann war der Schutz von ihr abgefallen, sie war zu weit gegangen, hatte ihn verloren und hatte sich brennend verirrt, bis unendlich tief aus dem Dunkel ein anderer gekommen war und sie beschützt hatte. Dieses andere Bewußtsein nannte sich Ruana von den Paraiko, in Kath Meigol, und hatte um Hilfe gebeten. Sie lebten noch, sie waren keine Geister, waren noch nicht tot. Das wußte sie, und das war aber auch alles, was sie wußte.

Sie schüttelte ihren Kopf und traf den unruhigen Blick des Mannes, der sich Dalreidan nannte. »Nein«, gestand sie ein ... »Ich weiß nichts mit Gewißheit, nur eines, das ich dir sagen darf.«

Er wartete. Und sie fügte hinzu: »Ich habe eine Schuld zu bezahlen.«

»In Kath Meigol?« Aus seiner Stimme sprach wirkliche Angst. Sie nickte. »Eine persönliche Schuld?« fragte er, bemüht, sie zu verstehen.

Und sie dachte darüber nach: über das Bild des Kessels, den sie mit Ruanas Hilfe gefunden hatte, jenes Bild, aus dem Loren erfahren hatte, woher der Winter kam, und jetzt auch der Todesregen.

»Es geht nicht direkt um mich«, erläuterte sie.

Er atmete auf. Eine Spannung schien sich in ihm zu lösen. »Sehr gut«, sagte er. »Du sprichst wie die Schamanen auf der Ebene. Ich glaube, daß du das bist, was du zu sein behauptest. Wenn wir in einigen Tagen oder Stunden sterben müssen, möchte ich dies lieber im Dienste des Lichtes tun. Ich weiß, daß du geführt wirst, aber ich bin jetzt zehn Jahre in den Bergen gewesen und stand an den Grenzen des Platzes, den du suchst. Würdest du einen Ausgestoßenen als Begleiter für diesen Teil deiner Reise akzeptieren?«

Sie war gerührt, daß er es ihr anbot, vor allem auch, weil er dabei so unsicher war ... Dabei hatte er doch unter eigener Lebensgefahr gerade ihr Leben gerettet.

»Weißt du, worauf du dich dabei einläßt? Weißt du ...« Sie unterbrach sich, war sich der Ironie bewußt. Keiner von ihnen wußte, auf was sie sich einließen. Aber dieses Angebot hatte er freiwillig gemacht, und es war ein schönes Angebot. Endlich war sie einmal nicht durch die Macht überwältigt worden, die sie trug. Sie versuchte, ihre Tränen zu verbergen.

»Es wäre eine Ehre für mich«, versicherte sie. »Für uns beide.« Sie hörte, daß auch Brock zustimmend murmelte. Dann fiel ein Schatten auf den Stein vor ihr. Alle drei sahen auf. Es war Faebur, sein Gesicht war weiß, aber seine Stimme war männlich beherrscht. »In Ta'Sirona, in den Spielen in Teg Vereine, bevor mein Vater mich verstieß, war ich ... gewann ich den dritten Platz unter allen Bewerbern im Bogenschießen. Würdest du ... könntest du erlauben ...« Er unterbrach sich. Die Knöchel der Hand, die seinen Bogen hielt, waren so weiß wie sein Gesicht.

Sie fühlte einen Kloß im Hals und konnte nicht sprechen. Diesmal ließ sie Brock antworten.

»Ja«, sagte der Zwerg sanft. »Wenn du mit uns kommen willst, werden wir dankbar sein. Ein Bogenschütze ist immer willkommen.« Und so waren sie am Ende zu viert.

Später an diesem Tag, als bereits die Dämmerung einbrach, kam Jennifer Lowell, die Guinevere war, zum Anor Lisen, viel weiter im Westen.

Brendel von den Lios Alfar war ihr einziger Gefährte, als sie am Morgen zuvor in einem kleinen Boot von Taerlindel losgesegelt war. Kurz vorher war *Prydwen* im weiten, wellenbewegten Meer weggetaucht und aus dem Gesichtsfeld verschwunden.

Sie hatte sich von Aileron, dem hohen König, von Sharra von Cathal und der Priesterin Jaelle verabschiedet. Sie war mit dem Lios Alfar ausgezogen, um zu dem Turm zu gelangen, der vor so langer Zeit für Lisen gebaut worden war, und um dort dann die steinerne Wendeltreppe zu jenem hohen Raum mit dem großen zum Meer gewandten Balkon emporzuklettern. Sie würde, wie auch Lisen es getan hatte, auf diesem Balkon wandeln, auf das Meer hinausblicken und auf die Heimkehr ihres Herzens warten.

Das Meer war ruhig an diesem ersten Nachmittag, als sie an

der Insel Aeven vorbeisegelten, wo die Adler lebten; Brendel steuerte mühelos das Boot. Er wunderte sich über die ausdruckslose Schönheit seiner Gefährtin, gleichzeitig betrübte es ihn auch. Sie war ebenso schön wie die Lios, ihre Finger waren lang und schlank, und er wußte, daß ihre erweckten Erinnerungen fast ebenso weit zurückreichten. Wäre sie nicht so groß gewesen, und ihre Augen nicht so grün, hätte sie von seinem Volk sein können.

Dies wiederum führte ihn zu einer merkwürdigen Überlegung, während die Wellen ans Boot schlugen und das Segel sich bauschte. Dieses Boot, das schließlich vonnöten sein würde, wenn seine Zeit gekommen wäre, hatte er weder gemacht noch gefunden, sondern es war ein gut austariertes Fahrzeug, das mit ganzem Stolz gebaut worden war, nichts Besseres hätte er sich wünschen können. Und so konnte er sich auch ohne Mühe vorstellen, daß sie nicht gerade von Taerlindel, sondern von Daniloth selbst abgefahren waren, daß sie nach Westen und jenseits des Westens segelten, bis zu jenem Platz, den der Weber einzig und allein für die Kinder des Lichts bestimmt hatte.

Er wußte, daß das merkwürdige Gedanken waren, geboren aus der Sonne und dem Meer. Für diese letzte Reise war er noch nicht bereit. Er hatte einen Racheeid geschworen, der ihn an diese Frau im Boot, an Fionavar und an den Krieg gegen Maugrim band. Er hatte sein Lied noch nicht gehört.

Er wußte nicht . . . und niemand wußte . . . die bittere Wahrheit. *Prydwen* war gerade in See gestochen. Sie war noch zwei Nächte und einen Morgen vom Klang der Gesänge im Meer entfernt, von jenem Ort, wo die Meersterne von Liranan nicht schienen und seit dem Bael Rangat nicht geschienen hatten. Auf Befehl des Seelenverkäufers.

Als in dieser ersten Nacht die Dunkelheit hereinbrach, lenkte Brendel das kleine Fahrzeug zur Sandküste im Westen von Aeven und dem Llychlynmoor und zog es an Land, als die ersten Sterne am sanften Abend erschienen. Mit den Vorräten, die der Großkönig ihnen mitgegeben hatte, schlugen sie ein Lager auf und nahmen eine Abendmahlzeit zu sich. Später breitete er dann für sie beide je eine Ruhematte aus, und sie lagen eng nebeneinander zwischen dem Wasser und den Wäldern. Wohlweislich entzündete er kein Feuer, er verbrannte nicht einmal angeschwemmtes Treibholz aus Pendaran. Sie brauchten es ja auch nicht. Es war eine wundervolle Sommernacht, von Kevin Laine geschaffen. Als die Nacht tiefer wurde und die Sterne heller, sprachen sie über ihn. Leise sprachen sie über ihn, und leise sprachen sie auch über den Aufbruch des nächsten Morgens, sprachen davon, wo sie am nächsten Abend an Land gehen würden. Brendel blickte in den Nachthimmel, pries ihn und sprach zu ihr von der Schönheit und dem Frieden von Daniloth, und er klagte, daß der Glanz der Sterne dort so trübe geworden sei, seit Lathen Nebelwirker zur Verteidigung seines Volkes ihre Heimat zum Schattenland gemacht hatte.

Danach schwiegen sie. Als der Mond aufstieg, kehrte eine gemeinsame Erinnerung zu ihnen zurück. Nebeneinander waren sie damals unter dem Himmel gelegen. Bist du unsterblich? hatte sie gefragt, bevor sie ins Reich des Schlafes hinübertrieb.

Nein, Lady, hatte er geantwortet, und er hatte sie eine Zeitlang beobachtet, bevor er selbst mit seinen Brüdern und Schwestern einschlief ... um dann unter Wölfen, Svart Alfar und der roten Sterblichkeit in Gegenwart Galadans, des Wolfsfürsten der Andain, wieder aufzuwachen.

Dunkle Gedanken waren es, Schweigen, das für den quecksilbrigen Führer des Kestrelsiegels zu schwer war. Von neuem erhob er seine Stimme, um sie wie ein geliebtes Kind in den Schlaf zu singen. Er sang von Seefahrern, das war ein sehr altes Lied, dann eines seiner eigenen Lieder von belaubten Ulmen und Silvain, die im Frühling blühten. Und als sich ihr Atem verlangsamte, brachte er sie mit jenen Worten zur Ruhe, die immer das letzte Lied einer Nacht bildeten: Ra Termaines Klage für alle, die verloren waren.

Als er zu Ende kam, schlief sie. Er aber blieb wach und hörte der Brandung zu, die sich im Lauf der Gezeiten langsam entfernte. Nie wieder würde er einschlafen, solange sie unter seiner Obhut wäre, niemals wieder. Die ganze Nacht blieb er wach, er wachte über sie.

Es gab auch andere, die wachten und beobachteten. Sie kamen von den dunklen Ausläufern von Pendaran: Es waren Augen, die nicht freundlich blickten, aber auch nicht feindselig, denn die beiden, die da auf dem Sand lagen, hatten den Wald nicht betreten, noch hatten sie das Holz des Waldes verbrannt. Aber sie waren sehr nahe, und deshalb wurden sie genau beobachtet, denn Pendaran wachte über seine Grenzen und nährte seinen langen Haß.

Auch ihre Gespräche wurden mitgehört, wie leise ihre Stimmen auch sein mochten, denn die lauschenden Ohren waren nicht menschlich und konnten die Sprache noch am Ende des unausgesprochenen Gedankens erkennen. Auf diese Weise wurden auch ihre Namen bekannt. Und dann tönte ein trommelartiger Klang durch jenen Teil des Waldes, denn die beiden hatten ihr Ziel genannt, und jener Ort war für die geschaffen worden, die sie am meisten geliebt und deren Verlust sie am bittersten beklagt hatten: Es war Lisen, die niemals gestorben wäre, wenn sie nicht einen Sterblichen geliebt hätte und aus dem Schutz des Waldes nach draußen gezogen wäre.

Diese Botschaft pflanzte sich fort: im wortlosen Rascheln der Zweige, im schattenhaften Flackern von halbgesehenen Formen, in der Vibration des Waldbodens, die so schnell war wie ein rasender Puls. In kürzester Zeit, wie es bei solchen Dingen ist, erreichte die Botschaft die Ohren der einzigen Macht unter all den Mächten des Waldes, die voll und ganz begriffen, worum es ging, hatte er doch viele der Welten des Webers kennengelernt und eine Rolle in dieser Geschichte gespielt, als gerade erst ihre Anfänge gesponnen wurden. Er überlegte, ruhig und ohne Eile . . . obwohl sein Blut bei dieser Nachricht aufwallte und alte Wünsche erwachten . . . Und durch das Blatt und den schnellen braunen Boten und den Puls, der sich durch die Wurzeln der Bäume zog, schickte er seine Botschaft zurück.

Bleibt ruhig, ließ er vermitteln. Er beruhigte die Aufregung des Waldes. Lisen selbst hätte diese Frau im Tower willkommen geheißen, wenn auch mit Trauer. Sie hat ihren Platz am Geländer verdient. Der andere ist von den Lios Alfar, und sie haben den Anor gebaut, das sollt ihr nicht vergessen.

Wir vergessen nichts.

Nichts, raschelten die Blätter kühl.

Nichts, schluchzten die alten Wurzeln von altem Haß gequält. Sie ist tot, sie hätte niemals sterben müssen.

Schließlich aber setzte er seinen Willen durch. Er hatte nicht die Macht, sie alle zu zwingen, aber manchmal konnte er sie überzeugen, und diese Nacht und für diese Frau tat er es. Dann trat er vor die Türen seines Hauses und fuhr mit großer Geschwindigkeit auf Wegen, die er kannte, und erreichte den Anor gerade, als der Mond aufging. Und er machte sich daran, einen Ort vorzubereiten, der all die Jahre leergestanden hatte, seit Lisen ein Geisterschiff hatte vorbeifahren sehen und von ihrem hohen Balkon aus in die Dunkelheit des Meeres hinabgesprungen war.

Es mußte weniger getan werden, als man glauben würde, denn jener Turm war mit Liebe und großer Kunstfertigkeit erbaut worden, magische Kraft war in seine Steine eingebunden worden, so daß sie nicht herabfallen würden.

Niemals zuvor war er dort gewesen; dieser Ort war zu schmerzlich. Einen Augenblick lang zögerte er auf der Schwelle, er dachte an vieles. Dann öffnete sich das Tor, als er es berührte. Im Mondlicht betrachtete er die Räume im unteren Stockwerk, die für die Wächter bestimmt waren. Er ließ sie, wie sie waren, und stieg nach oben.

Das Rauschen und Plätschern des Meeres klang in seine Ohren, er kletterte die kaum betretenen Stufen empor, folgte ihren Windungen, bis zum Erkerzimmer des Turmes und gelangte so zum Raum, der Lisen gehört hatte. Die Einrichtung war sparsam, aber wertvoll und von seltsamer Schönheit, sie war in Daniloth geschaffen worden. Der Raum war weit und hell, denn an seiner westlichen Krümmung lag keine Wand, sondern ein Glasfenster vom Boden bis zur Decke, das mit aller Kunstfertigkeit von Ginserat von Brennin hergestellt worden war. Es gewährte den Blick auf das mondbeschienene Meer.

Die Außenseite des Glases war von Salzflecken getrübt. Er tat einen Schritt nach vorne und öffnete das Fenster, die beiden Hälften teilten sich mühelos und rollten auf ihren Schienen in verborgene Nischen in der gekrümmten Wand. Er trat hinaus auf den Balkon. Das Meer wogte und rauschte vernehmlich, die Wellen schlugen an die Grundmauern des Turmes.

Er blieb dort lange Zeit, und er gab sich kummervollen Erinnerungen hin; zu zahlreich waren sie, um sie von sich zu weisen oder sich einzeln mit ihnen befassen zu können. Zu seiner Linken sah er den Fluß, der neben dem Anor ins Meer floß. Seit dem Tag, an dem sie gestorben war, hatte er ein Jahr lang rotes Wasser geführt, und jedes Jahr, wenn der Tag wiederkehrte, war es ebenso.

Einst hatte er einen Namen gehabt, dieser Fluß, aber jetzt nicht mehr. Er schüttelte den Kopf und begann, sich zu beschäftigen. Er zog die Fenster wieder zusammen, und da er überschüssige Kraft genug hatte, reinigte er sie. Er öffnete sie ein zweites Mal und ließ sie geöffnet, so daß die Nachtluft in einen Raum eindringen konnte, der tausend Jahre geschlossen gewesen war.

In einer Schublade fand er Kerzen und am Fuße der Treppe dann auch Fackeln . . . es war Holz aus dem Wald, das dazu bestimmt war, an diesem Ort verbrannt zu werden. Er steckte die Fackeln in die Armleuchter, die in der Wand des Treppenhauses angebracht waren, und entzündete sie, verteilte die Kerzen in dem einen hochgelegenen Raum und zündete auch sie an.

In ihrem Licht fiel ihm auf, daß der Boden von einer Staubschicht bedeckt war, während das Bett merkwürdigerweise davon frei war. Und dann sah er etwas anderes, etwas, das selbst sein weises, wissendes Blut erstarren ließ.

In diesem Staub sah er Fußstapfen, es waren aber nicht seine eigenen, und sie führten zu jenem Bett hinüber. Auf dem Bettüberwurf . . ., der, wie er wußte, von Meistern dieser Kunst in Seresh gewoben worden war . . . lag eine Menge von Blumen: Rosen, Sylvain und Corandiel. Doch es waren nicht die Blumen, die seinen Blick festhielten.

Die Kerzen flackerten in der salzigen Brise, die vom Meer herüberwehte, aber sie leuchteten stetig genug, daß er seine eigenen kleinen Fußabdrücke im Staub sehen konnte, und neben ihnen die Fußabdrücke des Mannes, der in den Raum gekommen war, um diese Blumen auf den Bettüberwurf zu legen.

Und die des riesigen Wolfes, der weggegangen war.

Sein Herz schlug rasend schnell, aber die Angst in ihm wurde von Mitleid überschattet, und er ging hinüber zu dieser leuchtend ausgebreiteten Fülle von Blumen. Er bemerkte, daß sie nicht dufteten. Er streckte die Hand aus, aber sobald er sie berührte, zerfielen sie zu Staub auf dem Bettüberwurf. Überaus behutsam kehrte er den Staub weg.

Er hätte die Macht gehabt, den Boden allein durch seine Anwesenheit aufleuchten zu lassen. Er tat es nicht, auch nicht in seinen eigenen Räumen unter dem Waldboden. Statt dessen ging er die Treppen nochmals hinab und fand in einem der unteren Zimmer einen robusten Handbesen; und dann kehrte Flidais mit schwungvollen Bewegungen, die von langer Gewohnheit zeugten, im Mondschein und im Kerzenlicht Lisens Kammer aus und bereitete sie für Guinevere vor.

Rechtzeitig, denn selbst in den düstersten Zeiten war er verspielt und zum Lachen aufgelegt, begann er zu singen. Es war ein Lied, das er selbst gewebt und gewirkt hatte, das aus uralten Rätseln geschaffen war und aus den Antworten, die er darauf gefunden hatte.

Er sang auch, weil er in jener Nacht von Hoffnung erfüllt war – Hoffnung auf diese Frau, die da kommen sollte, Hoffnung darauf, daß sie vielleicht die Antwort auf das Verlangen seines Herzens haben würde.

Seine Anwesenheit war stark und hell, und im ganzen Anor brannten die Fackeln und die Kerzen. Der Geist von Gereint mußte ihn spüren, wie er da sang und mit ausgreifenden Bewegungen des Besens den Staub wegkehrte; denn die Seele des Schamanen zog oben vorüber, damit die Erkenntnisse des Landes über dem nie gesehenen Meer immer weiter wehen und taumeln sollten, denn es ging darum, unter all den Wellen ein einzelnes Schiff zu finden.

Als die Sonne am folgenden Abend zu seiner Linken unterging, lenkte Brendel das Boot durch die Bucht und vorbei an der Flußmündung bis hin zu dem kleinen Anlegeplatz an den Fundamenten des Turmes.

Die oberen Lichter hatten sie bereits erblickt, als sie in die Bucht einfuhren. Und als sie nun näher kamen, sah der Lios Alfar einen untersetzten weißbärtigen Mann, dessen Haupthaar sich lichtete und der noch kleiner war als ein Zwerg. Er wartete auf sie an der Anlegestelle, und da er selbst ein Lios Alfar und mehr als sechshundert Jahre alt war, hatte er eine Ahnung, wer das sein konnte.

Er lenkte das kleine Fahrzeug sacht zum Dock hin und warf ein Seil aus, als sie sich näherten. Der kleine Mann fing es mühelos auf und schlang das Ende um einen Pfosten, der an der steinernen Anlegestelle angebracht war. So verharrten sie nur einen Augenblick in Schweigen, ließen sich von den Wellen schaukeln. Brendel bemerkte, daß Guinevere zum Turm hinaufschaute. Er folgte ihrem Blick und sah, wie das Leuchten des Sonnenuntergangs von dem gekrümmten Glas hinter dem Geländer reflektiert wurde.

»Seid willkommen«, begrüßte sie der Mann auf dem Dock in einer unerwartet tiefen Stimme. »Leuchten möge der Faden eurer Tage.«

»Und der deinigen, Waldbewohner«, erwiderte der Lios Alfar. »Ich bin Brendel vom Kestrelsiegel. Die Frau, die mit mir ist . . .«

»Ich weiß, wer sie ist«, kam ihm der andere zuvor. Und verneigte sich ganz tief.

»Wie sollen wir dich nennen?« fragte Brendel.

Der andere richtete sich auf. »Zum Schutz bin ich verkehrt und verwirrt, zur Täuschung gescheckt und gefleckt«, sagte er versonnen. Und dann: »Der Name Flidais wird genügen. So war es jedenfalls diese ganze lange Zeit.«

Daraufhin faßte ihn Guinevere ins Auge und versuchte, ihn voller Wißbegierde zu fixieren: »Du bist doch der, den Dave in den Wäldern getroffen hat«, vermutete sie.

Er nickte. »Dieser Lange mit der Axt? Ja, den habe ich getroffen. Die grüne Ceinwen hat ihm danach ein Horn gegeben.«

»Ich weiß«, bestätigte sie.

»Oweins Horn.«

Und gerade in diesem Augenblick tobte im Osten, an den blutbefleckten Ufern des Adein unter einem dunkelnden Himmel eine Schlacht, und diese Schlacht sollte damit enden, daß dieses Horn geblasen wurde.

Auf dem Dock aber blickte Flidais zu der hochgewachsenen Frau mit den grünen Augen empor. Er allein in ganz Fionavar hatte Grund, sich an sie seit langer, langer Zeit zu erinnern.

»Ist dies die einzige Erinnerung, die du an mich hast«, wollte er wissen. ». . . daß ich deinen Freund gerettet habe?«

Brendel saß im Boot und schwieg. Er beobachtete, wie die Frau sich zu erinnern suchte. Sie schüttelte den Kopf. »Müßte ich dich kennen?« fragte sie.

Flidais lächelte. »Vielleicht nicht in dieser Form.« Seine Stimme wurde sogar noch tiefer, und plötzlich sang er: »Ich hatte viele Formen. Ich war die Schneide eines Schwertes, ein Stern, eine strahlende Laterne, eine Harfe und ein Harfner zugleich.« Er hielt ein, sah, wie etwas in ihren Augen auffunkelte, und schloß etwas schüchtern: »Auch wenn ich klein bin, habe ich in einer Schlacht vor dem Herrscher von Britannien gefochten.«

»Ich erinnere mich!« sagte sie und lachte jetzt. »Weises Kind, verwöhntes Kind. Du liebtest Rätsel, nicht? Ich erinnere mich an dich, Taliesin.« Sie stand auf. Brendel sprang zum Dock und half ihr an Land.

»Ich hatte viele Formen«, wiederholte Flidais, »aber einst war ich sein Harfner.«

Sie nickte, groß stand sie auf dem steinernen Dock, sie blickte auf ihn hinab, und in ihren Augen und um ihren Mund spielten die Erinnerungen. Dann trat eine Veränderung ein. Die Männer sahen es und verstummten mit einem Mal.

»Du bist doch mit ihm gesegelt?« fragte Guinevere. »Du bist in der ersten *Prydwen* gesegelt.«

Flidais' Lächeln verschwand. »So ist es, Lady«, bestätigte er. »Ich fuhr mit dem Krieger nach Caer Sidi, das hier Cader Sedat heißt. Ich habe darüber geschrieben, über diese Reise. Sicher erinnert Ihr Euch.« Er holte Luft und rezitierte:

»Dreimal soviel, wie *Prydwen* faßte, waren wir, als wir mit Arthur gingen, außer sieben kam niemand zurück vor . . .«

Auf einen Wink von ihr unterbrach er sich. Wehe. So standen sie einen Augenblick lang. Die Sonne sank ins Meer. Mit der Dunkelheit kam auch ein leichter Wind auf. Brendel beobachtete, aber obwohl er nur halb verstand, worum es ging, fühlte er sich von einem namenlosen Schmerz übermannt, als das Licht verging. In der Dunkelheit schien Guineveres Gesicht kühler und strenger zu werden. Sie stellte fest: »Du warst also dort. Dann kennst du auch den Weg. Bist du mit Amairgen gesegelt?«

Flidais wich aus, als hätte er einen wirklichen Schlag erhalten. Er holte zitternd Luft, und er, der ein Halbgott war und die Mächte von Pendaran seinem Willen unterwerfen konnte, erklärte in einer Stimme voll demütiger Unterwerfung: »Ich bin niemals ein Feigling gewesen, Lady, in keiner Form. Ich bin einmal in einer anderen Gestalt zu diesem verfluchten Platz gesegelt. Aber dies ist meine wirkliche Gestalt und dieser Wald meine wirkliche Heimat in dieser ersten von allen Welten. Wie sollte ein Wächter des Waldes zur See fahren, Lady? Was hätte es genützt? Ich sagte ihm, ich sagte Amairgen, was ich wußte . . . daß er mit dem

Nordwind nach Norden segeln soll ... und er betonte, er wisse, wo und wann er dies tun müsse. Das habe ich getan, Lady, und der Weber weiß, daß die Andain selten soviel für die Menschen tun.«

Er verstummte. Ihr Blick war teilnahmslos und fern. Dann deklamierte sie plötzlich:

»Das Lob versage ich den Männern mit schleppenden Schilden. Sie wissen nicht, an welchem Tag der Führer sich erhob, als wir fortzogen mit Arthur in trauervollem Gedenken ...«

»Ich habe das geschrieben!« protestierte Flidais. »My Lady Guinevere, das habe ich geschrieben.«

Es war nun ganz dunkel auf dem Weg, aber mit dem scharfen Gesichtssinn der Lios Alfar konnte Brendel sehen, wie die Kälte aus ihrem Gesicht wich. Mit sanfter Stimme sagte sie jetzt: »Ich weiß, Taliesin, Flidais, ich weiß, daß du es geschrieben hast, und ich weiß auch, daß du mit ihm dort warst. Verzeih mir. Aber es ist nicht so leicht, sich an diese Dinge zu erinnern.«

Dann ließ sie die beiden hinter sich und ging den Weg zum Turm hinauf. Über dem dunklen Meer schien nun der Abendstern, der nach Lauriel, der Weißen, benannt war.

Flidais erkannte, als er sie weggehen sah, daß er es ganz falsch gemacht hatte. Eigentlich wollte er das Gespräch ja auf jenen Namen lenken, mit dem der Krieger angerufen wurde, das war das einzige Rätsel in allen Welten, für das er keine Antwort wußte. Er war sehr klug, und normalerweise hätte er das Gespräch in jede Richtung leiten können, wohin er wollte, und der Weber wußte, wie tief sein Verlangen nach dieser Antwort war. Nun hatte er aber vergessen, was in der Gegenwart von Guinevere geschehen war. Auch wenn sich die Andain wenig um die Probleme sterblicher Menschen kümmerten, wie konnte man angesichts eines so alten Leidens listig sein?

Beide waren sie mit ihren Gedanken beschäftigt, der Lios Alfar wie auch der Andain, und zusammen nahmen sie das Steuerruder aus dem Boot und folgten ihr dann in den Anor und die Wendeltreppe hinauf.

Es war merkwürdig, dachte Jaelle, daß sie sich am Ort ihrer eigenen Macht so unwohl fühlte.

Sie befand sich in ihren Räumen im Tempel von Paras Derval, umringt von den Priesterinnen des Heiligtums und den braungekleideten Akolytinnen. Sie konnte sich in einem Augenblick mit den Mormae in Gwen Ystrat geistig verbinden, wenn es notwendig war oder wenn sie es wünschte. Sie hatte sogar einen befreundeten Gast im Tempel: Es war Sharra von Cathal, die von dem amüsanten Tegid von Rhoden bis zum Tor, aber nicht nach jenseits des Tors begleitet wurde. Dieser Tegid schien seine Aufgaben als Brautwerber für Diarmuid mit einem Ernst zu tragen, den man nicht gewohnt war.

Aber es war auch eine Zeit, die zum Ernst und sogar zur Beunruhigung Anlaß geben konnte. Nichts von all den gewohnten Ereignissen, nicht einmal die Glocken, welche die Grauen zur Abendbeschwörung riefen, reichten hin, um die Gedanken der Hohepriesterin zu beruhigen.

Nichts war mehr so klar, wie es einmal gewesen war. Sie war hier, und sie gehörte hierher, wahrscheinlich hätte sie jede Aufforderung, geschweige denn jeden Befehl, irgendwo anders zu sein, nur mit Verachtung gestraft. Sie hatte sowohl die Pflicht wie auch die Macht, die gesponnenen Gewebe nach Danas Willen zu gestalten und dies an diesem Ort zu tun.

Und trotzdem fühlte sich alles anders an.

Zuerst einmal stand ihr die Hälfte der Regierungsmacht über Brennin zu, seit der Großkönig nach Norden gegangen war, seit gestern.

Gestern abend oder genauer gesagt vor zwei Nächten, doch hatten sie erst nach ihrer Rückkehr von Taerlindel erfahren ... war das Rufglas aus Daniloth aufgelodert. Zusammen mit Aileron hatte sie die Lichtspirale im Zepter, das die Lios Alfar Ailell gegeben hatten, gesehen.

Der König hatte nur einen Augenblick lang gezögert, er nahm nur ein schnelles Mahl zu sich und teilte knappe Befehle aus. In den Garnisonen mobilisierten die Hauptleute der Garde jeden Mann. Das nahm wenig Zeit in Anspruch, denn Aileron hatte sich auf jenen Augenblick seit dem Tag vorbereitet, als sie ihn gekrönt hatte.

Er hatte alles sorgfältig getan, er hatte sie zusammen mit dem Kanzler Gorlaes dazu ernannt, das Reich zu führen, während er im Krieg war. Er war neben ihr vor den Palasttoren stehengeblieben, hatte sie schnell, aber nicht ohne Ehrerbietung gebeten, ihr Volk zu schützen, so gut es ihre Kräfte erlaubten.

Und schon saß er auf seinem schwarzen Streithengst und galoppierte mit einem Heer hinweg, zuerst zur Nordfeste, um die Garnison, die dort stand, zu sammeln und dann nachts über die große Ebene nach Norden nach Daniloth zu stoßen . . . und nur Dana wußte, worum es ging.

Er ließ sie in diesem vertrautesten aller Orte zurück, wo plötzlich nichts mehr vertraut erschien.

Sie hatte ihn einst gehaßt, erinnerte sie sich. Sie hatte sie alle gehaßt: Aileron, seinen Vater, und seinen Bruder Diarmuid, den sie wegen seiner spöttischen, ätzenden Sprechweise den »Prinzling« nannte.

Aus dem Kuppelgewölbe drangen leise die Gesänge zu ihren Ohren. Es war nicht die übliche Abendanrufung. Bis der Mittsommernachtsmond verschwunden sein würde, acht weitere Nächte also, würden die Abendgesänge mit der Klage um Liadon beginnen und enden.

Darin lag so viel Kraft, ein so herrlicher Triumph für die Göttin und für sie selbst als deren erste Hohepriesterin. Unzählige Jahre hatte sie die Stimme aus Dun Maura gehört, wie sie über Maidaladan geschrien hatte, es war die Todesklage über das freiwillige Opfer. Und damit kreisten ihre Gedanken zurück zu jenem, der Liadon geworden war: Es war Kevin Laine, der von Silbermantel aus einer anderen Welt hierhergebracht worden war, um ein Schicksal zu erleiden, das sowohl düster wie auch blendend hell war, ein Schicksal, das nicht einmal die Seherin hätte ahnen können.

Soviel Jaelle auch erfahren hatte, so sehr sie in der Natur der Göttin aufging, so empfand sie doch Kevins Tat so überwältigend, so vollendet hingebungsvoll, daß sie die Klarheit, mit der sie einst die Welt gesehen hatte, unwiderruflich trübte. Er war ein Mann, und dennoch hatte er diese Tat vollbracht. Seit Maidaladan war es soviel schwerer geworden, den alten Zorn, den alten Haß, die alte Bitterkeit heraufzubeschwören. Oder genauer gesagt, es war schwerer geworden, sie für irgend jemand oder irgend etwas zu empfinden außer Rakoth.

Der Winter war vorüber. Das Rufglas war aufgelodert. Da oben irgendwo im Norden in der Dunkelheit herrschte Krieg. Und ein Schiff segelte nach Westen.

Dieser Gedanke führte sie zurück zu einem Strand im Norden von Taerlindel, wo sie beobachtet hatte, wie Pwyll, der andere Fremde, am Rande des Wassers den Seegott beschworen hatte und in einem übermenschlichen Licht zu ihm sprach. Für keinen von ihnen war irgend etwas so leicht, das wußten Dana und der Weber, aber Pwyll schien eine so unerbittlich fordernde Kraft zu haben: die ihm viel entzog und, soweit sie jedenfalls sehen konnte, nicht viel zurückgab.

Sie erinnerte sich, daß sie auch ihn mit einer kalten, niemals verzeihenden Wut gehaßt hatte, als sie ihn vom Sommerbaum in diesen Raum, in dieses Bett geholt hatte, wissend, daß die Göttin zu ihm gesprochen hatte, nicht wissend jedoch, was sie gesagt hatte. Sie erinnerte sich, daß sie ihn geschlagen hatte, so daß das Blut hervorquoll, das alle Männer vergießen sollten, aber sie war dabei über das vorgeschriebene Maß hinausgegangen. »Rahod hedai Liadon«, sangen die Priesterinnen unter der Kuppel und beendeten die Klage mit einem letzten, langen, durchdringenden Ton. Unmittelbar darauf hörte sie Shiels klare Stimme, die die Wechselgesänge der Abendanrufung einleitete. Ein gewisser Friede, ein wenig Trost lag selbst jetzt noch in diesen Zeiten der Dunkelheit in diesem Ritual, dachte Jaelle. Ihre Zimmertür wurde aufgerissen. Auf der Schwelle stand Leila.

»Was tust du?« rief Jaelle aus. »Leila, du solltest jetzt unter der Kuppel sein, zusammen mit . . .«

Sie unterbrach sich. Die Augen des Mädchens waren weit aufgerissen, sie starrten ins Leere. Leila aber sprach wie in Trance und unbeirrbar: »Sie haben das Horn geblasen . . . in der Schlacht. Jetzt ist er im Himmel, über dem Fluß . . . Finn. Und die Könige. Ich sehe Owein im Himmel, er zieht ein Schwert. Auch Finn zieht ein Schwert. Sie sind . . . Sie sind . . .« Ihr Gesicht war kreideweiß, ihre Finger an ihren Hüften gespreizt. Sie gab einen dünnen Ton von sich.

»Sie töten«, stieß sie hervor. »Sie töten die Svarts und die Urgach, Finn ist blutbedeckt. Oh, soviel Blut. Und jetzt Owein, er ist . . . er ist . . .«

Jaelle sah, wie die Augen des Mädchens noch wahnsinniger

flackerten, und ihr Herz wurde matt.

Leila rief gellend: *»Finn, nein! Halt ihn auf! Sie töten uns!«* Wieder schrie sie auf und wortlos taumelte sie vorwärts, fiel und vergrub ihren Kopf in Jaelles Schoß, ihre Arme umklammerten die Priesterin, sie zuckte am ganzen Körper.

Unter dem Kuppelgewölbe wurden die Gesänge unterbrochen. Dann hörte man eilige Schritte in den Gängen. Jaelle hielt das Mädchen, so fest sie nur konnte. Leila schlug so heftig um sich, daß die Hohepriesterin wirklich befürchtete, sie könnte sich verletzen.

»Was ist los? Was ist geschehen?«

Sie blickte auf und sah Sharra von Cathal auf der Türschwelle.

»Die Schlacht«, keuchte sie und versuchte Leila festzuhalten. Die Tränenausbrüche des Mädchens erschütterten noch ihren eigenen Körper. »Die Jagd. Owein. Sie ist geistig verbunden mit . . .«

Und dann hörten sie die Stimme. *»Himmelskönig, steck dein Schwert in die Scheide. Ich unterwerfe dich meinem Willen!«* Es schien von nirgendwo und von überall her in den Raum zu kommen, die Worte waren klar, kalt und bis zum äußersten gebieterisch.

Leilas heftige Bewegungen hörten auf. Sie lag nun ruhig in Jaelles Armen. Alle schwiegen: die drei in Jaelles Gemach und all jene, die in den Gängen versammelt waren. Sie warteten. Jaelle rang mühsam nach Atem. Ihre Hände streichelten blind, fast automatisch Leilas Haar. Das Kleid des Mädchens war schweißnaß.

»Was ist das?« flüsterte Sharra von Cathal. In diesem Schweigen klang es laut. »Wer hat das gesagt?«

Jaelle fühlte, wie Leila zitternd Atem holte. Fünfzehn Jahre war sie erst, dachte Jaelle. Und Leila hob wieder zitternd ihren Kopf, ihr Gesicht war fleckig, ihr Haar hoffnungslos verwirrt. Sie sagte: »Es war Ceinwen, Hohepriesterin, es war Ceinwen.« In ihrer Stimme war Staunen, das Staunen eines Kindes.

»Sie selbst? Unmittelbar?« fragte Sharra von neuem. Jaelle blickte auf die Prinzessin, die trotz ihrer Jugend im Gebrauch der Macht geübt worden war und deshalb offensichtlich die Beschränkungen kannte, die der Weber den Göttern auferlegt hatte.

Leila wandte sich Sharra zu. Ihre Augen blickten wieder normal und sahen sehr jung aus. Sie nickte. »Es war ihre eigene Stimme.«

Jaelle schüttelte den Kopf. Dafür würde das eifersüchtige Pantheon der Göttinnen und Götter einen Preis fordern, das wußte sie. Und das lag natürlich weit jenseits ihrer Grenzen. Etwas anderes allerdings vermochte sie. Sie warnte: »Leila, du bist in Gefahr. Die Jagd ist zu wild. Die heftigste Kraft, die es überhaupt gibt. Du mußt versuchen, diese Verbindung mit Finn aufzulösen, mein Kind, in ihr wohnt der Tod.«

Sie selbst hatte Macht, und sie wußte auch, wann ihre Stimme nicht mehr nur ihre eigene Stimme war. Sie war die Hohepriesterin, und sie war es im Tempel der Dana.

Leila sah zu ihr auf, noch immer kniete sie ruhig auf dem Boden. Unwillkürlich griff Jaelle nach einer von Leilas Haarlocken, um sie von ihrem weißen Gesicht nach hinten zu ziehen.

»Ich kann nicht«, hauchte Leila ruhig. Nur Sharra, die ihnen am nächsten stand, hörte es. »Ich kann es nicht auflösen. Aber es spielt auch keine Rolle mehr. Sie werden ihn niemals wieder rufen, sie wagen es nicht ... Sie können jetzt überhaupt nicht mehr beschworen werden, auch wenn das versucht wird. Ceinwen wird nicht zweimal dazwischentreten. Hohepriesterin, er ist, er ist weggegangen, er ist ferne dort oben bei den Sternen, auf dem Längsten Weg.«

Jaelle blickte lange Zeit auf sie. Sharra trat ebenfalls hinzu und legte ihre Hand auf Leilas Schulter. Wieder fiel ihr wirres Haar herab, und wieder strich die Priesterin es zurück. Irgend jemand war zum Gewölbe zurückgekehrt. Die Glocken läuteten.

Jaelle stand auf. »Gehen wir«, gebot sie. »Die Anrufungen sind noch nicht beendet. Wir wollen sie alle bis zum Ende singen. Kommt.«

Sie führte sie durch die gewundenen Gänge bis zu dem Ort, wo die Axt stand. Aber während der Abendgesänge hörte sie unablässig eine andere Stimme in ihrem Geist.

»Der Tod wohnt darin.« Es war ihre eigene Stimme und mehr als das, ihre und der Göttin Stimme. Und das bedeutete immer, daß sie die Wahrheit sprach.

Kapitel 2

Am nächsten Morgen zur grauesten Stunde, kurz vor der Dämmerung, traf *Prydwen* weit draußen im Meer auf den Seelenverkäufer. Zur gleichen Zeit erwachte Dave Martyniuk allein auf dem Totenhügel bei Celidon auf der Ebene.

Er war nie ein besonders scharfsinniger Mensch gewesen, aber das mußte man gar nicht sein, um zu verstehen, was es bedeutete, daß Ceinwen unter ihm und über ihm auf dem grünen, vom Tau der letzten Nacht silbrig gefärbten Gras gelegen hatte. Zuerst war er wie betäubt von Ehrfurcht und Demut, aber nur zuerst und nicht sehr lange. In dem blinden und instinktiven Vollzug seines Liebesaktes hatte Dave nach dem Blutbad am Fluß eine Bestätigung des Lebens und der Lebenden gefunden.

Er erinnerte sich lebhaft, was er ein Jahr zuvor bei einem mondbeschienenen Teich in Faelinnhain gesehen hatte. Wie der Hirsch, der von der Grünen Ceinwen mit einem Pfeil getroffen worden war, sich zweigeteilt hatte und wieder aufgestanden war, wie er seinen Kopf vor der Jägerin gebeugt hatte und vor seinem eigenen Tod davongelaufen war.

Und nun kam eine andere Erinnerung zum Vorschein. Er spürte, daß die Göttin in der vergangenen Nacht sein eigenes zwanghaftes Bedürfnis geteilt, ja sogar hervorgerufen hatte, um die absolute Gegenwart der Lebenden in einer Welt zu bekräftigen, die noch sehr von den Mächten des Dunkels bedrängt wurde. Und er vermutete, daß dies der Grund für das Geschenk war, das sie ihm gegeben hatte. Eigentlich war es das dritte Geschenk: zuerst sein Leben, damals in Faelinn zum erstenmal, dann Oweins Horn und nun diese ihre eigene Hingabe, um den Schmerz zu nehmen.

Mit alledem hatte er recht, aber was Ceinwen getan hatte, war noch viel mehr, obwohl nicht einmal die intelligentesten unter den Sterblichen es verstanden hätten. So sollte es sein, und so war es ja auch immer gewesen. Immerhin aber wußten es Macha und die Rote Nemain und mit aller Sicherheit auch Dana, die Mutter. Die Götter errieten es vielleicht, vielleicht auch manche von den Andain, die Göttinnen aber wußten es.

Die Sonne ging auf. Dave erhob sich und blickte sich um. Der

Himmel über ihm war strahlend hell und wolkenlos. Es war ein wunderbarer Morgen. Ungefähr eine Meile nördlich von dem Platz, wo er sich befand, funkelte der Adein, und an seinem Ufer bewegten sich Männer und Pferde. Etwas weiter entfernt im Osten konnte er die aufgerichteten Steine sehen, die Celidon, die die Mitte der Ebene umgaben und genau bestimmten, es war die Heimat des ersten Stammes der Dalrei und der Versammlungsplatz aller Stämme. Dort war auch Bewegung, waren Lebenszeichen. Aber wer war es und wie viele?

Nicht alle müssen sterben, hatte Ceinwen vor einem Jahr zu ihm gesagt und nun wieder in der vergangenen Nacht. Vielleicht nicht alle, aber die Schlacht war grauenvoll und sehr schlimm gewesen, und viele *waren* gestorben.

Die Ereignisse des Abends und der vorhergehenden Nacht hatten ihn verändert, trotzdem war Dave aber im großen und ganzen das geblieben, was er immer gewesen war, und so spürte er auch einen unbehaglichen Knoten von Angst in seinem Bauch, als er vom Hügel hinabschritt und schnell zum Flußufer hinüberging, wo er die Bewegung wahrgenommen hatte.

Wer? Und wie viele? Es war so ein Chaos gewesen, eine so schmutzige blutbespritzte Wirrnis. Die Wölfe, die Lios, wie sie ankamen, Avaias Brut im dunkelnden Himmel, und dann, nachdem er ins Horn gestoßen hatte, noch etwas anderes am Himmel, etwas Wildes, Unbegreifliches. Owein und die Könige. Und das Kind. Sie führten den Tod mit sich, sie ließen ihn in Erscheinung treten. Er beschleunigte seinen Schritt so sehr, daß er fast rannte. *Wer?*

Dann erhielt er den Teil einer Antwort, er blieb unvermittelt stehen, fast ein wenig schwach vor Erleichterung. Aus dem Menschenhaufen neben dem Adein waren auf einmal zwei Pferde ausgeschert, das eine war dunkelgrau, das andere braun, fast golden, sie rasten auf ihn zu, und er erkannte beide. Auch ihre Reiter erkannte er. Die Pferde donnerten auf ihn zu, die Reiter sprangen ab, fast noch bevor die Pferde zum Stand kamen, sie taten es mit jener angeborenen, unbewußten Leichtigkeit der Dalrei. Und Dave stand jenen Männern gegenüber, die in einer Nacht in Penderan seine Brüder geworden waren.

Alle drei verspürten Freude und Erleichterung, jeder zeigte es auf seine Weise, sie umarmten sich jedoch nicht.

»Ivor?« fragte Dave. Nur dieser Name . . .

»Es geht ihm gut«, beschied ihm Levon ruhig. »Einige Wunden, aber keine ist wirklich ernsthaft.« Dave sah, daß Levon selbst eine kurze tiefe Narbe auf seiner Schläfe hatte, die sich bis an den Ansatz seiner gelben Haare hinaufzog.

»Wir haben deine Axt gefunden«, erklärte Levon. »Am Flußufer . . . Aber keiner hat dich gesehen, nachdem du . . . nachdem du in das Horn gestoßen hast, Davor.«

»Und heute morgen«, fuhr Torc fort, »waren alle Toten weg, und wir konnten dich nicht finden . . .« Er führte den Gedanken nicht zu Ende.

Dave holte kurz Atem und ließ ihn langsam wieder entweichen. »Ceinwen?« fragte er. »Habt ihr ihre Stimme gehört?«

Die beiden Dalrei nickten wortlos.

»Sie hat die Jagd angehalten«, berichtete Dave, »und dann führte sie . . . führte mich weg. Als ich aufwachte, war sie mit mir zusammen und teilte mir mit, daß sie . . . daß sie . . . die Toten aufgesammelt hätte.« Mehr sagte er nicht. Der Rest gehörte nur ihm allein, er konnte nicht darüber sprechen.

Er sah, wie Levon, schnell wie immer, an ihm vorbei auf den Hügel blickte, und dann schaute auch Torc hinüber. Ein langes Schweigen folgte. Dave konnte die Frische der Morgenbrise spüren, er konnte sehen, wie sie über das hohe Gras der Ebene wehte. Dann nahm er mit einem Stich im Herzen wahr, wie Torc, der sonst so beherrscht war, lautlos zu weinen begann, als er seine Augen auf den Totenhügel richtete.

»So viele«, murmelte Torc, »sie haben so viele von uns und von den Lios . . . getötet.«

»Mabon von Rhoden hat eine schwere Schulterwunde davongetragen«, erzählte Levon, »einer von den Schwänen ist auf ihn niedergestoßen.«

Dave erinnerte sich, daß Mabon nur zwei Tage zuvor sein Leben gerettet hatte, als Avaia selbst in einem verschwommenen Todesschleier aus einem klaren Himmel herabgekommen war. Er schluckte und brachte mit Mühe hervor: »Torc, ich habe auch Barth und Navon gesehen, alle beide. Sie waren . . .«

Torc nickte steif. »Ich weiß. Ich habe es auch gesehen. Alle beide.«

Diese Kleinkinder im Wald, dachte Dave. Barth und Navon

waren gerade vierzehn, als sie starben. In seiner ersten Nacht in Fionavar hatten er und Torc die beiden Jungen im Faelinnhain beschützt. Sie hatten gewacht und sie vor einem Urgach errettet, nur um sie jetzt . . .

»Es war der Urgach in Weiß«, sagte Dave. Die Bitterkeit stieg wie Galle in seinen Mund. »Es war dieser ganz große. Er hat sie beide getötet. Mit einem Schlag.«

»Uathach.« Levon spuckte diesen Namen fast aus. »Ich hörte, daß die anderen ihn so gerufen haben. Ich versuchte, ihn zu verfolgen, aber ich konnte ihn nicht . . .«

»Nein! Mit ihm kannst du es nicht aufnehmen, Levon«, unterbrach ihn Torc, und seine Stimme klang beschwörend. »Nicht allein. Wir werden sie besiegen, weil wir es müssen, aber versprich mir jetzt, daß du ihn niemals alleine verfolgst. Er ist mehr als ein Urgach.«

Levon schwieg. »Versprich mir!« wiederholte Torc. Er drehte sich um und stand breit vor Avens Sohn, er achtete nicht auf die Tränen, die noch immer in seinen Augen glänzten. »Er ist zu groß, Levon, und zu schnell, und er hat noch eine Eigenschaft mehr. Versprich es mir!«

Ein Augenblick verging, bevor Levon antwortete. »Nur euch beiden kann ich es versprechen. Versteht es. Aber ihr habt mein Wort.« Sein gelbes Haar leuchtete in der Sonne. Mit einer steifen Drehung seines Kopfes warf er es zurück, dann wandte er sich jäh um und ging zu den Pferden zurück. Ohne seinen Schritt zu unterbrechen, stieß er hervor: »Kommt. Heute morgen wird in Celidon der Rat der Stämme abgehalten.« Ohne auf sie zu warten, saß er auf und ritt davon.

Dave und Torc tauschten einen Blick, dann bestiegen sie zu zweit das graue Pferd und ritten ihm nach. Auf halbem Weg zu den aufgerichteten Steinen holten sie ihn ein, denn Levon hatte auf sie gewartet. Sie hielten neben ihm an. »Vergebt mir«, bat er, »ich bin ein Tor und ein Tor und ein Tor.«

»Ja, mindestens zwei davon«, stimmte Torc bedeutungsvoll zu. Dave lachte. Und bald darauf lachte auch Levon. Ivors Sohn streckte seine Hand aus, und Torc ergriff sie. Sie schauten auf Dave. Schweigend legte auch er seine rechte über ihre beiden Hände. Den Rest des Weges ritten sie zusammen.

»Der Weber sei gepriesen, wie auch die goldenen Fäden seines Gewirks«, rief zum dritten Mal der ehrwürdige Dhira, der Häuptling des ersten Stammes.

Allmählich ging er Dave auf die Nerven. Sie befanden sich in der Versammlungshalle in Celidon. Es war keine sehr große Halle, aber sie genügte für die nicht sehr zahlreichen Teilnehmer der Versammlung: der Aven, der trotz eines bandagierten Armes und einer Wunde an der Schläfe, ähnlich der, welche Levon davongetragen hatte, wach und beherrscht aussah, die Häuptlinge der anderen acht Stämme mit ihren Ratgebern, Mabon, der Herzog von Rhoden, der auf einem Strohsack lag; ganz offensichtlich litt er Schmerzen, war aber genauso offensichtlich entschlossen, mit dabei zu sein, und schließlich dann Ra-Tenniel, der Lord der Lios Alfar, zu dem aller Augen immer wieder in Ehrfurcht und Staunen zurückkehrten.

Aber manch einer fehlte und wurde schmerzlich vermißt. Dave wußte es. Zwei von den Häuptlingen: Damach vom zweiten Stamm und Berlan vom fünften Stamm hatten ihren Rang erst jetzt erhalten, sie waren Sohn bzw. Bruder von Männern, die beim Fluß gefallen waren.

Zu Daves Überraschung hatte Ivor den Vorsitz über die Versammlung Dhira überlassen. Torc flüsterte eine knappe Erklärung: Der erste Stamm war der einzige, der nie über die Ebene gezogen war, Celidon war seine ständige Heimat. Hier in der Mitte der Ebene blieben sie, sie empfingen Botschaften und gaben sie an alle Stämme weiter, bewahrten die Aufzeichnungen der Dalrei, versahen die Stämme mit ihren Schamanen und führten hier in Celidon den Vorsitz über die Versammlungen. Immer . . . selbst in Gegenwart eines Aven. So war es in Revors Zeit gewesen, und so war es auch jetzt.

So war es eben festgelegt und Tradition, dachte Dave. Theoretisch war es irgendwie vernünftig, aber das half ihm kaum, sich jetzt, nach dieser Schlacht, mit Dhiras zittriger Stimme und seinem schleppenden Schritt abzufinden.

Dieser hatte eine weitschweifige, umfangreiche Rede gehalten, halb war es eine Totenklage, halb ein Heldenlied, bis er das Wort schließlich an Ivor weitergab. Levons Vater hatte sich dann erhoben, um für Ra-Tenniel die Geschichte ihres wilden und kaum vorstellbaren Rittes zu erzählen: Innerhalb eines Tages und einer Nacht hatten sie die Hälfte der Ebene hinter sich gebracht, um dann gerade im richtigen Augenblick die Streitmächte des Maugrim bis zum Fluß zurückzuschlagen.

Dann hatte er mit Anstand das Wort an den Herrn von Daniloth weitergegeben, der seinerseits berichtete, wie er gesehen hatte, daß die Armee der Finsternis Andarien durchquerte, wie er sein Rufglas aus Atronel in Flammen setzte, damit es in Paras Derval eine lodernde Warnung aussprechen möchte, wie er zwei Botschafter auf dem großartigen Raithen ausgesandt hatte, um die Dalrei zu alarmieren, und wie er schließlich und äußerst heldenhaft seine eigene Armee aus dem geschützten Schattenland zur Schlacht am Adein geführt hatte.

Seine Stimme klang wie Musik, die Noten aber waren von der Trauer bestimmt, als er sprach. Sehr viele aus Daniloth waren gestorben, viele auch aus der Ebene und aus Brennin, denn Mabons fünfhundert Männer aus Rhoden hatten sich ihren Weg in das dichteste Getümmel der Schlacht gebahnt.

Und diese Schlacht hatte man für verloren geglaubt, obwohl mit dem Mute der Verzweiflung das Höchstmaß der Kräfte eingesetzt worden war. Die Schlacht schien verloren ... bis dann ein Horn geblasen wurde.

Und so erhob sich Dave, der hier auf der Ebene Davor hieß, auf Ivors Aufforderung hin und erzählte seine eigene Geschichte: daß er in seinem Geist eine Stimme gehört habe, die ihn daran erinnerte, was er mit sich führte (und in seiner Erinnerung klang sie noch immer wie Kevin Laine, der ihn wegen seiner Langsamkeit schalt), und daß er dann mit aller Kraft, die er in jener Stunde noch hatte, in Oweins Horn stieß.

Sie wußten alle, was geschehen war. Alle hatten sie die Schattenfigur am Himmel gesehen, Owein und die Könige und das Kind auf dem fahlen Pferd. Sie hatten beobachtet, wie sie aus großer Höhe herabkamen, die schwarzen Schwäne aus Avaias Brut, die Svart Alfar, die Urgach, die Wölfe von Galadan töteten ... und sich anschließend ohne Pause oder Unterschied, ohne Mitleid oder Bedauern gegen die Lios Alfar und die Männer von der Ebene und aus Brennin wandten.

Bis dann eine Göttin gekommen war und geschrien hatte:

»*Himmelskönig, steck dein Schwert in die Scheide!*« Und danach wußte nur noch Davor, der ins Horn gestoßen hatte, was sich bis zum Morgengrauen abgespielt hatte. Er erzählte, daß er auf dem Hügel erwacht war, daß er erfahren hatte, was geschehen war, und daß Ceinwen ihn gewarnt hatte, daß sie kein zweites Mal eingreifen würde, sollte er noch einmal Oweins Horn blasen.

Das war alles, was er ihnen sagte. Dann setzte er sich wieder. Erst jetzt wurde er sich bewußt, daß er gerade eine Rede gehalten hatte. Früher hätte ihn allein schon der Gedanke daran gelähmt. Jetzt nicht mehr und nicht hier. Zuviel stand auf dem Spiel.

»Der Weber sei gepriesen und die leuchtenden Fäden seines Gewirks!« intonierte Dhira ein weiteres Mal und hob seine faltigen Hände vors Gesicht. »Ich verkünde jetzt vor dieser ganzen Gesellschaft, daß es hinfort die Pflicht und die Ehre des ersten Stammes sein wird, diesen Totenhügel mit allen Riten zu pflegen, so daß er auf immer grün sei und . . .«

Dave hatte davon mehr als genug. »Glaubst du nicht«, unterbrach er ihn, »daß Ceinwen, wenn sie die Hügel aufschichten und die Toten sammeln kann, ihn auch grün zu halten vermag, wenn sie will?«

Er zuckte zurück, als Torc ihm zur Strafe einen Tritt gegen sein Schienbein versetzte. Es folgte ein kurzes unbehagliches Schweigen. Dhira fixierte Dave mit einem Blick, der plötzlich sehr scharf war.

»Ich weiß nicht, wie diese Dinge in der Welt behandelt werden, aus der du kommst, Davor, und ich würde mir nicht erlauben, es zu beurteilen.« Er machte eine Pause, damit Dave diesen Gedanken in sich aufnehmen könne. Dann fuhr er fort: »Und genausowenig steht es dir an, uns Ratschläge über eine unserer Göttinnen zu geben.«

Dave spürte, wie er errötete, und wollte eine zornige Antwort geben, aber er bezwang sich und schluckte sie hinunter. Wie zur Belohnung hörte er Avens Stimme: »Er hat sie gesehen, Dhira, er hat zweimal mit Ceinwen gesprochen und ein Geschenk von ihr erhalten, du nicht, ich ebensowenig. Er hat ein Recht und mehr als ein Recht zu sprechen.«

Dhira dachte darüber nach und nickte dann. »Ja, das ist richtig«, gab er zu Daves Überraschung ruhig zu. »Ich möchte zurücknehmen, was ich zuletzt sagte, Davor. Versuche jedoch zu verstehen: Wenn ich davon spreche, den Hügel zu pflegen, dann ist dies eine Geste der Dankbarkeit und Ehrerbietung. Es geht nicht darum, die Göttin zu irgend etwas zu veranlassen, wir wollen ihr nur danken. Ist das etwa unpassend?«

Nach diesen Worten bereute Dave sehr, daß er Dhira getadelt hatte. »Verzeih mir, Häuptling«, beeilte er sich zu bitten. »Natürlich ist es passend. Nur ich bin hastig und ungeduldig, und . . .«

»Und nicht ohne Grund!« murrte Mabon von Rhoden und erhob sich auf seinem Strohlager. »Wir haben Entscheidungen zu fällen und sollten das endlich tun!«

Ein silbriges Lachen rann durch den Raum. »Ich habe schon davon gehört«, ließ sich Ra-Tenniel amüsiert vernehmen, »daß die Menschheit es immer eilig hat. Aber jetzt höre ich es mit eigenen Ohren.« Seine Stimme sank langsam ab; alle lauschten sie, allein schon seine Gegenwart versetzte sie in eine Art Trance. »Alle Menschen sind ungeduldig. Das ist eben die Art, wie die Zeit für euch läuft, eingewebt, es liegt an der Kürze eurer Fäden im Webstuhl. In Daniloth sagen wir, daß dies ein Fluch und ein Segen zugleich ist.«

»Gibt es denn nicht Zeiten, in denen rasches Handeln erforderlich ist?« fragte Mabon angriffslustig.

»Sicherlich«, fiel Dhira ein, als Ra-Tenniel eine Pause machte. »Mit Sicherheit gibt es sie. Aber dieser Augenblick muß in erster Linie eine Zeit der Trauer für die Toten sein, sonst erlischt die Erinnerung an sie, es wird nicht um sie geklagt und . . .«

»Nein«, widersprach Ivor.

Es war nur ein Wort, aber jeder der Anwesenden hörte den lange unterdrückten Anflug eines Befehlstons. Der Aven stand auf.

»Nein, Dhira«, wiederholte er leise. Er hatte es nicht nötig, seine Stimme zu erheben. Er stand im Mittelpunkt des Raumes. »Mabon hat recht, Davor auch, und ich glaube nicht, daß unser Freund aus Daniloth anderer Meinung ist. Keiner der Männer, die letzte Nacht starben, und keiner von den Brüdern und Schwestern der Lios, die ihr Lied verloren haben, wird ohne Totenklage unter Ceinwens Hügel liegen. Die Gefahr«, fuhr er fort, und seine Stimme wurde streng und unversöhnlich, »ist nur, daß sie vielleicht umsonst gestorben sind, aber das darf nicht sein, solange wir leben, solange wir reiten und Waffen tragen können. Dhira, wir sind im Krieg, und die Finsternis umringt uns. Vielleicht gibt es später Zeit, um zu trauern, aber nur, wenn wir uns zum Licht durchkämpfen.«

Ivor hatte nichts an sich, dachte Dave, was ihn besonders hervorgehoben hätte . . . verglichen mit Ra-Tenniels Strahlen, verglichen mit Dhiras langsamer Würde oder selbst Levons unbewußter tierischer Anmut. Es waren viel imposantere Männer im Raum, ihre Stimmen waren zwingender, ihre Augen gebieterischer, aber Ivor war ein Feuer, und es war mit einem Willen und einer Liebe zu seinem Volk verbunden, und das war mehr als all diese anderen Dinge. Dave blickte auf den Aven und wußte, daß er diesem Mann folgen würde, wohin auch immer der Weg führen würde.

Dhira hatte sein Haupt gebeugt, als ob ein doppeltes Gewicht auf ihm laste, das Gewicht dieser Worte wie auch das seines hohen Alters.

»Das ist richtig, Aven«, gab er zu, und Dave war mit einem Male von der Müdigkeit in seiner Stimme gerührt. »Der Weber möge gewähren, daß wir unseren Weg zum Licht finden.« Er hob sein Haupt und blickte zu Ivor. »Vater der Ebene«, sagte er, »dies ist nicht der Zeitpunkt, um mich an die Würde des Ortes zu klammern. Wirst du mir erlauben, dir und deinen Kriegern Platz zu machen und mich zu setzen?«

Ivor preßte seine Lippen zusammen. Dave wußte, daß er kämpfte, um die schnellen Tränen zurückzuhalten, um derentwillen er in seiner Familie so verspottet wurde. »Dhira«, entgegnete der Aven, »die Würde des Ortes gebührt immer und ewig nur dir. Du kannst sie weder an mich noch an irgend jemand sonst abgeben. Aber Dhira, du bist der Häuptling des ersten Stammes, der Kinder des Friedens . . . es ist der Stamm der Schamanen, der Lehrer und der Hüter der Traditionen. Mein Freund, wie könnte man von einem solchen Mann verlangen, einen Kriegsrat zu führen?«

Unvermittelt strömte das Sonnenlicht durch das Fenster. Die quälende Frage des Aven hing im Raum, ebenso klar wie die Staubkörnchen in den schräg einfallenden Sonnenstahlen. »Dies ist richtig«, gestand Dhira ein zweites Mal ein. Er stolperte auf einen leeren Stuhl neben Mabons Strohlager zu. Dave wußte nicht, wie und warum, aber er erhob seinen Arm, um ihn zu stützen, dann aber sah er, daß Ra-Tenniel mit leicht beweglicher Anmut bereits an Dhiras Seite war und den betagten Häuptling zu seinem Sitz führte.

Als der Herr der Lios Alfar sich aber wieder aufrichtete, fiel sein Blick durch das Westfenster ins Freie. Einen Augenblick lang stand er regungslos, konzentrierte sich und rief dann: »Hört! Sie kommen!«

Dave fühlte sich anfänglich wie von Angst durchbohrt, doch der Tonfall war nicht warnend gewesen, und einen Augenblick später hörte auch er Geräusche und Rufe vom Westrand von Celidon. Und es waren Willkommensrufe.

Ra-Tenniel wandte sich mit leisem Lächeln an Ivor. »Ich bezweifle, daß die Raithen von Daniloth jemals zu deinem Volk kommen können, ohne einen Auflauf zu verursachen.«

Ivors Augen strahlten. »Ich wußte, daß es nicht möglich ist«, stimmte er zu. »Levon, kannst du ihre Reiter hierher bringen?«

Sie kamen ohnehin schon näher. Kurze Zeit später kehrte Levon zurück und mit ihm ein Mann und eine Frau von den Lios Alfar. Durch ihre Anwesenheit erschien die Luft im Raum heller als zuvor. Sie verbeugten sich vor ihrem Herrn.

Und trotzdem wurden sie kaum bemerkt.

Es war der dritte der Neuankömmlinge, der die Aufmerksamkeit aller im Raum Anwesenden voll beherrschte ... selbst in der Gesellschaft der Lios Alfar. Wie alle war auch Dave jäh aufgesprungen.

»Leuchtend gewebt, Aven«, sagte Aileron dan Aillel. Sein braunes Kleid war fleckig und staubbedeckt, sein Haar verzottelt, und seine Augen versanken in tiefen Becken der Müdigkeit. Trotzdem hielt er sich sehr gerade, und seine Stimme war klar und beherrscht. »Selbst jetzt dichten sie draußen Lieder. Sie singen über den Ritt von Ivor, der das Heer der Finsternis nach Celidon drängte und es dort schlug und zurücktrieb.«

Ivor erwiderte: »Großkönig, wir haben Hilfe erhalten. Die Lios Alfar sind aus Daniloth gekommen. Und dann kam Owein aufgrund des Horns, das Davor trägt, und zuletzt half uns die Grüne Ceinwen, denn sonst wären wir alle gestorben.«

»All das habe ich gerade schon erfahren«, bestätigte Aileron. Er fixierte Dave mit einem kurzen scharfen Blick und wandte sich dann an Ra-Tenniel. »Gepriesen sei die Stunde, da wir uns treffen, Mylord. Wenn Loren Silbermantel, der mich als Kind unterrichtete, die Wahrheit sprach, dann hat sich noch kein Herr von Daniloth so weit aus dem Schattenland hervorgewagt, seit Ra-Lathen den Nebel vor tausend Jahren webte.«

Ra-Tenniel blickte ernst, seine Augen waren grau.

»Er hat die Wahrheit gesagt«, erwiderte er ruhig.

Es entstand ein kurzes Schweigen, dann erhellte sich Ailerons dunkles bärtiges Gesicht durch ein strahlendes Lächeln: »So sei denn willkommen, Herr der Lios Alfar!«

Ra-Tenniel erwiderte das Lächeln, aber, wie Dave sah, nicht mit seinen Augen. »Letzte Nacht wurden wir bereits willkommen geheißen«, murmelte er. ». . . von Svart Alfar und Urgach, von den Wölfen und Avaias Brut.«

»Ich weiß«, sagte Aileron und seine Stimmung änderte sich schnell. »Und von diesen Willkommensgrüßen werden wir noch mehr erleben. Ich glaube, wir alle wissen es.«

Ra-Tenniel nickte, ohne zu sprechen.

»Ich kam, sobald ich das Rufglas sah«, fuhr Aileron nach einer kleinen Pause fort. »Hinter mir folgt mein Heer, es wird morgen abend hier sein. Als wir die Botschaft empfingen, war ich in Taerlindel.«

»Wir wissen es«, bestätigte Ivor. »Levon hat es berichtet. Ist die *Prydwen* losgesegelt?«

Aileron nickte. »Ja. Nach Cader Sedat. Mit meinem Bruder und dem Krieger, mit Loren, Matt und Pwyll.«

»Und mit Na-Brendel doch auch?« fragte Ra-Tenniel schnell. »Oder kommt er mit einem Heer?«

»Nein«, antwortete Aileron, als die beiden Lios Alfar sich hinter ihm bewegten. »Etwas anderes ist geschehen.« Dann wandte er sich überraschend an Dave und erzählte, was Guinevere gesagt hatte, als die *Prydwen* außer Sicht war, und was Brendel gesagt und getan hatte und wohin die beiden dann gereist waren. In dem nun folgenden Schweigen konnten sie den Lärm des Lagers durch das Fenster hören. Nun brachen die Dalrei, die sich um die Reiter versammelt hatten, in Rufe der Bewunderung und des Staunens aus. Die Geräusche schienen von weit her zu kommen. Daves

Gedanken waren bei Guinevere, und er fragte sich, wozu sie inzwischen wohl geworden war.

Ra-Tenniels Stimme glitt in das Schweigen des Raumes. Seine Augen waren violett, als er nun sprach: »Es stimmt schon so. Jedenfalls soweit in einer solchen Zeit irgend etwas stimmen kann. Seit jener Nacht, als Galadan sie von Brendel trennte, war sein Gewebe mit dem ihrigen verbunden. Im Anor brauchen wir ihn vielleicht nötiger als irgendwo sonst.«

Dave sah, wie der diamanthellen Lios Alfar-Frau ein Seufzer der Erleichterung entfuhr, aber er verstand es nur zur Hälfte.

»Niavin von Seresh und Teyrnon der Magier führen das Heer hierher«, ergriff wieder Aileron das Wort, der nun mit Entschiedenheit zu den greifbaren Fakten zurückkam. »Ich habe fast alle meine Streitkräfte hierher gebracht, einschließlich des Heeresteils von Cathal. Und gerade jetzt mobilisiert Shalhassan in seinem Land noch mehr Männer. Ich habe aber mein Wort gegeben, daß sie als Nachhut in Brennin verbleiben sollten. Ich bin hier allein hergekommen, bin mit Galen und Lydan durch die Nacht geritten, da ich meinem Heer ein wenig Ruhe gönnen mußte: Sie sind mehr als vierundzwanzig Stunden geritten.«

»Und du, hoher König,« fragte Ivor. »Hast du ausgeruht?«

Aileron zuckte mit den Achseln. »Vielleicht finde ich nach diesem Treffen Zeit dazu«, bemerkte er fast gleichgültig. »Es spielt keine Rolle.« Dave warf einen Blick auf ihn, er sah es anders, war aber dennoch beeindruckt.

»Hinter wem bist du geritten?« fragte Ra-Tenniel plötzlich, und seine Stimme klang unerwartet listig.

»Glaubst du«, antwortete Galen, bevor Aileron noch antworten konnte, »daß ich einen so schönen Mann mit irgend jemand anderem könnte reiten lassen?« Sie lächelte.

Aileron errötete unter seinem Bart, als die Dalrei in ein plötzliches, entspannendes Gelächter ausbrachen. Auch Dave lachte, er traf Ra-Tenniels Augen, die nun silbern waren, und empfing ein Zwinkern von dem Lios Alfar. Kevin Laine hätte es sicher zu schätzen gewußt, was Ra-Tenniel gerade getan hatte, dachte er. Ein Kummer lag dort verborgen.

Aber es war jetzt nicht die Zeit, auch nur zu versuchen, mit solch komplexen Gedanken umzugehen. Und so gehörte es sich wahrscheinlich auch, dachte Dave. Gefühle, die so tief gingen, waren für ihn gefährlich. Sein ganzes Leben lang war es so gewesen, und er hatte jetzt keinen Raum für die Lähmung, die sie verursachten, oder den Schmerz, der dann folgen würde. Inzwischen hatte Ivor zu sprechen begonnen. Dave zwang sich, seine Gedanken wieder nach außen zu richten.

»Ich war dabei, einen Kriegsrat einzuberufen, Großkönig. Bist du einverstanden, jetzt den Vorsitz zu übernehmen?«

»Nicht in Celidon«, entgegnete Aileron mit unerwarteter Höflichkeit. Er hatte sich von seiner zeitweiligen Verlegenheit erholt und war wieder direkt und beherrscht, aber dennoch nicht ohne Taktgefühl.

Aus dem Augenwinkel sah Dave, wie Mabon von Rhoden zustimmend nickte und wie ein dankbarer Blick die Züge des alten Dhira erhellte, der neben dem Herzog saß. Dhira hatte letztendlich doch recht, dachte Dave. Er fragte sich, ob er wohl später noch eine Gelegenheit finden würde, sich zu entschuldigen, und ob es ihm gelingen würde.

»Ich habe meine eigenen Gedanken«, sagte der Großkönig. »Ich möchte aber zuerst den Ratschluß der Dalrei und der Freunde aus Daniloth hören, bevor ich spreche.«

»Sehr gut«, kam Ivor mit einer Entschlossenheit, die der Ailerons nicht nachstand, dieser Aufforderung nach. »Mein Rat ist folgender: Das Heer von Brennin und Cathal steht auf der Ebene. Wir haben Daniloth hier bei uns und alle tauglichen Dalrei, die alt genug sind, um zu kämpfen ...« Mit einer Ausnahme, dachte Dave unwillkürlich, aber er schwieg.

»Es fehlt uns jedoch der Krieger wie auch Silbermantel, und außerdem haben wir keine Nachricht aus Eridu«, fuhr Ivor fort. »Wir wissen, daß die Zwerge uns nicht zu Hilfe kommen werden, wir wissen nicht, was zur See geschehen ist oder geschehen wird. Ich glaube nicht, daß wir warten können, bis wir es wissen. Mein Rat ist es, hier nur solange zu bleiben, bis Niavin und Teyrnon eintreffen, und dann nach Norden durch Gwynir nach Andarien zu reiten, um Maugrim dort wieder zum Kampf zu zwingen.«

Ein kurzes Schweigen folgte, dann murmelte Galens Bruder Lydan: »Armes Andarien. Immer und immer wieder wird es zum Schlachtfeld.« In seiner Stimme schwang bittersüße Traurigkeit, schwebten Erinnerungen und Echos von Musik.

Aileron äußerte sich nicht und wartete. Als nächstes sprach Mabon von Rhoden, er erhob sich ein wenig auf seinem unverletzten Arm. »In deinen Worten ist Verstand, Aven, aber nicht mehr oder weniger Verstand, als wir heute wohl in jedem anderen Plan auch finden würden. Allerdings wäre ich sehr glücklich, wenn uns auch Loren oder Gereint oder unsere eigene Seherin ihren Rat wissen ließen.«

»Wo sind sie, wo ist Gereint und wo die Seherin? Können wir sie nicht jetzt hierher bringen, vielleicht mit den Raithen?« Es war Tulger vom achten Stamm, der diese Frage stellte. Ivor blickte auf seinen alten Freund, der Kummer stand tief in seinen Augen.

»Gereint hat seinen Körper verlassen. Er ist auf einer Seelenreise, er hat uns nicht gesagt, warum. Die Seherin ist in die Berge von Gwen Ystrat gegangen. Auch von ihr weiß ich nicht, warum.« Er blickte auf Aileron.

Der Großkönig zögerte. »Wenn ich euch den Grund nenne, darf nichts davon nach außen dringen. Es gibt schon genug Angst, wir müssen nicht noch mehr heraufbeschwören.« Und in das nun folgende Schweigen eröffnete er ihnen: »Sie ging, um die Paraiko in Kath Meigol zu befreien.«

Kaum ein Laut. Einer schlug das Zeichen gegen das Böse, aber nur einer. Hier waren Häuptlinge und ihre Jagdführer versammelt, und es war Kriegszeit.

»Leben sie noch?« wisperte Ra-Tenniel vorsichtig.

»Ja, das hat sie gesagt«, erwiderte Aileron.

»Weber am Webstuhl!« murmelte Dhira aus Herzenstiefe. Diesmal klang es nicht unpassend. Dave verstand zwar wenig, fühlte aber die Spannung im Raum wie eine umfangende Anwesenheit.

»Dann können wir also auch die Seherin nicht erreichen«, fuhr Mabon grimmig fort. »Und wir müssen auf Grund deiner Worte davon ausgehen, daß wir sie, Gereint oder Loren vielleicht niemals wiedersehen werden. Wir müssen unsere Entscheidungen auf der Grundlage unserer eigenen Einsicht treffen, und deshalb habe ich nun eine Frage an dich, Aven.« Er machte eine Pause. »Welche Garantie haben wir, daß Maugrim sich in Andarien uns auch wirklich stellt, wenn wir dahin kommen? Könnte nicht sein Heer uns im Waldland von Gwynir umgehen, nach Süden vordringen und dort zerstören, was wir hinter uns gelassen haben, das Zentrum der Ebene hier? Die Dalreifrauen und -kinder? Gwen Ystrat? Ganz Brennin und Cathal, das offen vor ihm läge, wenn unser Heer so weit weg ist? Könnte er das nicht tun?« Alle schwiegen, und kurz darauf fuhr Mabon fast flüsternd fort: »Maugrim steht außerhalb der Zeit, er ist nicht auf dem Webstuhl gewirkt, er kann nicht getötet werden. Und mit dem langen Winter hat er uns gezeigt, daß er keine Eile hat, uns aufs Schlachtfeld zu führen. Würde er nicht triumphieren, würden nicht seine Befehlshaber frohlocken, wenn unser Heer sinnlos vor dem unbezwingbaren Starkadh warten würde, während die Svarts und Urgachs und Galadans Wölfe alles, was wir lieben, zerstören und vernichten?«

Er hielt inne. Dave fühlte, wie ein Gewicht wie von einem Amboß auf seinem Herzen lastete. Das Atmen schmerzte ihn. Um sich zu beruhigen, warf er einen Blick auf Torc, aber Angst sprach aus seinem Gesicht, Angst stand auch in Ivors Zügen, und was irgendwie erschreckend war, auch im sonst undurchdringlichen Antlitz Ailerons.

»Das müßt ihr nicht fürchten«, warf Ra-Tenniel dazwischen. So klar war seine Stimme, und Ivor dan Banor dachte, daß die Grenzen zwischen Klang und Licht, zwischen Musik und gesprochenem Wort für immer verschwammen. Der Aven wandte sich so verzweifelt hoffnungsvoll dem Herrn der Lios Alfar zu wie ein Verdurstender dem Wasser.

»Fürchtet Maugrim«, sagte Ra-Tenniel, »das muß jeder, der sich selbst für klug hält. Fürchtet die Niederlage und die Herrschaft der Finsternis. Fürchtet auch die Vernichtung, die Galadan im Schilde führt, für die er immerfort kämpft.«

Wasser, dachte Ivor, als diese wohlgemessenen Worte über ihn flossen, Wasser war es, und Kummer lag wie ein Stein am Grunde der Tasse.

»Fürchtet alle diese Dinge«, fuhr Ra-Tenniel fort, »fürchtet, daß unsere Fäden vom Webstuhl gezerrt werden, daß unsere Geschichte totgesagt wird, daß der Plan des Webers entwirkt wird.« Er hielt inne. Es war Wasser in einer Zeit der Trockenheit, es war Musik und Licht.

»Fürchtet jedoch nicht«, führte der Herr der Lios Alfar weiter aus, »daß er dem Kampf mit uns ausweichen würde, wenn wir nach Andarien marschieren. Dafür garantiere ich, ich und mein Volk. Zum erstenmal seit Tausenden von Jahren sind die Lios Alfar aus Daniloth hervorgekommen. Er kann uns sehen, er kann uns erreichen. Wir sind nicht mehr im Schattenland verborgen. Er wird uns nicht umgehen. Es liegt nicht in seiner Natur, uns ziehen zu lassen. Rakoth Maugrim wird sich mit diesem Heer anlegen, weil die Lios Alfar nach Andarien gehen.«

Dies war die Wahrheit. Ivor wußte es, sobald er die Worte gehört hatte, er wußte es tief in seinem Inneren. In seinem ganzen Leben hatte er nichts tiefer gewußt. Es bestätigte seinen eigenen Rat und gewährte die vollständige Antwort auf Mabons schreckliche Fragen, eine Antwort, die aus dem wirklichen Wesen der Lios Alfar geschaffen war, derer, die der Weber erwählt hatte, der Kinder des Lichtes . . . geschaffen aus ihrer Gegenwart und ihrer Vergangenheit und aus dem schrecklichen, bitteren Preis, den sie bezahlt hatten, der anderen Seite des Bildes, und dem Stein in der Tasse.

Sie waren der Finsternis am meisten verhaßt, denn ihr Name war Licht. Ivor hätte sich am liebsten verbeugt, wäre niedergekniet, um seinen Gram, sein Mitleid, seine Liebe und die Dankbarkeit seines Herzens darzubieten. Angesichts der Worte, die Ra-Tenniel gerade ausgesprochen hatte, schien keiner von ihnen der Situation gewachsen. Ivor fühlte sich schwer wie Lehm, und wenn er auf die drei Lios Alfar blickte, empfand er sich wie einen Erdklumpen.

Und ja, dachte er, ja, genau das war er auch, er war prosaisch, untheatralisch, er glänzte und leuchtete nicht, er gehörte tatsächlich zur Erde, zum Gras. Er gehörte zur Ebene, die immerfort trug und ertrug, die auch dies ertragen würde, wenn sie die Tage, die vor ihnen lagen, würden durchstehen können . . . Im umgekehrten Fall allerdings . . .

Wie auch Ra-Tenniel es eben getan hatte, griff auch er auf seine eigene Geschichte zurück und warf alle Gedanken und Gefühle beiseite, die nicht von Stärke und Widerstand geprägt waren. »Vor tausend Jahren führte der erste Aven der Ebene alle Dalrei-Jäger, die reiten konnten, in die gewobenen Nebel und die umgekehrte Zeit von Daniloth, und der Weber legte eine gerade Spur für sie aus. Auf einem Schlachtfeld in der Nähe der Lindenbucht kamen sie wieder heraus. Von dort ritt Revor neben Ra-Termaine über den Celyn-Fluß nach Andarien. Und ebenso, mein strahlendster Herr, werde ich neben dir reiten, falls das beim Verlassen dieses Ortes der Entschluß sein wird.«

Er hielt inne und wandte sich an den anderen König im Raum. »Als Revor ritt und Ra-Termaine, hatte Conary von Brennin die Befehlsgewalt über das Heer inne, und später dann sein Sohn Colan. So war es damals, und mit Recht ... denn die Großkönige von Brennin sind die Kinder von Mörnir ... und mit demselben Recht wird es wieder so sein, wenn du, Hoher König, diesen Ratschluß annimmst.«

Er war sich der Klangfülle, der überquellenden Kraft seiner eigenen Stimme nicht im geringsten bewußt. Er sagte: »Du bist der Erbe der hohen Stellung, die Conary innehatte, wie wir die Erben von Revor und Ra-Termaine sind. Nimmst du diesen Ratschluß an? Du, Aileron dan Ailell, hast hier die Macht. Möchtest du, daß wir mit dir reiten?«

Dunkel und bärtig, schmucklos mit dem Schwert eines Soldaten in einer einfachen Scheide sah Aileron tatsächlich aus wie der Inbegriff eines Kriegskönigs. Er war nicht strahlend hell wie Conary oder Colan oder selbst sein eigener Bruder. Er war streng, ausdruckslos und grimmig, und zugleich einer der jüngsten Männer im Raum.

»Ich nehme an«, entschied er, »ich möchte, daß ihr mit mir reitet. Wenn das Heer morgen ankommt, brechen wir nach Andarien auf.«

Eine schlanke narbenbedeckte Gestalt, die auf dem Rücken eines der häßlichen Slaug merkwürdig aristokratisch aussah, verlangsamte ihren Ritt und zügelte das Reittier, bis es ganz anhielt. Reglos auf der weiten Ebene, auf halbem Wege zwischen Celidon und dem Rand der Ebene, ein wenig näher schon in Richtung Gwynir, beobachtete der Reiter, wie sich Rakoths Heer zurückzog und der aufgewirbelte Staub herabsank.

Den größten Teil der Nacht war er in seiner Wolfsgestalt gelaufen. In sorgsamem Schweigen hatte er zugesehen, wie Uathach, der Riesenurgach in Weiß, aus einer anfänglich blinden Flucht einen geordneten Rückzug machte. Es war nicht entschieden, wer hier den Vorzug hatte, irgendwann müßte es entschieden werden, aber nicht jetzt. Galadan hatte an anderes zu denken.

Und in seiner menschlichen Gestalt konnte er klarere Gedanken fassen. So hatte er sich kurz vor der Dämmerung verwandelt und sich einen der Slaug unterworfen, obwohl er sie haßte. Im Schritt ließ er das Heer im Morgengrauen an sich vorüberziehen und achtete darauf, daß Uathach ihn noch nicht bemerkte.

Er hatte nicht die geringste Angst vor dem weißen Uathach, aber er wußte zu wenig über ihn, und für den Wolfsfürsten war Wissen immer der Schlüssel zur Macht. Er war ziemlich sicher, daß er Uathach töten könnte, aber das interessierte ihn so gut wie gar nicht. Wichtig war zu verstehen, was ihn zu dem gemacht hatte, was er war. Vor sechs Monaten war Uathach nach Starkadh gerufen worden, er war weiter nichts als ein übergroßer Urgach, er war ebenso dumm wie alle anderen, aber vielleicht ein wenig gefährlicher aufgrund seiner Schnelligkeit und seiner Größe.

Vor vier Nächten war er wieder hervorgekommen, und irgendwie war es beunruhigend, auf welche Weise sich dies abspielte. Er war inzwischen intelligent, bösartig und selbstbewußt geworden, und außerdem hatte ihn Rakoth in Weiß gekleidet. Dies war ein Umstand, den Galadan schätzte, es erinnerte ihn an Lauriel, jene Schwanfrau, welche die Lios geliebt hatten. Uathach hatte den Oberbefehl über das Heer erhalten, das über die Valgrindbrücke hinauszog. Dies hatte Galadan, zumindest anfänglich, nicht gestört.

Der Wolfsfürst selbst war fern gewesen, er war beschäftigt mit Aufgaben, die er sich selbst gestellt hatte. Mit dem Wissen, das ihm zu eigen war – denn als Sohn eines Gottes gehörte er zu den Andain, und zudem war er höchst scharfsinnig –, hatte er den Angriff auf die Paraiko in Kath Meigol ersonnen und angeführt.

Wenn man es Angriff nennen konnte. Dem innersten Wesen gemäß waren den Riesen Zorn oder Gewalt fremd. Auf Krieg reagierten sie nicht einmal, nur eines war beunruhigend: Wenn ihr Blut vergossen wurde, konnten die Riesen jeden beliebigen Fluch auf die Angreifer herabbeschwören. Das war also die eigentliche Wahrheit, die wörtliche Wirkung des Blutfluches . . . was aber nichts zu tun hatte mit dem Aberglauben an streunende, eingesperrte Geister, die Kath Meigol heimsuchten. Daran hatte sich der Wolfsfürst während der Tage, die er dort verbrachte, ständig erinnert, während die Paraiko wie hilflose Schafe von den Svarts und Urgachs in ihren Höhlen eingepfercht wurden und den tödlichen Rauch der Feuer einatmen mußten, die er schlauerweise hatte anzünden lassen.

Er war nur wenige Tage dort geblieben, aber der wirkliche Grund dafür blieb sein Geheimnis. Er hatte versucht, sich selbst davon zu überzeugen, wovon er zu den anderen, die er zurückließ, gesprochen hatte, daß nämlich sein Aufbruch durch die Erfordernisse des Krieges diktiert war ... Aber er hatte zu lange gelebt und zuviel geforscht, um sich selbst wirklich betrügen zu können.

Die Wahrheit war, daß die Paraiko ihn auf irgendeine unbewußte Weise, die sein Verstand nicht fassen konnte, tief beunruhigten. Irgendwie lagen sie in seinem Weg, sie waren riesige Hindernisse für sein einziges unendliches Verlangen: das Verlangen nach äußerster und vollkommener Vernichtung. Er wußte nicht, wie sie ihm zu widerstehen vermochten, denn im Innersten ihres Wesens waren sie friedlich, und trotzdem brachten sie ihn aus der Fassung, bereiteten ihm Unbehagen, was mit der einzigen Ausnahme seines Vaters niemandem in Fionavar noch in irgendeiner anderen Welt gelang.

Da er also Cernan von den Tieren nicht töten konnte, machte er sich daran, die Paraiko in ihren Berghöhlen zu vernichten. Als die Feuer richtig brannten und die Svarts und Urgach unablässig darauf aufmerksam gemacht wurden, daß sie kein Blut zu vergießen brauchten (als ob man sie daran hätte erinnern müssen, denn selbst die dummen Svarts lebten in abgrundtiefem Schrecken vor dem Blutfluch), hatte Galadan sich aus der bitteren Kälte der Berge und vor den unaufhörlichen Gesängen, die aus den Höhlen kamen, zurückgezogen. Als der Schnee zu seinem Schrecken schmolz, war er im Osten von Gwynir gewesen. Sofort hatte er begonnen, seine Wölfe in den immergrünen Wäldern zusammenzuziehen, und wartete auf den Befehl zum Angriff. Gerade hatte er zur Kenntnis genommen, daß sein Heeresteil in Leinanwald vom Großkönig hingeschlachtet worden war, als Avaia selbst in aller Herrlichkeit und Bosheit herabgeschwebt war und ihm zuzischte, daß ein Heer über die Valgrind-Brücke ausgezogen war und in Richtung Celidon marschierte. In aller Schnelligkeit hatte er seine Wölfe zum östlichen Rand der Ebene hinabgeführt. Er hatte den Adein in der Nähe der Edrynschlucht ungesehen und unerwartet überquert und war dann gerade zur rechten Zeit am Schlachtfeld angekommen, um über die ungeschützte rechte Flanke der Dalrei herzufallen. Die Lios hatte er dort nicht erwartet, aber das war nur ein Grund zur Freude, eine Intensivierung des Vergnügens: Sie würden sie alle abschlachten.

Und so wäre es auch geschehen, wenn nicht plötzlich die wilde Jagd oben im Himmel ausgebrochen wäre. In dem ganzen Heer der Finsternis war er der einzige, der wußte, wer Owein war. Er allein hatte verstanden, was geschehen war, und er allein ahnte, was dem Schweigen zugrunde lag, welches das Töten beendete. Er allein in diesem ganzen Heer wußte, wessen Stimme es war.

Schließlich war er der Sohn ihres Bruders.

Vieles hatte er angleichen und einordnen müssen, und es drohte auch eine unmittelbare Gefahr. In diesem ganzen Pandämonium kämpfte ein kaum entstandener Gedanke, der wenig mehr war als das Streben nach einer Möglichkeit darum, in seinem Geist Gestalt anzunehmen. Und als ob dies alles nicht genug und mehr als genug gewesen sei, kam dann auch noch eine Intuiton hinzu, der zu vertrauen er gelernt hatte, es war eine Schwingung in jenem Teil von ihm, der göttlich war, wo er Cernans Sohn war.

Als die kalte Wut des Kampfes verflogen und das Chaos der Flucht überwunden war, wurde Galadan immer deutlicher bewußt, daß im Reich des Waldes irgendein bedeutsames Ereignis stattfand.

Mit einem Male gab es sehr viel zu bedenken. Er brauchte Einsamkeit. Das brauchte er eigentlich immer, da es seinem alten Verlangen am nächsten war . . . Jetzt aber sehnte sich nicht nur seine Seele, sondern auch sein Verstand danach. Also entfernte er sich vom Heer, was im Schatten der Dämmerung nicht auffiel, und ritt allein, als das morgendliche Sonnenlicht ihn traf.

Kurz nach Sonnenaufgang hielt er an und blickte über die Ebene hin. Er fand sie ganz nach seinem Herzen. Mit Ausnahme der Staubwolke, die sich jetzt im Norden allmählich senkte, gab es kein Lebenszeichen, und um das ohnehin fühllose Gras kümmerte er sich nicht. Fast war es, als wäre das Ziel, um das er mehr als tausend Jahre gekämpft hatte, näher gerückt. Fast. Er lächelte dünn. Die Ironie lag nah am Zentrum seiner Seele und ließ ihn nicht lange träumen. Zu langwierig war der Kampf gewesen, zu tief hatte er sich eingefressen, als daß Träume auch nur im entferntesten angemessen sein konnten.

Er konnte sich an den genauen Augenblick erinnern, in dem seine Pläne Gestalt angenommen hatten, als er sich zum ersten Mal dem Entwirker zugesellt hatte; es war jener Augenblick, als Lisen aus dem Waldreich die Kunde in ganz Pendaran verbreiten ließ, daß sie ihr Schicksal mit einem Sterblichen verbunden und ihm ihre Liebe geschenkt hatte. Es war Amairgen Weißast.

An jenem Morgen hatte auch er sich im großen Wald befunden, mit all den großen Mächten von Pendaran wollte er feiern, daß dieser Mann für seine Anmaßung im Heiligen Hain erschlagen wurde.

Aber es war anders gekommen, alles war anders gekommen. Er war nach Starkadh gegangen, einmal und nur einmal, denn an jenem Platz war er, der bei weitem der mächtigste von den Andain war und sich darauf auch etwas zugute hielt, gezwungen worden, sich vor einer geradezu vernichtenden Machtfülle zu demütigen. Er war nicht einmal imstande gewesen, sein eigenes Denken vor Maugrim zu verbergen, und dieser hatte gelacht.

Er mußte erkennen, daß er vollkommen durchschaut worden war und trotzdem nicht ohne Belustigung als Leutnant von den Mächten der Finsternis angenommen worden war. Obwohl Rakoth seine Ansichten genau kannte und auch wußte, wie sie sich von seinen, Rakoths eigenen Plänen unterschieden, schien das vollkommen unwichtig zu sein.

Lange Zeit waren ihre Pläne vereinbar gewesen, so hatte Galadan sich gesagt, und obwohl er wie auch alle anderen dem Entwirker bei weitem unterlegen war, konnte er vielleicht doch noch vor dem endgültigen Ende einen Weg finden, um die Welt, die Maugrim regieren würde, zu vernichten.

Er hatte Rakoth gut gedient. Er hatte das Heer befehligt, das vor so langer Zeit Conary am Sennettstrand abschnitt. In seiner Wolfsgestalt hatte er Conary selbst getötet, und er hätte diesen Kampf gewonnen und auch den Krieg, wenn nicht Revor von der Ebene auf irgendeine Weise und unmöglich schnell die Nebel von Daniloth durchquert hätte. Und so wurde die Schlacht nach Norden gelenkt, bis nach Starkadh, wo sie zu Ende ging. Mit schweren

Wunden hatte er sich kaum vor Colans rächendem Schwert retten können.

Er wußte, daß sie glaubten, er sei gestorben. Fast wäre es so gewesen. Nördlich des Ungarchflusses hatte er in bitterer Kälte gelegen, nur seine Wölfe pflegten ihn. Sehr lange hatte er sich dort verborgen, hatte seine Kraft, seine Aura so sehr gedämpft, wie er nur konnte, während die Heere des Lichtes vor dem Berg berieten und Ginserat die Wachtsteine schuf und dann mit Hilfe der Zwerge jene Kette schmiedete, die Rakoth unter dem Berg Rangat festhielt.

In all den Jahren des Wartens hatte er immer weitergedient, denn das war ja seine Entscheidung, und gleichzeitig seinen eigenen Kurs festgelegt. Er war es, der Avaia gefunden hatte, halbtot wie er selbst. Der Schwan hatte sich im frostigen Reich von Fordaetha, der Königin von Rük, verborgen, deren eisige Berührung bei einem weniger starken Geist als dem der Andain den unmittelbaren Tod verursachte. Mit seinen eigenen Händen hatte er im Hof dieser kalten Königin den Schwan wieder gesund gepflegt. Fordaetha hatte sich mit ihm paaren wollen, und es hatte ihm Vergnügen bereitet, sie abzuweisen.

Auch hatte er die höchst raffinierte List ersonnen, durch die mit unendlicher Geduld die unschuldige und schöne Wasserfee von Llewenmere dazu verleitet worden war, ihre schönsten Schwäne preiszugeben. Er hatte ihr einen hinreichenden Grund genannt, sein ernstes Verlangen, die Schwelle nach Norden zum Celynsee an den Grenzen des verwüsteten Andarien zu bringen. Dabei hatte er natürlich seine wirkliche Identität verborgen. Und sie hatte ihren Schutz aufgegeben und ließ ihn ohne Argwohn alle Schwäne mitnehmen.

Dabei hatte er aber nur die männlichen gebraucht. Er hatte sie wirklich nach Norden gebracht, aber weit über den Celynsee hinaus in die von Gletschern zerfurchten Berge jenseits des Ungarch, wo sie dann mit Avaia gepaart wurden. Als sie dann gestorben waren, hatte sie sich, die durch gewaltsamen Tod von außen nicht sterben konnte, mit ihren Kindern gepaart, und nachdem sie dies Jahr um Jahr getan hatte, war jene Brut entstanden, die am Abend zuvor den Himmel verdunkelt hatte.

Die Fee von Llewenmere erfuhr niemals mit Sicherheit, was sie getan hatte und wer er in Wirklichkeit war. Sie mochte es allerdings erraten haben, denn in späteren Jahren war der See, der einstmals freundlich und einladend gewesen war, schwarz geworden, das Unkraut hatte in ihm gewuchert, und selbst in Pendaran, das seine eigene Dunkelheit hatte, glaubte man nun, daß er verhext sei.

Aber es brachte ihm keine Freude, seit Lisen hatte er die Freude nicht mehr erlebt. Es war ein langes, langes Leben, und es wurde von einem einzigen zäh verfolgten Ziel geleitet. Er war es gewesen, der Rakoth befreit hatte. Mit unendlicher Geduld hatte er seinen Plan in die Tat umgesetzt. Zuerst hatte er die Zwergenbrüder Caen und Blod ausgewählt, um sie dann zu verführen, dann hatte er den eitrigen Haß von Metran von Garantae, dem Ersten Magier von Brennin, ins Spiel gebracht, und schließlich hatte er mit seinem eigenen Schwert Maugrims Hand abgeschlagen, da Ginseraths Kette nicht zerbrochen werden konnte.

Dann war er mit Rakoth zu den Trümmern von Starkadh gelaufen, ein Wolf Seite an Seite mit der Wolke der Bosheit, aus der schwarzes Blut tropfte und immerfort tropfen würde. Am Ziel hatte er beobachtet, wie Rakoth Maugrim unerbittlich seine Macht zeigte ... Hier war sie größer als an irgendeinem anderen Ort, als in irgendeiner anderen Welt, denn hier hatte er zum ersten Mal seinen Fuß aufgesetzt: Er baute den Zikkurat, welcher der erste und letzte Sitz seiner Macht war, wieder auf. Nun ragte dieser Turm wieder empor, bis zum grünen Flackern seiner Lichter vollständig wie zuvor, es war eine überwältigende Gegenwart im Eis ... und Galadan hatte vor den mächtigen Toren innegehalten, obwohl sie ihm offenstanden. Einmal war genug. Überall sonst war er der Meister seines eigenen Bewußtseins. Zwar wußte er, daß dieser Widerstand sinnlos war, denn Maugrim hatte in jenem Augenblick vor tausend Jahren alles über Galadan erfahren, was er jemals über ihn wissen mußte. Andererseits aber war die Unberührbarkeit seiner Gedanken das einzige, was für den Wolfsfürsten noch irgendeine Bedeutung hatte.

Er hatte also vor den Toren innegehalten und seine Belohnung dort empfangen, nämlich den nie zuvor gesehenen Plan von Maugrims Rache gegen die Lios Alfar für das, was sie waren: der Seelenverkäufer im Meer. Und dieser Entwurf sah vor: Warten auf die Lios, wenn sie auf der Suche nach einer verheißenen Welt gen Westen segeln würden, ihre Vernichtung einzeln und in Paaren, den Raub ihrer Stimmen und Gesänge als Köder für die, welche ihnen folgten. Für *alle*, die ihnen folgten.

Der Plan war perfekt, ja jenseits von Perfektion. Es war eine Bosheit, die das innerste Wesen der Kinder des Lichts benutzte, um sie ins Verderben zu stoßen. Ihm selbst wäre es nie gelungen, ein so schreckliches Geschöpf in seinen Dienst zu nehmen, Galadan wußte es. Und trotz all seiner Tücke wäre er niemals auch nur auf den Gedanken gekommen, etwas so Umfassendes in die Wege zu leiten. Dieser Entwurf war unter anderem auch ein Hinweis darauf, was Rakoth, nun wieder frei, zu tun in der Lage war.

Es war aber auch eine Belohnung, und eine, die mit den Lios Alfar überhaupt nichts zu tun hatte.

Die Vision in seinem Geist war klar gewesen: Rakoth hatte sie deutlich gemacht. Er hatte den Seelenverkäufer lebhaft gesehen: seine Größe und Farbe, den häßlichen flachen Kopf. Er konnte das Singen hören, konnte die lidlosen Augen sehen . . . und den Stab, den weißen Stab, der sinnlos zwischen diesen Augen eingebettet lag.

Es war der Stab von Amairgen Weißast. Und so erfuhr er nun erst, wie jener gestorben war. Er hatte keine Freude daran, Freude würde es für ihn nie wieder geben, er hatte dazu keinen Zugang. Aber an jenem Tag hatte ihn vor den offenen Toren von Starkadh ein Gefühl der Erleichterung überkommen, eine gewisse Ruhe, und das war das Äußerste, was er überhaupt empfinden konnte.

Und jetzt, allein auf der Ebene, bemühte er sich, das Bild dieses Entwurfes wieder heraufzubeschwören, fand es jedoch trübe und unbefriedigend. Er schüttelte den Kopf. Zuviel geschah in dieser Zeit. Die Folgen von Oweins Rückkehr mit der Wilden Jagd waren ungeheuer. Er mußte einen Weg finden, um sich mit ihnen auseinanderzusetzen. Er wußte jedoch, daß er sich zuerst mit diesem anderen befassen mußte, dieser Intuition aus dem Reich des Waldes, die tiefer reichte, als irgend etwas anderes. Ihretwegen hatte er angehalten. Er brauchte Ruhe, damit jenes Ereignis, was immer es war, vom Rande seiner Aufmerksamkeit ins Zentrum gleiten und dort sichtbar werden könne. Einen Augenblick lang dachte er, es sei sein Vater, was durchaus möglich gewesen wäre. Niemals wagte er sich in Cernans Nähe, und niemals hatte sein Vater seit jener Nacht vor dem Bael Rangat versucht, mit ihm Kontakt aufzunehmen. Aber die Empfindung dieses Morgens war sehr intensiv, sie war so geladen mit Obertönen und lange vergessenen Gefühlen, daß er glaubte, Cernan hatte ihn gerufen. Irgendwie gehörte ja auch das Reich des Waldes dazu. Es hatte . . .

Und in diesem Augenblick wußte er bereits, was es war. Nein, es war schließlich doch nicht sein Vater. Aber mit einem Male war die Intensität des Erlebens erklärt und mehr als erklärt. Mit einem Gesichtsausdruck, den noch nie ein menschliches Wesen hatte sehen dürfen, sprang Galadan vom Rücken des Slaug. Er legte seine Hand auf die Brust und schlug ein Zeichen. Einen Augenblick später rannte er in seiner Wolfsgestalt durch die Ebene, seine Geschwindigkeit war schneller, als die des Slaug jemals hätte sein können, er rannte so schnell er konnte nach Westen, vergessen war die Schlacht, der Krieg, fast vergessen.

Nach Westen, wo die Lichter brannten und jemand im Raum stand, in jenem Raum, der einst Lisen gehört hatte.

Kapitel 3

Den ganzen Morgen waren sie bergan gestiegen, und der Schmerz in Kims Seite, wo Ceriog sie getreten hatte, wurde durch den rauhen Fußmarsch nicht gelindert. Aber sie schwieg und marschierte weiter. Sie hielt den Kopf gesenkt und beobachtete den Weg und die langen Beine von Faebur, der vor ihr kletterte. Dalreidan führte sie an. Brock, der sicher noch mehr Schmerzen empfand als sie, bildete die Nachhut. Keiner von ihnen sprach. Der Pfad war schwierig genug, auch wenn man den Atem nicht aufs Reden verschwendete, und es gab ja auch nicht viel zu sagen.

Im Lager der Ausgestoßenen, nicht fern von dem Felsplateau, wo sie gefangen worden waren, hatte sie die Nacht zuvor wieder geträumt. Ruanas tiefes Singen rann durch ihren Schlaf. Es war wunderschön, und doch fand sie in dieser Schönheit keinen Trost . . . Zu groß war der Schmerz. Er zerriß sie von innen her, und was noch schlimmer war: Ein Teil dieses Schmerzes stammte von ihr selbst. Wieder kamen in ihrem Traum Rauch und die Höhlen vor, sie sah sich mit Verletzungen auf ihren Armen, aber wieder floß kein Blut. Kein Blut in Kath Meigol. Der Rauch trieb in der sternenerleuchteten, feuererleuchteten Nacht. Dann erschien ein anderes Licht, als der Baelrath zu flammen begann. Sie fühlte es als Brennen, als Schuld und Schmerz, und mitten in diesem Lodern beobachtete sie selbst, wie sie in den Himmel über den Bergen aufblickte und den roten Mond von neuem sah, und sie hörte einen Namen.

Am Morgen war sie noch immer dicht in ihre Gedanken gehüllt, sie hatte es Brock und Dalreidan überlassen, ihren Aufbruch vorzubereiten, den ganzen Morgen und noch am Nachmittag hatte sie geschwiegen, während sie hinauf nach Osten und zur Sonne kletterten.

Zur Sonne.

Jäh hielt sie inne. Fast wäre Brock von hinten mit ihr zusammengestoßen. Kim legte die Hand über die Augen und blickte, soweit sie konnte, nach jenseits der Berge. Und dann entrang sich ihr ein Freudenschrei. Dalreidan wandte sich um, auch Faebur. Wortlos zeigte sie mit erhobenem Finger. Sie drehten sich zurück und schauten ...

»O mein König«, schrie Brock von Banir Tal, »ich wußte, du würdest nicht versagen!«

Die Regenwolken über Eridu waren verschwunden. Das Sonnenlicht strömte aus einem Himmel, der lediglich von den dünnen, wohlwollenden Zirruswölkchen eines Sommertages durchzogen war. Weit im Westen in Cader Sedat lag der Zauberkessel von Kath Meigol in tausend Stücke zerbrochen, und Metran von den Garantae war tot.

Kim spürte, wie sich die Schatten ihres Traumes auflösten, wie die Hoffnung in ihr aufflackerte, so hell wie die strahlende Sonne. In diesem Augenblick dachte sie an Kevin. Die Erinnerung war schmerzlich, und das würde auch immer so bleiben, aber jetzt enthielt sie auch Freude und knospenden Stolz. Dieser Sommer war sein Geschenk ... das grüne Gras, der Gesang der Vögel, der sanfte Seegang, nur so hatte Prydwen in See stechen können, Prydwen und die Männer, die auf ihr fuhren, um diese Leistung zu vollbringen.

In Dalreidans Gesicht stand ein kühles Strahlen, als er sich zu ihr umdrehte. »Verzeih mir«, bat er, »ich habe gezweifelt.«

Sie schüttelte den Kopf. »Ich auch. Ich hatte schreckliche Träume von dem Platz, zu dem sie reisen mußten. Ich weiß nicht, wie sie es geschafft haben. Es ist ein Wunder.«

Brock war hinzugetreten und stand nun neben ihr auf dem schmalen Pfad. Er sagte nichts, aber seine Augen leuchteten unter dem Verband, den ihm Kim über seine Wunde gewickelt hatte. Faebur aber kehrte ihnen den Rücken zu und blickte noch immer nach Osten. Kim wurde rasch wieder nüchtern, als sie auf ihn blickte.

Schließlich wandte auch er sich ihr zu, und sie sah die Tränen in seinen Augen. »Verrate mir eines, Seherin«, sprach er sie an, und er klang älter, als er tatsächlich war. »Wenn die Angehörigen und das Volk eines Ausgestoßenen alle tot sind, ist die Zeit seiner Verbannung beendet, oder geht es immer noch weiter?«

Sie kämpfte um eine passende Antwort und fand keine. An ihrer Stelle antwortete Dalreidan: »Wir können diesen Regen nicht ungeschehen machen, und wir können die abgeschnittenen Lebensfäden derer, die gestorben sind, nicht verlängern«, erklärte er mit sanfter Stimme, »aber in meinem Herzen glaube ich, daß angesichts der Taten von Maugrim kein Mann mehr ausgestoßen sein kann. Alle Lebewesen auf dieser Seite der Berge haben diesen Morgen das Geschenk des Lebens erhalten. Wir müssen dieses Geschenk nutzen, bis die Stunde kommt, die unseren Namen kennt, damit wir der Finsternis noch mehr solche Schläge versetzen können. Du hast Pfeile in deinem Köcher, Faebur. Laß sie die Namen der Menschen, die du liebtest, singen, wenn sie fliegen. Vielleicht ist das keine wahre Vergeltung, aber mehr können wir nicht tun.«

»Und das müssen wir tun«, vollendete Brock sanft.

»Für einen Zwerg ist das leicht zu sagen!« schnappte Faebur, indem er um ihn herumging.

Brock schüttelte den Kopf. »Viel schwerer, als du dir vorstellen kannst. Jeder Atemzug, den ich hole, ist geladen mit dem Wissen um das, was mein Volk verbrochen hat. Zwar ist der Regen unter den Zwillingsbergen nicht niedergegangen, aber er ist in mein

Herz gefallen, und noch immer regnet es dort. Faebur, erlaubst du, daß meine Axt mit deinen Pfeilen singt .. in Trauer um die Menschen des Löwen in Eridu?«

Die Tränen in Faeburs Gesicht waren getrocknet. Er war älter geworden, dachte Kim, in einem Tag, in weniger als einem Tag schien er so viel älter geworden zu sein. Lange Zeit – so empfand sie es – stand er bewegungslos, und dann bot er dem Zwerg langsam und überlegt die Hand. Brock reichte hinauf und drückte sie zwischen seinen beiden Händen. Sie bemerkte, daß Dalreidan auf sie blickte. »Gehen wir weiter?« fragte er ernst.

»Wir gehen weiter«, bestimmte sie, und während sie noch sprach, kehrte der Traum zu ihr zurück, der Regen und der Rauch und der Name, der in Danas Mund geschrieben stand.

Im Süden und weit unter ihnen glänzte der Kharnfluß in seiner Schlucht im Abendlicht. Sie waren so hoch gestiegen, daß ein Adler, der über dem Fluß schwebte, bereits unter ihnen war. Seine Schwingen schimmerten im Sonnenlicht, das von Westen aus schräg in die Schlucht hinabfiel. Sie waren umgeben von Bergen des Carnevonrückens. Selbst jetzt, mitten im Sommer, waren seine Gipfel schneebedeckt. Es war kalt, so hoch dort oben, und zudem schwand die Wärme des Tages. Kim war dankbar für den Sweater, den sie ihr in Gwen Ystrat geschenkt hatten. Er war federleicht und wundervoll warm, ein echter Beweis für das hohe Niveau der Webkunst in dieser ersten Welt von allen Welten des Webers.

Und trotzdem empfand sie Kälteschauer.

»Jetzt?« fragte Dalreidan, und seine Stimme klang bewußt neutral. »Oder möchtest du lieber ein Lager schlagen und bis zum Morgen hier bleiben?«

Alle drei blickten auf sie und warteten. Sie hatte die Entscheidung zu fällen. Die drei hatten sie zu diesem Platz geführt, hatten ihr über die schwierigsten Teile der Kletterpartie hinweggeholfen, sie hatten geruht, wenn sie Ruhe brauchte, aber nun waren sie angelangt, und alle Entscheidungen gingen von ihr aus.

Sie blickte an ihren Gefährten vorbei nach Osten. Fünfzig Meter weiter sahen die Felsen genauso aus wie an dem Platz, an dem sie standen. Das Abendlicht fiel hier wie drüben ebenso sanft auf die Berge. Sie hatte irgendeinen Unterschied, irgendeine Veränderung erwartet: ein Schimmern, einen Schatten, eine schärfere Intensität, aber nichts davon sah sie, und doch wußte sie, daß die Felsen, die fünfzig Schritte weiter östlich lagen, bereits zu Kath Meigol gehörten.

Jetzt, wo sie hier war, sehnte sie sich mit ihrem ganzen Herzen danach, an irgendeinem anderen Ort zu sein, mit den Schwingen des Adlers da unten begabt zu sein, so daß sie auf dem Abendwind hinwegschweben könnte. Nicht von Fionavar, nicht vom Krieg wollte sie sich entfernen, aber von der Einsamkeit dieses Ortes und dem Traum, der sie hierher geführt hatte. Sie suchte und fand in sich die schweigsame Gegenwart, die der Ysanne in ihr. Darin fand sie Trost. Sie war niemals wirklich allein, sie hatte immer zwei Seelen in sich, jetzt und immer. Aber ihren Gefährten bot sich kein Trost in dieser Art, sie hatten keine Träume oder Visionen, die sie leiteten. Sie waren ihretwegen, und nur ihretwegen, hier, und nun warteten sie darauf, daß sie sie führen würde. Während sie noch stand und zögerte, kletterten die Schatten den Abhang der Bergschlucht hinab.

Sie holte Atem und ließ ihn langsam wieder ausströmen. Sie war hier, um eine Schuld zurückzuzahlen, eine Schuld, die nicht allein die ihrige war. Sie befand sich außerdem hier, weil sie in einer Zeit des Krieges den Baelrath trug und weil niemand außer ihr in irgendeiner Welt den prophetischen Traum, den sie in tiefster Dunkelheit empfangen hatte, manifestieren konnte.

In tiefster Dunkelheit. In ihrem Traum war es Nacht gewesen, vor den Höhlen hatten Feuer gebrannt. Sie blickte hinab und sah, daß der Stein auf ihrem Finger wie eine Feuerzunge flackerte. »Jetzt«, entschied sie, zu den anderen gewandt. »Es wird schlimm sein im Dunkel, ich weiß es, aber am Morgen wird es auch nicht besser sein, und ich glaube, wir sollten nicht warten.«

Alle drei waren sehr mutig. Ohne ein weiteres Wort machten sie ihr Platz, damit sie wieder hinter Faebur und gefolgt von Brock in der Reihe gehen konnte ... und Dalreidan führte sie nach Kath Meigol hinein.

Obwohl der Vellin sie schützte, fühlte sie die Wirkung magischer Kräfte, als sie die Grenze zum Land der Riesen überschritten, und die Form, die diese magischen Kräfte annahmen, war Angst. Sie sind keine Geister, sagte sie sich selbst immer und immer wieder, sie leben. Sie haben auch mein Leben gerettet. Und trotzdem und obwohl sie den Vellin trug, verspürte sie den Schrecken, der ihren Geist wie mit den schnellen Schwingen von Nachtfaltern streifte. Die beiden Männer und der Zwerg trugen keine grünen Vellinarmreifen, um sich zu schützen, sie hörten auch keine inneren Stimmen, die ihnen Sicherheit verliehen hätten, und doch äußerte keiner von ihnen einen Laut, und keiner fiel im Schritt zurück. Ihr Mut demütigte sie, sie fühlte, wie ihr Herz nun entschlossen aufloderte, und gleichzeitig brannte auch der Baelrath heller auf ihrem Finger. Sie beschleunigte ihren Schritt und überholte Dalreidan. Sie hatte sie an diesen Ort gebracht, und es war ein Ort, den kein Mensch jemals betreten sollte. Nun war sie an der Reihe, die Führung zu übernehmen, denn der Kriegsstein wußte den Weg.

Fast zwei Stunden gingen sie in der immer dichter werdenden Dunkelheit. Der Abend war hereingebrochen, und die Sterne des Sommerhimmels glänzten, als Kim Rauch und das ferne Flackern von Lagerfeuern sah und das rauhe Gelächter der Svart Alfar hörte. Und mit dem häßlichen Spott, der in diesem Klang lag, waren alle Ängste, die sie bis hierher begleitet hatten, plötzlich verschwunden. Sie war angekommen, und der Feind vor ihr war bekannt und verhaßt, und in den Höhlen jenseits dieser steinernen Bergrücken waren die Riesen gefangen und lagen im Sterben.

Sie drehte sich um und sah im Sternenlicht und im Glanz ihres Rings, daß die Gesichter der Gefährten angespannt waren, aber nicht durch die Anstrengung, sondern aus Erwartung. Leise löste Brock die Axt aus der Halterung, und Faebur legte einen Pfeil in seinen Bogen. Sie wandte sich Dalreidan zu. Er hatte sein Schwert nicht gezogen und seinen Bogen noch nicht zur Hand. »Wir haben genug Zeit«, flüsterte er als Antwort auf ihre unausgesprochene Frage. Es war kaum ein Lufthauch im Dunkel der Nacht. »Soll ich einen Platz für uns finden, von wo wir besser sehen können?«

Sie nickte. Ruhig und schweigend ging er wieder an ihr vorbei und suchte seinen Weg zwischen den verstreuten Findlingen und den losen Felsblöcken, immer in Richtung auf das Feuer und das Gelächter. Augenblicke später lagen die vier flach auf einem Plateau. Durch aufgerichtete Felszacken geschützt, blickten sie nach unten, angewidert von dem Bild, das sich ihnen im Licht der Lagerfeuer bot.

Eingehauen in den Berg waren zwei Höhlen mit hochgewölbtem Eingang und Runen, die über den Bögen eingeritzt waren. In den Höhlen war es dunkel, und sie konnten nicht hineinsehen, aber wenn sie sich bemühten, an dem Gelächter der Svart Alfar vorbeizuhören, konnten sie den Klang einer einzelnen tiefen Stimme unterscheiden, die langsam sang.

Das Licht kam von zwei großen Feuern auf dem Plateau, die unmittelbar vor den Höhlen so plaziert waren, daß ihr Rauch nach innen gezogen wurde. Unmittelbar hinter dem Grat östlich von ihnen brannte ein weiteres Feuer, und Kim konnte das Glühen und den aufsteigenden Rauch eines vierten im Nordosten erkennen, etwa eine Viertelmeile entfernt. Sonst waren keine mehr zu sehen. Es waren also vier Höhlen, vier Gruppen von Gefangenen, die von Hunger und Rauch starben.

Und vier Banden von Svart Alfar. Um jedes Feuer unter ihnen waren etwa dreißig Svarts versammelt, und auch eine Handvoll von den scheußlichen Urgach waren zugegen. Dann waren es also an die hundertfünfzig, wenn auf der anderen Seite des Grates die Zahlen auch zutrafen. Das war nun wirklich keine große Streitmacht, aber mehr als genug, so wußte sie, um die Paraiko, deren Friedensliebe das wahre Wesen ihrer Existenz war, zu unterwerfen und festzuhalten. Unter der Führung der Urgach brauchten die Svarts weiter nichts zu tun, als das Feuer zu unterhalten und kein Blut zu vergießen, dann konnten sie ihre Belohnung einfordern.

Und das geschah gerade jetzt, als sie zuschaute. Auf jedem der Scheiterhaufen da unten lag der verkohlte und geschwärzte Körper eines Paraiko. Alle paar Augenblicke schnellte einer der Svart Alfar zu den prasselnden Flammen, stieß ein Schwert hinein und schnitt ein Stück geröstetes Fleisch für sich ab.

Das war die Belohnung. Kims Magen kehrte sich um vor Ekel, und sie mußte die Augen schließen. Es war eine teuflische Szene, eine Schändung im tiefsten und schlimmsten Sinn. Neben sich konnte sie hören, wie Brock in ständiger bitterer und tief empfundener Beschwörung leise fluchte.

Sinnlos waren diese Worte, auch wenn sie vielleicht eine klägliche Linderung gewährten. Und der Fluch der Paraiko selbst, der jeden sofort getötet hätte, sobald er ausgesprochen war, war verhindert worden. Zu klug war Rakoth, zu perfekt in der Gestaltung des Bösen, zu geübt waren seine Helfer, als daß sie die Freisetzung des Blutfluches zugelassen hätten. Und das hieß, daß eine andere Art der Kraft angerufen werden mußte. Und deshalb war sie nun hier, angezogen von einem Rettungslied und der Bürde eines prophetischen Traumes. Aber was in des Webers Namen sollte sie nun tun, drei Männer hatte sie bei sich, drei Männer nur, so mutig diese auch sein mochten. Von dem Augenblick an, als sie mit Brock von Morvran aufgebrochen war, konzentrierte sich all ihr Denken auf dieses Plateau, sie wußte, daß sie es erreichen mußte, und hatte bis jetzt keinen Gedanken darauf verschwendet, was sie nach ihrer Ankunft da oben eigentlich tun solle.

Dalreidan berührte ihren Ellenbogen. »Schau«, flüsterte er. Sie öffnete ihre Augen, er blickte nicht auf die Höhlen oder die Feuer oder die Bergrücken mit dem Rauch dahinter. Widerstrebend wie immer folgte sie seinem Blick auf den Ring, den sie trug, und sie sah, daß der Baelrath heftig flammte. Mit echtem Kummer bemerkte sie, daß das Feuer im Herzen des Kriegssteines irgendwie mit der Farbe und Form der Feuer da unten gekoppelt war.

Das war zutiefst beunruhigend, aber hatte der Ring, den sie trug, jemals etwas Beruhigendes oder Angenehmes an sich gehabt? Alles, was sie bisher mit dem Baelrath getan hatte, war mit Schmerzen verbunden. In seinen Tiefen hatte sie Jennifer in Starkadh gesehen und schreiend zu einem Übergang von Fionavar in ihre alte Heimat verholfen. Gegen seinen Willen hatte sie in Stonehenge einen toten König auferweckt. Auf dem Gipfel des Glastonburytor hatte sie Arthur von neuem zu bitterem Krieg und Leiden heraufbeschworen. Sie hatte in jener Nacht, als Finn den Längsten Weg einschlug, die Schläfer bei Pendaran befreit. Sie war es, welche die Beschwörungen sprach, ein Kriegsschrei in der Dunkelheit war sie, eine Krähe im Sturm, ja, ja wirklich, eines sich zusammenbrauenden Unwetters. Sie war es, welche die Kräfte sammelte, wirklich, sie war es, welche die Beschwörungen sprach. Sie war . . .

Sie war die Beschwörerin.

Ein Schrei ertönte da unten, gefolgt von rohem Gelächter. Ein Urgach hatte zum Spaß einen Svart Alfar, einen von den kleineren grünen, ins lodernde Feuer geworfen. Sie sah es und registrierte es kaum. Ihre Augen kehrten zurück zum Stein, zu der Flamme, die in seinen Tiefen lag, und in ihm las sie einen Namen, es war derselbe Name, den sie in ihrem Traum auf dem Gesicht des Mondes hatte geschrieben gesehen. Sie las ihn, und sie erinnerte sich dann, wie der Baelrath in jener Nacht, als Danas roter Vollmond durch den Himmel über Paras Derval gezogen war, wie zur Antwort hell aufgeflammt war.

Sie war eine Beschwörerin, und jetzt wußte sie, was sie zu tun hatte, denn mit dem Namen, der im Ring geschrieben war, hatte sie ein Wissen erhalten, das sie im Traum nicht gefunden hatte. Sie wußte jetzt, wer es war und was der Preis für ihre Anrufung sein würde. Aber sie war hier in Kath Meigol in einer Zeit des Krieges, und die Paraiko starben in ihren Höhlen. Ihr Herz konnte sie nicht verhärten, es war zuviel Mitleid dort, aber ihren Willen konnte sie stählen, um das zu tun, was getan werden mußte, und um den Gram ein weiteres Mal auf sich zu nehmen.

Wieder schloß sie ihre Augen. Im Dunkeln war es leichter, es war fast eine Möglichkeit, sich zu verstecken. Fast, aber nicht wirklich. Sie holte Atem und sagte dann nicht laut, sondern nur im Geiste: *Imraith – Nimphais.*

Dann führte sie ihre Gefährten wieder zurück, fort von den Feuern, sie sollten auf sie warten, und sie wußte, daß es nicht lange dauern würde.

Tabor mußte nicht bis zum Ende der Nacht wachen, und deshalb war er eingeschlafen. Aber das war vorbei. Sie war im Himmel über dem Lager, und sie hatte seinen Namen gerufen, und zum ersten Mal seit jeher konnte er Angst in ihr hören.

Er war sofort hellwach und zog sich an, so schnell er konnte. *Warte,* übermittelte er ihr. *Ich möchte sie nicht erschrecken. Ich will dich auf der Ebene treffen.*

Nein, vernahm er. Sie war wirklich voller Angst. *Komm sofort. Es ist dringend.*

Sie kam herab, gerade als er nach draußen ging. Er war verwirrt und selbst ein wenig ängstlich, denn er hatte sie nicht herbeigerufen, und trotzdem hob sich sein Herz, als sie niederschwebte und er ihre Schönheit sah. Ihr Haar schien wie ein Stern, ihre Schwingen falteten sich anmutig zusammen, als sie landete.

Sie zitterte. Er trat nach vorne, legte seine Arme um sie, lehnte seinen Kopf gegen den ihren. *Nur ruhig, meine Liebe,* und bot alles auf, um sie zu beruhigen. *Ich bin hier, was ist geschehen?*

Ich wurde beim Namen gerufen, übermittelte sie noch immer zitternd. Schrecken und Ärger wallte in ihm auf, aber noch tiefer in seinem Innern fand er eine Angst, die er zu meistern und verbergen suchte. Aber er konnte ihr nichts verheimlichen, zu tief waren sie miteinander verbunden. Sie holte ruckartig Atem. *Wer?*

Ich kenne sie nicht. Eine Frau mit weißem Haar, aber nicht alt. Woher weiß sie meinen Namen?

Seine Hände hörten nicht auf, sie zu streicheln. Noch immer verspürte er Ärger, aber er war Ivors Sohn und Levons Bruder, beide von ihnen hatten sie gesehen, und deshalb wußten sie, wer sie war. *Sie ist ein Freund,* übrmittelte er. *Wir müssen zu ihr gehen. Wohin?*

Es war die falsche Frage, obwohl sie gestellt werden mußte. Sie sagte es ihm, und mit der Nennung dieses Ortes kehrte die Angst wieder in beide zurück. Er bekämpfte sie und half auch ihr dabei. Dann bestieg er sie und empfand trotz der Umstände eine tiefe Freude. Sie breitete ihre Schwingen aus, und er schickte sich zu fliegen an . . .

»Tabor!«

Er drehte sich um. In einem weißen Hemd aus Ystrat stand Liane vor ihm. Sie schien weit entfernt, es war unheimlich. Schon jetzt war sie hier, und er hatte sich noch nicht mal in die Luft erhoben. »Ich muß gehen«, sagte er und setzte vorsichtig seine Worte. »Die Seherin hat uns gerufen.«

»Wo ist sie?«

»In den Bergen.« Das Haar seiner Schwester, vom Schlaf verwirrt, hing lose auf den Rücken herab. Ihre Füße waren barfuß auf dem Gras, ihre Augen, die vor Furcht weit geöffnet waren, ließen die seinen nicht los.

»Sei vorsichtig«, warnte sie, »bitte.« Er nickte ruckartig. Unter ihm spannte Imraith-Nimphais ihre Schwingen an. Sie war ungeduldig, wollte fliegen. »O Tabor«, flüsterte Liane, die zwar älter war als er, aber nicht so aussah. »Bitte, komm zurück.«

Er versuchte zu antworten; es war wichtig, daß er es wenigstens versuchte, denn sie weinte. Aber er fand keine Worte. Er hob eine Hand, vollführte eine Geste, die eigentlich viel zu viel besagen sollte, und dann waren sie im Himmel, und die Sterne trübten sich vor ihrer Geschwindigkeit.

Kim sah einen Lichtstreifen im Westen. Sie hob eine Hand, auf ihrem Finger glänzte der Ring, und einen Augenblick später kam die Kraft, die sie gerufen hatte, herab. Es war dunkel, und die Lichtung, wo sie warteten, war eng und uneben, aber nichts konnte die Anmut des Geschöpfes beeinträchtigen, das neben ihr landete. Sie lauschte, ob sich östlich von ihnen Alarmrufe erhoben, aber alles blieb still. Warum sollte ein herabfallender Stern in den Bergen Besorgnis erregen? Aber das war kein fallender Stern. Es war ein durch und durch tiefroter Körper . . . die Farbe von Danas Mond, die Farbe des Ringes, den sie trug. Die großen Schwingen falteten sich zusammen, das Wesen stand ungeduldig auf den Steinen und schien fast über ihnen zu tanzen. Kim blickte auf das eine Horn. Es glänzte silbern, und die Seherin in ihr wußte, wie tödlich es war, wie sehr dieses Geschenk der Göttin jenseits der Gnade lag.

Dieses zweischneidige Geschenk. Sie wandte ihren Blick dem Reiter zu. Seinem Vater sah er sehr ähnlich, seinem Bruder Levon nur ein wenig. Sie hatte gewußt, daß er erst fünfzehn war, aber als sie es sah, war es ein Schock für sie. Sie erkannte jäh, daß er sie an Finn erinnerte.

Seit der Beschwörung war nur wenig Zeit vergangen. Der abnehmende Mond hatte sich kaum über die östlichen Ausläufer des Bergrückens erhoben. Sein Silber berührte das Silber des Hornes. Neben Kim stand Brock und wachte aufmerksam, auf ihrer anderen Seite war Faebur, dessen Tätowierungen schwach glänzten. Dalreidan jedoch hatte sich ein wenig in den Schatten zurückgezogen. Sie war nicht überrascht, obwohl ihr auch das leid tat. Für den ausgestoßenen Reiter mußte dieses Treffen hart sein, aber sie hatte keine Wahl gehabt. Auch jetzt nicht, und in den Augen des Knaben stand ein tieferer Grund für Schmerz und Gram. Er saß ruhig vor ihr und wartete, daß sie sprechen würde.

»Es tut mir leid«, wandte sie sich an ihn und meinte es von ganzem Herzen. »Ich weiß ungefähr, was das für dich heißt.«

Er warf ungeduldig seinen Kopf in die Höhe, eine Geste, die sie von seinem Bruder kannte. »Woher wußtest du ihren Namen?«

fragte er wegen des nahen Gelächters leise, aber herausfordernd. Sie hörte sowohl den Ärger als auch die Angst. Sie bekannte sich zu ihrer eigenen Macht: »Du reitest auf dem Kind von Pendarans Hain und dem wandernden Mond«, sagte sie. »Ich bin eine Seherin, und ich trage das wandernde Feuer. Ich habe ihren Namen im Baelrath gelesen, Tabor.« Sie hatte es auch geträumt, aber das erwähnte sie nicht.

»Niemand anders darf ihren Namen kennen«, entgegnete er, »gar niemand.«

»Das stimmt nicht«, widersprach sie. »Gereint kennt ihn. Die Schamanen wissen immer die toten Namen.«

»Er ist anders«, beharrte Tabor, ein wenig unsicher.

»Ich auch«, gab ihm Kim, so sanft sie nur konnte, zu bedenken. Er war sehr jung, und das Geschöpf, auf dem er geflogen war, war sehr verängstigt. Sie verstand, wie sie sich fühlten. Explosionsartig war sie mit ihrem ungestümen Ring in eine private Einheit eingebrochen, die sie beide teilten. Sie hatte Verständnis dafür, aber die Nacht, von der sie geträumt hatte, ging vorüber, und sie wußte nicht, ob ihr Zeit genug bliebe, sie zu besänftigen oder auch nur irgend etwas Passendes zu sagen.

Tabor setzte sie in Erstaunen. Er war zwar jung, aber er war der Sohn des Aven, und er ritt auf einem Geschenk von Dana. Einfach und ruhig fügte sie hinzu: »Gut. Was müssen wir in Kath Meigol tun?«

Töten natürlich ... und die Folgen tragen. Gab es einen leichten Weg, wie sie es sagen konnte? Sie wußte nicht, wie. Sie berichtete ihnen, wer hier war, was hier geschah, und noch als sie sprach, sah sie, daß die Geflügelte ihren Kopf hob, und daß ihr Horn noch heller zu scheinen begann.

Dann war sie fertig. Weiter war nichts zu erzählen. Tabor nickte ihr zu, nur einmal. Dann schienen sich er und sein Reittier zu verändern, es hatte den Anschein, als wüchsen sie zusammen. Sie war ihnen nahe, und sie war eine Seherin. Sie fing ein Bruchstück ihrer inneren Rede auf. Nur ein Bruchstück, dann entfernte sie sich mit ihrem Bewußtsein. *Meine Helle,* hörte sie, und *wir müssen töten,* und gerade, als sie sich aus ihrem Gespräch zurückzog: *... wenn das Ende naht, haben wir nur einander.* Dann waren sie wieder in der Luft, und die Schwingen von Danas Geschöpf waren ausgebreitet, zum Töten hell und strahlend blitzte sie auf dem Plateau nieder, und plötzlich lachten die Diener der Finsternis nicht mehr. Kims Gefährten rannten bereits zu ihrem Beobachtungsplatz zurück, und sie folgte ihnen, so schnell sie konnte, stolperte zwischen Felsen und losen Steinen vorwärts.

Dort angekommen, beobachtete sie, wie verblüffend anmutig der Tod sein konnte. Immer und immer wieder kam Imrait-Nimphais hernieder und erhob sich, das Horn, das nun in eine scharfe Schneide auslief, stach und schlug, bis das Silber so sehr von Blut bedeckt war, daß es sich dem Rest ihres Körpers angeglichen hatte. Einer der Urgach stellte sich ihr entgegen und hielt ein Beidhänderschwert empor. Mit der außergewöhnlichen Geschicklichkeit der Dalrei warf Tabor sein Reittier in vollem Lauf herum, preschte seitlich an ihm vorbei, und die scharfe Schneide des Horns zerschnitt ihm den Kopf. So war es die ganze Zeit. Sie waren elegant, blendend schnell und bis zum äußersten tödlich.

Und für beide war es vernichtend, das wußte Kim.

Eine Milliarde von Leiden, und keine Zeit, um sich damit abzugeben. Noch während sie zusah, stieg Imrait-Nimphais wieder empor und flog nach Westen zum nächsten Lagerfeuer. Einer der Svart Alfar war dem Tod entkommen. Rasch erhob er sich und begann nach Westen auf das Plateau zuzulaufen.

»Der gehört mir«, bemerkte Faebur ruhig. Kim drehte sich um. Sie sah, wie er einen Pfeil zog und einige Worte über seinen langen Schaft flüsterte. Sie beobachtete, wie er ihn einlegte und den Bogen spannte und wie der mondbeschienene Pfeil sich löste, wie er lichtzuckend in die Kehle des rennenden Svart drang und ihn auf der Stelle niedersinken ließ.

»Für Eridu«, rief Brock von Banir Tal. »Für das Volk des Löwen. Das ist ein Anfang, Faebur.«

»Ein Anfang«, echote Faebur leise.

Nichts regte sich mehr auf dem Plateau, nur die Feuer flackerten und knisterten noch immer, das war das einzige Geräusch. Jenseits des Bergrückens ertönte ein jähes Kreischen, aber noch als sie ihren Weg hinunter zu den Höhlen suchten, hörten auch diese Geräusche unvermittelt auf. Instinktiv warf Kim einen kurzen Blick hinüber, gerade rechtzeitig, um zu sehen, wie Imrait-Nimphais hochstieg und zum letzten der Feuer hinüberblitzte.

Sorgfältig bahnte sie sich ihren Weg in all dem Gemetzel und um die verzehrende Hitze der beiden Feuer, dann hielt sie vor der größeren der beiden Höhlen inne.

Hier war sie nun, und sie hatte getan, wozu sie gekommen war, aber sie war verletzt und müde, es war keine Zeit, sich zu freuen. Nicht angesichts dessen, was geschehen war, nicht angesichts dieser beiden geschwärzten Körper auf dem Scheiterhaufen. Sie blickte auf den Ring an ihrem Finger hinab: Der Baelrath lag stumm und ruhig. Und trotzdem war es noch nicht zu Ende. In ihrem Traum hatte sie es auf diesem Plateau brennen gesehen. Im Gewebe dieser Nacht mußte also noch mehr geschehen. Sie wußte nicht, was, aber die Wirkungen der Kraft waren noch nicht zu Ende.

»Ruana«, schrie sie, »hier ist die Seherin von Brennin. Ich bin gekommen, um das Rettungslied zu singen, und Ihr seid frei.«

Sie wartete, und die drei Männer mit ihr. Nur das Feuer knisterte. Ein Windstoß blies eine Haarsträhne in ihre Augen, sie zog sie zurück. Dann bemerkte sie, daß der Wind von Imrait-Nimphais verursacht wurde: Sie kam hernieder, und Tabor brachte sie hinter ihr zum Stehen. Kim blickte zurück und sah das dunkle Blut auf dem Horn. Dann kamen Laute aus der Höhle, und sie wandte sich wieder nach vorn.

Aus der Schwärze des Torbogens und durch den aufsteigenden Rauch erschienen die Paraiko. Zuerst waren es nur zwei, der eine trug den Körper des anderen in seinen Armen. Die Gestalt, die aus dem Rauch hervorkam und nun vor ihnen stand, war zweimal so groß wie der langbeinige Faebur von Eridu. Das Haar dieses Mannes war ebenso weiß wie Kimberlys Haar, weiß war auch sein Bart. Auch sein Kleid war einstmals weiß gewesen, aber nun war es durch Rauch, Staub und die Flecken der Krankheit beschmutzt. Trotzdem war etwas Feierliches und Majestätisches an ihm, das die Zeit und die grauenvolle Szene, die sie umgab, überstrahlte. Als er über das Plateau hinsah, las Kim in seinen Augen einen uralten, unaussprechlichen Schmerz. Dagegen erschien ihr ihr eigener Kummer unbedeutend und vergänglich. »Wir danken euch«, wandte er sich ihr zu. Die Stimme war leise, was man von einer so großen Gestalt gar nicht erwartet hätte. »Ich bin Ruana. Wenn diejenigen von uns, die noch am Leben sind, sich versammelt haben, müssen wir den Toten das Kanior abstatten. Wenn ihr wollt, könnt ihr einen von euch wählen, der mit uns um Vergebung für euch alle wegen der Bluttaten dieser Nacht beten könnte.«

»Vergebung?« grollte Brock von Banir Tal. »Wir haben euer Leben gerettet.«

»Trotzdem«, erwiderte Ruana. Er stolperte ein wenig, als er sprach. Dalreidan und Faebur sprangen nach vorn, um ihm mit seiner Last zu helfen. »Halt!« schrie Ruana. »Werft eure Waffen weg, ihr seid in Gefahr.«

Dalreidan hatte verstanden, er ließ seine Pfeile und sein Schwert fallen, Faebur folgte seinem Beispiel. Dann traten sie wieder nach vorne und halfen Ruana, den anderen Riesen langsam zu Boden gleiten zu lassen, was ihre ganzen Körperkräfte beanspruchte.

Nun kamen noch mehr heran: aus Ruanas Höhle zwei Frauen, die einen Mann zwischen sich stützten, insgesamt sechs aus der anderen Höhle. Sobald sie die Rauchschwaden hinter sich hatten, sanken sie zu Boden. Als Kim nach Osten blickte, sah sie, wie die ersten von jenseits des Bergrückens auf das Plateau zustrebten. Sie bewegten sich sehr langsam, viele wurden gestützt, und einige wurden von den anderen getragen. Keiner von ihnen sprach ein Wort.

»Ihr braucht Nahrung«, sagte sie zu Ruana. »Wie können wir euch helfen?«

Er schüttelte den Kopf. »Später. Zuerst muß das Kanior stattfinden, da es so lange aufgeschoben wurde. Sobald wir alle zusammen sind, wollen wir die Riten vollziehen.«

Es erschienen aus dem Nordosten vom vierten Feuer die letzten von ihnen, sie bewegten sich mit derselben langsamen, kraftsparenden Vorsicht und in vollkommenem Schweigen. Wie Ruana waren sie alle weiß gekleidet. Er war weder der älteste noch der größte von ihnen, aber er war der einzige, der gesprochen hatte, und die anderen versammelten sich um den Platz, auf dem er stand.

»Ich bin nicht der Führer«, erklärte er, als hätte er Kims Gedanken gelesen. »Seit Connla den Kessel geschaffen und damit seine Grenzen überschritten hat, haben wir keinen Führer mehr gehabt. Ich will jedoch das Kanior singen und die unblutigen Riten vollziehen.« Seine Stimme war unendlich sanft. Aber Kim wußte, daß er es war, der stark genug gewesen war, um sie im Zentrum von

Rakoths Plänen zu finden und zu beschützen.

Er warf einen kurzen Blick in die Runde der Ankömmlinge. »Sind das alle?« fragte er. Kim schaute sich um. Im Schatten und im Rauch war es schwer festzustellen, aber es waren ungefähr fünfundzwanzig Paraiko auf dem Plateau versammelt. Mehr nicht.

»Ja, alle «, bestätigte eine Frau.

»Alle.«

»Ja, Ruana«, echote eine dritte Stimme in kummervollem Ton. »Mehr sind nicht am Leben. Vollziehe jetzt das Kanior, das so lange aufgeschoben wurde, damit unser Wesen nicht verändert und Kath Meigol seiner Heiligkeit beraubt wird.«

In diesem Augenblick empfand Kim die erste Vorahnung. Die dunklen Webfäden ihres prophetischen Traumes wurden klar. Sie fühlte, daß sich ihr Herz wie eine Faust zusammenkrampfte und ihr Mund trocken wurde.

»Gut«, sagte Ruana, und dann wandte er sich mit äußerster Höflichkeit wieder zu ihr: »Möchtest du jemanden aussuchen, der mit uns betet? Für das, was ihr getan habt, wird es erlaubt sein.«

Kim entgegnete schwankend: »Wenn Sühne vonnöten ist, dann muß ich darum bitten. Ich werde die unblutigen Riten mit euch vollziehen.«

Ruana schaute aus seiner großen Höhe auf sie herab, blickte dann nacheinander alle anderen an. Sie hörte, wie sich Imrait-Nimphais unter dem Gewicht seines Blickes nervös hin und her bewegte.

»O Dana«, ließ sich Ruana vernehmen. Es war keine Beschwörung. Die Worte klangen, als wären sie an eine Gleichaltrige gerichtet. Es waren Worte des Vorwurfes, des Kummers. Wieder wandte er sich Kimberly zu. »Du sprichst richtig, Seherin. Ich denke, es ist deine Aufgabe. Die Geflügelte braucht keinen Ablaß für das, was Dana sie tun ließ, dennoch muß ich um ihre Geburt trauern.«

Brock forderte ihn von neuem heraus und sah langsam zu ihm hoch. »Du hast uns hierher beschworen«, stellte der Zwerg klar. »Du hast ein Lied für die Seherin gesungen, und als Antwort darauf sind wir gekommen. Rakoth ist frei in Fionavar, Ruana von Paraiko. Möchtest du, daß wir uns alle in den Höhlen niederlegen und uns mit seiner Herrschaft abfinden?« Diese leidenschaftlichen

Worte klangen hell in der Bergluft.

Aus den Reihen der Paraiko kam ein tiefer Ton.

»Hast du sie herbeigerufen, Ruana?« Es war die Stimme der ersten Frau, die gesprochen hatte, sie war aus der Höhle jenseits des Bergrückens gekommen. Noch immer auf Brock blickend, erwiderte Ruana: »Wir können nicht hassen. Wäre Rakoth, dessen Stimme ich in meinen Sinnen hörte, vollkommen aus der Geschichte der Zeit verschwunden, so würde mein Herz singen bis zum Tod. Aber wir können nicht Krieg führen. Wir sind nur zu passivem Widerstand fähig. Dies ist ein Teil unserer Natur, genauso wie in jenem Wesen, das herbeiflog, uns zu retten, Anmut und Töten innig verwoben sind. Dies zu ändern, hieße unsere eigentliche Existenz zu zerstören, wie auch den Blutfluch zu lösen, das Geschenk, das der Weber uns zum Schutz und zum Ausgleich gegeben hat. Seit Connla Owein gebunden hat und den Kessel schmiedete, haben wir Kath Meigol nicht verlassen.«

Seine Stimme war nicht immer leise, aber sie war jetzt tiefer als zuvor, als er aus der Höhle hervorkam. Sie näherte sich bereits dem Gesang, der, wie Kim wußte, bald folgen würde. Aber folgen würde auch etwas anderes, und sie wußte allmählich, was es sein würde.

Ruana fuhr fort: »Wir haben unsere eigene Beziehung zum Tod, wir hatten sie immer, seit wir auf dem Webstuhl gewirkt wurden. Ihr wißt, daß es Tod und Fluch bedeutet, unser Blut zu vergießen, aber es gibt noch mehr, was ihr nicht wißt. Wir legten uns in den Höhlen nieder, weil wir auf Grund unseres Wesens nichts anderes tun konnten.«

»Ruana«, ertönte von neuem die Stimme der Frau, »hast du sie herbeigerufen?«

Und jetzt wandte er sich ihr zu, so langsam, als trage er eine große Bürde.

»Ja, Iera. Es tut mir leid. Ich will es im Kanior singen und in den Riten um Vergebung bitten. Wenn es mir jedoch nicht gelingt, werde ich ebenso wie Connla Kath Meigol verlassen, damit diese Übertretung einzig und allein auf meinen Schultern liege.« Dann erhob er seine Hände hoch im Mondlicht über seinen Kopf. Es fielen keine weiteren Worte, das Kanior begann.

Es war ein Trauergesang, der in den alten Zauber eingewebt

war, unvorstellbar alt, denn die Paraiko hatten in Fionavar geweint, lange bevor der Weber selbst die Lios Alfar oder die Zwerge in das Gewirk eingesponnen hatte, und von Anfang an waren der Blutfluch und das Kanior, das ihn erhielt, ein Teil ihrer selbst gewesen. Es begann mit einem tiefen Summen, das fast unter der Hörschwelle lag. Alle Riesen, die um Ruana versammelt waren, stimmten ein. Langsam ließ er seine Hände sinken und bedeutete Kim, nach vorne und neben ihn zu treten. Als sie es tat, sah sie, daß die Riesen in dem Kreis, der nun Dalreidan, Faebur und Brock umgab, auch für diese drei Platz gemacht hatten. Tabor und sein Flügelwesen blieben außerhalb des Kreises. Ruana sank auf seine Knie nieder und bedeutete Kim, seinem Beispiel zu folgen. Er faltete die Hände in seinem Schoß, und dann war er plötzlich in ihrem Bewußtsein.

Ich will die Toten tragen, hörte sie ihn in sich sagen. *Wen möchtest du mir geben?*

Ihr Puls wurde langsamer, verlangsamt durch die tiefen Töne, die sie umgaben. Ihre Hände zitterten ein wenig in ihrem Schoß, sie krampfte sie fest zusammen und gab ihm Kevin und dann Ysanne: wer sie waren und was sie getan hatten.

Ruanas Gesichtsausdruck veränderte sich nicht, er bewegte sich nicht, aber seine Augen weiteten sich ein wenig, als er das aufnahm, was sie ihm übermittelte, und dann sagte er in ihrem Bewußtsein, *ich habe sie, und sie sind würdig. Trauere mit mir.*

Dann erhob er seine Stimme zur Klage.

Kim konnte diesen Augenblick nie vergessen. Bei allem, was noch folgte, blieb die Erinnerung an das Kanior klar in ihr bestehen, die Erinnerung an den Kummer und die Reinigung vom Kummer.

Ich will die Toten tragen, hatte Ruana gesagt, und nun begann er damit. Mit dem vielfältig strukturierten Reichtum seiner Stimme nahm er sie beide, Kevin und dann Ysanne, und zog sie in den Kreis, um sie zu beklagen. Als das Summen stärker wurde, schlang sich sein eigenes Singen hindurch und herum, es war ein Faden auf einem Klanggewebe, Namen wurden der Bergnacht angeboten und die Bilder all jener Paraiko in dem Kreis, die in den Höhlen gestorben waren: Taieri, Ciroa, Hilewai, Cailla und mehr, so viel mehr. Sie alle näherten sich, um dort versammelt zu sein, wo Kim kniete, um durch die gewonnene Kraft des Gesanges dort anwesend zu sein. Kim weinte, aber die Tränen ihres Herzens fielen lautlos, damit nichts das Werk Ruanas stören sollte.

Und in diesem Augenblick ging er sogar noch weiter: Er forderte mehr. Seine Stimme wurde noch kräftiger. Er reichte zurück durch die zerzausten Schlünde der Jahre und begann, die Paraiko vom Anbeginn ihrer Tage an zu sammeln, sie alle, die in tiefem Frieden ohne Blutvergießen lebten und gelebt hatten und die in der Fülle ihrer Zeit starben, um betrauert zu werden.

Und auch jetzt wieder betrauert zu werden, als Ruana von Kath Meigol die Reichweite seiner mächtigen Seele ausbreitete, um den Verlust der vielen Toten inmitten des Gemetzels und in den Feuern dieser Nacht zu umfangen. Kim kniete ganz dicht neben ihm, und so beobachtete sie ihn durch ihre Tränen. Sie beobachtete, wie er versuchte, einen Trost für den Kummer zu bilden, sich darüber zu erheben, was ihnen angetan worden war, und er tat es mit der ganzen majestätischen Größe, die den Paraiko zu eigen war. Es war das Kanior der Kaniors, eine Klage für jeden einzelnen der Toten.

Einer nach dem anderen kamen sie heran, die Geister all dieser Paraiko in all den Jahren, sie drängten sich in diesem weiten Kreis der Klage, in dieser Nacht des tiefsten Kummers, als dem Volk das tiefste Leid angetan wurde. Kim verstand nun die Grundlage all der Geistergeschichten von Kath Meigol, denn es gab tatsächlich Geister an diesem Ort, wenn die Kaniorriten vollzogen wurden. Und in dieser Nacht wurde der Bergpaß wirklich und wahrhaftig ein Reich der Toten. Immer mehr von ihnen kamen, und Ruana wuchs immer mehr, zwang seinen Geist, so groß zu werden, daß er sie alle erreichte, sie alle durch seinen Gesang trug.

Dann wurde seine Stimme noch tiefer, und eine neue Note flocht sich ein, und nun sah Kim, daß einer in den Kreis getreten war, der noch größer als jeder andere der Riesen dort war. Seine Augen strahlten selbst von jenseits der Welt heller als alle anderen, und aus Ruanas Gesang wußte sie, daß er einer war, der sich vergangen hatte, indem er Owein band und dann auch noch den Kessel schuf. Es war Connla, der von Kath Meigol allein in freiwilliger Verbannung von seinem Volk weggegangen war . . .

und nun in dieser Nacht zurückgerufen wurde, als sie alle gerufen und betrauert wurden.

Kim sah auch Kevin, der unter den Versammelten geehrt wurde, und sie erkannte Ysanne, die selbst unter Geistern noch besonders substanzlos erschien, denn sie hatte sich weiter entfernt als irgendein anderer von ihnen, sie war durch ihr Opfer so weit weggegangen, daß Kim kaum begriff, wie es Ruana gelungen war, selbst noch ihren Schatten hierher an diesen Ort zu bringen.

Schließlich kamen dann keine neuen Gestalten mehr in den Ring. Kim blickte auf Ruana, der langsam hin und her schwang, seine Augen waren geschlossen vom Gewicht all dessen, was er zu tragen hatte. Sie sah, wie sich seine Hände in seinem Schoß zusammenkrampften, als seine Stimme sich ein letztes Mal veränderte, als er noch tiefer sang und einen Zugang zu noch reinerem Schmerz fand.

Und dann rief er mit der entwaffnenden Weite seiner Seele noch die toten Svart Alfar und die Urgach herbei, die sein Volk eingesperrt und getötet und sogar verschlungen hatten, als sie tot waren.

Kim hatte niemals etwas gesehen, was der Größe von Ruanas Handlungen in diesem Augenblick gleichkam. Es war die äußerste und unwiderlegliche Bestärkung der Identität seines Volkes. Es war in der Dunkelheit der Nacht ein klarer Klang, er verkündete, daß die Paraiko noch immer ohne Haß waren, daß sie dem Schlimmsten, was Rakoth Maugrim tun konnte, gewachsen und sogar überlegen waren, daß sie seine Übeltaten aushalten, in sich aufnehmen und zu guter Letzt darüber hinaus wachsen konnten, daß sie blieben, was sie immer gewesen waren, daß sie niemals dahinter zurückfallen und Sklaven der Finsternis werden würden.

In diesem Augenblick fühlte Kim sich gereinigt durch Ruanas Wirken, und als sie sah, daß seine Augen sich öffneten und auf ihr ruhten, während er noch sang, wußte sie, was nun kommen würde. Doch in seiner Gegenwart fürchtete sie nichts. Sie beobachtete, wie er einen Finger hob, und mit diesem Finger wie mit einer Messerschneide die Haut in seinem Gesicht und an seinen Armen in langen tiefen Schnitten öffnete.

Kein Blut floß, kein Tropfen Blut, obwohl die Haut durch diese Wunden verletzt war und sie die Nerven und Arterien im Innern sehen konnte.

Er blickte sie an. Sie fürchtete sich überhaupt nicht, sondern hob in einer Stimmung der Trauer und der Sühne ihre Hände, zog ihre Fingernägel über ihre Wangen und dann hinab bis zu den Adern ihrer Unterarme, und sie fühlte, daß sie durch ihre Berührung ihre Haut aufschlitzte. Sie war Ärztin, und sie wußte, daß dies tödlich sein konnte.

Aber auch aus ihren Wunden quoll kein Blut, obwohl sie noch immer Tränen vergoß. Tränen des Schmerzes und jetzt auch der Dankbarkeit, daß Ruana ihr dieses Geschenk gemacht hatte, daß er stark genug gewesen war, eine so tiefe Magie zu schaffen, daß selbst sie, die nicht zu den Paraiko gehörte und so schwere Schuld tragen mußte, in den unblutigen Riten unter all diesen Toten Vergebung finden konnte.

Als Ruanas Stimme sich dann in den letzten Tönen seines Kanior wieder hob, fühlte Kim, daß ihre Wunden sich schlossen, sie blickte auf ihre Arme nieder: Die Haut war heil und ohne Narben, und aus dem Springquell ihres Seins dankte sie ihm für das, was er ihr gegeben.

Dann sah sie, daß der Baelrath brannte.

Nichts war jemals schlimmer gewesen, nicht einmal die Beschwörung Arthurs aus seiner Ruhestätte in Avalon unter den Sommersternen. Nach dem Willen des Webers war der Krieger dazu verdammt, immer wieder beschworen zu werden, Gram zu leiden und mit all den Jahren und Welten sein Verbrechen, den Kindermord, wieder gutzumachen. Sie hatte seine Ruhe mit jenem schrecklichen Namen zerschmettert, den sie auf dem Tor herausschrie, und ihr eigenes Herz wäre dabei fast vor Leiden zersprungen. Aber sie hatte sein Schicksal nicht bestimmt, das war lange zuvor geschehen. Sie und der Baelrath hatten nichts geschaffen, hatten nichts verändert. Sie hatte ihn nur, und das voller Kummer, dazu gezwungen, was er seinem Schicksal zufolge ohnehin tun mußte.

Dies hier aber war anders und unvorstellbar viel schlimmer. Denn mit dem Flackern des Ringes wurde das Bild ihres Traumes wirklich, und Kim wußte nun endlich, warum sie hier war. Um die Paraiko zu befreien, ja, aber nicht nur dazu. Wie hätte das auch in einer Kriegszeit möglich sein können, noch dazu für sie? Der Ring hatte sie hierher geführt, und der Baelrath stellte eine

Beschwörungskraft dar. Er war ungestüm und ließ kein Mitgefühl zu, er kannte nur die Erfordernisse des Krieges, die Zwänge absoluter Notwendigkeit.

Sie war in Kath Meigol, um die Riesen von diesem Ort wegzuziehen. Im überragendsten Augenblick ihrer langen Geschichte, in dieser Stunde, wo sie ihre innerste Natur am stolzesten zum Ausdruck bringen konnten, war sie gekommen, um sie zu verändern: ihnen ihr Wesen und den dazugehörigen Schutz zu rauben, sie zu korrumpieren, sie in den Krieg hinauszuführen ... Trotz des Friedens, der in ihr Wesen eingewebt war, trotz der großartigen Leistungen, die Ruana eben vollbracht hatte, obwohl er ihr Balsam für ihre Seele gegeben und ihre beiden Geliebten unter den Toten geehrt hatte.

Trotz alledem. Sie war, was sie war, und der Stein war ungestüm und verlangte, daß die Paraiko sich veränderten, um gegen Maugrim kämpfen zu können. Eine solch heilende Klarheit war ihr nicht gewährt. Das hätte die Sache auch zu leicht gemacht, dachte sie mit ätzender Ironie.

Nichts war ihr leicht gemacht worden ... und keinem von ihnen, verbesserte sie sich in Gedanken. Sie dachte an Arthur, an Paul auf dem Sommerbaum, an Ysanne, an Kevin im Schnee vor Dun Maura, an Finn und an Tabor, der jetzt hinter ihr stand. Dann dachte sie an Jennifer in Starkadh und Darien, und sie sprach:

»Ruana, nur der Weber und die Götter wissen, ob mir jemals Verzeihung gewährt wird für das, was ich jetzt tun muß.« Nach den sonoren Tönen des Kanior klang ihre Stimme hoch und scharf. Sie schien das Schweigen zu verletzen. Ruana blickte auf sie nieder, er sagte nichts und wartete, er war sehr schwach, sie konnte die Müdigkeit in seinen Gesichtszügen sehen.

Sie würden alle durch Schwäche und Hunger zugrunde gehen, wußte sie. Eine leichte Beute, fügte ihre innere Bitterkeit hinzu. Sie schüttelte den Kopf, als wolle sie diesen Gedanken vertreiben. Ihr Mund war trocken, sie schluckte. Sie sah, daß Ruana auf den Baelrath blickte. Er war lebendig und trieb sie voran.

Sie fuhr fort: »Vielleicht wünschst du inzwischen, du hättest niemals den Rettungsgesang gesungen, um mich hierher zu holen. Aber vielleicht hätte mich der Kriegsstein hierher gebracht, auch wenn du geschwiegen hättest. Ich weiß es nicht. Ich weiß aber, daß ich nicht nur gekommen bin, um euch zu befreien, *sondern euch durch die Macht, die ich trage, zum Krieg gegen Rakoth Maugrim hinabzuführen.*«

Die Paraiko, die sie umringten, murmelten, Kim achtete aber nur auf Ruana, und sie sah, daß seine ernsten Augen sich nicht veränderten. Er entgegnete sehr sanft: »Wir können nicht Krieg führen, Seherin, wir können nicht kämpfen, noch können wir hassen.«

»Dann muß ich es euch lehren!« schrie sie, um den Schmerz, der in ihr emporstieg, zu übertönen, während der Kriegsstein strahlender flammte als je zuvor.

Es war ein wirklicher Schmerz. Sie sah ihn auf ihrer Hand wie ein loderndes Flammennest, heller als die Lagerfeuer, fast zu wild und ungestüm, um ihn anzusehen. Fast. Sie mußte hinschauen, und sie tat es. Der Baelrath war ihre Kraft, ihre Macht, ungebärdig und erbarmungslos, aber der Wille und das Wissen waren ihr Teil, die Einsicht der Seherin war erforderlich, damit diese Kraft wirken könne. Vielleicht sah es so aus, als ob der Stein Zwang auf sie ausübe, aber sie wußte, daß das nicht wirklich so war. Er reagierte nur ... auf Not, auf Krieg, auf die halb erhaschten Wahrnehmungen ihrer Träume ... Aber ohne ihren Willen konnte seine Kraft nicht freigesetzt werden. Sie nahm die Last auf sich, sie akzeptierte den Preis der Macht, und während sie in das Herz des Feuers blickte, das ihre Hand umschlossen hielt, warf sie ein mentales Bild hinein und beobachtete, wie der Baelrath es verkörperte, in der Luft schwebend, in den Kreis der Paraiko zurückschleuderte. Es war ein Bild, das die Riesen das Hassen lehren und ihnen ihre Heiligkeit nehmen würde.

Ein Bild von Jennifer Lowell, von der sie wußten, daß sie jetzt Guinevere war, wie sie nackt und einsam vor Maugrim stand. Dann erkannten sie den Entwirker, riesig in seinem Kapuzenmantel, mit Ausnahme seiner Augen gesichtslos. Sie sahen seine verletzte Hand, wie er sie über ihren Körper hielt, so daß das schwarze Blut darüber herabtropfte und Brandwunden erzeugte. Kimberlys eigenes Brennen erschien ihr nichtig im Vergleich zu dem, was sich vor ihrem innerlichen Auge abspielte. Sie hörten Jennifer sprechen, und sie sprach an diesem unheiligen Platz so flammend und herausfordernd, daß es das Herz zerreißen konnte, und sie vernahmen sein Lachen und mußten mit anschauen, wie er in seiner ganzen Häßlichkeit über sie herfiel. Sie sahen zu, wie er dann seine Gestalt immer wieder veränderte, und hörten, was gesagt und verstanden wurde, hörten, daß er ihr Bewußtsein entzweiriß, um Wege für ihre Folter zu finden.

Es dauerte lange. Kim spürte, wie sich eine Welle des Ekels nach der anderen in ihr erhob, aber sie zwang sich hinzusehen. Jennifer war dort gewesen, sie hatte es durchlebt und überlebt, und durch den Schrecken dieses Bildes wurde den Paraiko ihre Kollektivseele genommen. Sie konnten nicht wegblicken, die Kraft des Baelrath zwang sie, und auch sie selbst beobachtete. Es war eine Buße im trivialsten Sinn, es war ein Suchen nach Sühne, die sich niemals einstellen würde. Aber sie wandte den Blick nicht ab. Sie sah den Zwerg Blöd, der nun ins Bild hineingezogen wurde, und es tat ihr leid für Brock, daß er diesen letztendlichen Betrug sehen mußte.

Sie schaute bis zum Ende zu.

Dann war es vollkommen still in Kath Meigol. Sie konnte niemand atmen hören. Ihre eigene betäubte, zerschlagene Seele sehnte sich nach irgendeinem Geräusch, nach Vogelgesang, nach rieselndem Wasser oder Kindergelächter. Sie brauchte Licht, ein wärmeres, freundlicheres Licht als das rote Glühen des Feuers oder der Bergsterne oder des Mondes.

Nichts davon wurde ihr gewährt. Statt dessen wurde sie sich eines anderen Umstandes bewußt. Seit ihrer Ankunft in Kath Meigol hatte sie Angst verspürt. Es war ein Bewußtsein von der Anwesenheit der Toten in all ihrer unverletzlichen Heiligkeit, die diesen Platz mit dem Blutfluch, der in sie eingewebt war, bewachten.

Aber diese Angst war verschwunden. Sie weinte nicht, denn was sie hier erlebte, war weit jenseits des Schmerzes. Es berührte ganz unmittelbar die Fäden des Gewirks auf dem Webstuhl. Sie hielt ihre rechte Hand an ihre Brust, sie war voller Blasen und schmerzte bei der Berührung. Der Baelrath schwelte, die letzten Funken schienen noch fern in seinen Tiefen zu glühen.

»Wer bist du«, fragte Ruana, und seine Stimme war gebrochen, als er diese Worte sprach. »Wer bist du, daß du uns das angetan hast. Wären wir doch statt dessen in den Höhlen gestorben.«

Es tat so weh. Sie öffnete den Mund, doch kein Wort kam über ihre Lippen.

»Aber nein«, antworterte eine Stimme für sie. Es war Brock, der treue, standhafte Brock von Banir Tal. »Aber nein, ihr Leute von Paraiko.« Seine Stimme war schwach, als er begann, aber sie wurde mit jedem Wort stärker. »Ihr wißt, wer sie ist, und ihr wißt, was sie trägt. Wir sind im Krieg, und der Kriegsstein von Macha und Nemain ruft dann, wenn es nötig ist. Wollt ihr eure Friedlichkeit so hoch einschätzen, daß ihr Maugrim die Herrschaft überlaßt? Wie lange würdet ihr überleben, wenn wir von hier weggingen und im Krieg vernichtet würden? Wer würde sich an eure Heiligkeit erinnern, wenn wir alle und ihr alle tot oder versklavt wären?«

»Der Weber«, erwiderte Ruana sanft.

Brock hielt inne, aber nur einen Augenblick lang. »Und Rakoth«, fügte er an. »Und du hast sein Gelächter gehört, Ruana. Wenn der Weber euch dazu bestimmt hätte, immer und in Ewigkeit heilig und unberührt zu bleiben, wie hättet ihr euch dann durch das Bild, das wir heute nacht gesehen haben, verändern können? Wie könntet ihr die Finsternis hassen? Wäre es möglich gewesen, daß ihr zum Heer des Lichtes geführt werdet, wie es geschehen ist? Dies ist mit Sicherheit euer wirkliches Schicksal, ihr Leute von Kath Meigol. Es ist ein Schicksal, das euch erlaubt zu wachsen, wenn die Not groß ist, so bitter der Schmerz auch sein mag. Ihr habt nun die Möglichkeit, aus diesen euren Höhlen und Stätten hervorzukommen und euch in all den Welten des Webers, die von der Finsternis heimgesucht werden, mit uns zu vereinen.«

Er kam zu Ende. Wieder trat Schweigen ein. Und dann kamen Stimmen aus dem Kreis der Riesen: »Es ist um uns geschehen.«

»Wir haben den Blutfluch verloren.«

»Und das Kanior.«

Es erhob sich ein herzzerreißendes Wehklagen, als sie ihren Verlust betrauerten.

»Halt!« ertönte eine andere Stimme. Es war weder Ruana noch Brock. »Ihr Leute von den Paraiko«, rief Dalreidan, »verzeiht mir meine Anmaßung, aber ich möchte eine Frage stellen.«

Langsam schwand das Wehklagen hinweg. Ruana neigte seinen Kopf dem Ausgestoßenen von der Ebene zu. »Habt ihr nicht in dem, was ihr diese Nacht getan habt, in diesem großen Geschehnis dieser Nacht eine Art Abschied verspürt? Habt ihr nicht in dem Kanior, das alle Paraiko, die je lebten, sammelte und betrauerte, ein Zeichen vom Weber, der euch geschaffen hat, ein Zeichen, das ein Ende bedeutet, gefunden?«

Kim hielt ihren Atem an, preßte ihre verbrannte Hand und wartete. Und dann sprach Ruana.

»Doch, ja«, gab er zu, es war ein Seufzen, das wie ein Windhauch klang, der durch die Baumkronen streift. »Das habe ich gespürt, als ich Connla kommen sah, er sah so strahlend aus. Er war der einzige von uns, der jemals in die Welt jenseits dieses Bergpasses hinausgetreten ist, damals als er die Wilde Jagd in ihren langen Schlaf versetzte. Nach den Gesetzen unseres Volkes war dies eine Verfehlung, obwohl Owein ihn darum gebeten hatte. Dann schuf er noch den Kessel, um seine Tochter von den Toten zurückzuholen, eine heillose Missetat, die schließlich zu seiner Verbannung führte. Aber als ich heute sah, wie mächtig er unter unseren Toten war, wußte ich, daß eine Veränderung gekommen war.«

Kim keuchte, ein Schrei der Erleichterung riß sich aus ihrem Herz.

Ruana wandte sich zu ihr. Vorsichtig erhob er sich und stand in der Mitte des Ringes turmhoch über ihr. Er bat: »Verzeih mir meine Härte, sicher war es für dich ebenso kummervoll wie für uns.«

Sie schüttelte den Kopf, noch immer unfähig zu sprechen.

»Wir werden herabkommen«, fuhr er fort, »es ist Zeit. Wir werden diesen Ort verlassen und eine Rolle in den zukünftigen Geschehnissen spielen. Doch höre«, fügte er hinzu, »und laß dir gesagt sein: *Wir werden nicht töten.*«

Daraufhin fand sie endlich ihre Worte wieder. Auch sie erhob sich. »Ich habe es gehört«, antwortete sie. Es war die Seherin von Brennin, die jetzt sprach. »Ich glaube nicht, daß das von euch erwartet wird. Ihr habt euch verändert, aber nicht so umfassend, und ich glaube, daß nicht all eure Gaben verloren sind.«

»Nicht alle«, echote er ernst, »Seherin, wohin sollen wir gehen? Nach Brennin? Andarien? Nach Eridu?«

»Eridu ist nicht mehr.« Faebur hatte zum ersten Mal gesprochen. Ruana wandte sich ihm zu. »Der Todesregen ist dort drei Tage lang gefallen. Bis heute morgen. In den Städten des Löwen ist sicherlich niemand am Leben geblieben.«

Kim sah, wie sich tief in Ruanas Augen etwas veränderte. »Ich weiß von diesem Regen«, bestätigte er, »wir alle wissen es. Er ist ein Teil unserer Erinnerungen. Es war ein Todesregen, mit dem die Verwüstung von Andarien begann. Damals ist er nur einige wenige Stunden gefallen. Maugrim war nicht so stark.«

Er kämpfte mit sichtbarer Anstrengung gegen seine Müdigkeit an und versuchte, sich gerade zu halten.

»Seherin, das ist die erste Rolle, die wir spielen werden. Mit dem Regen geht die Pest einher, und niemand kann nach Eridu zurückkehren, bevor nicht die Toten begraben sind. Aber die Pest kann den Paraiko nichts anhaben. Du hattest nicht unrecht: Wir haben nicht alles verloren, was uns der Weber gab, nur den Blutfluch und das Kanior, die aus den Frieden unserer Herzen gebildet waren. Wir haben aber auch andere magische Kräfte, und die meisten davon beziehen sich auf den Umgang mit dem Tod, wie es auch bei Connlas Kessel war.

Morgen früh werden wir von hier nach Osten ziehen, um das Land Eridu von seinen Regentoten zu reinigen, damit das Land wieder leben kann.«

Faebur sah zu ihm auf. »Ich danke dir«, flüsterte er. »Wenn irgendeiner von uns die Dunkelheit dieser Tage überlebt, so soll es nicht vergessen sein.« Er zögerte. »Wenn du zu dem größten Haus in der Einkaufsstraße von Akkaïze kommst, so wirst du vielleicht eine junge, großgewachsene und schlanke Frau dort liegen sehen, deren Haar einst golden wie die Weizenfelder im Sonnenlicht glänzte ... Ihr Name ist Arrian. Wirst du sie um meinetwillen sanft begraben?«

»So soll es sein«, versprach Ruana mit unendlichem Mitgefühl. »Und wenn wir uns wieder treffen, werde ich dir berichten, wo sie liegt.«

Kim drehte sich um und verließ den Kreis. Sie ging zum Rande des Plateaus, stand mit dem Rücken zu den anderen und blickte auf die dunklen Berge und die Sterne. Ihre Hand war von Brandblasen bedeckt und schmerzte bei jeder Berührung, auch ihre Seite tat von gestern noch weh. Der Ring war vollkommen erschöpft, er schien zu schlummern. Sie wußte, daß sie nun selbst Schlaf brauchte. Die Gedanken jagten einander in ihrem Kopf, und etwas anderes, was noch nicht klar genug war, um zum Gedanken zu werden, nahm allmählich Gestalt an.

Sie war klug genug, um die Vision, die da kommen würde, nicht zu erzwingen, deshalb war sie weggegangen, um im Dunklen zu warten.

Hinter sich vernahm sie Stimmen. Sie drehte sich nicht um, aber da sie nicht weit entfernt waren, konnte sie nicht umhin, sie zu hören.

»Verzeih mir«, sagte Dalreidan und hustete nervös, »aber man hat mir gestern erzählt, daß die Frauen und Kinder der Dalrei im letzten Lager am Latham allein zurückgelassen wurden. Stimmt das?«

»Ja, das stimmt«, antwortete Tabor. Seine Stimme klang fern und dünn, aber er antwortete dem Ausgestoßenen mit Höflichkeit. »Alle Reiter von der Ebene sind nach Norden, nach Celidon gegangen. Vor drei Nächten ist ein Heer der Finsternis gesehen worden, das durch Andarien zog. Der Aven hat versucht, ihnen am Adein zuvorzukommen.«

Davon hatte Kim nichts gewußt, sie schloß ihre Augen und versuchte, die Entfernung und die Zeit einzuschätzen, aber es gelang ihr nicht. Sie sprach ein inneres Gebet an die Nacht. Wenn die Dalrei verloren waren, dann würde auch alles, was sie noch tun würden, bedeutungslos sein.

»Der Aven!« rief Dalreidan leise aus. »Wir haben einen Aven? Wer ist es?«

»Ivor dan Banor«, beschied ihm Tabor, und Kim konnte seinen Stolz hören. »Mein Vater.«

Als der andere weiter schwieg, fragte er dann: »Kennst du ihn?«

»Ich kannte ihn«, entgegnete Dalreidan. »Wenn du sein Sohn bist, mußt du Levon sein.«

»Nein, Tabor. Levon ist mein älterer Bruder. Woher kennst du ihn? Von welchem Stamm bist du?«

In dem nun folgenden Schweigen konnte Kim fast hören, wie der ältere Mann mit sich kämpfte. Aber alles, was er sagte, war: »Ich bin ohne Stamm.« Seine Schritte verklangen, als er zum Kreis der Riesen zurückging.

Sie war nicht die einzige, dachte Kim, die in dieser Nacht Leiden ertragen mußte. Das Gespräch hatte sie verstört, es hatte noch einen weiteren quälenden Faden am Rande ihres Bewußtseins aufgewühlt. Sie wandte ihre Gedanken wieder nach innen, um Ruhe zu suchen.

»Geht es dir gut?«

Imrait-Nimphais bewegte sich leise. Daß Tabors Stimme sie so berührte, verblüffte sie. Diesmal drehte sie sich um, sie war dankbar über die Freundlichkeit der Frage. Sie war sich schmerzlich bewußt, was sie ihnen angetan hatte. Um so mehr, wenn sie auf Tabor blickte. Er war totenblaß, fast war er noch ein Geist mehr in Kath Meigol.

»Ich glaube schon«, antwortete sie. »Und wie geht es dir?«

Er zuckte die Achseln, es war eine knabenhafte Geste. Aber er war soviel mehr, er war gezwungen worden, soviel mehr zu sein. Sie blickte auf das Wesen, auf dem er ritt, und sah, daß das Horn wieder rein war und sanft in der Nacht schimmerte.

Er folgte ihrem Blick. »Während des Kanior«, sagte er mit Staunen in seiner Stimme, »während Ruana sang, ist das Blut von ihrem Horn verschwunden. Wie, das weiß ich nicht.«

»Er hat euch von der Schuld befreit«, erklärte sie, »das Kanior ist eine starke magische Kraft.« Sie hielt inne. »Es war«, verbesserte sie sich sogleich. Sie hatte es ja beendet. Sie blickte wieder zu den Paraiko zurück. Diejenigen von ihnen, die noch gehen konnten, brachten den anderen Wasser von jenseits des Bergrükkens. Es floß dort nur ein Rinnsal oder eine Quelle. Ihre Gefährten halfen ihnen. Sie sah ihnen zu und begann schließlich zu weinen.

Und plötzlich senkte Imrait-Nimphais unerwartet ihren schönen Kopf, sie tat es vorsichtig wegen ihres Hornes, und beschnupperte sie sanft. Diese Geste löste die letzten Schleusen von Kims Herz. Durch ihre Tränen blickte sie zu Tabor hoch und sah, daß er zustimmend nickte. So warf sie die Arme um den Hals dieses herrlichen Wesens, das sie gerufen und dem sie zu töten befohlen hatte, sie legte ihren Kopf gegen den von Imrait-Nimphais und ließ ihren Tränen freien Lauf. Niemand störte sie, niemand kam näher. Nach einiger Zeit, sie wußte nicht, wie lange es gewesen war, trat Kim zurück. Sie blickte zu Tabor auf. Er lächelte. »Weißt du«, sagte er, »daß du ebensoviel weinst wie mein Vater?«

Zum erstenmal seit Tagen lachte sie, und Ivors Sohn lachte mit ihr. »Ich weiß«, keuchte sie, »ich weiß es. Ist es nicht schrecklich?«

Er schüttelte den Kopf. »Nicht, wenn jemand das zu tun vermag, was du getan hast«, stellte er in ruhigem Ton richtig. Ebenso schnell wie er erschienen war, verschwand der knabenhafte Ausdruck wieder. Es war nun der Reiter von Imrait-Nimphais, der sagte: »Wir müssen gehen. Ich habe die Lager zu bewachen und bin schon zu lange weg gewesen.«

Sie hatte die seidige Mähne gestreichelt. Nun trat sie zurück, und gerade in diesem Augenblick verdichtete sich plötzlich die Vision, die ihr, am Rande ihres Bewußtseins treibend, unzugänglich geblieben war. Und nun wußte sie mit einem Male, wohin sie gehen mußte. Sie blickte auf den Baelrath, er war dumpf und kraftlos. Das überraschte sie nicht. Diese neue Wahrnehmung kam von der Seherin in ihr, der Seele, die sie mit Ysanne teilte.

Sie zögerte und blickte zu Tabor auf. »Um eines muß ich dich noch bitten. Wird sie mich wohl tragen? Ich habe einen langen Weg vor mir und nicht genug Zeit.«

Sein Blick war bereits fern, aber verständig und ruhig.

»Ja, sie wird dich tragen«, versicherte er. »Du kennst ihren Namen. Wir werden dich bringen, Seherin, wohin du auch gehen mußt.« Dann war die Zeit des Abschieds gekommen. Sie blickte hinüber und sah ihre drei Führer nicht weit entfernt beieinander stehen.

»Wohin werden wir gehen?« fragte Faebur.

»Nach Celidon«, antwortete sie. Einiges wurde ihr bereits klarer, als sie noch hier stand, und sie empfand die Dringlichkeit. »Ein Kampf hat stattgefunden, und dort werdet ihr das Heer finden, jene jedenfalls, die überlebt haben.«

Sie blickte auf Dalreidan, der noch zögerte und sich zurückhielt. »Mein Freund«, sprach sie so laut, daß alle es hören konnten. »Heute morgen hast du zu Faebur etwas gesagt, was mir richtig schien: Niemand in Fionavar ist jetzt mehr ein Verbannter. Geh nach Hause, Dalreidan, und trage wieder deinen ursprünglichen Namen in der Ebene und erkläre ihnen, daß die Seherin von Brennin dich geschickt hat.«

Einen Augenblick lang blieb er reglos stehen, widerstrebend. Dann nickte er langsam. »Werden wir uns wieder treffen?«

»Ich hoffe«, sagte sie und trat nach vorne, um ihn zu umarmen und dann auch Faebur. Sie blickte auf Brock. »Und du?« fragte sie.

»Ich werde mit ihnen gehen«, antwortete er. »Bis mein eigener König zurückkehrt, werde ich dem Aven und dem Hochkönig dienen, so gut ich kann. Wirst du auch vorsichtig sein, Seherin?« Seine Stimme war schroff.

Sie trat näher auf ihn zu und kontrollierte gewohnheitsmäßig den Verband, den sie um seinen Kopf gewickelt hatte. Dann neigte sie sich herab und küßte ihn auf die Lippen. »Du auch«, flüsterte sie, »mein Lieber.«

Zuletzt wandte sie sich Ruana zu, der auf sie gewartet hatte. Sie brauchten keine Worte.

Dann hörte sie ihn in ihrem Geist murmeln: *Der Weber halte deinen Faden fest in der Hand,* Seherin.

Das hatte sie mehr als alles andere noch hören müssen ... es war die letzte Verzeihung, auf die sie kein Recht hatte. Sie blickte hinauf zu seinem großen Patriarchenkopf mit dem weißen Bart, blickte in seine weisen Augen, die soviel gesehen hatten. *Und die eurigen,* antwortete sie schweigend. *Deinen Faden und den deines Volkes.*

Dann ging sie zurück, Tabor wartete schon, sie stieg hinter ihm auf Imrait-Nimphais, nannte ihm ihr Ziel, und schon flogen sie.

Es fehlten noch einige Stunden bis zur Dämmerung, als sie Kim absetzten. Es war kein Kriegsschauplatz, sondern der einzige Ort in Fionavar, wo sie einen Augenblick des Friedens erlebt hatte, ein ruhiger Platz, ein See wie ein Juwel, auf den das Mondlicht blickte. Ein Cottage am Rande des Sees.

Kaum war sie abgestiegen, da schwebte er bereits wieder in der Luft. Sie wußte, daß er wieder zurück sein wollte. Sein Vater hatte ihm einen Auftrag gegeben, und sie hatte ihn zweimal davon abgehalten.

»Danke«, sagte sie. Das war das einzige, was ihr einfiel. Sie hob ihre Hand zum Abschiedsgruß.

Als er ihr ebenso antwortete, sah sie mit Kummer, daß das Mondlicht und die Sterne durch ihn hindurchschienen. Dann breitete Imrait-Nimphais ihre Schwingen aus, und sie und ihr Reiter waren verschwunden. Noch ein Stern einen Augenblick lang, und dann nichts mehr.

Kim betrat das Cottage.

TEIL II

Lisens Turm

Kapitel 4

Paul lehnte sich zurück gegen die Reling des Achterdecks und beobachtete, wie Lancelot sich mit seinem Schatten duellierte. Fast den ganzen gestrigen Tag, seit sie von Cader Sedat aus in See gestochen waren, hatte er es getan, und hatte dann auch den größten Teil dieses zweiten Morgens bis in den Nachmittag hinein damit verbracht. Die Sonne war nun hinter ihnen, Lancelot kehrte ihr den Rücken zu, glitt nach vorn, wich zurück an Deck, seine Füße drehten sich in komplizierten Wendungen, sein Schwert war ein verschwommenes Zittern von Stößen und Abwehrparaden, zu schnell, als daß man es mit dem Auge hätte verfolgen können.

Fast alle auf der *Prydwen* hatten ihn einige Zeit beobachtet, entweder heimlich oder, wie Paul, mit offener Bewunderung.

Endlich war es ihm gelungen, einige der disziplinierten Bewegungsmuster, die Lancelot vollzog, zu erkennen. Und als er immer weiter zusah, begriff er auch noch etwas anderes.

Bei einem Mann, der gerade erst aus der Totenkammer erweckt worden war, war dies mehr als bloßes Training. In diesen unablässigen, fast zwanghaften Wiederholungen hatte Paul allmählich erkennen können, daß Lancelot, so gut er konnte, die Emotionen verbarg, die in ihm aufstiegen.

Er beobachtete, wie der dunkelhaarige Mann seine systematischen Übungen ohne Aufhebens oder irgendeine vergeudete Bewegung durchexerzierte. Jetzt wie auch sonst immer hatte Lancelot eine gewisse Ruhe an sich, er glich einem stillen Teich, in dem der Wellenschlag des turbulenten Lebens mühelos absorbiert wurde. Auf irgendeiner Ebene war dies tief berührend, und diese Beruhigung war von jenem Augenblick an spürbar, als er zu ihnen gekommen war, er, der aus seiner steinernen Ruhestätte auferstanden war und auch Matt Sören von den Toten zurückgebracht hatte.

Paul Schafer war jedoch zu klug, um nicht zu wissen, daß dies nicht die einzige Ebene seiner Wandlung war. Er war Pwyll, der Zweimal Geborene, er hatte zu Göttern gesprochen und sie beschworen, er hatte drei Nächte auf dem Sommerbaum verbracht, und die Raben von Mörnir waren ihm niemals fern. Die *Prydwen* segelte wieder zum Krieg zurück, und Lancelots Übungen paßten zu der Rolle, die er spielen würde, wenn sie an Land gingen.

Doch die Fahrt ging auch zurück zu etwas anderem, zu jemand anderem: zu Guinevere.

So diszipliniert Lancelots zwanghafte physische Aktivität auch sein mochte, so konnte Paul die Wahrheit darin doch so klar lesen wie in einem Buch, und die Themen des Buches waren absolute Liebe und absoluter Betrug und eine Traurigkeit, die das Herz erstickte.

Arthur Pendragon, der zusammen mit Cavall am Vordersteven stand und nach Osten blickte, war der einzige auf dem Schiff, der von Lancelots Schattenduell keinen Augenblick Notiz genommen hatte. Die beiden Männer hatten nicht gesprochen, seit sie aus dem Trümmerhaufen von Cader Sedat entkommen waren. Zwischen ihnen war kein Haß, nicht einmal Zorn oder offene Rivalität, soweit Paul sehen konnte. Statt dessen aber sah er, daß sie ihr Selbst schützten und abschirmten, daß sie ihre Herzen fest am Zügel hatten.

Paul erinnerte sich – und er wußte, er würde es niemals mehr vergessen –, was sie miteinander auf der Insel geredet hatten: Lancelot, der gerade erst erweckt worden war, fragte mit äußerster Höflichkeit: *Warum habt Ihr das, mein Herr, uns Dreien angetan?*

Und Arthur entgegnete ganz am Ende, auf der Schwelle dieser blutigen zertrümmerten Halle: *O Lance, komm. Sie wird wohl schon auf dich warten.*

Kein Haß, keine Rivalität also, sondern etwas viel Schlimmeres: Liebe, die in sicherem prophetischen Wissen der zukünftigen Geschehnisse nicht zugelassen wurde. Es gehörte zu der Geschichte, die wieder einmal durchgespielt wurde wie schon so oft, wenn die *Prydwen* wieder an Land gehen würde.

Paul wendete seine Augen ab von dieser flüssigen, hypnotischen Gestalt, die sich auf dem Deck hin und her bewegte und dieselben makellosen Rituale der Klinge immer wieder von neuem wiederholte. Er wandte sich ab und blickte über die Reling aufs Meer. Er wurde sich darüber klar, daß auch er sein Herz verteidigen mußte, er konnte es sich nicht leisten, sich im Trauergewebe dieser drei Menschen zu verlieren. Er hatte seine eigene Bürde, sein eigenes Schicksal, das auf ihn wartete, seine eigene Rolle, die er spielen mußte, und seine eigene schreckliche unausgesprochene Angst. Und diese Angst hatte einen Namen, den Namen eines Kindes, das nicht mehr Kind war; jener Knabe war es, der gerade vor einer Woche im Götterwald den größten Teil des Weges zum Erwachsenenalter und zu seiner Macht zurückgelegt hatte. Es war Jennifers Sohn, Jennifers und Rakoth Maugrims Sohn.

Darien war sein Name. Er hieß nicht mehr Dari, nicht seit jenem Nachmittag beim Sommerbaum. Als kleiner Junge, der gerade erst gelernt hatte, flache Kiesel über die Oberfläche eines Sees schnellen zu lassen, war er zu diesem Ort gelangt. Aber als er fortging, war er anders geworden: älter, wilder, verwirrt, entfremdet, unvorstellbar mächtig, er gebot dem Feuer, er veränderte seine Gestalt. Er war der Sohn des dunkelsten Gottes, die unerklärlich wilde Karte im Set der Kriegskarten.

Unberechenbar hatte seine Mutter ihn genannt, und vielleicht wußte sie mehr, als irgendein anderer von ihnen. Beruhigend war es allerdings nicht, denn wenn Darien wirklich unberechenbar war, so konnte er alles tun, konnte beide Wege einschlagen. Niemals, so hatte Brendel von den Lios Alfar gesagt, niemals hatte es irgendein lebendes Geschöpf in irgendeiner der Welten gegeben, das so gleichmäßig zwischen Licht und Finsternis hing. Niemanden hätte man mit diesem Knaben auf der Schwelle zur Männlichkeit vergleichen können. Er war anmutig und schön, seine Augen waren blau, außer wenn sie rot waren.

Dunkle Gedanken. Aber auch wenn er sich an Brendel erinnerte, sah er kein Licht und keinen Weg zum Licht: Brendel mußte er von dem Seelenverkäufer erzählen und von dem Schicksal all der Lios Alfar, die seit dem Bael Rangat als Antwort auf ihren Gesang nach Westen gesegelt waren. Oder zumindest mußte er dabei stehen, während andere die Geschichte erzählten. Paul seufzte, er sah hinaus auf das Meer, das sich durch die Bewegung des Schiffes in auseinanderlaufenden Wellen kräuselte. Dort unten glitt Liranan, der unfaßbare Gott des Meeres durch sein Element. Paul empfand eine Sehnsucht danach, ihn wieder zu beschwören, ihm Fragen zu stellen, ihn sogar um Trost zu bitten, denn er wußte, daß die Meersterne wieder an jenem Platz schienen, wo der Seelenverkäufer erschlagen worden war. Ja, das hätte er nun gerne getan.

Aber zu fern war er nun von der Quelle der Kraft, die er gehabt hatte, viel zu unsicher war er sich, wie diese Kraft in geordnete Bahnen zu lenken sei, gerade wenn sie schnell bei der Hand war.

Wenn er es genau betrachtete, gab es eigentlich nur eins, was er mit Sicherheit wußte. In seiner Zukunft würde es ein drittes Zusammentreffen geben, und bereits jetzt trieb es durch seinen Schlaf und durch seine Tagträumereien. Bis in die innersten Wege seines Blutes wußte Paul, daß er Galadan noch einmal und dann nicht wieder treffen würde. Sein und des Wolfsfürsten Schicksal waren ineinander verwoben, und nur der Weber wußte, wessen Faden abgeschnitten würde, wenn ihre Wege sich kreuzten.

Er hörte, wie hinter ihm Schritte das Deck überquerten, die den Rhythmus von Lancelots stetigem Vorschnellen und Zurückweichen durchbrachen. Dann ließ sich eine leichte, äußerst deutliche Stimme vernehmen.

»Mein Herr Lancelot, wenn es Euch gefällt, glaube ich, könnte ich Euch besser prüfen als Euer Schatten«, sagte Diarmuid dan Ailell.

Paul drehte sich um. Lancelot, der ein wenig schwitzte, betrachtete Diarmuid mit ernster Höflichkeit in seinem Gesicht und in seiner Haltung. »Ich müßte dankbar sein«, erwiderte er mit sanftem Lächeln. »Es ist lange her, daß ich jemandem mit dem Schwert gegenübertrat. Habt Ihr vielleicht hölzerne Übungsschwerter an Bord?«

Nun lächelte Diarmuid, seine Augen tanzten unter dem hellblonden Haar, das durch die Sonne noch heller glänzte. Die meisten Männer an Bord kannten diesen seinen Gesichtsausdruck sehr gut. »Leider nicht«, murmelte er, »aber ich möchte wetten, daß wir beide geschickt genug sind, unsere Klingen so zu führen, daß kein Schaden entsteht.« Er hielt inne. »Kein ernster Schaden«, verbesserte er sich.

Es folgte ein kurzes Schweigen, das von einer dritten Stimme von weiter vorne an Deck durchbrochen wurde. »Diarmuid, das ist wohl kaum die richtige Zeit für Spiele, schon gar nicht für gefährliche Spiele.«

Der Befehlston in Loren Silbermantels Stimme war nur noch deutlicher geworden, seit der Magier aufgehört hatte, Magier zu sein. Er blickte und sprach mit unveränderter Autorität, auch, so schien es, mit stärkerem Zielbewußtsein, seit Matt von den Toten zurückgekommen war und Loren sich feierlich in den Dienst seines alten Freundes gestellt hatte, der unter Banirlok König gewesen war, bevor er dann in Paras Derval zur Quelle eines Magiers wurde.

Trotzdem traf die Reichweite seiner Autorität – und nicht nur der seinigen – dort auf eine Grenze, wo Diarmuids Wünsche begannen. Vor allem Wünsche dieser Art. Gegen seinen Willen verzog Paul seinen Mund, als er auf den Prinzen blickte. Aus den Augenwinkeln sah er, wie Erron und Rothe Papierzettel zu Carde hinüberreichten. Sie wetteten. Nachdenklich schüttelte er den Kopf. Diarmuid zog sein Schwert. »Wir sind auf dem Meer«, sagte er in übertrieben vernünftig klingendem Ton zu Loren, »und wir haben mindestens noch einen Tag zu segeln vor uns, vielleicht noch mehr, je nach dem Wind und den Fähigkeiten unseres Steuermannes . . .« Er streifte Coll, der ohne Hemd am Steuerruder stand, mit einem flüchtigen Blick . . . ». . . dann erst werden wir Land sehen. Vielleicht haben wir nie wieder eine so günstige Gelegenheit zum Spiel. Mein Herr?«

Die letzte Frage war an Lancelot gerichtet, sie ging mit einem Schwertgruß einher, und das Schwert war in einer Weise aufgerichtet, daß die Sonne, die auf das Metall traf, in Lancelots Augen reflektiert wurde. Dieser lachte ungezwungen, erwiderte den Gruß und trat, sein eigenes Schwert ausgestreckt, zur Seite.

»Zur großen Ehre des Schwarzen Ebers!« rief Diarmuid laut, während die anderen pfiffen und sie anfeuerten. Er wirbelte seinen Degen mit einer Bewegung des Handgelenks und der Schulter.

»Für meine Herrin, die Königin«, erwiderte Lancelot automatisch. Dies verursachte unvermittelte Stille.

Paul blickte instinktiv zum Vordersteven, dort stand Arthur und blickte in die Richtung, in der das Land auftauchen würde. Er kümmerte sich nicht im geringsten um sie alle. Alsbald wandte sich Paul wieder zurück, denn die Klingen hatten sich rituell berührt und tanzten nun.

Er hatte Diarmuid nie mit einem Schwert gesehen. Er hatte die Geschichten gehört, die über beide Söhne Ailells umgingen, aber dies war seine erste unmittelbare Begegnung, und indem er beobachtete, verstand er noch besser, warum die Männer von der

Südfeste ihrem Prinzen mit so unverbrüchlicher Treue folgten. Es war mehr als nur seine Phantasie und sein Ehrgeiz, der auf einem rauhen Schiff im weiten Meer Augenblicke wie diesen herbeiführen konnte. Es war die einfache Wahrheit (in einem ausgesprochen komplexen Menschen), daß er bei allem, was er tat, einfach hinreißend gut war. Und das traf auch auf das Fechten zu, wie Paul nun erkennen konnte. Es überraschte ihn keineswegs.

Was ihn überraschte, war vielmehr, wie sehr der Prinz von der ersten Berührung der Klingen an kämpfen mußte, um bestehen zu können. Später allerdings wunderte er sich auch darüber, weshalb er so wenig vorbereitet war.

Denn er hatte es mit Lancelot vom See zu tun, und niemand war jemals so gut gewesen wie er.

Der Mann, der zusammen mit den mächtigsten Toten aller Welten in einer Kammer unterm Meer gelegen hatte, zeigte der Besatzung der *Prydwen*, warum das so war. Er tat es mit derselben ökonomischen, fast abstrakten Präzision, mit der er zuvor mit seinem Schatten gefochten hatte.

Sie kämpften mit nackten Klingen und kämpften sehr schnell auf einem schwankenden Schiff. Für Pauls ungeübtes Auge lag in den Stößen und den sausenden Schlägen, mit denen sie sich begegneten, eine echte Gefahr. Er schaute an den schreienden Männern vorbei, blickte auf Loren und dann auf Coll und las in ihnen dieselbe Sorge. Er wollte schon dazwischentreten, er wußte, daß sie seinetwegen aufhören würden, aber während er noch daran dachte, wurde er sich seines eigenen, rasenden Pulses bewußt, er wurde sich bewußt, wie sehr Diarmuid ihn und sie alle in eine Stimmung versetzt hatte, die dem hohlen Schweigen, das noch vor einer Viertelstunde geherrscht hatte, vollkommen entgegengesetzt war. Er blieb, wo er war. Er bemerkte, daß der Prinz genau wußte, was er tat.

Auf vielerlei Arten. Diarmuid wich vor Lancelots verdecktem Angriff zurück, schaffte es, sich an einem Seil, das an Deck aufgewickelt war, festzuhalten. Genau im richtigen Augenblick machte er einen raschen Schritt zurück, ließ sich um das Gewinde schwingen, bückte sich tief und ließ einen Sensenschlag auf Lancelots Knie niedergehen, der ihn zum Krüppel hätte machen können.

Er wurde von einer Klinge abgeblockt, die sehr, sehr schnell zurückgezogen wurde. Lancelot stand auf und rief mit heller Freude in seinen dunklen Augen aus: »Bravo, Connla, gut gemacht!«

Diarmuid wischte sich mit seinem herabhängenden Ärmel den Schweiß aus den Augen und grinste gefährlich. Dann sprang er ohne Warnung zum Angriff vor. Einige schnelle Schritte lang wich Lancelot zurück, aber dann wieder begann sein Schwert in aller Schnelligkeit seiner Bewegung zu wirbeln, er preschte vorwärts und zwang Diarmuid zu der steilen Treppe zurück, die unter Deck führte.

Paul vergaß alles andere, vollkommen gefesselt sah er zu, wie der Prinz an Boden verlor. Er sah aber auch: Noch während Diarmuid parierend zurückwich, schossen seine Augen plötzlich weg von Lancelot, trafen Paul, der an der Reling stand, und blitzten über seine Schulter hinaus zum Meer. Noch während Paul sich umwandte, um festzustellen, was es war, hörte er den Prinzen schreien: *»Paul! Paß auf!«*

Die ganze Gruppe einschließlich Lancelot, drehte sich um und schaute zum Meer, und das gab Diarmuid die Gelegenheit, seine Klinge mühelos nach vorne schnellen zu lassen – das Täuschungsmanöver war gelungen –, doch da wurde sie ihm aus der Hand geschlagen, er mußte sie fahren lassen, denn Lancelot erweiterte seine Drehung zu einer ganzen Pirouette, so daß er Diarmuid wieder ins Gesicht blickte, er ging in die Knie, und seine Waffe sauste mit der Kraft dieses vollen, blitzschnellen Bogens krachend gegen Diarmuids Degen und ließ ihn über das ganze Deck fliegen.

Es war vorüber. Einen Augenblick lang herrschte betäubtes Schweigen, dann brach Diarmuid in lautes Lachen aus, er trat nach vorne und umarmte Lancelot herzhaft, während die Männer von der Südfeste anerkennend grölten und schrien.

»Das war unfair, Lance«, ertönte nun eine Stimme, die reichlich amüsiert klang, »du hast diese Bewegung vorher gesehen. Er hatte keine Chance.« Arthur Pendragon war bis zur Hälfte des Decks herangekommen.

Paul hatte sein Kommen nicht bemerkt. Keiner von ihnen hatte es bemerkt. Sein Herz hob sich, als er das Lächeln auf dem Antlitz des Kriegers und das verständnisinnige Leuchten in Lancelots

Augen sah, und wieder hieß er Diarmuid in seinem Innern willkommen.

Der Prinz lachte noch immer. »Eine Chance?« keuchte er atemlos. »Ich hätte ihn mit Seilen fesseln müssen, um eine Chance zu haben!«

Lancelot lächelte, er hatte Haltung bewahrt, wirkte beherrscht, doch nicht gezwungen. Er blickte zu Arthur hinüber. »Erinnerst du dich?« fragte er. »Fast hätte ich es vergessen. Auch Gawain hat es einmal versucht, nicht?«

»Ja, doch«, bestätigte Arthur noch immer amüsiert.

»Fast hätte es funktioniert.«

»Fast«, stimmte Arthur zu, »aber es ist ihm eben nicht gelungen. Gawain hat dich nie schlagen können, Lance. Sein ganzes Leben lang hat er es versucht.«

Und bei diesen Worten zog eine Wolke vorüber, obwohl der Himmel noch genauso blau, die Nachmittagssonne ebenso hell wie zuvor war. Arthurs kurzes Lächeln schwand dahin, dann wurde auch Lancelot ernst. Die beiden Männer sahen sich an, ihr Gesichtsausdruck wurde plötzlich unlesbar, beladen mit dem Gewicht der Geschichte. In der plötzlichen Stille auf der *Prydwen* drehte sich Arthur wieder um und ging, gefolgt von Cavall, zum Vordersteven zurück.

Mit einem schmerzhaften Ziehen im Herzen blickte Paul auf Diarmuid, und dieser erwiderte den Blick mit einem Gesichtsausdruck, der nun nicht mehr heiter war. Er würde es ihm später erklären, entschied Paul. Der Prinz konnte es nicht wissen: Niemand von den anderen, ausgenommen vielleicht Loren, konnte wissen, was Paul wußte.

Es war ein Wissen, das nicht von den Raben am Baum kam, sondern aus der Überlieferung seiner eigenen Welt: Gawain, ein Ritter von der Tafelrunde, hatte wirklich sein ganzes Leben lang versucht, Lancelot im Kampf zu besiegen. Es waren alles freundschaftliche Kämpfe gewesen, bis zum Ende, bis zu seinem Ende, das er aus Lancelots Hand erlitt. Das geschah in einem Krieg, den Arthur führen mußte, nachdem Lancelot Guinevere davor gerettet hatte, in Camelot auf dem Scheiterhaufen verbrannt zu werden.

Diarmuid hatte es versucht, dachte Paul traurig, es war ein tapferer Versuch. Aber das Schicksal dieser beiden Männer und der Frau, die auf sie wartete, war viel zu komplex gewoben, als daß ein freudvolles Gelächter es auch nur kurz hätte aufheben können.

»Macht eure Augen auf, ihr Faulpelze!« Colls klangvolle, prosaische Stimme durchbrach seine Gedanken. »Wir haben ein Schiff zu steuern, und das bedeutet noch ein gutes Stück Arbeit am Segel. Der Wind schlägt um, Diar!«

Paul schaute zurück nach Süden und Westen, in die Richtung, in die Colls ausgestreckter Arm zeigte. Die Brise war nun sehr stark geworden, bemerkte er, sie war während des Fechtens aufgekommen. Als er zurückblickte, konnte er mit einiger Anstrengung eine dunkle Linie am Horizont erkennen.

Und in diesem Augenblick fühlte er in seinem Blut die Ruhe, welche die Gegenwart von Mörnir kennzeichnete.

Jüngere Brüder sollten keine Luftwesen reiten, die über eine so ungezügelte Macht verfügten. Sie sollten nicht so sprechen oder so schauen wie Tabor nachts zuvor, als er sich anschickte, zu den Bergen zu fliegen. Zwar hatte sie etliche Male mitgehört, wie ihre Eltern darüber sprachen (es gelang ihr überhaupt, sehr viel mitzuhören), und vor drei Nächten, als ihr Vater den Schutz der Frauen und Kinder Tabor allein anvertraut hatte, war sie ebenfalls zugegen gewesen.

Aber dieses geflügelte Wesen hatte sie nie zuvor gesehen, und deshalb hatte Liane erst zu diesem Zeitpunkt wirklich verstanden, was mit ihrem jüngeren Bruder geschehen war. Sie ähnelte mehr ihrer Mutter als ihrem Vater: Sie weinte nicht so leicht und nicht so oft, aber sie hatte erkannt, daß es für Tabor gefährlich war zu fliegen, und dann hatte sie die Fremdheit in seiner Stimme vernommen, als er aufsaß, und sie hatte geweint, als er wegflog.

Die ganze Nacht war sie wach geblieben, sie saß auf der Schwelle des Hauses, das sie mit ihrer Mutter und ihrem Bruder teilte, bis kurz vor der Dämmerung im Westen von ihnen beim Fluß ein fallender Stern niederging.

Kurze Zeit später war Tabor ins Lager zurückgekehrt, er hatte vor den erstaunten Frauen, die dort wachten, die Hand erhoben. Bevor er wortlos nach drinnen ging und ins Bett fiel, berührte er seine Schwester leicht auf der Schulter.

Sie wußte, daß es mehr als Müdigkeit war, aber sie konnte nichts tun. So war sie denn auch selbst zu Bett gegangen, hatte unruhig geschlafen und von Gwen Ystrat und dem blonden Mann aus einer anderen Welt geträumt, der zu Liadon geworden war und den Frühling zurückbrachte.

Entgegen ihrer Gewohnheit stand sie bei Sonnenaufgang noch vor ihrer Mutter auf. Sie sah nach und fand, daß Tabor noch immer schlief, zog sich an und ging hinaus. Abgesehen von den Wachen an den Toren war das Lager ruhig. Sie blickte nach Osten zum Vorgebirge und zu den Bergen, dann nach Westen, wo der Latham funkelte und wo sich dahinter die Ebene ausbreitete. Als kleines Mädchen hatte sie gedacht, daß die Ebene ohne Ende immer so weiterginge. Und irgendwo dachte sie es noch immer.

Es war ein wunderbarer Morgen, und trotz all ihrer Sorgen und des unruhigen Schlafes sprang ihr Herz voll Freude, als sie die Vögel hörte und die Frische der Morgenluft einatmete.

Sie ging weiter, um nach Gereint zu sehen. Als sie das Haus des Schamanen betreten hatte, hielt sie einen Augenblick inne, um ihre Augen an die Dunkelheit zu gewöhnen. Sie und ihr Bruder hatten sich mehrmals am Tag um ihn gekümmert: Es war eine Pflicht und ein Liebesdienst. Aber der alte Schamane hatte sich von dem Augenblick an, als sie ihn hierher getragen hatten, nicht mehr gerührt. Sein Gesichtsausdruck sprach von so schrecklicher Angst, daß Liane es kaum aushalten konnte, ihn anzusehen.

Und trotzdem tat sie es immer wieder, sie suchte nach Wegen, wie sie ihm helfen könne. Wie konnte man jemandem Hilfe anbieten, dessen Seele in solcher Ferne reiste? Sie wußte es nicht. Von ihrem Vater hatte sie die Liebe zu ihrem Volk, von ihrer Mutter ruhige Stabilität, dazu kamen ihr eigenes beharrliches Wesen und eine ganze Menge Mut. Aber da wo Gereint weilte, schien all das zu versagen. Trotzdem besuchte sie ihn, und Tabor tat es auch: Sie wollten einfach nur anwesend sein, teilnehmen, wie unbedeutend ihr Anteil auch sein mochte.

So stand sie nun wieder auf seiner Schwelle und wartete, bis sich die Dunkelheit ein wenig erhellte, dann hörte sie eine Stimme, die ihr ihr ganzes Leben lang schon bekannt war, ihren Tonfall, den sie ebenfalls zeitlebens schon kannte: »Wie lange muß ein alter Mann in diesen Tagen auf sein Frühstück warten?«

Sie schrie ein wenig auf, es war eine kindliche Gewohnheit, die sie noch immer abzulegen versuchte. Dann aber schien sie die Entfernung bis zur Mitte des Raumes sehr schnell zurückgelegt zu haben, denn sie fand sich knieend neben Gereint wieder, sie umarmte ihn und weinte, wie ihr Vater geweint hätte und in diesem Falle vielleicht sogar ihre Mutter.

»Ich weiß«, sagte er ruhig und tätschelte ihren Rücken, »ich weiß. Es tut dir schrecklich leid. Es wird nie wieder geschehen. Das weiß ich alles. Aber Liane, eine Umarmung am Morgen, so angenehm sie auch sein mag, ist *kein* Frühstück.«

Sie lachte und weinte gleichzeitig und versuchte, ihn so festzuhalten, solange sie konnte, ohne seine brüchigen Knochen zu verletzen. »O Gereint«, flüsterte sie, »ich bin so froh, daß du zurück bist. Soviel ist geschehen.«

»Ja, sicherlich«, entgegnete er in vollkommen verändertem Tonfall. »Jetzt halte einen Augenblick still und laß es mich in dir lesen. Das geht schneller als das Erzählen.«

Sie ließ es zu. Sie hatte es früher so oft erlebt, daß es ihr nicht mehr seltsam erschien. Diese Kraft gehörte zum Wesen der Schamanen, sie ging mit ihrer Blendung einher. Sehr kurze Zeit darauf seufzte Gereint, lehnte sich tief in Gedanken zurück. Sie wartete ein wenig und fragte dann: »Hast du getan, was du dort tun wolltest?«

Er nickte.

»War es sehr schwierig?«

Er nickte ein weiteres Mal. Mehr sagte er nicht, aber sie kannte ihn seit langem, und sie war die Tochter ihres Vaters. Auch hatte sie sein Gesicht gesehen, als er reiste. Sie empfand eine innere Aufwallung von Stolz. Gereint gehörte zu ihnen, und was auch immer er getan hatte, es war etwas sehr Großes.

Sie hatte eine weitere Frage, fürchtete sich jedoch, sie zu stellen. »Ich bringe dir etwas zu essen«, sagte sie statt dessen und schickte sich an zu gehen.

Gereint mußte man jedoch selten Fragen stellen. »Liane«, murmelte er, »ich bin mir nicht vollkommen sicher, weil ich noch nicht stark genug bin, um bis nach Celidon zu reichen. Aber ich glaube, ich würde es wissen, wenn dort irgend etwas sehr Schlimmes geschehen wäre. Es geht ihnen gut, mein Kind. Wir werden später genauere Nachrichten haben, aber du kannst deiner Mutter überbringen, daß es ihnen gutgeht.«

Wie ein zweiter Sonnenaufgang brach in ihr die Erleichterung hervor. Sie warf ihre Arme um seinen Hals und küßte ihn von neuem.

Und Gereint wehrte schroff ab: »Das ist noch immer kein Frühstück! Außerdem möchte ich dich darauf aufmerksam machen, daß in meinen Zeiten jede Frau, die das getan hat, darauf gefaßt sein mußte, noch viel, viel mehr zu tun!«

Sie kam ganz außer Atem vor Lachen. »O Gereint, ich würde mich jederzeit mit Freuden zu dir legen, wenn du mich bätest.«

Diesmal schien er verblüfft zu sein. »Also, das hat seit langer Zeit niemand mehr zu mir gesagt«, meinte er dann. »Ich danke dir, mein Kind. Aber kümmere dich ums Frühstück. Schicke mir deinen Bruder vorbei.«

Sie war, die sie war: nicht zu bezähmen.

»Gereint!« rief sie scheinbar erstaunt aus.

»Ich wußte, daß du das sagen würdest!« grollte er. »Dein Vater hat seinen Kindern niemals die richtigen Manieren beigebracht. Das ist nicht lustig, Liane dal Ivor. Geh jetzt und hol deinen Bruder, er ist gerade aufgewacht.«

Noch immer kichernd ging sie weg. »Und das Frühstück!« rief er hinter ihr her.

Erst als er vollkommen sicher war, daß sie ihn nicht mehr hören konnte, erlaubte er sich zu lachen. Er lachte lange Zeit, denn er war tief zufrieden. Er war auf die Ebene zurückgekehrt, was er schon kaum mehr gehofft hatte, da er sich ja so weit über die Wellen hinausgewagt hatte. Aber das, weswegen er aufgebrochen war, hatte er wirklich vollbracht, und seine Seele hatte überlebt. Und was auch immer in Celidon geschehen mochte, so schlimm konnte es nicht sein, denn so schwach er auch war, hätte er es doch vom Augenblick seiner Rückkehr gewußt.

So lachte er also einige Augenblicke lang und erlaubte sich ... was nicht schwierig war ..., sich auf sein Mahl zu freuen. Alles aber veränderte sich, als Tabor kam. Er versetzte sich ins Bewußtsein des Knaben und sah, was ihm geschah, dann las er, was die Seherin in Kath Meigol getan hatte. Daraufhin aber waren die Speisen ohne Geschmack, und in seinem Herzen war Asche.

Zusammen mit der Hohenpriesterin spazierte sie im Garten hinter dem Tempel mit dem Kuppelgewölbe ... wenn, so dachte Sharra insgeheim, diese winzige Umzäunung mit Recht als Garten bezeichnet werden konnte. Für eine Frau, die in Larai Rigal aufgewachsen war und die jeden Pfad, Wasserfall und auffallenden Baum in seinen Mauern kannte, hatte sich die Frage fast schon selbst beantwortet.

Trotzdem gab es auch hier unerwartete Schätze. Sie hielt neben einem Silvainbeet inne, die Blüten schimmerten silbrig und staubrosa. Sie hatte nicht gewußt, daß sie so weit im Süden noch wuchsen. In Cathal kannte man sie nicht: Es hieß, daß Silvain nur an den Ufern des Celyn-Sees in der Nähe von Daniloth gediehen. Sie waren die Blumen der Lios Alfar. Das sagte sie auch zu Jaelle.

Die Priesterin blickte nur mit halber Aufmerksamkeit auf die Blumen. »Das war ein Geschenk«, murmelte sie. »Vor langer Zeit, als Ra-Lathen den Nebel über Daniloth gewoben hat und die Lios Alfar sich zurückzuziehen begannen, schickten sie uns diese Pflanzen, damit wir an sie denken sollten. Sie wachsen hier wie auch in den Palastgärten. Viele sind es nicht, der Boden behagt ihnen nicht ... aber immer waren einige von ihnen da, und diese Blumen hier scheinen sogar den Winter und die Trockenheit überlebt zu haben.«

Sharra sah sie an. »Das bedeutet dir nichts, oder?« wunderte sie sich. »Gibt es überhaupt irgend etwas, was für dich Bedeutung hat?«

»Bezogen auf Blumen?« Jaelle hob ihre Augenbrauen. Dann antwortete sie nach einer Pause: »Ja, es gab wirklich Blumen, die mir etwas bedeuteten: Es waren die außerhalb von Dun Maura, als der Schnee zu schmelzen begann.«

Sharra erinnerte sich. Rot, blutrot waren sie gewesen wegen des Opfers. Wieder blickte sie auf ihre Begleiterin. Es war ein warmer Morgen, aber in ihrem weißen Kleid sah Jaelle eiskalt aus, und ihre Schönheit hatte etwas Scharfes, Schneidendes an sich. Auch Sharra war nicht gerade sanft oder gutmütig. Und der Mann, den sie heiraten würde, sollte sein ganzes Leben lang eine Narbe tragen: da, wo sie das Messer auf ihn geworfen hatte. Aber bei Jaelle war das anders, und sie fand es unausstehlich.

»Natürlich«, murmelte die Prinzessin von Cathal. »Jene Blumen mußten dir etwas bedeuten. Aber sonst? Muß denn alles und jedes um und durch die Göttin kreisen, damit es dich erreicht?«

»Alles kreist tatsächlich um und zu ihr zurück«, entgegnete Jaelle automatisch. Dann aber wurde sie ungeduldig. »Warum stellen mir alle solche Fragen? Was erwartet ihr eigentlich alle konkret von der Hohenpriesterin der Dana?« Ihre Augen, grün wie Gras im Sonnenlicht, hielten Sharras Blick herausfordernd fest.

Angesichts dieser Herausforderung bedauerte Sharra bereits, daß sie davon angefangen hatte. Sie war noch immer zu ungestüm, und das ließ sie oft ihre eigene Tiefe verlieren. Schließlich war sie nur ein Gast im Tempel »Also ...« begann sie, sich entschuldigend.

Und wurde unterbrochen. »Wirklich!« rief Jaelle aus. »Ich habe keine Ahnung, was die Leute von mir wollen. Ich bin Hohepriesterin, ich muß Kräfte kanalisieren, die Mormae kontrollieren, und Dana weiß, daß das bei Audiart keine leichte Aufgabe ist. Ich muß auf die Rituale achten und Rat erteilen. Nun, da der Hochkönig nicht hier ist, muß ich zusammen mit dem Kanzler ein Königreich regieren. Wie sollte ich denn anders sein, als ich bin? Was wollt ihr denn alle von mir?«

Zu Sharras Erstaunen mußte sie sich abwenden, zu den Blumen hinüberblicken, um ihr Gesicht zu verbergen. Sharra war verwirrt und einen Augenblick lang gerührt. Aber sie stammte aus einem Land, wo Scharfsinn lebensnotwendig war, und sie war die Tochter und Erbin des Höchsten Herrn von Cathal. »Du sprichst im Grunde gar nicht mit mir, oder?« erkundigte sie sich ruhig. »Wer waren die anderen?«

Einen Augenblick später drehte sich Jaelle, die sonst, wie es schien, niemals den Mut verlor, zu ihr zurück. Die grünen Augen waren trocken, aber es stand eine Frage in ihrer Tiefe.

Sie hörten Schritte auf dem Weg.

»Ja, Leila?« sagte Jaelle, noch bevor sie sich umwandte. »Was ist? Und warum betrittst du immer wieder Orte, wo du nichts verloren hast?« Die Worte waren streng, der Tonfall jedoch nicht ... überraschenderweise.

Sharra blickte auf das schmächtige Mädchen, das in echtem Schmerz geschrien hatte, als die Wilde Jagd am Himmel flog. Leila schien ein wenig, aber nicht allzu unsicher.

»Es tut mir leid«, entschuldigte sie sich. »Aber ich glaubte, du würdest es wissen wollen. Die Seherin ist in jenem Cottage, wo Finn und seine Mutter mit dem Kleinen wohnten.«

Jaelles Ausdruck änderte sich sofort. »Kim? Wirklich? Bist du mit dem Ort selbst in Verbindung, Leila?«

»Ich glaube, ja«, antwortete das Mädchen ernsthaft, als ob es das Normalste auf der Welt wäre.

Jaelle ließ ihren Blick lange Zeit auf ihr weilen, und Sharra, die nur halb verstand, sah Mitleid in den Augen der Hohenpriesterin.

»Sag mir«, fragte Jaelle das Mädchen sanft, »siehst du Finn jetzt? Wo reitet er?«

Leila schüttelte den Kopf. »Nur, als sie beschworen wurden. Da habe ich ihn gesehen, aber ich konnte nicht mit ihm sprechen. Es war... zu kalt. Und da, wo sie jetzt sind, ist es auch zu kalt für mich. Ich kann ihnen nicht folgen.«

»Versuch es nicht, Leila«, riet ihr Jaelle ernst. »Versuch es am besten gar nicht.«

»Mit Versuchen hat das nichts zu tun«, entgegnete das Mädchen einfach, und irgend etwas in diesen Worten ließ auch bei Sharra Mitleid aufkommen: Sie nahm es ruhig hin.

Zu Jaelle gewandt aber fragte sie: »Wenn Kim in der Nähe ist, können wir dann zu ihr gehen?«

Jaelle nickte. »Ich muß einiges mit ihr besprechen.«

»Haben wir Pferde hier? Laßt uns aufbrechen.«

Die Hohepriesterin lächelte dünn. »So einfach? Es gibt«, murmelte sie mit ausgesuchter Genauigkeit, »einen Unterschied zwischen Unabhängigkeit und Unverantwortlichkeit, meine Liebe. Du bist die Erbin deines Vaters und... oder hast du es vergessen?... mit dem Erben von Brennin verlobt. Und auf mir liegt die Hälfte der Regierungsgewalt in diesem Reich. Außerdem... oder hast du auch das vergessen?... sind wir im Krieg. Auf diesem Weg sind vor einem Jahr Svart Alfar erschlagen worden. Wir werden eine bewaffnete Eskorte für dich vorbereiten müssen, wenn du mit mir kommen willst, Prinzessin von Cathal. Entschuldige mich bitte, ich muß mich um die Einzelheiten kümmern.«

Und sie schob sich auf dem Kiesweg rasch an Sharra vorbei. Rache, dachte die Prinzessin reumütig. Sie hatte auf sehr privatem Terrain ihre Grenzen überschritten und dafür nun den Preis bezahlt. Außerdem hatte Jaelle ja auch recht. Dadurch aber wurde die Zurechtweisung nur noch beißender. Sie versank in Gedanken, drehte sich um und folgte der Hohenpriesterin, die zum Tempel zurückkehrte.

Schließlich dauerte es eine geraume Zeit, bis die kurze Expedition begann, bis man auf die Straße zum See gelangte, und vor allem deswegen, weil der dicke, groteske Tegid, den Diarmuid als Brautwerber bei ihrer Eheangelegenheit gewählt hatte, ihr nicht erlauben wollte, ohne ihn zu reiten, selbst wenn eine Priesterin und eine Wache sowohl aus Brennin wie auch aus Cathal sie begleitete.

Und da es in der Hauptstadt nur ein Pferd gab, das groß genug war, das Martyrium unter Tegids Massen zu überleben, und da dieses Pferd in den Baracken der Südfeste auf der anderen Seite von Paras Derval stand . . .

Als sie schließlich auf dem Weg waren, war es schon fast Mittag, und deshalb kamen sie auch zu spät, um bei allem, was geschah, eingreifen zu können.

In den frühen Morgenstunden dieses Tages lag Kimberly noch schlafend im Cottage an dem See, und im Traum überquerte sie eine schmale Brücke, die über einen Abgrund voll namenloser, gestaltloser Schrecken führte, und als sie dann auf der anderen Seite stand, kam eine Gestalt auf sie zu, und der Schrecken wuchs in ihr an diesem einsamen, stickigen Ort wie ein deformiertes Ungeheuer.

Ohne aufzuwachen warf sie sich auf ihrem Strohsack heftig von einer Seite zur anderen, hob ihre Hand wie zur Abwehr. Zum ersten und einzigen Mal kämpfte sie gegen ihre seherische Vision, sie strengte ihre Kräfte an, um das Bild jener Figur, die da bei ihr stand, zu verändern. Sie wollte die Maschen, die auf dem Webstuhl in die Zeit gesponnen waren, verwandeln, und nicht nur vorhersehen. Aber es war zwecklos.

Durch diesen Traum hatte Ysanne Kim zur Seherin gemacht und gleichzeitig für sich selbst darauf verzichtet. Das hatte sie gesagt. Deshalb gab es hier keine Überraschungen, sondern nur Schrecken und Ablehnung sowie Hilflosigkeit angesichts dieser umfassenden Unausweichlichkeit.

Schließlich beendete die Schläferin ihren Kampf, die erhobene, abwehrende Hand fiel zurück. In ihrem Traum stand sie ruhig auf der anderen Seite des Abgrundes und blickte der Situation ins Auge. Diese Begegnung hatte von Anfang an auf sie gewartet. Sie war ebenso wirklich, wie irgend etwas nur wirklich sein konnte und wirklich gewesen war. Und so hatte nun mit diesem Traum, mit der Überquerung der Brücke, das Ende begonnen.

Es war spät geworden, als sie endlich erwachte. Nach dem Traum war sie in einen tieferen, heilsameren Schlaf gefallen, den ihr erschöpfter Körper so notwendig brauchte. Nun lag sie noch ein wenig im Bett und sah, wie das Sonnenlicht durch die offenen Fenster hereinströmte. Sie war für die kleine Gnade der Ruhe an diesem Ort zutiefst dankbar. Draußen sangen Vögel, und der leichte Wind trug Blumendüfte. Sie konnte hören, wie der See gegen das felsige Ufer schlug.

Sie erhob sich und ging in die strahlende Helligkeit des Tages hinaus. Sie schritt den vertrauten Pfad bis zu dem breiten, flachen Felsen hinab, der über den See hing. Dort hatte sie gekniet, als Ysanne ein Bannion in das mondbeschienene Wasser warf und Eilathen beschwor, damit er sich für sie um seine Eigenachse drehe.

Sie wußte, daß er jetzt da unten war, tief in seinen Hallen aus Stein und Algen, daß er von dem Bann des Blütenfeuers entbunden war und sich nicht darum kümmerte, was über der Oberfläche seines Sees geschah. Sie kniete nieder und wusch ihr Gesicht in dem kühlen, klaren Wasser. Sie setzte sich auf ihre Fersen und ließ die Wassertropfen, die auf ihren Wangen glitzerten, vom Sonnenlicht trocknen. Es war sehr still. Weit draußen im See tauchte ein Eisvogel ins Wasser und stieg dann vom Licht erfaßt wieder auf, flog blitzend nach Süden.

An diesem Ufer war sie einst gestanden – fast ein Lebensalter war es her, so schien es ihr –, sie hatte Kieselsteine ins Wasser geworfen, sie war von den Worten, die Ysanne im Cottage, unter dem Cottage gesprochen hatte, geflohen.

Damals war ihr Haar noch braun gewesen. Sie war eine Assistenzärztin aus Toronto gewesen, ein Fremdling in einer neuen Welt. Jetzt hatte sie weiße Haare, sie war die Seherin von Brennin, und auf der anderen Seite des Abgrundes hatte sie in ihrem Traum eine Straße gesehen, die in die Ferne führte, und auf dieser Straße war jemand vor ihr gestanden. Schimmernd und blitzend sprang ein gefleckter Fisch aus dem See. Die Sonne stand hoch am Himmel, zu hoch, noch während sie an diesem Ufer verweilte, eilten die Schiffchen auf dem Webstuhl.

Kimberly erhob sich und ging zurück zum Cottage. Sie schob den Tisch ein wenig zur Seite, legte die Hand auf den Fußboden und sprach ein Wort der Kraft.

Zehn Stufen führten nach unten. Die Wände waren feucht, Fackeln gab es nicht, aber von unten her schimmerte immer noch das perlenartige Licht, an das sie sich so gut erinnern konnte. Wie zur Antwort begann der Baelrath auf ihrem Finger zu flimmern. Dann erreichte sie den Boden und stand wieder in der Kammer mit ihrem Webteppich, dem Schreibpult, dem Bett, dem Stuhl und all den nötigen Büchern.

Und dann in der entfernteren Wand die Glastüren, die zu jenem Kabinett führten, in dem Lisens Reif lag, von dem der milde Lichtschein kam.

Sie ging hinüber und öffnete die Türen des Kabinetts. Lange stand sie bewegungslos und blickte auf das Gold der Fassung und den schimmernden Stein hinab. Es war die schönste Schöpfung der Lios Alfar, war in Liebe und Kummer für das schönste Kind aller Welten des Webers von den Kindern des Lichts geschaffen worden.

Das Licht gegen die Finsternis, so hatte Ysanne ihn genannt. Kim erinnerte sich, daß sie gesagt hatte, er habe sich verändert: Seit Lisens Tod schien die anfängliche Farbe der Hoffnung milder und schwächer. Wenn Kim an Ysanne dachte, empfand sie sie so intensiv, als sei sie körperlich zugegen. Sie hatte den Eindruck, daß sie ihre Arme um den gebrechlichen Körper der alten Seherin legte, wenn sie sich selbst umarmte.

Das war natürlich eine Illusion, doch erinnerte sie sich an etwas anderes, das mehr als illusorisch war: an die Worte von Raederth, dem Magier, den Ysanne geliebt hatte, der auch sie geliebt hatte; er war es gewesen, der den Reif trotz der langen Jahre, in denen er verloren gewesen war, wiedergefunden hatte.

Wer nach Lisen als nächster diesen Reif trägt, hatte Raederth prophezeit, *wird den dunkelsten Weg gehen müssen, den ein Kind der Erde oder der Sterne jemals vor sich hatte.*

Diese Worte hatte sie in ihrem Traum vernommen. Sie streckte den Arm aus und hob den Reif mit unendlicher Sorgfalt von seinem Platz.

Aus dem Raum über ihr hörte sie ein Geräusch.

Ein Schrecken, der noch schärfer war, als in ihrem Traum, explodierte in ihr. Was bis jetzt nur eine Vorahnung gewesen war, und deshalb noch etwas fern, war jetzt und über ihr gegenwärtig. Und die Zeit war gekommen.

Sie wandte sich zur Treppe und rief: »Wenn du willst, kannst du herabkommen, ich habe auf dich gewartet.« Sie hielt ihre Stimme so ruhig wie möglich, sie wußte, wie gefährlich es sein würde, Angst zu zeigen.

Schweigen. Ihr Herz donnerte, trommelte. Einen Augenblick lang sah sie wieder den Abgrund, die Brücke und die Straße. Dann erklangen Schritte auf den Stufen.

Und dann erschien Darien. Sie hatte ihn noch nie gesehen. Einen Augenblick lang empfand sie schreckliche Verwirrung, hinter der alles verschwand. Sie wußte nichts von den Geschehnissen, die sich auf der Lichtung beim Sommerbaum abgespielt hatten. Eigentlich müßte er doch noch ein Kind sein, obwohl ein Teil in ihr wußte, daß er es nicht war und nicht sein konnte. In ihrem Traum war er nur eine schattenhafte, schwach umrissene Gegenwart gewesen, ein Name, den sie in Toronto gehört hatte, noch bevor er geboren wurde. Sie hatte ihn durch die Aura des Namens gekannt, wie auch durch einen anderen Umstand, der die tiefste Quelle ihres Schreckens gewesen war: Seine Augen waren rot gewesen.

Jetzt waren sie blau, und er schien sehr jung zu sein, obwohl er eigentlich noch viel jünger hätte sein müssen. Aber Jennifers Kind, das vor weniger als einem Jahr geboren worden war, stand vor ihr, blickte unbehaglich, unstet im Zimmer umher und sah aus, wie irgendein anderer Fünfzehnjähriger auch aussehen konnte . . . wenn er so schön sein konnte und so viel Macht in sich tragen konnte wie dieser Knabe.

»Woher wußtest du, daß ich hier bin?« fragte er unvermittelt. Seine Stimme war unbeholfen, wenig geübt.

Sie versuchte, den Herzschlag willentlich zu verlangsamen; in dieser Situation mußte sie ruhig sein und ihre ganze Geistesgegenwart zur Verfügung haben. »Ich habe dich gehört«, antwortete sie.

»Ich dachte, ich sei ganz leise gewesen.«

Es gelang ihr zu lächeln. »Das warst du auch, Darien, aber ich höre sehr gut. Wenn deine Mutter spät nachts zu mir ins Zimmer kam, hat sie mich immer aufgeweckt, so leise sie auch war.«

Ihre Blicke begegneten sich, und für kurze Zeit blieben seine Augen auf ihr ruhen. »Du kennst meine Mutter?«

»Ich kenne sie sehr gut. Ich habe sie herzlich lieb.«

Er trat ein paar Schritte vorwärts in den Raum, blieb aber zwischen ihr und der Treppe. Sie wußte nicht, ob er sich auf diese Weise selbst den Rückweg sichern oder ihr den Weg versperren wollte. Wieder blickte er um sich.

»Ich habe nie von diesem Raum hier unten gewußt.«

Ihre Rückenmuskel waren hart gespannt. »Er hat der Frau gehört, die hier vor dir gelebt hat«, erklärte sie.

»Warum?« fragte er herausfordernd. »Wer war sie? Warum ist dieser Raum unter der Erde?« Er trug einen Sweater, Hosen und rehbraune Stiefel. Auch sein Sweater war braun, aber er war für den Sommer zu warm und außerdem zu groß für ihn. Er könnte Finn gehört haben, dachte sie. Seine ganze Kleidung wahrscheinlich. Ihr Mund war trocken. Sie befeuchtete ihre Lippen mit der Zunge. »Sie war eine sehr weise Frau, und sie hatte sehr viele Dinge, die sie in diesem Raum liebte, deshalb hielt sie ihn verborgen ... um ihn zu schützen.«

In ihrer Hand lag der Reif, und obwohl er klein und zierlich war und fast kein Gewicht hatte, schien ihr, als trage sie mit ihm das Gewicht aller Welten.

»Was für Dinge?« fragte Darien.

Und dies war nun der Zeitpunkt:

»Das hier«, sagte Kim und hielt ihm den Reif hin, »und er ist für dich, Darien. Er war für dich bestimmt. Es ist der Reif von Lisen.« Ihre Stimme zitterte ein wenig. Sie hielt inne. Er wartete schweigend und beobachtete sie. Sie fügte hinzu: »Es ist das Licht gegen die Finsternis.«

Ihre Stimme ließ sie im Stich. Die hohen, heroischen Worte drangen in das kleine Zimmer und verschwanden im Schweigen.

»Weißt du, wer ich bin?« fragte Darien. Er hatte seine herabhängenden Hände zur Faust geballt und trat noch einen Schritt auf sie zu. »Weißt du, wer mein Vater ist?«

Soviel Schrecken. Aber das hatte sie bereits geträumt, und es war sein Schrecken. Sie nickte. »Ja«, flüsterte sie. Und da sie dachte, in seiner Stimme Unsicherheit und nicht Herausforderung gehört zu haben, fuhr sie fort: »Und ich weiß, daß deine Mutter stärker war als er.« Sie wußte es nicht wirklich, aber dies war das Gebet, die Hoffnung, der Lichtstreifen, an den sie sich klammerte. »Er wollte, daß sie sterben sollte, damit du nicht geboren würdest.«

Er trat wieder einen Schritt zurück. »Das wußte ich nicht«, gab er zu. »Cernan hat gefragt, warum ich leben durfte. Ich habe es gehört. Alle scheinen einer Meinung zu sein.« Seine Hände öffneten und schlossen sich krampfartig.

»Nicht alle«, verbesserte sie ihn, »nicht alle, Darien. Deine Mutter wollte, daß du geboren würdest. Sie wollte es unbedingt.« Sie mußte so vorsichtig sein, es war so wichtig. »Paul oder Pwyll, der hier mit dir gewohnt hat, setzte sein Leben aufs Spiel, um sie zu beschützen und sie in jener Nacht, als du geboren wurdest, hierher in Vaes Haus zu bringen.«

Dariens Ausdruck veränderte sich, es war, als wäre eine Tür vor ihr zugefallen. »Er hat in Finns Bett geschlafen«, preßte er hervor, unmißverständlich und anklagend.

Sie schwieg. Was konnte sie schon sagen?

»Gib es mir«, forderte er.

Was konnte sie tun? Jetzt, da die Zeit gekommen war, schien alles so unausweichlich. Wer außer diesem Kind konnte den Dunkelsten Weg gehen? Er befand sich bereits auf ihm. Bei keinem anderen konnte die Einsamkeit so tief reichen, bei keinem anderen konnte die Gefährlichkeit so vollkommen sein.

Wortlos, denn diesem Augenblick konnten keine Worte angemessen sein, trat sie mit dem Diadem in ihren Händen nach vorne. Instinktiv wich er zurück, hob eine Hand, um sie zu schlagen. Dann aber senkte er seinen Arm, stand ganz still und erlaubte ihr, es auf seine Stirn zu setzen.

Er war nicht einmal so groß wie sie. Sie mußte sich nicht nach ihm strecken. Es war leicht, das goldene Band über sein goldenes Haar zu streifen und die feine Spange zu schließen. Es war leicht, es war geträumt worden, und es war getan. Und kaum, daß der

Verschluß eingerastet war, verschwand das Licht des Diadems und ging aus.

Ein Schrei entrang sich ihm, ein gequälter, wortloser Schrei. Der Raum war mit einemmal dunkel, nur das rote Glühen des Baelrath, das noch immer brannte, und das dünne Licht aus dem oberen Raum, das an der Treppe nach unten fiel, erleuchteten ihn.

Und dann begann Darien zu lachen. Aber es war nicht das verlorene Lachen von vorher, es war ein hartes, schneidendes, unbeherrschtes Gelächter. »Er gehört mir?« schrie er. »Das Licht gegen die Finsternis? O du Närrin! Wie könnte der Sohn von Rakoth Maugrim ein solches Licht tragen? Wie könnte es jemals für mich scheinen?«

Kim hielt sich die Hand vor den Mund. In seiner Stimme lag soviel ungezügelte Qual. Dann explodierte ihre Angst, sie verdoppelte sich, verdoppelte sich immer wieder, wuchs über jedes Maß hinaus, das sie jemals gekannt hatte, denn im Lichte des Kriegssteines sah sie, wie seine Augen rot aufleuchteten. Er machte eine rasche Handbewegung, weiter nichts, aber sie empfand sie wie einen Schlag, der sie zu Boden warf. Er schritt an ihr vorbei zum Kabinett an der Wand.

Dort befand sich der letzte Gegenstand der Kraft, das Letzte, was Ysanne in ihrem Leben gesehen hatte. Kim lag hilflos zu seinen Füßen am Boden, und sie sah, wie Rakoths Sohn Lökdal, den Dolch der Zwerge, an sich nahm und ihn für sich beanspruchte.

»Nein!« keuchte sie, »Darien, das Diadem ist für dich, der Dolch nicht. Du darfst ihn nicht nehmen, du weißt nicht, was er ist.«

Wieder lachte er und zog die Klinge aus ihrer juwelenbedeckten Scheide. Ein Klang wie von einer Harfensaite erfüllte den Raum. Er blickte auf die blauschimmernde Schneide und sagte: »Das brauche ich auch nicht zu wissen. Mein Vater wird es wissen. Wie könnte ich ohne ein Geschenk zu ihm gehen, und was für ein Geschenk wäre dieser tote Stein von Lisen für ihn? Wenn sich das Licht schließlich ganz von mir abwendet, weiß ich wenigstens, wohin ich gehöre.«

Schon war er an ihr vorbei und auf den Stufen, er kletterte hinauf und verschwand. Das Diadem war leblos auf seiner Stirn und Colans Dolch in seiner Hand.

»Darien!« schrie Kim mit einer Stimme, die von tiefstem Kummer zeugte. »Er wollte, daß du tot sein solltest. Deine Mutter hat darum gekämpft, daß du geboren wurdest!«

Keine Antwort. Schnelle Schritte überquerten den Fußboden über ihr, eine Tür öffnete und schloß sich wieder. Nun, da das Diadem weg war, hörte der Baelrath langsam auf zu funkeln, so daß es in dem Zimmer unter dem Cottage ganz dunkel war. In dieser Dunkelheit weinte Kim um den Verlust des Lichtes.

Als die Reisegruppe eine Stunde später ankam, war sie wieder am See und tief in Gedanken versunken. Der Klang der Hufschläge erschreckte sie, sie erhob sich schnell, dann aber sah sie langes rotes Haar und Mitternachtsschwarz, und sie wußte, wer gekommen war, und war glücklich.

Sie ging die Uferkrümmung entlang, um sie zu begrüßen. Vom ersten Tag an, an dem sie sich begegneten, war Sharra eine Freundin für sie gewesen, und so war es noch immer. Sobald ihr Pferd angehalten hatte, stieg sie ab und umschlang Kim in einer stürmischen Umarmung.

»Hast du es getan?«

Die Geschehnisse dieses Morgens waren noch so lebendig, daß Kim nicht bemerkte, daß Sharra über Kath Meigol sprach. Als die Prinzessin von Cathal sie zum letzten Mal gesehen hatte, schickte Kim sich an, in die Berge zu gehen. Es gelang ihr, zu nicken und ein wenig zu lächeln, obwohl es ihr schwer fiel. »Ja«, erwiderte sie. »Ich habe getan, was ich tun wollte.«

Dabei beließ sie es für den Augenblick. Auch Jaelle war abgestiegen, sie stand ein wenig abseits, sie wartete. Wie immer sah sie kühl, zurückgezogen und furchteinflößend aus. Aber Kim hatte mit ihr am Vorabend von Maidaladan eine kurze Zeit im Tempel von Gwen Ystrat verbracht, und so ging sie hinüber, umarmte die Priesterin und gab ihr einen schnellen Kuß auf die Wange. Einen Augenblick lang stand Jaelle starr und reglos, dann umarmte sie Kim etwas unbeholfen, es war eine flüchtige Geste, die dennoch viel bedeutete.

Kim trat zurück. Sie wußte, daß ihre Augen rot vom Weinen waren. Aber bei Jaelle war es nutzlos, irgend etwas zu verbergen. Sie würde Hilfe brauchen, und nicht zuletzt um zu entscheiden, was sie tun müßte.

»Ich freue mich, daß du hier bist«, sagte sie ruhig. »Wie hast du es erfahren?«

»Leila«, antwortete Jaelle, »sie ist noch immer mit diesem Cottage verbunden, wo Finn gewohnt hat. Sie hat uns hinterbracht, daß du hier bist.«

Kim nickte. »Und sonst, hat sie sonst etwas gesagt?«

»Heute morgen nicht. Ist etwas passiert?«

»Ja«, flüsterte Kim. »Es ist etwas geschehen. Wir haben uns gegenseitig viel mitzuteilen. Wo ist Jennifer?«

Die beiden anderen Frauen tauschten einen Blick aus. Und dann antwortete Sharra: »Sie ist mit Brendel zum Anor Lisen gefahren, mit dem Schiff.«

Kim schloß ihre Augen. So viele Dimensionen des Kummers. Würde es denn nie ein Ende geben?

»Möchtest du ins Cottage gehen?« fragte Jaelle.

Schnell schüttelte sie den Kopf. »Nein. Nicht nach drinnen. Bleiben wir draußen.« Jaelle sah sie forschend an, raffte dann umstandslos ihr weißes Gewand und setzte sich an dem steinigen Ufer nieder. Kim und Sharra folgten ihrem Beispiel. In geringer Entfernung standen die Männer aus Cathal und Brennin und sahen aufmerksam zu. Tegid von Rhoden, prunkvoll in Braun und Gold gekleidet, ging auf die drei zu.

»Meine Herrin«, wandte er sich mit einer tiefen Verbeugung an Sharra, »wie kann ich Euch im Namen meines Prinzen dienen?«

»Essen«, antwortete sie schroff. »Ein reines Tuch und eine Mahlzeit darauf.«

»Sofort!« rief er aus und verbeugte sich von neuem, wobei er allerdings auf den lockeren Steinen des Ufers nicht ganz sicher stand. Er drehte sich um und schlurfte zurück, um die Verpflegung zu bringen. Sharra warf einen Seitenblick auf Kim, die in offener Neugier eine Augenbraue gehoben hatte.

»Eine neue Eroberung?« fragte Kim in ihrem früheren schalkhaften Ton, den sie schon für immer und ewig verloren geglaubt hatte.

Zu ihrer Überraschung errötete Sharra. »Na ja, ich glaube schon. Aber nicht er ... Bevor die *Prydwen* abfuhr, hat Diarmuid um meine Hand angehalten. Tegid ist sein Brautwerber. Er kümmert sich um mich, und deshalb ...«

Weiter kam sie nicht, da sie in einer zweiten heftigen Umarmung versank. »O Sharra!« rief Kim aus. »Das ist die schönste Nachricht, die ich seit langer Zeit gehört habe!«

»Ich glaube es«, murmelte Jaelle trocken, »aber ich dachte, wir hätten wichtigere Dinge zu erörtern, als Eheaufgebote. Und wir haben noch immer keine Nachricht vom Schiff.«

»Doch«, versicherte Kim schnell. »Wir wissen, daß sie dort angekommen sind, und wir wissen, daß sie eine Schlacht gewonnen haben.«

»Oh, Dana sei gelobt«, jubelte Jaelle, die auf einmal sehr jung klang, ihr ganzer Zynismus schien von ihr abgefallen. Sharra war sprachlos. »Erzähle«, bat die Hohepriesterin. »Woher weißt du es?«

Kim begann ihren Bericht mit ihrer Gefangennahme in den Bergen: mit Ceriog, Faebur, Dalreidan und dem Todesregen über Eridu, dann erzählte sie ihnen, wie sie gesehen hatte, daß der gefürchtete Regen aufgehört hatte, daß sie im Osten die Sonne hatte scheinen sehen und deshalb gewußt hatte, daß Metran auf Cader Sedat aufgehalten worden war.

Sie hielt einen Augenblick inne, denn Tegid war zurückgekommen, gefolgt von zwei Soldaten, die mit Speisen und Getränken beladen waren. Einige Augenblicke später war die Mahlzeit so aufgetragen, daß sie auch in den kritischen Augen der Prinzessin von Cathal würdig war. Als sich die drei Männer wieder zurückgezogen hatten, holte Kim tief Atem und erzählte von Kath Meigol, von Tabor, von Imrait-Nimphais, von der Rettung der Paraiko und ihrem letzten Kanior, und dann schließlich ganz leise, was sie und ihr Ring bei den Riesen bewirkt hatten. Als sie zu Ende kam, war es am Ufer wieder ruhig. Keine der beiden anderen Frauen sprach. Beiden war der Umgang mit der Macht in vielen Nuancen vertraut, das wußte Kim, aber was sie ihnen jetzt über ihre Taten erzählt hatte, mußte ihnen fremd und fast unbegreiflich sein.

Sie fühlte sich sehr einsam. Vielleicht hätte Paul sie verstanden, denn auch er ging einen einsamen Weg. Aber als ob sie ihre Gedanken gelesen hätte, streckte Sharra ihre Hand aus und drückte die ihrige. Kim erwiderte den Händedruck und sagte: »Tabor hat mir erzählt, daß der Aven und alle Dalrei vor drei Nächten nach Celidon geritten sind, um ein Heer der Finsternis zu treffen. Ich habe keine Ahnung, was geschehen ist. Auch Tabor nicht.«

»Aber wir«, warf Jaelle ein.

Und sie berichtete ihrerseits von den Geschehnissen, als Leila bei der Anrufung der Wilden Jagd voller Angst aufgeschrien hatte. Durch ihre Verbindung hatten alle Priesterinnen im Heiligtum die Stimme der grünen Ceinwen gehört, als sie Owein ihrem Willen unterwarf und ihn vom Töten abhielt.

Nun schwieg Kim. Sie nahm in sich auf, was sie hörte. Nur eines mußte noch gesagt werden, und das tat sie schließlich: »Ich fürchte, daß noch etwas anderes geschehen ist.«

»Wer ist heute morgen hier gewesen?« fragte Jaelle mit entnervender Vorahnung.

Es war schön, wo sie saßen. Die Sommerluft war mild und rein, der Himmel und der See strahlten in leuchtendem Blau. Ringsum Vögel, Blumen, und vom Wasser kam eine sanfte Brise. In ihrer Hand hielt sie ein Glas mit kühlem Wein.

»Darien«, antwortete sie, »ich habe ihm Lisens Reif gegeben. Ysanne hatte ihn hier verborgen. Als er ihn aufsetzte, ging das Licht aus, und er stahl Colans Dolch Lökdal, den sie ebenfalls im Cottage aufbewahrt hatte. Dann ist er weggegangen, er sagte, er ginge zu seinem Vater.«

Sie wußte, es war nicht schön, es so ungeschminkt zu erzählen. Auf ihre Worte hin war Jaelles Gesicht knochenweiß geworden, aber Kim wußte, daß es ohnehin keine Rolle spielte, wie sie es ihnen mitteilte. Wie konnte man auch die Wirkung, die der Schrekken dieses Morgens gehabt hatte, abschwächen? Welchen Schutz konnte es geben?

Vom See her wehte noch immer die Brise. Blumen, grünes Gras, der See, die Sommersonne. Und Angst, dicht gewobene Angst, an der Wurzel aller Dinge, eine Drohung, daß dies alles verschwinden würde: über einen Abgrund auf einem Weg des Schattens nach Norden, ins Zentrum des Bösen.

»Wer«, fragte Sharra von Cathal, »ist Darien? Und wer ist sein Vater?«

Erstaunlicherweise hatte Sharra vergessen. Paul und Dave wußten von Jennifers Kind, Jaelle auch und die Mormae von Gwen Ystrat. Natürlich auch Vae und Finn, obwohl dieser sie nun verlassen hatte. Wahrscheinlich wußte auch Leila davon, die alles zu wissen schien, was irgendwie mit Finn zu tun hatte. Aber sonst war niemand darüber unterrichtet. Weder Loren noch Aileron, Arthur oder Ivor oder selbst Gereint. Sie blickte auf Jaelle und fing deren Blick auf, der ebenso unsicher und angstvoll war. Dann nickte sie, und einen Augenblick später nickte auch die Hohepriesterin. Und so erzählten sie am Seeufer Sharra den ganzen Hergang.

Kim berichtete von der Vergewaltigung und von der Frühgeburt, von Vae und Finn, Jaelle teilte ihnen beiden Pauls Geschichte mit: die Geschehnisse in der Lichtung beim Sommerbaum, und Kim erzählte von dem roten Aufflackern in Dariens Augen heute morgen sowie von der mühelosen Kraft, mit der er sie niedergeschlagen hatte. Als die Erzählung damit beendet war, stand Sharra von Cathal auf. Sie ging einige schnelle Schritte weg, blieb einen Augenblick lang stehen und schaute über das Wasser. Dann drehte sie sich wieder zu Kim und Jaelle um. Sie blickte auf die beiden nieder, sah die bleiche Furcht in ihren Gesichtern, und sie, Sharra, die sich seit ihren Kindertagen als Falke geträumt hatte, der allein dort oben flog, schrie laut aus: »Aber das ist schrecklich! Das arme Kind! Niemand sonst in irgendeiner Welt könnte so einsam sein.«

Ihre Stimme war weithin zu hören. Kim sah, wie die Soldaten aus der Ferne zu ihnen herüberblickten. Jaelle gab einen merkwürdigen Laut von sich, der irgendwo zwischen einem Keuchen und einem merkwürdigen Lachen lag. »Wirklich«, begann sie, »armes Kind? Ich glaube nicht, daß du ganz verstanden hast ...«

»Nein«, unterbrach sie Kim und legte ihre Hand eilig auf Jaelles Arm. »Nein, warte, sie hat nicht unrecht.« Und noch als sie sprach, erlebte sie von neuem die Szene unter dem Cottage, sie beobachtete sie prüfend und versuchte, über das schreckerfüllte Bewußtsein von Maugrims Vaterschaft an diesem Kind hinauszublicken. Und als sie zurücksah und sich zu erinnern suchte, hörte sie wieder jenen Laut, der ihr entgangen war, als Lisens Licht verloschen war.

Und aus der Entfernung und geführt von Sharras Worten hörte Kim nun deutlich, was sie vorher überhört hatte: die Einsamkeit, das schreckliche Gefühl der Ablehnung in jenem verstörten Schrei, der sich der Seele dieses Knaben entrang – und er war nur ein Knabe, davon *mußten* sie ausgehen – ein Knabe, der nichts und niemand hatte und dem keine Heimat beschieden war. Ein Kind, von dem sich das Licht selbst abgewendet hatte, als schrecke es vor ihm zurück und stoße ihn von sich.

Das hatte er tatsächlich gesagt, jetzt konnte sie sich erinnern, er hatte es gesagt, aber in ihrer Angst hatte sie nur die schreckliche Drohung, die dann folgte, aufgenommen: daß er mit Geschenken zu seinem Vater gehen wollte. Es waren Geschenke, mit denen er ihn milde stimmen, ihn voller Sehnsucht um eine Heimat anflehen wollte. Das erkannte sie jetzt.

Und sie kamen von der einsamsten Seele in den Welten des Webers, die es gab, von Darien auf dem Dunkelsten Weg.

Kim stand auf, Sharras Worte hatten schließlich alles für sie herauskristallisiert, und es war ihr das einzige eingefallen, was sie tun konnte. Es war winzig, verschwindend, eine verzweifelte Hoffnung, aber mehr hatten sie nicht. Zwar konnte es sich noch immer als wahr erweisen, daß die letzte Entscheidung auf dem Schlachtfeld fallen würde, aber Kim wußte, daß da zu viele andere Kräfte eine Rolle spielten, als daß man davon mit Sicherheit ausgehen konnte.

Und eine dieser Kräfte war sie selbst, eine weitere Kraft war dieser Knabe, den sie diesen Morgen gesehen hatte. Sie blickte zu den Soldaten hinüber und war einen Augenblick lang besorgt, aber nur kurz. Für vollkommene Geheimhaltung war es ohnehin zu spät, das Spiel war schon zu weit fortgeschritten, und zuviel hing davon ab, was nun folgen würde. Deshalb trat sie ein wenig nach vorn, wechselte vom steinigen Ufer zum Gras, das bis zum Eingangstor des Cottage verlief.

Dann erhob sie ihre Stimme und schrie: »Darien, ich weiß, du kannst mich hören! Bevor du dahin gehst, wohin du gehen wolltest, laß mich dir sagen: Deine Mutter steht jetzt auf einem Turm im Westen des Waldes von Pendaran.« Das war es. Das, und nur das war ihr geblieben, ein Informationsfetzen, den sie dem Wind übergab.

Ein großes Schweigen folgte auf ihre Rufe, durch den Wellenschlag am Ufer wurde es nicht gebrochen, sondern noch vertieft und verstärkt. Sie kam sich ein wenig lächerlich vor, so mußte es ja den Soldaten erscheinen, aber Würde bedeutete ihr jetzt weniger als jemals sonst. Es ging nur darum, ihn zu erreichen, ihre Stimme mit ganzem Herzen hinauszuschleudern, und ihr Herz war vielleicht das einzige, was zu ihm durchdringen würde.

Aber nur das Schweigen antwortete ihr. Von den Bäumen im Osten des Cottage erhob sich eine weiße Eule, die sie durch ihren Schrei aus ihrem Tagschlaf erweckt hatte, kurz in die Luft und ließ sich dann wieder tiefer im Wald nieder. Trotzdem war sie sich ziemlich sicher – und inzwischen vertraute sie ihrer Intuition, die lange Zeit ihre einzige Führung gewesen war –, daß Darien noch immer in ihrer Nähe weilte. Dieser Ort zog ihn an und hielt ihn fest, und wenn er in der Nähe war, konnte er sie hören. Und wenn er sie hörte?

Sie wußte nicht, was er tun würde, sie wußte nur, daß nur Jennifer in ihrem Turm, und niemand sonst, ihn von dieser Reise zu seinem Vater abhalten könne. Jennifer, die ihren ganzen Gram und ihre ganze Würde trug und von Anfang an darauf bestanden hatte, daß ihr Kind unberechenbar sein sollte. Aber so *konnte* man ihn nicht mehr lassen, sagte sich Kim. Jennifer würde das doch sicher erkennen? Er war auf seinem Weg nach Starkadh, einsam und ohne Trost. Seine Mutter würde Kim dieses Eingreifen doch sicher verzeihen?

Kim drehte sich zu den anderen zurück. Auch Jaelle war aufgestanden, aufrecht, beherrscht, sie war sich vollkommen bewußt, was gerade geschehen war. Sie fragte: »Sollten wir sie warnen? Was wird sie tun, wenn er zu ihr geht?«

Kim fühlte sich auf einmal müde und zerbrechlich. Sie erwiderte: »Ich weiß nicht. Ich weiß nicht, ob er dort hingehen wird. Vielleicht. Ich glaube allerdings, daß Sharra recht hat. Er sucht nach einem Platz. Ob wir sie warnen sollten . . . Ich wüßte nicht, wie . . .«

Jaelle holte vorsichtig Atem. »Ich kann uns dorthin bringen.«

»Wie?« fragte Sharra. »Wie kannst du das tun?«

»Mit Blut und dem Avarlith«, antwortete die Hohepriesterin der Dana in ruhigem und gleichgültigem Ton. »Von beidem ist eine größere Menge nötig.«

Kim sah sie forschend an. »Aber solltest du es überhaupt tun? Solltest du nicht besser im Tempel bleiben?«

Jaelle schüttelte den Kopf. »Diese letzten paar Tage habe ich mich dort nicht wohlgefühlt, was vorher niemals der Fall war. Ich glaube, die Göttin hat mich genau darauf vorbereitet.«

Kim sah hinab auf den Baelrath auf ihrem Finger, er flackerte still und kraftlos. Von dort kam also keine Hilfe. Manchmal haßte sie den Ring mit einer erschreckenden Intensität. Sie blickte zu den anderen Frauen auf.

»Sie hat recht«, pflichtete Sharra ruhig bei. »Jennifer muß gewarnt werden, falls er zu ihr geht.«

»Oder wenigstens später getröstet werden«, ergänzte Jaelle überraschend. »Seherin, entscheide dich schnell! Wir werden zum Tempel zurückreiten müssen, und Zeit ist das einzige, was wir nicht haben.«

»Es gibt viele Dinge, die wir nicht haben«, verbesserte sie Kim abwesend, aber sie nickte, noch während sie sprach.

Sie hatten ein zusätzliches Pferd für sie mitgebracht. Später sprach Jaelle an diesem Nachmittag unter der Kuppel des Tempels vor dem Altar mit der Axt Worte der Kraft und Beschwörung. Sie zapfte sich selbst Blut ab – und tatsächlich eine große Menge, wie sie angekündigt hatte –, dann trat sie mit den Mormae in Gwen Ystrat in Verbindung und reichte zusammen mit dem inneren Kreis der Dana-Priesterinnen zur Erdwurzel hinab, um von der Mutter genügend Kraft zu beziehen, um die drei Frauen zu einem steinigen Meeresufer bringen zu lassen.

Im Vergleich zu allen Dingen dieser Art dauerte es nicht lange, aber trotzdem war das Unwetter, das sich zusammenbraute, schon fast über ihnen, als sie dort anlangten, und der Wind und die Wellen waren wild.

Selbst in der Eulengestalt paßte der Reif um seinen Kopf. Allerdings mußte er den Dolch in seinem Schnabel tragen, und das ermüdete ihn. Er ließ ihn am Fuße eines Baumes ins Gras fallen. Niemand würde ihn wegnehmen. All die anderen Tiere im Wald hatten jetzt Angst vor ihm. Er konnte mit seinen Augen töten.

Dies hatte er gerade erst vor zwei Nächten erfahren. Eine Feldmaus, die er jagte, wäre ihm fast unter dem verfaulten Holz einer Scheune entkommen. Er war hungrig und wütend gewesen. Seine Augen hatten aufgeblitzt – er wußte immer, wann das geschah, auch wenn er sie nie vollständig unter Kontrolle hatte – und die Maus war zusammengeschmort und verendet.

In jener Nacht hatte er das noch drei weitere Male getan, obwohl er nicht mehr hungrig war. Er empfand ein gewisses Vergnügen in der Macht, aber auch eine Art von Zwang. Das letztere verstand er nicht wirklich, er nahm an, daß es von seinem Vater kam.

Spät in der nächsten Nacht war er in seiner eigenen Gestalt bzw. in der Gestalt, die er vor einer Woche für sich angenommen hatte, eingeschlafen, und als er bereits hinüberdriftete, kehrte eine Erinnerung wie ein Traum zu ihm zurück. Er dachte an den vergangenen Winter und an die Stimmen im Sturm, die ihn jede Nacht gerufen hatten. Damals hatte er denselben Zwang empfunden, erinnerte er sich. Es war ein Verlangen, in die Kälte hinauszugehen und im Schneetreiben mit den wilden Stimmen zu spielen.

Jetzt hörte er die Stimmen nicht mehr. Sie riefen ihn nicht. Er überlegte, und es war ein schwieriger Gedanke, ob sie vielleicht deshalb damit aufgehört hatten, weil er bereits zu ihnen gekommen war. Noch vor so kurzer Zeit hatte er als kleiner Junge versucht, mit ihnen zu kämpfen, wenn sie ihn riefen. Finn hatte ihm geholfen. Er schritt immer über den kalten Boden des Cottage und kroch zusammen mit Finn ins Bett, und dann war alles gut. Aber jetzt war niemand mehr da, der alles gut machen konnte. Er konnte mit seinen Augen töten, und Finn war fort.

Mit diesem Gedanken war er in der Höhle hoch oben im Norden des Cottage eingeschlafen. Und am Morgen hatte er die weißhaarige Frau gesehen, wie sie den Weg hinunterging und dann am See stand. Als sie schließlich wieder hineingegangen war, war er ihr gefolgt, und sie hatte ihn gerufen, und er war die Treppe hinuntergegangen, deren Existenz ihm völlig unbekannt war.

Auch sie hatte Angst vor ihm gehabt, alle hatten Angst. Er konnte mit seinen Augen töten. Aber sie hatte ruhig mit ihm gesprochen und einmal auch gelächelt. Seit langer Zeit hatte ihm niemand mehr zugelächelt. Seit jener Zeit, als er die Lichtung am Sommerbaum in dieser neuen, älteren Gestalt, an die er sich nicht gewöhnen konnte, verlassen hatte.

Und sie kannte seine Mutter, seine wirkliche Mutter. Jene Frau, die Finns Erzählungen zufolge wie eine Königin war, die ihn geliebt hatte, obwohl sie weggehen mußte. Sie hatte ihn ganz besonders gemocht, so behauptete Finn, und er hatte noch etwas anderes gesagt ... irgend so etwas, daß er gut sein müsse, damit er dieses Besonderssein auch verdiene. Irgend so etwas. Es fiel ihm immer schwerer, sich zu erinnern. Er fragte sich jedoch, warum sie ihm die Fähigkeit verliehen hatte, so mühelos zu töten und auch töten zu wollen.

Eigentlich hatte er die weißhaarige Frau danach fragen wollen, aber in den engen Räumen des Cottage fühlte er sich jetzt unbehaglich, und er hatte Angst, ihr vom Töten zu erzählen, er befürchtete, sie würde ihn hassen und weggehen.

Dann hatte sie ihm das Licht gezeigt und gesagt, daß es für ihn bestimmt war. Er hatte kaum gewagt, es zu glauben, weil es so schön war, und er hatte zugelassen, daß sie es um seine Stirn legte, das Licht gegen die Finsternis, so hatte sie es genannt. Und während sie sprach, erinnerte sich Darien an etwas anderes, was Finn ihm ans Herz gelegt hatte: Er solle die Finsternis und die Stimmen im Sturm, die von der Finsternis kamen, hassen. Und nun sah es erstaunlicherweise so aus, daß ihm ein Lichtjuwel geschenkt wurde, obwohl er der Sohn von Rakoth Maugrim war.

Und dann ging das Licht aus.

Einzig und allein Finns Verschwinden hatte ihm jemals so weh getan. Er empfand dieselbe Leere, das gleiche hohle Gefühl des Verlustes. Und dann hatte er mitten in dieser Situation und wegen dieser Situation gefühlt, daß seine Augen bald rot würden, und so geschah es dann auch. Er tötete sie nicht, obwohl er es ohne weiteres hätte tun können, er schlug sie nur nieder und nahm den anderen glänzenden Gegenstand, den er in diesem Raum gesehen hatte. Er wußte nicht, warum er ihn nahm oder was es war. Er nahm ihn einfach.

Erst als er sich zum Gehen wandte und sie ihn aufzuhalten versuchte, erkannte er, daß er ebenso sehr sie verletzen konnte, wie sie ihn verletzt hatte, und deshalb hatte er in diesem Augenblick beschlossen, den Dolch seinem Vater zu bringen. Seine Stimme hatte kalt und fest auch in seinen eigenen Ohren geklungen, und umittelbar, bevor er den Raum verließ, nach draußen ging und dort wieder zur Eule wurde, war ihm aufgefallen, daß ihr Gesicht weiß wurde.

Später an diesem Tag waren andere Menschen gekommen, und er hatte sie von seinem Baum östlich des Cottage beobachtet. Er hatte gesehen, wie die drei Frauen am See miteinander sprachen, konnte aber nicht hören, was sie sagten, und in seiner Eulengestalt hatte er Angst, ihnen näherzukommen.

Aber dann war die eine von ihnen, die mit dem schwarzen Haar, aufgestanden und hatte, laut genug, so daß er es hören konnte, gerufen: »Dieses arme Kind! Niemand sonst in irgendeiner Welt kann so einsam sein!« Und er wußte, daß sie von ihm sprach. Nun wäre er gerne hinübergegangen, aber er hatte noch immer Angst. Er hatte Angst, daß seine Augen sich rot färben könnten und er nicht wüßte, wie er sie unter Kontrolle bringen sollte.

So wartete er, und einen Augenblick später trat die Weißhaarige ein wenig nach vorn in seine Richtung und rief ihn beim Namen.

Der Eulenteil in ihm erschreckte so sehr, daß er einige Flügelschläge weit aufflog, bevor er sich wieder unter Kontrolle hatte. Und dann hörte er sie sagen, wo seine Mutter war. Das war alles. Einen Augenblick später gingen sie weg. In seiner Eulengestalt blieb er im Baum und versuchte zu entscheiden, was er tun solle.

Wie eine Königin war sie gewesen, hatte Finn erzählt, und sie hatte ihn geliebt.

Er flog hinunter, nahm den Dolch wieder in seinen Schnabel und setzte seinen Flug fort. Sein Eulenanteil wollte während des Tages nicht fliegen, aber er war mehr als eine Eule, viel mehr. Es war schwierig, den Dolch zu tragen, aber es gelang ihm.

Er wählte die nördliche Richtung, aber nur kurz. Westlich vom Wald von Pendaran, hatte die Weißhaarige gesagt. Er wußte, wo das war, obwohl er nicht wußte, woher er es wußte. Nach und nach begann er, seinen Flug nach Nordwest auszurichten.

Er flog sehr schnell. Ein Gewitter nahte.

Kapitel 5

Sie strebten alle zum selben Ziel: der Wolfsfürst, der in seiner Wolfsgestalt rannte, Darien, der mit einem Messer in seinem Schnabel als Eule flog und die drei Frauen, die mit Danas Kraft vom Tempel herbeigesandt wurden. Und dort stand Jennifer auf Lisens Balkon, in ihrem Haar verfing sich der frische Wind und ließ es aufflattern.

Sie stand so still, daß sie die Galionsfigur am Bug eines Schiffes hätte sein können, und nicht eine lebende Frau, die am äußersten Rande des Landes auf die Heimkehr dieses Schiffes wartete. Nur ihre Augen spähten unablässig über die mit weißer Gischt bedeckten Wellen hin. Sie wußte, daß sie jetzt weit im Norden von Taerlindel waren, und irgendwie kam es ihr merkwürdig vor. Aber hier hatte Lisen auf die Rückkehr eines Schiffes aus Cader Sedat gewartet, und tief in sich empfand Jennifer ein sicheres Bewußtsein davon, daß sie genau hier sein mußte. Und eingebettet in diese Sicherheit wuchs in ihr eine Vorahnung . . . wie Unkraut in einem Garten. Der Wind wehte aus Südwesten, und seit dem Morgen und während des ganzen frühen Nachmittages war er immer stärker geworden. Ohne ihren Blick vom Meer abzuwenden, trat sie ein wenig von dem Geländer zurück und setzte sich in einen Stuhl, den sie für sie herausgestellt hatten. Sie ließ ihre Finger über das polierte Holz gleiten. Brendel hatte ihr erzählt, daß er, lang bevor der Anor erbaut wurde, bereits von Handwerkern aus der Brain Mark in Daniloth geschaffen worden war.

Mit ihr waren Brendel und Flidais hier zugegen, vertraute Geister, die ihr immer nahe waren und nur sprachen, wenn sie zu ihnen sprach. Jener Teil in ihr, der noch immer Jennifer Lowell war, dem es Vergnügen bereitet hatte, zu reiten und die Zimmergenossin zu necken, der Kevin Laine geliebt hatte, weil er so geistreich und auch so zärtlich war, dieser Teil rebellierte nun gegen diese gewichtige Erhabenheit. Aber vor einem Jahr war sie nach dem Reiten entführt worden, und Kim war jetzt weißhaarig und eine Seherin, die ihre Bürde zu tragen hatte, und Kevin war tot.

Und sie selbst war Guinevere, und Arthur war hier, er war gerufen worden, um gegen die Finsternis zu kämpfen, er war alles, was er immer schon gewesen war. Er hatte die Mauern, die sie seit Starkadh um sich selbst errichtet hatte, durchbrochen, an einem strahlenden Nachmittag hatte er sie befreit und war dann zu einem Ort des Todes weggesegelt.

Zuviel wußte sie über sein Schicksal und ihre eigene Rolle darin, als daß sie jemals wirklich wieder vergnügt hätte sein können. Sie war die Herrin der Trauer, das Werkzeug der Sühne, und allem Anschein nach konnte sie weder an dem einen noch an dem anderen viel verändern. Ihre Vorahnung wurde dichter, und das Schweigen begann sie zu bedrücken. Sie wandte sich an Flidais. Währenddessen flog ihr Kind gerade über den Wyth Llewen, jenen Fluß im Herzen des Waldes, um zu ihr zu gelangen.

»Magst du mir eine Geschichte erzählen«, bat sie, »während ich weiter Ausschau halte?«

Er, den sie an Arthurs Hof als Taliesin gekannt hatte und der nun in seiner wirklichen, älteren Gestalt neben ihr war, nahm eine gebogene Pfeife aus dem Mund, blies einen Rauchring in den Wind und lächelte.

»Welche Geschichte?« fragte er. »Was wollt Ihr hören, Herrin?«

Sie schüttelte den Kopf. Sie wollte nichts denken. »Irgendeine.« Sie zuckte mit den Schultern und fuhr dann nach einer Pause fort: »Erzähl mir über die Wilde Jagd. Kim und Dave haben sie freigesetzt, soviel ich weiß. Aber wie wurde sie wieder gebannt? Wer ist es gewesen, Flidais?«

Er lächelte von neuem, und in seiner Stimme klang beträchtlicher Stolz. »Alles, wonach du mich fragst, werde ich dir erzählen. Und ich bezweifle, daß es jetzt, wo die Paraiko tot sind und in Kath Meigol umgehen, irgend jemanden in Fionavar gibt, der die Geschichte richtig weitergeben kann.«

Sie warf ihm einen ironischen Seitenblick zu. »Du hast immer alle Geschichten gewußt, nicht? Alle hast du gekannt, du eitles Kind.«

»Ich kenne die Geschichten und die Antworten auf alle Rätsel aus allen Welten außer ...« Und nun brach er unvermittelt ab.

Brendel, der mit Interesse zusah, beobachtete, wie der Andain vom Wald ganz überraschend tiefrot anlief. Und als er dann weitersprach, klang er ganz verändert, und Jennifer drehte sich zurück zum Meer. Wie zuvor war sie Galionsfigur, aber sie hörte und beobachtete.

»Vor sehr langer Zeit habe ich das folgende von Ceinwen und Cernan erfahren«, hub Flidais wieder an, und seine tiefe Stimme drang durch das Brausen des Windes. »Als diese Welt, die erste der Welten des Webers, in die Zeit gesponnen wurde, gab es in Fionavar noch nicht einmal die Andain. Auf dem Webstuhl waren weder die Lios Alfar noch die Zwerge, noch die großen Männer von jenseits des Meeres, noch jene aus dem Osten der Berge oder den sonnenverbrannten Gegenden im Süden von Cathal. Es gab nur die Götter und Göttinnen, die aus den gnadenvollen Händen des Webers ihre Namen und Kräfte empfingen. In den Wäldern lebten Tiere, aber die Wälder waren damals sehr wüst; in den Seen und Flüssen und im weiten Meer tummelten sich die Fische, und im noch weiteren Himmel flogen Vögel. Aber im Himmel raste auch die Wilde Jagd und in den Wäldern, den Tälern, über die Flüsse, die Berghänge hinauf gingen in den jungen Jahren der Welt die Paraiko und benannten alles, was sie sahen. Am Tag gingen die Paraiko umher, und die Wilde Jagd ruhte, aber nachts, wenn der Mond aufging, stiegen Owein, die sieben Könige und das Kind, das Iselen, das fahlste Schattenpferd ritt, in den gestirnten Himmel auf, und sie jagten die Tiere des Waldes und der offenen Steppe bis zur Dämmerung, sie erfüllten die Nacht mit der schrecklichen, wilden Schönheit ihrer Schreie und ihrer Jagdhörner.«

»Warum?« konnte Brendel sich nicht enthalten zu fragen. »Weißt du warum, Waldgeist? Weißt du, warum der Weber ihr Töten in das Gewirk eingesponnen hat?«

»Wer könnte schon das Webmuster kennen?« entgegnete Flidais nüchtern. »Soviel allerdings habe ich von Cernan und den Tieren erfahren: Die Jagd kam ins Gewirk, um im wahrsten Sinne wild zu sein, um für die Freiheit der Kinder, die danach kamen, einen unkontrollierten Faden einzuspinnen. Auf diese Weise hat der Weber sich die Beschränkung auferlegt, daß nicht einmal er selbst, der am Webstuhl der Welten webt, die zukünftigen Geschehnisse genau festlegen und gestalten kann. Wir, die wir später gekommen sind: Die Andain, welche die Kinder der Götter sind, die Lios Alfar, die Zwerge und alle Menschenrassen, wir haben deshalb die Wahl und eine gewisse Freiheit, unser eigenes Schicksal zu gestalten, weil jener wilde Faden von Owein und der Jagd immer wieder regellos und unvorhergesehen über den Webstuhl läuft. Vor langer Zeit hat nun Cernan mir eines Nachts verraten, daß sie deshalb wild sind, um den wohlbemessenen Plan des Webers zu durchkreuzen, um offen zu sein für den Zufall, damit auch wir es sein können.«

Er unterbrach sich, weil Guineveres grüne Augen sich vom Meer abgewandt hatten und auf ihn blickten, und in diesem Blick lag etwas, das ihn schweigen machte.

»Das also hat Cernan gesagt?« fragte sie. »Unberechenbar?«

Er dachte mit Sorgfalt zurück, denn ihr Blick verlangte danach, und es war ja vor langer Zeit gewesen. »Ja, das hat er gesagt«, wiederholte er schließlich. Er verstand, daß es wichtig war, wußte aber nicht, warum. »Genauso hat er sich ausgedrückt, Herrin. Der Weber hat die Wilde Jagd ins Gewirk gewoben und sie auf dem Webstuhl freigelassen, damit auch wir durch sie unsere Freiheit haben. Das Gute und das Böse, Licht und Finsternis befinden sich in den Welten des Gewebes, weil Owein und die Könige im Gefolge des Kindes, das auf Iselen reitet, über den Himmel ziehen.«

Sie hatte sich vollständig vom Meer abgekehrt und stand ihm nun von Angesicht zu Angesicht gegenüber. Er konnte nicht in ihren Augen lesen, er hatte es noch nie vermocht. Sie folgerte: »Und so konnte durch die Wilde Jagd auch Rakoth entstehen.«

Das war keine Frage. Ihr Verständnis war bis zum tiefsten, bittersten Teil der Geschichte durchgedrungen. Indem er wiedergab, was Cernan und Ceinwen ihm gesagt hatten, gab er ihr die einzig mögliche Antwort: »Er ist der Preis, den wir zahlen.«

Nach einer Pause und wegen des Windes etwas lauter fügte er hinzu: »Er ist nicht im Gewirk. Wegen der Unberechenbarkeit der Wilden Jagd war auch der Webstuhl selbst nicht mehr geheiligt, er war nicht mehr intakt. So konnte Maugrim von draußen hereinkommen, er kam von außerhalb der Zeit und der Wände der Nacht, an die wir alle, sogar die Götter, gebunden sind, er betrat Fionavar und konnte so in alle Welten gelangen. Er ist hier, aber er gehört nicht zum Gewebe. Er hat nie irgend etwas getan, das ihn daran binden würde, und deshalb kann er auch nicht sterben, selbst wenn sich das ganze Gewebe auflöst und all unsere Fäden verlorengehen.«

Was Flidais zuletzt geäußert hatte, war auch Brendel bekannt, wie es aber dazu gekommen war, hatte er niemals erfahren. Schmerzlich blickte er auf die Frau, die neben ihnen saß, und als er sie ansah, las er in ihr einen Gedanken. Er war nicht klüger als Flidais und kannte sie noch nicht einmal sehr lange, aber seit jener Nacht, als sie aus seiner Obhut entführt worden war, hatte er seine Seele in ihren Dienst gestellt, und er sagte: »Jennifer, wenn das alles stimmt, wenn der Weber seine Macht über die Gestaltung unseres Schicksals selbst begrenzt hat, so folgt daraus . . . so müßte daraus eigentlich folgen ... daß das Verhängnis des Kriegers nicht unwiderruflich ist.«

Das war ihr eigener Gedanke, der in ihr zu knospen begann. Es war ein Hinweis, ein Same des Lichts in all der Dunkelheit, die sie umgab. Ohne zu lächeln oder es auch nur zu versuchen, blickte sie auf ihn, aber ihre Gesichtszüge wurden weicher, und in ihrer Stimme lag etwas, was ihm wehtat, als sie ihm entgegnete: »Ich weiß. Daran habe ich auch gedacht. O mein Freund, könnte das möglich sein? Als ich ihn zum erstenmal wiedersah, habe ich einen Unterschied empfunden ... Wirklich! Es war niemand anders hier, der in derselben Weise Lancelot war wie ich Guinevere. Niemand, der sich an meine Geschichte hätte erinnern können. Das habe ich ihm gesagt. Diesmal sind wir nur zu zweit.«

In ihrem Gesicht bemerkte er ein verstohlenes Strahlen, einen Anflug von Farbe, den er seit dem Aufbruch der *Prydwen* nicht mehr gesehen hatte. Und dies schien sie in all ihrer Schönheit aus dem Reich der Statuen und Bilder in das Reich der lebenden Frauen zurückzuholen, die lieben konnten und zu hoffen wagten.

Besser, viel besser wäre es gewesen, wenn sie sich diese Öffnung des Herzens niemals erlaubt hätte, so sollte der Lios Alfar später in dieser Nacht noch mit Bitterkeit denken, als er schlaflos in der Nähe des Anor lag.

»Soll ich fortfahren?« fragte Flidais mit einem Anflug von Eifer, der einem erfolgsgewohnten Geschichtenerzähler anstand.

»Bitte«, murmelte sie freundlich und wandte sich ihm wieder zu. Aber als er mit der Geschichte von neuem begann, ließ sie ihren Blick wieder auf dem Meer ruhen. So saß sie, während sie ihm zuhörte. Und er erzählte, wie die Wilde Jagd in jener Nacht, als sie den Mond bewegten, den Jüngsten, nämlich Iselens Reiter, verloren hatten. Sie bemühte sich, aufmerksam zu lauschen, während seine tiefen Satztiraden vom Wind getragen wurden. Connla, der mächtigste der Paraiko, so führte er aus, hatte sich bereiterklärt, den Bannspruch zu formen, der die Wilde Jagd zum Stillstand zu bringen in der Lage wäre, bis schließlich jemand geboren würde, der zusammen mit ihnen den Längsten Weg gehen könne ... jenen Weg, der zwischen den Welten und den Sternen verlief.

Aber so sehr sie sich auch bemühte, sie konnte ihre Gedanken nicht im Zaum halten, denn die ihr vom Andain vorher gegebene Erklärung war in ihr Herz eingedrungen, und nicht nur in der Weise, wie Brendel es beobachtet hatte. Die Frage der Unberechenbarkeit, mit der der Weber seinen Kindern das Geschenk der freien Wahl gegeben hatte, brachte Arthurs gewebtes Schicksal mit einer Möglichkeit der Sühne in Verbindung, von der sie sich zuvor nicht einmal hätte träumen lassen. Aber in Flidais Worten lag noch etwas anderes: etwas, das über ihre lange Tragödie mit Arthur in all ihrer Wiederkehr hinausging, und das hatte der Lios Alfar nicht gesehen, auch Flidais wußte nichts davon.

Doch Jennifer wußte es, und sie hielt dieses Wissen dicht an ihrem schnell schlagenden Herzen. *Unberechenbarkeit,* so hatte Cernan von den Tieren und der freien Wahl, die sie verkörperten, gesprochen. Und das war auch ihr eigenes Wort. Es war ihr eigener instinktiver Ausdruck für ihre Antwort auf Maugrim, für ihr Kind und seine Freiheit, zu wählen.

Sie sah forschend zum Meer hinaus. Inzwischen war sehr starker Wind aufgekommen, und Gewitterwolken türmten sich auf. Sie zwang sich, ihre Gesichtszüge ruhig zu halten, innerlich aber war sie so offen, lag sie so bloß wie niemals zuvor. Und in diesem Augenblick landete Darien am Waldsaum beim Fluß und nahm seine menschliche Form wieder an.

Das Donnergrollen war noch fern, die Wolken hingen noch weit draußen über dem Meer. Aber der Wind aus dem Südwesten trieb das Gewitter herbei, und als sich das Licht allmählich veränderte, begann sich der wettererfahrene Lios Alfar unbehaglich zu fühlen. Er nahm Jennifer bei der Hand, und alle drei zogen sich in den hochgelegenen Raum zurück. Flidais brachte die gewölbten Glasfenster in den Schienen zum Rollen, sie schlossen sich nahtlos, und in der plötzlich eintretenden Stille sah Brendel, wie der Andain plötzlich den Kopf neigte, als höre er etwas. Und so war es auch. Das Heulen des Windes auf dem Balkon hatte die Alarmlaute, die durch den Großen Wald liefen, abgeschirmt. Ein Eindringling nahte, zwei sogar, der eine war jetzt schon hier, und der andere war im Kommen und würde sehr bald eintreffen.

Den einen, der noch ferner war, kannte und fürchtete er, denn es war sein eigener Herr, der Herr aller Andain und der mächtigste von ihnen, den anderen aber, der in diesem Augenblick unter ihnen stand, kannte er nicht, und ebenso war er auch den Kräften des Waldes unbekannt, was ihnen Schrecken verursachte. Ihre Angst aber verwandelte sich in Wut, und er konnte diese jetzt als ein Rütteln und Stürmen verspüren, welches die Wirkung des Windes auf dem Balkon noch übertraf.

Seid ruhig, versuchte er ihnen zu übermitteln, obwohl er selbst alles andere als ruhig war. *Ich will hinuntergehen. Ich werde mich darum kümmern.*

Zu den beiden andern, dem Lios Alfar und der Frau, die er als Guinevere kennengelernt hatte, sagte er kurz angebunden: »Es ist jemand gekommen, und außerdem ist Galadan gerade auf dem Weg hierher.«

Er sah, wie sie Blicke tauschten, und spürte, wie sich die Spannung im Raum verdichtete. Er glaubte, daß sie seine eigene Angst spiegelten, denn er wußte nichts von ihrer gemeinsamen Erinnerung an den Wolfsfürsten von jener Begegnung, die vor kaum mehr als einem Jahr in einem Wald östlich von Paras Derval stattgefunden hatte.

»Erwartet ihr jemanden?« fragte er. »Wer könnte euch hierher folgen?«

»Wirklich, wem könnte dies überhaupt gelingen?« antwortete Brendel schnell.

Der Lios hatte plötzlich ein Strahlen um sich, als ob er seinen Mantel abgelegt habe und seine wirkliche Natur nun durchscheine. »Niemand ist auf dem Meer gekommen, das hätten wir gesehen . . . und wie könnte jemand den Wald durchquert haben?«

»Er müßte stärker sein als der Wald«, antwortete Flidais und ärgerte sich über den Anflug von Furcht, der in seiner Stimme mitschwang.

Brendel war bereits an der Wendeltreppe. »Jennifer, warte hier. Wir werden hinuntergehen und uns darum kümmern. Schließe das Tor hinter uns und öffne nur, wenn du die Stimme von einem von uns hörst.« Während er sprach, lockerte er sein Kurzschwert in der Scheide und wandte sich dann an Flidais: »Wann wird Galadan ankommen?«

Der Andain schickte die Frage zum Wald hinaus, empfing von dort die Antwort und teilte sie Brendel mit: »In vielleicht einer halben Stunde, er läuft sehr schnell in seiner Wolfsgestalt.«

»Wirst du mir helfen?« fragte ihn Brendel geradeheraus.

Und das war wirklich zweifelhaft, denn der Andain kümmerte sich nur selten um die Angelegenheiten Sterblicher, und noch seltener griff er in sie ein. Aber hier verfolgte Flidais einen Zweck, es war sein ältestes, tiefstes Verlangen, und deshalb versuchte er, Zeit zu gewinnen. »Ich werde mit dir hinuntergehen. Ich habe dem Wald mitgeteilt, daß ich nachschauen würde, wer es ist.«

Brendel sah, daß Jennifer wieder sehr blaß geworden war, doch ihre Hände waren ruhig, den Kopf hielt sie hoch erhoben, und wieder einmal bewunderte er sie für ihren unerschütterlichen Mut, als sie erklärte: »Ich werde hinuntergehen. Wer auch immer gekommen ist, ist meinetwegen gekommen; vielleicht ist es ein Freund.«

»Vielleicht auch nicht«, antwortete Brendel ernst.

»Dann wäre ich auch in diesem Raum nicht sicherer«, antwortete sie ruhig und wartete an der Wendeltreppe, daß er sie hinabführe. Er zögerte noch einen Augenblick, dann wurden seine Augen so grün wie die ihren. Er nahm ihre Hand und führte sie zuerst zu seiner Stirn, dann zu seinen Lippen, um sich dann mit nunmehr gezogenem Schwert nach unten zu wenden.

Sein Schritt auf den Steintreppen war schnell und leicht. Sie folgte ihm, und nach ihnen kam Flidais, in dessen Kopf die Gedanken hin und her jagten, der mit wildesten Überlegungen und Möglichkeiten jonglierte und verzweifelt seine Erregung zu erstikken suchte.

Sobald sie an den Strand hinunterkamen, sahen sie Darien beim Fluß stehen.

Der Wind trug Gischt vom Meer herein, schleuderte sie ans Land, so daß sie wie Peitschenhiebe auftraf, und während sie ihm nachgegangen waren, hatte sich der Himmel noch verdunkelt. Er war nun violett von roten Streifen durchzogen, und jenseits der sich türmenden Wogen rollte der Donner draußen auf dem Meer.

Aber davon merkte Brendel von den Lios Alfar, der den Ankömmling sofort erkannt hatte, überhaupt nichts. Schnellstens drehte er sich auf dem Absatz um und ließ Jennifer eine Warnung zukommen, damit sie Zeit habe, sich auf die Begegnung vorzubereiten. Dann aber entnahm er aus ihrem Gesichtsausdruck, daß sie seine Warnung gar nicht benötigte. Sie wußte bereits, wer dieser Junge war, der vor ihnen stand. Brendel blickte in ihr Antlitz, das nun naß von der Meeresgischt war, und trat zur Seite, als sie zum Fluß hinging, wo Darien stand.

Flidais stellte sich neben ihn, auf seinem kahlen Kopf glitzerten Wassertröpfchen, aus seinem Gesicht sprach heftigste Neugier. Brendel dachte an das Schwert, das er trug, und steckte es schweigend in die Scheide. Dann beobachteten er und der Andain, wie Mutter und Kind seit der Nacht, als Darien geboren wurde, zum ersten Mal wieder zusammenkamen.

Brendel wurde sich zunehmend bewußt, wie viele Dinge hier vielleicht in der Schwebe waren, der Gedanke überwältigte ihn. Er würde niemals jenen Nachmittag beim Sommerbaum und Cernans Worte vergessen: *Warum durfte er leben?* Daran dachte er, und er dachte an Pwyll weit draußen auf dem Meer, und unaufhörlich war er sich dessen bewußt, daß Cernans Sohn eben jetzt auf sie zulief, schnell war er wie das Gewitter, das sich zusammenbraute, und noch gefährlicher.

Er sah auf den Andain neben sich nieder und mißtraute dem lebhaften, wißbegierigen Leuchten in Flidais' Augen. Aber was konnte er schließlich tun? Er konnte furchtsam und kampfbereit dabeistehen, er konnte Jennifer verteidigen und dabei sterben, wenn es soweit kam, er konnte beobachten.

Und er beobachtete, wie Darien vom Flußufer zögernd nach vorne trat. Als der Junge näherkam, sah Brendel eine Art Diadem mit einem dunklen Stein darin um seine Stirn, und tief in seinem Bewußtsein erklang ein Läuten, es war Kristall gegen Kristall, eine Warnung aus Erinnerungen, die nicht die seinen waren. Er versuchte, sie zurückzuholen, aber noch währenddessen sah er, wie der Junge seiner Mutter einen in der Scheide steckenden Dolch entgegenhielt, und als Darien sprach, waren Brendels Erinnerungen durch die dringlichen Erfordernisse der Gegenwart wie weggewischt.

»Möchtest du . . . Wirst du ein Geschenk annehmen?« hörte er. Es schien ihm, als sei der Junge bereit, auf einen Atemzug oder das Fallen eines Blattes hin plötzlich zu entfliehen. Er blieb ganz ruhig und konnte es kaum glauben, was Jennifer ihrem Sohn zur Antwort gab.

»Steht es dir zu, mir dieses Geschenk zu machen?« In ihrer Stimme waren Eis und Stahl, hart, kalt und tragend schnitt sich ihr Ton durch den Wind, scharf wie der Dolch, den ihr ihr Sohn anbot.

Darien war verwirrt und unvorbereitet. Er stolperte rückwärts, der Dolch fiel ihm aus den Fingern. Brendel litt mit ihm, mit ihnen beiden, aber er schwieg weiter, obwohl sein ganzes Wesen Jennifer zuschreien wollte: Sei vorsichtig, sei sanft, tu, was du nur kannst, um den Jungen zu halten und an dich zu ziehen.

Da hörte er hinter sich ein Geräusch. Schnell blickte er sich um, seine Hand griff zum Schwert. Am Waldesrand im Osten vom Anor stand die Seherin von Brennin, ihr weißes Haar peitschte über ihre Augen. Unmittelbar darauf erkannte er die Hohepriesterin und dann Sharra aus Cathal, mit ihrer unverwechselbaren Schönheit, und das Geheimnis wurde klarer und tiefer zugleich. Sie mußten mit Hilfe der Erdwurzel und Jaelles Kraft vom Tempel gekommen sein. Aber warum? Was ging vor sich? Auch Flidais hatte sie kommen hören. Jennifer und Darien dagegen waren zu sehr miteinander beschäftigt. Brendel wandte sich wieder ihnen zu. Hinter Jennifer stehend konnte er ihr Gesicht nicht sehen, aber ihr Rücken war gerade, ihr Kopf gebieterisch gestreckt, als sie ihrem Sohn gegenüberstand.

Und Darien, der in dem wilden Wind klein und zerbrechlich aussah, stammelte: »Ich dachte, er könnte . . . dir gefallen. Ich habe ihn an mich genommen. Ich dachte . . .«

Aber *jetzt*, fuhr es Brendel durch den Kopf, jetzt würde sie ihm doch sicher den Weg ebnen?

»Er gefällt mir nicht«, antwortete Jennifer. »Warum sollte ich mich über einen Dolch freuen, der dir nicht gehört?«

Brendels Hände krampften sich zusammen, und ihm war, als ob eine Faust auch sein Herz zusammenquetschte. *Oh, vorsichtig*, dachte er, *oh, sei bitte vorsichtig*.

»Was tust du hier?« hörte er Dariens Mutter fragen. Der Junge riß seinen Kopf herum, als ob sie ihn geschlagen hätte. »Ich . . . ich . . . sie hat es mir verraten. Die Weißhaarige, die meinte, du seist . . .« Seine Worte versagten. Was auch immer er sonst noch vorbrachte, verlor sich im Toben des Sturms.

»Sie sagte, daß ich hier sei«, erwiderte seine Mutter kalt und sehr klar. »Gut. Natürlich hatte sie recht. Und, was weiter, was willst du da, Darien? Du bist kein Säugling mehr. Das hast du dir selbst so eingerichtet. Möchtest du, daß ich dich so behandle, als seist du es noch?«

Natürlich möchte er es, drängte es Brendel ihr zuzurufen, konnte sie das nicht sehen? War das so schwierig für sie?

Darien richtete sich auf. Er warf seine Hände nach vorn, es ging fast wie von selbst. Er schleuderte seinen Kopf zurück, und Brendel dachte, er habe ein Blitzen gesehen. Dann schrie der Knabe aus der Tiefe seines Herzens: *»Willst du mich denn nicht?«*

Aus seinen ausgestreckten Händen zischten zwei Kraftblitze links und rechts an seiner Mutter vorbei. Der eine sauste in die Bucht, traf das kleine Boot, das am Dock angebunden war, und riß es entzwei, so daß die zerschmetterten Holzplanken im Wasser schwammen. Der andere sirrte genau am Gesicht seiner Mutter vorbei und versengte einen Baum am Waldesrand.

»Weber am Webstuhl!« keuchte Brendel. Flidais gab neben ihm ein Geräusch von sich, als werde er erwürgt und rannte dann, so schnell seine Beine ihn trugen, zu jenem brennenden Baum. Der Andain erhob seine Arme zum lodernden Feuer, er sprach Worte, die zu schnell und leise waren, als daß man ihnen hätte folgen können, und das Feuer ging aus.

Diesmal ist es ein wirkliches Feuer, dachte Brendel wie betäubt. Das letzte Mal am Sommerbaum war es nur eine Illusion gewesen. Der Weber allein wußte, wo die Macht dieses Kindes endete oder wohin sie sich fortsetzte.

Als wolle er auf seine Gedanken, seine unausgesprochenen Ängste antworten, begann Darien von neuem zu sprechen. Und diesmal klang es sehr deutlich. Seine Stimme übertönte den Wind und den Donner draußen auf dem Meer, aber auch das dröhnende Trommeln, das sich jetzt aus dem Waldboden erhob.

»Soll ich nach Starkadh gehen?« fragte er seine Mutter herausfordernd. »Soll ich schauen, ob mein Vater mich freundlicher aufnimmt? Ich bezweifle, daß Rakoth irgendwelche Skrupel hat, einen gestohlenen Dolch anzunehmen! Läßt du mir denn eine Wahl ... *Mutter?*«

Er ist kein Kind, dachte Brendel. Das waren weder die Worte noch die Stimme eines Kindes.

Jennifer hatte sich nicht bewegt, sie war selbst in dem Augenblick, als die Blitze an ihr vorbeizischten, nicht ausgewichen. Nur ihre Finger, die sich an ihrer Seite zusammenkrampften, verrieten ihre Anspannung. Und inmitten all seiner Zweifel und Ängste und seiner betäubenden Unfähigkeit zu verstehen, erschrak Brendel von den Lios Alfar wieder vor dem, was er in ihr sah.

Sie antwortete: »Darien, ich lasse dir die einzige Wahl, die es gibt. Soviel kann ich sagen und weiter nichts: Du lebst, obwohl dein Vater wollte, daß ich tot sei, so daß auch du niemals in das Gewirk hättest eintreten können. Ich kann dich nicht in meinen Armen halten oder dir Liebe und Schutz gewähren, wie ich es in Vaes Haus getan habe, als du geboren wurdest. Diese Zeit liegt hinter uns. Du mußt eine Wahl treffen, und alles, was ich weiß, sagt mir, daß du frei und ohne Zwang wählen mußt, sonst ist es so, als hättest du niemals gewählt. Wenn ich dich jetzt an mich binde oder dies auch nur versuche, raube ich dir dein Selbst.«

»Und wenn ich diese Wahl nicht treffen will?«

Brendel mühte sich ab, um zu verstehen, was vor sich ging, und es schien ihm, als hinge Dariens Stimme irgendwo zwischen der Explosion seiner Macht und seinem flehenden Verlangen.

Seine Mutter lachte, aber es klang nicht hart. »O mein Kind«, belehrte sie ihn, »niemand von uns will diese Wahl treffen und doch müssen wir es alle. Nur ist dein Weg der härteste, und der, auf den es am allermeisten ankommt.«

Der Wind beruhigte sich ein wenig, und es war wie die Stille vor dem Sturm, ein Zögern. Darien erwiderte: »Finn hat mir ... einmal erzählt ..., daß meine Mutter mich liebte und daß sie wollte, daß ich etwas Besonderes sei.«

Und nun bewegte Jennifer ihre Arme fast unwillkürlich, sie verschränkte sie fest vor ihrer Brust.

»Acushla machree«, sagte sie, oder zumindest klang es so für Brendel. Sie wollte weiterreden, hielt dann aber an sich, als führe sie sich selbst am kurzen Zügel.

Gleich darauf fügte sie mit veränderter Stimme hinzu: »Er hatte unrecht ... was dieses Besonderssein betrifft, das sollst du jetzt wissen. Deine Kraft kommt von Rakoth, wenn deine Augen rot werden. Von mir hast du nur die Freiheit und das Recht zu wählen, eine eigene Wahl zwischen Licht und Finsternis zu treffen. Das ist alles.«

»Nein, Jen!« schrie die Seherin von Brennin in den Wind. Es war zu spät. Dariens Augen veränderten sich von neuem, als diese letzten Worte gesprochen wurden, und aus der Bitterkeit seines Gelächters hörte Brendel, daß sie ihn verloren hatten. Der Wind schwoll wieder an und brauste nun heftiger als zuvor, und lauter als die tiefen Trommelgeräusche des Waldes von Pendaran schrie Darien: »Falsch, Mutter! Alles falsch. Ich bin nicht hier, um zu wählen, sondern *um gewählt zu werden!*«

Er zeigte auf seine Stirn. »Siehst du nicht, was ich dort trage? Erkennst du es nicht?« Ein weiterer Donnerschlag, lauter als alle vorhergehenden, und dann begann der Regen zu fallen. Aber dazwischen und dagegen erhob sich Dariens Stimme: »Dies ist Lisens Reif: Das Licht gegen die Finsternis . . . *und es ging aus, als ich es aufsetzte!*«

Ein Wetterleuchten ließ den Himmel im Westen aufleuchten, dann wieder Donner. Und dann Darien: »Siehst du nicht? Das Licht hat sich von mir abgewendet, und nun auch du. Wahl? Ich habe keine! Ich gehöre zur Finsternis, die das Licht verzehrt, und ich weiß, wohin ich gehen muß!«

Mit diesen Worten nahm er den Dolch, der vor seinen Füßen auf dem Strand lag, wieder an sich, und dann rannte er durch den peitschenden Regen nach Pendaran hinein und kümmerte sich nicht im geringsten um das bedrohliche Trommelgeräusch im Wald. Zurück blieben sechs Menschen am Strand, sie standen schutzlos im Gewitter, das nun herangekommen war, entblößt vor der aufgerissenen Wunde ihres Schreckens.

Jennifer wandte sich um. Der Regen schoß hernieder, Brendel wußte nicht, waren es Tränen oder Regentropfen auf ihrem Gesicht.

»Komm«, forderte er sie auf, »wir müssen nach drinnen gehen. Hier draußen ist es gefährlich bei diesem Unwetter!«

Jennifer beachtete ihn nicht. Inzwischen waren die anderen drei Frauen herangekommen. Sie wandte sich Kim zu, wartete, erwartete etwas.

Und sie erhielt es. »Was, in aller heiligen Dinge Namen, hast du getan!« schrie die Seherin von Brennin in den Sturm. Es war schwierig, aufrecht stehen zu bleiben. Sie waren alle bis auf die Knochen durchnäßt. »Ich habe ihn hierher geschickt, es war die letzte Chance, ihn von Starkadh fernzuhalten, und du hast ihn geradewegs dorthin getrieben. Er wollte doch nur getröstet werden, Jen!«

Aber es war Guinevere, die ihr antwortete, und sie war kälter und härter als die Elemente. »Getröstet? Kann ich irgendeinen Trost geben, Kimberly? Oder du, oder irgendeiner von uns? Heute? Jetzt? Du hattest kein Recht, ihn hierher zu schicken, und du weißt es! Ich wollte, daß er offen sei, unberechenbar, daß er die Freiheit hat zu wählen, und davon gehe ich nicht ab! Jaelle, was glaubst du, was du getan hast? Du warst doch im Musikzimmer in Paras Derval zugegen, als ich Paul das gesagt habe. Ich habe damals alles ernst gemeint! Wenn wir ihn binden oder es auch nur versuchen, ist er für uns verloren!«

Im tiefsten Grunde ihres Herzens spürte sie noch etwas anderes, aber sie verschwieg es. Es war ihr eigenes Geheimnis, zu nackt, als daß es hätte ausgesprochen werden können: *Er ist meine Wilde Jagd,* flüsterte es immer wieder in ihrer Seele, *mein Owein, meine Schattenkönige, mein Kind auf Iselen. Sie alle.* Sie war nicht taub für die Nebentöne. Sie wußte, daß sie unterschiedslos und mit Freude töteten. Sie wußte, was sie waren. Und seit Flidais seine Geschichte auf dem Balkon erzählt hatte, wußte sie auch, was ihre Existenz bedeutete.

Durch den peitschenden Regen starrte sie mit weit geöffneten Augen auf Kimberly. Würde sie es wagen, noch weiter zu sprechen!? Aber die Seherin schwieg, und in ihren Augen sah Jennifer keine Angst und keinen Zorn mehr, sondern nur Traurigkeit, Weisheit und eine Liebe, die sie immer ausgestrahlt hatte. Ihre Kehle war wie zusammengeschnürt.

»Verzeiht.« Die Frauen blickten auf den herab, der gesprochen hatte. »Verzeiht mir«, wiederholte Flidais. Er mußte hart kämpfen, um das Aufwallen in seinem Herzen zu unterdrücken. Er bemühte sich, seine Stimme ruhig klingen zu lassen. »Ich nehme an, Ihr seid die Seherin von Brennin?«

»So ist es«, erwiderte Kim.

»Und ich bin Flidais«, stellte er sich vor, und obwohl dies ein beiläufig gewählter Name war, ging er ihm unwillkürlich schnell von der Zunge. Aber es war auch keine Zeit zu verlieren, denn er war schon so nahe. Er fürchtete, er würde vor Aufregung verrückt werden. »Ich sollte Euch mitteilen, daß Galadan schon sehr nahe ist. Es wird nur noch Minuten dauern, glaube ich.« Jennifer hielt sich die Hände vor den Mund. Die letzten Minuten hatten ihre Aufmerksamkeit so gefesselt, daß sie es ganz vergessen hatte, aber jetzt kam es alles wieder zurück: die Nacht im Wald und der Wolf, der sie zu Maugrim gebracht und sich dann in einen Mann verwandelt hatte. Unmittelbar bevor er sie dem Schwan übergab, hatte er gesagt: *Sie muß noch weiter nach Norden gehen. Wenn es nicht so wäre, könnte ich sie für mich selbst nehmen.*

Sie schauderte. Sie war hilflos, kraftlos. Sie hörte, wie Flidais, der sich aus irgendeinem Grund noch immer an Kim wandte, vorschlug: »Ich glaube, ich kann behilflich sein. Ich könnte ihn von diesem Ort ablenken, wenn ich schnell genug gehe.«

»Dann geh!« rief Kim aus. »Wenn er nur noch einige wenige Minuten ...«

»Oder«, fuhr Flidais fort, und er war jetzt unfähig zu verhindern, daß seine Stimme immer höher wurde, »oder ich könnte einfach nichts tun, so verhalten sich die Andain im allgemeinen. *Oder, wenn ich will, kann ich ihm direkt sagen, wer die Lichtung gerade verlassen hat und wer hier ist.*«

»Vorher würde ich dich töten«, brach es aus Brendel hervor, und seine Augen glühten durch den Regen. Ein Blitzstrahl schnitt sich in das tobende Meer, ein weiterer Donnerschlag erklang.

»Du könntest es versuchen«, räumte Flidais gleichmütig ein, »es würde dir nicht gelingen. Und dann würde Galadan kommen.« Er machte eine Pause, wartete, blickte auf Kim, die ihm langsam erwiderte: »Also gut. Was möchtest du?«

Während der Sturm heulte, empfand Flidais ein großes auflodierndes Leuchten in seinem Herzen. Mit feiner unaussprechlicher Freude antwortete er zärtlich: »Nur eines. Eine Kleinigkeit ... Nur einen Namen. Den Namen, mit dem der Krieger beschworen wird.« Seine Seele sang. Er tanzte ein wenig auf dem nassen Strand umher, er konnte nicht anders. Hier war es, in seinen Händen.

»Nein«, entgegnete Kimberly schroff.

Sein Unterkiefer fiel in das durchnäßte Geflecht seines Bartes. »Nein«, wiederholte sie. »Als er zu mir kam, habe ich einen Eid geschworen, und ich werde ihn nicht brechen.«

»Seherin ...« begann Jaelle.

»Du mußt!« stöhnte Flidais. »Du *mußt* ihn mir nennen. Das ist das einzige Rätsel, das letzte! Alle anderen Antworten kenne ich. Ich würde es niemals weitersagen. Niemals! Der Weber und alle Götter wissen, daß ich es niemals weitersagen werde ... aber ich muß es wissen, Seherin! Es ist der Wunsch meines Herzens!«

Ein seltsamer, schicksalsreicher Satz, der mit ihr durch die Welten gereist war. Kim erinnerte sich an diese Worte nach all den Jahren, die vorübergegangen waren, und sie erinnerte sich, wie sie auf dem Bergplateau daran gedacht hatte, während Brock bewußtlos neben ihr lag. Sie blickte auf den gnomartigen Andain hinab, der in verzweifelt wahnsinnigem Flehen seine Hände rang. Sie erinnerte sich an Arthur, in jenem Augenblick, als er ihrem Ruf auf dem Glastonbury Tor gefolgt war, an seine gebeugten Schultern, die eine unsichtbare Bürde trugen, an die Müdigkeit und die Sterne, die durch seine Augen herabfielen und immer weiter herabfielen. Sie schaute auf Jennifer, die Guinevere war.

Und die sagte jetzt leise, aber von so nahe, daß sie trotz des Windes gehört werden konnte: »Gib ihm den Namen, so wird er wenigstens weitergegeben. Das ist ein Teil des gewobenen Schicksals. Gebrochene Eide und Kummer liegen im Herzen dieses Namens. Wirklich, Kim, es tut mir leid.«

Daß sie sich am Ende entschuldigte, berührte sie mehr als alles andere. Wortlos drehte sie sich um und ging einige Schritte zur Seite. Sie blickte zurück und nickte dem Andain zu. Dieser stolperte und fiel fast, so begierig war er, es zu hören. Sie blickte auf ihn hinab und gab sich keine Mühe, ihre Verachtung zu verbergen. »Du wirst diesen Ort mit dem Wissen dieses Namens verlassen, ich aber verlange von dir zwei Dinge. Du darfst ihn für keine Seele in irgendeiner Welt wiederholen, und du mußt dich jetzt mit Galadan beschäftigen und alles tun, was getan werden muß, um ihn von diesem Turm fernzuhalten und das Wissen um Darien vor ihm zu schützen. Wirst du das tun?«

»Bei allen Mächten in Fionavar, ich schwöre es«, gelobte er und konnte dabei seine Stimme kaum noch kontrollieren. Er stellte sich auf die Zehenspitzen, um ihr näher zu sein. Ohne es zu wollen, war sie durch das hilflose Verlangen, die Sehnsucht in seinem Gesicht gerührt.

»Kindsmörder«, sagte sie und brach damit ihren Eid.

Er schloß seine Augen. In seinem Gesicht breitete sich ein ekstatisches Strahlen aus. »Ah!« stöhnte er überwältigt auf, »ah!« Mehr kam nicht von seinen Lippen, er blieb stehen, wo er war, die Augen hatte er geschlossen, er hob den Kopf in den fallenden Regen, als sei es ein Segen, der aus dem Himmel kam.

Dann öffnete er seine Augen und fixierte sie mit einem ruhigen Blick. Mit einer Würde, die sie so kurz nach seinem Frohlocken nicht erwartet hatte, wandte er sich an sie: »Du haßt mich jetzt, und nicht ohne Grund. Aber höre mich, Seherin: Ich werde alles tun, was ich geschworen habe, und noch mehr. Du hast mich von meinem Verlangen befreit. Wenn die Seele hat, was sie braucht, kennt sie keine Sehnsucht mehr, und so geht es mir jetzt. Aus der Finsternis dessen, was ich dir angetan habe, soll Licht werden, und wenn ich darüber sterben muß.« Er streckte sich und nahm ihre Hand in die seinen. »Geht nicht in den Turm hinauf, er wird sonst wissen, daß dort Menschen sind. Ertragt den Regen und wartet auf mich. Ich werde euch nicht im Stich lassen.«

Dann rannte er fort auf seinen stummelartigen O-Beinen, aber sobald er den Wald erreichte, erschien seine Gestalt flüchtig und verschwommen, er war eine Kraft von Pendaran und bewegte sich in seinem Element.

Kim wandte sich wieder den anderen zu, die weiter unten am Strand auf sie warteten. In der Wut der Elemente standen sie eng zusammen. Instinktiv blickte sie auf ihre Hand hinab, aber nicht auf den Baelrath, der vollkommen verdunkelt war, sondern auf den Vellinstein um ihr Handgelenk. Und sie sah, daß er sich langsam vor und zurück drehte.

Es war also Kraft zugegen, Magie lag im Sturm. Sie hätte es wissen müssen, vom ersten Augenblick an, als der Wind sich erhob. Aber vom Augenblick an, da Jaelle sie hierhergebracht hatte, war keine Zeit geblieben, über irgend etwas nachzudenken als über Darien. Jetzt aber hatte sie Zeit, ein wenig Raum in der Stille inmitten der wilden Gewalt der Elemente.

Sie hob ihre Augen, blickte hinter den drei anderen Frauen und dem Lios Alfar hinaus aufs Meer, und sie sah das Schiff, das hilflos vor dem Wind in die Bucht getrieben wurde.

Kapitel 6

Lange Zeit hatte Coll von Taerlindel am Steuerruder seines Schiffes gegen den Wind gekämpft. Er hatte verzweifelt manövriert, und mit einer gewissen Brillanz gelang es ihm, die *Prydwen,* während die Dunkelheit sich schon herabsenkte, auf einem Kurs zu halten, der quer zur Richtung des Südwestwindes lief. Und dieser Kurs würde sie zu jenem Hafen zurückbringen, von dem aus sie in See gestochen waren. Er brüllte seine Befehle, seine Stimme drang durch den Sturm, die Männer der Südfeste mußten unaufhörlich von Segel zu Segel springen, sie raffen, gegen den Wind setzen, er kämpfte um jeden Zoll, der ihn in Richtung Osten bringen würde, er kämpfte gegen die Elemente, die ihn nach Norden drängten.

Es war eine Übung, die höchste Seemannskunst erforderte: Auf dem Deck eines wild umherschlingernden Schiffes mußte er blitzschnell und instinktiv berechnen, mußte er rohe Gewalt und hohen Mut aufwenden, denn mit der ganzen Kraft seiner angespannten Arme hielt er das Steuerruder gegen den Sturm, der das Schiff ständig von seinem Kurs abbringen wollte.

Und dabei war das nur Wind, nur der erste feine Regendunst. Der wirkliche Sturm, der massiv und düster steuerbords und hinter ihnen hing, sollte erst noch kommen. Und er kam und verschluckte alles, was vom Himmel noch übriggeblieben war. Sie hörten den Donner krachen, sahen, wie Blitz auf Blitz den Westen erleuchtete, sie spürten, wie der heulende Wind immer noch wilder wurde, durchnäßt von der treibenden, blendenden Gischt schlitterten und glitten sie aus auf dem schwer bewegten Deck, mühten sich ab, um Colls ständigen lautgeschrienen Befehlen nachzukommen.

Er bewahrte die Ruhe, und mit angeborener vollendeter Kunstfertigkeit folgte er mit seinem Schiff den Wellentälern, lenkte es in die Wellenkämme, er schätzte den Seegang nach beiden Seiten ab und warf häufig einen Blick nach oben, um die Blähung der Segel und die Geschwindigkeit des aufkommenden Sturmes zu bestimmen. All dies tat er ruhig, aber mit einer wilden, leidenschaftlichen Intensität und mit nicht geringem Stolz. Und als er schließlich jenseits allen Zweifels erkannt hatte, daß ihm keine Chance blieb, gab er es auf.

»Dreht nach Backbord!« brüllte er mit derselben Stimme, die er auch in seinem erbitterten Kampf mit dem Sturm hatte hören lassen. »Wir müssen nach Nordosten. Es tut mir leid, Diar, wir müssen mit dem Wind segeln und es am anderen Ende drauf ankommen lassen!«

Diarmuid dan Ailell, der Erbe des Großkönigtums von Brennin, war viel zu sehr damit beschäftigt, ein Seil zu vertäuen, als daß er die Entschuldigung registriert hätte. Neben dem Prinzen, der vollkommen durchnäßt und vom Heulen des Sturmes fast taub war, mühte Paul sich ab, nützlich zu sein und die Situation, so wie er sie erkannt hatte, zu meistern.

Er hatte es gewußt ..., seit sich der Wind vor zwei Stunden erhoben hatte und seit er einen ersten Blick auf jene schwarze Linie weit unten am Südwesthorizont geworfen hatte, die jetzt zu einem finsteren Vorhang geworden war, der den Himmel umfing und ihn auslöschte. Durch Mörnirs Pulsschlag in ihm selbst, jenem ruhigen Ort, einem stillen Teich gleich, der die Anwesenheit des Gottes kennzeichnete, wußte er, daß das, was gekommen war und noch kommen würde, mehr als ein einfacher Sturm war. Er war Pwyll, der Zweimal Geborene; auf dem Sommerbaum war er zur Macht auserwählt, war gezeichnet und ernannt worden, und er wußte, wann eine Kraft von dieser Größe zugegen war und sich manifestierte. Mörnir hatte ihn gewarnt, doch mehr konnte er nicht tun, das wußte Paul. Trotz des krachenden Donners war es nicht sein Sturm, noch hatte Liranan, der flüchtige Gott des Meeres, ihn gebraut. Metran mit dem Kessel von Kath Meigol hätte es bewerkstelligen können, aber der abgefallene Magier war tot, und der Kessel lag in Scherben. Aber auch Rakoth Maugrim in Starkadh hatte diesen Sturm dort draußen im Meer nicht erzeugt.

So blieb nur eine, eine einzige Möglichkeit, und trotz all seiner bravourösen Seemannskunst hatte Coll von Taerlindel keine Chance. Paul war klug genug, um zu wissen, daß man einem Kapitän auf offenem Meer so etwas nicht sagen konnte. Man mußte ihn kämpfen lassen und darauf vertrauen, daß er schon wissen würde, wann der Kampf aussichtslos sein würde. Und wenn man dann überlebte, konnte man versuchen, seinen verwundeten Stolz zu heilen mit der Kenntnis dessen, wodurch er besiegt worden war. Wenn man überlebte.

»Bei Lisens Blut!« schrie Diarmuid. Paul sah nach oben, gerade rechtzeitig, um zu sehen, daß der Himmel sich vollkommen verdüsterte und eine dunkelgrüne, gekräuselte Welle, die doppelt so hoch war wie das Schiff, herabzufallen begann.

»Halt dich fest!« schrie der Prinz von neuem und packte Pauls eilig angezogenes Jackett mit eisernem Griff. Paul warf einen Arm um Diarmuid und schlug um den anderen Arm mehrere Male ein Seil, das am Mast befestigt war, hielt sich mit aller Kraft daran fest. Dann schloß er seine Augen.

Die Woge krachte mit dem Gewicht des Meeres und des Verhängnisses auf sie nieder. Mit dem Gewicht eines Schicksals, das weder aufgeschoben noch abgelehnt werden konnte. Diarmuid und Paul hielten sich gegenseitig umfangen, und wie Kinder klammerten sie sich an ihren Halterungen fest. Und Kinder waren sie auch, die Kinder des Webers, des Webers am Webstuhl, von dem dieser Sturm ausging.

Als Paul wieder sehen und atmen konnte, blickte er durch den strömenden Regen und die Gischt hinüber zur Ruderpinne. Coll hatte dort nur einen Gehilfen, den er dringendst brauchte, denn er mußte jetzt das Schiff, das nun mit der vollen Geschwindigkeit des Sturmes gefährlich und erschreckend schnell in der tobenden See dahinschoß, auf dem neuen Kurs halten. Dies verlangte die äußerste Anspannung seiner Muskeln, denn bei dieser Geschwindigkeit konnte die leichteste Drehung des Ruders sie wie ein Spielzeug in den Wellen zum Kentern bringen. Aber jetzt war Arthur Pendragon bei Coll, half ihm, das Gleichgewicht zu halten, zog Schulter an Schulter mit dem Seemann am Ruder, die salzige Gischt durchnäßte seinen ergrauenden Bart. Paul, der nun im Schatten des Hauptmastes kauerte, konnte die beiden von dort aus nicht genau sehen, und dennoch wußte er, daß in den Augen des Kriegers die Sterne fallen und fallen würden, während er von der Hand des Webers, der sein Verhängnis gewoben hatte, von neuem seinem prophezeiten Schicksal zugeführt wurde.

Kinder, dachte Paul. Kinder, die sie in ihrer Hilflosigkeit auf diesem Schiff alle waren, und jene Kinder, die hatten sterben müssen, als der Krieger jung war und so sehr befürchtete, daß sein strahlender Traum vernichtet würde. Während der Regen und die Meeresgischt miteinander verschwammen, verschwammen auch diese beiden Bilder in seinem Bewußtsein, und der Sturm trieb sie voran.

Die *Prydwen* segelte mit dem Wind, sie wurde mit einer Geschwindigkeit durch das Wasser gepeitscht, die kein Schiff jemals hätte aushalten können, die keine Segel hätten ertragen können. Aber die Planken dieses Schiffes, die in ihrer Spannung kreischten und knirschten, hielten dennoch, und die Segel, die mit der Liebe, der Sorgfalt und Jahrhunderten überlieferter Kunstfertigkeit im Taerlindel gewoben worden waren, fingen diesen heulenden Wind, füllten sich mit ihm und rissen nicht, wie sehr auch der schwarze Himmel über ihnen von Blitzen durchzuckt wurde und das Meer selbst noch von Donner erbebte. Die beiden Männer an der Ruderpinne kämpften, um den Kurs zu halten, ihre Körper waren durch die grausame Anstrengung zum Zerreißen gespannt. Und dann sah Paul ohne jegliche Überraschung, sondern nur mit einem dumpfen schmerzlichen Gefühl der Unausweichlichkeit, wie Lancelot du Lac sich zu ihnen hinüberhangelte. Und so waren sie schließlich zu dritt: Coll, der zusammen mit Lancelot und Arthur an seinen beiden Seiten sein Schiff manövrierte; ihre Füße stemmten sich gegen das schlüpfrige Deck, zusammen hielten sie die Ruderpinne umfaßt und führten das Schiff, dieses kleine, tapfere, unverwüstliche Schiff in makelloser und zwingender Harmonie in die Bucht des Anor Lisen.

Und auf die zerklüfteten Felszacken zu, die den südlichen Eingang zu dieser Bucht bewachten.

Paul wußte später nicht, ob sie hatten überleben sollen. Es war ihm klar, daß Arthur und Lancelot überleben mußten, sonst wäre der Sturm, der sie hierher brachte, sinnlos gewesen, aber die anderen von ihnen waren in der Entwicklung dieser Geschehnisse überflüssig, wie bitter dieser Gedanke auch sein mochte. Er wußte auch nie genau, was ihn gewarnt hatte. Sie bewegten sich so schnell durch die Finsternis und die peitschenden, blendenden Regenfelder, daß keiner von ihnen das Ufer, geschweige denn die Felsen überhaupt gesehen hätte. Wenn er sich später zurückerinnerte und diesen Augenblick von neuem zu erleben suchte, dachte er, daß vielleicht die Raben gesprochen hatten, aber in diesem Augenblick herrschte das Chaos auf der *Prydwen*, und er war sich nicht sicher.

Was er jedoch in jenem Bruchteil der zersplitterten Zeit, bevor die *Prydwen* in Trümmer und Sparren zersplitterte, wußte, war, daß er aufgesprungen war in diesem unnatürlichen Sturm mit ebenso unnatürlicher Sicherheit und daß er mit einer Stimme, die den Donner umfing und in sich behielt, die von ihm und in ihm war (genauso wie damals in und durch den Sommerbaum), geschrien hatte: *»Liranan!«* Mit derselben Stimme, der Stimme Mörnirs, der ihn zurückgeschickt hatte, schrie er *»Liranan!«*, genau in dem Augenblick, als sie aufschlugen.

Die Masten krachten wie abgebrochene Bäume, die Planken krachten, das Deck krachte, der Boden des Schiffes krachte gnadenlos und vollständig durch, und das dunkle Meer schoß herein. Wie ein Blatt, wie ein Zweig, ein bedeutungsloses Ding wurde Paul vom Deck des plötzlich aufgelaufenen Schiffes hinwegkatapultiert. Alle Männer der Besatzung wurden von Deck geschleudert, alle, die einen Augenblick zuvor noch auf der *Prydwen* gestanden hatten, jenem Schiff, das Colls Großvater so sehr geliebt hatte.

Und noch als Paul flog, als er den Bruchteil einer Sekunde lang, den Bruchteil eines Zeitfunkens lang seinen zweiten Tod inmitten der Felsen und der kochenden, tobenden, vernichtenden See kostete, hörte er eine klare, eine bekannte Stimme in seinem Geist.

Und Liranan sprach zu ihm und sagte: »Ich werde dafür zahlen und zahlen und immer wieder zahlen müssen, bevor das Weben der Zeit vollendet ist, aber ich bin es dir schuldig, Bruder – an einem bestimmten Platz scheinen die Sterne des Meeres nun wieder, weil du mich verpflichtet hast, dir zu helfen. Dies aber entspringt nicht aus einem Gefühl der Verpflichtung, es ist ein Geschenk. Denk an mich!«

Und dann segelte Paul hilflos in das Wasser der Bucht. In das ruhige, kaum bewegte, blaugrüne Wasser der Bucht. Weg von den zackigen, mörderischen Felsen. Heraus aus dem vernichtenden Sturm in einen milden Regen, der sanft herniederfiel ohne die Böen, die ihn vorher so scharf und schneidend gemacht hatten.

Aber unmittelbar hinter der Krümmung der Bucht wütete noch

immer der Sturm, zuckten noch immer Blitze aus den violett gefärbten Wolken nieder. Dort aber, wo er nun war, wo sie alle waren, fiel ein sanfter Regen aus einem bedeckten Sommerhimmel, und sie schwammen einzeln, in Paaren, in Gruppen zu jenem Stück Strand, das im Schatten von Lisens Turm lag.

Und dort stand Guinevere.

Es war ein Wunder, machte sich Kim klar. Aber sie erkannte auch sehr viel mehr, als daß sie ihre Tränen nur aus Erleichterung und Freude vergossen hätte. Zu dicht war dieses Gewebe, zu geladen mit Strukturen und Schattierungen und einer Milliarde von vielfach verknüpften Fäden, Schuß- und Kettfäden, als daß irgendein Gefühl eindeutig hätte sein können.

Sie hatten gesehen, wie das Schiff gegen die Felsen donnerte. Dann hatten sie noch in diesem Augenblick des Schreckens einen einzelnen, gebieterischen Ton gehört, der irgendwo zwischen Donner und Stimme lag, und im selben Augenblick war der Wind vollkommen abgestorben, und das Wasser der Bucht war glatt wie Glas geworden. Die Besatzung der *Prydwen* wurde über die zerfetzten Planken des Schiffes in die Bucht gespült, die sie vor weniger als zwei Sekunden noch vernichtet hätte.

Ein Wunder. Später mochte noch Zeit genug sein, um nach dem Ursprung dieses Wunders zu suchen und dafür zu danken. Aber jetzt noch nicht, nicht jetzt, in dieser verwickelten, von Kummer beseelten Entfaltung eines langen Schicksals.

Denn sie waren schließlich zu dritt, und Kim konnte gar nichts, aber auch gar nichts tun, um das schmerzvolle Ziehen in ihrem Herzen zu unterbrechen. Aus dem Meer stieg ein Mann, der sich nicht auf der *Prydwen* befunden hatte, als sie noch segelte. Er war hochgewachsen, dunkelhaarig, auch seine Augen waren dunkel. An seiner Seite hing ein langes Schwert, neben ihm lief ein grauer Hund, Cavall, und in seinen Armen trug dieser Mann den Körper von Arthur Pendragon, und alle fünf, die auf dem Strand warteten, wußten, wer dieser Mann war.

Vier von ihnen blieben ein wenig weiter hinten, aber Kim wußte, daß Sharra sich vom Instinkt ihrer Seele zum Meer getrieben fühlte, wo eben jetzt Diarmuid auftauchte und einem seiner Männer aus dem Wasser half. Sie bekämpfte jedoch diesen

Instinkt, und Kim lobte sie innerlich dafür. Sie stand zwischen Sharra und Jaelle, Brendel ein wenig seitlich und hinter ihnen. Jennifer aber trat durch den Nieselregen nach vorne auf die beiden Männer zu, die sie geliebt hatte und von denen sie in so vielen Leben, in so vielen Welten geliebt worden war.

Guinevere erinnerte sich an einen Augenblick am frühen Nachmittag auf dem Balkon des Turmes, als Flidais von der Zufälligkeit sprach, die der Weber als Variable in sein Gewirk eingewebt hat, um sich selbst zu beschränken. Sie erinnerte sich wie von ferne an die Explosion der Hoffnung in ihrem Bewußtsein, daß es dieses Mal anders sein könnte ... auf Grund dieser Unbestimmbarkeit, dieser Zufälligkeit. Weil Lancelot nicht hier war, weil die dritte Ecke des Dreiecks fehlte und deshalb der Plan des Webers vielleicht noch verändert werden konnte. Denn der Weber hatte selbst einen Raum für Veränderung ins Gewirk eingewebt.

Niemand wußte von diesem Gedanken, und niemand würde jemals davon wissen, er war bereits begraben, zerschmettert und verschwunden.

An seiner Stelle war hier nun Lancelot du Lac, dessen Seele die andere Hälfte ihrer eigenen war. Seine Augen waren ebenso dunkel wie jedes einzelne Mal zuvor, sie waren verständnisvoll, forderten nicht, in ihren Tiefen lag derselbe Schmerz begraben, den nur sie verstehen, nur sie lindern konnte. Seine Hände, seine langen schönen Hände, die eines Kämpfers, waren genauso wie das letzte Mal und das Mal zuvor, wie all diese schmerzvollen Male zuvor, als sie sie geliebt hatte und ihn geliebt hatte, als ein Spiegel ihrer selbst.

Seine Hände wiegten jetzt mit unendlicher, unmißverständlicher Zärtlichkeit den Körper seines Lehensherrn, ihres Gatten ... den sie liebte.

Und sie liebte ihn trotz all der Lügen, trotz all seines verdrießlichen, neidischen Unverständnisses, sie liebte ihn mit einer vollen und erschütternden Leidenschaft, die sich erhalten hatte, die immer bleiben würde und sie jedesmal zerreißen würde, wenn sie daran dachte, wer sie gewesen war und noch sein sollte. Wenn sie sich bewußt an jenen Betrug erinnerte, der wie ein Stein im Zentrum aller Dinge lag. Es war der Gram im Herzen eines

Traumes, und zugleich der Grund, warum sie wie auch Lancelot hier waren. Es war der Preis, der Fluch, die Strafe, die der Weber im Namen der Kinder, die gestorben waren, dem Krieger auferlegt hatte.

Sie und Lancelot standen sich schweigend gegenüber, und der Ort, wo sie standen, dieses Stückchen Strand erschien den Zuschauern wie eine Enklave in der Ebbe und Flut der Zeit, eine Insel im Gewebe. Barhäuptig im rieselnden Regen stand sie vor den zwei Männern, die sie liebte, und dachte an so viele Dinge.

Ihre Augen wanderten wieder zu seinen Händen zurück, und sie erinnerte sich, wie er aus Verlangen nach ihr und der Unterdrükkung dieses Verlangens in ihm selbst wahnsinnig geworden war . . . wirklich wahnsinnig, eine Zeitlang. Sie dachte daran, wie er aus Camelot in die Wälder gegangen und dort im Wechsel der Jahreszeiten umhergewandert war; selbst im Winter war er nackt, einsam und wild, und sein Verlangen entblößte ihn bis auf die Knochen. Und sie erinnerte sich an seine Hände, als man ihn schließlich zurückbrachte: die Narben und Schnitte, die Geschwüre und Hornhäute, die eingerissenen Fingernägel und die Frostbeulen, die davon herrührten, daß er im Schnee nach Beeren gegraben hatte.

Arthur hatte geweint, erinnerte sie sich, sie selbst nicht. Erst später, als sie allein war. Es hatte so weh getan. Sie hatte gedacht, lieber sterben zu wollen, als diesen Anblick zu ertragen. Und nicht zuletzt waren es diese Hände, dieser greifbare Beweis, was die Liebe zu ihr bei ihm anrichtete, die ihre eigenen Barrikaden geöffnet hatten. So ließ sie ihn in ihr Herz ein und bot ihm den Willkommensgruß, den sie ihm so lange verweigert hatte. Wie konnte es denn Betrug sein, einem solchen Menschen Unterschlupf zu gewähren? Wie konnte es Betrug sein, den Spiegel ganz werden zu lassen, damit seine Reflexion des Feuers sie beide daneben zeigen würde?

Aber beide schwiegen, und nichts in ihrem Gesicht verriet ihre Gedanken. Aber er konnte auch so in ihr lesen, und sie wußte es. Bewegungslos, wortlos berührten sie einander nach so langer Zeit und berührten sich dennoch nicht. Seine Hände, die jetzt rein, schlank und schön und ohne Narben waren, hielten Arthur in liebevoller Umklammerung, und sie hörte es wie einen Gesang in ihrem Herzen, wie hohe Stimmen in einem Gewölbe, die von Freude und Schmerz sangen.

Und in diesem Augenblick erinnerte sie sich an etwas anderes, und das konnte er nicht wissen, selbst wenn seine dunklen Augen, mit denen er in die ihren blickte, noch dunkler würden. Unvermittelt erinnerte sie sich an das letzte Mal, als sie sein Gesicht gesehen hatte: Es war weder in Camelot noch in irgendeinem der anderen Leben in den anderen Welten, wo sie zurückgebracht wurden, um Arthurs Verhängnis mitzuerleben, sondern in Starkadh vor etwas mehr als einem Jahr. Damals hatte Rakoth Maugrim, weil ihre Qual ihm Vergnügen bereitete, die Kammern ihrer Erinnerung mühelos geöffnet und geplündert, und er war mit dem Bild des Mannes, der jetzt vor ihr stand, wieder herausgekommen. Und jetzt verstand sie. Wieder erlebte sie den Augenblick, als der finstere Gott aus Spott und Hohn Lancelots Gestalt angenommen hatte ... es war ein Versuch, ihr Wissen um Liebe herabzuwürdigen, zu beflecken und zu besudeln. Ein Versuch, ihre Erinnerung mit Schmutz zu überhäufen, sie mit dem Blut, das aus dem schwarzen Stumpf seiner verlorenen Hand herniedertroff, aus ihr herauszubrennen. Und als sie nun hier am Anor stand und die Wolken im Westen aufrissen, der Sturm sich legte und die ersten Strahlen der untergehenden Sonne flach auf den Meeresspiegel trafen, wußte sie, daß Rakoth keinen Erfolg gehabt hatte. Vielleicht wäre es besser gewesen, es wäre ihm gelungen, dachte ein Teil in ihr ironisch und distanziert. Vielleicht wäre es besser gewesen, er hätte diese Liebe aus ihr herausgesengt, aus dem Abgrund seiner Schlechtigkeit etwas Gutes gemacht, sie von Lancelot befreit, so daß der endlose Betrug endlich aufhören würde.

Aber es war ihm nicht gelungen. Sie hatte in ihrem ganzen Leben nur zwei Männer geliebt, es waren die strahlendsten Männer aller Welten, und sie liebte sie noch immer.

Sie registrierte, wie das Licht sich veränderte: goldene, kupferne Töne, ein Sonnenuntergang nach dem Sturm. Der Regen hatte aufgehört. Über ihnen erschien ein Stückchen Himmel, dessen Blau sich langsam zur gedämpften Farbe der Dämmerung abtönte. Sie hörte das Heranbranden des Meeres, hörte, wie es auf dem Sand und den Steinen wieder zurückschwappte. Sie hielt sich so gerade, wie sie nur konnte, sie hatte das Gefühl, als würde jede

Bewegung in diesem Augenblick einen Bruch verursachen, und sie wollte keinen Bruch.

»Es geht ihm gut«, sagte Lancelot.

Was ist eine Stimme? dachte sie. Was ist eine Stimme, daß sie so sehr auf uns wirken kann? Ein Licht des Feuers, ein Spiegel, der wieder zusammengesetzt wird, ein Traum, der zerbrochen in diesem Spiegel aufscheint. Die Struktur einer Seele in vier Worten. Vier Worte nicht über sie oder ihn, kein Willkommensgruß, kein Verlangen. Vier ruhige Worte über den Mann, den er trug, und deshalb auch über den Mann, der er selbst war.

Hätte sie sich gerührt, es hätte einen Bruch bedeutet. Sie erwiderte nur: »Ich weiß.«

Der Weber hatte ihn nicht an diesen Platz zu ihr gebracht, um ihn in einem Sturm auf dem Meer sterben zu lassen, es wäre bei weitem zu einfach gewesen.

»Er blieb zu lange an der Ruderpinne«, erklärte Lancelot. »Er ist mit seinem Kopf aufgeschlagen, als wir auf Grund gingen. Cavall hat mich zu ihm im Wasser geführt.« So ruhig berichtete er es. Kein Hinweis auf Leistung oder Drama. Und dann fügte er nach einer Pause hinzu: »Selbst bei diesem Sturm versuchte er, eine Lücke in den Felsen anzusteuern.«

Immer wieder, dachte sie. Auf wie viele Weisen konnte sich denn eine Geschichte noch wiederholen?

»Er hat immer nach Lücken in den Felsen gesucht«, murmelte sie. Weiter sagte sie nichts. Es war schwierig, Worte zu finden. Sie blickte in seine Augen und wartete.

Es wurde nun etwas heller, die Wolken rissen auf und gaben den klaren Himmel frei. Und dann plötzlich die goldene Spur des Sonnenuntergangs am Horizont und dann die Sonne unter den Wolken im Westen. Sie wartete und wußte bereits, was er sagen würde und was sie als Antwort darauf geben würde.

Er fragte: »Soll ich weggehen?«

»Ja«, entgegnete sie.

Sie bewegte sich nicht. Hinter ihr in den Bäumen am Rande des Strandes sang ein Vogel, und dann noch einer. Die Brandung kam herein, zog sich zurück und dann wieder.

Er fragte: »Wohin soll ich gehen?«

Und jetzt mußte sie ihm einen großen Schmerz zufügen, weil

er sie liebte und nicht zugegen war, um sie zu retten, als es geschah.

Sie sagte: »Du weißt wahrscheinlich von Rakoth Maugrim; sicherlich haben sie es dir auf dem Schiff berichtet. Vor einem Jahr hat er mich zum Ort seiner Macht entführt. Er . . . hat mir etwas angetan.«

Sie unterbrach sich. Nicht um ihrer selbst willen, denn der Schmerz war schon alt, und Arthur hatte viel davon weggenommen. Aber sie mußte innehalten, sie sah sein Gesicht. Einen Augenblick später aber fuhr sie fort, sie sprach vorsichtig, denn sie wollte keinen Bruch, nicht jetzt. Sie sagte: »Hinterher sollte ich sterben. Aber ich wurde gerettet und habe nach Ablauf der Zeit sein Kind geboren.«

Wieder mußte sie eine Pause einlegen, sie schloß die Augen, um sein Gesicht nicht zu sehen. Sie wußte, daß niemand außer ihr und nichts anderes ihm das antun konnte. Aber sie tat es jedesmal. Sie hörte, wie er niederkniete und Arthur sanft auf dem Sand ablegte . . . er konnte seinen Händen nicht mehr vertrauen.

Mit geschlossenen Augen redete sie weiter: »Ich wollte das Kind haben. Es gibt Gründe dafür, die mit Worten nicht ausgedrückt werden können. Sein Name ist Darien, und vor kurzem war er hier und ist wieder weggegangen, weil ich ihn fortschickte. Niemand hat verstanden, warum ich das getan habe, warum ich nicht versucht habe, ihn an mich zu binden.« Wieder hielt sie inne und holte Atem.

»Ich glaube, ich verstehe es«, sagte Lancelot. Das und nur das sagte er, und es war so viel.

Sie öffnete ihre Augen. Er kniete vor ihr, Arthur lag zwischen ihnen, hinter den beiden Männern sah sie das Leuchten der Sonne und ihrer Wolkenspur in Rot und Gold, in strahlender Schönheit. Sie bewegte sich nicht und fuhr fort: »Er ist in diesen Wald gegangen. Es ist ein Ort von alter Macht und altem Haß, und bevor er ging, hat er mit seiner Kraft, die von seinem Vater kam, einen Baum verbrannt. Ich möchte . . .« Sie stockte. Er war gerade erst gekommen, kniete hier vor ihr, und sie zögerte bei den Worten, die ihn fortschicken würden.

Es folgte ein Schweigen, aber nicht lange. Dann ließ sich Lancelot vernehmen. »Ich verstehe. Ich werde ihn beschützen, ihn nicht behindern und ihn seinen Weg wählen lassen.«

Sie schluckte und kämpfte ihre Tränen zurück. Was war eine Stimme? Ein Tor mit Lichtnuancen, ein Tor zu einer Seele. »Es ist ein dunkler Weg«, sagte sie und sprach mehr Wahrheit aus, als sie wußte.

Er lächelte für sie so unerwartet, daß ihr Herz einen Augenblick aussetzte. Er lächelte zu ihr hinauf, erhob sich dann und lächelte nun zärtlich und ernst auf sie hinab; mit einer sicheren Kraft, deren einzige Stelle der Verletzlichkeit sie selbst war, sagte er: »Alle Wege sind dunkel, Guinevere, nur am Ende gibt es Hoffnung auf Licht.« Das Lächeln verschwand. »Lebewohl, zärtliche Geliebte.«

Bei diesen letzten Worten drehte er sich um, und seine Hand fuhr automatisch und unbewußt zu seiner Seite, um zu überprüfen, wie sein Schwert hing. Panischer Schrecken fuhr in ihr auf, eine blinde Flut.

»Lancelot!« rief sie.

Bis jetzt hatte sie seinen Namen nicht ausgesprochen. Er hielt inne und drehte sich zurück, es waren zwei einzelne Bewegungen, die durch das Gewicht des Schmerzes verlangsamt waren. Er blickte auf sie; langsam, als wolle sie das Gewicht teilen, überaus behutsam streckte sie ihm eine Hand entgegen. Und ebenso langsam kam er zurück, nahm ihre Hand und brachte sie zu seinen Lippen. Dabei ruhten seine Augen auf den ihrigen und nannten ihren Namen immer und immer wieder in all ihrer Tiefe.

Ohne zu sprechen – weder wagte sie es, noch war sie dazu fähig – nahm sie die Hand, in der er die ihrige hielt. Sie legte ihre Wange gegen seinen Handrücken, so daß eine Träne darauffiel. Dann küßte sie diese Träne weg und sah ihm dann zu, wie er sich entfernte. Er ging an all den schweigenden Menschen vorbei, sie traten vor ihm zurück, als er den Weg zum Wald von Pendaran einschlug.

Vor langer Zeit hatte er einstmals die Grüne Ceinwen im Mondlicht auf einer Waldlichtung getroffen. Vorsichtig, denn bei der Jägerin war es immer gut, vorsichtig zu sein, hatte Flidais die Lichtung betreten und sie begrüßt. Sie war auf dem Stumpf eines umgestürzten Baumes gesessen, ihre langen Beine hatte sie ausgestreckt, ihr Bogen lag zu ihren Füßen und daneben ein toter Eber mit einem Pfeil in seiner Kehle. In der Waldlichtung befand sich auch ein kleiner Teich, aus dem das Mondlicht in ihr Gesicht reflektiert wurde. Es gab unzählige Geschichten über ihre Grausamkeit und Launenhaftigkeit, er kannte sie alle und hatte viele davon sogar selbst in Umlauf gebracht, deshalb näherte er sich ihr in höchster Unsicherheit, dankbar, daß sie nicht grade im Teich badete, denn er wußte, daß er mit größerer Wahrscheinlichkeit hätte sterben müssen, wenn er sie so gesehen hätte.

Aber in jener Nacht war sie in einer Stimmung katzenhafter Trägheit und reckte ihren geschmeidigen Körper, sie hatte getötet und begrüßte ihn amüsiert, ließ ihn sogar neben sich auf dem Baumstumpf Platz nehmen.

Eine Zeitlang hatten sie leise miteinander gesprochen, wie es sich im Mondlicht und an diesem Ort auch gehörte, und sie hatte ein Vergnügen daran gefunden, sein Verlangen anzustacheln, ohne es zu befriedigen. Doch tat sie es in jener Nacht freundlich und nicht bösartig.

Als sich der Mond dann anschickte, hinter die Bäume im Westen hinabzugleiten und so die Lichtung zu verlassen, hatte sich die Grüne Ceinwen, träge zwar, aber mit einem anderen, bedeutungsvolleren Ton als zuvor an ihn gewandt: »Flidais, du Kleiner vom Wald, fragst du dich nicht manchmal, was mit dir geschieht, wenn du irgendwann den Namen erfährst, den du suchst?«

»Wie das, Göttin«, hatte er zurückgefragt. Und angesichts dieser höchst nebensächlichen, beiläufigen Erwähnung seines uralten Verlangens waren seine Nerven plötzlich wie entblößt. »Wird nicht deine Seele arm und ziellos liegen, wenn dieser Tag kommt? Was wirst du tun, wenn du das letzte und einzige Ding gewonnen hast, das du ersehnst? Wirst du nicht alle Freude am Leben, jeden Grund zu leben vermissen, wenn dein Durst erst einmal gestillt ist? Überlege es dir, Kleiner, denk darüber nach.«

Dann war der Mond verschwunden, und kurz darauf auch die Göttin, aber nicht ohne sein Gesicht und seinen Körper mit ihren langen Fingern gestreichelt zu haben, so daß er wild vor Verlangen am dunklen Teich zurückblieb.

Sie war launenhaft und grausam, unfaßbar und sehr gefährlich, aber sie war auch eine Göttin, und nicht die geringste unter ihnen, was ihre Klugheit betraf. Lange Zeit saß er im Hain und dachte über ihre Worte nach und auch in den darauffolgenden Jahren dachte er noch darüber nach.

Und jetzt erst, wo es geschehen war, konnte er einen freudvollen Atemzug nach dem anderen in sich hineinziehen, und er erkannte, daß sie unrecht gehabt hatte. Es hätte ja auch anders sein können, das wußte er: Die Erfüllung seines Herzenswunsches hätte ja tatsächlich eine Enttäuschung und nicht diese überweltliche Helligkeit in seinem Leben sein können. Aber es war eben anders gekommen: Sein Traum war erfüllt worden, die Welten, zwischen denen ein Abgrund klaffte, hatten sich zusammengeschlossen, und Flidais von den Andain fand nun endlich Frieden, einen freudenvollen Frieden.

Der Preis dafür war ein gebrochener Eid, das wußte er. Daß dies notwendig gewesen war, verursachte ihm ein fernes, verschwommenes Bedauern, das aber die tiefen Wasser seiner Zufriedenheit kaum kräuseln konnte. Schließlich hatte er ja diese offene Rechnung mit einem Eid seinerseits an die Seherin ausgeglichen, und diesen Eid würde er halten. Sie würde es sehen. So sehr sie ihn auch verachtete, das würde sich sicherlich ändern, bevor die Geschichte zu Ende gesponnen war. Zum ersten Mal würde sich ein Andain freiwillig für die Angelegenheiten der Sterblichen und ihren Krieg hergeben.

Und jetzt geht es los, dachte er, und noch dazu mit dem, der sein Herr war.

Er ist hier, wisperte die einsame Baumnymphe in dem Baum über ihm dringlich, und Flidais hatte kaum Zeit, das Nachlassen des Regens und das Ende des Donners zu registrieren und den blitzschnellen Geistruf, zu dem er sich entschlossen hatte, loszuschleudern . . . und schon erklang ein Geräusch, ein Krachen, als ob sich jemand den Weg durch das Gestrüpp bahnte, und der Wolf war zugegen.

Einen Augenblick später war es Galadan. Flidais fühlte sich leicht, er hatte den Eindruck, daß er fliegen konnte, wenn er nur wollte, daß er nur durch die dünnsten Fäden an den Waldboden gebunden war. Aber er hatte Grund genug zu wissen, wie gefährlich die Gestalt war, die vor ihm stand, und er hatte die Aufgabe, den zu täuschen, der seit langem als der Scharfsinnigste in Fionavar galt und zudem noch der Leutnant von Rakoth Maugrim war.

So hielt Flidais also seine Gesichtszüge, so gut er nur konnte, unter Kontrolle und verbeugte sich ernst und tief vor dem, der in seinem Anspruch auf die Herrschaft über die flüchtige und arrogante Familie der Andain nur ein einziges Mal herausgefordert worden war. Ein einziges Mal . . . und Flidais erinnerte sich sehr gut, wie sowohl Liranans Sohn wie auch Machas Tochter, beide nicht weit von hier bei den Felsen von Rhudh, gestorben waren.

Was tust du hier? fragte Galadan im Geiste. Flidais streckte sich und bemerkte, daß der Wolflord hager und gefährlich aussah, seine Gesichtszüge waren vor Zorn und Unbehagen angespannt. Flidais schloß seine Hände locker vor seinem rundlichen Bauch. »Ich bin immer hier«, antwortete er milde, aber in lautem Ton.

Er wich zurück, als ein plötzlicher scharfer Schmerz in sein Bewußtsein schnitt. Bevor er von neuem zu sprechen begann, richtete er seine mentalen Barrikaden auf, er war gar nicht so böse darüber, denn Galadan hatte ihm gerade eine Entschuldigung geliefert.

»Warum hast du das getan?« fragte er kläglich.

Er fühlte, wie der schnelle, forschende Blick von seinen Barrieren abprallte. Galadan konnte ihn ohne Mühe töten, das war ein beunruhigender Gedanke, aber er konnte nur dann in sein Bewußtsein hineinsehen, wenn Flidais ihn einließ, und das war es, was im Augenblick zählte.

Sei nicht zu schlau, Waldgeist, nicht mit mir. Warum sprichst du laut, und wer war im Anor? Antworte schnell. Ich habe wenig Zeit und noch weniger Geduld. Diese geistige Stimme war kalt und erfolgsgewiß, aber Flidais hatte sein eigenes Wissen und seine eigenen Erinnerungen. Er wußte, daß der Wolf unter Druck stand, je weiter er sich dem Turm näherte. Das allerdings ließ ihn eher noch gefährlicher werden, wenn es darauf ankam.

Noch vor einer halben Stunde hätte er es niemals getan, hätte er auch nur davon geträumt, es zu tun, aber seit er den Namen wußte, hatte sich alles verändert, und so sagte Flidais noch immer laut: »Wie kannst du es wagen, mich zu durchforschen, Galadan? Ich kümmere mich nicht um deinen Krieg, aber meine eigenen Geheimnisse sind sehr wichtig für mich. Und ich werde mein Bewußtsein mit Sicherheit nicht für dich öffnen, wenn du, noch dazu in Pendaran, auf diese Weise und in einem solchen Ton zu mir kommst. Willst du mich wegen meiner Rätsel töten, Wolflord? Gerade jetzt hast du mir *weh getan*!« Er war der Meinung, daß er den richtigen Ton getroffen hatte, stolz und vorwurfsvoll zugleich, aber angesichts dessen, mit dem er es zu tun hatte, war das schwierig, sehr schwierig zu beurteilen. Dann aber holte er ruhig und zufrieden Atem, denn der Wolfsfürst wandte sich wieder an ihn und sprach diesmal laut und mit der höfischen Gewandtheit, die ihm immer zu eigen gewesen war. »Verzeih mir«, murmelte er und verbeugte sich seinerseits mit unbewußter Eleganz. »Ich bin zwei Tage gerannt, um hierher zu kommen, und ich bin nicht ich selbst.« Sein narbenbedecktes Gesicht löste sich zu einem Lächeln. »Wer immer es ist, aber ich habe jemand im Anor gespürt und ... ich wollte wissen, wer es ist.«

Am Ende war ein leichtes Zögern, und auch das verstand Flidais. In der kalten, rationalen, bis zum äußersten klinischen Seele Galadans war die blinde Leidenschaft, die ihn im Zusammenhang mit Lisen noch immer ansprang, eine grausame Störung. Und daß er zugunsten von Amairgen zurückgewiesen wurde, sollte eine Wunde sein, die jedes Mal, wenn er sich diesem Ort näherte, wieder aufbrach. Aus seinem neuen Hafen des Friedens, wo seine Seele jetzt verankert war, blickte Flidais auf die Gestalt des Wolfsfürsten und bemitleidete ihn. Allerdings ließ er diese Empfindung nicht bis in seine Augen vordringen, da er nicht das dringliche Befürfnis hatte, erschlagen zu werden.

Außerdem mußte er seinen Eid halten. So sagte er beiläufig und bemühte sich um einen besänftigenden Tonfall: »Es tut mir leid, ich hätte es wissen sollen, daß du es spürst. Dann hätte ich dich benachrichtigt. Ich war selbst im Anor, Galadan. Ich komme jetzt gerade zurück.«

»*Du?* Warum?«

Flidais zuckte ausdrucksvoll mit den Schultern. »Symmetrie. Mein eigenes Zeitgefühl ... Muster auf dem Webstuhl ... du weißt, sie sind vor einigen Tagen von Taerlindel nach Cader Sedat gesegelt. Ich dachte, daß jemand im Anor sein müßte, falls jemand auf diesem Wege zurückkehren würde.«

Der Regen hatte aufgehört, nur die Blätter über ihnen tropften noch. Die Bäume wuchsen zu dicht, als daß man viel vom aufklarenden Himmel sehen konnte. Flidais wartete, ob sein Köder angenommen wurde, und schützte seinen Geist.

»Das habe ich *nicht* gewußt«, gab Galadan zu, und seine Stirn furchte sich. »Das ist eine Neuigkeit, und sie ist wichtig. Ich glaube, daß ich mich nach Norden wenden muß. Ich danke dir«, sagte er, und seine Stimme klang wieder berechnend wie zuvor. Flidais gab sich alle nur erdenkliche Mühe, nicht zu lächeln, und nickte dann. »Wer ist gesegelt?« fragte der Wolfsfürst.

Flidais blickte so streng, wie er nur konnte. »Du hättest mich nicht verletzen sollen, wenn du mir Fragen stellen wolltest«, schmollte er.

Galadan lachte laut. Sein Lachen drang durch den Großen Wald. »O Flidais, gibt es einen wie dich?« fragte er rhetorisch und schmunzelte noch immer.

»Keinen, der so ein Kopfweh hat wie ich jetzt!« antwortete Flidais, ohne zu lächeln.

»Ich habe mich entschuldigt«, sagte Galadan. Er wurde schnell wieder nüchtern, und seine Stimme klang plötzlich seidig und tief. »Ein zweites Mal werde ich es nicht tun.« Einen Augenblick lang ließ er das Schweigen fortdauern und wiederholte dann seine Frage: »Wer ist gesegelt, Waldgeist?«

Flidais wartete etwas mit seiner Antwort, um den notwendigen Funken von Unabhängigkeit zu zeigen, und erwiderte erst dann: »Der Magier und der Zwerg. Der Prinz von Brennin und der vom Sommerbaum, den sie Pwyll nennen.« Über Galadans aristokratisches Gesicht zuckte kurz ein Ausdruck, den er nicht lesen konnte. »Und der Krieger«, beschloß er seine Aufzählung.

Galadan schwieg einen Augenblick lang, er war tief in Gedanken. »Interessant«, bemerkte er schließlich. »Plötzlich bin ich froh, daß ich gekommen bin, Waldgeist. All das ist wichtig. Ich frage mich, ob sie Metran getötet haben? Was«, fragte er schnell, »denkst du über den Sturm, der gerade vorübergegangen ist?«

Flidais hatte sein Gleichgewicht verloren, dennoch gelang es ihm zu lächeln. »Genau dasselbe, was du denkst«, murmelte er. »Und wenn ein Sturm den Krieger gezwungen hat, irgendwo zu landen, werde ich für meine Person jedenfalls ihn suchen.« Wieder lachte Galadan, diesmal jedoch leiser als zuvor. »Natürlich«, pflichtete er bei. »Natürlich, der Name. Glaubst du, er wird ihn dir selbst nennen?«

Flidais spürte von innen, wie sein Gesicht anlief, aber das war nicht so schlimm; sollte der Wolfsfürst denken, daß er verlegen war. »Es sind merkwürdige Dinge geschehen«, sagte er beherzt. »Kann ich jetzt gehen?«

»Noch nicht. Was hast du im Anor getan?«

Ein Flimmern des Unbehagens kräuselte sich durch den Andain vom Walde. Bis jetzt war es ihm ja gelungen, Galadan zu täuschen, aber er wollte sein Glück nicht auf die Probe stellen und zu lange verweilen. »Ich habe saubergemacht«, entgegnete er mit einem ungeduldigen Drängen, das er nicht zu spielen brauchte. »Ich habe das Glas und die Böden geputzt, ich habe die Fenster zurückgerollt, damit die Luft hereinkommt, und ich habe zwei Tage lang Ausschau gehalten, um zu sehen, ob das Schiff kommt. Als dann aber der Sturm losbrach, wußte ich, daß es an Land getrieben worden war, und da es nicht hier war . . .«

Galadans Augen waren kalt und grau und fixierten von oben die seinen. »Waren keine Blumen im Turm«, flüsterte er, und mit einem Mal wurde seine Drohung zu einer lebhaften, knisternden Gegenwart in jenem Teil des Waldes, wo sie sich befanden. Flidais spielte nicht mehr, sein Herz raste, sein Mund war plötzlich ganz trocken, und er sagte: »Doch, mein Herr, sie . . . waren vertrocknet und fielen in sich zusammen, als ich den Raum abstaubte. Ich kann Euch andere Blumen bringen. Wollt Ihr, daß ich . . .«

Weiter kam er nicht. Schneller als das Auge folgen oder der schnellste Geist vorhersehen konnte, schmolz die Gestalt vor ihm weg und stand ein Wolf vor ihm und sprang noch in dem Augenblick, wo er erschien, auf ihn los. Mit einer schnellen, genau gezielten Bewegung streifte eine riesige Pfote den Kopf des Andain vom Walde.

Flidais hatte noch nicht einmal Zeit, sich zu bewegen. Er war umsichtig und klug und in seinem Wald erstaunlich schnell, aber Galadan war, was er war. Und so lag der kleine, bärtige Andain einen Augenblick später auf dem durchnäßten Waldboden, wand sich in echter Agonie auf dem Boden und hielt beide Hände an die blutüberströmte Stelle, wo sein rechtes Ohr weggerissen war.

»Lebe noch ein Weilchen, Waldgeist«, hörte er durch das Toben des Schmerzes, der ihn durchwallte. »Und nenne mich in deinem innersten Herzen gnädig. Du hast die Blumen berührt, die ich an jenem Ort für sie hingelegt habe«, vernahm er die Stimme, und sie klang gütig, wohlüberlegt und elegant. »Konntest du wirklich erwarten, daß es dir erlaubt sein würde weiterzuleben?«

Dann aber hörte Flidais, der sich bemühte, bei Bewußtsein zu bleiben, in seinem tosenden Geist eine andere Stimme, die gleichzeitig nahe und sehr fern klang. Und diese Stimme fragte: »*O mein Sohn, was ist aus dir geworden?*«

Flidais wischte sich das Blut weg, und es gelang ihm, seine Augen zu öffnen. Es schien ihm, als schwanke der Waldboden heftig auf und nieder. Dann richtete er sich auf und sah durch einen Vorhang von Blut und Schmerz die hohe, nackte und gebieterische Gestalt und die großen Hörner von Cernan von den Tieren. Ihn hatte er, gerade bevor Galadan kam, an diesen Ort gerufen.

Mit einem wütenden Schnarren, in das sich noch etwas anderes mischte, wandte sich der Wolfsfürst seinem Vater zu. Einen Augenblick später hatte Galadan seine menschliche Gestalt wieder angenommen, er war elegant wie zuvor. »Du hast seit langer Zeit das Recht verloren, mich das zu fragen«, erklärte er. Er hatte laut zu seinem Vater gesprochen, genau wie er selbst laut zu Galadan gesprochen hatte, damit er keinen Zugang zu seinen Gedanken gewinnen solle.

Majestätisch und schrecklich in seiner Nacktheit kam der Gott der Wälder auf ihn zu. Cernan sprach laut, und seine Stimme hallte wider: »Warum ich den Magier nicht für dich töten wollte? Darauf werde ich dir nicht mehr antworten, mein Sohn. Aber in diesem Wald, wo ich dich zeugte, will ich dich noch einmal fragen, wie du dich selbst so sehr verlieren konntest, dies deinem eigenen Bruder anzutun?«

Flidais schloß seine Augen. Er fühlte, wie sein Bewußtsein Welle für Welle hinwegschwand, es war wie das Meer, das sich bei Ebbe zurückzog. Aber bevor er mit den Gezeiten verschwand, hörte er Galadan von neuem lachen, es war ein spöttisches Lachen, und er sagte zu seinem, zu ihrem Vater: »Warum sollte es mich auch nur im geringsten interessieren, daß dieser fette Langeweiler vom Wald ein weiteres Erzeugnis deiner verfluchten Saat ist? Söhne und ihre Väter«, schnarrte er auf halbem Wege zu dem Wolf, zu dem er so leicht werden konnte. »Warum sollte das jetzt von Bedeutung sein?«

O doch, o doch, dachte Flidais mit dem letzten Fetzen seines Bewußtseins. *Es ist so wichtig, wenn du nur wüßtest, Bruder!* Keinem der beiden anderen übermittelte er diesen Gedanken. Tief in seinem Innern umklammerte er die Erinnerung an den versengten Baum und an Darien mit Lisens Reif auf seiner Stirn. Und dann erlitt Flidais, der seinen Eid gehalten und das Verlangen seines Herzens gestillt hatte, ein weiteres Anschwellen von Schmerz und hörte weiter nichts mehr von dem, was sein Vater seinem Bruder im Wald noch sagte.

Kapitel 7

Als die Armee von Brennin schließlich zum Zentrum der Ebene, nach Celidon gelangte, stand die Sonne bereits tief, der Himmel zeigte keine Spur von Wolken oder auch nur eine Andeutung eines Sturmes. Teyrnon, der Magier, der neben Niavin, dem Herzog von Seresh vor dem Heer einhergaloppierte, war nach drei Tagen des Reitens bis auf die Knochen ermüdet, trotzdem schaffte er es, seinen untersetzten Körper im Sattel aufzurichten, als die Steine von Celidon in sein Gesichtsfeld rückten.

Neben ihm gluckste seine Quelle leise und murmelte: »Das wollte ich dir gerade empfehlen.«

Teyrnon blickte amüsiert zu Barak, seinem hochgewachsenen, hübschen Freund noch aus Kindertagen hinüber, der die Quelle seiner Kraft war, und sein wohlwollendes Gesicht verzog sich mühelos zu einem Grinsen. »Auf diesem Ritt habe ich mehr Gewicht verloren, als ich überhaupt denken mag«, meinte der Magier und tätschelte seinen noch immer beachtlichen Körperumfang.

»Wohl bekomm's«, rief Niavin von Seresh auf der anderen Seite. »Wie«, antwortete Teyrnon indigniert und versuchte, Baraks Lachen zu übertönen, »wie, wie in aller Welt soll es mir gut tun, wenn meine Knochen voll und ganz durcheinandergeschüttelt werden? Wenn ich mich an der Nase kratzen will, so werde ich schließlich, so fürchte ich, stattdessen mein Knie reiben, wenn du weißt, was ich meine.«

Niavin schniefte und ließ dann ebenfalls seinem Lachen freien Lauf. Im Beisein des genialen und querköpfigen Magiers war es schwierig, finster entschlossen und kriegerisch zu bleiben. Andererseits kannte er Teyrnon und Barak noch aus der Kinderzeit in den frühen Tagen von Ailells Herrschaft in Seresh; sein eigener Vater war damals der neu ernannte Herzog von Seresh, und ihre Fähigkeiten interessierten ihn damals nicht im geringsten. Doch sollten diese Fähigkeiten zu gegebener Zeit noch recht wichtig werden.

Und wie es schien, war diese Zeit nun gekommen. Aus den massiven Steinen lösten sich drei Figuren und ritten auf sie zu. Niavin hob unnötigerweise die Hand, um den Magier auf sie aufmerksam zu machen.

»Ich sehe sie«, sagte Teyrnon ruhig. Niavin blickte scharf zu ihm hinüber, aber das Gesicht des anderen Mannes hatte seine offene Treuherzigkeit verloren und war nun unlesbar geworden.

Wahrscheinlich war es nur gut, daß Niavin die Gedanken des Magiers nicht erkennen konnte. Sie hätten ihn mit großer Sorge erfüllt, ebenso, wie auch Teyrnon selbst beunruhigt war: Er empfand Unsicherheit und Selbstzweifel ... und da war noch etwas anderes ...

Die beiden grüßten den Großkönig Aileron in aller Form und gaben ihm das Kommando über sein Heer zurück, anwesend waren dabei Ailerons beide Begleiter Ra-Tenniel von den Lios Alfar und der Aven von der Ebene, der hinausgeritten war, um das Heer von Brennin zu begrüßen. Aileron erwiderte ihren Salut mit derselben Förmlichkeit und fragte dann Teyrnon mit der schroffen Direktheit des Kriegskönigs, der er war: »Magier, bist du geistig erreicht worden?«

Langsam schüttelte Teyrnon sein rundes Haupt. Er hatte diese Frage erwartet. »Ich habe mich empfänglich gemacht, hoher Herr, aber ich habe von Loren überhaupt nichts gehört. Aber etwas anderes ist geschehen.« Er zögerte und fuhr dann fort: »Ein Sturm, Aileron, draußen auf dem Meer. Wir haben ihn bemerkt, als wir gerade ankamen. Es war ein Sturm aus dem Südwesten, der ein Gewitter führte.«

»Das gibt es normalerweise nicht«, warf Ra-Tenniel schnell

dazwischen.

Aileron nickte, ohne zu sprechen, sein bärtiges Gesicht war finster.

»Wenn er aus dem Südwesten kam, hat es nichts mit Maugrim zu tun«, murmelte Ivor. »Hast du nichts von dem Schiff gesehen?« fragte er Teyrnon.

»Ich bin kein Seher«, erklärte der Magier geduldig. »Ich kann bis zu einem gewissen Grad den Einsatz von Magie wie bei diesem Sturm empfinden, ich kann mich auch für einen anderen Magier über eine große Entfernung weg öffnen. Wenn das Schiff zurückgekehrt wäre, hätte ich Loren bereits gefunden oder wäre von ihm erreicht worden.«

»Das bedeutet also«, stellte Aileron bedeutungsvoll fest, »daß entweder das Schiff nicht zurückgekehrt ist oder Silbermantel nicht mit ihm.« Seine dunklen Augen trafen sich eine Weile mit Teyrnons Blick, während ein leichter Abendwind die Gräser der Ebene bewegte.

Niemand anderer sprach während der kurzen Unterbrechung, bis Aileron, der noch immer auf Teyrnon blickte, fortfuhr: »Wir können nicht warten. Wir werden jetzt gleich nach Norden in Richtung Gwynir ziehen, und nicht, wie geplant, erst am Morgen. Wir haben noch mindestens drei Stunden Licht, um zu reiten.« Er erklärte Niavin und dem Magier rasch, was in der Schlacht vor zwei Nächten geschehen war. »Wir haben einen Vorteil erlangt«, führte er grimmig aus, »aber wir haben es nicht selbst geschafft, sondern nur durch Oweins Schwert und Ceinwens Eingreifen. Diesen Vorteil müssen wir jetzt für uns nutzen, während das Heer von Maugrim noch desorganisiert und verängstigt ist. Der Weber weiß, was ich darum geben würde, Loren und die Seherin in diesem Augenblick bei uns zu haben, aber wir können nicht warten. Teyrnon von Seresh, willst du in den Schlachten, die vor uns liegen, als mein Erster Magier wirken?«

Niemals war er so ehrgeizig gewesen, niemals hatte er seine Ziele auch nur halb so hoch gesteckt. Als er noch jünger war, war er als Versager ausgelacht worden und erst, als die Jahre vergingen, nach und nach akzeptiert und geduldet worden: Teyrnon war, was er war, so sagte ein jeder und lächelte dabei. Er war intelligent und zuverlässig, sehr oft hatte er nützliche Einsichten in wichtige

Dinge. Aber der dickbäuchige, immer zu einem Lächeln aufgelegte Magier war niemals, nicht einmal in Friedenszeiten für bedeutend gehalten worden, und deshalb war er auch selbst nicht auf diese Idee gekommen. Metran und Loren, das waren die Magier, auf die es ankam.

Er war damit zufrieden, er hatte seine Bücher und seine Studien gehabt, die ihm wichtig waren. Er hatte die Annehmlichkeiten genossen, die den Magiern in ihren Unterkünften in der Hauptstadt zustanden: Diener, gutes Essen und Trinken, Gesellschaft. Er hatte auch die Privilegien seines Ranges, seiner Macht und das Prestige, das damit einherging, durchaus als angenehm empfunden. Nicht wenige Damen von Ailells Hof hatten den Weg zu seinem Schlafgemach gefunden oder ihn in ihre eigenen parfümierten Kammern eingeladen, während sie auf einen kurzbeinigen Gelehrten keine zwei Blicke geworfen hätten. Seine Aufgaben als Magier hatte er trotz seiner Gutmütigkeit ernstgenommen, er und Barak hatten ihre Pflichten in Friedenszeiten ruhig und ohne Aufsehen erfüllt, sie hatten unauffällig als Puffer zwischen den anderen beiden Mitgliedern des Rates der Magier gedient. Auch das hatte ihn niemals gestört. Wenn man ihn in den letzen Jahren von Ailells Herrschaft, bevor die Trockenheit gekommen war, gefragt hätte, so hätte er seinen eigenen Faden auf dem Webstuhl unter denen gezählt, auf denen die Güte des Webers am hellsten leuchtete.

Aber die Trockenheit *war* gekommen, der Rangat hatte in Flammen gestanden, und Metran, der einst weise und scharfsinnig war, hatte sich als Verräter erwiesen. Und deshalb mußten sie jetzt gegen die entfesselte Macht von Rakoth Maugrim kämpfen, und plötzlich war er, Teyrnon, der Erste Magier des Großkönigs von Brennin.

Er war aber auch der einzige Magier in Fionavar . . . das hatte ihm eine ständig wiederkehrende, unausgesprochene Vorahnung im fernsten Winkel seines Bewußtseins seit gestern morgen immer wieder mitgeteilt.

Seit gestern morgen, als der Kessel von Kath Meigol zerstört worden war. Darüber wußte er nichts Bestimmtes, er wußte nichts über die Konsequenzen dieses Geschehens, er hatte nur diese ferne Ahnung, die so vage und erschreckend war, daß er es ablehnte, von ihr zu sprechen oder ihr auch nur einen greifbaren Namen in seinem Bewußtsein zu verleihen.

Das einzige Gefühl, das er empfand, war Einsamkeit.

Die Sonne war untergegangen, der Regen hatte aufgehört, und die Wolken trieben nach Norden und Osten hinweg. Der Himmel im Westen glühte noch in den letzten Tönen des Sonnenuntergan-ges. Aber auf dem Strand am Anor Lisen dunkelte es bereits, als Loren Silbermantel die Geschichte, die er zu erzählen hatte, beendete.

Als er damit fertig war, als seine ruhige, traurige Stimme zu Ende gekommen war, hörten alle, die auf dem Strand versammelt waren, wie Brendel von den Lios Alfar um die Seelen aus seinem Volke weinte, die auf der Fahrt zu ihrem Lied erschlagen worden waren. Jennifer saß auf dem Sand, sie hielt Arthurs Kopf in ihrem Schoß, und sie sah, wie sich Diarmuids ausdrucksvolle Gesichtszüge schmerzlich verzogen und wie er sich dann von der knienden Gestalt des Lios abwandte und Sharra von Cathal in seine Arme schloß. Es geschah nicht mit Leidenschaft oder Verlangen, sondern mit einer unerwarteten Verletzlichkeit, Trost zu suchen.

Auch auf ihren Wangen standen Tränen. Sie rannen immerfort, auch wenn sie sie wegwischte, sie grämte sich um ihren Freund und sein Volk. Als sie dann hinabschaute, wurde sie gewahr, daß Arthur wach geworden war und zu ihr zurückblickte, plötzlich sah sie sich in seinen Augen reflektiert. Über ihr Spiegelbild fiel ein einzelner, sehr heller Stern.

Langsam hob er die Hand und berührte die Wange, an der Lancelots Hand gelegen hatte.

»Willkommen zu Hause, mein Geliebter«, begrüßte sie ihn, noch immer den herzzerreißenden Kummer des Lios Alfar in den Ohren, der sie an diesen Platz geführt hatte, und gleichzeitig hörte sie im Geist das unerbittliche, geduldige Wandern der Weberschiffchen auf dem Webstuhl. »Ich habe ihn weggeschickt«, erklärte sie und empfand ihre eigenen Worte, als seien sie Kette und Schuß im Gewittersturm, der sich gerade gelegt hatte. Wieder entfaltete sich die Geschichte, wieder kreuzten sich die Fäden.

Arthur schloß seine Augen. »Warum?« fragte er tonlos.

»Aus demselben Grund, aus dem du ihn zurückgebracht hast«,

antwortete sie. Und als er dann wieder zu ihr aufsah, verletzte sie ihn ebenso, wie sie Lancelot verletzt hatte: weil es geschehen mußte und damit sie es hinter sich brachte, denn auch er hatte ein Recht zu wissen.

Und so erzählte Guinevere, die in Camelot kinderlos gewesen war, Arthur über Darien. Und am Westhimmel verschwand das Licht, die ersten Sterne erschienen über ihnen. Als sie zu Ende war, verstummte auch Brendels leises Weinen.

Nur wenig über dem Meereshorizont strahlte im Westen ein Stern, heller als alle anderen am Himmel, und alle, die auf dem Strand versammelt waren, sahen zu, wie der Lios Alfar aufstand und sich diesem Stern zuwandte. Lange Zeit blieb er ruhig stehen, dann hielt er beide Hände in die Höhe, breitete die Arme aus und erhob die Stimme, um ein Lied der Beschwörung zu singen.

Zuerst klang es rauh, denn erdrückend schwer war die Bürde seines Kummers, aber mit jedem Wort, jedem dargebrachten Ton wurde der Gesang immer kristallklarer und Na-Brendel von der Kestrel Marlk von Daniloth nahm das bleierne Gewicht seiner Traurigkeit auf sich und verwandelte es wie in alchimischer Wandlung in die schmerzvoll schönen, zeitlosen Noten von Ra-Termaines Klage um die Verlorenen. Er sang es, wie es in tausend Jahren niemals zuvor gesungen worden war, selbst nicht von denen, die es geschaffen hatten. Und so machte er auf jenem Strand unter all den leuchtenden Sternen seine eigene silbrig schimmernde Schöpfung aus dem Unrecht, das den Kindern des Lichts angetan worden war.

Als einzige all derer, die jetzt am Anor standen, konnte Kimberly aus der klar destillierten Klage, die Brendel sang, keinen Trost, keine Linderung ihres Schmerzes finden. Sie nahm seine Schönheit auf, verstand die Erhabenheit dessen, was der Lios Alfar tat, und fühlte sich dadurch sogar gedemütigt. Sie wußte, wie stark die heilende Kraft der Musik war. Sie konnte sie selbst in den Gesichtern derer, die neben ihr standen, wirken sehen. Selbst bei Jennifer, Arthur und der strengen kalten Jaelle. Sie alle lauschten Brendels Seele in seiner Stimme, die sich zu den kreisenden Sternen, zum dunklen Wald und zum weiten Meer erhob.

Aber ihre Schuld und Selbstzerfleischung war bereits zu weit vorangeschritten, als daß diese Linderung sie noch hätte erreichen können. Mußte denn alles, was sie berührte, alles, was in den glühende Bannkreis ihres Ringes geriet, durch ihre Gegenwart verdreht und zerrissen werden? In ihrer eigenen Welt war sie eine Heilerin gewesen! Mußte sie denen, die sie liebte, nichts als Schmerz bringen? Denen, die sie brauchten?

Nichts als Schmerz. Von der Anrufung Tabors, der Korrumpierung der Paraiko gestern nacht bis zu ihrer grausamen Mißhandlung Dariens heute morgen und dann wieder heute abend ... als sie nicht rechtzeitig eingetroffen war, um Jennifer zu warnen. Und am bittersten von allem war es dann, daß sie den Eid gebrochen hatte, den sie auf dem Glastonbury Tor geschworen hatte. War der Anteil des Kriegers am Gram der Welt noch nicht groß genug, hatte sie sich wütend gefragt, mußte sie ihn noch vergrößern, indem sie den schrecklichen Namen, dem zu folgen er verdammt war, ausplauderte?

Es spielt keine Rolle, schwor sie in Selbstanklage, was Guinevere gesagt, und daß sie ihr die Erlaubnis gegeben hatte. Es spielte keine Rolle, wie sehr sie Flidais Hilfe nötig hatten, wie wichtig es gewesen war, das Geheimnis Dariens zu bewahren. Sie hätten von ihm keine Hilfe und überhaupt nichts gebraucht, hätte sie nicht die Vermessenheit besessen, Darien hierher zu schicken. Sie warf ihr nasses Haar aus den Augen. Sie wußte, daß sie wie eine halbertrunkene Wasserratte aussah. Sie konnte die einzelne vertikale Furche in ihrer Stirn spüren. Vielleicht würde das jemand dazu verleiten, dachte sie voller Spott und Selbstquälerei, sie für weise und erfahren zu halten: diese Falte und ihr weißes Haar. Jedenfalls, so entschied sie zitternd, wenn nach heute abend noch irgend jemand dieser irrigen Meinung anhängen sollte, dann war er selbst schuld!

Ein letzter langer oszillierender Ton stieg auf und schwand dann hinweg. Brendels Gesang hatte sein Ende erreicht. Er ließ seine Arme sinken und stand schweigend am Strand. Kim blickte hinüber zu Jennifer, die mit Arthurs Kopf in ihrem Schoß im Sand saß, und sie sah, daß ihre Freundin, die noch viel mehr als das war, sie herbeiwinkte.

Sie holte hastig Atem, ging zu ihnen hinüber und kniete sich nieder. »Wie geht es ihm?« fragte sie ruhig.

»Es geht ihm gut«, antwortete Arthur selbst und fixierte sie mit dem Blick, der kein Ende zu haben schien und so oft wie mit Sternen gefüllt schien. »Ich habe gerade einen ziemlich fairen Preis dafür bezahlt, daß ich mich zu hartnäckig am Ruder gehalten habe.«

Er lächelte ihr zu, und sie fühlte sich veranlaßt zurückzulächeln.

»Guinevere hat mir berichtet, was du tun mußtest. Sie sagt, daß sie dir die Erlaubnis gegeben und auch erklärt hat, weshalb, aber sie eröffnete mir auch, daß du dich noch immer dafür unwahrscheinlich haßt. Ist das wahr?«

Kim bewegte ihren Blick zur Seite und bemerkte einen Anflug von Lächeln um Jennifers Mundwinkel. Sie schluckte: »Sie kennt mich ziemlich gut«, gab sie ergeben zu.

»Und mich«, ergänzte er ruhig. »Sie kennt mich sehr gut, und die Entbindung vom Eid, die sie dir erteilt hat, war auch in meinem Sinn. Der, den du als Flidais kennst, war einst Taliesin ... er ist uns beiden seit sehr langer Zeit bekannt. Er ist ganz offensichtlich Teil der Geschichte, obwohl ich nicht genau weiß, wie. Seherin, gib die Hoffnung nicht auf, daß aus dem, was du tun mußtest, strahlende Helligkeit fließen wird.«

In seiner Stimme, in seinen ruhigen, wohlwollenden Augen lag soviel Trost. Und angesichts dessen wäre es reine Hybris, reine Eitelkeit gewesen, ihre Selbstverdammung aufrechtzuerhalten. Sie brachte unsicher hervor: »Er sagte, es sei der Wunsch seines Herzens. Das letzte Rätsel, dessen Lösung er nicht kannte. Er sagte ... er sagte, er würde aus der Dunkelheit dessen, was er verübt hatte, Licht machen, er würde sogar sterben, um dies zu tun.«

Ein kurzes Schweigen folgte, während die beiden anderen diese Worte in sich aufnahmen. Kim hörte, wie die Brandung hereinkam, nach dem Toben des Sturms klang es fast sanft. Dann spürten sie eher, als daß sie es hörten, sie blickten auf und sahen, daß Brendel sich ihnen näherte.

Im Sternenlicht erschien er ätherischer als jemals zuvor, noch weniger erdgebunden, noch weniger an die Schwerkraft gefesselt. In der Dunkelheit konnten sie die Farbe seiner Augen nicht sehen, aber sie leuchteten nicht. In einer Stimme, die dem Wispern des leichten Windes glich, sagte er: »Lady Guinevere, mit Eurer Erlaubnis muß ich Euch jetzt für einige Zeit verlassen. Es ist ... es ist jetzt meine Aufgabe, vor allem anderen fürchte ich, die Nachrichten, die ich gerade gehört habe, meinem König in Daniloth zu überbringen.« Jennifer öffnete schon ihren Mund, um ihm zu antworten, aber die Erwiderung für den Lios Alfar kam von anderer Seite: »Er ist nicht in Daniloth.« Es war Jaelle, die hinter ihnen stand. Ihre harte Stimme, die normalerweise so gebieterisch klang, war jetzt gedämpft und sanfter, als Kim es jemals für möglich gehalten hatte. »Vor zwei Nächten wütete an den Ufern des Adein in der Nähe von Celidon eine Schlacht. Die Dalrei und die Männer von Rhoden trafen auf ein Heer der Finsternis, und Ra-Tenniel führte die Lios Alfar aus dem Schattenland heraus. Er führte sie in den Krieg auf der Ebene, Na-Brendel."

»Und?« Es war Loren Silbermantel, der jetzt fragte. Kimberly lauschte, als Jaelle ohne ihre übliche Arroganz erzählte, wie Leila Oweins Horn vernommen hatte wie sie durch Finns Anwesenheit dort das Schlachtfeld gesehen hatte, und wie dann alle Frauen im Tempel gehört hatten, wie Ceinwen dazwischentrat. »In der Nacht, als die *Prydwen* in See stach, ist der Großkönig, dem Rufglas folgend, nach Norden geritten«, schloß sie. »Sie werden wohl inzwischen alle auf der Ebene sein. Ich weiß allerdings nicht, was sie tun werden. Vielleicht kann sich Loren für Teyrnon öffnen und uns diese Frage beantworten.«

Es war das erste Mal, erinnerte sich Kim, daß die Hohepriesterin sich in dieser Weise an den Magier wandte.

Einen Augenblick später erfuhr sie dann, daß Loren kein Magier mehr war, und noch während er die Geschichte erzählte, begann der Ring auf ihrem Finger zu glühen, das Leben kehrte in ihn zurück. Sie blickte auf ihn hinunter und kämpfte hart gegen die inzwischen instinktive Aversion, die sie empfand, und als Loren und dann Diarmuid von Cader Sedat sprachen, begann sich in ihrem Geist ein Bild zu verdichten.

Es war ein Bild, an das sie sich erinnern konnte, es war die erste Vision, die sie gehabt hatte, als sie in Fionavar zu Ysannes See gegangen war: die Vision eines anderen Sees, der hoch in den Bergen lag, über den Adler einherflogen.

Loren sagte ruhig: »Es scheint, daß der Kreis sich nun schließt. Es ist nun meine Aufgabe, mit Matt nach Banir Lök zu gehen und ihm dabei zu helfen, die Krone, die er niemals wirklich verloren hat, wiederzugewinnen. Dann können die Zwerge vom Rande der Finsternis zurückgeholt werden.«

»Wir haben einen langen Weg vor uns«, stellte Matt Sören fest, »und nicht viel Zeit. Wir werden heute nacht aufbrechen müssen.« Er klang genau wie immer. Kim hatte das Gefühl, daß nichts, aber auch gar nichts ihn jemals verändern würde: Er war und blieb der Fels, auf dem sie alle, wie es schien, irgendwann einmal geruht hatten.

Sie blickte auf Jennifer und sah denselben Gedanken in ihrem Gesicht. Dann schaute sie wieder auf den Baelrath und warnte: *»Ihr werdet nicht rechtzeitig dort ankommen.«*

Selbst jetzt, nach allem, was geschehen war, senkte sich über die Menschen am Strand ein augenblickliches Schweigen, ein Schweigen voll tiefer Demut. Die Seherin in ihr hatte gesprochen. Als sie wieder aufblickte, traf sie Matt Sörens Augen.

»Ich muß es versuchen«, beharrte er einfach.

»Ich weiß«, antwortete sie, »und auch Loren hat, glaube ich, recht. Irgendwie ist es wichtig, daß du es versuchst. Aber ich kann dir sagen, daß du von diesem Ort aus nicht rechtzeitig dort ankommen wirst.«

»Wie meinst du das?« Es war Diarmuid, der nun fragte, und seine Stimme klang ebenso direkt wie die von Jaelle, ohne Verzierung und ohne Hintersinn.

Kim hielt ihre Hand hoch, so daß sie alle das Flackern sehen konnten. »Ich meine, daß auch ich dorthin gehen muß. Der Baelrath wird uns alle dorthin führen müssen. Und ich glaube, daß alle von uns inzwischen auch wissen, daß der Kriegsstein bestenfalls ein halber Segen ist.« Sie bemühte sich sehr, die Bitterkeit aus ihrer Stimme zu halten. Fast gelang es ihr auch. Aber in der nun folgenden Stille fragte jemand: »Kim, was ist in den Bergen geschehen?«

Sie wandte sich Paul Schafer zu, der diese Frage gestellt hatte. Immer schien er es zu sein, der jene Fragen aufwarf, die unter die Haut gingen. Sie blickte zuerst auf ihn, dann auf Loren, der neben ihm stand und sie mit einer Mischung von Strenge und Freundlichkeit ansah. So war es von Anfang an gewesen und dann am deutlichsten in jener Nacht, die sie gemeinsam im Tempel verbracht hatten, bevor Kevin gestorben war. Und ... bevor sie nach Kath Meigol gegangen war.

Ihnen beiden also, die sich so sehr von einander unterschieden und sich in einer unerklärlichen Weise doch so ähnelten, erzählte sie, wie sie die Paraiko gerettet hatte und was dann gefolgt war. Alle hörten es, alle mußten es erfahren, aber sie sprach nur zu Loren und Paul. Und zu Matt, an den sie sich am Ende noch wandte, um zu wiederholen: »Und du verstehst, was ich damit meine: Welchen Segen auch immer ich trage, er ist nicht ungetrübt.«

Einen Augenblick lang blickte er sie an, als denke er darüber nach. Dann veränderte sich sein Ausdruck, sein Mund verzog sich zu einer Grimasse, was, wie sie wußte, seine Art zu lächeln war, und er sagte schlau: »Keine Klinge, die ich jemals kannte und die irgend etwas wert war, hatte nur eine Schneide.« Das war alles, aber sie wußte, daß diese ruhigen Worte eine Rückversicherung darstellten, die sie dringend brauchte, und auf die sie ein Recht hatte.

Die Hohepriesterin der Dana war hin- und hergerissen zwischen ihrer Ausbildung und ihrer Neigung. Jaelle fröstelte im Regen, und sie war bis ins Mark erfroren durch das, was sie mit Darien erlebt hatte, und das, was seit dem Schiffbruch geschah. Aber von all ihrer Furcht zeigte sie niemandem auf dem Strand auch nur die geringste Spur.

Sie war, wie sie war, und wußte deshalb, daß es Mörnirs Stimme gewesen war, die durch ihren Donnerklang die Wellen beruhigt hatte, und deshalb hatte sie als ersten von allen Pwyll angesehen, als er an Land kam. Sie erinnerte sich, wie er an einem anderen Strand weit im Süden stand und in gefährlichem Licht, das nicht vom Mond herrührte, mit Liranan sprach. Aber er war noch am Leben und war zurückgekommen. Sie vermutete, daß er darüber erfreut war.

Alle waren sie, wie es schien, zurückgekehrt, aber irgend etwas an ihnen war neu, und aus Jennifers Gesicht zu schließen, war es nicht schwierig zu sagen, wer oder was das war.

Sie hatte sich den Anschein von Kälte und Härte gegeben, aber sie war nicht aus Stein, sosehr sie es auch versuchte. Sie war gleichermaßen von Mitleid und Staunen erfüllt, als sie Guinevere und Lancelot gemeinsam im Regen stehen sah, während die untergehende Sonne durch die verschwindenden Wolken tief im Westen schräge Strahlen sandte.

Sie hatte nicht gehört, was sie einander gesagt hatten, aber ihre Gebärdensprache war deutlich, und als sich der Mann am Ende allein in den Wald entfernte, war Jaelle – für sie selbst unerwartet – bedrückt.

Sie sah ihn gehen, und da sie die Geschichte kannte, war es leicht zu erraten, mit welcher Forderung Guinevere ihren zweiten Geliebten jetzt von sich schickte. Es war schwierig geworden, das nötige, distanzierte Auftreten zu bewahren . . . angesichts so vieler Männer und im turbulenten Gefolge der Geschehnisse im Tempel, bevor sie Kim und Sharra mit Blut und der angezapften Erdwurzel weggetragen hatte.

Sie hatte die Mormae in Gwen Ystrat gebraucht, um eine so starke Magie zu erzeugen, und das bedeutete, daß sie sich auch mit Audiart befassen mußte, was niemals angenehm war. Meistens konnte sie es ohne wirkliche Probleme schaffen, aber der Austausch, der an diesem Nachmittag stattgefunden hatte, war anders gewesen.

Sie war auf zweifelhaftem Grund gestanden, sie hatte es gewußt und Audiart ebenfalls. Für die Hohepriesterin war es nicht nur ungewöhnlich, sondern fast schon eine mögliche Übertretung, den Tempel . . . und das Königreich . . . selbst zu einer Zeit wie der gegenwärtigen zu verlassen. Es war ihre heilige Pflicht, so erinnerte Audiart sie mittels geistiger Verbindung, an der die Mormae auch teilhatten, im Heiligtum zu verbleiben und sich bereitzuhalten, die Bedürfnisse der Mutter zu erfüllen. Und außerdem: Hatte nicht der Großkönig sie beauftragt, in Paras Derval zu bleiben und das Land zusammen mit dem Kanzler zu verwalten? War es nicht ihre weitere Pflicht, diese unerwartete Gelegenheit bestmöglich auszunutzen, um Danas Priorität im Großkönigtum wieder herzustellen, wie sie es beständig und standhaft immer schon angestrebt hatte?

Unglücklicherweise war dies alles wahr und ihre Untergebene, Audiart, hatte keine Hemmungen, sie darauf hinzuweisen. Sie wußte keine Antwort darauf, als sich auf ihren höheren Rang zu berufen, und das war nicht das erste Mal. Ohne falsche Tatsachen vorzutäuschen, hatte sie mit der Unbehaglichkeit und Unruhe argumentiert, die sie im Tempel empfunden hatte, und ohne sich aufzuplustern, hatte sie den Mormae mitgeteilt, daß es die Entscheidung als Hohepriesterin war, den Tempel jetzt zu verlassen, und daß das mit dem Willen Danas geschehe … Und Danas Wille sei allen Traditionen oder günstigen Gelegenheiten übergeordnet.

Außerdem gab es auch eine wirkliche Dringlichkeit, das hatte sie an Kims weißem Gesicht und ihren ineinandergekrampften Händen gesehen, als sie voller Spannung zusammen mit Sharra unter dem Kuppelgewölbe wartete und die Ablösung der Priesterinnen überhaupt nicht beachtete. Auch das hatte Jaelle auf ihrer geistigen Verbindung übermittelt.

Sie hatte diese Sendung mit weißglühendem Zorn geladen, und noch immer war sie stärker als alle anderen. *Gut dann,* hatte Audiart geantwortet. Wenn du es tun mußt, dann mußt du es tun. Ich werde sofort nach Paras Derval aufbrechen, um dich so gut wie möglich in deiner Abwesenheit zu vertreten.

Und an diesem Punkt war der wirkliche Zusammenstoß erfolgt. Was vorher gewesen war, schien demgegenüber nur ein unbedeutendes Scharmützel in einem Kinderspiel zu sein.

Nein, hatte sie zurückgesendet und hatte dabei ihre innere Angst mit absoluter Festigkeit überspielt. *Es ist mein Befehl, und deshalb auch Danas Befehl, daß du bleibst, wo du bist. Seit dem Opfer von Liadon ist nur eine Woche vergangen, und die Antwortriten sind noch nicht vollständig vollzogen.*

Bist du verrückt, hatte Audiart geantwortet. Sie war nun aufsässiger als jemals zuvor. *Wer von diesen schnatternden Idioten, diesen dümmlichen Nichtwesen soll dich deiner Ansicht nach in Kriegszeiten vertreten?*

Das war ein Fehler. Immer ließ Audiart ihre Verachtung und ihren Ehrgeiz deutlich durchscheinen. Jaelle spürte bereits die Antwort der Mormae und holte erleichtert Atem. Sie würde es also tun dürfen. Alle festgelegten Regeln hätten verlangt, daß die Zweite Priesterin der Mutter nach Paras Derval kommen solle, um in ihrer Abwesenheit die Verantwortung zu übernehmen. Hätte Audiart das in ruhigem Ton vorgebracht, hätte sie auch nur die allerflüchtigste Demut gezeigt, so würde Jaelle diesen Kampf vielleicht verloren haben. Aber so wie die Dinge jetzt lagen, konnte sie angreifen.

Möchtest du gerne verflucht und verdammt werden, Zweite der Dana? übermittelte sie mit einer seidigen Klarheit, deren nur sie allein fähig war. Bei dieser unverhüllten Drohung spürte sie, wie die Mormae alle zusammen die Luft anhielten. *Wagst du es, so mit deiner Hohenpriesterin zu sprechen? Wagst du es, deine Schwestern so anzuschwärzen? Sei vorsichtig, Audiart, damit du nicht alles verlierst, was du durch deine Intrigen bis jetzt gewonnen hast!*

Es waren starke Worte, fast zu stark, aber sie waren nötig, um sie alle aus dem Gleichgewicht zu bringen, damit sie sagen konnte, was sie als nächstes sagen mußte:

Ich habe meine Vertreterin schon gewählt, und der Kanzler ist im Namen des Großkönigs bereits informiert. Heute nachmittag habe ich das jüngste Mitglied der Mormae ernannt, sie steht neben mir, sie ist in Rot gekleidet und ist offen für die geistige Verbindung.

Ich grüße Euch, Schwestern der Mutter, übermittelte Leila übergangslos.

Und selbst Jaelle, die darauf halbwegs vorbereitet war, hatte über die Lebhaftigkeit ihrer Worte gestaunt.

An diese Lebhaftigkeit erinnerte sich Jaelle an diesem Strand unter dem Anor Lisen, als der Regen langsam zu Ende ging und der Sonnenuntergang den westlichen Himmel färbte. Leilas Sprache lieferte ihren eigenen instinktiven Handlungen die Bestätigung und war imstande, eine jegliche Opposition, die ihr entschiedenes Verhalten in Gwen Ystrat vielleicht auslösen könnte, erfolgreich zu dämpfen. Und trotzdem spürte sie eine Mischung aus Kind und Frau in Leila und ihre Verbindung mit der Wilden Jagd als etwas zutiefst Beunruhigendes. Dana hatte ihrer Hohenpriesterin noch keinen einzigen Hinweis darauf gegeben, was dies alles zu bedeuten habe.

Die Stimme von Loren Silbermantel, dem Magier, den sie ihr ganzes Leben lang gehaßt und gefürchtet hatte, brachte sie wieder voll und ganz zum Strand zurück. Er erzählte, was ihm geschehen war, und der Triumph, den sie angesichts einer solchen Enthüllung von Schwäche einst gefühlt hätte, verlor sich vollständig in einer

Welle von Angst. Nun brauchten sie Silbermantels Kraft und würden nicht darüber verfügen können. Sie hatte gehofft, daß er imstande sein würde, sie nach Hause zu schicken. In dieser großen Entfernung vom Tempel hatte sie keinen Zugang mehr zu ihrer eigenen Magie, keine Möglichkeit, selbst dorthin zurückzukehren ... und wie es jetzt schien, konnte ihr auch keiner dabei helfen. Sie sah, wie der Baelrath auf der Hand der Seherin lebendig wurde, und hörte dann, wohin Kim mit dieser Kraft gehen wollte.

Sie vernahm Pwylls Frage ... es waren seine ersten Worte, seit die *Prydwen* auf Grund gelaufen war und sie an Land gekommen waren. Sie staunte über ihn. Wie konnte ein Mensch, der mit der Donnerstimme des Gottes sprechen konnte, so ruhig und zurückhaltend sein und dann, wenn man seine Anwesenheit fast vergessen hatte, mit Worten wieder auftauchten, die unmittelbar ins Herz des Geschehens stießen. Sie bemerkte, daß sie ein wenig vor ihm Angst hatte, und ihre Versuche, diese Angst in Haß oder Verachtung umzuwandeln, funktionierten nicht wirklich.

Noch ein weiteres Mal zwang sie ihr Bewußtsein zurück auf den Strand. Jede Minute wurde es dunkler. In der Dämmerung war Diarmuids Haar noch immer hell, es fing die letzte Farbe des Westhimmels auf. Und nun sprach der Prinz.

»Also gut«, ließ er sich vernehmen. »Es scheint, daß wir jetzt alles gehört haben. Wir wollen unserer reizenden Priesterin für all diese Nachrichten dankbar sein, jetzt, da Loren Teyrnon nicht mehr erreichen kann. Kim, so vermute ich, hat eine Vision vom Caloriman, aber nicht von den Heeren gehabt. Und Jaelle hat ihren Vorrat an nützlichen Nachrichten erschöpft.«

Der Spott schien eher nachdenklich und halbherzig. Sie gab sich keine Mühe, ihn zu erwidern. Und Diarmuid wartete auch nicht darauf, sondern fuhr mit einem anscheinend wirklich bedauernden Kopfschütteln fort: »Das heißt, wir hängen davon ab, was ich mit meinem noch geringeren Wissen über meinen geliebten Bruder vermuten kann.«

Auf irgend eine unerklärliche Weise hatte der gewandte Fluß seiner Worte eine beruhigende Wirkung. Wieder einmal, bemerkte Jaelle, wußte dieser junge Mann, den sie immer verächtlich als »Prinzling« bezeichnete, ganz genau, was er tat. Er hatte bereits entschieden, und nun versuchte er, diese Entscheidung mühelos und wenig bedeutend klingen zu lassen. Jaelle blickte auf Sharra, die neben dem Prinzen stand. Sie war sich nicht sicher, ob sie sie bemitleiden solle oder nicht, und das war eine weitere Veränderung in ihr. Früher hätte sie es bedenkenlos getan.

»In einer Zeit wie der jetzigen«, führte Diarmuid weiter aus, »fällt mir nichts Besseres ein, als zu meinen frühreifen Kindheitserinnerungen zurückzugehen. Vielleicht haben einige unter euch geduldige und hilfreiche ältere Brüder gehabt. Ich aber bin durch das Fehlen eines solchen Bruders bitter enttäuscht worden. Loren wird sich erinnern können. Seit der Zeit, als ich meine ersten unsicheren Schritte hinter meinem Bruder versuchte, war eines vollkommen klar: *Aileron hat niemals auf mich gewartet.*«

Er hielt inne und blickte auf Loren, als ob er eine Bestätigung suche, fuhr dann aber in einer Stimme fort, aus der jeder neckische Unterton plötzlich verschwunden war: »Er wird auch jetzt nicht warten, er könnte es auch nicht angesichts des Ortes, wo wir uns befinden. Wenn er mit dem Heer auf der Ebene ist, und die Lios mit ihm, dann wird Aileron zur Schlacht drängen. Darauf wette ich mein Leben. Tatsächlich, mit eurer Erlaubnis *will* ich wirklich euer Leben und meins dafür einsetzen. Aileron wird, so schnell er kann, den Kampf nach Starkadh führen, und das kann meines Erachtens nur eines bedeuten.«

»Andarien«, fiel ihm Silbermantel ins Wort, der, wie sich Jaelle plötzlich erinnerte, sowohl Diarmuids wie auch seines Bruders Lehrer war.

»Andarien«, echote der Prinz ruhig. »Er wird durch Gwynir nach Andarien gehen.«

Ein Schweigen folgte. Jaelle nahm das Meer wahr, den Wald im Osten und jetzt auch ganz deutlich den dunklen Umriß von Lisens Turm, der über ihnen in der Dunkelheit aufragte.

»Ich schlage vor«, fuhr Diarmuid fort, »daß wir den Westrand von Pendaran umgehen, uns von hier aus also zuerst nach Norden wenden. Dann sollten wir die Richtung ändern, Sennett durchqueren und, wenn Kindheitserinnerungen irgend etwas wert sind, am anderen Ufer des Celyn-Flusses mit dem Heer von Brennin und Daniloth und den Dalrei an der Grenze von Andarien zusammentreffen. Sollte ich unrecht haben«, schloß er und richtete ein großzügiges Lächeln auf Jaelle, »dann haben wir zumindest die

Hohepriesterin bei uns, und sie wird alles in Schrecken versetzen, was wir fünfzig Männer dort vorfinden.«

Sie warf ihm nur einen frostigen Blick zu, weiter nichts.

Sein Lächeln wurde breiter, als ob ihr Gesichtsausdruck seine Bemerkung nur bestätigt hätte, wandte sich dann aber in einer seiner blitzschnellen merkurischen Stimmungsänderungen Arthur zu, der inzwischen aufgestanden war.

»Mein Herr«, sprach ihn der Prinz ohne die geringste Leichtfertigkeit an, »das ist mein Rat in diesem Augenblick. Ich werde jedem Vorschlag, den Ihr macht, mein Ohr leihen, aber mir sind die Örtlichkeiten hier bekannt, und ich glaube, ich kenne meinen Bruder. Wenn es nicht irgend etwas gibt, was Ihr wißt oder spürt, dann, glaube ich, müssen wir nach Andarien gehen.«

Der Krieger schüttelte langsam seinen Kopf. »Ich bin niemals zuvor in dieser Welt gewesen«, gab Arthur in seiner tiefen, tragenden Stimme zu, »und ich habe nie einen Bruder in irgendeiner Welt gehabt. Das hier sind eure Männer, Prinz Diarmuid. Zählt auf mich als einen von ihnen und führt uns in den Krieg.«

»Wir werden die Frauen mitnehmen müssen«, murmelte Diarmuid. Sie wollte schon eine beißende Antwort zurückgeben, aber in diesem Augenblick fielen ihre Augen auf etwas sehr Strahlendes, und sie wandte sich um und sah, wie der Baelrath auf Kims Finger immer gebieterischere Flammen schlug.

Sie blickte die Seherin an, als sähe sie sie zum ersten Mal: diese kleine schmale Gestalt mit ihrem verwirrten Haar, das so unwahrscheinlich weiß geworden war, und mit ihrer plötzlich entstandenen vertikalen Furche auf der Stirn. Und wieder schien es ihr, als ob sie eine Last trüge, die schwerer als ihre eigene war.

Sie erinnerte sich an den Moment, den sie mit Kim in Gwen Ystrat erlebt hatte, und wünschte – ein wenig erstaunt über sich selbst –, daß sie doch irgend etwas für sie tun, ihr irgendeinen Trost gewähren könne, der nicht nur aus Worten bestünde, aber Jennifer hatte recht gehabt, als sie nach Dariens Verschwinden gesagt hatte, daß niemand unter ihnen einem oder einer anderen wirklichen Schutz zu bieten in der Lage sei.

Sie beobachtete, wie Kim zu Pwyll hinüberging, wie sie ihre Arme um ihn schlang und ihn eng umschlungen hielt. Sie küßte ihn auf den Mund, und er streichelte ihr Haar.

»Bis zum nächsten Mal«, sagte die Seherin, und ganz offensichtlich war das ein Echo aus der Welt, welche die beiden hinter sich gelassen hatten. »Versuche, wirklich vorsichtig zu sein, Paul.«

»Und du auch«, war alles, was er erwiderte.

Dann beobachtete die Priesterin, wie sie zu Jennifer hinüberging, sie sah die beiden Frauen miteinander sprechen, konnte aber kein Wort davon verstehen. Dann kehrte die Seherin zurück. Währenddessen schien Kim immer ferner zu rücken. Sie winkte Loren und Matt zu sich her, und sie stellten sich jeweils zu ihrer Rechten und ihrer Linken. Sie forderte sie auf, einander die Hand zu geben, und legte ihre eigene linke Hand über die ihrigen. Dann hob sie die andere Hand hoch in die Dunkelheit und schloß ihre Augen. In diesem Moment loderte der Kriegsstein so hell, daß man ihn nicht anschauen konnte, es war, als sei eine Verbindung hergestellt worden, und als das blendende Licht verschwunden war, waren auch die drei nicht mehr zu sehen.

Als er wieder aufwachte, war es im Wald vollkommen dunkel. Flidais legte eine Hand an seinen Kopf und konnte fühlen, daß seine Wunde geheilt war. Der Schmerz schien verschwunden ... allerdings auch sein rechtes Ohr. Er setzte sich langsam auf und blickte sich um. Auch sein Vater war zugegen.

Cernan kauerte nicht fern von ihm, er beobachtete ihn ernst und hielt das gehörnte Haupt bewegungslos. Flidais erwiderte seinen Blick eine lange Weile im Schweigen.

»Ich danke dir«, sagte er schließlich und sprach dabei laut. Das Geweih senkte sich kurz wie zur Bestätigung, dann entgegnete Cernan ebenfalls laut: »Er hat nicht versucht, dich zu töten.«

Nichts hat sich verändert, dachte Flidais, *überhaupt nichts.* Dieses Muster war schon zu alt, schon so alt, es war entstanden, als sie beide, Galadan und er, noch jung waren, und deshalb war sein Zorn oder sein Gefühl, verletzt worden zu sein, nicht allzu stark. Er stellte sanft fest: »Er hat aber auch nicht versucht, mich nicht zu töten.«

Cernan erwiderte nichts. Im Wald war es dunkel, der Mond stand noch nicht hoch genug, um den Ort, an dem sie saßen, silbrig zu erleuchten. Aber sie konnten beide auch sehr gut in der Dunkelheit sehen, und Flidais las in den Augen des Gottes, der sein Vater war, sowohl Traurigkeit wie auch Schuld. Das letztere entwaffnete ihn, und so war es immer gewesen.

Achselzuckend meinte er: »Es hätte schlimmer sein können, nehme ich an.«

Wieder bewegte sich das Geweih: »Ich habe die Wunde geheilt«, führte sein Vater wie zur Verteidigung an.

»Ich weiß es.« Er fühlte den zerfetzten Geweberand, wo zuvor sein Ohr gewesen war. »Sag mir«, fragte er, »bin ich sehr häßlich?«

Cernan kippte zustimmend sein herrliches Haupt. »Nicht häßlicher als vorher«, antwortete er abwägend.

Flidais lachte, und nach einer Weile lachte auch der Gott. Es war ein tiefer, rollender, sinnlicher Ton, der im Wald widerhallte.

Als das Lachen dann verschwand, schien es unter den Bäumen sehr ruhig zu werden, aber nur für Wesen, die nicht wie sie beide, der Waldgott und sein Sohn, auf Penderan eingestimmt waren. Selbst mit nur einem Ohr konnte Flidais das Wispern des Waldes hören, die Botschaften, die wie ein Lauffeuer hin- und herliefen. Deshalb sprachen sie auch laut. Auf der schweigenden Verbindung war zuviel los. Und in Penderan gab es in jener Nacht auch noch andere Kräfte.

Plötzlich erinnerte er sich an etwas, ja, an Feuer genau genommen, und er gab zu: »Es hätte wirklich schlimmer für mich ausgehen können, ich habe ihn angelogen.«

Die Augen seines Vaters wurden schmal. »Wie das?«

»Er wollte wissen, wer im Anor gewesen war. Er hatte gespürt, daß jemand sich dort befand. Du weißt, warum. Ich aber behauptete, ich war es nur, und das war nicht wahr.« Er machte eine Pause und fügte dann leise hinzu: »Auch Guinevere war dort.«

Cernan von den Tieren sprang plötzlich auf, es war eine tierisch-anmutige Bewegung. »Das erklärt einiges«, rief er aus.

»Was?«

Als Antwort erhielt Flidais ein Bild. Es war sein Vater, der es ihm gewährte, und Cernan hatte ihm niemals wirklich etwas zuleide getan, hatte ihm aber auch wenig Gutes zugefügt. Und deshalb öffnete er jetzt seinen Geist in einem für ihn ungewohnten Vertrauen und empfing das Bild: Es war das Bild eines Mannes, der schnell, aber doch mit geschmeidiger Grazie durch den Wald ging und der trotz der Dunkelheit und der Schlingwurzeln seinen

Weg ohne zu stolpern fand.

Das war nicht derjenige, den er erwartet hatte, aber er wußte, wer es war, und wußte deshalb auch, was geschehen sein mußte, während er bewußtlos auf dem Waldboden lag.

»Lancelot«, hauchte er, und in seiner Stimme klang ein unerwarteter Ton mit, der etwas Ehrfürchtiges vermittelte. Sein Geist raste. »Er ist wahrscheinlich in Cader Sedat gewesen . . . natürlich. Der Krieger hat ihn vermutlich erweckt, und sie hat ihn wieder weggeschickt.«

Er war in Camelot gewesen. Er hatte die drei in ihrem ersten Leben gesehen und hatte sie, ohne daß sie es wußten, in vielen der späteren Leben, die sie leben mußten, von neuem gesehen. Er kannte die Geschichte, und er war Teil von ihr.

Und jetzt wußte er den Namen, mit dem der Krieger gerufen werden konnte. Er erinnerte sich mit aufblitzender Freude, die ihm in der Dunkelheit des Waldes wie Licht erschien. Dies aber erinnerte ihn wieder an seinen Eid. Er sagte: »Auch der Junge ist im Wald . . . Guineveres Kind.« Und dringlich fragte er: »Wo ist jetzt mein Bruder?«

»Er rennt nordwärts«, antwortete Cernan. Einen Augenblick lang zögerte er. »Er ist in einem Abstand von etwa hundert Metern an Darien vorbeigelaufen . . . das war noch, als du geschlafen hast. Er hat ihn weder gesehen noch gespürt. Du hast Freunde im Wald, die über dein vergossenes Blut zornig sind: Er hat keine Botschaften erhalten, niemand spricht mit ihm.«

Flidais schloß seine Augen und holte ruckartig Atem. So nahe waren sie sich gekommen. Er hatte eine Vision von dem Wolf und dem Jungen, die in der Stunde vor dem Mondaufgang in der Schwärze des Waldes aneinander vorbeigegangen waren, die sich so nahe gewesen waren und es nicht wußten, und es auch niemals wissen würden. *Oder wußten sie es?* fragte er sich. Gab es einen Teil der Seele, der auf irgendeine Weise nach Möglichkeiten suchte, die nur knapp verfehlt waren, nach zukünftigen Ereignissen, die auf Grund einer so geringen Entfernung in einem nächtlichen Wald niemals geschehen würden? Genau in diesem Augenblick fühlte er eine Luftbewegung. Es war Wind, aber er führte mehr mit sich . . . oder bildete er es sich nur ein? Er öffnete seine Augen. Er war hellwach, seine Sinne waren geschärft, und er war noch immer glücklich über die jüngsten Geschehnisse. Er verspürte keinen Schmerz. Er forderte: »Ich brauche deine Hilfe, du mußt etwas für mich tun. Du mußt mir helfen, einen Eid zu halten.«

Cernans dunkle Augen blitzten vor Wut. »Auch du?« fragte er leise wie ein jagende Katze. »Ich habe getan, was ich will. Ich habe den Schaden geheilt, den mein Sohn angerichtet hat. Wie viele Fäden des Webers soll ich noch brechen?«

»Auch ich bin dein Sohn«, hielt ihm Flidais mit großem Mut entgegen, denn er konnte bereits den Zorn des Gottes verspüren.

»Ich habe nicht vergessen, ich habe getan, was ich tun will.«

Flidais stand auf. »In einer Angelegenheit wie dieser kann ich den Wald nicht binden, dazu bin ich nicht stark genug. Aber ich möchte nicht, daß der Junge getötet wird, auch wenn er den Baum versengt hat. Ich habe den Eid geschworen. Du bist genauso sehr der Gott des Waldes wie der Tiere. Ich brauche deine Hilfe.«

Langsam schien Cernans Zorn hinwegzuschwinden. Flidais mußte lange zum Gesicht seines Vaters hinaufblicken. »Du hast unrecht. Du brauchst in dieser Angelegenheit meine Hilfe nicht«, erklärte der Gott aus der Majestät seiner großen Höhe. »Du hast etwas vergessen, mein gutes Kind. Aus Gründen, die ich niemals akzeptieren werde, hat Rakoths Sohn Lisens Reif erhalten. Die Kräfte und Geister des Waldes werden ihn nicht unmittelbar angreifen, jedenfalls nicht, solange er ihn trägt. Aber sie werden etwas anderes tun, und du solltest wissen, was, mein Kleinster.«

Er wußte es. »Der Hain«, flüsterte er. »Er wird zum Heiligen Hain geleitet.«

»Und darüber, was dort auf ihn warten wird«, fuhr Cernan fort, »was ihn dort erwartet und ihn töten wird, darüber habe ich überhaupt keine Macht. Auch wenn ich es tun könnte, würde ich nicht dazwischentreten. Es hätte ihm niemals erlaubt werden sollen, zu leben. Es ist Zeit, daß er stirbt, bevor er zu seinem Vater gelangt, und alle Hoffnung schwindet.«

Er wandte sich zum Gehen, denn er hatte alles gesagt, was er sagen wollte, er hatte das, und nur das getan, wozu er sich verpflichtet fühlte, doch jetzt antwortete sein Sohn mit einer Stimme, die so tief wie die Baumwurzel war: »Vielleicht, aber ich glaube nicht. In diesem Gewebe liegt noch mehr. Auch du hast etwas vergessen.«

Cernan blickte zurück. An dem Ort, wo sie standen, erschien die erste Andeutung eines Silberscheines, der seinen nackten Körper berührte und modellierte. Er wollte an einem bestimmten Ort sein, sobald der Mond aufging, und wenn er nur daran dachte, was dort auf ihn warten würde, regte sich sein Verlangen. Aber er blieb noch einen kurzen Augenblick und verharrte.

»*Lancelot*«, sagte Flidais.

Und er drehte sich mit diesem Wort um und rannte mit der bei ihm immer unerwarteten Geschwindigkeit zum Hain, wo vor so langer Zeit Lisen in Anwesenheit aller Göttinnen und Götter geboren worden war.

In seinem Ärger und seiner Verwirrung, in der Bitterkeit seiner Zurückweisung war Darien weit in den Wald hineingelaufen, bevor er merkte, daß das nicht gerade das Klügste war, was er tun konnte.

Er hatte den Baum gar nicht in Brand stecken wollen, aber der Fluß der Ereignisse schien niemals so zu verlaufen, wie er es erwartete, und wenn das geschah, machte sich etwas anderes in ihm breit, und seine Kraft, die Veränderung in seinen Augen kehrte wieder und Bäume gerieten in Brand.

Dabei hatte er vorhin nur die Illusion erzeugen wollen ... dieselbe Illusion des Feuers, die er auf der Lichtung beim Sommerbaum geschaffen hatte ... aber diesmal war er stärker gewesen, und die Gegenwart von so vielen Menschen hatte ihm Unbehagen verursacht, und noch dazu war seine Mutter so schön und so kalt gewesen und hatte ihn weggeschickt. Er war nicht mehr imstande gewesen, seine Handlungen zu kontrollieren, und so war das Feuer wirklich entstanden.

Und er war in die Schatten des Waldes weggerannt, weg von den kälteren, schmerzhaften Schatten am Strand.

Inzwischen war es ganz dunkel geworden, der Mond war noch nicht ganz aufgegangen, und als Dariens Wut allmählich verrauchte, wurde er sich zunehmend bewußt, daß er in Gefahr war. Er wußte nichts von der Geschichte des Großen Waldes, aber er gehörte selbst zu den Andain und konnte deshalb die Nachrichten, die durch Pendaran liefen, halbwegs verstehen. Es waren Nachrichten über ihn, was er getan hatte und was er auf seiner Stirn trug.

Seine Empfindung von Gefahr wurde dichter, und ebenso kam ihm mit jedem Augenblick deutlicher zum Bewußtsein, daß er in eine bestimmte Richtung gezwungen wurde. Er dachte schon daran, seine Eulengestalt anzunehmen, um über den Wald hinweg und aus ihm herauszufliegen, erinnerte sich bei diesem Gedanken aber an seine überwältigende Müdigkeit. Er war in dieser Gestalt einen langen Weg sehr schnell geflogen, und er wußte nicht, ob er es noch einmal durchhalten würde. Er war stark, aber seine Stärke hatte Grenzen, und deshalb brauchte er einen Gefühlsgipfel, um seine Macht zu nähren: Angst, Kummer, Sehnsucht oder Wut. Davon hatte er jetzt überhaupt nichts. Er war sich einer Gefahr bewußt, doch konnte er sich zu keiner Reaktion darauf durchringen.

So verblieb er betäubt, gleichgültig und einsam in seiner eigenen Gestalt, er trug die Kleider, die Finn getragen hatte, und folgte widerstandslos den wechselnden Wegen des Waldes von Penderan, er ließ sich von den Mächten des Waldes führen, wohin auch immer sie ihn brachten, was auch immer dort auf ihn wartete. Er spürte ihre Wut und ihre Vorfreude auf Rache, ohne darauf zu reagieren. Er wanderte, kümmerte sich um nichts und dachte nur an das kalte, gebieterische Gesicht seiner Mutter und ihre Worte: *Was tust du hier? Was willst du, Darien?* Was wollte er, was durfte er wollen, worauf durfte er hoffen, wovon träumen, was ersehnen? Vor weniger als einem Jahr war er überhaupt erst *geboren* worden. Wie konnte er wissen, was er wollte? Er wußte nur, daß seine Augen rot werden konnten, wie die seines Vaters, und wenn das geschah, brannten die Bäume, und alle wandten sich von ihm ab. Selbst das Licht wandte sich ab. Es war wunderschön, heiter und traurig gewesen, und die Seherin hatte es auf seine Stirn gesetzt, aber es war ausgegangen, sobald der Verschluß einschnappte.

Er wanderte und weinte nicht. Seine Augen waren blau. Der Halbmond stieg auf. Bald würde er durch die Zwischenräume in den Bäumen hindurchscheinen. Der Wald wisperte triumphierend, in den Blättern raschelte die Bösartigkeit. Ohne Widerstand zu leisten, wurde er mit Lisens Reif auf seiner Stirn zum Heiligen Hain des Pendaran-Waldes geführt, um dort erschlagen zu werden.

Zahllos waren die Jahre, in denen der Hain tief in seiner Kraft versunken war. Es gab auch keinen anderen Platz in irgendeiner anderen Welt, dessen Wurzeln so tief in das Gewirk eingewoben waren. Gegen das Alter dieses Ortes war selbst Mörnirs Anspruch auf den Sommerbaum im Götterwald des Großkönigtums nur vor einem Augenblick, einem Zwinkern der Zeit erhoben worden ... das waren die Tage, als Iorweth von jenseits des weiten Meeres gerufen worden war. Aber Tausende und Abertausende von Jahren hatte der Wald von Pendaran schon die Sommer und Winter in Fionavar vergehen sehen, und in den immer wiederkehrenden Zyklen der Jahreszeiten war dieser Hain und die darin liegende Lichtung das Herz des Waldes gewesen. Hier war Magie zugegen, und uralte Kräfte schlummerten unter dem Waldboden.

Vor mehr als tausend Jahren (einem Augenzwinkern, nicht mehr) war hier Lisen in der verzückten schweigenden Anwesenheit der Kräfte des Waldes und der glanzvollen Gesellschaft der Göttinnen geboren worden, und mit ihnen hatte sie seit Anbeginn der Tage ihre wunderbare Schönheit geteilt. Hierher war auch Amairgen Weißast gekommen, der erste Sterbliche, das erste Kind des Webers, das nicht aus dem Wald geboren war. Er hatte sich nachts in diesen Hain gewagt, um nach Macht für Männer zu suchen, die ihre Kraft nicht aus der Quelle der Blutmagie der Priesterinnen ziehen wollten. Und diese Macht hatte er hier gefunden, mehr noch: Als Lisen wild und herrlich zu der entweihten Lichtung, dem Ort ihrer Geburt zurückkehrte, um ihn am Morgen zu erschlagen, hatte sie sich statt dessen in ihn verliebt und deshalb den Wald verlassen.

Danach hatte sich viel verändert. Für die Mächte des Hains und ganz Pendaran lief die Zeit bis zum Augenblick ihres Todes, als sie vom Balkon des Anor sprang, leicht und schnell. Seit jenem Tag bewegte sie sich langsamer, als ob sie von einem schweren Gewicht herabgezogen würde.

Seit damals, seit jenen vom Krieg zerrissenen Tagen, als Rakoth Maugrim das erste Mal im Gewebe erschien, war nur ein einziger weiterer Sterblicher jemals an diesen Platz gekommen, und auch er war ein Magier, ein Anhänger von Amairgen, und er war ein Dieb. Mit List und Tücke hatte der Magier Raederth genau aus ihrer Überlieferung übernommen, wann es sicher sein würde, nach Pendaran hineinzugehen und jenes Ding an sich zu nehmen, nach dem er suchte.

Jedes Jahr gab es einen, und nur einen Tag, an dem der Wald verletzlich war, an dem er trauerte und sich nicht schützen konnte. Wenn die Jahreszeiten den Tag von Lisens Todessprung erreichten, dann färbte sich der Fluß, der an dem Anor vorbei ins mörderische Meer floß, rot von der Erinnerung an ihr Blut, und alle Geister des Waldes, die dazu imstande waren, versammelten sich am Fuße des Berges, um zu trauern, und all jene, die nicht reisen konnten, sandten ihr Bewußtsein zu dem Ort, um den Fluß und den Anor durch die Augen der dort Versammelten zu sehen.

Und in einem Jahr kam Raederth am Morgen dieses Tages. Ohne seine Quelle – denn er wollte keine Aura der Macht um sich verbreiten – hatte er den Heiligen Hain betreten, war in der Lichtung an Lisens Geburtsplatz niedergekniet und hatte ihren Reif, der glänzend auf dem Gras lag, an sich genommen.

Als die Sonne unterging und der Fluß wieder rein und klar ins Meer strömte, war er einen ganzen Tag lang ohne Pause gelaufen und näherte sich bereits dem Ostrand des Waldes. In diesem Augenblick hatte Pendaran ihn wahrgenommen, hatte bemerkt, was er getan hatte, aber die mächtigsten Kräfte des Waldes waren am Meer versammelt, und es gab, so quälend das war, wenig, was getan werden konnte. Sie veränderten die Waldwege, ließen die Bäume zusammentreten und sich drohend um den flüchtenden Mann schließen, aber er war der Ebene schon zu nah, er konnte im Licht der untergehenden Sonne das hohe Gras sehen, sein Wille und sein Mut waren sehr stark, stärker als die eines gewöhnlichen Diebes, und obwohl sie ihn verletzten, wirklich schwer verletzten, bahnte er sich seinen Weg aus dem Wald und fort nach Süden, und in seinen Händen hielt er einen glänzenden Gegenstand, den nur Lisen jemals getragen hatte. So bemerkte Pendaran nun mit Frohlocken, mit einer wilden, umfassenden Freude, daß das Diadem nach Hause zurückgekehrt war. Es war nach Hause gekommen und mußte doch Schmerz erleiden, so flüsterten sich die Geister zu. Es mußte Qualen leiden, denn sein Licht war auf der Stirn jenes Jungen ausgegangen, der einen Baum versengt hatte. Bevor sie ihn in seinen Tod entlassen würden, würde er wahnsinnig werden, würde er geschunden werden, in seinem Geist und Körper zugleich. Das schworen sie sich gegenseitig: Die Baumnymphe schwor es den Blättern der fühlenden Bäume, die Blätter den schweigenden und singenden Kräften, die dunklen, formlosen Dinge der Angst den alten, unbeweglichen, tiefwurzelnden Kräften, die einstmals Bäume gewesen waren und jetzt mehr als das, und zudem innigst erfahren in Haß.

Einen Augenblick lang verstummte das Flüstern. Und in diesem Augenblick hörten sie Cernan, ihren Herrn. Sie hörten ihn laut sagen, daß es schon längst an der Zeit sei, daß dieser Eindringling sterben müsse, und sie lobpriesen ihn für diese Worte. Niemand würde sie aufhalten können, keines Gottes Stimme würde sie vom Töten zurückrufen.

Das Opfer wurde zum Hain geleitet. Geschickt wurde er geführt, die Waldwege waren glatt und eben für seinen Schritt gemacht, und während er noch ging, wurde sein Verhängnis beschlossen, und es wurde entschieden, wer es vollziehen würde. Alle Kräfte des Waldes waren sich einig: Wie bitter dieses Sakrileg auch sein mochte, wie scharf sie auch das Verlangen zu töten in sich fühlten, so würden sie dennoch nicht selbst gegen jemand vorgehen, der Lisens Diadem um sein Haupt trug.

Aber es gab eine weitere Kraft, und das war die mächtigste von allen. Es war eine Kraft der Erde, nicht des Waldes, sie war nicht durch den Kummer und die Beschränkungen des Waldes gebunden. Noch während Darien widerstandslos zum Heiligen Hain geführt wurde, schickten die Geister von Pendaran ihren Ruf zu dem Wächter hinab, der unter diesem Platz schlief. Sie weckten den Ältesten.

Es war sehr dunkel im Wald, aber selbst wenn er nicht in seiner Eulengestalt war, konnte er nachts sehr gut sehen. In gewisser Weise war die Dunkelheit für ihn leichter zu ertragen, aber das war nur eine weitere Quelle des Unbehagens.

Diese Affinität erinnerte ihn an die Stimmen der Nacht, die ihn vom Winter seiner Kindheit her riefen und von denen er sich angezogen fühlte.

Und das rief Erinnerungen an Finn in ihm wach, der ihn zurückgehalten und ihm befohlen hatte, die Finsternis zu hassen, ihn dann aber allein gelassen hatte. Er erinnerte sich an den Tag und würde sich immer an diesen Tag erinnern: den Tag, an dem er zum ersten Mal betrogen wurde. Er hatte eine Blume in den Schnee gezeichnet und sie mit der Kraft seiner Augen gefärbt.

Im Hain war es ganz still. Jetzt, da er hier war, hatte sich das Wispern der Blätter zu einem sanften Rauschen der Nacht abgeschwächt. Es lag ein Geruch in der Luft, den er nicht kannte. Das Gras der Lichtung unter seinen Füßen war gleichmäßig glatt und weich. Den Mond konnte er nicht sehen. Über ihm aber schienen die Sterne aus dem hellen Himmelskreis, der durch die aufragenden Bäume eingerahmt wurde, zu ihm hernieder.

Sie haßten ihn. Bäume, Blätter, das weiche Gras, die Geister hinter den Baumstümpfen, die Baumnymphe, die durch die Blätter spähte, sie alle haßten ihn, er wußte es. Er hätte verängstigt sein müssen, das gab ein Teil in ihm zu. Er hätte seine eigene Kraft einsetzen müssen, um sich aus diesem Ort zu befreien, um sie alle für ihren Haß in Flammen und Rauch büßen zu lassen.

Aber er konnte nicht einmal daran denken. Er war müde und einsam und auf vielerlei Weise verletzt, die er niemals hätte ausdrücken können. Er war bereit für ein Ende.

Am nördlichen Rand der Lichtung erhob sich ein grasbedeckter Hügel, und auf ihm wuchsen Nachtblumen, die auch in der Dunkelheit geöffnet waren. Er ging hinüber. Die Blumen waren sehr schön. Der Geruch des Haines kam von ihnen. Vorsichtig, um keine weitere Übertretung zu begehen, setzte sich Darien zwischen zwei Büschen dunkler Blumen auf dem Gras des Hügels nieder. Sofort kam ein aufschwellendes rasendes Geräusch vom Wald. Er sprang auf, ein unwillkürlicher Protestschrei entrang sich ihm. Er war doch vorsichtig gewesen! Er hatte kein Leid zugefügt! Er hatte doch nur im sternenbeleuchteten Schweigen eine Weile sitzen wollen, bevor er starb. Seine Arme öffneten sich in einer hoffnungslosen Geste der Besänftigung.

Nach und nach schwand das Geräusch hinweg, allerdings blieb noch eine Art von Trommeln, von Rollen unter dem Gras des Haines zurück. Darien holte Atem und blickte um sich. Nichts bewegte sich, nur die Blätter rauschten leise im leichten Wind. Auf dem tiefsten Ast eines der Bäume im Hain saß ein kleines Erdwesen, es hielt seinen kurzen pelzigen Schwanz neugierig in die Höhe und betrachtete ihn mit übernatürlichem Ernst. Wenn es ihn in seiner Eulengestalt gesehen hätte, so wußte Darien, wäre es bei seinem Anblick Hals über Kopf geflohen. Aber wahrscheinlich sah er jetzt harmlos aus, erregte weiter nichts als Neugierde. Er war nur ein Junge, welcher der Gnade des Waldes ausgeliefert war . . . und der Wald war gnadenlos.

Es war alles richtig gekommen, so entschied er mit einer Art von verzweifeltem Einverständnis. Es war sogar leichter auf diese Weise. Seit er sich erinnern konnte, hatten alle zu ihm von einer Wahl gesprochen, daß er zwischen dem Licht und der Finsternis wählen müsse. Aber sie waren nicht einmal imstande gewesen, untereinander über ihn eine Entscheidung zu treffen: Pwyll, der ihn zum Sommerbaum gebracht hatte, wollte, daß er älter werde, daß er diese Gestalt annehmen würde und auf diese Weise größeres Wissen erlange. Cernan von den Tieren hatte wissen wollen, wieso es ihm überhaupt erlaubt worden sei zu leben. Die weißhaarige Seherin hatte ihm mit Angst in den Augen einen glänzenden Lichtgegenstand gegeben und hatte mit ihm zugesehen, wie das Licht ausging. Dann hatte sie ihn zu seiner Mutter geschickt, die ihn verstoßen hatte. Selbst Finn, der ihm befohlen hatte, das Licht zu lieben, war ohne Abschied weggegangen, um in den weiten Räumen zwischen den Sternen eine Art eigene Finsternis zu finden.

Sie sprachen von einer Wahl, sie sprachen davon, daß sein Wesen in der Schwebe hing zwischen seiner Mutter und seinem Vater, er entschied, daß er *zu* fein ausbalanciert war und daß es für sie alle, und schließlich auch für ihn selbst, zu schwierig war. So war es leichter. Es war leichter, diesen Zwang zur Entscheidung aufzugeben, sich an diesem Ort der alten Kraft dem Wald auszuliefern und seinen Tod zu akzeptieren, denn das würde alles zum Besseren wenden. Wenn du tot bist, kannst du nicht mehr einsam sein, dachte Darien, kannst du nicht mehr so verletzend sein. Alle hatten sie Angst vor ihm, hatten Angst davor, was er mit seiner Freiheit der Entscheidung wählen würde, wozu er werden würde. Nun würden sie keine Angst mehr haben müssen.

Er erinnerte sich an das Gesicht des Lios Alfar, an jenem letzten kalten Wintermorgen am Sommerbaum . . . wie schön und strahlend er gewesen war, aber wie sehr er auch Angst gehabt hatte. Er erinnerte sich an die Seherin mit ihrem weißen Haar. Sie hatte ihm ein Geschenk gegeben, was kein Fremder jemals zuvor getan hatte, aber er hatte ihre Augen gesehen, ihren Zweifel und ihre Angst, noch bevor das Licht ausging. Es stimmte: Alle hatten sie Angst davor, was er wählen würde.

Nur seine Mutter nicht.

Auf diesen Gedanken war er vollständig unvorbereitet. Er traf ihn mit der Kraft der Offenbarung. *Sie* hatte keine Angst, was er tun würde. Sie war die einzige, die nicht versucht hatte, ihn anzulocken wie die Stimmen des Sturmes oder ihn zu überreden wie die Seherin. Sie hatte nicht versucht, ihn an sich zu binden oder ihm auch nur einen Weg vorzuschlagen. Sie hatte ihn weggeschickt, weil es seine Aufgabe war zu wählen, und sie war die einzige, die es zuließ. Vielleicht, dachte er plötzlich, vielleicht vertraute sie ihm.

In der Dunkelheit sah er die Blumen auf dem Hügel, wo Lisen geboren worden war, und er nahm sie deutlich wahr mit der nächtlichen Sehfähigkeit seines Vaters, und gleichzeitig dachte er an seine Mutter.

Aus irgendeinem Grund erinnerte er sich dann an Vae und Shahar, die erste Mutter und den ersten Vater, die er gekannt hatte. Er dachte über seine beiden Väter nach: Der eine war ein hilfloser geringer Soldat im Heer von Brennin, der den unpersönlichen Befehlen des Großkönigs gehorchen mußte, der in der Kälte des Winters nicht bei seiner Frau und seinen Söhnen bleiben konnte, um sie zu wärmen . . . und der andere war ein Gott, der stärkste Gott, der Schöpfer des Winters und des Krieges. Daß er, Darien, so gefürchtet wurde, lag daran, daß er sein Sohn war.

Zwischen ihnen sollte er wählen.

Von dieser einen Seite betrachtet, gab es da überhaupt keine Wahl. Seine Sehfähigkeit im Dunkeln, die Angst, die er erweckte, das Sterben des Lichtes auf seiner Stirn, alles sprach für die Finsternis. Es war, als hätte die Wahl bereits stattgefunden. Andererseits . . .

Und diesen Gedanken führte er nie zu Ende.

»Es würde mir gefallen, wenn du um dein Leben flehen würdest.«

Wenn die Felsen der Erdkruste sprechen könnten, dann müßte es so klingen. Diese Worte glichen einem Rollen und Rutschen gigantischer Steine, die in Bewegung gerieten, es war ein Vorspiel zu niederbrechenden Lawinen und Erdbeben.

Darien drehte sich auf dem Absatz um. Eine Gestalt, die dunkler war als die Dunkelheit in der Lichtung, im Boden ein riesiges gezacktes und unregelmäßiges Loch neben dem Wesen, das mit der Stimme der Erde gesprochen hatte. Trotz all seiner Resignation, die er noch Augenblicke zuvor empfunden hatte, stieg in Darien eine urtümliche instinktive Angst hoch. Er fühlte, wie seine Augen rot explodierten. Er hob seine Hände, spreizte die Finger, richtete sie ...

Und nichts geschah.

Ein tiefes schwarzes Lachen erklang, wie Findlinge, die lange Zeit ruhten und sich jetzt bewegten. »Nicht hier«, verbat sich die Gestalt, »nicht in diesem Hain und nicht so schutzlos, wie du jetzt bist. Ich kenne deinen Namen und den Namen deines Vaters. Es ist klar, wozu du werden kannst, es würde sogar genügen, mich ein wenig aus der Ruhe zu bringen, wenn wir uns lange Zeit nach dieser Nacht getroffen hätten. Aber heute bist du nichts an diesem Ort. Du reichst nicht annähernd tief genug. Es würde mir gefallen«, wiederholte die Gestalt, »dich flehen zu hören.«

Darien ließ seine Arme sinken. Er fühlte, wie seine Augen wieder blau wurden, und dieses Blau hatte er weder von seinem Vater noch von seiner Mutter, es war sein eigenes Blau, vielleicht das einzige, was sein eigen war. Er schwieg, und in diesem Schweigen betrachtete er das Wesen, das unter dem Halbmond, der sich jetzt über die östlichen Bäume erhob und bleich herniederschien, hervorgekommen war.

Dieses Wesen hatte keine feste Form oder Farbe. Noch während er es beobachtete, oszillierte es unaufhörlich durch alle möglichen amorphen Formen. Es hatte vier Arme, dann wieder drei, dann gar keinen. Es hatte einen Menschenkopf, dann eine häßliche monströse Form, die von Schnecken und Maden bedeckt war, dann einen gesichtslosen Stein, von dem die Maden in das Gras und das klaffende Loch daneben fielen. Es war grau, fleckiggrau und schwarz, es war riesig. Aber in den verschwommenen Verwandlungen seiner Gestalt hatte es immer zwei Beine, und eines davon war, wie Darien sah, deformiert. In der einen Hand trug es einen Hammer, der die Farbe von grauschwarzem nassem Lehm hatte und fast ebenso groß wie Darien selbst war.

Wieder sprach es inmitten des plötzlich vollkommenen, erschreckenden Schweigens des Waldes, und wieder fragte es: »Willst du nicht um dein Leben flehen, Reifträger? Gib mir eine Stimme, die ich in meinen Schlaf unter dem Stein zurücktragen kann. Sie haben mich gebeten, dich am Leben zu lassen, Augenbrenner. Sie wollen dein Fleisch und deinen Geist schinden, wenn das Diadem von deiner Stirne verschwunden ist. Ich möchte dir eine leichtere, schnellere Erlösung anbieten, wenn du nur darum bittest. Bitte, du Entweiher des Heiligen Haines, nur bitte, etwas anderes kannst du nicht tun.«

Das Gesicht war jetzt fast menschlich geworden, aber es war riesig und grau, in und aus der Nase und dem Mund krochen Würmer. Seine Stimme war die verdichtete Stimme von Erde und Stein. Es sagte: »Es ist Nacht im Heiligen Hain, Sohn Maugrims. Neben mir bist du nichts und noch weniger. Du reichst nicht auch nur annähernd tief genug, als daß ich auch nur meinen Hammer schwingen möchte.«

»*Aber ich*«, rief eine andere Stimme, und Lancelot du Lac betrat den mondbeschienenen Hain.

Sie schliefen am Strand im Süden des Anor. Brendel hatte Flidais Anweisung übertreten, er war allein nach drinnen gegangen und hatte aus den unteren Räumen, wo Lisens Wächter geschlafen hatten, Decken und Bettzeug gebracht. Die Treppen stieg er nicht noch einmal hinauf, er fürchtete, er könne Galadans Bewußtsein für diesen Platz noch ein weiteres Mal erwecken.

Auf einem Strohsack lag Jennifer in bewegungslosem Schlaf, der aus äußerster Erschöpfung rührte, neben Arthur, ein wenig entfernt von den anderen auf einem Strohsack. Ihr Kopf lehnte auf seiner Schulter, die eine Hand ruhte auf seiner breiten Brust, und ihr goldenes Haar floß lose auf ihr gemeinsames Kissen. Der Krieger schlief nicht, er lauschte ihren Atemzügen und fühlte den Schlag des Herzens, das er liebte. Dann veränderte sich der Herzschlag. Sie schoß kerzengerade in die Höhe, war augenblicklich wach, ihr Blick blieb auf dem hohen Mond hängen. Ihr Gesicht war so weiß, daß sich ihr Haar daneben dunkel abhob. Er sah, wie sie erschauernd und betroffen Atem holte, er fühlte es als einen Schmerz in sich selbst. Er fragte: »Ist er in Gefahr, Guinevere?«

Sie brachte kein Wort hervor, ihr Blick wandte sich nicht vom

Gesicht des Mondes ab. Eine Hand hielt sie über den Mund. Die andere nahm Arthur so sanft in die seinen, wie er nur konnte. Sie zitterte wie Espenlaub im Herbstwind. Und sie fühlte sich kälter an, als sie in dieser milden Mittsommernacht jemals hätte sein dürfen.

Er wiederholte seine Frage: »Was siehst du? Ist er in Gefahr, Guinevere?«

»Sie sind beide in Gefahr«, flüsterte sie, ihre Augen starr auf den Mond gerichtet. »Beide sind in Gefahr, mein Geliebter, und ich habe sie beide weggeschickt.«

Er schwieg. Er sah zum Mond hinauf und dachte an Lancelot. Er hielt Guineveres eine Hand fest zwischen seinen eigenen breiten kantigen Händen und wünschte ihr Frieden und Erleichterung ihres Herzens, und dieser Wunsch war heftiger und leidenschaftlicher als jedes Verlangen, das er jemals dafür empfunden hatte, sich selbst von seinem Verhängnis zu befreien.

»Ich reiche so tief wie du«, sagte der hochgewachsene Mann ruhig, als er die Lichtung betrat. Er hatte ein gezogenes Schwert in der Hand, das schwach schimmerte und das silberne Licht des Mondes einfing. »Ich weiß, wer du bist«, fuhr er fort und sprach dabei leise und ohne Eile. »Ich kenne dich, Curdardh, und weiß, woher du kommst. Ich bin hier als Bewacher dieses Kindes. Wenn du seinen Tod willst, mußt du erst mich töten.«

»Wer bist du?« grollte der Dämon. Wieder wurden die Bäume in ihrem Umkreis laut, bemerkte Darien. Er blickte auf den Mann, der gekommen war, und wunderte sich.

»Ich bin Lancelot«, hörte er. Im hintersten Winkel seines Bewußtsein bewegte sich eine Erinnerung. Es war ein Spiel vom Krieger mit seinem König Speer und seinem Freund, seinem *Tanist*, hatte Finn ihm erzählt. Er war der Erste aus der Begleitung des Kriegers, und sein Name war Lancelot. Er hatte die Königin des Kriegers geliebt und ihr Name, ihr Name . . .

Der Dämon Curdardh wechselte seinen Platz, und man hörte, wie Granit über das Gras schliff. Er hob seinen Hammer und sagte: »Ich dachte nicht, daß ich dich hier sehen würde, aber ich bin nicht überrascht.« Er lachte leise, es klang wie Kies, der einen Abhang hinabrollt. Wieder wechselte er seine Gestalt. Er hatte jetzt zwei Köpfe und beide waren Dämonenköpfe. Er fuhr fort: »Ich möchte keinen Kampf mit dir, Lancelot. Und Pendaran weiß, daß du einen Winter im Wald gelebt und dort nichts Böses angestellt hast. Es wird dir nichts zuleide getan, wenn du jetzt gehst. Aber wenn du bleibst, muß ich dich töten.«

Mit vollkommen gesammelter innerer Ruhe entgegnete Lancelot: »Du kannst höchstens versuchen, mich zu töten. Das ist keine leichte Aufgabe, Curdardh, selbst für dich nicht.«

»Ich bin so tief wie der Erdkern, du Schwertmann, mein Hammer wurde in einer Höhle geschmiedet, die so tief liegt, daß das Feuer nach unten brennt.« Das sprach er ohne Selbstlob, als bloße Tatsache. »Seit Pendaran hier gewesen ist, war ich hier«, fuhr Curdardh, der Älteste, fort. »Diese ganze Zeit habe ich diesen Hain heilig gehalten, bin ich nur aufgewacht, wenn er verletzt wurde. Du hast eine Klinge und bist unübertrefflich geschickt in deren Führen. Aber das wird nicht genügen. Ich bin nicht gnadenlos. *Geh!*«

Bei diesem letzten rollenden, rumpelnden Befehl erzitterten die Bäume am Rande des Haines, und die Erde schwankte. Darien kämpfte um sein Gleichgewicht. Als das Zittern dann zu Ende ging, erwiderte Lancelot mit einer Höflichkeit, die auf merkwürdige, geheimnisvolle Weise zu diesem Ort paßte: »Ich habe mehr, als du glaubst, aber ich danke dir für die Freundlichkeit deines Lobes. Bevor wir beginnen – denn wir werden hier kämpfen, Curdardh – solltest du wissen, daß ich in Caer Sidi als Toter gelegen habe ... Jetzt heißt es Cader Sedat, und es ist die Krone des Nordens der Könige unter den Sternen. Du wirst wissen, daß dieses Schloß am Achsenbaum aller Welten liegt, daß das Meer an seine Wände pocht und alle Sterne sich darum drehen.«

Dariens Herz raste, obwohl er nur einen Bruchteil dessen verstand, was er hörte. An etwas anderes hatte er sich noch erinnert: Finn, der in jenen Tagen alles zu wissen schien, was es zu wissen gab, hatte ihm erzählt, daß seine Mutter eine Königin gewesen war. Daß er das nun wußte, machte alles noch verwirrender, als es ohnehin schon war. Er schluckte. Er fühlte sich wie ein Kind.

»Trotzdem«, sagte Curdardh zu Lancelot, »auch wenn du dort gelegen hast, bist du sterblich, Schwertmann. Willst du wirklich für den Sohn von Rakoth Maugrim sterben?«

»Ich bin hier«, entschied Lancelot, und der Kampf begann.

Kapitel 8

Ungefähr im selben Augenblick kam Shalhassan von Cathal zu dem Schluß, daß sein Sekretär nicht für das Soldatenleben geboren war. Auf dem Rücken des Pferdes war Raziel nur ein blasser Schatten . . . und zwar fast wörtlich . . . seiner normalen Tüchtigkeit. Zweimal bereits hatte der Hohe Herr sein Diktat unterbrechen müssen, während Raziel wie verrückt in seiner Satteltasche herumwühlte, um einen zerbrochenen Stift zu ersetzen. Während er wartete, ließ Shalhassan seine Finger durch seinen langen zottigen Bart gleiten und spähte auf die mondbeschienene Straße vor seinem dahineilenden Wagen.

Sie waren in Brennin, und zwar auf dem Weg von Seresh zur Hauptstadt; sie ritten im Mondlicht und mit hoher Geschwindigkeit, denn der Krieg erforderte es. Es war eine milde Sommernacht, allerdings hatten die Ausläufer eines Sturmes spät an diesem Tag durch Seresh gepeitscht, als er und seine Verstärkungen aus Cathal den Fluß überschritten hatten. Raziel fand einen Stift und ließ ihn auch prompt wieder fallen, als er versuchte, die Zügel seines Pferdes besser in die Hand zu nehmen. Shalhassan zeigte nicht einmal den Funken einer Reaktion. Wenn Raziel fest auf dem Boden stand, führte er alles, was er tat, sehr gut aus, und Shalhassan war immerhin bereit, ihm diese Abweichung von seiner vollkommenen Zuverlässigkeit zuzugestehen. Er gab seinem Sekretär mit einem Wink seiner Hand zu verstehen, daß er zu den anderen zurückfahren könne. Das Diktat konnte warten, bis sie Paras Derval erreichten. Sie waren nicht mehr weit entfernt. Shalhassan erinnerte sich plötzlich sehr lebhaft an das letzte Mal, als er an der Spitze seines Heeres auf dieser Straße nach Osten gezogen war. Es war ein Wintertag gewesen, hellglänzend wie ein Diamant, und auf dem Weg war ihm ein Prinz in einem weißen Pelzmantel und einem weißen Hut entgegengekommen, auf dem Hut steckte eine rote Feder, die sich prächtig gegen den Schnee abzeichnete. Und jetzt, keine zwei Wochen später, war der Schnee vollkommen verschwunden, und der strahlende Prinz war mit Shalhassans Tochter verlobt. Auch war er weit weg auf dem Meer. In Seresh hatte man nichts mehr vom Schicksal des Schiffes gehört, das zum

Spiralschloß gesegelt war.

Vom Großkönig hatte man jedoch gehört, daß er an der Spitze des Heeres von Brennin und der Männer von Cathal, die bereits dort waren, nordwärts geritten war. Dies war in derselben Nacht geschehen, als die *Prydwen* in See gestochen war, und zwar als Reaktion auf den Ruf des Rufglases aus Daniloth.

Shalhassan nickte seinem Wagenlenker kurz zu und packte den vorderen Haltegriff fester, als sie die Geschwindigkeit beschleunigten.

Wahrscheinlich war es nicht notwendig, dachte er. Es war eher wahrscheinlich, daß er und dieses zweite Kontingent zu spät kamen, als daß sie in diesem Stadium mehr als nur die Nachhut bilden konnten, aber er wollte Gorlaes, den Kanzler, treffen, um das bestätigt zu bekommen, und wollte auch seine Tochter sehen.

Sie fuhren sehr schnell im Nordlicht. Kurze Zeit später erreichte er Paras Derval und wurde dann umgehend in den Palast geleitet. Er war noch staubbedeckt und schmutzig von der Reise, denn er hatte sich die Zeit nicht gegönnt, die Kleidung zu wechseln. Er betrat die fackelerleuchtete Große Halle, und dort stand Gorlaes pflichtgemäß eine Stufe unter der des leeren Thrones. Der Kanzler verbeugte sich vor ihm dreifach ehrerbietig, was er nicht erwartet hatte, was ihn jedoch angenehm berührte. Neben Gorlaes und eine Stufe unter ihm gewahrte er eine weitere Gestalt, die sich ebenfalls achtungsvoll, wenn auch weniger zeremoniell verneigte, und das war verständlich, wenn man wußte, wer es war.

Dann teilte Tegid von Rhoden, der Brautwerber des Prinzen Diarmuid, dem Hohen Herrn von Cathal mit, daß Sharra abgereist sei, und wartete – sprungbereit zum Ausweichen – auf die Explosion, die jetzt kommen mußte.

Sie fand indes im Innern statt. In Shalhassans Brust explodierten Angst und eine übermächtige Wut, aber nichts davon fand seinen Weg in sein Gesicht oder seine Haltung. Aber seine Stimme war eisig, als er fragte, wohin und mit wem.

Nun antwortete Gorlaes: »Sie ist mit der Seherin und der Hohenpriesterin gegangen, Herr. Sie haben uns nicht unterrichtet, wohin. Wenn es erlaubt ist, möchte ich sagen, daß in beiden ... das heißt in allen dreien Weisheit wohnt. Ich glaube nicht ...« Er unterbrach sich unvermittelt, denn Shalhassan hatte ihm einen

Blick zugeworfen, und dieser Blick hatte schon stärkere Redner als ihn zum Schweigen gebracht. Gleichzeitig aber spürte Shalhassan, daß sein Zorn bereits verebbt war und nur die Angst zurückblieb. Es war ihm ja selbst nie gelungen, seine Tochter unter Kontrolle zu halten. Wie konnte er erwarten, daß dieser Dicke und dieser förmliche Kanzler es besser schaffen würden?

Auch erinnerte er sich sehr gut an die Seherin, und seine Achtung vor ihr ging sehr tief. Für das, was sie in jener Nacht im Tempel in Gwen Ystrat getan hatte, würde er sie immer ehren: Ganz allein hatte sie sich ihren Weg in die Finsternis von Rakoths Plänen gebahnt, um ihnen die Herkunft des Winters zu zeigen. Wenn sie weggegangen war, so war das mit einem bestimmten Zweck verbunden, und dasselbe traf auch auf die Hohepriesterin zu, die auf ihre Art ebenso beachtenswert war. Aber so stark sie beide auch waren, so bezweifelte er doch, daß es ihnen gelungen wäre, seine Tochter davon abzuhalten, mit ihnen zu gehen, wenn sie sich dazu entschieden hatte.

O Sharra, dachte er. Zum zehntausendsten Mal fragte er sich, ob es nicht klüger gewesen wäre, noch einmal zu heiraten, nachdem seine Frau gestorben war. Das Mädchen hätte wirklich irgendeine Art von Führung gebraucht, das wurde ihm immer klarer.

Er sah auf. Über und hinter dem Eichenthron von Brennin waren die farbigen Glasfenster von Delevan hoch oben in die Mauern der Großen Halle eingesetzt. Das Fenster hinter dem Thron zeigte Conary und Colan, wie sie nach Norden in den Krieg ritten. Das Licht des Halbmondes, der draußen schien, ließ ihr gelbes Haar silbrig leuchten. Nun gut, dachte Shalhassan, es würde von ihrem Nachfolger, dem jungen Großkönig Aileron, abhängen, was für einen Krieg die nördlichen Regionen nun zu sehen bekämen.

Die Anweisungen waren so, wie er es erwartet hatte, wie sie ja auch tatsächlich sein mußten. Er hätte genau dasselbe getan. Die Männer des zweiten Kontingentes von Cathal sollten unter der Führung ihres Hohen Herrn in Brennin bleiben, sie sollten so, wie es Shalhassan und Gorlaes am passendsten erschiene, verteilt werden, um das Großkönigtum und Cathal zu schützen, so gut sie konnten.

Langsam wandte er seinen Blick von den ruhmreichen Darstellungen des Fensters ab. Er blickte auf Tegid, und das war ein Kontrast, der eines Aphorismus durchaus würdig war, und sagte freundlich: »Macht Euch keine Vorwürfe, der Kanzler hat recht ... Die Drei werden schon wissen, was sie tun. Wenn Ihr wollt, könnt Ihr mit mir gemeinsam Eurem Prinzen Wohlwollen entgegenbringen, der sich nun in Zukunft mit ihr auseinandersetzen muß. Wenn es uns gelingt, zu überleben, jedenfalls.«

Er wandte sich an den Kanzler. »Ich würde gern etwas essen, mein Herr Gorlaes, und bitte Euch außerdem um Anweisungen an Eure Hauptleute, wie sie meine Männer unterbringen können. Und falls Ihr nicht zu müde seid, wie wär's danach vielleicht bei einem Glas Wein mit einer Partie Ta'Bael? Näher kommen wir beide anscheinend nicht an den Krieg heran und es würde mir gut tun, heute nacht noch ein wenig zu spielen.«

Der Kanzler lächelte. »Dasselbe hat Ailell auch immer gesagt, mein Herr. Es ist mir eine Ehre, mit Euch zu spielen, ich muß Euch aber warnen, daß ich bestenfalls ein mittelmäßiger Spieler bin.«

»Kann ich vielleicht zuschauen?« fragte der Dicke unsicher.

Shalhassan musterte ihn. »Spielt Ihr Ta'Bael?« fragte er zweifelnd.

»Ein wenig«, antwortete Tegid.

Der Hohe Herr von Cathal zog seinen einzigen noch verbleibenden Reiter zurück und stellte ihn zum Schutz vor seine Königin. Er warf seinem Gegner einen Blick zu, der schon mehr Männern Anlaß gegeben hatte, über einen rituellen Selbstmord nachzudenken.

»Ich glaube, daß ich gerade ziemlich königlich geschlagen worden bin«, gab er zu, mehr zu sich selbst als zu den beiden anderen Männern.

Gorlaes, der das Spiel beobachtete, grunzte teilnahmsvoll. Tegid von Rhoden nahm den Reiter mit seinem Turm.

»Prinz Diarmuid verlangt bedingungslos«, murmelte er und legte den Reiter neben das Brett, »daß jedes Mitglied seiner Truppe gut Ta'Bael spielen kann. Aber keiner von uns hat ihn jemals geschlagen.« Er lächelte und lehnte sich in seinem Stuhl zurück, wobei er seine unübertreffliche Körperfülle wohlgefällig tätschelte.

Shalhassan blickte angestrengt auf das Brett und suchte nach einer Verteidigung gegen die zangenförmige Attacke, die beginnen würde, sobald Tegid den Turm wieder in Aktion treten ließe, gleichzeitig beschloß er, sein Mitgefühl von vorher doch wieder auf seine Tochter zu lenken, die nun mit diesem Prinzen leben mußte.

»Sagt mir«, fragte er, »spielt auch Aileron?«

»Ailell hat es seinen beiden Söhnen beigebracht, als sie noch Kinder waren«, murmelte Gorlaes und füllte Shalhassans Weinglas aus einer Schnabelflasche vom Weinberg der Südfeste. »Und spielt auch der Großkönig jetzt auf einem nennenswerten Niveau der Virtuosität?« Shalhassan bemerkte in seiner Stimme eine Andeutung von Erbitterung. Die beiden Söhne von Ailell schienen dieses Gefühl in ihm wachzurufen. »Ich habe keine Ahnung«, erwiderte Gorlaes. »Ich habe ihn als Erwachsenen nie spielen gesehen. Als Knabe war er sehr gut. Er spielte andauernd mit seinem Vater.«

»Er spielt nicht mehr Ta'Bael«, beantwortete Tegid die Frage. »Kennt ihr nicht die Geschichte? Seit Diarmuid ihn einmal geschlagen hatte, als sie noch Jungen waren, hat Aileron nie wieder eine Figur angerührt. So ist er eben.«

Shalhassan nahm es zur Kenntnis, dachte darüber nach und bewegte gleichzeitig bedrohlich seinen Magier auf der Diagonalen. Natürlich war das eine Falle, die letzte, die ihm blieb. Um sie wirksamer zu machen, versuchte er den Dicken mit einer Frage abzulenken. »Ich weiß es nicht. Wie ist er denn?«

Tegid stützte sich auf seinen Stuhllehnen ab und schob sich ein wenig nach vorne, um das Brett deutlicher sehen zu können. Er ignorierte sowohl die Falle wie auch die Frage und ließ seinen Turm zur Seite gleiten, was Shalhassans Königin ein weiteres Mal dem Angriff aussetzte und gleichzeitig den König des Herrn von Cathal bedrohte. Das war eindeutig.

»Er kann es nicht ertragen, wenn er irgendwo verliert«, erklärte Tegid. »Wenn er denkt, er könnte verlieren, fängt er mit den entsprechenden Dingen gar nicht erst an.«

»Könnte das nicht seine Aktivitäten ein wenig begrenzen?« fragte Shalhassan gereizt. Auch er verlor nicht gerne. Auch er war nicht daran gewöhnt.

»Eigentlich nicht«, äußerte Tegid ein wenig widerstrebend. »Er ist in den meisten Dingen außerordentlich gut. Beide sind es«, fügte er in seiner Gefolgstreue hinzu.

So gelassen er konnte, kippte Shalhassan seinen König um, er ergab sich und erhob sein Glas vor dem Sieger.

»Ein gutes Spiel«, lobte Tegid freundlich. Dann wandte er sich an Gorlaes: »Sagt, habt Ihr irgendein anständiges Bier hier? Nicht daß ich den Wein nicht mag, aber ich bin heute nacht entsetzlich durstig, wenn Ihr die Wahrheit wissen wollt.«

»Einen Krug Bier, Vierre«, beauftragte der Kanzler den Pagen, der schweigend auf der Schwelle stand.

»Zwei!« rief Shalhassan und war selbst davon überrascht.

»Laßt uns die Figuren für ein zweites Spiel aufstellen!«

Er verlor auch dieses Spiel, gewann aber das dritte mit deutlichem Vorteil, was er als ungeheure Genugtuung empfand, die den Abend wieder erträglich machte. Dann schlugen sie beide zusammen Gorlaes in zwei weiteren Spielen mühelos und vernichtend. Die Stimmung war unerwartet kongenial. Später in dieser Nacht bereiteten er und der Kanzler sich noch eine weitere Überraschung: Sie akzeptierten einen höchst unorthodoxen Vorschlag von dem einzigen Mitglied von Prinz Diarmuids Garde, das in Paras Derval zurückgeblieben war.

Noch überraschender wurde es schließlich für Shalhassan, als er merkte, wie unterhaltsam er die Musik, die Umgebung wie auch die unbestreitbar schnippischen Servierdamen in den hohen unterirdischen Räumen der Kneipe zum Schwarzen Eber und in einem kleineren dunkleren Raum im Obergeschoß fand.

Es war eine lange Nacht.

Niemand würde ihm vorwerfen können, er habe nicht seinen Beitrag geleistet, dachte Paul, wenn er von jetzt an bis zum Ende, wie immer dieses Ende auch aussehen würde, nichts mehr tun würde.

Er lag am Strand, neben dem Fluß, wie üblich ein wenig von den anderen entfernt. Er hatte stundenlang wach gelegen, den rotierenden Sternen zugesehen, dem Meer zugehört. Der Mond hatte seinen höchsten Punkt erreicht und richtete seinen Lauf nun westwärts. Es war sehr spät.

Er lag alleine und dachte an die Nacht, als er die Trockenheit beendet hatte, dann an die Stunde vor der Dämmerung, als er den Seelenverkäufer gesehen und mit Gereints Hilfe Liranan gerufen hatte, um mit Rakoths Ungeheuer im Meer zu kämpfen. Und dann ließ er seinen Geist bis zu jenem Augenblick treiben, als er vor wenigen Stunden mit Mörnirs Stimme gesprochen hatte und der Seegott von neuem geantwortet und die Wellen besänftigt hatte, so daß die Seeleute der Prydwen den Sturm des Webers überleben konnten.

Es gab da auch noch etwas anderes, das er vor fast einem Jahr vollbrachte, er hatte die Überschneidung der Welten herbeigeführt, die Jennifer vor Galadan gerettet und es ermöglicht hatte, daß Darien geboren werden konnte.

Er fragte sich, ob jene, die nach ihm kamen, seinen Namen dafür verfluchen würden. Er fragte sich, ob überhaupt noch jemand nach ihnen kommen würde.

Er hatte seine Aufgabe in diesem Krieg erfüllt. Niemand konnte daran zweifeln. Außerdem würde auch niemand außer ihm selbst auch nur daran denken, dieses Thema aufzuwerfen. Die Vorwürfe hier, die Schlaflosigkeit dort, das ständige Streben nach etwas *mehr* ... all das spielte sich in seinem Innern ab, es war ein Teil seines Lebensmusters.

Dieses Muster schien in seine Person eingewebt zu sein, sogar in Fionavar. Es war der innerste Anlaß dazu gewesen, weshalb Rachel ihn verlassen hatte, das beinhaltete auch seine Einsamkeit, die Kevin Laine so sehr versucht hatte zu durchbrechen ... Irgendwie war es Kevin auch gelungen, obwohl Paul noch keine Zeit dazu gehabt hatte, das in sein Bewußtsein zu integrieren. Aber die Einsamkeit schien wirklich in die verschlungenen Wurzeln seiner Existenz eingebunden zu sein. Einsam auf dem Sommerbaum hatte er seine Macht gefunden, und es schien, daß er selbst inmitten einer großen Anzahl von Menschen dennoch allein war ... Seine Begabung war sogar für ihn selbst zutiefst geheim, sie war rätselhaft, voller Selbstzucht und war aus verborgenen Überlieferungen und hartnäckigem Einzelkampf gegen die Finsternis geboren. Er konnte mit Göttern sprechen und sie hören, auch wenn er nicht unter ihnen weilen konnte, und all diese Begegnungen zogen ihn immer weiter von all denen weg, die er kannte. Er empfand nicht die Kälte des Winters oder das Peitschen des eben vergangenen Regens. Er war von dem Gott zurückgeschickt worden, er war der Pfeil Mörnirs, und Pfeile flogen allein.

Er bemerkte, daß er hoffnungslos weit davon entfernt war einzuschlafen. Er blickte auf den Halbmond draußen über dem Meer. Er schien ihn zu rufen.

Mit dem Tosen der Brandung laut in seinen Ohren stand er auf. Im Norden gegen den Anor zu konnte er die Schatten der schlafenden Männer der Südfeste erkennen. Hinter ihm strömte der Fluß im Westen ins Meer. Er folgte ihm. Nach einer Weile wurden aus dem Sand Kiesel und aus den Kieseln abgeschliffene Steine. Er kletterte auf einen der größeren Findlinge am Ufer und sah im Mondlicht, daß er in dieser Nacht nicht die einzige schlaflose Person am Strand war.

Fast hätte er sich wieder umgedreht, aber irgend etwas ließ ihn zögern. Es war eine Erinnerung an einen anderen Strand in der Nacht, bevor die *Prydwen* in See gestochen war . . . und er sprach zu der Gestalt, die auf dem schwarzen Felsen in nächster Nähe der leckenden Wellen saß:

»Wir scheinen die Rollen zu tauschen. Soll ich dir eine Decke geben?«

Es kam ironischer heraus, als er beabsichtigt hatte, aber das schien unwichtig zu sein. Ihre eisige Selbstbeherrschung war erschütternd vollkommen. Ohne sich umzudrehen oder zu erschrekken, murmelte Jaelle, ihren Blick noch immer auf das Wasser gerichtet: »Mir ist nicht kalt. Du hast in jener Nacht gefroren. Stört es dich so sehr?«

Sofort tat es ihm leid, so gesprochen zu haben. Immer wenn sie sich trafen, schien dasselbe abzulaufen, dieser Gegensatz zwischen Dana und Mörnir. Halb wandte er sich schon um, um wieder zurückzukehren, hielt aber dann inne, fast nur aus Eigensinn.

Er holte Atem, versuchte, jede Veränderung seiner Stimme zu vermeiden und antwortete: »Eigentlich nicht, Jaelle. Ich habe es nur so zum Gruß gesagt, weiter nichts. Nicht alles, was jemand zu dir spricht, mußt du als Herausforderung verstehen.«

Dieses Mal drehte sie sich um. Ihr Haar wurde von einem Silberreif zusammengehalten, aber die Enden flogen im Seewind. Er konnte ihre Augen nicht erkennen, denn das Mondlicht war hinter ihr und schien auf sein Gesicht. Eine lange Weile schwiegen sie beide, dann hielt ihm Jaelle vor: »Du hast eine merkwürdige Art, Menschen zu grüßen, Zweimal Geborener.«

Er ließ seinen Atem ausströmen. »Ich weiß«, gab er zu, »vor allem, wenn ich dich grüße.« Er machte einen kurzen Schritt, sprang nach unten und setzte sich auf den Felsen, der dem ihrigen am nächsten war. Unter ihnen schlug das Wasser an die Steine, er konnte das Salz in der Gischt riechen.

Ohne zu antworten, wandte Jaelle sich wieder dem Meer zu. Kurz darauf folgte auch Paul ihrem Beispiel. So saßen sie lange Zeit, dann fiel ihm etwas ein. Er sagte: »Du bist weit vom Tempel entfernt. Wie wolltest du eigentlich zurückkehren?«

Ungeduldig zog sie eine Haarsträhne zurück. »Mit Kimberly oder dem Magier. Ich habe eigentlich nicht darüber nachgedacht. Sie mußte rasch hierher kommen, und ich war die einzige, die ihr dabei helfen konnte.«

Er lächelte, unterdrückte dann sein Lächeln, damit sie nicht denken sollte, er spotte über sie. »Selbst wenn du mich verfluchst oder so etwas dergleichen tust, möchte ich bemerken, daß das merkwürdig selbstlos klingt ...«

Sie drehte sich ruckartig um und starrte ihn scharf an. Ihr Mund öffnete und schloß sich wieder, und selbst im Mondlicht konnte er sehen, daß sie errötete.

»Das sollte kein Stich sein«, fügte er schnell hinzu. »Wirklich, Jaelle. Ich kann mir vorstellen, was das für dich bedeutet hat.«

Ihre Farbe schwand langsam wieder hinweg. Wo der Mond ihr Haar berührte, glänzte es in einem merkwürdigen, unirdischen Rotton. Ihr Diadem glänzte. Sie entgegnete lediglich: »Das glaube ich nicht, nicht einmal du, Pwyll.«

»Dann sag mir«, bat er, »verrat mir eines, Jaelle.«

Er wunderte sich über die Intensität in seiner Stimme.

»Sprichst du etwa gerne?« schoß sie nachdenklich zurück. Als er aber dann schwieg, fügte sie langsamer und mit veränderter Stimme hinzu: »Ich habe jemanden bestimmt, mich zu vertreten, aber ich habe die Ordnung der Reihenfolge gebrochen, als ich es tat.«

»Kenne ich sie?«

Sie lächelte schlau. »Ja, eigentlich schon. Es ist das Mädchen, das uns letztes Jahr nachspioniert hat.«

Er fühlte, wie ein Schattenrand ihn streifte. Schnell blickte er auf, aber es waren keine Wolken über dem Mond. Es fand in seinem eigenen Bewußtsein statt.

»Leila? Ist es vermessen, dich nach dem Grund zu fragen? Ist sie nicht sehr jung?«

»Natürlich, das weißt du doch«, erwiderte Jaelle scharf. Und, als kämpfe sie gegen ihren eigenen Impuls, fuhr sie dann fort: »Was den Grund anbelangt: Ich kenne ihn nicht, es ist ein Instinkt, eine Vorahnung. Ich habe euch allen vorher an diesem Abend erzählt, daß sie noch immer auf Finn und deshalb auch auf die Wilde Jagd eingestimmt ist. Aber das nehme ich nicht so leicht. Ich weiß nicht, was es bedeutet. Weißt du immer, warum du etwas tust, was du tust, Pwyll?«

Er lachte bitter, sie hatte den bloßliegenden Nerv berührt, der ihn wachgehalten hatte. »Früher dachte ich es, aber jetzt nicht mehr. Seit ich im Baum war, weiß ich leider überhaupt nicht mehr, wieso ich irgend etwas tue, was ich tue. Auch ich gehe nach der Intuition, Jaelle, und ich bin nicht daran gewöhnt. Mir scheint, daß ich überhaupt keine Kontrolle mehr habe. Willst du die Wahrheit wissen?« Die Worte stolperten nur so aus ihm heraus, er sprach leise und leidenschaftlich. »Fast beneide ich dich und Kim ... Ihr scheint euch beide eures Platzes in diesem Krieg so sicher zu sein.«

Ihr Gesicht war ernst, sie dachte darüber nach. Dann verbesserte sie ihn. »Die Seherin brauchst du nicht zu beneiden, Pwyll, sie nicht. Und was mich anbelangt ...« Sie wandte sich wieder dem Meer zu. »Was mich anbelangt, so habe ich mich in meinem eigenen Heiligtum unbehaglich gefühlt, was zuvor niemals geschehen ist. Ich glaube, niemand braucht mich zu beneiden.«

»Es tut mir leid«, entschuldigte er sich und wagte, es zu tun.

Es war auch gewagt, denn ihr Blick blitzte rasch zu ihm zurück.

»Was du jetzt gesagt hast, ist allerdings eine Anmaßung«, stellte sie kalt fest, »und außerdem bist du nicht darum gebeten worden.«

Er hielt ihrem Blick stand, weigerte sich, ihm auszuweichen, suchte aber trotzdem nach etwas, was er entgegnen könnte. Noch während er dies tat, veränderte sich ihr Ausdruck, und sie fügte hinzu: »Jedenfalls würde das Mitleid, das du vielleicht empfinden könntest, durch Audiarts Vergnügen ausgeglichen, ja, mehr als ausgeglichen, wenn sie davon hören würde. Sie würde vor Freude singen, und Dana weiß, sie kann nicht singen.«

Pauls Mund stand offen. »Jaelle«, flüsterte er, »hast du gerade gescherzt?«

Sie machte eine Geste der Verzweiflung. »Was glaubst du, was wir im Tempel tun?« schnappte sie. »Glaubst du, wir stelzen nur umher und intonieren Tag und Nacht Gesänge und Flüche, oder sammeln Blut, nur so zum Spaß?«

Er ließ einen Augenblick vergehen, bevor er gegen das Geräusch der Wellen antwortete: »Das klingt irgendwie richtig«, meinte er freundlich. »Jedenfalls hast du dir keine Mühe gemacht, das Gegenteil zu behaupten.«

»Dafür gibt es Gründe«, schoß Jaelle zurück. »Du bist inzwischen sicher genügend mit der Macht vertraut, um den Grund erraten zu können. Die Wahrheit aber ist, daß die Tempel seit langem mein einziges Zuhause waren. Es gab dort Lachen, Musik und ruhige Vergnügungen, bis dann die Trockenheit und der Krieg kamen.«

Jaelles Problem oder eines ihrer Probleme, machte er sich scharfsinnig klar, lag darin, daß sie zu oft im Recht war. Er nickte. »Nun gut, aber wenn ich unrecht hatte, mußt du jedenfalls zugeben, daß der Grund dafür darin zu suchen war, daß du es wolltest. Du kannst dieses Mißverständnis jetzt mir zur Last legen. Eine Klinge sollte nicht zweischneidig sein.«

»Sie sind alle zweischneidig«, bemerkte sie ruhig. Er hatte gewußt, daß diese Entgegnung kommen würde. Auf vielerlei Weise war sie noch immer sehr jung, obwohl es selten durchschien.

»Wie alt warst du, als du in den Tempel kamst?« fragte er.

»Fünfzehn«, antwortete sie nach einer Pause. »Und siebzehn, als ich unter die Mormae aufgenommen wurde.«

Er schüttelte den Kopf. »Das ist sehr ...«

»Leila war vierzehn, und jetzt ist sie erst fünfzehn«, unterbrach sie ihn und kam ihm damit zuvor. »Und auf Grund dessen, was ich heute früh getan habe, gehört sie nun selbst zu den Mormae und ist sogar noch mehr als das.«

»Was meinst du?«

Sie fixierte ihn mit einem vorsichtigen Blick. »Versprichst du mir, darüber zu schweigen?«

»Mit Sicherheit.«

Jaelle erklärte: »Weil ich sie dazu bestimmt habe, mich in meiner Abwesenheit zu vertreten, und daraus folgt nach Danas Webmustern, daß, wenn ich in dieser Kriegszeit nicht nach Paras Derval zurückkehre, Leila Hohepriesterin wird. Mit fünfzehn.«

Gegen seinen Willen empfand er ein erneutes Frösteln, obwohl die Nacht mild und der Himmel erleuchtet war. »Du hast das doch gewußt, als du sie ernannt hast?« gelang es ihm, zu fragen.

»Natürlich«, gab sie mit mehr als nur einer Spur ihrer mühelosen Verachtung zu. »Was glaubst du, wer ich bin?«

»Eigentlich weiß ich es nicht«, gestand er ehrlich. »Warum hast du es dann getan?«

Die Frage war direkt genug, um sie zum Nachdenken zu veranlassen. Schließlich antwortete sie: »Gerade vorher habe ich es dir zu verstehen gegeben: Instinkt, Intuition. Viel mehr als das habe ich meistens nicht zur Verfügung, und darüber könntest auch du dir Gedanken machen. Kurz zuvor hast du über mangelnde Kontrolle geklagt. Eine Macht wie die unsrige ist nicht so leicht zu manipulieren, und so sollte es eigentlich auch nicht sein. Ich gebe Dana keine Befehle, ich spreche für sie. Und so, scheint mir, sprichst auch du für den Gott, wenn er sprechen will. Du könntest darüber nachdenken, Zweimal Geborener Mörnirs, ob Kontrolle für dich wirklich so wichtig ist.«

Bei diesen Worten fühlte er sich plötzlich auf eine Landstraße im Regen versetzt und er hörte, wie die Frau, die er liebte, ihm genau diese Kälte vorwarf, er hörte, daß sie ihn deshalb verlassen wolle, weil sie in ihm keinen Platz finden könne, wo sein Bedürfnis nach ihr wirklich zum Ausdruck käme. Ohne zu wissen, wie, war er plötzlich aufgestanden, und er bemerkte, daß er über der Priesterin am Meer stand. Wie es geschehen war, hatte er nicht wahrgenommen. Er sah an sich hinab, seine Hände waren zusammengekrampft. Und dann drehte er sich um und ging weg, nicht von der Wahrheit zwar, denn die ging mit ihm unter den Sternen, aber weg von den eisigen grünen Augen und der Stimme, die diese Wahrheit hier ausgesprochen hatte.

Sie beobachtete, wie er sich entfernte und war überrascht, daß sie es bedauerte. Sie hatte ihn nicht verletzen wollen. Dana wußte, daß sie ihm durch viele Dinge, die sie ihm immer wieder gesagt hatte, Wunden zufügen wollte, nicht jedoch mit diesem letzten Satz. Sie hatte es freundlich gemeint, so freundlich sie es ihrem Wesen nach meinen konnte, und hatte statt dessen einen Ort gefunden, wo er offen und verletzlich war. Dieses Wissen sollte sie sich vielleicht für zukünftige Begegnungen bereithalten. Aber während sie auf dem Felsen saß und noch einmal darüber nachdachte, was sie beide gesprochen hatten, fiel es ihr schwer, solch kalte, kontrollierende Gedanken festzuhalten. Angesichts dieser Ironie lächelte sie ein wenig in sich hinein, wandte sich zum Meer . . . nur um ein Geisterschiff zu sehen, das zwischen ihr und dem untergehenden Mond auf dem Wasser fuhr.

»*Pwyll!*« fast ohne Gedanken schrie sie seinen Namen hinaus. Sie sprang auf und ihr Herz pochte wild vor Schrecken und Schauder. Sie konnte ihre Augen nicht von diesem Schiff abwenden. Langsam bewegte es sich von Norden nach Süden, quer über ihre Blickrichtung, obwohl der Wind vom Westen wehte. Seine Segel waren zerfetzt und zerrissen und der niedrig stehende Mond schien mühelos durch sie hindurch. Er beleuchtete die abgebrochenen Masten, die zerschmetterte Gallionsfigur, die zertrümmerte Erhebung auf dem Deck, wo sich die Ruderpinne befunden hatte. Tief unten am Wasserspiegel glaubte sie ein dunkles Loch in der Flanke des Schiffes sehen zu können, wo das Meer hereingeschossen sein mußte.

Auf keine Weise konnte dieses Schiff normal segeln.

Sie hörte Pwylls schnelle Fußschritte, und dann war er wieder neben ihr. Sie wandte sich nicht um, sie verharrte in Schweigen. Aber sie nahm seine heftigen Atemzüge wahr und sprach ein innerliches Gebet der Erleichterung: Auch er sah das Schiff. Es war nicht das Phantom ihres eigenen Geistes, es war nicht das Vorspiel zum Wahnsinn.

Plötzlich streckte er eine Hand aus und zeigte schweigend auf das Schiff. Sie folgte der Richtung seines Fingers. Vorne am Schiff an der Reling, die ihnen am nächsten war, stand ein Mensch, ein einsamer Seemann, und auch durch ihn schien der Mond hindurch.

Er hielt etwas in seiner Hand hoch erhoben und streckte es über die Reling zu ihnen hin, und Jaelle sah, mit einem zweiten Aufwallen von Schauder, daß es ein Speer war.

»Ich wäre dir für deine Gebete dankbar«, sagte Pwyll.

Sie hörte einen Flügelschlag unsichtbarer Flügel. Sie blickte auf und dann schnell wieder zu ihm zurück. Er schritt von dem Felsen herab, auf dem sie standen.

Und begann über die Wellen zum Schiff hinzugehen.

Danas Machtbereich endete vor dem Meer. Und trotzdem, dachte Jaelle, die Hohepriesterin. Trotzdem. Sie schloß ihre Augen, um den ersten Schritt zu tun, sie wußte, sie würde sinken, aber sie folgte ihm.

Sie ging nicht unter. Die Wellen benetzten kaum die Sandalen, die sie trug. Sie öffnete die Augen, sah, wie Pwyll zielstrebig vor ihr über das Wasser wandelte und beschleunigte ihren Schritt, um ihn einzuholen.

Sie erntete einen verblüfften Blick, als sie ihn erreichte. »Vielleicht brauchst du mehr als Gebete«, sprach sie ihn kurz an. »Und Dana am Meer zu beschwören ist aussichtslos, das habe ich dir zuvor schon einmal gesagt.«

»Ich erinnere mich«, bestätigte er und machte einen kleinen Schritt nach oben, um eine heranrollende Welle zu übersteigen. »Und das macht dich entweder sehr mutig oder wirklich sehr dumm. Oder vielleicht beides?«

»Wenn es dir beliebt«, gab sie zurück und verbarg ein plötzliches Aufwallen des Vergnügens. »Es tut mir auch leid, daß meine Worte von zuvor dir Schmerz bereitet haben. Dieses eine Mal hatte ich es nicht gewollt.«

»Ja, dieses eine Mal«, wiederholte er trocken, aber sie begann nun endlich, die wechselnden Nuancen in seiner Stimme wahrzunehmen, und das hier war milde Ironie und weiter nichts. »Ich weiß, daß du es nicht wolltest«, versicherte er und machte sich daran, ein Wellental zu umgehen. »Diesen Schmerz habe ich mir selbst zugefügt. Ich werde versuchen, es irgendwann zu erklären, wenn du möchtest.«

Sie antwortete nichts, konzentrierte sich nur darauf, auf dem Wasser zu gehen. Die Empfindung war unheimlich. Jaelle fühlte sich vollkommen und makellos im Gleichgewicht. Sie mußte aufpassen, wohin sie ihre Füße setzte und wie sich das Meer vor ihnen bewegte, aber dann war es kein Problem mehr, über die Wasserfläche zu gleiten. Nur der Saum ihres Kleides war ein wenig naß. Wenn sie nicht auf ein Schiff zugegangen wären, das vor tausend Jahren zerstört worden war, hätte sie es sogar angenehm empfunden.

Aber je mehr sie sich diesem Schiff näherten, um so unheimlicher und durchsichtiger ragte dieses hohle Fahrzeug vor ihnen auf. Als sie die Flanke erreichten, konnte Jaelle deutlich die klaffenden Löcher sehen, die in die Seitenflächen gerissen waren, und im nunmehr offenen Bauch von Amairgens Schiff glitzerte das Meer im Mondlicht.

Ja, es war Amairgens Schiff, was hätte es sonst auch sein können ... in der Bucht des Anor Lisen. Sie hatte keinerlei Vorstellung darüber, welche Kraft es in dieser sichtbaren Welt hielt, wie es überhaupt in dieser Gestalt segeln konnte. Sie wußte jedoch jenseits allen Zweifelns, wer der Seemann hoch über ihnen sein mußte. Einen Augenblick lang, als sie auf den Wellen unmittelbar unter dieser großgewachsenen geisterhaften Gestalt stehen blieben, dachte Jaelle über die Macht der Liebe nach und sandte ein kurzes Gebet um Lisens Frieden an der Seite des Webers aus.

Dann sprach Amairgen oder was von ihm nach einem so lange vergangenen Tod noch geblieben war, und das Mondlicht schien durch ihn hindurch. Seine Stimme klang wie der tiefe Ton eines Schilfrohres, in dem der Wind spielte. Er fragte: »Warum seid ihr gekommen?«

Jaelle war erschüttert, ihr Gleichgewicht kam ins Wanken. Sie hatte einen Willkommensgruß erwartet, obwohl sie nicht wußte, warum, aber nicht diese kalte, direkte Frage. Mit einem Male erschien das Meer erschreckend dunkel und tief und das Land sehr fern. Sie fühlte, wie eine unpersönliche Hand sie an ihrem Ellbogen stützte. Pwyll wartete, bis sie nickte und wandte seine Aufmerksamkeit dann wieder dem Mann zu, der von Deck aus zu ihnen gesprochen hatte.

Sie sah, wie er zu dem Magier hochblickte, der von dem Seelenverkäufer getötet worden war. Pwyll, der in seinen besten Zeiten allenfalls blaß war, war nun selbst weiß und geisterhaft im flutenden Mondlicht. In seinen Augen aber flackerte kein Zweifel, in seiner Stimme klang kein Zögern, als er antwortete. »Wir sind des Speeres wegen gekommen, unruhiger Geist ... Und um dir die Nachrichten zu bringen, nach denen du so viele Jahre gesucht hast.«

»Es war jemand im Turm«, schrie der Geist. Jaelle schien es, als ob der Wind sich hob, soviel Schmerz lag in den Worten, so alt war die Last dieses Verlustes. »Es war jemand im Turm, und deshalb bin ich zurückgekommen, zurück zu dem Platz, zu dem ich als Lebender nie kam, zu dem Platz, wo sie starb. Wer war in diesem Raum und hat mich zurückgehalten?«

»Guinevere«, antwortete Pwyll und wartete. Amairgen schwieg. Jaelle nahm das Schwanken des Meeres unter ihren Füßen wahr. Einen Augenblick lang blickte sie nach unten und dann wieder schnell nach oben. Es verursachte ihr Schwindel, daß sie unter ihren Füßen Sterne gesehen hatte.

Amairgen lehnte sich über die Reling. Sie war die Hohepriesterin der Dana, und über ihr stand der Geist des Mannes, der Danas Kraft in Fionavar gebrochen hatte. Sie sollte ihn eigentlich verfluchen, sagte ein Teil in ihr, ihn verfluchen, wie es die Priesterinnen der Göttin zu jeder Monatswende taten. Sie sollte ihr Blut in das Meer unter ihr fließen lassen, sie sollte die bitterste Beschwörung der Mutter aussprechen. Es war mehr als irgend etwas anderes zuvor ihre Pflicht, aber sie konnte es nicht tun. In dieser Nacht empfand sie nicht diesen Haß für seine längst vergangene Tat, und irgendwie wußte sie, daß sie ihn auch nie wieder empfinden würde. Zuviel Schmerz, zuviel Gram trug er in sich. Die Geschichten schienen alle ineinander aufzugehen. Sie schaute zu ihm hoch, sah, was er in der Hand hielt, schwieg und beobachtete.

Durch ihren Blickwinkel konnte sie ihn nur verkürzt sehen, dennoch erkannte sie seine durchsichtigen gemeißelten Gesichtszüge, seine langen blassen Haarlocken und den mächtigen schimmernden Speer, den er in seinen Händen wiegte. Auf einem Finger trug er einen Ring, und sie glaubte zu wissen, was es war.

»Dann ist auch der Krieger hier?« fragte Amairgen, und es klang wie ein Atemzug aus einem mondbeschienenen Schilfrohr.

»Ja«, bestätigte Pwyll und fügte nach einer Pause hinzu: »Auch Lancelot.«

»Was!«

Sogar in der Dunkelheit und von ihrem Platz aus sah Jaelle, daß seine Augen plötzlich wie Saphire in der Nacht funkelten. Seine Hände glitten über den Speer. Pwyll wartete ohne Eile, bis die Gestalt über ihnen die Bedeutung dieser Nachricht ermessen habe.

Dann hörten sie Amairgen sehr förmlich fragen: »Welche Neuigkeit habt ihr für mich nach so langer Zeit?«

Jaelle bemerkte mit Überraschung Tränen auf Pwylls Gesicht. Er beschied ihm sehr freundlich: »Neuigkeiten, die dir Ruhe bringen, unruhiger Geist, du bist gerächt, deine Besatzung ist erlöst worden. Der Seelenverkäufer Maugrims ist tot. Geh heim, Erster der Magier, Geliebter von Lisen. Segle zwischen den Sternen nach Hause an die Seite des Webers, nach all diesen Jahren sei dir Friede gewährt. Wir sind nach Cader Sedat gefahren und haben das Böse dort mit der Kraft deines Stabes vernichtet, ihn hat einer gehalten, der dir folgte: Loren Silbermantel, Erster Magier von Brennin. Was ich dir heute nacht sage, ist wahr. Ich bin der Zweimal Geborene Mörnirs, Herr des Sommerbaums.«

Nun ertönte ein Geräusch, das Jaelle in all ihren restlichen Tagen niemals mehr vergessen sollte. Es kam nicht von Amairgen, sondern schien eher aus dem Schiff selbst emporzusteigen, obwohl man dort niemand sehen konnte: ein hoher, scharfklagender Ton, der auf irgendeine Weise mit dem schmalen Mond im Westen verschwistert war, der schmerzvoll zwischen Ekstase und Gram schwebte. Mit einemmal bemerkte sie, daß tatsächlich noch weitere Geister zugegen waren, obwohl sie unsichtbar waren. Das Geisterschiff hatte eine Besatzung.

Dann sprach Amairgen, das Geräusch seiner Seeleute übertönend, zu Pwyll: »Wenn das so ist, wenn das so geschehen ist, dann entlasse ich in Mörnirs Namen den Speer in deine Obhut. Aber um eines will ich dich bitten, eines brauche ich noch, bevor ich zur Ruhe komme. Noch ein Tod muß gerächt werden.«

Zum ersten Mal sah sie, daß Pwyll zögerte. Sie wußte nicht, warum, etwas anderes jedoch wußte sie und sie fragte: »Galadan?« Sie hörte, wie Pwyll Luft holte und fühlte gleichzeitig die Saphiraugen dessen, der die Himmelsgeschichte gefunden hatte, die ihren fixieren. Sie nahm alle Willenskraft zusammen, um ihnen nicht auszuweichen.

Seine Worte drangen in ihr Ohr: »Du bist weit von deinem Tempel und deiner durstigen Axt entfernt, Priesterin. Fürchtest du nicht das mörderische Meer?«

»Ich fürchte den Entwirker mehr«, entgegnete sie und war erfreut, daß ihre Stimme stark und stetig klang. *Das mörderische Meer,* registrierte sie mit Trauer: *Lisen.* »Und ich hasse die Finsternis mehr, als ich irgendeinen der Magier, die dir gefolgt sind, gehaßt habe. Ich spare mir meine Flüche für Maugrim auf und ...« Sie schluckte. »... und ich werde nach dieser Nacht um deinen und Lisens Frieden zu Dana beten.« Wie Pwyll beendete sie ihre Rede rituell: »Was ich dir heute nacht sage, ist wahr. Ich bin die Hohepriesterin der Göttin in Fionavar.«

Was habe ich gesagt? dachte sie in versonnenem Staunen, hoffte jedoch, daß es nicht in ihren Augen aufscheine. Er blickte aus dem zerstörten Schiff ernst auf sie hinab, und sie konnte zum erstenmal etwas in ihm sehen, was über Macht und Schmerz hinausging. Er war geliebt worden, erinnerte sie sich, und er hatte so sehr geliebt, daß es ihn über den Tod hinaus all diese Jahre hindurch in Gram und Kummer an diese Bucht gebunden hatte, wo Lisen gestorben war.

Amairgen sprach über die Geräusche hinweg, die aus dem zerrissenen Bauch des Schiffes kamen, und sagte: »Ich werde für deine Gebete dankbar sein.«

Dieselben Worte, dachte sie, die auch Pwyll vorher gesprochen hatte. Es schien ihr, daß dies eine Nacht außerhalb der Zeit geworden war, wo alles auf die eine oder andere Weise seine Bedeutung hatte.

»Galadan«, wiederholte Amairgen. Das Klagen aus dem dunklen Schiff wurde jetzt lauter. Sie hörte sowohl Freude als auch Schmerz. Sie sah, wie der Mond durch das zerfallene Gebälk schien. Noch während sie beobachtete, löste es sich zusehends auf. »Galadan«, schrie Amairgen ein letztes Mal und blickte auf den Zweimal Geborenen hinab, während er sprach.

»Ich habe es geschworen«, bekräftigte Pwyll, und Jaelle hörte das erste Mal einen Zweifel in seiner Stimme. Sie sah, wie er Atem holte und seinen Kopf höher hob. »Ich habe geschworen, daß er mein ist«, wiederholte er, und diesmal klang es überzeugend. »So sei es«, echote Amairgens Geist. »Möge dein Faden niemals verloren gehen.« Er begann hinwegzuschwinden, und sie konnte einen Stern durch ihn hindurchscheinen sehen. Er hob den Speer und schickte sich an, ihn über die Reling zu ihnen hinunterzuwerfen.

Danas Reich endete am Meeresstrand, hier hatte sie keine Macht. Aber Jaelle war noch immer, was sie war, und während sie noch auf den dunklen Wellen stand, kam ihr ein Gedanke.

»*Warte!*« schrie sie scharf und klar in die gestirnte Nacht hinaus. »Amairgen, halt!«

Sie glaubte schon, daß es zu spät sei. Er war bereits so durchsichtig und das Schiff so flüchtig und verschwindend, daß sie den tiefstehenden Mond durch seine Planken hindurch sehen konnte. Das Klagen der unsichtbaren Seeleute schien von sehr ferne zu kommen.

Trotzdem kam er zurück. Er ließ den Speer nicht los und nahm unter ihren Augen wieder eine dichtere Form an. Das Schiff war still geworden und schwankte auf den sanften Wellen auf und ab.

Pwyll verharrte in Schweigen und wartete nur. Sie wußte, daß es nichts gab, was er sagen konnte. Er hatte getan, was er konnte, hatte das Schiff erkannt als das, was es war, hatte den Speer erkannt, hatte sich über die Wellen hinausgewagt, um diesen Speer zu fordern, und er hatte den Magier von seinem langen, qualvollen Segeln befreit. Er hatte ihm Botschaften von Rache, aber auch von Erlösung gebracht.

Was jetzt noch geschehen mußte, war ihre Aufgabe, denn er konnte nicht wissen, was sie wußte.

Der kalte Geisterblick des Magiers fixierte sie. Er forderte sie auf: »Sprich, Priesterin, warum sollte ich für dich innehalten?«

»Weil ich dir eine Frage stellen will, und ich spreche nicht für Dana, sondern im Namen des Lichtes.« Plötzlich fürchtete sie sich vor ihrem eigenen Gedanken, vor dem, was sie von ihm wollte.

»Dann frage«, gebot Amairgen von hoch oben. Zu lange war sie Hohepriesterin gewesen, als daß sie selbst in diesem Augenblick so direkt hätte sein können. Sie sagte: »Du warst kurz davor, den Speer fallenzulassen. Hast du geglaubt, du könntest dich auf diese Weise so leicht von deiner Aufgabe befreien, um derentwillen du ihn tragen mußtest?«

»Ja«, antwortete er, »indem ich ihn in eure Obhut für den

Krieger in Fionavar gegeben hätte.«

Jaelle nahm ihren ganzen Mut zusammen und entgegnete kalt: »So nicht, Magier. Soll ich dir verraten, warum?«

In seinen Augen war Eis, sie waren kälter, als ihre eigenen jemals werden konnten, und wieder ertönte bei ihren Worten ein tiefes, unheilschwangeres Geräusch aus dem Schiff. Pwyll sagte nichts. Er hörte zu und balancierte neben ihr auf den Wellen.

»Nenne mir den Grund«, forderte Amairgen.

»Weil du den Speer dem Krieger zum Gebrauch gegen die Finsternis geben solltest, und nicht von den Kriegsschauplätzen wegtragen solltest.«

Aus dem mondbeschienenen Winter seines Todes schien der Gesichtsausdruck des Magiers beißend spöttisch. »Du argumentierst wie eine Priesterin«, murmelte er. »Es ist offensichtlich, daß sich in Gwen Ystrat nichts verändert hat, trotz all der Jahre, die vergangen sind.«

»Nicht so«, verbesserte Pwyll zu ihrer und des Magiers Überraschung ruhig. »Sie hat dir angeboten, für dich zu beten, Amairgen. Und wenn du uns deutlich sehen kannst, so wirst du wissen, daß sie um deinetwillen geweint hat, als sie sprach. Und du wirst erkennen, vielleicht besser als ich, welche Veränderung das anzeigt.«

Sie schluckte und fragte sich, ob sie wirklich gewollt hatte, daß er das sehen konnte. Aber es war keine Zeit, um darüber nachzudenken.

Statt dessen erhob sie wieder ihre Stimme: »Höre mich, Amairgen Weißast, von dem es lange hieß, daß er Rakoth Maugrim und die Legionen der Finsternis mehr als irgendein Mensch, der jemals gelebt hat, haßte. Gerade jetzt reitet der Großkönig von Brennin von Celidon aus zur Schlacht ... Das jedenfalls glauben wir. Wieder führt er den Krieg zu Maugrim nach Andarien, wie es der Großkönig auch zu deiner Zeit getan hat. Wir müssen ebenso weit gehen wie das Heer, und wir sind zu Fuß. Weder der Krieger mit dem Speer noch irgendeiner von uns hier am Anor wird rechtzeitig dort ankommen. Wir haben drei, vielleicht sogar vier Tage Fußmarsch durch Sennett vor uns, bevor wir den Celyn überqueren können und nach Andarien gelangen.«

Es stimmte. Sie hatte es ebenso gewußt wie Diarmuid und

Brendel. Aber sie hatten keine anderen Möglichkeiten, wenn sie einmal davon ausgingen, daß Aileron von der Schlacht, die ihm bei Celidon entgangen war, nach Norden reiten würde. Es blieb ihnen nur, so schnell und weit zu gehen, wie sie nur konnten, und zu beten.

Aber jetzt gab es vielleicht eine andere Möglichkeit, eine schreckliche zwar, aber die Zeiten waren schrecklich, und es schien, als sei es ihre Aufgabe, für die Lösung dieses Problems zu sorgen.

»Wenn das, was du mir sagst, wahr ist«, ließ sich der Geist vernehmen, »dann habt ihr allerdings einen Grund zur Furcht. Aber du wolltest etwas fragen. Deshalb bin ich geblieben. Sprich, denn Höflichkeit allein kann mich in dieser Stunde der Erlösung nicht mehr länger halten.«

Und so stellte sie ihre Frage: »Kann dein Schiff auch sterbliche Menschen tragen, Amairgen?«

Pwyll zog kurz und hörbar die Luft ein.

»Weißt du, worum du bittest?« fragte Amairgen ganz leise. Es war kalt auf den Wellen an der Breitseite dieses blassen Schiffes. Sie bekannte: »Ich glaube, ja.«

»Weißt du, daß wir jetzt erlöst sind? Daß die Nachricht vom Tod des Seelenverkäufers unsere Erlösung aus der Bindung an das Meer bedeutet? Und würdest du uns noch länger binden wollen?« Es war sehr schwierig geworden, aber sie fuhr fort: »Ich habe keine Macht, dich zu halten, Magier. Ich habe hier keine Macht, keine Kontrolle über dich. Ich habe eine Frage gestellt, und nichts weiter.« Sie bemerkte, daß sie zitterte.

Eine nicht endenwollende Zeitlang schwieg der Geist von Conarys Magier. Dann fragte er mit einer Stimme, die wie die Bewegung des Windes klang: »Würdet ihr mit den Toten segeln?«

Das mörderische Meer, dachte sie zum zweitenmal. So fern von den Tempeln empfand sie eine marktiefe Angst in sich. Aber sie verbarg sie und schlug dann zurück.

»*Könnten* wir es denn?« fragte sie dagegen. »Wir sind fünfzig, und wir müssen in zwei Tagen von jetzt an an der Mündung des Celyn sein.«

Die Planken des Schiffes vor ihnen sahen schwarz und zersplittert aus. Auf der Höhe des Wasserspiegels klaffte ein riesiges Loch, in welches das Meerwasser hineinfloß.

Amairgen blickte hinab, und sein blasses Haar war von der nächtlichen Brise zerzaust. Er versprach: »Wir werden es tun. Eine Nacht, einen Tag und eine Nacht werden wir euch an den Cliffs von Rhudh zum Sennettstrand tragen und dann wieder hinab zu dem Ort, wo der Celyn ins Meer mündet. Ich will mir die Gebete, die du mir angeboten hast, verdienen, Hohepriesterin der Dana . . . und das Salz deiner Tränen.«

Im dünnen Mondlicht war es schwer zu erkennen, und sie stand weit unter ihm, dennoch schien ihr, als liege in seinem Lächeln eine gewisse Freundlichkeit.

»Wir können euch fahren, aber ihr werdet keinen von den Seeleuten zu Gesicht bekommen, und mich nur dann, wenn die Sterne am Himmel sind. Hinter euch ist eine Leiter, ihr könnt beide an Bord kommen, und wir werden das Schiff am Fuße des Anor für eure Gefährten vor Anker gehen lassen.«

»Aber die Bucht ist sehr seicht«, gab Pwyll zu bedenken. »Kannst du so nahe herankommen?«

Daraufhin warf Amairgen plötzlich seinen Kopf zurück und lachte hart und kalt in der Dunkelheit über dem Meer. »Zweimal Geborener des Mörnir«, rief er, »es sei dir klar, was zu tun du dich anschickst. Kein Meer ist zu seicht für dieses Schiff. *Wir sind nicht hier.* Auch du wirst nicht hier sein, wenn du auf diesem Deck stehst. Ich frage dich von neuem . . . möchtest du mit den Toten segeln?«

»Ich will«, bejahte Pwyll ruhig, »wenn es das ist, was wir tun müssen.«

Die beiden begaben sich am Schiff entlang zu einer Stelle, wo eine Strickleiter über die fast durchsichtige Planke des zerfallenen Schiffes herabhing. Sie blickten einander an und sagten nichts. Als erster ging Pwyll und vertraute sein Gewicht der Leiter an. Sie hielt, und er kletterte langsam nach oben, bis er schließlich auf dem Deck stand. Jaelle folgte ihm. Dafür, daß sie auf nichts und um nichts zu erreichen emporkletterte, schien es ein langer Weg zu sein. Sie versuchte, nicht darüber nachzudenken. Pwyll streckte die Hand nach ihr aus. Sie nahm sie und ließ sich auf Deck helfen. Es hielt ihrem Gewicht stand, aber wenn sie hinabschaute, konnte sie bis auf die unteren Planken hindurchsehen. Die Wellen spülten durch den Rumpf des Schiffes. Schnell blickte sie wieder auf.

Der Wind hatte sich plötzlich gelegt, aber der Mond und die Sterne schienen heller. Amairgen kam ihnen nicht näher. Er ging zur Ruderpinne, und ohne sichtbare Hilfe brachte er das Schiff in Richtung auf die Anlegestelle.

Niemand war sichtbar, aber ringsumher hörte Jaelle jetzt Schritte, dann das Knattern der zerrissenen Segel, die sich plötzlich füllten, obwohl sie noch immer keinen Atemzug von Wind spüren konnte.

Es waren dünne Stimmen, ein Faden von einer Art Gelächter . . . dann segelten sie zum Anor. Auf das Land blickend konnte sie feststellen, daß die anderen alle erwacht waren und in Schweigen warteten. Sie fragte sich, ob sie für alle sichtbar wären und wie sie und Pwyll wohl aussahen, wenn sie hier oben standen, ob sie selbst ebenfalls Geister geworden waren. Und sie überlegte, wie die am Ufer Versammelten wohl aussehen würden, wenn sie dieses Schiff beträten, falls dies jemals geschehen sollte.

Worte schienen überflüssig zu sein. Diarmuid hatte mit beunruhigender Schnelligkeit bereits begriffen, was geschah.

Amairgen lenkte sein Schiff behutsam vor Lisens Turm, was ihm in seinem sterblichen Leben, wie Jaelle wußte, niemals zu tun vergönnt war. Sie blickte zu ihm hinüber, konnte aber in seinem Gesicht nichts lesen. Sie fragte sich, ob sie sich das Lächeln, das sie von unten her gesehen zu haben glaubte, nur eingebildet hatte. Aber für solche Überlegungen war jetzt keine Zeit mehr. Schon kamen die ersten über den Landungssteg herauf über die Reling, in ihren Augen standen Furcht und Staunen in jeweils verschiedenem Maße. Sie und Pwyll halfen ihnen. Zuletzt kamen Sharra, dann Guinevere und Arthur und ganz zum Schluß Diarmuid dan Ailell. Er sah auf Pwyll, und dann schwenkten seine blauen Augen zu Jaelle hinüber, und er hielt sie mit einem langen Blick fest. »Nicht viel von einem Schiff«, murmelte er schließlich, »aber ich gebe zu, daß auch alles sehr schnell ging.«

Sie stand zu sehr unter Spannung, als daß sie an eine Erwiderung auch nur denken konnte. Dazu gab er ihr auch keine Gelegenheit. Er beugte sich geschwind und küßte ihre Wange – was ihm keinesfalls erlaubt war – und sagte: »Sehr leuchtend gewoben, Erste der Dana. Alle beide.« Und er ging hinüber und küßte auch Pwyll.

»Ich wußte nicht«, bemerkte Pwyll trocken, »daß du so etwas so anregend findest.«

Und das, entschied Jaelle dankbar, reichte auch für ihre Antwort.

Jetzt befanden sich alle an Bord, sie waren still inmitten der Schritte unsichtbarer Seeleute und der Füllung der Segel, die viel zu zerrissen waren, um sich füllen zu können, in einem Wind, den niemand von ihnen spüren konnte.

Jaelle wandte sich um und sah, daß Amairgen langsam auf Arthur zuging und dabei den Speer in seinen Händen wiegte. Noch etwas mußte getan werden, erkannte sie.

»Seid willkommen«, begrüßte der tote Magier den Krieger. »Sofern die Lebenden hier willkommen sein können.«

»Sofern ich am Leben bin«, antwortete Arthur ruhig.

Amairgen sah ihn einen Augenblick lang an, sank dann auf einem Knie nieder. »In dieser Welt mußte ich einen Gegenstand bewahren, der Euch gehört, Herr. Wollt ihr den König-Speer aus meinen Händen annehmen?«

Sie fuhren aufs Meer hinaus, umrundeten die Krümmung der Bucht und bogen unter den Sternen nach Norden ab.

Sie hörten Arthurs schlichte Worte: »Ich will ihn annehmen.« Und seine Stimme trug die Töne und Zwischentöne von so vielen Jahrhunderten und so vielen Kriegen.

Amairgen hob den Speer. Arthur nahm ihn, und als er es tat, blitzte der König-Speer einen blendenden Augenblick lang bläulich-weiß auf. Und in diesem Augenblick ging der Mond unter.

Guinevere wirbelte jäh herum, als hätte sie ein Geräusch gehört. Schweigend blickte sie auf den Strand zurück und auf den Wald, der dahinter lag. Dann flüsterte sie: »O mein Geliebter, o mein innig Geliebter.«

Kapitel 9

Als Flidais schließlich den Heiligen Hain erreichte, war der Kampf schon seit einiger Zeit in vollem Gange. Er mußte feststellen, daß er als letzter angekommen war. Alle wandernden Geister des Waldes waren zugegen, umringten die kreisförmige Lichtung, beobachteten, und jene, die sich nicht fortbewegen konnten, waren trotzdem anwesend, sie hatten ihre Aufmerksamkeit auf diesen Ort gelenkt und sahen durch die Augen derer, die hier versammelt waren.

Als er sich näherte, machten sie für ihn Platz, einige bereitwilliger als andere, und es fiel ihm auf. Immerhin war er schließlich der Sohn Cernans. Sie machten Platz, damit er zur Lichtung durchgehen könne.

Und so durchquerte er den Kreis dieser schattenhaften Gesellschaft, gelangte unmittelbar an den Rand der Lichtung, und als er sie betrat, sah er Lancelot verzweifelt im Sternenlicht um sein und Dariens Leben kämpfen.

Flidais hatte lange Zeit gelebt, aber er hatte den Ältesten bisher erst einmal gesehen, und zwar in jener Nacht, als sich ganz Pendaran wie auch heute versammelt hatte. Damals war Curdardh aus der Erde hervorgebrochen, um Amairgen von Brennin zu erschlagen, der es gewagt hatte, eine Nacht in der Lichtung zu verbringen. Zu dieser Zeit war Flidais sehr jung gewesen, aber da er schon immer ein kluges, aufmerksames Kind war, konnte er sich deutlich erinnern: Der Dämon hatte es nicht einmal für nötig gehalten, seinen Hammer zur Hand zu nehmen, er hatte versucht, das Bewußtsein des vermessenen Eindringlings zu erdrücken und zu überwältigen, denn dieser war ja nur ein Sterblicher und würde ihm niemals widerstehen können. Und trotzdem, erinnerte sich Flidais, hatte Amairgen sich durchsetzen können. Mit einem eisernen Willen und Mut, wie Cernans jüngster Sohn ihn in all den Jahren, die inzwischen abgelaufen waren, nie mehr erlebte, hatte Amairgen sich gegen den Ältesten zur Wehr gesetzt und dabei den Sieg errungen.

Aber nur, weil ihm geholfen wurde.

Flidais würde niemals vergessen, wie erregt und erschrocken er war, als er plötzlich bemerkte, daß Mörnir in den Kampf eingriff. (Es war so aufregend wie der Geschmack des verbotenen Weines in Machas Wolkenpalast oder der erste und einzige Blick, den er auf Ceinwen werfen konnte, als sie nackt ihrem Teich im Faelinnhain entstieg.) Am Ende des Kampfes hatte Amairgen Curdardh in der Stunde vor Morgengrauen zurückgetrieben, und der Gott, der später mit der furchterregenden Autorität seiner Donnerstimme behauptete, daß er durch Amairgens Sieg gerufen und gebunden worden war, schickte dem Sterblichen seinen eigenen Gruß hinab und gewährte ihm auf diese Weise die Runen der Himmelstradition.

Später hatte sich Mörnir dann mit Dana auseinandersetzen müssen, was ein Chaos unter den Göttinnen und Göttern hervorgerufen hatte. Und das, dachte Flidais, der nun tausend Jahre später wieder in derselben Lichtung stand, hatte nichts und alles mit den gegenwärtig ablaufenden Geschehnissen zu tun. Als er die Gestalten, die hier unter den Sternen kämpften, beobachtete, offenbarten sich dem kleinen Andain zwei deutliche Wahrheiten: Aus irgendeinem unbekannten Grund . . . und Flidais wußte noch nichts von Lancelots Aufenthalt bei den Toten in Cader Sedat . . . verwendete der Dämon nicht nur die Kraft seines Bewußtseins in diesem Kampf, sondern auch seinen Hammer und seine schreckliche physische Gegenwart. Das war das eine, was er bemerkte. Das zweite aber war, daß Lancelot ohne irgendeine fremde Hilfe allein kämpfte, nur mit seinem Schwert und mit seiner virtuosen Kunstfertigkeit.

Und das hieß für den beobachtenden Andain, daß er nicht gewinnen konnte, trotz allem, was er war und immer gewesen war: unvergleichlich unter allen Sterblichen in allen Welten des Webers.

Flidais erinnerte sich mit strahlender Klarheit an diese Zeit, als er Taliesin in Camelot gewesen war und diesen Mann zum ersten Mal hatte kämpfen sehen. Und nun schnürte es ihm die Kehle zu, wie dieser verblüffende Mut der Verzweiflung hier vergeudet wurde. Er war über sich selbst erstaunt: Von den Andain erwartete man nicht, daß sie sich um die Angelegenheiten von Sterblichen kümmerten, selbst wenn es ein Lancelot war, und außerdem war er selbst ein Wächter des Waldes, und dieser Mann entweihte den Heiligen Hain. Seine eigene Zugehörigkeit, seine eigene Pflicht hätten so klar und deutlich sein sollen, wie der Kreis des Himmels über der Lichtung.

Noch vor einem Tag und vielleicht mit jemand anderem wäre es vielleicht auch so gewesen. Aber nun nicht mehr und nicht mit Lancelot. Das Sternenlicht schärfte Flidais' Augen, er sah zu und verriet seine alte Treuepflicht, indem er sich grämte über das, was er da miterleben mußte.

Curdardh wechselte ständig seine Gestalt, seine amorphe, flüssige Physis fand immer neue und bedrohlichere Formen, während er kämpfte. Flidais beobachtete, wie er sich ein zusätzliches Glied wachsen ließ, an dessen Ende sich ein Steinschwert bildete, das aus seinem eigenen Körper erzeugt war. Mit diesem Schwert forderte er Lancelot heraus, trieb ihn bis zu den Bäumen an der östlichen Seite der Lichtung zurück und ließ dann seinen mächtigen Hammer mit müheloser urtümlicher Kraft in einem vernichtenden Schlag herabschwingen.

Und gerade noch gelang es Lancelot, ihm auszuweichen. Er warf sich zu Boden, rollte sich unter dem Hammer, der ihn zerschmettern sollte, vorbei und flog über das gleichzeitig zuschlagende Schwert, er landete auf seinen Knien und versetzte Curdardh einen Schlag aus der Rückhand mit seiner eigenen Klinge, der den neu gewachsenen Arm an der Schulter vollständig abtrennte. Das Steinschwert fiel auf das Gras, ohne Schaden anzurichten.

Flidais holte in Staunen und Ehrfurcht Atem. Und stieß nach einem Augenblick wilder unvernünftiger Hoffnung einen langen Seufzer des Leidens aus. Denn der Dämon lachte nur . . . er war weder ermüdet noch verletzt . . . und bildete aus seinem schiefergrauen Torso ein weiteres Glied. Mit einem Schwert daran, genau wie zuvor.

Und wieder griff er ohne nachzulassen, ohne Rücksicht erneut an. Wieder wich Lancelot dem schwer geschmiedeten Hammer aus, ein weiteres Mal parierte er einen Schlag des Steinschwertes und plazierte diesmal mit einer Bewegung, die so schnell war, daß man kaum folgen konnte, einen Schlag auf den dunklen, von Maden bedeckten Kopf des Dämons.

Das mußte ihm aber Schmerz verursachen, dachte Flidais, der sich noch immer wunderte, wie sehr er sich sorgte. Und er schien recht zu haben, den Curdardh zögerte, torkelte und polterte einen Augenblick schweigend, aber nur um sich wieder zu verändern, diesmal zu einer lebenden Kreatur aus gesichtslosem Stein, die gegen jedes Schwert, wie fest es auch geschmiedet und gehärtet sein mochte, gefeit war. Und er begann, den Mann in dem kleinen Kreis der Lichtung umherzutreiben, ihm den Weg abzuschneiden und das Leben aus ihm herauszuquetschen.

Flidais erkannte in diesem Augenblick, daß er von Anfang an richtig vermutet hatte. Jedesmal, wenn Lancelot irgendeinen Schlag, irgendeine Verletzung lanciert hatte, konnte sich der Dämon in eine Gestalt verwandeln, die sich Lancelots Angriffen entzog. Er konnte sich von jeder Schwertwunde heilen und gleichzeitig den allmählich ermüdenden Mann dazu zwingen, seinem bedrohlichen Nachsetzen auszuweichen. Curdardh war agil und gefährlich trotz seines verstümmelten Beines . . . diese Verkrüppelung war ihm vor Jahrtausenden zugefügt worden, um ihn als Wächter an diesen Ort zu fesseln . . . aber selbst wenn Lancelot ihm entgangen wäre, hätten die Bäume des Haines und die kleinen Waldgeister, die dem Kampf auf der schmalen Lichtung zusahen, ihn keinesfalls aus diesem heiligen Ort, den er entweiht hatte, auch nur einen Augenblick lang entweichen lassen. Dort sollte er sterben.

Er und noch ein weiterer Sterblicher. Flidais wandte mit Mühe seine Augen von dem grausamen Kampf ab und schaute nach rechts. Mit kalkweißem Gesicht beobachtete der Junge die Szene, seine Miene war vollständig unlesbar. Als Flidais auf Rakoths Sohn blickte, empfand er dieselbe instinktive Abwehr gegen ihn wie schon zuvor am Strand beim Anor, und er war ehrlich genug, sie als Angst zu bezeichnen. Dann dachte er darüber nach, wer seine Mutter war, schaute wieder zurück zu Lancelot, der schweigend in der Dunkelheit um das Leben dieses Kindes kämpfte, und so bezwang er seine eigenen Vorbehalte und ging über das Gras am Rande der Lichtung zu Darien hinüber.

»Ich bin Flidais«, stellte er sich vor und verstieß auf diese Weise gegen seine eigene älteste Regel. Aber was waren Regeln in einer Nacht wie dieser, dachte er, wenn man zu einem Kind wie diesem sprach? Darien trat einige Schritte zur Seite, er scheute vor größerer Nähe zurück. Seine Augen ließen nicht von den beiden Gestalten ab, die vor ihnen kämpften.

»Ich bin ein Freund deiner Mutter«, erklärte Flidais und rang um die richtigen Worte. »Ich bitte dich, zu glauben, daß ich es nicht böse mit dir meine.«

Nun erst wandte sich der Junge ihm zu. »Das spielt jetzt eigentlich keine Rolle mehr«, sagte er kaum lauter als flüsternd. »Du kannst doch auch nichts mehr daran ändern, oder? Bald gibt es keine Wahl mehr.«

Zum ersten Mal schien Flidais ihn deutlich zu sehen, und er bemerkte mit einem Mal, wie jung Darien war, wie hübsch, und ... weil sein Sehvermögen auch im Dunklen scharf war, wie blau seine Augen waren.

Aber so sehr er sich auch bemühte, konnte er andererseits auch nicht vergessen, wie sie damals auf dem Strand rot-violett aufgeflammt waren und den Baum in Brand gesetzt hatten.

Aus der Lichtung kam ein plötzliches lautes Poltern, und Flidais drückte sich schnell an den Stamm eines der hinter ihm stehenden Bäume. Keine zwei Meter entfernt wich Lancelot in ihre Richtung zurück, verfolgt von dem Dämon in seiner unverletzlichen Felsgestalt ... Es klang wie eine Geröllhalde, die in Bewegung geraten war.

Als Lancelot sich näherte, wurde Flidais gewahr, daß sein ganzer Körper von Schnittwunden und violett anlaufenden Quetschungen übersät war. Von seiner linken Schulter und seiner rechten Flanke floß Blut in Strömen herab. Seine Kleidung hing in zerrissenen Fetzen vom Körper, und sein dickes schwarzes Haar war wie an seinen Kopf geklebt. Schweißbäche rannen unablässig über sein Gesicht. Alle paar Augenblicke mußte er seine freie Hand heben, ohne dabei seine Wunde zu beachten, und den Schweiß aus seinen Augen reiben, damit er sehen konnte.

Soweit er überhaupt sehen konnte: Denn er war nur ein Sterblicher, niemand kam ihm zu Hilfe, und selbst der Halbmond war schon seit langem im Westen hinter die aufragenden Bäume hinabgesunken, welche die Lichtung umgaben. Nur eine Handvoll von Sternen blickte von oben auf diesen mutigen Akt herab, der aus der gequälten und dennoch so strahlenden Seele Lancelot du Lacs kam. Es war die tapferste, mutigste und unglaublichste Heldentat, die jemals in das Gewebe eingewoben worden war.

Flidais war durch die Kraft dieses Platzes und seine Verantwortung gegenüber dem Wald gebunden und beobachtete deshalb hilflos, wie die beiden immer näher kamen. Er sah, wie Lancelot Schmerz und Müdigkeit überwand und geschmeidig und mit einem geschickten Schritt in die Knie ging, wie er auf diese Weise aus der Reichweite des angreifenden Dämons entkam und aus dieser Position einen Sensenschlag seines Schwertes auf Curdardhs

Bein niedergehen ließ, den einzigen Teil seiner schiefergrauen Felsengestalt, der nicht gegen das Eisen gefeit war.

Aber trotz seiner grotesken, von Würmern bedeckten Häßlichkeit drehte sich der Dämon des Hains gewandt und flink aus der Schlagrichtung heraus. Mit erschreckender Geschwindigkeit bildete er einen neuen Schwertarm, und führte, noch als die Waffe fest wurde, einen wütenden Schlag auf den am Boden knieenden Mann herab. Der aber rollte sich ruckartig, in verzerrter Bewegung ab und führte seine eigene leuchtende Klinge nach oben, um die überwältigende Kraft von Curdardhs herabsausendem Steinschwert aufzufangen.

Die Klingen trafen sich in einem Krachen, das die Lichtung erzittern ließ. Flidais krampfte seine Hände zusammen, sein Herz hämmerte, und dann sah er, daß Lancelot sich sogar gegen diese volle brutale Kraft des Dämonenarmes behaupten konnte. Sein Schwert war nicht abgebrochen, noch hatte sein Arm nachgegeben. Die Schwerter trafen sich und es war der Stein, der zerbrach, während Lancelot sich vom Rande der Lichtung wegrollte und sich mit schwer atmender Brust wieder aufrappelte.

Aber er war, wie Flidais erkannte, von neuem verwundet worden: Ein gezacktes Bruchstück des Dämonenschwertes hatte ihn verletzt. Da sein Hemd nun in Streifen zerfetzt war, die seine Bewegungsfreiheit behinderten, riß Lancelot es sich vom Leibe und stand nun mit nacktem Oberkörper inmitten der Lichtung, aus einer Wunde über seinem Herzen quoll dunkles Blut. Er balancierte auf den Fußspitzen, richtete seine Augen auf seinen Gegner und hielt ihm von neuem sein Schwert entgegen, während er auf ihn wartete.

Und Curdardh kam. Er kam mit der urtümlichen, mitleidlosen und unermüdlichen Kraft der Erde. Noch einmal verwandelte er sich, ließ die schwerfällige, wenn auch unverletzliche Felsgestalt hinter sich, und gab sich noch ein weiteres Mal einen Kopf. Dieser war fast menschlich, obwohl er nur ein einziges ungeheuerliches Auge in der Mitte hatte, aus dem schwarze Maden und Käfer wie Tränen fielen. Und noch einmal ließ er den massiven Hammer von irgendwo aus seinem Inneren hervorkommen, ergriff ihn mit einem seiner muskulösen Arme, die im Umfang fast schon Lancelots Brustweite erreichten, und stürmte dann vorwärts. Mit einem einzigen riesigen Schritt schien er den ganzen Raum der Lichtung auszufüllen und brüllend wie eine Lawine ließ er den Hammer auf den wartenden Mann herniederkrachen.

Dieser wich von neuem aus, wenn auch nur knapp, denn der Dämon war erschreckend schnell. Wieder spürte Flidais, wie der Boden von dem Schlag erzitterte, und als Curdardh weiter vorstürzte und Lancelot nachsetzte, immer nur ihn verfolgte, sah der Andain an der Stelle, wo der Hammer wie das Verhängnis niedergefallen war, ein verbranntes Stück Gras.

Und es ging immer und immer weiter, bis Flidais, ohne es zu bemerken, die Nägel in die Handflächen gedrückt hatte, und glaubte, sein eigenes Herz würde vor Anstrengung und Ermüdung zerbrechen. Wieder und wieder entging Lancelot dem verhängnisvollen Hammer und den schneidenden Schwertern, die der Dämon aus seinem eigenen Körper bildete. Noch zweimal gelang es ihm, die Arme, welche die Steinschwerter führten, abzutrennen, noch zweimal war er imstande, mit einer blendenden Anmut, die der Sterne am Himmel oben würdig war, auf Curdardh einzuspringen und ihn zu verwunden – einmal am Auge, und dann im Nacken – und ihn auf diese Weise jedesmal in die schützende Felsgestalt zu zwingen.

Auf diese Weise konnte Lancelot sich ein wenig, aber auch nur ein wenig erholen, denn selbst in dieser Form konnte der Dämon noch angreifen, konnte er versuchen, Lancelot gegen die undurchdringliche Mauer der Bäume, welche die Lichtung umringten, zu drängen und ihn mit der lehmbedeckten Masse seines Körpers zu zerquetschen.

Ein weiteres Mal näherten sich die beiden Kämpfenden der Stelle, wo Flidais neben Darien stand. Und wieder gelang es Lancelot, sich hinwegzuschwingen. Jedesmal aber landete er mit seiner Schulter in einem der rauchenden Löcher, die der Hammer in die Erde gedrückt hatte, und Flidais hörte, wie er vor Schmerz unwillkürlich keuchte, und wie er sich diesmal mit unbeholfener Verzweiflung wieder aufrappelte, um einem neuen Angriff auszuweichen. Er hatte jetzt eine Brandwunde davongetragen, bemerkte der Andain, und Schrecken und Mitleid verzerrten seine Seele.

Neben sich hörte er einen erstickten Ton und wußte, daß auch Darien wahrgenommen hatte, was geschehen war. Er blickte kurz zu dem Knaben hinüber, und sein Herz setzte für einen Augenblick aus. In seinen Händen drehte Darien eine glänzende Dolchklinge und schien es fast nicht zu bemerken. Flidais hatte ein blaues Blitzen an der Klinge erkannt und war sich deshalb im klaren, woher der Dolch stammte.

»Sei vorsichtig!« flüsterte er dringlich. Er hustete, seine Kehle war trocken. »Was willst du denn tun?«

Zum zweiten Mal erst blickte Darien ihn gerade an. »Ich weiß nicht«, gestand der Junge, er war so erschreckend jung. »Ich habe meine Augen rot gemacht, bevor du kamst... das ist die Art meiner Kraft.« Flidais kämpfte darum, seine Angst zu verbergen, diesmal erfolgreich, er nickte. Darien fuhr fort: »Aber nichts geschah. Dieses Felswesen ließ mich wissen, daß ich nicht tief genug gegangen sei, um damit umgehen zu können. Es glaubt, daß ich hier keine Macht hätte. Deshalb...« Er hielt inne und blickte auf das Messer hinab. »Deshalb dachte ich, ich könnte...«

Durch die schwarze Nacht und die Schwärze der Geschehnisse und das Mitleid und den Schrecken hindurch schien Flidais von Pendaran im Geiste ein dünnes, fast visionäres Licht in ferner, ferner Weite glimmen zu sehen. Ein kleines Licht wie der Lichtschein einer Kerze in einem Cottagefenster in einer Nacht, das ein Reisender nachts in einem Gewitter fern von der Heimat erblickte.

Er sprach in seiner vollen, tiefen Stimme: »Es ist ein guter Gedanke, Darien. Er ist deiner würdig, würdig auch dessen, der dies für dich tut. Aber tu es jetzt nicht und nicht mit dieser Klinge.«

»Warum?« fragte Darien mit kleinlauter Stimme.

»Einmal werde ich es dir sagen und nur dir, und einmal ist genug für die, welche weise sind«, intonierte Flidais und zog sich kurzzeitig auf seine rätselhafte Unfaßbarkeit zurück. Selbst hier, selbst angesichts der Geschehnisse empfand er ein vertrautes Aufwallen von Befriedigung, weil er davon *wußte*. Und das erinnerte ihn wiederum... und das war schon nicht mehr Zufriedenheit, sondern wirkliche Freude... was er außerdem noch wußte. Und als er daran dachte, dachte er auch daran, daß er am Abend dieser Nacht noch geschworen hatte, aus all der Finsternis ringsumher Licht zu machen. Er blickte zögernd auf Darien und sagte dann geradeheraus: »Du hältst einen Gegenstand in der Hand, dessen Name Lökdal lautet. Es ist der verzauberte Dolch der Zwerge, der vor langer Zeit Colan dan Conary gegeben wurde.«

Einen Augenblick lang schloß er seine Augen, um sich den genauen Wortlaut dessen ins Gedächtnis zurückzurufen, was ihm vor siebenhundert Jahren ein betrunkener Magier in einer Frühlingsnacht an einem Lagerfeuer des Llychlynmoores verraten hatte. *»Wer diese Klinge ohne Lieb' in seinem Herzen führt, wird sicher sterben«*, erinnerte sich Flidais, und auch die restlichen Worte kamen zu ihm zurück: *»Wer mit Liebe tötet, kann aus seiner Seele ein Geschenk für jenen machen, der durch das Muster auf des Dolches Schaft bezeichnet ist.«* Es waren mächtige Worte und eine tiefgeschürfte, verwickelte Magie.

Darien blickte hinab auf das eingravierte Muster auf dem Dolchschaft. Dann sah er wieder auf, flüsterte so leise, daß Flidais Mühe hatte, ihn zu hören: »Ich möchte meine Seele keinem Lebenden als Geschenk wünschen.« Und nach einer Pause fügte er an: »Bevor ich an diesen Ort geführt wurde, sollte der Dolch selbst das Geschenk sein.«

»Ein Geschenk für wen?« fragte Flidais, obwohl er es im Inneren wußte.

»Für meinen Vater natürlich«, erwiderte Darien, »damit ich irgendwo in den Welten ein Willkommen finde.«

Es mußte irgend etwas geben, dachte Flidais, was er darauf entgegnen könnte. Es *mußte* eine angemessene Antwort geben, denn so viel hing davon ab. Aber gerade dieses eine Mal fiel ihm nichts ein. Er konnte keine Worte finden und hatte dann plötzlich auch keine Zeit mehr dafür.

Aus der Lichtung kam ein polterndes Geräusch, lauter als je zuvor, und diesmal lag ein Echo des Triumphes darin. Flidais wandte sich gerade rechtzeitig zurück, um sehen zu können, wie Lancelot durch die Luft flog, er hatte den letzten Ausläufer eines Hammerschwunges abbekommen, dem er nicht hatte ausweichen können. Er wäre zerquetscht worden, wenn der Hammer ihn mit voller Wucht getroffen hätte. So aber hatte ihn ein Schlag, der ihn nur gestreift hatte, über die halbe Lichtung geschleudert, er landete neben Darien, hilflos, zusammengekrümmt und gebrochen.

Curdardh, der nun endlich ein Ende kommen sah, näherte sich ihm ohne Zeichen von Müdigkeit. Lancelots linker Arm hing nun nutzlos an seiner Seite, er blutete stark und war verzweifelt müde, aber mit einer Willensanstrengung, die Flidais nicht einmal verstehen konnte, vermochte er es irgendwie, wieder aufzustehen.

Unmittelbar bevor der Dämon über ihm war, wandte er sich zu Darien um. Flidais sah, wie ihre Augen sich begegneten und nicht voneinander ließen. Dann hörte er Lancelot mit einer Stimme, die nicht die geringste Emotion mehr ausdrückte, rasch sagen: »Einen letzten Schlag zum Gedächtnis an Gawain. Ich habe nichts mehr übrig. *Zähle für mich bis zehn und dann schreie und dann bete, zu wem du willst.*«

Mehr Zeit hatte er nicht mehr. Mit einer halben Drehung zur Seite warf er sich wieder rollend aus der Reichweite des mörderischen Hammers. Wo er gestanden war, krachte dieser auf den Boden, und Flidais wich zurück vor diesem donnernden Krachen und der Hitze, die aus dem zerborstenen Boden emporsengte.

Curdardh drehte sich. Lancelot stand wieder auf seinen Beinen, schwankte ein wenig. Der Dämon gab ein undefinierbares spuckendes Geräusch von sich und ging dann langsam nach vorn.

Flidais war es, als würde sein Herz in der Brust zerreißen, während er noch hier stand. Diese tickenden Sekunden waren die längsten, die er in seinem langen Leben jemals gekannt hatte. Er war ein Wächter des Waldes, dieses Hains, genauso wie Curdardh. Diese beiden hatten die Lichtung entweiht!!! Er konnte nicht auf Darien blicken. Der Dämon hieb mit seinem Schwert auf Lancelot ein, der den Schlag strauchelnd parierte. *Fünf.*

Wieder stieß Curdardh mit dem Steinschwert zu und hielt dabei den gigantischen Hammer hoch in Wartestellung. Wieder verteidigte sich Lancelot. Fast stürzte er zu Boden. Flidais hörte plötzlich ein Rauschen in den Blättern der beobachtenden Bäume, es war ein Rauschen der Vorahnung. *Sieben.* Zum Schweigen verdammt und gleichzeitig gezwungen, der Szene beizuwohnen, schmeckte der Andain Blut in seinem Mund: Er hatte sich auf die Zunge gebissen. Curdardh bewegte sich flüssig, geschmeidig und vollkommen ohne Müdigkeit nach vorwärts und lancierte einen Scheinangriff mit dem Schwert. Flidais sah, wie der Hammer höher stieg. Er hob seine Hände in einer nutzlosen, mitleidheischenden Geste der Abwehr.

Und in diesem Augenblick explodierte aus Darien ein Schrei, wie ihn Flidais in all seinen Jahren niemals gehört hatte.

Es war ein Schrei der Angst und der Wut, des Schreckens und einer blind machenden Qual, der sich blutend einer gemarterten Seele entrang. Es war ein ungeheuerlicher, unerträglicher und überwältigender Schrei. Flidais, den der Schmerz in diesem Ausbruch zu Boden warf, sah noch, wie Curdardh kurz nach hinten blickte.

Und Lancelot ergriff seine Chance. Mit zwei schnellen Schritten und einem Sprung nach oben ließ er sein glänzendes Schwert mit erstaunlicher Kraft niedersausen und trennte den Arm, den er bis jetzt noch nicht hatte erreichen können, vollkommen vom Rumpf.

Es war der Arm, der den ungeheuren Hammer hielt.

Der Dämon brüllte vor Schrecken und Schmerz und schickte sich schon wieder an, das abgeschlagene Glied neu wachsen zu lassen. Flidais sah es aus den Augenwinkeln.

Aber er blickte auf Lancelot, der nach seinem bravourösen Schlag geschickt gelandet war, sein Schwert zu Darien und Flidais hinübergeschleudert hatte und sich jetzt heftig atmend über Curdardhs Hammer beugte.

Sein linker Arm war nicht zu gebrauchen. Er legte seine rechte Hand um den Schaft und mühte sich ab, den Hammer zu heben, stöhnte vor Anstrengung. Es mißlang ihm. Der Hammer war riesig und unvorstellbar schwer. Es war die Waffe eines Dämons, des Ältesten. Er war in Feuern geschmiedet worden, die tiefer lagen als die Abgründe Danas. Und Lancelot du Lac war nur ein Mensch.

Wieder bildete der Dämon zwei neue Schwerter aus seinem Körper, wieder kam er nach vorne und gab einen glucksenden, gurgelnden Ton der Wut und des Schmerzes von sich. Lancelot blickte auf. Und Flidais, der bewegungsunfähig auf seinen Knien lag, der noch nicht einmal zu atmen vermochte, erlebte zum ersten Mal die Größe der Sterblichen in einem vorher nie gekannten Maße. Er sah, wie Lancelot mit all seiner Willenskraft, und nur seiner Willenskraft, den schwarzen Hammer in einer Hand hob.

Und er bewegte sich.

Der Griff löste sich vom Boden und dann unbegreiflicherweise auch der ungeheure Kopf. Der Dämon blieb mit einem knirschenden Geräusch stehen, als Lancelot mit weit geöffnetem Mund und einem tonlosen Schrei der höchsten Anstrengung den Anfangsschwung dieser Triebkraft benutzte, um sich in einem ganzen Kreis zu drehen und den Hammer mit der Geschwindigkeit seiner Bewegung mit weit ausgestreckten Armen unerbittlich zu heben. Seine Muskeln traten hervor, wie Schnüre waren sie bis zum äußersten angespannt.

Und dann ließ er den Hammer fliegen. Und die gewaltige Waffe, die in Feuern, die nach unten brannten, geschmiedet worden und die mit der ganzen Leidenschaft einer unvergleichlichen Seele geworfen worden war, krachte in die Brust Curdardhs, des Ältesten, und es klang, als ob die Erdkruste breche, und der Dämon des Haines zerbarst in Trümmer und Stücke, er war sofort und unwiderruflich tot.

Flidais fühlte das Schweigen wie ein Gewicht auf seinem Leben. Niemals war es in Pendaran so still gewesen. Nicht ein Blatt raschelte, nicht ein Geist flüsterte, die Mächte des Waldes lagen wie verzaubert in ehrfürchtiger Verblüffung. Unsinnigerweise erschien es Flidais, als hätten selbst die Sterne über der Lichtung in ihrer Bewegung innegehalten, als läge der Webstuhl selbst ruhig und still, als ruhten die Hände des Webers.

Er blickte auf seine eigenen zitternden Hände hinab und stand dann langsam auf. Diese Bewegung erschien ihm wie die Rückkehr aus einer gänzlich anderen Welt. In der nun herrschenden Stille ging er zu dem Mann hinüber, der in der Mitte der Lichtung saß.

Lancelot hatte sich in eine sitzende Haltung hochgestemmt, seine Knie waren gebeugt, sein Kopf hing zwischen ihnen, sein linker Arm baumelte unbrauchbar von seiner Seite. Auf dem Gras klebte dunkles Blut, und es quoll noch immer aus etwa sechs Wunden. Auf seiner Schulter war eine häßliche, offene und mit Blasen bedeckte Brandwunde, die davon herrührte, daß er sich in dem sengenden Abdruck des Hammerschlags abgerollt hatte. Dann entdeckte Flidais bei näherem Hinsehen auch noch eine weitere Brandwunde und hielt seinen Atem an.

Wo Lancelots einst so schöne Hand Curdardhs Hammer ergriffen hatte, war die Haut der Handinnenfläche geschwärzt und hing in dicken Fetzen weg, so daß das verletzte Fleisch offenlag. »O

Lancelot«, murmelte der Andain. Es war ein leises, fast unhörbares Stöhnen.

Langsam hob Lancelot seinen Kopf. Seine Augen, die vor Schmerz umwölkt waren, trafen sich mit Flidais' Blick, und dann hob ein überaus dünner Anflug von Lächeln seine Mundwinkel, es war kaum zu glauben.

»Taliesin«, flüsterte er, »ich dachte doch, daß ich dich gesehen hatte. Es tut mir leid ...« Er keuchte und blickte auf das versengte Fleisch seiner Handfläche hinab. Dann fuhr er wieder fort: »Es tut mir leid, daß ich dich nicht schon vorher begrüßen konnte, wie es sich gehört.«

Flidais schüttelte stumm den Kopf. Er öffnete den Mund, aber er war keines Wortes fähig. Er räusperte sich und versuchte es noch einmal, diesmal ganz förmlich: »Jahrhundertelang ist von dir erzählt worden, daß du in deinem ganzen Leben von keinem einzigen irdischen Ritter besiegt wurdest. Das Wesen, gegen das du heute nacht gekämpft hast, war nicht sterblich und konnte eigentlich nicht besiegt werden. Ich habe niemals etwas Vergleichbares gesehen und werde es auch in Zukunft nicht. Was kann ich Euch anbieten, mein Herr Lancelot?«

Lancelots Augen schienen klarer zu werden. »Dein Schweigen, Taliesin. Ich brauche dein Schweigen über die Geschehnisse, die hier abgelaufen sind, damit nicht alle Welten von meiner Schande erfahren.«

»Schande?« Flidais spürte, wie seine Stimme versagte.

Lancelot hob seinen Kopf, um auf die Sterne hoch dort oben zu blicken. »Es war ein Zweikampf«, erklärte er ruhig, »und ich habe den Jungen um Hilfe gebeten. Das wird ein Flecken auf meinem Namen sein, solange die Zeit läuft.«

»Im Namen des Webstuhls!« schnappte Flidais. »Was ist das für eine Idiotie? Und was ist mit den Bäumen und den Kräften des Waldes, die Curdardh zur Seite standen und dich einschlossen? Was ist mit dem Kampfplatz, wo die Macht des Dämons größer war als irgendwo sonst? Was ist mit der Finsternis, in der er sehen konnte, du aber nicht? Und was ...«

»Trotzdem«, murmelte Lancelot und brachte die scharfe Stimme des kleinen Andein zum Schweigen. »Trotzdem habe ich im Zweikampf um Hilfe gebeten.«

»Ist das so schlimm?« fragte eine andere Stimme. Flidais wandte sich um. Vom Rande der Lichtung war Darien herbeigekommen. Sein Gesichtsausdruck war jetzt gefaßt, aber Flidais konnte noch immer den Schatten seiner verzerrten Angst sehen, die seinen Schrei begleitet hatte.

»Wir wären beide gestorben«, fuhr Darien fort, »warum ist das so schrecklich, daß du mich um dieses kleine Ding gebeten hast?«

Lancelot drehte sich ruckartig ihm zu. Einen Augenblick schwieg er und sagte dann: »Mit einer einzigen Ausnahme, einer Liebe, die ich in aller Ewigkeit immer wiedergutmachen werde, habe ich in allem, was ich getan habe, dem Licht gedient. Und in diesem Dienst ist ein Sieg, der mit einem Werkzeug der Finsternis errungen wurde, kein Sieg.«

Darien trat einen Schritt zurück. »Meinst du mich?« fragte er. »Ein Werkzeug der ...«

»Nein«, murmelte Lancelot ruhig. Flidais fühlte, wie seine kalte Angst wieder zurückkehrte, als er auf den Jungen blickte. »Nein. Ich meine das, was ich getan habe.«

»Du hast mein Leben gerettet«, stellte Darien fest. Es klang wie ein Vorwurf. Er blieb stehen, wo er war.

»Und du das meinige.«

»Warum?« schrie Darien plötzlich. »Warum hast du es getan?«

Lancelot schloß kurz seine Augen und öffnete sie dann wieder. »Weil deine Mutter mich darum gebeten hat«, antwortete er einfach. Bei diesen Worten hörte Flidais wieder ein Rauschen in den Blättern. Er fühlte ein Ziehen in seinem Herzen.

Darien stand, als sei er auf dem Sprung, um zu flüchten, aber er hatte sich noch nicht bewegt. »Sie wußte, daß ich zu meinem Vater gehen würde«, behauptete er weniger laut. »Hat sie es dir gesagt? Weißt du, daß du mich nur gerettet hast, damit ich das jetzt tue?«

Lancelot schüttelte den Kopf. Er hob seine Stimme, obwohl es ihn sichtlich anstrengte. »Ich habe dich gerettet, damit du deinem Weg folgen kannst.«

Darien lachte. Dieser Ton schnitt sich wie mit Messern in Flidais' Seele. »Und wenn dieser Weg nach Norden führt?« fragte der Junge kalt mit einer Stimme, die plötzlich älter klang. »Nach Norden? Zur Finsternis? Zu Rakoth Maugrim?«

Lancelots Augen blieben ruhig, ebenso seine Stimme. »Dann führt sie dich auf Grund deiner eigenen Entscheidung dorthin, Darien. Nur auf diese Weise sind wir nicht Sklaven: wenn wir entscheiden können, wohin wir gehen wollen. Andernfalls wäre alles nur Blendwerk.«

Wieder folgte ein Schweigen, doch zu Flidais' Schrecken wurde es von neuem von Dariens Lachen gebrochen, ein bitteres, einsames, verlorenes Lachen. »Aber so ist es ja«, erwiderte der Junge. »Es *ist* alles Blendwerk. Das Licht ist ausgegangen, als ich das Diadem auf meine Stirn setzte. Weißt du das nicht? Und warum, warum sollte ich überhaupt *gehen?*«

Ein Augenblick des Schweigens.

»Nein!« schrie Flidais und streckte seine Hand nach dem Kind aus.

Zu spät. Vielleicht war es immer schon zu spät gewesen: bereits bei der Geburt, bei der Empfängnis im Unlicht von Starkadh, seit der Zeit, als die Welten überhaupt erst gesponnen wurden, dachte Flidais kummervoll.

Dariens Augen flammten wütend rot. Von den Mächten des Waldes kam ein brüllender Ton, die Gestalten im Hain verschwammen und plötzlich war Darien nicht mehr da.

An seiner Seite schoß eine Eule, die in der Dunkelheit weiß schimmerte, ins Gras hinunter, ergriff den herabgefallenen Dolch mit dem Schnabel und war schon wieder in den Lüften, segelte in Richtung Norden aus dem Blickfeld.

Nach Norden. Flidais blickte auf den Nachthimmel, der von den aufragenden Bäumen kreisförmig eingerahmt wurde, und mit seiner ganzen Seele versuchte er, eine Gestalt willentlich hierher zurückzubringen. Es war die Gestalt einer weißen Eule, die neben ihnen wieder landen würde und sich in ein Kind, ein schönes Kind mit sanften blauen Augen verwandeln würde, welches das Licht gewählt hatte, und vom Licht dazu ausersehen worden war, eine helle, strahlende Klinge in der bedrohlichen Finsternis zu sein.

Er schluckte. Er wandte seinen Blick vom leeren Himmel ab. Er wandte sich zurück zu Lancelot, der bereits aufgestanden war, obwohl er blutete, verbrannt war und vor Müdigkeit schwankte. »Was tust du denn?« schrie Flidais.

Lancelot blickte auf ihn nieder. »Ich folge ihm«, entgegnete er so ruhig, als ob es das natürlichste Ding der Welt sei. »Kannst du mir mein Schwert bringen?«

»Bist du verrückt?« stammelte der Andain.

Lancelot gab ein Geräusch von sich, das eine Art Lachen sein sollte. »Ich war verrückt«, gab er zu. »Aber das ist lange her. Jetzt nicht, mein Kleiner. Was soll ich deiner Meinung nach denn tun? Hier liegenbleiben und in einer Zeit des Krieges meine Wunden lecken?«

Flidais tanzte geradezu umher vor Verzweiflung. »Welche Rolle kannst du denn spielen, wenn du dich umbringst?«

»Es ist mir schon bewußt, daß ich im Augenblick nicht zu viel tauge«, schränkte Lancelot ernst ein, »aber ich glaube nicht, daß diese Wunden ...«

»Du möchtest ihm *folgen?*« unterbrach ihn der Andain, als ihm die ganze Bedeutung von Lancelots Worten aufging. »Lancelot, er ist jetzt eine Eule, er *fliegt!* Bevor du überhaupt erst aus Pendaran herauskommst, wird er schon ...«

Mitten im Satz hielt er jäh inne.

»Was ist das? Woran hast du gedacht, kluges Kind?«

Flidais war nicht lange Kind geblieben, aber er hatte tatsächlich an etwas gedacht. Er blickte zu Lancelot auf und sah das Blut auf seiner nackten Brust. »Er wollte doch nach Norden fliegen, aber da muß er erst den Westrand von Daniloth überqueren.«

»Und?«

»Und vielleicht kommt er nicht durch. Die Zeit ist sehr merkwürdig im Schattenland.«

»Mein Schwert«, forderte Lancelot, »bitte.«

So nahm Flidais widerstrebend die Klinge und dann die Scheide, kam damit zu Lancelot zurück und schnallte, so vorsichtig er konnte, das Schwert um Lancelots Hüfte.

»Werden die Geister des Waldes mich passieren lassen?« fragte Lancelot ruhig.

Flidais machte eine Pause und hörte den Botschaften zu, die um sie und unter ihnen umhergingen.

»Ja«, versicherte er schließlich, ohne im geringsten überrascht zu sein. »Um Guinevere und deines Blutes willen, das du heute nacht vergossen hast. Sie erweisen dir Ehre, Lancelot.«

»Mehr als ich verdiene«, erwiderte er. Er holte tief Luft, als wolle er die Reserven seiner Ausdauer erweitern, aber woher er Kraft nahm, das wußte Flidais nicht.

Er grollte zu Lancelot hinauf. »Mit einem Führer wirst du besser gehen können, ich bringe dich bis an die Grenzen von Daniloth, aber ich stelle eine Bedingung.«

»Welche?« Immer die gleiche, sanfte Höflichkeit.

»Eine meiner Wohnstätten liegt auf unserem Weg. Wenn wir dorthin kommen, mußt du mir erlauben, deine Wunden zu verbinden.«

»Ich werde dafür dankbar sein«, sagte Lancelot.

Der Andain öffnete seinen Mund und hatte bereits eine schneidende Erwiderung bereit, aber er sprach sie nicht aus. Statt dessen drehte er sich um und stapfte aus dem Hain in Richtung Norden. Als er ein kurzes Stück gegangen war, hielt er an und blickte zurück, nur um ein Wunder zu sehen: Lancelot folgte ihm langsam auf dem dunklen und engen Pfad. Rings um ihn und von hoch oben ließen die mächtigen Bäume des Waldes von Pendaran in einer Nacht mitten im Sommer sanft ihre grünen Blätter fallen, um den Mann, der dort unten vorbeischritt, zu ehren.

TEIL III

Calor Diman

Kapitel 10

Ein einziges Mal früher war er rot aufgeflammt, um auf diese Weise zu reisen; aber es war nicht in dieser, sondern in ihrer eigenen Welt gewesen: von Stonehenge nach Glastonbury Tor. Aber mit den Übergängen von einer Welt zur anderen war das nicht zu vergleichen gewesen. Zwischen den Welten herrschte eine Kälte und Finsternis, eine Zeit ohne Zeit, die zutiefst verwirrend war.

Es war anders. Als der Baelrath aufleuchtete, damit sie reisen könne, erschien es Kim, als berührte sie wirklich die Unermeßlichkeit seiner Kraft . . . Und ihrer eigenen Kraft. Auge in Auge stand sie dem Nichts gegenüber. Und in diesen ergreifenden Sekunden war sie unfaßbarer als irgendeine andere vorstellbare Magie, war sie Macha und der Roten Nemain näher als irgendeine andere sterbliche Frau, die jemals geboren worden war.

Nur einen Unterschied gab es: Tief in ihrem Herzen war das Bewußtsein verankert, daß diese beiden eben Göttinnen waren und ihr eigenes Sein durch und durch beherrschten. Sie aber? Sie *war* eine Sterbliche und nur das, und wurde vom Baelrath getragen ebenso sehr, wie sie ihn trug.

Und während sie das noch dachte, während sie ihren Ring trug und von ihm getragen wurde, bemerkte sie, daß sie zusammen mit Loren und Matt – drei Sterbliche im Strom der Zeit und eines dämmernden Raumes – auf eine deutlich fühlbare Schwelle hoch in der klaren Bergluft niedergingen. Vor ihnen erhoben sich zwei hohe, mächtige Tore, die mit komplizierten Mustern in blauem Thieren und schimmerndem Gold geschmückt waren.

Kim wandte sich nach Süden und sah die wilden, dunklen Berge von Eridu, die im Schatten verschwanden. Es war das Land, wo der Todesregen niedergegangen war. Über ihr ließ irgendein Nachtvogel einen langgezogenen, einsamen Schrei ertönen. Sie lauschte seinem Echo, das langsam hinwegschwand, und dachte an die Paraiko, die jetzt gerade in den menschenleeren Tälern und den Städten mit ihren hohen Mauern, die von der Pest verheert worden waren, die Toten einsammelten und Eridu reinigten. Sie wandte sich nach Norden. Ein Licht, das von hoch oben herabschimmerte, zog ihre Augen an. Sie blickte hinauf, weit hinauf: Hinter den großartigen Doppeltoren des Zwergenreiches lagen die Gipfel von Banir Lök und Banir Tal, auf denen die letzten Lichtstrahlen der untergehenden Sonne ruhten. Wieder sang der Vogel, es war ein langer, trillernder, absteigender Ton. Weit entfernt sah sie noch ein weiteres Schimmern, als sei es eine Antwort auf den abendlichen Glanz der beiden Gipfel, die sich über ihnen erhoben. In nordwestlicher Richtung zog der Berg Rangat alles überragend noch das letzte Licht auf sich.

Keiner von ihnen hatte gesprochen. Kim sah zu Matt Sören hinüber, und unwillkürlich krampften sich ihre Hände zusammen. *Vierzig Jahre*, dachte sie und blickte auf ihren Freund, der einstmals – und eigentlich noch immer – der echte König des Reiches war, das hinter diesen Toren begann.

Seine Arme waren ausgebreitet, seine Hände geöffnet, als wolle er jemanden günstig stimmen, es war eine Geste höchster Verletzlichkeit. In seinem Gesicht las sie so klar wie in einer Kalligraphie Zeichen der Sehnsucht, der Bitterkeit und heftigsten Kummers.

Sie wandte sich ab und begegnete Loren Silbermantels Blick. In ihm wiederum spiegelte sich die Last seines eigenen schwierigen und komplizierten Grames, seiner eigenen Schuld. Sie erinnerte sich und wußte, daß auch Loren es niemals vergessen konnte, wie Matt ihnen allen in Paras Derval von den Geschehnissen von Calor Diman erzählt hatte; und all die vierzig Jahre, in denen er dem einstigen Magier als Quelle dienstbar war, hatte er unablässig gegen diese Erinnerung in seinem Herzen gekämpft.

Sie wandte sich wieder den Toren zu. Noch in der Dämmerung konnte sie die feinen Verzierungen aus Gold und Thieren erkennen, es war sehr ruhig. Sie hörte den dünnen Klang eines Kieselsteines, der sich irgendwo gelöst hatte und herabfiel. Die Zwillingsgipfel waren nun dunkel, und dunkel war jetzt auch Calor Diman, der Kristallsee, der von Wiesen umgeben hoch und verborgen zwischen den Bergen lag.

Die ersten Sterne erschienen winzig fein im klaren Himmel. Kim sah auf ihre Hand hinab: Der Ring flackerte ruhig, die

Aufwallung seiner Kraft war erschöpft. Sie suchte nach irgend etwas, das sie sagen könnte, nach Worten, die den Kummer dieser Schwelle zu mildern imstande wären, aber sie fürchtete, daß ein lautes Wort Gefahr bringen könnte.

Außerdem beinhaltete dieses Schweigen ein Gefüge, ein gewobenes Gewicht, das sie selbst weder auf sich nehmen noch ablegen konnte. Es umfing die gesponnenen Lebensfäden der beiden Männer, die hier mit ihr waren, und mehr als das ... Das lange vielschichtige Schicksal eines uralten Volkes der Zwerge von Banir Lök und Banir Tal.

Trotz ihrer Zwillingsseele war dies mehr, als sie fassen konnte. Deshalb schwieg sie weiter und hörte, wie sich ein weiterer Kiesel löste, der Vogel noch ein weiteres Mal, jetzt aus größerer Entfernung sang. Dann schließlich begann Matt Sören zu sprechen, er sprach leise und blickte nicht um sich. »Loren, hör mir zu. Ich bedaure nichts. Nicht einen Atemzug, nicht einen Augenblick, nicht den Schatten eines Augenblicks. Das ist die Wahrheit, mein Freund, und ich schwöre es im Namen des Kristalles, den ich vor langer Zeit gefertigt habe, des Kristalles, den ich in jener Nacht, als der Vollmond mich zum König machte, in den See warf. Kein Webmuster auf dem Webstuhl konnte reicher sein als das, was sich um meinen Namen gerankt hat.«

Langsam ließ er seine Hände sinken, während er noch immer die ehrfurchterregende Herrlichkeit der Tore vor sich hatte. Als er dann von neuem sprach, war seine Stimme rauher und noch leiser als vorher. »Aber ich bin ... froh, daß die Fäden meiner Tage mich vor dem Ende wieder zu diesem Ort gebracht haben.«

Kim liebte ihn, liebte sie beide, sie hätte gerne geweint. *Vierzig Jahre*, dachte sie wieder. Irgend etwas schimmerte in der Tiefe von Lorens Augen, schimmerte, wie die Zwillingsgipfel in den letzten Sonnenstrahlen geschimmert hatten. Sie fühlte den Wirbel eines Bergwindes auf der hohen Schwelle, hörte hinter sich das Geräusch eines rutschenden Kiesels.

Sie drehte sich um, um zu sehen, aber da traf sie schon ein Schlag an der Schädelbasis und warf sie zu Boden.

Sie spürte, wie ihr Bewußtsein hinwegglitt. Sie versuchte verzweifelt, sich daran festzuhalten, als ob es ein physisches Ding sei, das festgehalten werden konnte, das festgehalten werden *mußte*. Aber sie wußte auch, daß es ihr nicht gelingen würde, und empfand Verzweiflung. Langsam schwand ihr Bewußtsein, in ihrem Kopf explodierte der Schmerz. Schwärze senkte sich hernieder. Sie hörte Geräusche. Konnte nichts sehen. Sie lag auf dem steinigen Plateau vor den Toren, und ihr letzter Gedanke war grausame Selbstironie. Wenige Augenblicke zuvor hatte sie sich noch mit den Kriegsgöttinnen verglichen, und trotz all der Anmaßung und trotz all der seherischen Gaben, mit denen Ysanne sie beschenkt hatte, war sie nicht imstande gewesen, einen einfachen Hinterhalt zu spüren.

Das war ihr letzter Gedanke. Ihr letztes Gefühl jedoch, verbunden mit einem hilflosen Schrecken, der jenseits der Gedanken lag, war die Wahrnehmung, daß jemand den Baelrath von ihrer Hand nahm. Sie versuchte zu schreien, sich zu widersetzen, aufzulodern, aber dann schien ihr, als ob ein langsamer, breiter Fluß gekommen sei und sie in die Finsternis hinwegtrug.

Sie öffnete ihre Augen. Der Raum schwankte und drehte sich. Der Boden senkte sich unter ihr in einer Weise, die ihr Übelkeit bereitete, und raste dann wieder vernichtend auf sie zu. Sie litt unter betäubenden Kopfschmerzen, und selbst wenn sie keine Hand bewegte, um sie zu betasten, wußte sie, daß sie an ihrem Hinterkopf eine riesige Beule hatte.

Sie lag still und rührte sich vorsichtshalber nicht, wartete darauf, bis sie wieder zu sich kommen würde. Und das dauerte eine Weile.

Schließlich setzte sie sich auf. Sie war allein in einem fensterlosen Zimmer, das von einem perlartigen und gnadenvoll sanften Licht erfüllt war. Sie konnte nicht erkennen, woher es kam: von den Steinwänden selbst, so schien es ihr, und von der Decke. Sie konnte auch keine Tür in diesem Raum sehen. In einer Ecke standen ein Sessel und ein Schemel. Auf einem niedrigen Tisch daneben ruhte ein Wasserbecken . . . was sie daran erinnerte, wie durstig sie war. Aber der Tisch schien ziemlich weit weg zu sein. Sie beschloß, ein wenig zu warten, bevor sie sich auf diese Reise machen würde.

Sie saß jetzt – und hatte vorher gelegen – auf einem kleinen Bett, das mindestens 30 cm zu kurz für sie war. Das wiederum erinnerte sie daran, wo sie sich befand. Und dann kam noch eine weitere Erinnerung in ihr auf, und sie blickte hinab.

Der Ring war weg. Diese letzte schreckliche Empfindung hatte sie nicht halluziniert. Sie glaubte, sich übergeben zu müssen. Sie dachte an Kaen, der hier der Führer, wenn auch nicht der König war, an Kaen und seinen Bruder Blöd, der den Wachtstein von Eridu zerbrochen, den Kessel von Kath Meigol gefunden und Maugrim übergeben hatte. Und jetzt waren sie im Besitz des Baelrath.

Ohne den Ring fühlte Kim sich nackt, obwohl sie noch immer das Gewand mit dem Gürtel trug, das sie den ganzen Tag lang angehabt hatte, seit sie im Cottage aufgestanden war und Darien gesehen hatte. Den ganzen Tag? Sie wußte nicht einmal, welcher Tag heute war. Sie hatte keine Zeitvorstellung, aber das gedämpfte Licht, das von den Steinen ausging, hatte die Farbe des Dämmerlichtes. Sie dachte darüber nach und fragte sich auch, warum sie keine Tür wahrnehmen konnte. Sie wußte, daß die Zwerge unter ihren Bergen Wundersames mit Stein zu schaffen vermochten.

Unter Kaen und Blöd waren sie auch imstande, der Finsternis in einer Weise zu dienen, wie Maugrim es noch nie zuvor erlebt hatte. Sie dachte an Lökdal und dann natürlich an Darien: Das war die ständige Angst, die allem zugrunde lag. Und diese Angst überwand die Übelkeit und den Schmerz und trieb sie dazu, sich zu erheben. Sie mußte hier herauskommen! Zuviel geschah und zuviel hing von ihr ab!

Als das Aufwallen ihrer Panik nachließ, wurde sie sich plötzlich bitter bewußt, daß ohne den Baelrath in Wirklichkeit nicht mehr viel von ihr abhing. Sie versuchte, aus der einfachen Tatsache, daß sie noch immer am Leben war, Mut zu schöpfen. Sie hatten sie nicht getötet, und in ihrem Raum gab es Wasser und ein sauberes Handtuch. Sie versuchte, aus der Anwesenheit dieser Dinge Kraft zu schöpfen: Sie versuchte es, und es mißlang ihr, denn der Ring war verschwunden.

Schließlich ging sie zu dem niedrigen Tisch hinüber. Sie nahm einen tiefen Schluck Wasser – durch irgendeine Eigenschaft des Steinbeckens war es kühl geblieben – und wusch sich. Die Kälte stieß sie in ein atemloses Wachbewußtsein. Sie betastete ihre

Wunde: Es war eine große Quetschung, die sich sehr weich anfühlte, doch war die Haut nicht eingerissen. Dafür immerhin konnte sie dankbar sein.

Die Dinge geschehen eben, hatte ihr Großvater in den Tagen nach dem Tod ihrer Großmutter gesagt. *Wir müssen weiterkämpfen,* waren seine Worte. Sie biß die Zähne zusammen. In ihre grauen Augen kehrte eine gewisse Entschlossenheit zurück. Sie setzte sich auf den Sessel, legte ihre Füße auf den Schemel und richtete sich darauf ein, in düsterer Bereitschaft zu warten. Währenddessen wurde die Farbe des Lichtes, das sie umgab, allmählich heller, dann noch heller; durch Kunstfertigkeit oder Magie oder eine Mischung aus beidem fand das steigende Licht der Morgenstunden außerhalb der Berge ein Echo im Schimmern der Steine, innerhalb der Steine.

Eine Tür öffnete sich. Oder vielmehr: Es *erschien* eine Tür in der Wand, die Kim gegenüberlag, und ging dann geräuschlos nach außen auf. Kim war bereits aufgesprungen, ihr Herz raste, und dann war sie plötzlich sehr verwirrt.

Sie hätte niemals rational erklären können, warum die Anwesenheit einer Zwergenfrau sie so überraschen konnte, warum sie, ohne auch nur einen Gedanken daran zu verschwenden, angenommen hatte, daß die Frauen unter den Zwergen so aussehen würden wie . . . bartlose, gedrungene Gegenstücke von Kämpfern wie Matt und Brock. Aber schließlich hatte sie selbst auch nicht viel Ähnlichkeit mit Coll von Taerlindel oder Dave Martyniuk. Jedenfalls nicht, wenn sie einen guten Tag hatte!

Und so war es auch bei der Frau, die gekommen war, um nach ihr zu sehen. Sie war einige Zoll kleiner als Matt Sören, aber schlank und anmutig mit weit auseinanderstehenden dunklen Augen und schwarzem glatten Haar, das auf ihren Rücken herabhing. Trotz der feinen Schönheit dieser Frau spürte Kim in ihr dieselbe Stärke und Widerstandskraft, die sie auch bei Brock und Matt kennengelernt hatte. Bewundernswerte, hochgeschätzte Verbündete konnten die Zwerge sein, aber auch sehr gefährliche Feinde.

Trotz allem, was sie wußte, trotz des Schmerzes in ihrem Kopf und des Verschwindens des Baelrath, trotz der Erinnerung an das, was Blöd Jennifer in Starkadh angetan hatte, und des grausamen Bewußtseins des Todesregens, der durch den Kessel ausgelöst wurde, war es trotzdem irgendwie schwierig, diese Frau als eingefleischten Feind zu sehen. Schwäche? Irrtum? fragte sich Kim und versuchte dennoch ein halbes Lächeln.

»Ich habe erwartet, daß jemand kommen würde«, sagte sie. »Ich bin Kimberly.«

»Ich weiß«, entgegnete die andere Frau, ohne das Lächeln zu erwidern. »Wir haben erfahren, wer du bist und was. Ich soll dich zu Seithrs Halle bringen. Dort versammelt sich das Zwergenvolk. Der König ist zurückgekehrt.«

»Ich weiß«, bemerkte Kim trocken und versuchte, die Ironie und ein rasches Aufsteigen der Hoffnung aus ihrer Stimme zu eliminieren. »Was geschieht hier?«

»Ein Zweikampf vor den Ältesten des Zwergenvolkes. Es wird ein Zweikampf mit Worten sein, der erste, der seit vierzig Jahren stattfindet. Zwischen Kaen und Matt Sören. Keine weiteren Fragen! Wir haben wenig Zeit!«

Kim konnte man so leicht nichts befehlen. »Warte!« gebot sie. »Sag mir, wen ... wen du unterstützt?«

Die Zwergenfrau sah mit ihren dunklen Augen zu ihr auf, aber ihr Blick verriet nicht, was in ihr vorging. »Keine weiteren Fragen, sagte ich.« Sie wandte sich um und ging hinaus.

Kim schob ihre Haare mit einer Hand zurück und beeilte sich, ihr zu folgen. Nach der Tür wandten sie sich nach links und folgten einer Reihe von aufsteigenden hohen Korridoren, die in demselben diffusen, scheinbaren Licht schimmerten, das ihren Raum erhellt hatte. An den Wänden waren wunderschön gestaltete Fackelleuchter angebracht, doch brannten die Fackeln nicht. Also war es jetzt Tag, folgerte Kim; die Fackeln wurden wahrscheinlich nachts angezündet. Die Wände waren nicht geschmückt, aber in bestimmten Abständen – ob sie nun zufällig oder durch irgendein Muster bestimmt waren, konnte Kim so schnell nicht erkennen – standen niedrige Pfeiler, auf denen jeweils feine und seltsame Kunstwerke aus Kristall ruhten. Die meisten davon wiesen abstrakte Formen auf, die das Licht der Korridore einfingen und reflektierten, einige aber waren auch gegenständlich: Sie sah einen Speer, der in einen Berg aus Glas eingebettet war, einen Kristalladler mit einer Flügelspanne von fast zwei Metern und an einem Knotenpunkt, wo sich viele Korridore trafen, einen Drachen, der von dem höchsten aller

Podeste herabblickte.

Sie hatte keine Zeit, irgend etwas davon zu bewundern oder auch nur darüber nachzudenken. Auffallend war auch, daß die Gänge dieses Reiches unter den beiden Bergen so leer waren. Trotz der Breite der Korridore, die ganz offensichtlich den gleichzeitigen Durchgang einer großen Anzahl von Menschen erlauben sollten, begegneten sie und die Zwergenfrau nur einigen wenigen Männern und Frauen des Zwergenvolkes, und sie alle hielten auf ihrem Weg inne und starrten mit kalten, abweisenden Blicken zu Kimberly hinauf.

Wieder begann sie sich zu fürchten. Die meisterliche Kunst der Kristallskulpturen, die unaufdringliche Macht, die in den verschwindenden Gängen und ihrer Beleuchtung lag, die Tatsache überhaupt, daß ein Volk so lange Zeit unter den Bergen gelebt hatte . . . das alles führte dazu, daß Kim sich hier fremder fühlte als irgendwo sonst jemals in Fionavar. Und dazu noch war ihre eigene wilde Kraft von ihr gegangen. Sie war ihr anvertraut worden, eine Seherin hatte diese Kraft auf ihrer Hand geträumt und sie hatte sie verloren. Das Vellinarmband, das sie vor Magie schützte, hatten sie ihr jedoch gelassen. Sie fragte sich, warum. Waren Vellinsteine hier so verbreitet, daß es sich nicht einmal lohnte, sie wegzunehmen?

Auch das zu überdenken, blieb ihr keine Zeit, denn nun konnte sie nur mehr ehrfürchtiges Staunen empfinden. Ihre Führerin war in einen letzten Korridor eingebogen, Kim folgte ihr und stand nun in einem der riesigen Eingangsgewölbe zu der Halle, die nach Seithr benannt worden war, der während des Bael Rangat König gewesen war.

Selbst die Paraiko, dachte sie, geschweige denn sterbliche Menschen oder die Lios Alfar würden sich an diesem Ort klein vorkommen. Und bei diesem Gedanken wurde ihr immer klarer bewußt, warum die Zwerge ihre Versammlungshalle in dieser Größenordnung gebaut hatten.

Auf der Ebene, wo sie und ihre Führerin sich befanden, waren acht weitere Gewölbeeingänge zu dem kreisförmigen Raum in der Mitte und jeder von ihnen war ebenso hochragend und eindrucksvoll wie der, in dem sie standen. Als Kim voller Verblüffung hinaufblickte, sah sie noch zwei weitere Zugangsebenen zum Innenraum, und auch dort gab es jeweils neun Gewölbegänge, die den Eintritt in die großartige Halle gewährten. Auf allen drei Ebenen kamen Zwerge durch all die Gewölbe herein. Gerade in diesem Augenblick ging ein Grüppchen von Zwergenfrauen an Kim vorbei, sie blieben stehen und fixierten sie mit einem strengen Blick, der nichts verriet. Dann begaben sie sich hinein.

Seithrs Halle war nach Art eines Amphitheaters angelegt. Die Decke des Raumes war so hoch, und das Licht ringsum so überzeugend natürlich, daß es Kim schien, als könnten sie nun wirklich draußen in der klaren kalten Luft der Berge sein.

Während sie noch in dieser Illusion gefangen war und noch immer nach oben blickte, sah sie, daß in den riesigen hellen Räumen hoch über der Halle Vögel von unendlicher Mannigfaltigkeit ihre Kreise zogen. Aus ihren Formen blitzte viel farbiges Licht, und sie erkannte, daß auch dies Schöpfungen der Zwerge waren, die durch einen kunstvollen Mechanismus, der ihre Vorstellungskraft überstieg, in der Höhe und in einer scheinbaren Freiheit des Fluges gehalten wurden.

Von dem Podium darunter zog ein gleißendes Licht ihren Blick auf sich und sie schaute hinab. Einen Moment später wußte sie, worauf sie blickte, und unmittelbar darauf starrte sie wieder ungläubig zu den kreisenden Vögeln nach oben. Die Spiegelung der Farben und Lichter, die von ihnen kam, entsprach genau der Reflexion, die von den beiden Gegenständen dort unten ausging.

Und das hieß, daß die Vögel und sogar die eindrucksvollen Adler nicht aus Kristall bestanden, wie die Skulpturen, die sie in den Korridoren gesehen hatte, sondern aus Diamant.

Denn auf tiefroten Kissen auf einem steinernen Tisch in der Mitte des Podiums ruhten die Diamantkrone und das Diamantzepter der Zwerge.

Kim empfand ein kindliches Verlangen, ihre Augen zu reiben, um zu sehen, ob sie noch immer dasselbe Bild vor sich haben würde, wenn sie ihre Hände wegnähme. Hoch über ihr schwebten Adler aus Diamant!

Wie konnten Menschen, die sie dort oben plazierten, die sie dort oben *wollten,* Verbündete der Finsternis sein? Und dennoch . . .

Und dennoch war von dem wirklichen Himmel außerhalb dieser

Berghallen ein Todesregen auf Eridu herabgefallen. Und er war auf Grund dessen herabgefallen, was die Zwerge getan hatten.

Jetzt erst wurde sie sich bewußt, daß ihre Führerin sie mit kühler Neugierde beobachtete, um ihre Reaktion auf den Glanz und die Großartigkeit der Halle abzuschätzen, vielleicht auch, um sich darin wohlgefällig zu spiegeln. Sie war voller Ehrfurcht und Bewunderung. Niemals hatte sie etwas Ähnliches gesehen, nicht einmal in ihren prophetischen Träumen. Und dennoch . . .

Sie steckte ihre Hände in die Taschen ihres Gewandes. »Sehr hübsch«, bemerkte sie beiläufig. »Ich mag die Adler gerne. Wie viele von den wirklichen Adlern sind im Regen gestorben?« Und ihre Belohnung, wenn man es Belohnung nennen konnte, bestand darin, daß die Zwergenfrau so bleich wurde, wie die Steinwände von Kims Raum in der Morgendämmerung, als sie erwachte. Sie empfand ein Aufwallen von Mitleid, unterdrückte es aber entschieden und blickte weg. Sie hatten Rakoth befreit, sie hatten ihren Ring genommen, und dieser Frau hatte Kaen genügend getraut, um sie hierher bringen zu lassen.

»Nicht alle Vögel sind gestorben«, entgegnete ihre Führerin sehr leise, so daß es niemand hören konnte. »Gestern morgen bin ich zum See hinaufgegangen. Ich habe dort einige Adler gesehen.«

Kim krampfte ihre Fäuste zusammen. »Ist das nicht wunderbar?« fragte sie, so kalt sie konnte. »Und wieviel länger, glaubst du, wird das so sein, wenn Rakoth Maugrim uns besiegt?«

Der Blick der Zwergenfrau fiel vor der steinernen Wut in Kims Augen zu Boden. »Kaen sagt, daß es Versprechungen gibt«, flüsterte sie, »er sagt . . .« Sie hielt inne. Einen Augenblick später sah sie Kim mit der Kühnheit ihrer Rasse direkt ins Gesicht. »Haben wir denn noch irgendeine Wahl, jetzt?« fragte sie bitter.

Kims Ärger schwand, es war ihr, als verstünde sie nun endlich, was geschehen war und was noch immer in diesen Hallen geschah. Sie wollte antworten, aber in diesem Augenblick ertönte ein lautes Murmeln aus dem Innern von Seithrs Halle, und sie blickte rasch zum Podium hinüber.

Hinter einer anderen Zwergenfrau ging Loren Silbermantel, leicht hinkend und auf Amairgens weißen Stab gestützt, zu einem Sessel am Podium. Kim war überwältigt vor Erleichterung: allerdings nur kurz, denn als Loren sich seinem Sessel näherte, sah sie, wie bewaffnete Wächter sich auf beide Seiten von ihm stellten.

»Komm«, gebot ihre eigene Führerin, die in der kurzen Pause ihre kühle Gelassenheit vollkommen wiedergewonnen hatte. »Ich muß dich ebenfalls zu diesem Platz führen.«

Und so strich Kim wieder einmal ihre ungehorsame Haarsträhne zurück und folgte ihr, so königlich und aufrecht sie nur konnte, in die Versammlungshalle. Sie achtete nicht auf das neuerliche Murmeln, das ihr Erscheinen begleitete, sondern ging, ohne auch nur ihren Kopf zu wenden, den langen, breiten Mittelgang zwischen den Sitzreihen hinab, blieb dann vor Loren stehen und vollführte den ersten Hofknicks ihres Lebens.

Genauso ernst verbeugte auch er sich vor ihr, führte eine ihrer Hände an seine Lippen und küßte sie. Sie dachte an Diarmuid und Jennifer, als sie in jener Nacht in Fionavar angekommen waren. Es schien ein ganzes Leben her zu sein. Sie drückte Lorens Hand und ließ ihren Blick – gebieterisch, wie sie innig hoffte – über die versammelten Zwerge hingleiten.

Und dabei bemerkte sie etwas. Sie wandte sich zu Loren zurück und fragte leise: »Fast alles Frauen. Warum?«

»Frauen und ältere Männer. Und die Mitglieder der Versammlung, die auch bald hierher kommen werden. O Kim, meine Liebe, warum, glaubst du denn?« Seine Augen waren so freundlich, wie sie immer gewesen waren, doch schienen sie in ihren Tiefen ein schweres Gewicht von Sorgen und Kummer zu enthalten.

»Schweigen!« schnappte einer der Wächter. Aber es klang nicht grob, sondern eher geschäftlich.

Es war ohnehin nicht wichtig. Aus Lorens Gesichtsausdruck erriet sie, was sie wissen mußte. Und mit diesem Wissen mußte auch sie das Gewicht der Sorge tragen.

Frauen, alte Männer und die Ratsherrn der Ratsversammlung. Die jungen, kräftigen Männer aber, die Krieger, sie waren weg. *Im Krieg natürlich.*

Man mußte ihr nicht sagen, auf welcher Seite sie kämpfen würden, wenn Kaen sie geschickt hatte.

Und in diesem Augenblick kam Kaen selbst von dem äußeren Ende des Podiums zur Mitte, und so sah sie nun zum ersten Mal den Menschen, der das schwärzeste Böse ihrer Zeit entfesselt hatte. Ruhig, ohne irgendeinen Stolz, irgendeinen Hochmut zu zeigen, ging er zum Steintisch hinüber und blieb an einer Seite stehen. Sein dickes Haar war rabenschwarz, sein Bart kurzgeschnitten. Er war schlanker als Matt oder Brock und nicht so kräftig, nur seine Hände waren die eines Bildhauers: Sie waren groß, tüchtig und sehr stark. Eine von ihnen legte er auf den Tisch, achtete aber darauf, die Krone nicht zu berühren. Er war einfach und unauffällig in Braun gekleidet, und seine Augen verrieten keine Spur von Wahnsinn oder Täuschung. Sie waren meditativ ruhig und fast traurig.

Nun erklangen wieder Schritte auf dem Podium. Kim wandte ihre Augen von Kaen ab und beobachtete, wie Matt Sören von der nähergelegenen Seite des Podiums nach vorne trat. Sie erwartete Geräusche, Murmeln, irgendeine Reaktion. Aber der Zwerg, den sie kannte und liebte, und der, wie sie sah, unverändert war, was auch immer geschehen mochte, ging zu der Kaen entgegengesetzten Seite des Tisches, und als er dort anlangte, hörte man in der Weite von Seithrs Halle nicht den leisesten Laut.

In der Tiefe dieses Schweigens wartete Matt und ließ einen Blick aus seinen dunklen Augen über die versammelten Zwerge gleiten. Sie bemerkte, wie die Wächter hinter ihr nervös von einem Fuß auf den anderen traten. Dann nahm Matt ohne irgendwelche Umstände die Diamantkrone und setzte sie sich auf den Kopf. Es war, wie wenn ein Baum in einem trockenen Wald vom Blitz getroffen war, so explosiv war die Reaktion. Ihr Herz sprang, als sie hörte, wie ein tosender Ausbruch des Schreckens die Halle in Brand steckte. In diesem Gewitter empfand sie Ärger und Verwirrung und versuchte, einen Anflug von Freude darin zu entdecken, und es schien ihr zu gelingen. Trotzdem war ihr Blick instinktiv zu Kaen gewandert, als Matt seinen Anspruch auf die Krone erhoben hatte.

Kaens Mund verzog sich zu einem schlauen und zynischen Lächeln, das unbesorgt, wenn nicht sogar amüsiert schien. Aber seine Augen hatten ihn verraten, denn in ihnen hatte Kim einen Moment lang bleiche, bösartige Gehässigkeit gesehen. Sie las Mord in ihnen, und es schnitt sich ihr ins Herz.

Machtlos, gefangen, von einer Furcht erfüllt, die sie wie mit scharfen Krallen peinigte, wandte sich Kim zu Matt zurück und spürte, wie sich ihr rasender Herzschlag wieder verlangsamte.

Auch wenn er eine Krone trug, aus der tausend Diamanten strahlten, blieb sein Wesen von einer ruhigen und beruhigenden Sicherheit, von einer dauerhaften Stille.

Er erhob eine Hand und wartete geduldig auf das Schweigen. Als es schon fast eingetreten war, sagte er: »Der Calor Diman verrät niemals seine Könige.«

Mehr sagte er nicht, und er sagte es leise, aber die Akustik dieses Raumes trug seine Worte bis in die fernsten Winkel von Seithrs Halle. Als die Resonanz verklungen war, herrschte wieder vollständiges Schweigen.

Und dann traten von beiden Seiten des Podiums ungefähr fünfzehn oder zwanzig Zwerge in diese Halle ein. Sie waren alle schwarz gekleidet, und Kim sah, daß jeder auf dem dritten Finger seiner rechten Hand einen Diamantring trug, der wie weißes Feuer funkelte. Keiner von ihnen war jung, aber der, welcher als erster kam, war bei weitem der älteste. Sein Bart war weiß, er stützte sich auf einen Stab und wartete, bis die anderen zu den steinernen Sitzen auf der einen Seite des Podiums hinübergegangen waren.

»Die Ratsversammlung«, flüsterte Loren leise. »Sie werden das Urteil zwischen Kaen und Matt fällen. Der mit dem Stab ist Niach, der Erste der Versammlung.«

»Worüber werden sie urteilen?« wisperte Kim furchtsam zurück.

»Über das Rededuell«, murmelte Loren. »In derselben Art, wie jenes vor vierzig Jahren, das Matt verlor, als die Versammlung für Kaen stimmte und den Beschluß faßte, die Suche nach dem Kessel fortzuführen ...«

»Schweigt!« zischte derselbe Wächter wie vorher. Er unterstrich seinen Befehl, indem er Loren mit der Hand nicht gerade freundlich auf den Arm schlug.

Silbermantel drehte sich geschwind um und fixierte den Wächter mit einem Blick, der den Zwerg zurücktaumeln und erbleichen ließ.

»Ich habe ... ich habe den Befehl, Euch ruhig zu halten«, stammelte er.

»Ich habe nicht die Absicht, allzuviel zu sagen«, entgegnete Loren. »Aber wenn du mich noch einmal berührst, werde ich dich in eine Geiala verwandeln und zum Mittagessen braten. Das ist die letzte Warnung!«

Er wandte sich wieder zum Podium zurück, sein Gesicht war undurchdringlich. Es war nur ein Bluff, Kim wußte es, aber es wurde ihr auch klar, daß keiner von den Zwergen, nicht einmal Kaen, wissen konnte, was mit den Kräften des Magiers in Cader Sedat geschehen war.

Niach war nach vorne getreten, man hörte, wie sein Stab bei jedem Schritt auf dem Stein aufschlug. Er stellte sich schräg vor Kaen und Matt auf. Nachdem er sich mit demselben Ernst vor beiden verbeugt hatte, wandte er sich um und sprach zu den Zwergen.

»Töchter und Söhne von Calor Diman, ihr werdet gehört haben, warum wir zu Seithrs Halle gerufen wurden. Matt, der unter Banir Lök einst König hier war, ist zurückgekehrt und hat die Versammlung davon überzeugt, daß er derjenige ist, als den er sich ausgibt. So ist es, trotz der verflossenen vierzig Jahre. Er trägt jetzt einen zweiten Namen: Sören, um den Verlust eines Auges zu bezeichnen, den er in einem Krieg fern von unseren Bergen erlitten hat. Es war ein Krieg«, fügte Niach ruhig hinzu, »in dem die Zwerge keine wirkliche Rolle spielen mußten.«

Kim wand sich. Aus ihrem Augenwinkel sah sie, wie Loren konsterniert auf seine Unterlippe biß.

Niach fuhr in dem gleichen vorsichtigen Tonfall fort: »Wie dem auch sei, es ist Matt Sören, der wieder hier ist, und vergangene Nacht hat er Kaen vor der Versammlung zum Wettstreit herausgefordert, Kaen aber, der uns diese vierzig Jahre regiert hat, regierte nur mit Zustimmung und Unterstützung der Ratsversammlung, nicht jedoch als wirklicher König, denn er hat niemals einen Kristall für den See gefertigt, noch eine Nacht unter dem Vollmond an seinen Ufern verbracht.«

Ein leises Murmeln wurde hörbar. Nun war Kaen an der Reihe zu reagieren. Sein Ausdruck aufmerksamer Ehrerbietung veränderte sich nicht, aber Kim, die ihn genau beobachtete, sah, wie sich seine Hand auf dem Tisch zur Faust schloß. Einen Augenblick später schien er sich dessen bewußt zu werden, und seine Faust öffnete sich wieder.

»Wie dem auch sei«, wiederholte Niach ein zweites Mal, »ihr seid hier, um zu hören, die Versammlung aber, um über ein Rededuell der alten Art zu urteilen, wie wir es in vierzig Jahren nicht erlebt haben ..., seit diese beiden hier vor uns standen. Durch die Gnade, welche die Hand des Webers meinem Faden verliehen hat, habe ich lange genug gelebt, um sagen zu können, daß sich hier ein Muster entfaltet, dessen Symmetrie von der Verwobenheit aller Schicksale zeugt.«

Er hielt inne. Dann blickte er direkt auf Kim und sagte zu ihrer großen Überraschung: »Es sind zwei zugegen, die nicht zu unserem Volk gehören. Die Nachrichten kommen nur langsam über die Berge und noch langsamer in die Berge hinein, aber die Zwerge wissen sehr wohl von dem Magier Loren Silbermantel, dessen Quelle einst unser König war. Und Matt Sören hat diese Frau hier als Seherin des Großkönigs von Brennin zu erkennen gegeben. Er hat sich auch bereit erklärt, mit seinem Leben dafür einzustehen, daß diese beiden unsere Gesetze hier am Kristallsee achten, daß sie die Magie, deren sie fähig sind, nicht ausnützen und das Urteil der Ratsversammlung über diesen Zweikampf, wie immer es auch ausfallen möge, akzeptieren. Das hat Matt Sören versichert. Jetzt fordere ich, daß sie mit dem Eid, der ihnen am heiligsten ist, die Wahrheit seiner Worte bestätigen. Als Gegenleistung biete ich die Sicherheit der Zwergenversammlung, daß sie unversehrt aus unserem Reich weggeführt werden, wenn das nach dem Urteil über den Zweikampf nötig ist. Kaen hat dem zugestimmt, eigentlich war es sogar sein Vorschlag.«

Gemeiner Lügner, dachte Kim wütend, als sie auf Kaens klaren, ernsten Gesichtsausdruck blickte. Aber sie kontrollierte ihr Mienenspiel, legte ihre unberingte Hand in die Tasche ihres Gewandes und hörte zu, als Loren von seinem Sitz aufstand und sagte: »Im Namen von Seithr, dem Größten der Zwergenkönige, der im Dienste des Lichtes starb, als er gegen Rakoth Maugrim und die Legionen der Finsternis kämpfte, schwöre ich, daß ich mich an die Worte halte, die du gesprochen hast.« Dann setzte er sich nieder.

Ein weiteres ruhiges, aber unverkennbares Murmeln ging durch die Halle. *Und jetzt noch etwas!* dachte Kim, als sie sich ihrerseits erhob. Sie fühlte Ysanne in sich, ihre Zwillingsseele unter den Zwillingsbergen, und als sie sprach, war es die Stimme der Seherin, die ernst und streng in diesen riesigen Räumen erklang.

»Im Namen der Paraiko von Kath Meigol, den sanftesten unter den Kindern des Webers, den Riesen, die keine Geister sind, sondern leben und gerade jetzt Eridu reinigen, indem sie die unschuldigen Toten aus dem Todesregen des Kessels einsammeln, schwöre ich, daß ich mich an die Worte halte, die du gesprochen hast.«

Jetzt wurde ein Geräusch hörbar, das mehr als ein Murmeln war, es war ein drängendes Aufbrausen von Stimmen.

»Das ist eine Lüge!« schrie ein alter Zwerg von hoch oben in die Halle hinein, seine Stimme überschlug sich. »Der Kessel, den wir gefunden haben, hat Leben und nicht Tod gebracht!«

Kim sah, daß Matt sie anblickte, er schüttelte kaum wahrnehmbar seinen Kopf, und sie schwieg.

Niach winkte erneut um Ruhe. »Was Wahrheit oder Lüge ist, hat die Ratsversammlung zu entscheiden«, erklärte er. »Es ist Zeit zu beginnen. Ihr, die ihr hier versammelt seid, kennt die Gesetze des Redekampfes. Kaen, der jetzt regiert, wird als erster sprechen, wie Matt vor vierzig Jahren, als er König war. Sie werden zu euch sprechen und nicht zur Versammlung. Ihr, die ihr hier versammelt seid, sollt wie eine Steinmauer sein, von der ihre Worte abprallen und zu uns kommen. Das Gesetz verpflichtet euch zum Schweigen, und aus dem Gewicht, der Form, der gewobenen Struktur dieses Schweigens wird die Versammlung das Urteil ableiten, das wir zwischen diesen beiden Männern fällen müssen.«

Er hielt inne. »Nur eines muß ich noch fordern. Obwohl niemand anders eine Vollmondnacht am Calor Diman erlebt hat, steht heute Matt Sörens Recht in Frage, ob er die Diamantkrone weiterhin tragen darf. Deshalb möchte ich ihn auch bitten, sie während des Kampfes abzusetzen.«

Er wandte sich um, und als auch Kim wie alle anderen in der Halle auf Matt blickte, bemerkte sie, daß er sie nach seiner anfänglichen demonstrativen Geste bereits wieder auf die Steintafel zwischen sich und Kaen zurückgelegt hatte. *Oh, wie klug,* dachte Kim und bemühte sich, ein wohlgefälliges Lächeln zu unterdrücken. Oh, wie klug, mein lieber Freund. Matt nickte ernst zu Niach hinüber, der sich seinerseits verbeugte.

Indem er sich an Kaen wandte, sagte Niach lediglich: »Du kannst beginnen.«

Auf seinen Stab gestützt schlurfte er zurück und nahm seinen Platz unter den anderen Mitgliedern der Ratsversammlung ein.

Kim sah, daß Kaens Hand sich wieder zur Faust geschlossen hatte, als Matt Niachs Aufforderung so gewandt zuvorkam.

Er ist durcheinander, dachte sie. Matt hat ihn aus dem Gleichgewicht gebracht. Gefühle von Hoffnung und Vertrauen überkamen sie. Dann begann Kaen, der bis zu diesem Augenblick noch kein einziges Wort gesprochen hatte, mit dem Rededuell, und kurz darauf waren Kims Hoffnungen dahingeschwunden, weggeblasen wie zarte Wolken, die vom Bergwind zerrissen wurden.

Sie hatte Gorlaes, den Kanzler von Brennin, für einen eloquenten Redner mit tiefer Stimme und einschmeichelnden Worten gehalten, sie hatte seine Beredsamkeit in früheren Tagen sogar gefürchtet, sie hatte Diarmuid dan Ailell in der Großen Halle von Paras Derval gehört und erinnerte sich an die Kraft seiner leichten, ironischen und gut gezielten Worte. Sie hatte Na-Brendel von den Lios Alfar vernommen, der die Rede bis zur Grenze der Musik und darüber hinaus führte. Und in ihrem eigenen Herzen, eingeprägt in ihrem eigenen Bewußtsein bewahrte sie noch immer Arthur Pendragons Stimme, wenn er befahl oder beschwichtigte ... bei ihm schien beides manchmal in eins zu verschmelzen.

Aber in Seithrs Halle in Banir Lök erlebte sie an jenem Tag, wie Worte beherrscht, gemeistert und zu einem funkelnden, glorreichen Gipfel geführt werden konnten; sie verwandelten sich geradezu in Diamanten, und das alles im Dienste des Bösen, der Finsternis.

Kaen sprach, und sie hörte, wie seine Stimme sich in der Leidenschaft der Anklage majestätisch erhob, sie hörte, wie sie gleich einem Raubvogel herabschwebte, um eine Anspielung zu flüstern oder eine Halbwahrheit darzubieten, die selbst für sie eine Zeitlang wie eine Offenbarung aus den verwobenen Fäden des Webstuhls selbst klang; sie hörte, wie sie anstieg, um selbstsichere Behauptungen über die Zukunft auszusprechen, und dann zu einem scharfen Messer wurde, mit dem Kaen die Ehre des Zwerges, der neben ihm stand, erbarmungslos zerfetzte. Des Zwerges, der es *gewagt* hatte, zurückzukehren und ein zweites Mal mit Kaen zu kämpfen.

Kims Mund war vor Angst ganz trocken, sie sah, wie sich Kaens Hände, seine großen schönen Handwerkerhände, während seiner Rede anmutig hoben und senkten, sie sah, wie seine Arme plötzlich in einer einladenden Geste der Ehrbarkeit sich weit öffneten, sie sah, wie eine Hand heftig nach oben stach, um eine Frage zu akzentuieren, und dann plötzlich locker und offen herabfiel, wenn er davon sprach, was die einzig mögliche Antwort sein konnte. Sie sah, wie er mit einem langen Zeigefinger voll unverhüllter und überwältigender Wut auf den zeigte, der zurückgekehrt war, und es schien ihr wie auch allen anderen in Seithrs Halle, daß diese anklagende Hand einem Gott gehörte, und es wurde nun geradezu erstaunlich, daß Matt Sören die Kühnheit hatte, noch immer aufrecht vor ihnen zu stehen, anstatt auf den Knien zu kriechen und einen gnadenvollen Tod zu erbitten, den er nicht verdiente.

Aus dem Gewicht, der Form und der Struktur des Schweigens, hatte Niach gesagt, würde die Versammlung ihr Urteil ableiten. Als Kaen sprach, war die Stille in Seithrs Halle greifbar. Sie *hatte* Form und Gewicht und eine erkennbare Struktur. Selbst Kim, die nicht darin geübt war, eine so feine Botschaft zu lesen, konnte spüren, wie die Zwerge auf Kaen reagierten und ihm die Worte zurückgaben. Es waren Tausende von stimmlosen Zuhörern, die im Chor stimmten.

Ehrfurcht lag in dieser Antwort und Schuldgefühle darüber, daß Kaen, der sich solange im Dienste seines Volkes abgemüht hatte, nun wieder gezwungen war, sich und seine Handlungen zu rechtfertigen. Und abgesehen von diesen beiden Dingen, Ehrfurcht und Schuld, war auch ein demütiges, dankbares Vertrauen in die Richtigkeit und Klarheit alldessen, was Kaen vorbrachte, spürbar.

Er trat einen Schritt nach vorne und schien mit dieser kleinen Bewegung einer von ihnen zu werden, mit ihnen allen eins zu sein, zu jedem einzelnen Zuhörer in der Halle unmittelbar und intim zu sprechen. Er argumentierte: »Vielleicht glaubt jemand, daß der Zwerg, der jetzt neben mir steht, mit seinem einen Auge weiter sieht als irgend jemand anders in dieser Halle. Erlaubt mir, euch an etwas zu erinnern, etwas, das ich sagen *muß*, bevor ich zum Ende komme, denn es schreit geradezu danach, geäußert zu werden. Vor vierzig Jahren hat Matt, der Schwestersohn des Zwergenkönigs March in einer Neumondnacht einen Kristall für den Calor Diman gefertigt: Es war ein Akt des Mutes, um dessentwillen ich ihn geehrt habe. In der darauffolgenden Vollmondnacht schlief er am Ufer des Sees, wie alle, die Könige werden wollen, es tun müssen: auch das ein Akt des Mutes, um dessentwillen ich ihn ehrte.«

Kaen hielt inne. »Ich ehre ihn jetzt nicht mehr«, sprach er in das Schweigen. »Ich habe ihn nicht mehr geehrt, seit er damals vor vierzig Jahren diesen Akt der Feigheit beging, der die ganze Erinnerung an seinen Mut hinweggewischt hat. Ich will euch erinnern, Volk der Zwillingsberge, ich will euch an jenen Tag erinnern, als er das Zepter, das hier neben uns liegt, nahm und auf diese Steine herabwarf. Das Diamantzepter behandelte er wie ein Stück Holz! Ich will euch daran erinnern, daß er damals die Krone abgelegt hat, die er jetzt gerade – nach vierzig Jahren! – so hochmütig beansprucht hat. Er hat sie abgelegt wie ein Spielzeug, das ihm kein Vergnügen mehr bereitet. Und weiter will ich euch daran erinnern« . . . und jetzt sank seine Stimme von marktiefem Kummer beschwert nach unten . . . »daß Matt, König unter Banir Lök, nachdem er all dies getan hatte, uns verließ.«

Kaen ließ das grimmige Schweigen fortdauern, ließ es das volle Gewicht der Verdammung ansammeln. Dann fuhr er sanft fort: »Den Redekampf vor vierzig Jahren hat er selbst gewollt. Daß er die Frage des Kessels von Kath Meigol dem Urteil der Versammlung unterwarf, war seine eigene Entscheidung. Niemand hat ihn dazu gezwungen, niemand hätte es gekonnt. Er war König unter den Bergen. Er regierte nicht, wie ich es immer versucht habe, durch Ratschluß und Abstimmung, sondern absolut, denn er trug die Krone, er war mit dem Kristallsee vereint. Und als mich dann die Versammlung ehrte, indem sie zustimmte, daß meine Suche nach dem Kessel ein den Zwergen würdiges Unternehmen war, hat König Matt uns verlassen . . . aus Ärger, Groll und Verdrießlichkeit.«

In seiner Stimme lag Schmerz, der Schmerz, in diesen lang vergangenen Zeiten einer Führung und Unterstützung beraubt zu sein, die so dringend benötigt wurde.

»Er hat uns verlassen, und wir mußten versuchen, so gut wir nur konnten, ohne ihn auszukommen . . . Ohne die Bindung des Königs an den See, die immer der Herzschlag der Zwerge gewesen ist. Vierzig Jahre lang habe ich hier mit meinem Bruder Blöd und mit dem Ratschluß der Versammlung regiert, so gut ich konnte.

Vierzig Jahre lang ist Matt fern von uns gewesen und hat in der weiten Welt jenseits der Berge seinen eigenen Ruhm und sein Vergnügen gesucht. Und jetzt, jetzt nach so langer Zeit will er wieder zurückkommen. Jetzt, weil es ihm, seiner Eitelkeit, seinem Stolz paßt, möchte er zurückkehren und einen Anspruch auf das Zepter und die Krone erheben, die er vorher so verächtlich weggeworfen hat.«

Er trat einen weiteren Schritt nach vorne, sprach in die Herzen seiner Zuhörerschaft. »Laßt es nicht zu, Kinder des Calor Diman! Vor vierzig Jahren habt ihr entschieden, daß die Suche nach dem Kessel, dem Kessel des Lebens, unser würdig war. In eurem Dienst habe ich all diese Jahre hier unter euch gearbeitet, um den Beschluß der Versammlung in die Tat umzusetzen. Wendet euch jetzt nicht von mir!«

Langsam sanken seine ausgebreiteten Arme herab. Kaen hatte seine Rede beendet. Hoch oben über dem starren, vollkommenen Schweigen kreisten und strahlten die Vögel, die aus Diamanten gefertigt waren.

Kims Brust war vor Anstrengung und Furcht gespannt, und sie blickte, wie alle anderen in Seithrs Halle zu Matt Sören hinüber, ihrem Freund, der seine Worte, seit sie ihn kannte, immer knapp, sorgfältig und einfach gesetzt hatte. Seine Kraft waren Stärke und Wachsamkeit und ein tiefes fürsorgliches Verantwortungsbewußtsein, das er jedoch niemals mit Worten zum Ausdruck brachte. Worte waren nie Matts Werkzeuge gewesen: jetzt nicht und nicht vor vierzig Jahren, als er seinen letzten Wortstreit mit Kaen zu seiner Verbitterung verloren hatte und deshalb auch seine Krone aufgab.

Sie konnte sich vorstellen, wie dieser Tag für ihn ausgesehen hatte: der junge, stolze König, frisch vereint mit dem Kristallsee, feurig strahlend mit seinen Visionen des Lichts, wie jetzt ein Feind der Finsternis. Mit dem inneren Auge der Seherin konnte sie es sich ausmalen: die Wut, das qualvolle Gefühl, abgelehnt worden zu sein, das Kaens Sieg in ihm erzeugt hatte. Sie konnte ihn sehen, wie er die Krone wegschleuderte. Und sie wußte, daß er damit falsch gehandelt hatte.

In diesem Augenblick dachte sie auch an Arthur Pendragon, einen anderen jungen König mit großen Träumen, der seine Krone erst kurz getragen hatte und dann erfuhr, daß ein Kind, der Same seines eigenen Inzestes, vom Schicksal dazu ausersehen war, alles was Arthur geschaffen hatte, zu vernichten. Und in einem hilflosen Versuch, dies zu verhindern, hatte er soviele Neugeborene erschlagen lassen.

Sie trauerte um der Sünden der guten Männer willen.

Um ihrer Sünden willen und der schmerzhaften Art und Weise, wie sie im Webstuhl wieder zurückgerüttelt wurden. So, wie auch Matt nach so langer Zeit wieder zu seinen Bergen zurückgekehrt war, um nun neben Kaen vor der Versammlung in Seithrs Halle zu stehen.

Kim betete für ihn, sie betete für alle lebenden Wesen, die das Licht suchten, denn sie wußte, wieviel hier auf der Waagschale lag. Sie spürte, daß Kaens letzte Aufforderung noch immer wie ein Beschwörungszauber in der Halle hing, und fragte sich, wie es Matt überhaupt noch gelingen könnte, Kaen etwas entgegenzusetzen.

Und dann erlebte sie es. Alle erlebten es.

Und Matt Sören sprach: »Wir haben nichts, aber auch gar nichts von Rakoth Maugrim gehört, nichts von Krieg, von Bösem, von Freunden, die der Finsternis ausgeliefert wurden. Wir haben von Kaen nichts über die zerbrochenen Wachtsteine von Eridu vernommen, nichts von dem Zauberkessel, der Maugrim übergeben wurde. *Seithr würde weinen und uns durch seine Tränen verfluchen!*«

Es waren prosaische, schmucklose, scharfe und direkte Worte. Sie waren kalt und streng und fegten in die Halle hinein wie ein Wind, der die Nebel von Kaens eloquenter Metaphorik hinwegblies. Matt hatte die Hände auf seine Hüften gelegt, mit gespreizten Beinen stand er wie verankert im Stein, er versuchte nicht einmal, seine Zuhörer zu verlocken oder zu verführen. Er forderte sie heraus, und sie hörten ihm zu.

»Vor vierzig Jahren habe ich einen Fehler gemacht, den ich in meinem ganzen restlichen Leben niemals aufhören werde zu bedauern. Ich war neu gekrönt, hatte mich noch nicht beweisen können, war noch nicht bekannt und suchte in einem Rededuell in dieser Halle vor der Ratsversammlung um Zustimmung für das, was ich als richtig erkannt hatte. Und das war ein Fehler.

Wenn ein König seinen Weg klar vor sich sieht, muß er handeln, so daß sein Volk im folgen kann. Mein Weg hätte klar sein sollen und wäre es auch gewesen, wenn ich stark genug gewesen wäre. Kaen und Blöd, die sich meinen Befehlen widersetzt hatten, hätten zum Verräterfelsen von Banir Tal gebracht und von dort hinabgeschleudert werden müssen. Ich habe falsch gehandelt, ich war nicht stark genug. Als König nehme ich meinen Anteil an der Schuld für all das Unheil, das inzwischen geschah, auf mich.

Und unendlich viel Unheil ist geschehen«, fuhr er fort, und seine Stimme klang genauso kompromißlos wie die Botschaft, die sie trug. »Wer unter euch, der nicht verzaubert oder eingeschüchtert ist, kann das für richtig halten, was wir getan haben? Wie tief die Zwerge doch gefallen sind! Wer unter euch kann akzeptieren, daß der Wachtstein zerbrochen, daß Rakoth befreit, daß der Zauberkessel der Paraiko ihm übergeben wurde? Und jetzt muß ich vom Kessel sprechen.«

Dieser Übergang war unbeholfen, aber Matt schien sich darum nicht zu kümmern. Er sagte: »Bevor dieser Wortstreit begann, sprach die Seherin von Brennin vom Kessel als einem Instrument des Todes, und einer von euch . . . und ich erinnere mich noch gut an dich, Edrik, denn du warst bereits weise, als ich in diesen Hallen König war, und ich habe niemals Schlechtigkeit in deinem Herzen gefunden . . . Edrik hat die Seherin als Lügnerin bezeichnet und behauptet, daß der Kessel Leben spende.«

Er kreuzte seine Arme auf seiner breiten Brust. »Das ist nicht wahr. Vielleicht damals, als er in Kath Meigol gerade erst geschmiedet wurde, aber nicht jetzt, nicht in den Händen des Entwirkers. Er hat den Kessel, den die Zwerge ihm gegeben haben, verwendet, um den Winter zu erzeugen, der jetzt gerade vorüber ist, und dann den Todesregen über Eridu auszulösen.«

»Das ist eine Lüge«, widersprach Kaen rundweg. Ein erschrockenes Flüstern erklang. Kaen beachtete es nicht: »Du darfst beim Wortkampf keine reine Unwahrheit sagen, das weißt du. Ich fordere den Sieg in diesem Kampf für mich, weil du einen Bruch der Regeln begangen hast. Der Kessel bringt die Toten wieder zurück ins Leben. Er tötet nicht. Jeder von uns hier weiß, daß das die Wahrheit ist.«

»Wissen wir das?« stieß Matt Sören wütend hervor und drehte

sich mit solcher Heftigkeit zu Kaen um, daß dieser zurückwich. »Du wagst es, zu sprechen und mich einer Lüge zu zeihen? Dann höre mir zu! Jeder von euch höre mir zu! Ist nicht ein Magier von Brennin gekommen, dessen Weisheit sich verkehrt hat und der verbotenes Wissen angewandt hat? Ist nicht Metran von Garantae in diese Hallen gekommen, um Kaen und Blöd zu raten und zu helfen?«

Schweigen war die Antwort auf seine Frage, es war das Schweigen des Wortkampfes: Intensiv, gespannt nahm es die Form an, mit der es seine Fragen umgeben konnte. »Ihr sollt wissen, daß der Zauberkessel in die Obhut jenes Magiers gegeben wurde, nachdem Maugrim ihn erhalten hatte. Und Metran hat ihn nach Cader Sedat gebracht, einer Insel, die auf keiner Karte eingezeichnet ist. Noch in den Tagen des Bael Rangat hatte Maugrim sie zu einem Ort des Unlebens gemacht. An diesem unheiligen Ort verwendete Metran den Kessel, um zuerst den Winter und dann den Regen zu erzeugen. Er zog seine unnatürliche magische Kraft, um diese Dinge zu tun, aus einem Schwarm von Svart Alfar. Er tötete sie, entzog ihnen ihre Lebenskraft und verwendete dann den Zauberkessel, um sie immer und immer wieder ins Leben zurückzubringen. Das hat er getan. Und das, ihr Kinder des Calor Diman, Abkömmlinge des Seithr, das, mein geliebtes Volk, haben wir getan!«

»Eine Lüge«, rief Kaen von neuem, diesmal ein wenig verzweifelt. »Woher hättest du es gewußt, wenn er den Kessel wirklich an jenen Ort gebracht hätte? Wie hätte der Regen aufhören können, wenn das so gewesen ist?«

Diesmal erklang kein neuerliches Murmeln, auch Matt kehrte sich nicht wie vorher gegen den anderen Zwerg. Sehr langsam drehte er sich um und blickte auf Kaen.

»Das würdest du gerne wissen, nicht?« fragte er sanft. Die Akustik des Raumes trug die Frage, alle hörten sie. »Du würdest gerne wissen, was schiefgelaufen ist. Kaen, wir sind dort gewesen. Zusammen mit Arthur Pendragon, Diarmuid von Brennin und Pwyll, dem Zweimalgeborenen, dem Herrn des Sommerbaumes, gingen wir nach Cader Sedat, töteten Metran und zerbrachen den Kessel von Kath Meigol. Loren und ich haben es getan, Kaen. Wir haben an diesem Ort getan, was wir konnten, um das Übel, das von einem Magier und von Zwergen angerichtet wurde, wiedergutzumachen.«

Kaens Mund öffnete und schloß sich wieder.

»Du glaubst mir nicht«, fuhr Matt unerbittlich und gnadenlos fort. »Du willst es nicht glauben, damit deine Pläne und Hoffnungen nicht so schrecklich fehlgegangen sind. Dann glaube mir nicht, aber glaube stattdessen dem Zeugnis deiner Augen!« Mit diesen Worten griff er in seine Jackentasche und zog eine schwarze Scherbe hervor, die er auf den Steintisch zwischen das Zepter und die Krone warf. Kaen lehnte sich nach vorne, um zu sehen, und es entfuhr ihm unwillkürlich ein erstickter Laut. »Da kannst du nun klagen!« betonte Matt, und es klang wie ein Richtspruch. »Aber selbst jetzt klagst du nur um deiner selbst willen, und nicht um dein Volk, weil du ein Bruchstück des zerbrochenen Zauberkessels in diese Berge zurückkehren siehst.«

Er wandte sich wieder der Halle mit ihren hohen Gewölben zu, über der unablässig die Diamantvögel kreisten.

Wieder war der Übergang seiner Rede unbeholfen und roh. Und wieder schien er es nicht zu bemerken. »Zwerge«, rief Matt nun aus, »ich behaupte nicht, daß ich ohne Schuld und Tadel bin, ich habe falsch gehandelt, aber ich habe es nach besten Kräften wiedergutzumachen versucht. Und das werde ich auch jetzt, von diesem Tag bis zum Tag meines Todes. Ich will die Last meiner eigenen Übertretung tragen und soviel von eurer Bürde auf mich nehmen, wie ich nur kann. Denn das muß ein König tun, und ich bin euer König. Ich bin zurückgekehrt, um euch zum Heer des Lichtes zurückzuführen, zu dem die Zwerge gehören. Wir haben immer dorthin gehört. Wollt ihr mich haben?«

Schweigen, natürlich Schweigen.

Mit all ihren ungeübten Instinkten kämpfte Kim darum, dem Rhythmus dieses Schweigens zu folgen, sie atmete kaum.

Die Form dieses Schweigens war scharf, es war schwer vor namenlosen Ängsten, vagen Befürchtungen, es war dicht und kompliziert mit zahllosen Fragen und Zweifeln durchwebt. Noch mehr lag in ihm, sie wußte es, aber es gelang ihr nicht, es deutlich zu erkennen.

Und dann wurde das Schweigen ohnehin gebrochen.

»Halt!« schrie Kaen, und selbst Kim wußte, welch flagrante

Übertretung der Gesetze des Wortkampfes dies sein mußte.

Kaen atmete dreimal schnell und scharf ein, um sich zu beruhigen und unter Kontrolle zu bringen. Dann trat er wieder nach vorne und sagte: »Das ist jetzt mehr als ein Wortkampf, und deshalb muß ich vom Ablauf einer wirklichen Herausforderung abweichen. Matt Sören erhebt nicht nur den Anspruch auf eine Krone, die er von sich stieß, als er es vorzog, in Brennin zu dienen, anstatt in Banir Lök zu herrschen, sondern er fordert die Versammlung auch auf . . . ja, er befiehlt ihr, wenn man seinem Tonfall zuhört und nicht nur seinen Worten . . . er befiehlt ihr, ohne einen Augenblick des Nachdenkens einen neuen Kurs einzuschlagen!«

Mit jedem Wort schien sein Selbstvertrauen wieder zu wachsen, webte er einen dichten Teppich der Beredsamkeit.

»Ich habe davon in meiner Rede nicht gesprochen, weil ich in meiner Unschuld nicht einmal geträumt habe, daß Matt so vermessen sein würde. Aber er war es und deshalb muß ich von neuem sprechen, und ich bitte um Verzeihung für diese kleine Übertretung. In den letzten Tagen des Krieges kommt Matt Sören hierher, um uns zu befehlen, daß wir unser Heer auf die Seite des Königs von Brennin stellen. Er verwendet andere Worte, aber das ist seine Absicht. Er vergißt dabei eins. Er will es vergessen, glaube ich, aber wir, die wir den Preis für seine Unterlassung zahlen müssen, dürfen nicht so nachlässig sein.« Kaen hielt inne und blickte einen langen Augenblick über die Halle hin, um sicher zu sein, daß er alle auf seiner Seite hatte.

Dann fuhr er grimmig fort: »*Das Heer der Zwerge ist nicht hier!* Mein Bruder hat es aus diesen Hallen über die Berge in den Krieg geführt. Wir haben es dem Herrn von Starkadh versprochen, es war eine Gegenleistung für die Hilfe, die wir von ihm bei der Suche nach dem Zauberkessel erbeten hatten. Er hat uns von sich aus geholfen, und wir haben es angenommen. Ich möchte euch oder die Erinnerung eurer Väter nicht dadurch beschämen, daß ich zu sehr von der Ehre der Zwerge spreche. Was würde es bedeuten, wenn wir ihn um Beistand gebeten haben und ihm jetzt die versprochene Gegenleistung verweigern. Davon aber will ich nicht sprechen. Ich will nur das Klarste und Offensichtlichste deutlich machen, etwas was Matt Sören nicht sehen will, das Heer ist bereits auf dem Weg. Wir haben uns entschieden. Ich habe entschieden, und die Ratsversammlung hat mit mir entschieden. Sowohl Ehre wie auch Notwendigkeit zwingen uns, auf dem Weg zu verbleiben, auf dem wir nun sind. Und selbst wenn wir es wollten, könnten wir Blöd und das Heer nicht mehr rechtzeitig erreichen, um es zurückzurufen!«

»*Doch, wir könnten!*« Kim Ford schrie diese Lüge in den Saal. Sie war aufgesprungen. Der ihr am nächsten stehende Wächter trat schon vor, erbebte aber und hielt inne, als Loren ihm einen lähmenden Blick zuwarf. »Ich habe euren echten König gestern vom Rande des Meeres mit der Kraft, die ich trage, hierher gebracht. Genauso leicht kann ich ihn zu eurem Heer bringen, wenn die Ratsversammlung das von mir fordert.« Lügen, Lügen, der Baelrath war verschwunden. Die ganze Zeit, während sie sprach, hielt sie beide Hände in ihren Taschen. Es war nur ein Bluff, genauso wie die Worte, die Loren an den Wächter gerichtet hatte. Aber es stand soviel auf dem Spiel, und sie war in diesen Dingen nicht sehr geschickt, das wußte sie. Trotzdem hielt sie ihren Blick direkt auf Kaen gerichtet und wich ihm nicht aus: Wenn er sie bloßstellen wollte, wenn er ihr den Baelrath, den er ihr gestohlen hatte, zeigen wollte, dann konnte er es ruhig! Dann hätte er der Ratsversammlung auch erklären müssen, auf welche Weise er ihn erhielt ... und wohin käme er dann mit seinem Gerede von der Ehre?

Kaen sprach nicht und bewegte sich auch nicht. Aber von der Seite des Podiums erklangen plötzlich drei lauthallende Schläge eines Stabes auf dem Steinboden.

Niach kam nach vorne, er ging genauso langsam und vorsichtig wie zuvor, aber sein Ärger war deutlich greifbar, und als er sprach, mußte er sich bemühen, seine Stimme zu meistern.

»Gut gemacht!« spottete er mit bitterer Ironie. »An diesen Wortkampf wird man sich erinnern! Noch nie habe ich erlebt, daß die Regeln in einem Duell in dieser Weise verletzt wurden. Wie kann Matt Sören, der nicht einmal vierzig Jahre abwesend war, seine Unkenntnis rechtfertigen: Er hat einen *Gegenstand* in den Wortkampf eingeführt! Du kanntest doch die Regeln, noch bevor zu zehn Jahre alt warst. Und du, Kaen! Eine geringe Übertretung? Wie kannst du es *wagen*, ein zweites Mal in einem Wortkampf zu sprechen! Was ist aus uns geworden, daß nicht einmal die ältesten

Regeln unseres Volkes beachtet werden? Und das geht sogar so weit« ... er drehte sich ruckartig um und starrte auf Kimberly ... »daß ein *Gast* sich in einen Wortkampf in Seithrs Halle einmischt.«

Das war zuviel! Kim fühlte, wie ihre aufgestaute Wut aufwallte, sie setzte zu einer ätzenden Erwiderung an und spürte bereits Lorens strafenden Griff auf ihrem Arm. Sie schloß ihren Mund, ohne ein Wort zu sagen, aber ihre Hände krampften sich in den Taschen ihres Gewandes zu weißen Fäusten.

Dann löste sie sie wieder, denn Niachs Wut schien sich in dieser kurzen, leidenschaftlichen Rede erschöpft zu haben. Er schien wieder in sich zusammenzufallen, war kein wütender Patriarch mehr, sondern nur mehr ein alter Mann in unruhigen Zeiten, der jetzt mit einer großen Verantwortung konfrontiert war.

Er gab ruhiger, fast entschuldigend zu bedenken: »Vielleicht sind die Regeln, die für all unsere Könige von Seithr bis March gültig und klar waren, nicht mehr ein und alles. Vielleicht mußten die Zwerge niemals so wolkenschwere und wirre Zeiten wie jetzt durchleben. Vielleicht ist das Verlangen nach Klarheit nur die Sehnsucht eines alten Mannes.«

Kim sah, daß Matt verneinend den Kopf schüttelte. Niach bemerkte es nicht. Er blickte die hohe, nur zur Hälfte gefüllte Halle empor. »Vielleicht«, wiederholte er gedankenvoll. »Aber selbst wenn das zutrifft, ist dieser Wortkampf beendet, und jetzt hat die Versammlung darüber zu urteilen. Wir werden uns zurückziehen. Ihr alle werdet hierbleiben ...«, mit diesen rituellen Worten wurde seine Stimme wieder stärker ... »bis wir zurückgekehrt sind, um den Willen der Zwergenversammlung kund zu tun. Wir danken für den Ratschluß eures Schweigens, es ist gehört worden, und wir werden ihm Stimme verleihen.«

Er wandte sich um, auch die anderen schwarzgekleideten Mitglieder der Versammlung erhoben sich, und alle zusammen verließen das Podium. Matt und Kaen blieben auf beiden Seiten des Tisches stehen, auf dem eine strahlende Krone, ein strahlendes Zepter und ein schwarzes, scharfrandiges Bruchstück des Zauberkessels von Kath Meigol lagen.

Kim wurde sich bewußt, daß Lorens Hand noch immer ihren Arm drückte. Im selben Augenblick schien auch er es zu bemerken. »Es tut mir leid«, murmelte er und lockerte seinen Griff, ohne ganz von ihr abzulassen.

Sie schüttelte den Kopf. »Ich stand kurz davor, etwas Dummes zu sagen.«

Diesmal waren die Wächter wohlweislich bemüht, Lorens Geduld nicht auf die Probe zu stellen: Sie griffen nicht ein. Aber in der ganzen Halle erhoben sich nun die Stimmen der Zwerge, das Band des Schweigens, das sie während des Wortkampfes zurückgehalten hatte, löste sich, und sie begannen, lebhaft die Geschehnisse zu diskutieren. Nur Matt und Kaen, die bewegungslos auf dem Podium standen und sich nicht anblickten, schwiegen. »Gar nicht dumm«, anerkannte Loren ruhig. »Du bist ein Risiko eingegangen, als du sprachst, aber sie mußten hören, was du zu tun in der Lage bist.«

Kim blickte mit plötzlicher Bestürzung zu ihm hinüber. Seine Augen verengten sich, als er es sah.

»Was ist los?« fragte er ganz leise, so daß die Wächter es nicht verstehen konnten.

Kim schwieg. Dann zog sie lediglich ihre rechte Hand aus der Tasche, so daß er deutlich sehen konnte, was ihm zuvor nicht aufgefallen war: die schreckliche Abwesenheit des Feuers, der Baelrath war weg.

Er blickte auf ihre Hand und schloß dann seine Augen. »Wann?« fragte Loren und seine Stimme war dünn und gedehnt.

»Als wir in den Hinterhalt gerieten. Ich habe noch gefühlt, wie er mir weggenommen wurde. Heute morgen bin ich ohne ihn aufgewacht.«

Loren öffnete seine Augen und blickte auf das Podium, auf Kaen. »Ich frage mich«, murmelte er, »ich frage mich, wie er es wissen konnte.«

Kim zuckte die Schultern. In diesem Augenblick schien das kaum von Bedeutung zu sein. Wie die Dinge jetzt standen, schien das einzig Wichtige zu sein, daß Kaen, mit dem, was er den Zwergen gesagt hatte, durchaus im Recht war. Wenn sich das Heer jetzt bereits westlich der Berge befand, dann konnten sie nichts mehr tun, sie daran zu hindern, unter den Legionen der Finsternis zu kämpfen.

Loren schien ihre Gedanken zu lesen, oder es waren auch seine eigenen. Er überlegte: »Es ist noch nicht alles vorbei. Zum Teil auch aufgrund dessen, was du getan hast. Das war leuchtend gewoben, Kimberly ... Du hast einen von Kaens Schlägen pariert, und vielleicht hast du uns Zeit verschafft, um noch etwas unternehmen zu können.« Er hielt inne. Sein Gesichtsausdruck veränderte sich, wurde plötzlich unsicher und angespannt.

»Oder vielmehr«, verbesserte er sich, »du hast Matt Zeit verschafft und vielleicht auch dir selbst. Aber ich kann jetzt nicht mehr viel tun.«

»Das ist nicht wahr«, widersprach Kim mit aller Überzeugung, derer sie fähig war. »Die Weisheit trägt ihre eigene Stärke in sich.«

Er lächelte dünn angesichts dieses Gemeinplatzes und nickte sogar. »Ich weiß. Ich weiß, daß es so ist. Es ist nur schwierig, Kim, sehr, sehr schwierig, wenn man vierzig Jahre lang die Macht gekannt hat, und jetzt, wo es so sehr darum geht, nicht darüber verfügen kann.«

Darauf wußte Kim, die ihre eigene Kraft nur wenig mehr als ein Jahr getragen und die meiste Zeit dagegen gekämpft hatte, nichts zu entgegnen.

Sie hatte ohnehin keine Zeit, um ihm zu antworten. Das Flüstern und Rauschen in der Halle wurde lauter und lauter und machte dann übergangslos einem steifen, angespannten Schweigen Platz, während dessen sich die Mitglieder der Zwergenversammlung wieder zu ihren steinernen Sitzen auf dem Podium begaben. Zum dritten Mal kam Niach nach vorne, stellte sich neben Kaen und Matt auf und wandte sich der versammelten Menge zu.

Kim blickte auf Loren, der starr neben ihr stand. Sie folgte dem Blick des hochgewachsenen Mannes, den er auf seinen Freund warf, mit dem er vierzig Jahre seines Lebens geteilt hatte. Sie sah, daß Matts Mund sich schweigend bewegte. *Weber am Webstuhl*, dachte sie und sprach damit das Gebet nach, das sie auf den Lippen des Zwerges las.

Dann ergriff Niach das Wort, ohne weitere Zeit zu verschwenden: »Wir haben dem Redekampf und dem Schweigen der Zwerge zugehört. Vernehmt nun den Ratschluß der Ratsversammlung von Banir Lök. Vor vierzig Jahren hat Matt, der jetzt auch Sören heißt, die Symbole seiner Königsherrschaft weggeworfen. Was er tat, war unmißverständlich, seine Absicht, auf die Krone zu verzichten, war unbezweifelbar.«

Kim hätte ihre Seele, ihre beiden Seelen für ein Glas Wasser verkauft. Ihre Kehle war so trocken, daß es ihr weh tat zu schlukken.

Niach fuhr nüchtern fort: »Zur selben Zeit erhob Kaen Anspruch auf die Herrschaft hier unter den Bergen, und dieser Anspruch wurde auch bis heute niemals angefochten. Trotzdem hat Kaen keinen Kristall für den See gefertigt und keine Vollmondnacht an seinem Ufer verbracht, obwohl die Versammlung ihn immer dazu drängte. Er ist niemals unser König geworden. Deshalb hat die Versammlung entschieden, daß es vor allem anderen eine Frage gibt, die in diesen Auseinandersetzungen beantwortet werden muß. In diesen Berghallen ist immer wieder gesagt worden – so oft, daß es jetzt bereits eine stehende Redewendung ist –, daß der Calor Diman niemals seine Könige aufgibt. Matt Sören hat das heute ausgesprochen, und die Versammlung hat es gehört, bevor wir uns auf unseren Sitzen niederließen. Aber das, so haben wir beschlossen, ist nicht die Frage, um die es jetzt geht.«

Kim bemühte sich verzweifelt zu verstehen, vorauszuahnen, und sie sah, daß Kaens Augen in einem schnell verhüllten Triumph aufblitzten. Ihr Herz pochte wie eine Trommel, und die Angst schlug den Takt dazu.

»Die Frage, um die es geht«, erklärte Niach sanft, »besteht darin, ob der König den See aufgeben kann.«

Das Schweigen war vollkommen. Und in dieses Schweigen sprach Niach: »In der ganzen langen Geschichte unseres Volkes ist es niemals geschehen, daß ein König in diesen Hallen tat, was Matt vor langem getan hat oder sich anschickte zu tun, was er nun zu tun versucht. Es gibt keine Präzedenzfälle, und die Ratsversammlung hat entschieden, daß es für uns vermessen wäre, selbst die Entscheidung zu fällen. Alle anderen Fragen . . . die Aufstellung unserer Heere, alles was wir hinfort tun werden – sind in dieser einen Frage enthalten: Wer ist jetzt wirklich unser Führer? Der, welcher uns vierzig Jahre mit der Zwergenversammlung an seiner Seite regiert hat, oder der, welcher am Calor Diman die Nacht verbracht hat und dann wegging?

Die Zwergenversammlung beschließt, daß die Entscheidung den Mächten des Calor Diman obliegt. Und jetzt unser Urteil: Bis zum Sonnenuntergang sind es jetzt noch sechs Stunden. Jeder von euch beiden, Matt und Kaen, wird mit allen Werkzeugen der Kristallbearbeitung in eine Kammer gebracht werden. Jeder von euch wird mit seiner ganzen Kunstfertigkeit ein Bild gestalten, wie es ihm beliebt. Wenn sich dann heute nacht die Dunkelheit herabsenkt, werdet ihr die 99 Stufen zum Wiesentor hinaufsteigen, das von Banir Tal zum Calor Diman führt, und ihr werdet eure Kunstwerke in den Kristallsee werfen. Von der Zwergenversammlung werden ich und Ingen dort anwesend sein. Außerdem darf jeder von euch zwei mit sich nehmen, die für ihn zeugen können. Es ist noch nicht Vollmond, und deshalb nicht die richtige Nacht zur Ernennung eines Königs, aber wir waren auch niemals zuvor mit einer Situation wie dieser konfrontiert. Wir werden es dem See überlassen.«

Ein Ort, schöner als alle anderen in allen anderen Welten, hatte Matt Sören vor langer Zeit, bevor sie zum ersten Mal von einer Welt in die andere übersetzten, den Calor Diman genannt. Damals waren sie noch im Park Plaza Hotel gewesen: fünf Menschen aus Toronto, auf dem Weg in eine andere Welt, um dort zwei Wochen die Feste eines Großkönigs mitzufeiern.

Ein Ort, schöner …

Ein Ort des Gerichtes. Und es könnte das Jüngste Gericht sein.

Kapitel 11

Am selben Tag, an dem die Zwerge von den Zwillingsbergen sich auf das Urteil ihres Sees vorbereiteten, warf Gereint, der Schamane, der mit übergeschlagenen Beinen auf der Matte in seinem dunklen Haus saß, das Netz seiner Aufmerksamkeit über Fionavar aus und vibrierte wie eine Harfe bei dem, was er spürte.

Alles würde nun schon sehr bald dem Höhepunkt zusteuern. Wie eine alte braune Spinne im Mittelpunkt ihres Netzes ging er von diesem entlegenen Landstrich im Osten des Latham aus und konnte kraft seiner Blindheit viele Dinge sehen.

Aber was er suchte, fand er nicht. Er wollte die Seherin. Er fühlte sich so hilflos fern von den Geschehnissen und forschte nach der hellen Aura von Kimberlys Anwesenheit, tastete verzweifelt nach einem Hinweis darauf, was sich auf dem Gewebe des Krieges entspann. Am Morgen zuvor hatte Davor ihm mitgeteilt, daß er die Seherin zu einem Cottage am See bei Paras Derval gebracht hatte, und da Gereint Ysanne lange und gut gekannt hatte, wußte er, wo dieses Cottage lag.

Als er jedoch zu diesem Ort hinreichte, fand er nur die uralte grüne Macht, die unter dem Wasser weilte, von Kim aber keine Spur. Er wußte nicht . . . wie hätte er es auch wissen können, daß sie, nachdem Tabor sie an diesem Ufer abgesetzt hatte, bereits mit der angezapften Kraft des Avarlith zu Lisens Turm gereist war und in derselben Nacht noch mit dem roten Flammen ihrer eigenen wilden Magie über die Berge nach Banir Lök gelangt war.

Und das Gebirge konnte er nicht überqueren, wenn er nicht mit seiner Seele reiste. Aber da er erst kürzlich von einem solchen Unternehmen über den Wogen des Meeres zurückgekehrt war, konnte er das nicht schon wieder tun.

So war sie ihm also verlorengegangen, aber er fühlte die Anwesenheit anderer Mächte, es waren Lichter auf einer Landstraße in der Dunkelheit seines Geistes. Die anderen Schamanen waren alle in seiner Nähe, hier neben dem Latham, sie saßen in ihren Häusern, die dem seinen ähnelten. Ihre Augen waren wie die Glühspuren ihrer Leuchtkäfer in der Nacht, sie waren zufällig und ungreifbar. Dort würde er keine Hilfe, keinen Trost finden. Unter den Schamanen der Ebene war er seit seiner Blendung der Größte. Wenn irgendeiner von ihnen noch eine Rolle in den kommenden Geschehnissen spielen würde, dann nur er . . . trotz seines Alters.

Es klopfte an der Tür. Er hatte bereits die Schritte gehört, die sich von draußen näherten. Er unterdrückte seinen aufkommenden Unmut über die Störung, da er sowohl den Rhythmus der Schritte wie auch des Klopfens erkannte.

»Komm herein«, rief er, »was kann ich für dich tun, Gattin des Aven?«

»Liane und ich haben dir ein Mittagessen gebracht«, antwortete Leith in ihrem lebhaften Tonfall.

»Gut«, sagte er mit Nachdruck, obwohl er diesmal nicht hungrig war. Auch fühlte er sich ein wenig unbehaglich: Offensichtlich ließ auch sein Gehör nach, denn er hatte nur die Fußschritte einer Person registriert. Beide Frauen traten ein, und Liane streifte seine Wange mit ihren Lippen.

»Zu mehr reicht es nicht?« brummelte er zum Scherz. Sie drückte seine Hand, und er erwiderte ihren Händedruck. Er hätte es heftig geleugnet, wenn man ihn gefragt hätte, aber in seinem Herzen hatte Gereint Ivors Tochter seit langem als sein Lieblingskind im ganzen Stamm angenommen . . . mehr noch in der ganzen Ebene und in allen Welten, wenn es dazu käme.

Aber er wandte sich ihrer Mutter zu, wandte sich dem Platz zu, wo er sie sich schräg vor sich hinknien hörte. »Kraft der Ebene«, fragte er achtungsvoll, »darf ich in deine Gedanken eindringen?«

Sie lehnte sich nach vorne und erhob seine Hände, um sie über die Knochen ihres Gesichtes gleiten zu lassen. Die Berührung führte ihn in ihr Bewußtsein, wo er Beunruhigung, die Bürde der Sorgen, die Last der Schlaflosigkeit entdeckte, aber nicht einen Schatten von Angst. Und dies setzte ihn, noch während er über ihr Gesicht strich, in Erstaunen.

Kurzzeitig wurde seine Berührung zu einer Liebkosung. »Ivor hat Glück mit dir gehabt, du strahlende Seele. Wir alle haben Glück, und mehr, als wir verdienen.«

Er kannte Leith seit ihrer Geburt, hatte zugesehen, wie sie zur Frau wurde, und als sie sich mit Ivor dan Banor vermählte, hatte er sich gefreut und gefeiert. In jenen längst vergangenen Tagen war ihm zum ersten Mal eine Art von strahlender Helligkeit in ihr aufgefallen. Seither war sie immer in ihr gewesen und wurde sogar noch stärker, als ihre Kinder geboren wurden. Gereint wußte, was es war: eine tiefe, leuchtende Liebe, deren Strahlkraft sie selten nach außen dringen ließ. Leith war eine zutiefst in sich gekehrte Person, die sich niemals offen darstellte und ihre Persönlichkeit und ihr inneres Wesen nie anderen anvertraute. Ihr ganzes Leben war sie kalt und unnachgiebig genannt worden. Gereint wußte es besser. Widerstrebend zog er seine Hände zurück und spürte dabei, daß das Echo des Krieges ihn wieder umfing.

Leith fragte unsicher: »Hast du irgend etwas gesehen, Schamane? Gibt es irgend etwas, was du mir sagen kannst?«

»Ich bin gerade dabei zu schauen«, beschied er ihr ruhig. »Setzt euch, ihr beiden, und ich werde euch sagen, was ich sagen kann.«

Wieder schickte er sein Bewußtsein aus und suchte nach Öffnungen der Kraft im Gewebe von Zeit und Raum. Aber er war weit entfernt, nicht mehr jung und erst kürzlich von der schlimmsten Reise seines Lebens zurückgekehrt. Nichts war klar, außer diesem Echo: Es war die Vorahnung eines Höhepunktes, der nun herannahte. Der Krieg ging dem Ende zu, oder aber alles würde für immer vorbei sein.

Aber das behielt er für sich, es wäre unnötig grausam gewesen. Stattdessen nahm er das Mittagessen ein, das sie ihm gebracht hatten ... trotz allem war er schließlich hungrig ... und ließ sich erzählen, wie Leith die Vorräte in dem überfüllten Lager verteilt hatte. Frauen, Kinder und Alte waren dort, und acht blinde, nutzlose Schamanen.

Den ganzen Tag und auch den nächsten saß Gereint auf der Matte in seinem dunklen Haus und bemühte sich, sooft seine schwindende Kraft es erlaubte, irgend etwas deutlich zu sehen, irgendeine Rolle zu finden, die er spielen konnte. Die Vorahnungen verdichteten sich in ihm. Aber es vergingen beide Tage, bevor er die Berührung des Gottes empfand, bevor er Cernans Gabe der Prophetie empfangen konnte. Mit dieser Stimme aber, mit diesem Gesicht befiel ihn eine solche Angst, wie er sie nie zuvor gekannt hatte, nicht einmal draußen über den Wogen. Was jetzt kommen würde, war neu und schrecklich. Umso mehr, als es nichts mit ihm zu tun hatte, der nach all seinen Jahren auf eine lange Lebenserfahrung zurückgreifen konnte. Er hatte dabei keinen Preis zu bezahlen, und es gab nichts, was er hierbei hätte unternehmen können. Mit Traurigkeit im Herzen also erhob Gereint zwei Tage später seine Stimme zu einer Aufforderung: Er rief nach Davor, damit er zu ihm komme.

Über die Ebene hin zog die Armee des Lichtes in den Krieg. Sie hatten Celidon, den Adein, den grünen Totenhügel, den Ceinwen errichtet hatte, hinter sich gelassen und ritten nun gegen Norden, die weiße Herrlichkeit des Berges Rangat ragte vor ihnen auf und erfüllte den blauen, von Wolken übersäten Sommerhimmel.

Alle waren sie beritten, mit Ausnahme einiger Männer aus Cathal, die am äußeren Rand des Heeres in ihren Sichelwagen dahinrasten. Als das Rufglas in Brennin aufgeflammt war, hatte Aileron angesichts ihrer Zeitnot keine Fußsoldaten zugelassen. Außerdem hatte er während des langen, unnatürlichen Winters bereits seine Pläne für eine Situation dieser Art ausgearbeitet: Die Pferde waren schon bereitgestellt, und alle Männer des Heeres von Brennin konnten reiten. Ebenso war es auch bei den Männern und Frauen der Lios Alfar aus Daniloth, und für die Dalrei war es immer schon selbstverständlich gewesen.

Unter der wundersam gütigen Sommersonne, die zurückgekehrt war, ritten sie im Duft des frischen Grases und der leuchtenden Farbflecken der wilden Blumen. In alle Richtungen erstreckte sich die Ebene, soweit das Auge reichte. Zweimal begegneten sie großen Eltorherden, und sie fühlten die Freude in ihren Herzen, als sie die Tiere der Ebene, von der mörderischen Fessel des Schnees befreit, wieder frei über das hohe Gras laufen sahen.

Aber wie lange noch? Inmitten all der Schönheit, die sie umgab, blieb dies die eigentliche Frage. Sie waren ja keine Gesellschaft von Freunden, die unter sommerlichem Himmel dahingaloppierten. Sie waren ein Heer, das sich mit großer Geschwindigkeit dem Tor der Finsternis näherte, und bald würden sie dort angekommen sein.

Sie ritten wirklich sehr schnell, stellte Dave fest. Zwar war es nicht der gestreckte Galopp, mit dem die Dalrei nach Celidon gestürmt waren, aber Aileron trieb sie sehr zur Eile an, und Dave war dankbar für die kurze Ruhepause, die er ihnen am Nachmittag gönnte.

Er schwang sich von seinem Pferd, seine Muskeln rebellierten, und er dehnte und streckte sich, machte sich so geschmeidig, wie er nur konnte, bevor er sich auf dem Rücken im weichen Gras niederlegte. Als sich Torc neben ihm niederfallen ließ, drängte sich Dave eine Frage auf.

»Warum beeilen wir uns eigentlich so?« fragte er. »Ich meine, wir verfehlen Diarmuid und Arthur, Kim und Paul . . . welchen Vorteil sieht Aileron darin, dermaßen vorwärts zu drängen?«

»Wir werden es wissen, wenn Levon von der Besprechung da

vorne zurückkommt«, antwortete Torc. »Ich vermute, daß es vor allem auch wegen der geographischen Beschaffenheit dieser Gegend ist. Er möchte heute abend noch nahe an Gwynir herankommen, so daß wir am Morgen die Wälder durchqueren können. Wenn uns das gelingt, müßte es möglich sein, daß wir morgen abend noch vor der Dunkelheit schon nördlich des Celyn-Sees in Andarien sind. Das wäre vernünftig, vor allem, wenn Maugrims Heer dort auf uns wartet.«

Die Ruhe in Torcs Stimme war beunruhigend. *Maugrims Heer*: Svart Alfar, Urgach auf Slaugs, Galadans Wölfe, die Schwäne aus Avaias Brut, und der Weber allein wußte, was sonst noch. Nur Oweins Horn hatte sie das letzte Mal noch gerettet, und Dave wußte, daß er es nicht wagen würde, es noch ein weiteres Mal zu blasen.

Die fernere Zukunft war zu bedrängend. Er konzentrierte sich auf unmittelbare Ziele. »Werden wir dann bis zum Wald kommen, nach Gwynir? Werden wir es bis zur Dunkelheit schaffen?«

Er sah, daß Torcs Augen an ihm vorbeiblitzten, und dann antwortete der dunkelhaarige Mann: »Wenn wir Dalrei allein wären, dann natürlich. Aber da wir diesen ganzen überflüssigen Ballast von Brennin mitschleifen, bin ich nicht sicher.«

Dave hörte ein indigniertes Schnauben, und als er sich umdrehte, sah er Mabon von Rhoden, der sich bequem neben ihnen niederließ. »Ich habe nicht bemerkt, daß irgendeiner von uns auf dem Weg nach Celidon zurückgefallen ist«, stellte der Herzog fest. Er nahm einen Schluck Wasser aus seiner Flasche und bot ihn auch Dave an, der ebenfalls trank. Das Wasser war eiskalt, wie das möglich war, wußte er nicht.

Mabons Anwesenheit war eine Überraschung, aber eine durchaus angenehme. Die Wunde, die er am Adein davongetragen hatte, war in der vorigen Nacht von Teyrnon und Barak geheilt worden, nachdem Aileron ihnen schließlich erlaubt hatte, ein Lager zu schlagen. Mabon hatte glattweg abgelehnt, zurückgelassen zu werden.

Seit der Reise von Paras Derval zum Latham-Fluß, wo Ivor und die Dalrei gewartet hatten, schien der Herzog die Gesellschaft von Levon, Torc und Dave zu bevorzugen. Dave war das ganz recht. Unter anderem hatte Mabon sein Leben gerettet, als auf jenem Ritt Avaia urplötzlich aus heiterem Himmel herabgestoßen war. Außerdem war Mabon, auch wenn er nicht mehr jung war, ein erfahrener Kämpfer und eine angenehme Gesellschaft. Er hatte bereits eine Beziehung mit Torc aufgebaut, die den ansonsten recht finsteren Dalrei dazu brachte, mit ihm zu scherzen und zu spaßen.

Mabon warf Dave einen listigen Blick zu und fuhr fort: »Schließlich ist es ja kein Sprint, mein junger Held, es ist ein Langlauf, und dafür braucht ihr die beharrende Kraft von Rhoden, und nicht eure Dalrei-Kühnheit, die erst aufflammt und dann hinwegschwindet, wenn die Stunden vergehen.«

Torc gab sich keine Mühe zu antworten, riß stattdessen eine Handvoll langes Gras aus dem Boden und warf es auf Mabon, der am Boden lag. Aber der Wind wehte gegen die Wurfrichtung, und das meiste davon landete schließlich auf Dave.

»Ich möchte schon gerne wissen«, ließ sich Levon vernehmen, der sich ihnen nun näherte, »warum ich noch immer meine Zeit mit so verantwortungslosen Menschen verbringe.«

Sein Ton war scherzhaft, aber seine Augen waren nüchtern. Sie setzten sich alle drei auf und blickten ihn ernst an.

Levon hockte sich auf seine Fersen nieder und spielte wie abwesend mit einigen der ausgerissenen Grashalme. »Aileron möchte noch heute nacht in Gwynir ankommen. Ich selbst bin niemals so weit im Norden gewesen, mein Vater jedoch schon, und er meint, es müßte möglich sein. Aber es gibt dabei ein Problem.«

»Welches?« fragte Mabon in tief ernster Aufmerksamkeit.

»Teyrnon und Barak haben den ganzen Tag lang in ihrem Geist nach vorne gespäht, um herauszufinden, ob vor uns Böses liegt. Gwynir wäre der ideale Ort, um uns in einen Hinterhalt zu locken. Die Pferde, und vor allem die Streitwagen werden sehr schwerfällig sein, selbst wenn wir uns am Rande des Waldes halten.«

»Haben sie etwas gesehen?« Es war Mabon, der die Fragen stellte, während Dave und Torc zuhörten und warteten.

»In gewisser Weise ja. Aber das ist das Problem. Teyrnon sagt, daß er nur eine flackernde Spur des Bösen in Gwynir entdecken kann, aber trotzdem hat er ein Gefühl von Gefahr. Er kann es nicht verstehen. Das Heer der Finsternis spürt er tatsächlich vor uns, aber weit jenseits von Gwynir. Sie sind bereits in Andarien und sammeln sich dort.«

»Was ist dann im Wald?« fragte Mabon weiter, und seine Stirn war von angestrengtem Nachdenken gefurcht.

»Niemand weiß es. Teyrnon vermutet, daß das Böse, das er dort verspürt, noch von dem Durchzug des Heeres herrührt oder aber von einer Gruppe von Spähern, die sie dort zurückgelassen haben. Die Gefahr liegt vielleicht im Wald selbst, so glaubt er. Zur Zeit des Bael Rangat gab es in Gwynir auch Mächte der Dunkelheit.«

»Was also können wir tun?« fragte Dave. »Haben wir eine Wahl?«

»Eigentlich nicht«, antwortete Levon. »Es wurde davon gesprochen, daß man durch Daniloth ziehen könne, aber Ra-Tenniel wandte ein, daß wir zu zahlreich sind. Selbst wenn uns die Lios Alfar führen, könnten sie nicht garantieren, daß nicht viele von uns im Schattenland verloren gingen. Und Aileron will von ihm nicht fordern, daß er den gewobenen Nebel sinken läßt, während das Heer der Finsternis in Andarien steht. Sie würden noch im selben Augenblick nach Süden ziehen, und wir müßten in Daniloth kämpfen. Der Großkönig sagt, daß er das nicht zuläßt.«

»Also müssen wir unser Glück im Wald versuchen«, faßte Mabon zusammen.

»So scheint es«, stimmte Levon zu. »Aber Teyrnon behauptet weiterhin, daß er dort nichts wirklich Böses sieht, deshalb weiß ich nicht, ob es tatsächlich ein so großes Wagnis ist. Auf jeden Fall müssen wir es eingehen, und zwar am Morgen. In dieser Nacht darf keiner den Wald betreten.«

»War das ein direkter Befehl?« fragte Torc ruhig.

Levon wandte sich ihm zu. »Eigentlich nicht. Warum?«

Torcs Stimme blieb vorsichtig neutral. »Ich dachte daran, daß eine kleine Gruppe, eine sehr kleine Gruppe, heute nacht vielleicht vorausgehen und ausspähen könnte, was es dort zu sehen gibt.«

Ein kurzes Schweigen folgte.

»Eine Gruppe von, sagen wir, vier Männern?« murmelte Mabon von Rhoden in einem Ton, der ein lediglich akademisches Interesse ausdrückte.

»Das wäre eine vernünftige Zahl, würde ich meinen«, antwortete Torc, nachdem er reiflich nachgedacht hatte.

Daves Herzschlag wurde plötzlich schneller, als er auf die drei anderen blickte und in jedem von ihnen eine ruhige Entschlossenheit erkannte. Mehr wurde nicht gesagt. Die Ruhepause war fast vorüber. Sie erhoben sich und schickten sich an, wieder aufzusitzen.

In diesem Augenblick aber kam Bewegung in die südöstlichen Ausläufer des Heeres. Dave drehte sich ebenso wie die anderen um, gerade rechtzeitig, um feststellen zu können, daß drei merkwürdige Reiter an ihnen vorbei zu dem Ort geleitet wurden, wo sich der Großkönig, der Aven und Ra-Tenniel von Daniloth aufhielten.

Die drei Reiter waren staubbedeckt und saßen schwer im Sattel. Ihre Gesichtszüge waren von tiefer Müdigkeit gezeichnet. Einer von ihnen war ein Dalrei, ein älterer Mann, sein Gesicht war von Schmutz und Schlamm bedeckt. Der zweite war ein jüngerer hochgewachsener, blonder Mann, auf dessen Gesicht grüne Tätowierungen erkennbar waren.

Der dritte war ein Zwerg, und es war Brock von Banir Tal. Brock, den Dave zum letzten Mal in Gwen Ystrat getroffen hatte, als er sich anschickte, zusammen mit Kim nach Osten in die Berge zu reiten.

»Das möchte ich sehen«, rief Levon schnell. Er legte sofort los, um den drei Neuankömmlingen zu folgen, Dave war bereits neben ihm und Mabon und Torc hielten mit ihnen Schritt.

Wegen des hohen Ranges von Levon und dem Herzog gelangten sie rasch durch die Menge zu den Königen. Dave war einen halben Kopf größer als alle anderen, er stellte sich hinter Torc auf und beobachtete, wie die drei Neuankömmlinge vor dem Großkönig niederknieten.

»Sei willkommen, Brock«, begrüßte ihn Aileron mit echter Wärme. »Hell leuchte die Stunde deiner Rückkehr. Willst du mir die Namen deiner Gefährten nennen und mir mitteilen, welche Botschaften du für mich hast?«

Brock erhob sich, und trotz all seiner Müdigkeit war seine Stimme klar.

»Ich grüße dich, Großkönig«, erwiderte der Zwerg. »Ich möchte wünschen, daß du deinen Willkommensgruß auch auf diese beiden Männer ausdehnst, die mit mir zwei Nächte und fast zwei Tage lang ohne Unterbrechung hierher geritten sind, um in deinen Reihen zu dienen. Neben mir steht Faebur von Larak in Eridu, und hinter ihm ist einer, der sich Dalreidan nennt, und ich kann dir mitteilen, daß er mein Leben und das der Seherin von Brennin gerettet hat, und daß wir ohne ihn mit Sicherheit gestorben wären.«

Dave zuckte mit den Augenlidern, als er den Namen des Dalrei hörte. Er fing einen Blick von Levon auf, der seinerseits flüsterte: »Des Reiters Sohn? Ein Ausgestoßener. Ich frage mich, wer es ist.«

»Ich heiße euch beide willkommen«, wandte sich Aileron auch an sie und fuhr dann mit festerer Stimme fort: »Welche Nachrichten gibt es aus dem Land der Berge?«

»Traurige Nachrichten, Herr«, vermeldete Brock. »Ein weiteres Ereignis von Kummer und Gram, das von den Zwergen ausging. Drei Tage lang ist in Eridu ein Todesregen gefallen. Er wurde von Cader Sedat aus durch den Zauberkessel erzeugt ... bitter ist es für meine Zunge, es zu sagen ... ich glaube nicht, daß in jenem Land irgendeine Frau oder ein Mann am Leben geblieben ist.«

Die Stille, die nun folgte, war eine jenseits aller Worte angesichts dieser Zerstörung. Faebur stand aufrecht wie ein Speer, sein Gesicht glich einer steinernen Maske.

»Fällt dieser Regen noch immer?« fragte Ra-Tenniel sehr leise.

Brock schüttelte den Kopf. »Ich dachte, du weißt es. Habt ihr keine Nachrichten von ihnen? Der Regen hat vor zwei Tagen aufgehört. Die Seherin hat uns mitgeteilt, daß der Kessel in Cader Sedat zerschmettert worden ist.«

Nach diesem Schmerz, nach diesem Gram strahlte nun unerwartete Hoffnung auf. Es erhob sich ein plötzliches Murmeln, das durch alle Reihen des Heeres wogte.

»Der Weber sei gepriesen«, rief Aileron aus und fragte dann: »Und was ist mit der Seherin, Brock?«

Brock antwortete: »Es ging ihr gut, aber ich weiß nicht, wo sie jetzt ist. Wir wurden von den beiden Männern, die hier bei mir stehen, nach Kath Meigol geführt. Dort hat sie mit Hilfe von Tabor dan Ivor und seiner geflügelten Freundin die Paraiko befreit, und vor zwei Nächten haben sie sie nach Westen getragen. Wohin weiß ich nicht.«

Dave blickte auf Ivor.

Der Aven erkundigte sich: »Was hat er dort zu suchen? Ich habe ihm befohlen, das Lager in unserem Rücken zu bewachen.«

»Das tat er auch.« Der Mann, der sich Dalreidan nannte, sprach nun zum ersten Mal: »Er hat das Lager bewacht und ging auch wieder zurück, um es weiter zu tun. Er wurde von der Seherin gerufen. Ivor . . . Aven. Sie wußte den Namen seines Flügelwesens, und er hatte keine Wahl. Sie auch nicht . . . Nur mit uns Dreien hatte sie nicht tun können, was sie tun mußte. Du solltest nicht zornig auf ihn sein. Ich glaube, daß er genug leidet.«

Levons Gesicht war weiß geworden. Ivor öffnete seinen Mund und schloß ihn dann wieder.

»Was befürchtest du, Aven von der Ebene?« fragte Ra-Tenniel.

Wieder zögerte Ivor. Dann sagte er in einer Weise, als ob er den Gedanken aus dem tiefsten Brunnen seines Herzens hervorhole: »Jedesmal, wenn er fliegt, geht er weiter weg. Ich fürchte, daß er bald sein wird wie . . . wie Owein und die Wilde Jagd. Etwas, was dem Rauch und dem Tod gleicht, was von der Welt der Menschen vollkommen abgeschnitten ist.«

Wieder folgte Schweigen, aber diesmal war es ebensosehr aus ehrfürchtigem Schauder wie aus Angst geschaffen. Aileron aber brach es in einem absichtlich schroffen Tonfall, der sie alle zurück auf den Boden der Tatsachen brachte, und sie daran erinnerte, daß der Tag sich unerbittlich der Dämmerung zuneigte. »Wir haben einen langen Weg vor uns«, waren die Worte des Großkönigs. »Ihr drei seid willkommen unter uns. Könnt ihr reiten?«

Brock nickte.

»Deshalb bin ich hier«, erklärte Faebur. Es war eine junge Stimme, die sich bemühte, ernst und streng zu klingen. »Um mit euch zu reiten und zu tun, wozu ich fähig bin, wenn die Schlacht herannaht.«

Aileron schaute zu dem älteren Mann hinüber, der sich Dalreidan nannte. Dave bemerkte, daß auch Ivor ihn ansah, und daß Dalreidan zurückblickte. Nicht auf den Großkönig, sondern auf den Aven.

»Ich kann reiten«, versicherte Dalreidan leise. »Ist es mir erlaubt?«

Dave erkannte mit einem Mal, daß hier noch eine andere Geschichte ablief.

Ivor blickte lange Zeit wortlos auf Dalreidan und antwortete dann: »Kein Häuptling kann dem Gesetz zufolge einen Ausgestoßenen wieder aufnehmen. Aber nichts, was ich aus den Pergamenten in Celidon kenne, spricht davon, was der Aven in einem solchen Fall tun darf. Wir sind im Krieg und du hast bereits in unserer Sache gedient. Du hast die Erlaubnis, zurückzukehren. Das entscheide ich jetzt als Aven.«

Er hielt inne und fuhr dann schließlich mit veränderter Stimme fort: »Du hast die Erlaubnis, in die Ebene und in deinen Stamm zurückzukehren, aber nicht unter dem Namen, den du inzwischen angenommen hast. Sei willkommen unter dem Namen, den du vor jenem unglückseligen Ereignis trugst, das dich in die Berge getrieben hat. Dieser Faden leuchtet heller in der Dunkelheit, als ich es jemals zu erwarten gehofft hatte, es ist ein Versprechen der Wiederkehr. Ich kann nicht sagen, wie froh ich bin, dich wieder hier zu sehen.«

Er lächelte. »Dreh dich jetzt um, denn hier steht noch jemand anders, der ebenso glücklich sein wird. Sorcha vom dritten Stamm, wende dich um und begrüße deinen Sohn!«

Torc, der vor Dave stand, erstarrte, während Levon einen Jubel ausstieß. Sorcha wandte sich um. Er blickte auf seinen Sohn, und Dave sah, wie das staubgeschwärzte Gesicht des alten Dalrei in unerwarteter Freude aufleuchtete.

Einen Augenblick lang blieb das Bild unbewegt. Dann stolperte Torc mit ungewohnter Unbeholfenheit nach vorne, und er und sein Vater begegneten sich in einer Umarmung, die so heftig war, als müßte sie all die dunklen Jahre wegquetschen, die zwischen ihnen gelegen waren.

Dave, der Torc den Stoß versetzt hatte, der ihn vorwärts trieb, lächelte unter Tränen. Er blickte auf Levon und dann auf Ivor. Er dachte an seinen eigenen Vater, der so fern war . . . und der ihm sein ganzes Leben lang so fern erschienen war. Er schaute zum Berg Rangat hinüber und erinnerte sich an die Feuerhand. »Glaubst du«, murmelte Mabon von Rhoden, »daß die kleine Expedition, die wir vorhaben, auch mit sieben Leuten durchgeführt werden könnte?«

Dave trocknete seine Augen und nickte. Und weil er noch immer unfähig war zu sprechen, nickte er wieder.

Levon gab ihnen das Zeichen, weiter nach vorne zu kommen. So leise er konnte, kroch Dave neben seinem Freund vorwärts, achtete sorgsam auf die Axt, die er trug. Die anderen folgten ihm. Sie lagen nun flach auf einem Hügel, einem schwachen Schutz auf der offenen Ebene, und blickten nach Norden auf Gwynirs Dunkelheit.

Über ihnen trieben Wolken nach Osten, sie verhüllten und enthüllten den abnehmenden Mond. Ein leichter Wind seufzte durch das hohe Gras und trug nun zum ersten Mal den Duft des immergrünen Waldes heran.

Weit jenseits der Bäume ragte der Berg Rangat hervor und beherrschte den nördlichen Himmel. Als der Mond wieder frei war von Wolken, leuchtete der Berg in seltsam gebrochenem Licht. Dave blickte nach Westen und sah, daß die Welt dort zu Ende ging.

Oder zumindest schien es so. Sie waren unmittelbar am Rande von Daniloth, dem Schattenland, wo die Zeit sich veränderte, wo Menschen sich in Ra-Lathens Nebel verirren und bis zum Ende aller Welten dort umherwandern konnten. Dave spähte in die mondbeleuchteten Schatten, in den bewegten schwebenden Nebel, und es schien ihm, dort verschwommene Gestalten zu erkennen, von denen einige auf Geisterpferden ritten, andere zu Fuß gingen, aber alle bewegten sich schweigend im Nebel.

Sie hatten mit geringerer Schwierigkeit als erwartet das Lager bei Aufgang des Mondes verlassen. Levon hatte sie zum Wachtposten geführt, der von Cechtar vom dritten Stamm besetzt war; er würde die Pläne von des Avens Sohn nicht verraten oder behindern. Sein einziger Einwand war sogar gewesen, daß es ihm nicht erlaubt sei, sie zu begleiten.

»Du kannst nicht mitkommen«, hatte Levon sehr ruhig und kontrolliert gemurmelt. »Wenn wir vor Sonnenaufgang nicht zurück sind, dann sind wir entweder gefangen oder tot, und irgend jemand wird es dem Großkönig mitteilen müssen. Dieser Irgend jemand bist du, Cechtar. Es tut mir leid, es ist eine undankbare Aufgabe. Wenn die Götter uns lieben, dann wirst du keine Botschaft zu überbringen haben.«

Danach waren lange Zeit keine Worte mehr gewechselt worden. Nur das Flüstern des Nachtwindes über der Ebene, der Schrei einer Eule und ihre eigenen leisen Schritte waren hörbar, als sie jenseits der Feuer des Lagers in die Dunkelheit eintraten. Und dann das Rascheln der Gräser, die sich teilten, als sie sich fallenließen und den letzten Teil des Weges bis zu dem niedrigen Hügel hin robbten, auf den Levon gezeigt hatte. Er lag unmittelbar im Osten von Daniloth, unmittelbar südlich von Gwynir.

Dave kroch neben Mabon von Rhoden und hinter Torc und Sorcha, die offensichtlich entschlossen waren, jetzt keinen Zoll Abstand zwischeneinander zuzulassen. Dave ertappte sich bei dem Gedanken, wie sehr der Tod Teil seiner Wirklichkeit gewesen war, seit er nach Fionavar kam.

Seit er hier auf der Ebene durch den Raum zwischen den Welten gebrochen war und Torc ihn fast mit einem Dolch getötet hätte. Und bereits in dieser ersten Nacht war es tatsächlich zum Töten gekommen: Er und der dunkle Dalrei, den er nun einen Bruder nannte, hatten zusammen einen Urgach im Fallinhain erschlagen, der erste Tod von so vielen, die noch folgen sollten. Bei Llewenmere war es zum Kampf gekommen und dann wieder am Lathamfluß. Dann die Wolfsjagd in Gwen Ystrat und schließlich vor nur drei Nächten das Blutbad an den Ufern des Adein. Er hatte Glück gehabt, dachte er, während er sich jetzt vorsichtiger vorwärtsbewegte, als der Mond zwischen zwei Wolkenbänken wieder hervorkam. Er hätte etliche Male sterben können ... weit weg von zu Hause. Der Mond glitt wieder hinter die Wolken. Der leichte Nachtwind war kühl, wieder schrie eine Eule. Wo die Wolkendecke aufriß, blinkten über ihnen vereinzelte Sterne.

Zum zweiten Mal an diesem Tag dachte er an seinen Vater. Und selbst für Dave war es nicht schwierig, den Grund dafür zu erkennen. Er blickte auf Sorcha, der sich unmittelbar vor ihm mühelos über den beschatteten Boden fortbewegte. Fast gegen seinen Willen stellte er sich seinen Vater als achte Gestalt hier zusammen mit ihnen auf der dunklen Ebene vor. Es war ein Streich, den ihm die Entfernung, die Schatten und die lange Traurigkeit spielten. Josef Martyniuk hatte drei Jahre lang unter den ukrainischen Partisanen gekämpft. Das war nun zwar schon vierzig Jahre her, aber trotzdem ... trotzdem hatte ein langes

Leben voll physischer Arbeit seinen großen Körper kräftig erhalten, und Dave war in der Furcht vor der Kraft seiner muskulösen Arme aufgewachsen. Josef hätte ohne weiteres diese Axt im Kampfe führen können, und vielleicht hätten seine eisblauen Augen doch ein wenig geleuchtet ... oder war das zuviel verlangt? ... hätte er gesehen, wie mühelos sein Sohn damit umging, wie sehr er unter Menschen von Rang und Weisheit geachtet war.

Er hätte sicherlich auch mit ihnen Schritt halten können, dachte Dave und ließ sich von seiner Phantasie weitertreiben. Mindestens so gut wie Mabon, und er hätte sicherlich keine Zweifel über die Richtigkeit dieser Handlungsweise gehabt, über die Richtigkeit, in dieser Sache in den Krieg zu ziehen. In Daves Kindheit hatte er Geschichten über die Taten seines Vaters über seinen eigenen Krieg erfahren.

Aber nicht von Josef selbst. All die Bruchstücke, die Dave gehört hatte, waren von Freunden seiner Eltern gekommen, von Männern mittleren Alters, die sich bereits das dritte Glas eisgekühlten Wodka eingossen und dann dem unbeholfenen, zu groß gewachsenen jüngeren Sohn alte Geschichten über seinen Vater erzählten. Aber meist war es nur der Anfang davon, dann brachte Josef, wenn er es hörte, sie mit einem heftigen Donnerwetter in seiner alten Sprache zum Schweigen.

Dave konnte sich noch immer an das erste Mal erinnern, als er seinen älteren Bruder geschlagen hatte. Damals hatte Vincent eines Nachts in ihrem gemeinsamen Zimmer nebenbei eine Bemerkung über die Bombardierung eines Zuges fallenlassen, die ihr Vater organisiert hatte.

»Woher weißt du das?« fragte Dave, der damals etwa zehn Jahre alt war. Noch immer konnte er sich daran erinnern, wie sein Herz gezuckt hatte.

»Der Vater hat es mir erzählt«, hatte Vincent ruhig geantwortet, »er hat mir viele von diesen Geschichten erzählt.« Vielleicht wußte Vincent auch jetzt, fünfzehn Jahre später noch immer nicht, warum ihn sein jüngerer Bruder so wütend angegriffen hatte.

Es war das erste und das einzige Mal in seinem ganzen Leben gewesen. Er sprang auf seinen kleineren, zarteren älteren Bruder los, verprügelte ihn und schrie, daß Vincent Lügen erzählt hatte.

Auf Vincents Schreie hin war Josef in den Raum gestürzt, verdeckte mit seinem großen Körper das Licht aus dem Gang, packte seinen jüngeren Sohn an einer Hand, hielt ihn in der Luft und bearbeitete ihn mit der offenen, fleischigen Innenseite der anderen Hand.

»Er ist kleiner als du!« hatte Josef gebrüllt. »Du darfst ihn niemals schlagen!«

Und Dave, der hilflos in der Luft hing und den Schlägen seines Vaters, die auf ihn niederregneten, nicht ausweichen konnte, hatte geweint und fast unzusammenhängend geschrien: »Aber ich bin kleiner als du!«

Daraufhin hatte Josef aufgehört. Er hatte seinen unbeholfenen Sohn, den kleinen Missetäter, auf dem Bett niedergesetzt, wo er zu weinen begann. Dann hatte er in beunruhigendem Ton gesagt: »Das ist wahr, das ist richtig.« War hinausgegangen und hatte die Schlafzimmertür geschlossen, so daß sie im Dunklen zurückblieben.

Dave hatte nichts davon verstanden und um ehrlich zu sein, begriff er auch jetzt nur einen Teil dessen, was in jener Nacht geschehen war. Er verfügte nicht über diese Gabe der Selbstbesinnung, und vielleicht absichtlich.

Er erinnerte sich, daß Vincent ihm die nächste Nacht anbot, ihm die Geschichte von der Bombardierung des Zuges zu erzählen, und daß er selbst ungeschickt, aber trotzig Vince befohlen hatte, seinen Mund zu halten.

Jetzt tat es ihm leid. Vieles tat ihm leid. Er vermutete, daß es die Ferne war, die das verursachte.

Während er noch so dachte, kroch er neben Levon auf den Hügel und blickte auf die Dunkelheit von Gwynir hinüber.

»Das ist nicht das klügste Ding, das ich in meinem Leben getan habe«, murmelte Levon. Die Worte drückten Bedauern aus, der Ton jedoch nicht.

Dave hörte an der Stimme von Ivors Sohn, daß er seine Aufregung kaum unterdrücken konnte, und fühlte in sich selbst eine unerwartete Aufwallung von Freude, die ihn über seine Angst erhob. Er war hier unter Freunden, unter Männern, die er mochte, die er tief verehrte, er teilte mit ihnen die Gefahr in einer Sache, die dieser Teilnahme würdig war. Seine Nerven waren zum Zerreißen gespannt, er fühlte sich intensiv lebendig.

Der Mond glitt wieder hinter eine dicke Wolkenbank. Der Umriß des Waldes wurde verschwommen und undeutlich. Levon fuhr fort: »Also gut. Ich werde euch führen. Folgt mir jeweils zu zweit. Ich glaube nicht, daß sie nach uns Ausschau halten . . . wenn es dort überhaupt etwas außer Bären und jagenden Katzen gibt. Ich werde auf die Senke in nordöstlicher Richtung zuhalten. Seid leise. Wenn der Mond hervorkommt, bleibt, wo ihr seid, bis er wieder verschwunden ist.«

Levon hob sich über den Hügel, arbeitete sich auf seinem Bauch voran und glitt über die offene Fläche dem Wald zu. Er bewegte sich so behutsam, daß das Gras sich kaum zu bewegen schien. Dave wartete einen Augenblick und begann dann, mit Mabon an seiner Seite vorwärts zu robben. Mit der Axt war das nicht einfach, aber er war nicht hierher gekommen, um an einer einfachen Sache teilzunehmen. Er fand seinen Rhythmus im Aufsetzen seiner Ellenbogen und Knie, zwang sich, langsam und gleichmäßig zu atmen, und hielt seinen Kopf nah am Boden. Zweimal blickte er auf, um sich seiner Richtung zu versichern, und ein einziges Mal glitt der abnehmende Mond kurz hinter den Wolken hervor und hielt sie im silbrigen Gras fest. Als er wieder verschwand, krochen sie weiter.

Genau an der Stelle, wo die Bäume dichter wurden, fanden sie die Senke, in der Levon schon auf sie wartete. Er kauerte eng am Boden, hielt einen Finger an die Lippen. Dave ließ sich auf ein Knie nieder, balancierte seine Axt, atmete vorsichtig und lauschte.

Nur Schweigen, abgesehen von den Nachtvögeln, dem Wind in den Bäumen, dem schnellen Huschen irgendeines kleinen Tieres. Dann erfolgte ein kaum hörbares Rascheln im Gras, und Torc und Sorcha waren neben ihnen, gefolgt von Brock und Faebur, die einige Augenblicke später ebenso leise ankamen. Das Gesicht des jungen Mannes aus Eridu war zu einer grimmigen Maske gespannt. Mit seinen dunklen Tätowierungen glich er einem primitiven, unversöhnlichen Kriegsgott.

Levon winkte sie ganz nahe an sich heran. Kaum hörbar flüsterte er: »Wenn es irgendeinen Hinterhalt hier gibt, wird er hier in der Nähe sein. Sie werden erwarten, daß wir so eng, wie wir nur können, an Daniloth vorbeiziehen. Jeder Angriff würde uns am Rande des Schattenlandes festhalten, da unsere Pferde uns zwischen diesen Bäumen nichts nützen. Ich möchte von hier aus nördlich vorgehen und spähen und dann einen Bogen ein Stück weiter nach Osten machen. Wenn wir nichts finden, können wir ins Lager zurückgehen und mit Cechtar Würfel spielen. Er ist ein ziemlich schlechter Spieler, und er hat einen Gürtel, den ich gerne selbst hätte.«

Levons Zähne blitzten weiß in der Dunkelheit. Dave grinste zu ihm zurück. Augenblicke wie dieser, so stellte er fest, waren es, wofür man lebte.

Und dann trat von Norden her ein gewappneter Wachposten in ihre Senke.

Hätte er Alarm geschlagen, hätte er dazu Zeit gehabt, wären sie wahrscheinlich alle gestorben.

Aber er hatte keine Zeit. Von den sieben Männern, auf die er gestoßen war, war ein jeder auf seine eigene Art schrecklich gefährlich und sehr schnell. Der Wachtposten sah sie, öffnete seinen Mund, um einen Schrei zur Warnung auszustoßen . . . und starb mit einem Messer in seiner Kehle. Es war das schnellste von allen.

Bevor er zu Boden fiel, wurde er noch von zwei Pfeilen und einem zweiten Messer getroffen. Aber alle sieben wußten, wessen Klinge ihn getötet hatte, wer der erste gewesen war. Sie blickten auf Brock von Banir Tal und dann auf den Zwerg, den er getötet hatte, und sie schwiegen.

Brock ging einige Schritte nach vorn und sah lange Zeit auf sein Opfer herab. Dann bückte er sich und zog sein Messer aus der Kehle des Zwerges und danach auch Sorchas Messer aus seinem Herzen. Er ging zu den sechs anderen zurück, und seine Augen zeugten, sichtbar sogar in den nächtlichen Schatten, von großem Schmerz.

»Ich kannte ihn«, flüsterte er, »er hieß Vojna. Er war sehr jung, ich kannte auch seine Eltern. In seinem ganzen Leben hat er nie etwas Böses getan. *Was ist mit uns geschehen?*«

Es war Mabons tiefe Stimme, die ruhig in dieses Schweigen glitt. »Mit einigen von euch«, verbesserte er sanft. »Aber ich glaube, daß wir jetzt eine Antwort auf Teyrnons Rätsel haben.

Gefahr ist hier vorhanden, aber es ist nicht das wirklich Böse, sondern nur ein Fädchen davon. Die Zwerge haben den Auftrag, uns einen Hinterhalt zu legen, aber sie gehören nicht wirklich zur Finsternis.«

»Spielt das noch eine Rolle?« flüsterte Brock bitter.

»Das glaube ich schon«, antwortete Levon ernst. »Es könnte zumindest eine Rolle spielen. Doch genug der Worte: Sicher gibt es noch weitere Wachposten. Ich möchte herausfinden, wie viele es sind und wo sie sich genau aufhalten. Außerdem brauche ich zwei von euch, die diese Nachricht jetzt sofort zum Lager bringen.« Er zögerte. »Torc, Sorcha.«

»Nein, Levon!« zischte Torc. »Du kannst nicht ...«

Levons Kiefer wurde fest, und seine Augen flammten. Torc unterbrach sich jäh. Der dunkle Dalrei schluckte, er nickte ruckartig und drehte sich dann um. Seite an Seite mit seinem Vater verließ er den Wald und wandte sich nach Süden zurück. Die Nacht nahm sie auf, als ob sie niemals hier gewesen wären.

Dave bemerkte, daß Levon ihn ansah. Er erwiderte seinen Blick. »Ich konnte es nicht«, flüsterte Levon. »Nicht so kurz, nachdem sie sich wiedergefunden hatten.«

Manchmal sind Worte überflüssig oder sogar unsinnig. Dave griff nach vorne und drückte Levons Schulter. Auch die anderen schwiegen. Levon drehte sich um und ging voraus. Neben Mabon und gefolgt von Brock und Faebur ging Dave hinter ihm her, schritt mit bereitgehaltener Axt in die Schwärze des Waldes hinein.

Der Wachtposten war von Nordosten gekommen, und das war auch die Richtung, die Levon einschlug. Daves Herz raste, tief drückte er sich zwischen die duftenden Umrisse der immergrünen Büsche und Bäume, bemüht Gestalten wahrzunehmen. Tod und Verrat weilten hier in diesem Wald, aber trotz seiner Angst und seines Zornes fühlte er genügend Raum in sich, um Mitleid mit Brock zu empfinden und seinen Gram zu teilen ... und er wußte, daß er noch vor eineinhalb Jahren dazu nicht imstande gewesen wäre.

Levon hielt an und hob die eine Hand hoch. Dave erstarrte. Einen Augenblick später hörte er es ebenfalls: Die Geräusche von einer großen Schar von Männern, die zu viele waren, als daß sie absolute Stille hätten bewahren können.

Vorsichtig ließ er sich auf ein Knie nieder, bückte sich tief und konnte so zwischen zwei Bäumen hindurchspähen und ein flakkerndes Feuer erkennen. Er berührte Levons Bein, und der blonde Dalrei sank ebenfalls nieder, und sein Blick folgte Daves Zeigefinger.

Er spähte lange, drehte sich dann um, und seine Augen trafen Brocks Blick. Er nickte, und der Zwerg ging leise an Levon vorbei und führte sie zum Lager seines Volkes. Levon ließ sich zurückfallen und war nun neben Faebur, der seinen Bogen ergriffen hatte. Dave schob seine Hand durch die Schlinge, die am Ende seiner Axt angebracht war, Brock hatte dasselbe getan, Mabon zog sein Schwert.

Wieder krochen sie vorwärts, achteten sorgfältig auf ihre Waffen und vor allem auf Zweige und Blätter auf dem Boden des Waldes. Quälend langsam führte Brock sie zu dem Lichtschein, den Dave gesehen hatte. Dann hielt er plötzlich inne. Dave verharrte regungslos, nur seine Hand hatte er noch gehoben, um Levon und Faebur hinter sich zu warnen. Bewegunglos und kaum atmend hörte er die knirschenden Schritte eines weiteren Wachpostens, der sich von rechts näherte, und sah dann einen Zwerg, der im Abstand von kaum zwei Metern zum Lager zurückging. Dave wischte sich den Schweiß von der Stirn und holte tief und ruhig Atem. Abermals glitt Brock vorwärts, jetzt noch langsamer als zuvor, Dave tauschte einen schnellen Blick mit Mabon und folgte ihm. Paradoxerweise dachte er nun an Cechtars Gürtel, um den Levon spielen wollte. Er schien jetzt weiter entfernt zu sein als irgend etwas sonst. Er bewegte im Kriechen jede Hand und jedes Knie mit unendlicher Vorsicht, wagte es kaum, seinen Kopf zu heben und aufzublicken, so sehr fürchtete er, daß er ein Geräusch auf dem Waldboden hervorrufen könnte. Dieser letzte Teil ihrer Unternehmung schien unendlich lang zu sein. Dann beobachtete Dave aus seinem Augenwinkel, daß Brock angehalten hatte. Als er aufblickte, sah er die Feuer nun deutlich in ihrem Blickfeld.

Daves Herz wurde schwer, als er zu ihnen hinschaute.

Vor ihnen lag eine große Lichtung in Gwynir, sie schien unnatürlich und von Menschen angelegt. Kurze Zeit wunderte er sich, wie sie dort sein konnte. Aber es gab andere dringendere Sorgen. Sie hatten keinen Stoßtrupp vor sich, der sie überfallen sollte, es waren keine Nachzügler, die ihnen ein kleines Scharmützel liefern sollten. In der Lichtung brannten sehr viele Lagerfeuer, deren Flammen niedrig gehalten wurden, damit sie nicht entdeckt werden konnten, und um diese Feuer lag die gesamte Armee von Banir Lök und Banir Tal im Schlaf. Dave empfand eine schreckliche Vorahnung des Unheils, das diese Kämpfer unter Ailerons Reitern hätten anrichten können. Er stellte sich die Pferde vor, wie sie in diesem undurchdringlichen Wald aufwieherten, behindert und bedroht sein würden. Er sah die Zwerge, klein, schnell, auf den Tod gefährlich und viel mutiger als die Svart Alfar, wie sie in den dicht stehenden Bäumen Pferdefleisch und Menschen aufschlitzen würden.

Er blickte zu Brock hinüber, und es tat ihm im Herzen weh, als er das offensichtliche Entsetzen in seinen Augen las. Aber noch während er ihn anschaute, veränderte sich Brocks Gesichtsausdruck, und die normalerweise freundliche Miene des Zwerges war nun von kaltem Haß erfüllt. Brock berührte Levon am Arm und zeigte zur Lichtung.

Dave folgte der Richtung seines Fingers und sah neben dem nächstliegenden Feuer einen Zwerg, der leise auf drei andere einredete. Diese rannten dann nach Osten weg, offensichtlich mußten sie Befehle übermitteln. Derjenige, der gesprochen hatte, blieb zurück, und Dave stellte fest, daß er bärtig und dunkelhaarig war wie Brock und Matt und daß seine Augen tief lagen und unter überhängenden Brauen verborgen waren.

Er war jedoch zu weit entfernt, als daß er etwas anderes hätte erkennen können. Dave wandte sich Brock zu und hob fragend die Augenbrauen. *Blöd*, lautlos formte Brock mit seinen Lippen diesen Namen.

Und dann wußte Dave. Das war jener Zwerg, von dem sie zuvor gesprochen hatten, der den Zauberkessel Maugrim übergeben hatte und in Starkadh zugegen war, als Jennifer dorthin gebracht wurde. Er fühlte, wie sein eigener Haß emporstieg, wie seine Augen schmal und kalt wurden, als er wieder auf den Zwerg am Feuer blickte. Seine Hand klammerte sich fester um den Griff seiner Axt.

Aber sie waren ein Spähtrupp und kein Überfallkommando. Noch während er auf Blöd starrte und nach seinem Tod dürstete, hörte er, wie Levon ihnen leise flüsternd den Befehl zum Rückzug gab. Aber dazu kam es nicht mehr.

»Da ist jemand!« schrie ein Wachposten der Zwerge, und ein anderer gab den Alarm weiter.

Dave Martyniuk dachte daran, wie sein Vater in der schwärzesten Nacht in der schwärzesten Zeit Brücken gesprengt hatte. Er sah, wie Brock und Levon aufsprangen und ihre Waffen zückten.

Er stand auf, erhob seine Axt, nahm Faeburs gespannten Bogen wahr und Mabons gezogenes Schwert, das im roten Licht der Feuer blinkte. Einen Augenblick lang blickte er nach oben, der Mond war verborgen, aber zwischen den Wolken hoch über den Bäumen, den Feuern, über allem funkelten einzelne Sterne am Himmel.

Er trat nach vorne in die Lichtung, um seine Axt schwingen zu können. Neben ihm stand Levon. Er tauschte einen schnellen Blick mit dem Mann, den er seinen Bruder nannte, mehr Zeit blieb ihnen nicht. Dann wandte er sich dem alarmierten Heer der Zwerge zu und bereitete sich vor, so viele wie möglich in die Nacht zu schicken, bevor er selbst starb.

Als Sharra auf dem Deck von Amairgens Schiff aufwachte, war es noch immer dunkel. Ein schwerer Nebel lag über dem Meer und verhüllte die Sterne. Der Mond war schon lang untergegangen.

Sie zog Diarmuids Mantel enger um sich, der Wind war kalt. Sie schloß ihre Augen, sie wollte noch nicht richtig wach werden und mit vollem Bewußtsein wahrnehmen, wo sie war. Aber sie wußte es. Das Knarren der Masten und das Flappen der zerrissenen Segel waren deutlich genug, und alle paar Augenblicke hörte sie das Geräusch von unsichtbaren Schritten. Es waren Seeleute, die seit tausend Jahren tot waren.

Rechts und links von ihr schliefen Jaelle und Jennifer noch immer. Sie fragte sich, wie spät es wohl war; aufgrund des Nebels blieb die Zeit unbestimmbar. Sie wünschte, daß Diarmuid neben ihr läge und sie mit seiner Nähe wärme. Aber sie hatte nur seinen Mantel, der vom Nebel feucht war. Er war zu sehr um ihre Ehre besorgt, als daß er sich irgendwo neben sie gelegt hätte, sei es auf dem Schiff oder vorher auf dem Strand am Anor.

Aber immerhin hatten sie eine Weile miteinander verbracht, nachdem Lancelot alleine in den Wald gegangen war, es war in jener täuschend stillen Stunde zwischen dem Einbruch der Dämmerung und der vollkommenen Dunkelheit gewesen.

Jegliche Ruhe war jetzt täuschend, machte sich Sharra klar und schmiegte und hüllte sich enger unter den Mantel und die Decken, die sie ihr gegeben hatten. Rings um sie her gab es zuviel Gefahr und Leid, und sie hatte noch mehr von beidem erfahren, als Diarmuid ihr nach und nach die Geschichte ihrer Reise erzählte, als sie an der nordwestlichen Krümmung des Strandes jenseits des Anor entlangwanderten und zum ersten Mal – für sie beide – die nackten Felsen von Rhudh im letzten Licht blutrot aufglänzen sahen.

Als er ihr von dieser Seefahrt berichtete, enthielt seine Stimme nicht eine Spur von seiner gewohnten Ironie, keinerlei spöttische und unehrerbietige Anspielungen wurden laut. Er sprach vom Seelenverkäufer, während sie seine Hand in der ihren hielt und wie als Hintergrund zu dem versonnenen Tonfall Brendels Trauergesang zu hören schien.

Dann erzählte er ihr von jenem Augenblick in der Totenkammer von Cader Sedat, als Arthur Pendragon inmitten des unaufhörlichen Wellenschlages aller Meere aus allen Welten Lancelot von seinem steinernen Totenbett erweckt hatte.

Sharra lag mit geschlossenen Augen auf dem Schiff, lauschte dem Wind und dem Meer und erinnerte sich an seine Worte: »Weißt du«, hatte er gemurmelt, während die Felsen ein noch dunkleres Rot annahmen, »ich glaube nicht, daß ich es geschafft hätte, jemand zu dir zurückzubringen, den du genau so sehr wie mich geliebt hast. Wirklich, ich glaube nicht, daß ich Manns genug gewesen wäre, das zu tun, was Arthur getan hat.«

Sie war klug genug, um zu wissen, daß dieses Geständnis ihm schwerfiel, und sie hatte erwidert: »Er ist jetzt mehr als ein Sterblicher. Die Fäden dieser drei Namen gehen auf dem Webstuhl so weit zurück, sie sind in so vielfältiger Weise verwoben. Mach dir keinen Vorwurf, Diar. Oder wenn du wirklich meinst«, . . . sie lächelte . . . »dann nur dafür, daß du glauben kannst, ich würde jemals jemand anderen so sehr lieben wie dich.«

Bei diesen Worten war er mit gefurchter Stirn stehengeblieben und wollte ihr schon eine ernste Antwort geben. Jetzt fragte sie sich, was er wohl hatte sagen wollen, denn sie hatte ihn nicht zu Wort kommen lassen. Stattdessen hatte sie sich auf die Zehenspitzen gestellt, ihre Hände um seinen Kopf gelegt, seinen Mund zu sich herabgezogen, um ihn zu küssen, um ihn vom Reden abzuhalten, um ihn endlich nach seiner Rückkehr vom Meer angemessen willkommen zu heißen.

Und danach hatten sie einander wirklich richtig begrüßt, sie lagen an jenem Strand nördlich von Lisens Turm auf seinem Mantel, streiften ihre Kleider unter den ersten Sternen ab. Er hatte mit einer fast schmerzhaften Zärtlichkeit die Liebe mit ihr vollzogen, er hielt sie in seinen Armen und bewegte sich mit dem sanften Rhythmus des ruhigen Wassers auf ihr. Als sie schließlich aufschrie, war es ein sanfter Laut wie das Seufzen einer Welle, das tief aus ihrem Innersten aufstieg. Und so war es in gewisser Weise auch richtig, daß er nicht neben ihr lag, als sie zum Anor zurückkehrten. Brendel brachte aus dem Turm einen Strohsack für sie, dazu auch Decken, die in Daniloth für Lisen gewebt worden waren, und Diarmuid überließ ihr auch seinen Mantel, so daß sie wenigstens etwas in ihrer Nähe von ihm hatte, als sie einschlief.

Um nur kurz darauf mit allen anderen auf dem Strand aufzuwachen und ein Geisterschiff auf sich zusegeln zu sehen, auf dessen Deck Jaelle, Pwyll und eine bleiche stolze Gestalt standen. Es wurde ihr zu verstehen gegeben, daß dies der Geist von Amairgen Weißast war, dem Geliebten von Lisen, der all diese langen, langen Jahre bereits tot war.

Im Sternenlicht, im letzten Schimmer des untergehenden Mondes waren sie an Bord dieses Geisterschiffes gestiegen, und unsichtbare Seeleute hatten es in See stechen lassen, und während sich ein Nebel über das Meer legte und die Sterne verhüllte, hatten sie ihre Fahrt in Richtung Norden begonnen. Wieder hörte sie Schritte, konnte aber niemanden sehen. Es mußte jetzt bereits fast Morgen sein, auch wenn die Zeit noch immer unbestimmbar blieb. So sehr Sharra sich auch bemühte, sie konnte nicht schlafen. Zu viele Gedanken jagten einander in ihrem Kopf. In all der Angst und Traurigkeit, vielleicht sogar aufgrund dieser beiden Gefühle, empfand sie, daß ihre Erinnerungen und Wahrnehmungen schärfer waren als zuvor, so als hätte im Zusammenhang mit dem Krieg alles eine größere Intensität erhalten, und diese Intensität erkannte Sharra als das Bewußtsein des möglichen Verlustes. Sie dachte über Diar und sich selbst nach, die sie jetzt kein einsamer Falke mehr war, und sie bemerkte, daß sie sich mehr als jemals zuvor nach Frieden sehnte, nach einem Ende, das all dem Schrecken in dieser Zeit gesetzt wurde, so daß sie jede Nacht in seinen Armen liegen könne und nicht fürchten müsse, was der Nebel des nächsten Tages bringen würde.

Sie erhob sich, achtete dabei sorgfältig darauf, die beiden anderen, die neben ihr schliefen, nicht zu wecken, und hüllte sich in Diarmuids Mantel. Dann ging sie zur leeseitigen Reling des Schiffes und spähte in die Dunkelheit und den Nebel hinaus. Weiter vorne an Deck hörte sie Stimmen. Auch andere schienen also wach zu sein. Dann erkannte sie Diarmuids spielerischen Ton und einen Augenblick später die kalte, klare Stimme von Amairgen.

»Es ist fast Morgen«, sagte der Magier. »Ich werde jeden Augenblick aus deinen Augen verschwinden. Nur nachts kann ich in eurer Zeit gesehen werden.«

»Und während des Tages?« fragte Diarmuid. »Gibt es irgend etwas, was wir tun können?«

»Nichts«, erwiderte der Geist. »Wir werden hier sein, auch wenn ihr es nicht wißt. Eines aber ist wichtig: Verlaßt das Schiff um eures Lebens willen nicht bei Tageslicht.«

Sharra schaute hinüber. Neben Diarmuid und Amairgen stand dort auch Arthur Pendragon. In dem grauen Morgenlicht und dem Nebel sahen alle drei für sie wie Geister aus. Sie machte eine plötzliche Geste, die in alten dummen, abergläubischen Vorstellungen wurzelte, um diesen Gedanken zurückzunehmen. Dann erkannte sie auch Cavall, der ihr im Nebel ebenfalls wie ein grauer Schatten unter Schatten erschien, ein Wesen aus einer übernatürlichen Welt, die von ihrer eigenen schrecklich weit entfernt war. Sie war in Larai Rigal aufgewachsen, wo das Sonnenlicht auf den Wasserwellen glitzerte und die Blumen verschwenderisch blühten.

Das Meer schlug mit kaltem, unablässigem Klang, der im Nebel noch verstärkt wurde, gegen den Bauch des Schiffes. Sie blickte über die Reling, konnte aber nicht einmal den Wasserspiegel sehen. Und das war wohl auch richtig so. Ein Blick auf das Wassser, das durch die zerschmetterten Planken des Schiffes hereinrauschte, als sie an Bord stiegen, war genug gewesen. Sie richtete ihr Augenmerk wieder auf die drei Männer, hielt dann den Atem an und sah genauer hin. Es waren jetzt nur noch zwei. Arthur und Diar standen beieinander, neben ihnen der Hund, aber der Geist des Magiers war verschwunden. Und in diesem Augenblick bemerkte Sharra, daß die Dunkelheit im Osten sich lüftete. Sie spähte durch den grauen, dünner werdenden Nebel und konnte jetzt eine lange niedrige Landzunge erkennen. Das mußte der Sennettstrand sein, sie kannte ihn aus den Erzählungen. In der Nacht hatten sie die Felsen von Rhudh passiert, und wenn ihr Geographielehrer in Larai Rigal die Wahrheit gesagt hatte und sie sich richtig erinnerte, würden sie an der Öffnung der Lindenbucht ankommen, bevor der Tag vorüber war, und die vereisten Fjorde und riesigen Gletscher sehen, die im Norden aufragten.

Und Starkadh: den Sitz von Rakoth Maugrim, der wie eine schwarze Kralle im Herzen der Welt des weißesten Lichtes saß. Sie wußte wirklich nicht, wie sie es schaffen würde, daraufhin zu blicken. Und das hatte ebenso sehr mit dem Eis wie mit allem anderen zu tun, erkannte sie, denn diese Welt des hohen Nordens war so überaus fremdartig für eine Frau, die in den sanften Jahreszeiten von Cathal und dem Schutz seiner Gärten aufgewachsen war.

Aber sie rief sich ins Gedächtnis zurück, daß sie nicht nach Starkadh oder irgendeinem Ort, der in der Nähe lag, segelten. Ihre Reise würde sie in der Lindenbucht wieder zurück nach Süden zur Mündung des Celynflusses führen. Dort, so hatte Diarmuid erklärt, würde Amairgen sie in der Dunkelheit der morgigen Nacht im Morgengrauen, wenn alles gut ginge, absetzen; dort würde diese merkwürdigste aller Seereisen enden. Aber es mußte in der Dunkelheit geschehen, da Amairgen ja gewarnt hatte: *Verlaßt das Schiff um eures Lebens willen nicht bei Tageslicht.*

Der Nebel lichtete sich weiter und jetzt immer schneller. Über sich konnte sie einen kleinen Fetzen blauen Himmels entdecken, schließlich noch einen, und dann trat die Sonne strahlend in den Himmel ein, der sich über Sennett und die Gegend dahinter spannte.

Und in diesem Augenblick bemerkte Sharra, die dem Morgen

entgegensah, etwas Merkwürdiges am Strand.

»Diar!« rief sie und bemühte sich, die Angst aus ihrer Stimme zu halten.

Er stand noch immer an der Reling und sprach mit Arthur, und ganz bewußt hatte er eine Stelle an Deck ausgesucht, wo die Planken vollständig weggerissen waren. Er schien in der Luft zu schweben. Und sie wußte, auch wenn sie nicht nach unten blickte, daß das Meerwasser unter ihm wirbelnd durch den dunklen Bauch von Amairgens Schiff rauschte.

Er unterbrach das Gespräch und ging geschwind zu ihr hinüber. Arthur folgte ihm.

»Worum geht es?«

Sie hob die Hand und zeigte auf die Küste. Inzwischen hatte sich der Nebel vollkommen vom Wasser gelöst, überall strahlte das helle Licht eines Sommermorgens. Auf dem ganzen Deck ertönten Ausrufe des Staunens. Auch andere hatten es gesehen. Die Männer der Südfeste drängten sich an der Reling, und außer ihr zeigten noch viele andere in dieselbe Richtung.

Sie segelten an einer grünen und fruchtbaren Küste entlang. Der Sennettstrand war immer – wenn sie sich richtig an ihre Geographiestunden erinnerte – für die Fruchtbarkeit und den Reichtum seines Bodens bekannt gewesen, obwohl die Wachstumsperiode so hoch im Norden kurz war.

Aber wie Andarien jenseits der Bucht war auch Sennett zur Zeit des Bael Rangat zerstört worden, er war von einem Todesregen heimgesucht und dann noch von Rakoths Heeren in den letzten Tagen des Krieges, bevor Conary mit den Heeren von Brennin in Cathal nach Norden kam, verwüstet worden. So waren diese beiden einstmals so gesegneten Landstriche nun wüst und leer. Aber wie konnte dann das Wirklichkeit sein, was sie jetzt sahen? Eine buntgefleckte Decke von Feldern breitete sich unter dem Sommerhimmel aus, Bauernhäuser aus Stein und Holz waren über den Strand verstreut, der Rauch von Küchenfeuern stieg von den Schornsteinen auf. In einer reichen Skala von Gold- und Brauntönen reiften die Feldfrüchte, und die hohen, rötlich blühenden Solais wuchsen in großer Zahl.

Als sie ihre Fahrt nach Norden fortsetzten und das Licht noch heller wurde, erblickte Sharra in größerer Nähe des Schiffes am

Ufer einen Hafen, der in die lange Küstenlinie eingeschnitten war, und in diesem Hafen ankerten ungefähr zwanzig oder mehr buntbemalte Schiffe, von denen einige mit tiefen Laderäumen für Korn und Bauholz ausgestattet waren und hohe Masten trugen, während sich andere, kaum mehr als kleine Fischerboote, ins Meereswasser im Westen des Strandes wagten.

Als die Ausrufe des Erstaunens immer lauter wurden, wurde auch Sharra mit einem Stich im Herzen gewahr, daß das größte der Schiffe auf seinem Hauptmast eine grüne Flagge mit gekrümmtem Schwert und rotem Blatt trug: Das war die Flagge von Reith, der westlichsten Provinz von Cathal.

Daneben sah sie ein weiteres großes Schiff, das die Flagge von Brennin mit der Eiche und dem Sichelmond gehißt hatte. Und die Matrosen beider Schiffe winkten ihnen zu. Über die blitzende Wasserfläche hin konnte sie deutlich ihre Willkommensgrüße und ihr Lachen hören.

An den Kais hinter den Schiffen regte sich schon jetzt am frühen Morgen geschäftiges Leben. Ein Schiff wurde gerade entladen, und mehrere andere nahmen die Fracht an Bord. Hunde und kleine Jungen streunten umher und standen allen im Wege. Jenseits der Docks erstreckte sich die Stadt in beiden Richtungen über den ganzen Küstenstreifen an der Bucht. Sharra konnte hell bemalte Häuser unter schrägen Schindeldächern erkennen. Vom Wasserrand her führten breite Straßen in die Stadt, und als Sharra der breitesten davon mit ihrem Blick folgte, entdeckte sie im Nordosten ein großes Herrenhaus, das von einer hohen Steinmauer umgeben war.

Sie konnte es genau sehen, als sie am Eingang der Bucht vorbeisegelten, und sie wußte, daß diese Stadt Guiraut bei der Iorwethbucht sein mußte.

Aber diese Bucht war schon vor vielen hundert Jahren verlandet, und die Stadt Guiraut war von Rakoth Maugrim im Bael Rangat niedergebrannt und gänzlich geschliffen worden.

Diese Stadt war so lebendig, so schön, und plötzlich bemerkte sie, daß sie sich anstrengen mußte, um nicht in Tränen auszubrechen.

»Diar, wie ist das geschehen?« fragte sie ihn. »Wo sind wir?«

»Weit weit weg«, entgegnete er. »Wir segeln über das Meer,

über das unser Schiff segelte, bevor es zerstört wurde. Und das war, nachdem Rakoth nach Fionavar gekommen war, aber noch vor dem Bael Rangat.«

Seine Stimme war belegt.

Sie drehte sich wieder zum Hafen zurück und versuchte zu begreifen. Diarmuid berührte ihre Hand. »Ich glaube nicht, daß es dort irgendeine unmittelbare Gefahr für uns gibt«, mutmaßte er. »Jedenfalls solange wir auf dem Schiff bleiben. Bei Sonnenuntergang werden wir zu unserem eigenen Meer und zu unserer eigenen Zeit zurücksegeln.«

Sie nickte, ohne ihre Augen von den leuchtenden Farben des Hafens abzulenken. Nachdenklich sagte sie: »Siehst du dieses Schiff dort aus Reith? Und das kleinere dort drüben mit der Flagge von Cynan? Diar, mein Land existiert noch nicht einmal! Das sind die Schiffe der einzelnen Provinzen. Sie schlossen sich erst zu einem Land zusammen, nachdem Angirat aus dem Bael Rangat zurückgekehrt war.«

»Ich weiß«, bestätigte er sanft, »wir blicken auf eine Welt, die vernichtet wurde.«

Nun konnte sie die Klänge einer T'Rena erkennen, die vom Deck des Schiffes aus Cynan zu ihnen herüberklangen. Es waren hohe, süße Töne, sie kannte diese Musik, sie war mit ihr aufgewachsen.

Aus dem Schmerz, der in ihrer Brust saß, wurde ein Gedanke geboren: »Können wir sie nicht warnen? Können wir nicht irgend etwas tun?«

Diarmuid schüttelte den Kopf. »Sie können uns weder sehen noch hören.«

»Wie meinst du das? Kannst du denn nicht ihre Musik hören? Und schau, sie winken uns zu!«

Er verschränkte locker seine Arme, als er sich auf die Reling lehnte, aber die Anstrengung in seiner Stimme strafte seine Gelassenheit Lügen. »Meine Liebe, nicht uns winken sie zu. Sie sehen nicht diesen zerbrochenen Schiffsrumpf, sondern ein wunderschönes Schiff aus Brennin mit einer ausgewählten Mannschaft. Sie sehen Amairgens Matrosen, Sharra, sie sehen sein Schiff so, wie es aussah, bevor es nach Cader Sedat segelte. Ich fürchte, daß wir dagegen unsichtbar sind.«

Nun verstand sie es schließlich. Sie setzten ihre Fahrt weiter nach Norden entlang der Küste fort, und die Stadt Guiraut verschwand aus ihrem Gesichtsfeld, um bald darauf für immer aus der Welt der Menschen zu verschwinden. Nur in den Liedern wurde ihre Schönheit noch besungen. Bald würde dieses Schicksal sie treffen, und doch war es schon so lange her. Es waren Schlingen im Gewebe der Zeit.

Der Klang der T'Rena folgte ihnen noch lange, nachdem die Stadt hinter der Krümmung der Bucht zurückgeblieben war. Sie ließen sie hinter sich, überließen sie den Feuern ihrer Zukunft, die gleichzeitig ihre eigene Vergangenheit war, sie hatten keine andere Wahl.

Danach verdüsterte sich die Stimmung auf dem Schiff, aber es war nicht Furcht, die darin lag, sondern eine neue festere Entschlossenheit, ein tieferes Erkennen, was das Böse war und bedeutete. Die Worte der Männer auf dem Deck nahmen einen härteren Ton an, die Bewegungen, mit denen sie ihre Waffen reinigten und polierten, waren rasch und gewandt, und es lag in ihnen eine noch verborgene Drohung allem gegenüber, was sich ihnen in nächster Zukunft in den Weg stellen würde. Und diese Zukunft nahte heran. Sharra wußte es wohl, und auch sie war bereit. Auch in ihrem Herzen hatte sich diese Entschlossenheit festgesetzt.

Sie segelten weiter nach Norden entlang der Küste des Sennettstrandes, und als die Sonne am späten Nachmittag noch hoch über dem Meer stand, erreichten sie die nördlichste Spitze von Sennett, umrundeten das Kap, drehten nach Osten und hatten bereits die Gletscher und Fjorde und dahinter das düstere Schwarz von Starkadh vor sich.

Sharra blickte mit offenen Augen darauf hin und wich dem Anblick nicht aus. Sie schaute auf das Herz des Bösen und setzte ihren Willen darein, sich nicht abzuwenden.

Natürlich konnte sie sich in diesem Augenblick nicht selbst sehen, aber die anderen konnten es, und über das ganze Schiff hin erklang ein Murmeln des Staunens, wie wild und kalt die Schönheit der Dunklen Rose von Cathal plötzlich geworden war. Eine Eiskönigin aus dem Gartenland war sie geworden, eine Rivalin für die Königin von Rük, die in Strenge und Unnachgiebigkeit mit ihr wetteifern konnte.

Aber selbst hier, an der Schwelle der Finsternis, gab es noch Schönheit. Weit jenseits von Starkadh erhob sich der Berg Rangat und überragte die Feste des Bösen. Von Schnee gekrönt, mit wolkenumhüllten Schultern beherrschte er mit seiner Glorie die Länder des Nordens.

Sharra verstand plötzlich zum ersten Mal, warum der Krieg, der vor tausend Jahren stattgefunden hatte, Bael Rangat genannt wurde, obwohl nicht eine einzige der wichtigeren Schlachten am Berg selbst ausgefochten wurde. Es lag daran, daß der Rangat, obwohl er so weit im Norden war, so gebieterisch emporragte, daß es in all diesen Ländern keinen Ort gab, von dem man hätte sagen können, daß er nicht unter der Herrschaft dieses Berges stand.

... Es sei denn, daß Rakoth sie besiegen würde.

Während die Sonne nach Westen wanderte, segelten sie tausend Jahre zuvor in die Bucht hinein. Im Osten konnten sie die goldenen Strände von Andarien und dahinter eine Andeutung von hellgrünem Land erkennen, das nach Norden hin sanft anstieg. Sharra wußte, daß es hier und dort von hohen Bäumen bewachsen war und daß es dort tiefblaue Seen gab, deren Oberfläche in der Sonne funkelte, aus denen die Fische sprangen, um dem Licht die Ehre zu erweisen.

Und sie war sich gleichzeitig bewußt, daß dies Vergangenheit war, daß sich alles in staubiges Brachland verwandelt hatte, in das bleiche Hochland, wo der Nordwind über die Leere hinwegpfiff. Die Wälder waren niedergerissen, die Seen ausgetrocknet, die dünnen Gräser braun und zerdrückt. Andarien, wo der Krieg stattgefunden hatte, war ein verwüstetes Land.

Und wenn Diarmuid recht hatte, würde es auch jetzt wieder zum Kriegsschauplatz werden. Dann jedenfalls, wenn der Großkönig Aileron in diesem Augenblick seine Heere von der Ebene nach Gwynir führte, um am nächsten Morgen durch das Land des Immergrüns nach Andarien vorzustoßen. Und sie selbst würden ebenfalls dort ankommen, sollte Amairgen sein Versprechen einhalten. Und das geschah auch. Durch die länger werdenden Schatten dieses Nachmittages und die lange sommerliche Dämmerung segelten sie in nordöstlicher Richtung die Lindenbucht hinab und sahen zu, wie sich der goldene Sandstrand von Andarien allmählich dunkler färbte. Nach Westen über den Sennettstrand zurückblikkend, gewahrte Sharra Lauriels Abendstern, und dann ging wenige Augenblicke später die Sonne unter.

Und schon war Amairgen wieder bei ihnen, zuerst noch schattenhaft und durchlässig, aber als die Nacht vorrückte, wurde er deutlicher sichtbar. Er strahlte eine kalte Überheblichkeit aus, und sie fragte sich einen Augenblick lang, wie Lisen diesen Mann hatte lieben können. Dann aber erinnerte sie sich daran, wie lange er schon tot war und als ungeliebter und ungerächter Geist durch die einsamen und unermeßlichen Meere wandern mußte. Wahrscheinlich war er anders gewesen, vermutete sie, als er noch jung und am Leben war, als das schönste Kind von allen Welten des Webers ihn liebte.

Als sie auf die stolze Gestalt des Ersten Magiers blickte, erwuchs in ihr ein Mitleid, das sie niemals hätte ausdrücken können. Später wurde es dann zu dunkel, als daß sie ihn im Sternenlicht deutlich hätte sehen können. Der Mond, der sich bereits dem Neumond näherte, stieg sehr spät auf.

Sharra schlief einige Zeit, die meisten von ihnen taten es, denn sie wußten, wie wenig sie in den Tagen, die vor ihnen lagen, dazu kommen würden. . ., falls sie nicht für die Ewigkeit zur Ruhe geschickt würden. Lange vor der Dämmerung erwachte sie schon wieder. Der Mond stand über dem Strand in westlicher Richtung von ihnen. Auf ihrem Schiff gab es keine Beleuchtung. Andarien war eine dunkle verschwommene Linie im Osten.

Wieder hörte sie Stimmen leise miteinander sprechen . . . es waren Amairgen, Diar und Arthur Pendragon. Dann verstummten diese Stimmen allmählich. Sharra erhob sich mit Diarmuids Mantel um ihre Schultern. Jaelle, die Hohepriesterin, trat neben sie, und beide sahen sie dann, wie der Krieger zum Bug des Schiffes ging. Dort stand er . . . und wie immer auch Cavall neben ihm . . . und mit einem Male stieß er seinen Speer in die Dunkelheit dieser Nacht empor, und das Blatt des König Speers strahlte blendend in bläulichem Weiß.

Und in diesem Licht lenkte Amairgan Weißast sein Schiff in der Nähe der Mündung des Celynflusses an Land.

An diesem süßesten aller Flüsse, die vom Celynsee an den verzauberten Grenzen von Daniloth vorbei in die Lindenbucht floß, verließen sie das Schiff und gingen durch das seichte Wasser an Land. Als letzter von allen verließ der, den sie Pwyll Zweimalgeboren nannten, das Schiff. Hoch über der schwankenden Strickleiter stand er noch an Deck und sagte etwas zu Amairgen, und der Magier antwortete ihm. Sie konnte nicht hören, worüber sie sprachen, spürte jedoch eine Gänsehaut, als sie auf sie hinblickte.

Dann stieg Pwyll die Strickleiter herab, und so waren sie alle wieder auf dem Land beisammen. Hoch über ihnen stand Amairgen, eine stolze und strenge Gestalt in dem bleichen Schimmer des abnehmenden Mondes.

Er sprach: »Hohepriesterin der Dana, ich habe getan, worum du mich batest. Werde ich der Gebete teilhaftig werden, die du mir versprochen hast?«

Jaelle erwiderte ernst: »Ja, und selbst dann, wenn du uns nicht gefahren hättest. Ruhe jetzt in Frieden, unruhiger Geist. Ihr alle. Der Seelenverkäufer ist tot. Ihr seid frei. Möge an der Seite des Webers das Licht für euch leuchten.«

»Und für euch«, fügte Amairgen hinzu, »für euch alle.«

Wieder wandte er sich Pwyll zu und schien noch einmal etwas sagen zu wollen. Aber das geschah nicht mehr. Stattdessen erhob er beide Arme und entschwand dann unter den plötzlichen Rufen der Begeisterung, die seine unsichtbaren Matrosen ausstießen, in der Dunkelheit. Mit ihm löste sich auch sein Schiff ins Unsichtbare auf, die Schreie der Seeleute wurden von der Brise hinweggetragen, nur ein fernes Echo ihrer Stimmen aus so alter Zeit mischte sich in das Geräusch der Brandung.

Von der Flußmündung aus begannen sie gegen Osten zu wandern, wo am nächsten Morgen die Sonne aufgehen würde, und Brendel von den Lios Alfar, der in dieser Gegend, die seiner Heimat so nahe war, jeden Schatten und Abhang kannte, führte sie an.

Kapitel 12

»Ich werde nicht hineingehen«, entschied Flidais und wandte sich vom Nebel ab. Er blickte auf den Mann, der neben ihm stand. »Nicht einmal die Andain sind dagegen gefeit, sich in Ra-Lathens gewobenen Schatten zu verirren. Wenn ich nur die Worte finden könnte, dich zu überzeugen ... so würde ich dich dringlichst bitten, nicht dort einzudringen.«

Lancelot hörte ihm mit dieser immer so ernsthaften Höflichkeit zu, die sein Wesen so sehr ausdrückte. Seine Geduld schien so gut wie unerschöpflich. Er konnte einen dazu bringen, dachte Flidais, daß man sich schämte und sich aufdringlich oder anmaßend vorkam, daß man glaubte, den Pegel, den er mit dieser Freundlichkeit setzte, nicht erreichen zu können.

Und trotzdem war er nicht ohne Humor. Selbst jetzt blitzte in seinen Augen ein dünner Schein von Heiterkeit, als er auf den kleinen Andain herabblickte.

»Ich habe mich schon gefragt«, sagte er sanft, »ob dir wirklich jemals die Worte ausgehen könnten. Ich begann schon daran zu zweifeln, Taliesin.«

Flidais spürte eine Zornesröte in sich aufsteigen, aber Lancelots Neckerei war nicht bösartig, sie enthielt nur ein Lachen, das sie vielleicht teilen konnten. Und einen Augenblick später geschah dies auch.

»Mir mangeln weder Worte noch irgendwelche Argumente von verwirrender, buntscheckiger Inkonsequenz«, protestierte Flidais. »Nur die Zeit wird mir knapp angesichts des Ortes, an dem wir stehen. Hier an den Grenzen von Daniloth werde ich nicht versuchen, dich physisch zurückzuhalten. Zumindest dazu bin ich zu klug.«

»Immerhin«, stimmte Lancelot zu. Nach einer Pause fragte er ihn dann: »Würdest du mich wirklich zurückhalten wollen, selbst wenn du könntest? Jetzt, da du weißt, was du weißt?«

Dies war eine unziemend schwierige Frage, aber Flidais, zu seiner Zeit das klügste, frühreifste Kind von allen, war nun kein Kind mehr. Nicht ohne Traurigkeit antwortete er: »Ich würde es nicht tun. Da ich euch drei kenne, würde ich dich nicht von etwas abhalten, was sie von dir verlangt hat. Aber ich fürchte das Kind, Lancelot, ich fürchte es zutiefst.«

Und darauf hatte Lancelot keine Antwort.

Am Himmel erschien der erste Anflug des grauen Dämmerlichtes, das den Morgen verhieß und all das, was der Tag noch bringen würde. In diesem Augenblick segelte Amairgens Geisterschiff westlich von ihnen gerade längs des Sennettstrandes nach Norden, und seine Passagiere blickten auf eine Stadt, die vor langer Zeit dem Feuer preisgegeben worden war und sich in Asche und Tonscherben verwandelt hatte.

Hinter ihnen aus irgendeinem verborgenen Platz des dunklen Waldes begann ein Vogel zu singen. Sie standen zwischen dem Wald und dem Nebel und blickten einander an. Flidais wußte, daß es vielleicht das letzte Mal sein würde.

»Ich bin dir dankbar dafür, daß du mich bis hierher geführt hast«, sagte Lancelot. »... auch dafür, daß du dich um meine Wunden gekümmert hast.«

Flidais schniefte abrupt und wandte sich ab. »Hätte ich das eine ohne das andere tun können?« brummte er. »Ich hätte dich nirgendwohin führen können, schon gar nicht die ganze Nacht hindurch, wenn ich nicht erst etwas für deine Wunden getan hätte.«

Lancelot lächelte. »Soll ich dann meinen Dank wieder zurücknehmen? Oder ist das jetzt eines von deinen schillernden inkonsequenten Argumenten?«

Er war einfach zu klug und war es immer gewesen, entschied Flidais, das war auch der Schlüssel zu seiner Meisterschaft im Kampf: Lancelot war immer intelligenter als alle anderen, mit denen er kämpfte. Der Andain bemerkte, daß er das Lächeln erwiderte und zustimmend nickte ... aber nicht ohne ein gewisses Widerstreben.

»Wie geht es deiner Hand?« fragte er. Das war bei weitem die schlimmste Wunde gewesen: Durch die Berührung mit Curdardhs Hammer war Lancelots Handfläche schlimm versengt worden.

Lancelot hatte nicht einmal einen Blick dafür übrig. »Es wird schon gehen. Es muß gehen, nehme ich doch an.« Er blickte nach Norden, in die Nebel von Daniloth, die sich vor ihnen ausbreiteten. Irgend etwas veränderte sich in seinen Augen. Fast war es, als hörte er ein Horn oder irgendeinen anderen Ruf. »Ich glaube, ich muß gehen, sonst wäre es sinnlos, daß wir so weit gekommen sind. Ich hoffe, alter Freund, daß wir uns in einer Zeit größeren Lichtes wiedertreffen.«

Flidais bemerkte, daß seine Augen in schneller Folge zwinkerten. Er brachte ein Achselzucken zustande. »Es liegt in den Händen des Webers«, entgegnete er und hoffte, es möge beiläufig klingen.

Lancelot belehrte ihn bedeutsam: »Das ist nur die halbe Wahrheit, mein Kleiner. Es liegt auch in unseren eigenen Händen, so sehr sie auch verletzt sein mögen. Unsere eigene Entscheidung ist wichtig, sonst wäre ich nicht hier. Sonst hätte sie nicht von mir verlangt, dem Kind zu folgen. Lebewohl, Taliesin, Flidais. Ich hoffe, daß du findest, was du suchst.«

Er berührte den Andain leicht auf der Schulter, dann drehte er sich um und war nach wenigen Schritten von den Nebeln des Schattenlandes verschlungen.

Aber ich habe es doch, dachte Flidais, *ich habe gefunden, was ich suchte!* Der Name sang in seinem Kopf, hallte in den Herzkammern wider. Er hatte ihn solange gesucht, und nun gehörte er ihm. Er hatte, was er brauchte.

Das erklärte aber noch nicht, wieso er an diesem Ort noch so lange wie angewurzelt stand und nach Norden in die dichten, undurchdringlichen Schatten blickte.

Erst als sie hinterher darüber nachdachte, verstand sie mit vollem Bewußtsein, daß es das gewesen war, wovor sie in ihrem Inneren immer auf der Hut war: Die schreckliche Gefahr, die auf sie wartete, sollte sie sich jemals verlieben.

Wie anders hätte man es erklären können, daß Leyse vom Schwanensiegel, die schönste und begehrteste von allen Frauen in Daniloth, die sogar von Ra-Tenniel selbst lange Zeit vergeblich umworben wurde, beschlossen hatte, sich all diese langen, langen Jahre solch einem Gefühl nie und niemals hinzugeben, auch wenn die Verlockung noch so süß sein sollte.

Wirklich, wie hätte man es anders erklären können?

Von den Lios Alfar war nur das Schwanensiegel nicht in den Krieg gezogen. Im Gedanken an Lauriel, nach der sie benannt waren, weilten sie gering an Zahl in Heiterkeit und Frieden im Schattenland und wanderten, seit Ra-Tenniel die Brüder und Schwestern aus den beiden anderen Siegeln auf die Ebene in den Krieg geführt hatte, allein und in Paaren durch die Nächte und Tage.

Leyse war eine von denjenigen, die alleine wanderten. Durch die Wasser des nach oben rauschenden Wasserfalls von Fiathal, ihrem Lieblingsplatz im Schattenland, hatte sie früh in der Morgendämmerung dieses milden Sommertages das gedämpfte Licht des Sonnenaufganges erblickt ... doch alles Licht war hier gedämpft.

Ihr wirklicher Lieblingsplatz aber lag im Norden jenseits der Grenzen an den Ufern des Celynsees, wo man im Frühling den Sylvain sammeln konnte, wenn man gut darauf achtete, nicht gesehen zu werden. Doch dieser Platz war jetzt für sie verschlossen. Es war Kriegszeit, und sie durfte den Schutz des Nebels nicht verlassen.

Deshalb war sie stattdessen nach Süden zum Wasserfall gekommen und saß nun ruhig neben dem rauschenden Wasser, wie immer in Weiß gekleidet, und wartete auf den Sonnenaufgang.

Und so geschah es, daß sie, kurz bevor die Sonne aufging, einen sterblichen Mann nach Daniloth hereingehen sah.

Einen Augenblick lang krampfte sie sich in Angst zusammen, denn dies war seit sehr langer Zeit nicht geschehen, dann aber entspannte sie sich: Sie wußte, daß die Nebel ihn jeden Augenblick aufnehmen und der Zeit entreißen würden, so daß er niemand bedrohen könne.

Es blieb ihr ein kurzer Moment, um ihn anzuschauen. Sie nahm seinen anmutigen, etwas steifen Gang wahr, registrierte, daß er den Kopf hoch erhoben trug, sah sein dunkles Haar. Seine Kleider waren unbeschreiblich, sie waren blutbefleckt. Er trug ein Schwert um seine Hüfte geschnallt. Er erblickte sie von der anderen Seite der grünen, grünen Lichtung aus.

Aber darauf kam es nicht an. Noch lange bevor er die Lichtung überqueren und zu ihr hinschreiten konnte, würden die Nebel ihn verschlingen.

Aber das geschah nicht. Fast ohne zu denken, erhob sie ihre Hand. Sie sprach die Worte des Schutzes, so daß er wohlbehalten in seiner Zeit bleiben konnte. Und exakt genau dadurch schuf sie sich ihr eigenes Verhängnis, jenes Verhängnis, das ihr inneres Selbst in all diesen Jahren zu vermeiden versucht und stattdessen wie ein Festmahl auf dem Gras vorbereitet hatte.

Die Sonne ging auf. Ihr Licht glitzerte sanft und milde im Plätschern des nach oben gerichteten Wasserfalls. Es war wunderschön ... wie immer.

Aber sie sah es kaum. Über den Grasteppich ging er auf sie zu, und sie erhob sich und stand mit Wassertropfen auf ihrem Haar, auf ihrem Gesicht, als er zu ihrem Platz kam. Sie wußte, daß ihre Augen nun kristallen waren. Die seinigen waren dunkel. Sie hätte eigentlich wissen können, wer er war, noch bevor er seinen Namen aussprach, so dachte sie später. Es wäre möglich gewesen. Denn das Bewußtsein hatte selbst hier in Daniloth ebenso viele Schlingen wie die Zeit. Sie hatte vergessen, wer ihr das gesagt hatte.

Der hochgewachsene Mann kam auf sie zu, hielt vor ihr an und stellte sich mit äußerster tiefer und ernster Höflichkeit vor: »Guten Morgen, Herrin. Ich bin in Frieden gekommen und übertrete eure Grenzen nur, weil ich gar nicht anders kann. Ich muß Euch um Eure Hilfe bitten. Mein Name ist Lancelot.«

Sie hatte ihm bereits geholfen, hätte sie erwidern können, sonst wäre er nicht soweit gekommen, sonst würde er sie jetzt nicht sehen. Sonst wäre er für immer in einer lautlosen, umrißlosen Welt eingeschlossen, seiner eigenen Welt. Solange, bis der Webstuhl anhalten würde.

Das hätte sie ihm sagen können, wenn ihre Augen nicht bereits kristallen, ja sogar noch strahlender und klarer geworden wären, als sie es für möglich gehalten hätte. Das hätte sie sagen können, hätte sie ihr Herz nicht bereits gegeben und verloren, noch bevor sie seinen Namen hörte, noch bevor sie wußte, wer er war.

In ihrem Haar glitzerten die Wassertröpfchen, das Gras war intensiv grün. Wie immer schien die Sonne sanft durch die Schatten. Sie blickte in seine Augen, wußte, wer er war, und ahnte jetzt in diesem Augenblick bereits, was ihr eigenes Schicksal sein würde.

Sie hörte es: die ersten hohen, fernen, unglaublich schönen Töne.

Sie begrüßte ihn: »Ich bin Leyse vom Schwanensiegel. Seid willkommen in Daniloth.«

Sie konnte sehen, wie er die feine Musik ihrer Stimme, die Schönheit ihres Körpers in sich aufnahm, sie trank. Sie ließ ihre Augen ein wenig grün werden und dann wieder kristallen. Sie bot ihm die Hand, ließ zu, daß er sie ergriff und zu seinen Lippen führte.

Ra-Tenniel hätte eine schlaflose Nacht verbracht, wäre durch Blumenfelder gewandert und hätte ein neues Lied geschaffen, wenn sie ähnlich viel für ihn getan hätte.

Sie blickte in Lancelots Augen. So dunkel waren sie. Sie sah in ihnen Freundlichkeit und Bewunderung, auch Dankbarkeit. Aber vor allem und über alles sah sie immer und immer wieder ohne Ende die, die alle Welten schuf, die er kannte, und in alle dieser Welten verwoben war, sie sah Guinevere. Und mit ihr die unwiderrufliche Tatsache seiner absoluten Liebe. Ein Ausmaß seiner Freundlichkeit war es jedoch, daß ihr eines erspart blieb: In seinem ruhigen Blick fand sie nicht einmal eine Andeutung, wie oft und immer immer wieder dieses Treffen stattgefunden hatte. In so vielen Wäldern, Wiesen und Welten, neben so vielen sprudelnden Wasserfällen, die eine süße Sommermusik spielten, während das Herz einer jungen Frau im Liebeskummer zerbrach.

Noch während sie ihre Worte des Schutzes für ihn sprach, wurde auch sie von ihm geschützt, sie mußte nicht erfahren, wie sehr diese Begegnung ein Teil des langen dreifachen Verhängnisses war. So leicht und umfassend konnte ihr plötzliches verklärtes Aufleuchten in die Geschichte aufgenommen werden, es war nur ein weiterer Ton in einem immer wiederkehrenden Motiv, ein Faden, dessen Farbe im Gewebe bereits vorhanden war. Ihre Schönheit, die weißstrahlende, kristalline Blüte ihrer Schönheit hätte mehr verdient, ebenso die jahrhundertelange Einfachheit ihres Wartens. Auch das verlangte in jedem Falle nach mehr. Und er wußte es, wußte es ebenso tief in seinem Innern, wie er seinen Namen kannte und seine Grenzübertretung in seinem Herzen benennen konnte. Er stand im Schattenland, an diesem Ort der intensiven Schönheit, und er nahm ihren Schmerz auf sich, wie er es bei so vielen anderen getan hatte, und er nahm auch die Schuld und die Last dieser Schuld auf seine eigenen Schultern.

Und all das geschah in dem kurzen Zeitraum, den ein Mann brauchte, um eine grasbewachsene Lichtung zu überqueren und vor einer Dame im Morgenlicht zu stehen.

Es war ein Willensakt von vollkommenem Edelmut, daß Leyse die Farbe ihrer Augen ebenso hielt wie zuvor. Sie blieben kristallen ... zerbrechlich kristallen, dachte sie ... und sie fragte mit Musik in ihrer Stimme: »Wie kann ich dir behilflich sein?«

Nur dieses »dir« verriet sie. Er ließ sich in keiner Weise anmerken, daß er die Zärtlichkeit darin gehört hatte, das Verlangen, das sie in dieses eine Wort gleiten ließ. Förmlich antwortete er: »Ich bin auf einer Suche, die mir meine Herrin aufgetragen hat. Wahrscheinlich ist in der vorigen Nacht noch jemand anders in die Grenzen Eures Landes eingedrungen, er fliegt in Gestalt einer Eule, ohne es wirklich zu sein. Er ist auf seiner eigenen Reise, und das ist ein sehr dunkler Weg, und nun fürchte ich, daß er vielleicht in den Schatten über Daniloth hängen geblieben ist, ohne daß es in der Nacht von irgend jemand bemerkt wurde. Ich habe den Auftrag, ihn auf diesem Weg sicher zu geleiten.«

Nichts hätte sie mehr gewünscht, als mit diesem Mann an ihrer Seite wieder neben den rauschenden Wassern von Fiathal zu liegen, bis die Sonne verschwunden war und die Sterne und der Webstuhl ihre Bahn gezogen hatten.

»Dann kommt«, forderte sie ihn kurz auf und führte ihn von diesem Ort der sanftesten Schönheit und Bezauberung hinweg, um nach Darien zu suchen.

Seite an Seite wanderten sie an der Südgrenze von Daniloth entlang, sie hielten einen kleinen Abstand voneinander ein, wirklich klein, denn es war ihm zutiefst bewußt, was mit ihr geschehen war. Sie sprachen nicht. Überall in ihrer Umgebung breiteten sich gedämpft schimmernde, freundliche grasbewachsene Hügel aus. Bäche sprudelten und nährten mit ihrem Wasser kleine zartfarbene Blumen an ihren Ufern. Einmal kniete er nieder, um aus einem dieser Rinnsale zu trinken, aber sie schüttelte schnell den Kopf, und er verzichtete darauf.

Aber als er seine Hand zur Höhlung formte, um daraus zu trinken, hatte sie seine Handinnenfläche gesehen, und als er dann wieder aufgestanden war, nahm sie sie in ihre beiden Hände und betrachtete seine Wunde. Nun fühlte er den Schmerz, und er spiegelte sich deutlicher und schärfer in ihren Augen, als er ihn empfunden hatte, während er im Heiligen Hain den schwarzen Hammer hob.

Sie fragte nicht. Langsam ließ sie seine Hand wieder los, und dies geschah, als wolle sie sie einer ganzen Welt zurückgeben, mit der sie nicht in Kontakt stand . . . und dann gingen sie weiter. Es war sehr still. Sie begegneten niemandem, während sie voranschritten.

Nur einmal trafen sie einen Mann im Harnisch, der ein Schwert trug und dessen Gesicht vor Wut und Angst verzerrt war. Es schien

Lancelot, als sei er an diesem Platz bewegungslos eingefroren, sein Fuß hing in der Luft, den weiten, energischen Schritt, den er begonnen hatte, würde er niemals mehr vollenden.

Lancelot blickte auf Leyse, die weiß gekleidet neben ihm einherging, sagte jedoch nichts.

Ein anderes Mal war es ihm, als höre er ein Geräusch wie von Pferden, die aus großer Nähe auf sie zustürmten. Er drehte sich auf dem Absatz um, um sie instinktiv zu schützen, aber er konnte niemand entdecken, der vorbeiritt, weder Freund noch Feind. Aus der Bewegung ihrer Augen konnte er jedoch entnehmen, daß sie tatsächlich eine Gruppe von Reitern sah, die vielleicht mitten zwischen ihnen durchritten, und die auf andere Weise ebenfalls in den Nebeln von Daniloth verschwunden waren.

Er lockerte seinen Griff auf ihrem Arm, entschuldigte sich. Sie schüttelte den Kopf, mit einer Traurigkeit, die ihn wie eine Messerklinge durchfuhr.

Sie sprach: »Dieses Land ist immer sehr gefährlich für alle außer uns selbst gewesen, und zwar noch vor Lathen Nebelwebers Zeit, als diese Schatten herniedergingen. Diese Männer waren Reiter aus der Zeit vor dem Bael Rangat, und sie sind hoffnungslos verirrt. Wir können nichts für sie tun. Sie sind in keiner Zeit, die wir kennen, so daß wir zu ihnen sprechen oder sie retten könnten. Wenn wir Zeit hätten, um zu erzählen, könnte ich die Geschichte von Revor vor Euch ausspinnen, der dieses Schicksal im Dienste des Lichts vor tausend Jahren riskiert hat.«

»Hätten wir Zeit zu erzählen«, versicherte er, »würde es mir Vergnügen bereiten.«

Sie schien noch etwas anderes sagen zu wollen, aber in diesem Augenblick sahen ihre Augen ... sie waren jetzt von einem blassen, ruhigen Blau, wie die letzten Blumen, die an ihrem Weg gestanden hatten ... an ihm vorbei, und er drehte sich um. Im Westen von ihm wuchsen zum Dickicht verwachsene Bäume. Ihre Blätter waren selbst jetzt, im Hochsommer, bunt gefärbt, und der Wald war wunderschön und schien Frieden, ruhigen Schatten zu versprechen, es war ein Ort, wo das Sonnenlicht schräg durch die Blätter fiel, wo ein Bach in der Nähe murmelte.

Über dem südlichsten der Bäume dieses Gehölzes, am äußersten Ende von Daniloth, hing eine Eule bewegungslos mit ausgebreiteten Schwingen in der klaren Morgenluft.

Lancelot sah genau hin und erblickte die Hülle eines Dolches, die im Schnabel der Eule steckte und im milden Licht bläulich blinkte. Er wandte sich wieder der Frau neben ihm zu. Ihre Augen hatten die Farbe gewechselt. Jetzt, da sie auf die Eule schaute, waren sie dunkel geworden.

»Diesen nicht«, bat sie, noch bevor er sprechen konnte. Er hörte die Angst und die Ablehnung in ihrer Stimme: »O mein Herr, doch sicher nicht diesen?«

Er entgegnete: »Das ist das Kind, dem ich folgen muß, das ich schützen muß. Das ist mein Auftrag.«

»Kannst du nicht das Böse in ihm sehen?« schrie Leyse. Ihre Stimme klang laut in der Ruhe dieses Ortes. Noch immer war Musik in ihr, aber jetzt klang sie angespannt und wurde von vielem überlagert.

»Ich weiß, daß es da ist«, erklärte er. »Aber ich weiß auch, daß daneben Verlangen nach dem Licht existiert. Beide Seiten sind Teile seines Weges.«

»Dann laß den Weg hier zu Ende gehen«, forderte sie. Sie wandte sich flehend an ihn: »Mein Herr, in diesem hier ist zuviel Finsternis. Ich kann es schon von hier aus fühlen.«

Sie war ein Kind des Lichtes, und sie stand in Daniloth. Ihre Bestimmtheit pflanzte einen vorübergehenden Zweifel in sein Herz, aber er schlug niemals Wurzeln, denn Lancelot hatte seine eigenen Gewißheiten. Er sprach: »Die Finsternis ist jetzt überall. Wir können ihr nicht aus dem Weg gehen, wir können sie nur durchbrechen, und das ist nicht leicht. Aber in der Gefahr, die damit verbunden ist, liegt vielleicht unsere Hoffnung auf Erlösung.«

Eine lange Weile blickte sie ihn an. »Wer ist er?« fragte sie schließlich.

Aus vielen Gründen hatte er gehofft, daß sie nicht danach fragen würde.

Aber als die Frage kam, wandte er sich nicht ab. »Es ist Guineveres Kind«, gab er ihr emotionslos Bescheid, so schwer ihm dies auch fiel. »Guineveres und Rakoth Maugrims Kind. Er hat sie in Starkadh mit Gewalt genommen. Und darin liegt das Böse, das du siehst, aber auch die Hoffnung auf das Licht dahinter.«

Jetzt überlagerte der Schmerz die Angst in ihren Augen. Und unter beiden Gefühlen im Muttergestein lag Liebe. Aber auch das hatte er früher schon zu oft gesehen.

Sie wollte mehr erfahren: »Du glaubst, daß sie stärker sein wird?« Wieder war Musik in ihrer Stimme, fern, aber sehr klar.

»Es ist eine Hoffnung«, erwiderte er mit ernster Ehrlichkeit. »Nicht mehr als eine Hoffnung.«

»Und Ihr würdet auf der Basis dieser Hoffnung handeln und auch von mir verlangen zu handeln?« Noch immer war es Musik.

»Sie hat mich aufgefordert, ihn zu schützen«, erklärte er ruhig. »Ihn bis zum Augenblick der Wahl, die er zu treffen hat, zu begleiten. Ich kann nicht mehr tun, als Euch zu bitten. Mir bleibt nur noch diese Bitte.«

Sie schüttelte den Kopf: »Es bleibt Euch mehr als das.«

Und mit diesen Worten wandte sie sich von ihm ab und vergaß ihr eigenes Herz. Sie blickte auf den bewegungslosen Vogel, das Kind der Finsternis und des Lichtes. Dann machte sie mit ihren langen anmutigen Händen einige Bewegungen, sang ein Wort der Kraft, und so entstand ein Freiraum, über den er durch das Schattenland wegfliegen konnte. Sie schuf einen Korridor für Darien, eine Spalte in den Nebeln der Zeit, die sich durch Daniloth schlangen, und mit ihrem inneren strahlenden Auge sah sie zu, wie er in diesem Korridor über den Hügeln von Atronel immer weiter nach Norden flog und schließlich über dem Celynfluß herauskam. Dort verlor sie ihn aus den Augen. Es hatte lange gedauert, Lancelot stand neben ihr, die ganze Zeit schweigend. Er hatte gesehen, wie Dariens Flug begann, aber als die Eule über die vielfarbigen Blätter des Waldes ein Stück Wegs nach Norden zurückgelegt hatte, war sie aus seinem sterblichen Blickfeld verschwunden. Er wartete weiter und wußte, daß er Guineveres Kind nur so weit hatte folgen können. Es war der letzte Dienst, den er hatte anbieten können. Und es war ein trauriger Dienst.

Während er neben Leyse verharrte und die bleiche Sonne weiter in den Himmel hinaufkletterte, war er sich großer Müdigkeit und großen Schmerzes bewußt. Über der Wiese hing ein zarter Duft, und aus den nahegelegenen Wäldern klangen Vogelstimmen. Er konnte Wasser rauschen hören, und ohne daß es ihm wirklich bewußt war, bemerkte er plötzlich, daß er sich auf dem Gras zu

Leyses Füßen niedergelassen hatte. Und dann legte er sich wie in Trance ganz zu Boden und schlief ein. Es war ein Zustand, der zur Hälfte durch Daniloth und zur anderen Hälfte durch marktiefe Erschöpfung entstanden war.

Als die Eule die nördlichsten Grenzen ihres Landes überquert und sie ihn jenseits des Nebels aus den Augen verloren hatte, ließ Leyse ihren Geist wieder zurückkehren. Es war früh am Nachmittag, und das Licht war so hell, wie es immer werden konnte. Und trotzdem war auch sie sehr müde. Was sie getan hatte, war nicht leicht gewesen, umso mehr, als sie zum Schwanensiegel gehörte und den unausweichlichen Widerhall des Bösen gespürt hatte.

Sie blickte auf den Mann nieder, der neben ihr fest schlief. In ihrem Herzen war nun Ruhe, eine Bereitschaft, das hinzunehmen, was ihr neben den Wassern von Fiathal geschah. Sie wußte, daß er nicht bei ihr bleiben würde, wenn sie ihn nicht durch Magie an diesen Ort binden würde, und das wollte sie nicht tun.

Nur eines wollte sie sich erlauben. Sie blickte sehr lange auf sein schlafendes Antlitz und nahm es in das Gedächtnis ihrer Seele auf. Dann legte sie sich auf dem weichen, duftenden Gras neben ihn nieder und ließ ihre Hand in seine verwundete Hand gleiten. Weiter wollte sie in ihrem Stolz nicht gehen. Auf diese Weise war sie einen allzu kurzen Sommernachmittag lang mit ihm verbunden, sie fiel in Schlaf, und das war das einzige Mal, daß sie neben Lancelot, den sie liebte, schlief.

Den ganzen Nachmittag lang schliefen sie, und in dem stillen Frieden von Daniloth wurden sie durch nichts, nicht einmal einen Traum gestört. Weit im Osten jenseits des hochragenden Bergwalls warteten die Zwerge von Banir Lök und Banir Tal auf den Sonnenuntergang und das Urteil ihres Kristallsees. Etwas näher auf der weiten Ebene erreichten ein Zwerg, ein Mann aus Eridu und ein Ausgestoßener der Dalrei das Lager des Großkönigs und wurden dort begrüßt, und kurz darauf machte sich das Heer auf den Weg, um nach Gwynir und an die Ostgrenze dieses Schattenlandes zu reiten.

Und während sie schliefen, flog Darien im Norden von ihnen zu seinem Vater.

Sie wachten zur selben Zeit auf, als die Sonne unterging. Im

Dämmerlicht blickte Lancelot sie an, er sah, wie ihr Haar und ihre Augen neben ihm wunderschön und seltsam leuchteten. Er blickte auf ihre langen Finger hinab, die in die seinen verschlungen waren. Einen Augenblick lang schloß er seine Augen und ließ den letzten Ausläufer dieses Friedens wie eine Flutwelle über sich wegspülen.

Dann löste er sehr behutsam seine Hand aus der ihren. Keiner von beiden sprach, er stand auf. Das Gras und die Blätter des nahegelegenen Waldes fluoreszierten ein wenig, als ob Daniloths Pflanzen nur widerstrebend das Licht loslassen würden. Dasselbe Glimmen sah er auch in ihren Augen und im Umriß ihres Haares. Vieles hallte in seinem Bewußtsein wider, viele Erinnerungen. Er bemühte sich, es sie nicht merken zu lassen.

Er half ihr aufzustehen. Langsam schwand der Lichtschimmer hinweg, zuerst von den Blättern und Gräsern und dann ganz zum Schluß von Leyse. Sie drehte sich um und deutete mit dem Finger nach Westen. Er folgte der Linie ihres Armes und sah einen Stern.

»Es ist Lauriels Stern«, sagte sie. »Wir haben den Abendstern nach ihr benannt.« Und dann begann sie zu singen. Er lauschte ihr und weinte aus vielen Gründen längere Zeit.

Als sie ihr Lied beendet hatte, wandte sie sich um und entdeckte seine Tränen. Sie schwieg, auch er sprach nicht. Sie führte ihn nordwärts durch Daniloth, schützte ihn durch ihre Gegenwart vor dem Nebel und den Schlingen der Zeit. Sie wanderten die ganze Nacht. Sie führte ihn auf den Hügel von Atronel am Kristallthron vorbei, dann auf der anderen Seite wieder hinab, und Lancelot du Lac war der erste Sterbliche, der jemals diesen Ort bestieg.

Schließlich langten sie an der südlichen Bucht des Celynsees an, jenem Teil des Gewässers, der nach Daniloth hereinreichte, und sie gingen an seinen Ufern nach Norden, nicht weil es der schnellste oder der leichteste Weg war, sondern weil sie diese Gegend liebte und ihm zeigen wollte. Am Ufer entlang blühten Nachtblumen, die ihre Düfte aussandten, und draußen über dem Wasser sah er seltsame flüchtige Gestalten, die auf den Wellen tanzten. Die ganze Zeit hörte er Musik.

Dann kamen sie zu einer Stelle, wo ein Fluß den See verließ, und als die erste Andeutung der Dämmerung den Himmel im Osten berührte, wandten sie sich nach Westen. Kurze Zeit später hielt Leyse an und sprach zu Lancelot: »Der Fluß ist hier ruhig, und es gibt Steine, auf die Ihr treten könnt, um ihn zu überqueren. Ich kann nicht weitergehen. Auf der anderen Seite des Celynflusses liegt Andarien.«

Er blickte lange Zeit schweigend auf ihre Schönheit, aber als er sprechen wollte, legte sie ihre Finger über seine Lippen.

»Sagt nichts«, flüsterte sie. »Es gibt nichts, was Ihr sagen könntet.«

Es war die Wahrheit. Er blieb noch einen Augenblick stehen, dann zog sie sehr langsam die Hand von seinem Mund weg, und er drehte sich um, überquerte den Fluß mit Hilfe der gleichmäßig ausgelegten glatten runden Steine und verließ Daniloth.

Aber er lief nicht weit. Ob es nun eine Intuition des Krieges oder der Liebe war oder etwas von beidem, er ging nur bis zu einer kleinen Baumgruppe am Ufer des Flusses in der Nähe des Sees. Dort wuchsen Weidenbäume und wunderschöne Blumen in silbrigen und roten Farben. Er kannte ihre Namen nicht. Er ließ sich an diesem Ort der Schönheit nieder, während die Dämmerung heraufzog . . . nach dem gedämpften Licht des Schattenlandes erschienen ihm diese Farben blendend hell . . . und er blickte über die wüste Einöde Andariens hin. Er schlang die Hände um die Knie, legte sein Schwert an die Seite, so daß er es nötigenfalls leicht erreichen konnte, und setzte sich zurecht, um mit Blick nach Westen zum Meer hin zu warten.

Auch Leyse wartete, obwohl sie sich während der ganzen langen schweigenden Nachtwanderung gelobt hatte, daß sie nicht verweilen würde. Aber sie hatte nicht damit gerechnet, daß er so nahe bleiben würde, und ihre Entschlossenheit fiel in sich zusammen, sobald er nicht mehr da war. Sie sah, wie er zu den Ulmen ging und sich dann inmitten des Sylvain niederließ. Es war ihr allerliebster Platz in der einen Welt, die sie kannte. Sie wußte, daß sie für ihn unsichtbar war, und auch ihr fiel es nicht leicht, durch die Nebelschwaden um sie her deutlich zu sehen. Trotzdem wartete sie, und um die Mitte des Nachmittages näherte sich dem Flußufer entlang eine Gruppe von etwa fünfzig Menschen.

Sie beobachtete, wie er aufstand und daß die Ankömmlinge in kurzer Entfernung von ihm stehen blieben. Sie wurden von Brendel vom Kestrelsiegel geführt, und sie wußte, daß er sie erkennen würde, wenn er nach Süden blickte. Er tat es nicht.

Er blieb bei den anderen und sah zu, wie eine blonde, sehr hochgewachsene Frau auf Lancelot zuging. Es schien Leyse, als lüfteten sich die Nebel in diesem Moment ein wenig . . . ob es ein Segen oder ein Fluch war, wußte sie nicht zu sagen . . . und sie hatte deutlich Lancelots Gesicht vor Augen, als Guinevere auf ihn zuschritt.

Sie sah, wie er kniete und ihre Hand in seine unverletzte Hand nahm, sie zu seinen Lippen führte, was er auch mit ihr getan hatte, als er durch das Gras von Farthal auf sie zugegangen war.

Und doch war es nicht dasselbe, es war nicht dasselbe.

Und in diesem Augenblick geschah es, daß Leyse von dem Schwanensiegel ihr Lied hörte.

Sie entfernte sich von diesem Ort, verborgen von der Schattenwand wanderte sie allein, und während dieser ganzen Zeit sammelte sich in ihr ein Lied, ein letztes Lied.

Am Flußufer weiter im Westen fand sie unter den Weiden und dem Corandiel ein kleines Boot aus Ulmenholz mit einem einzelnen weißen Segel, das so weiß war wie ihr Kleid. Tausend Mal war sie an dieser Stelle vorbeigegangen und hatte dieses Boot nie gesehen. Sie erkannte, daß es vorher auch nicht dort gewesen war. Erst durch die Musik ihres Liedes war es entstanden. Immer hatte sie daran gedacht, daß sie ihr Boot würde bauen müssen, wenn die Zeit herannahte, und sie hatte sich gefragt, wie es ihr gelingen könne.

Jetzt wußte sie es. Ihr Lied klang in ihr, es hob sich immer mehr und erzeugte eine immer süßere Trauer und Verheißung des Friedens jenseits der Wellen.

Sie ließ sich in das Boot hinab und stieß es von dem seichten Flußufer und den Weiden weg. Als sie am Nordufer des Celynflusses vorbeitrieb, pflückte sie eine rote und eine silberne Sylvainblüte, um sie mit sich zu tragen, während die Musik sie trug und der Fluß sie zum Meer trug.

Sie wußte nicht, und es war ein Gnadenerweis, daß ihr dieses Wissen erspart blieb, wie sehr auch dies ein Echo der Geschichte war, in die sie hineingeraten war, und wie sehr es in die traurigste Geschichte aller uralten Geschichten verwoben war. Sie trieb mit der Strömung und mit den Blumen in der Hand, und schließlich erreichte sie das Meer.

Und dieses Fahrzeug, das von Magie erschaffen, durch eine Sehnsucht erzeugt war, die dem eigentlichen Wesen der Lios Alfar entsprang, schwankte und kenterte nicht in den Wellen des weiten Meeres. Es fuhr nach Westen und immer weiter nach Westen, und immer weiter, bis es schließlich weit genug gefahren war und den Ort erreicht hatte, wo sich alles einschließlich der Welt veränderte.

Und auf diese Weise segelte Leyse vom Schwanensiegel nach jenseits der Wasser, wo der Seelenverkäufer gewartet hatte, und nach mehr als tausend Jahren war sie die erste ihres Volkes, welche die Welt erreichte, die der Weber selbst für die Kinder des Lichtes, und nur für sie, geschaffen hatte.

Kapitel 13

Die Sonne war untergegangen, und deshalb war auch das Schimmern der Wände verblaßt. Jetzt flackerten die Fackeln in den Leuchtern, sie brannten ohne Rauch, Kim wußte nicht wie. Sie stand zusammen mit den anderen am Fuße der 99 Stufen, die zum Kristallsee hinaufführten, und in ihrem Herzen empfand sie ein Gefühl namenloser Angst.

Sie waren zu acht. Kaen hatte zwei Zwerge mitgebracht, die sie nicht kannte, außerdem waren sie und Loren zusammen mit Matt gekommen, und schließlich waren auch Niach und Ingen als Vertreter der Versammlung anwesend, um das Urteil des Calor Diman zu bezeugen. Loren trug einen Gegenstand, der in ein schweres Tuch eingewickelt war, und einer von Kaens Begleitern tat dasselbe. Es waren die Kristalle, die Früchte eines ganzen Nachmittages, der in feiner Handwerkskunst verbracht wurde. Es waren die Geschenke für den See.

Kaen hatte einen schweren schwarzen Umhang angelegt, der am Hals mit einer einzelnen Brosche zusammengehalten wurde, die in Gold und mit einer Ader von blauem Thieren gearbeitet war, das im Fackellicht blitzte. Matt war wie immer in Braun gekleidet und trug einen breiten Ledergürtel, Stiefel und keinerlei Schmuck. Kim blickte ihm ins Gesicht. Es war ohne Ausdruck, trotzdem aber schien es auf merkwürdige Weise lebhaft, durchblutet, es war fast, als glühe er. Niemand sprach. Auf ein Zeichen von Niach hin begannen sie emporzusteigen.

Die Stufen waren sehr alt, an manchen Stellen bröckelte der Stein, an anderen war er glatt geschliffen und schlüpfrig geworden, es war ein unübersehbarer Gegensatz zu der gepflegten, fein ausgearbeiteten Architektur, die sonst überall zu sehen war. Die Wände waren grob und roh, scharfe Ränder traten aus ihnen hervor, an denen man sich, wenn man nicht auswich, schneiden konnte. Es war schwierig, deutlich zu sehen. Die Fackeln warfen ebensoviel Schatten wie Licht.

Kim schien es, als ob diese primitive Treppe sie vor allem in die Vergangenheit führte. Sie war sich zutiefst bewußt, daß sie sich innerhalb eines Berges befand. Der Eindruck einer rohen Macht, die sich rings um sie drängte, wuchs beständig, es war die Kraft von Fels und Stein, von Erde, die sich aufwarf, um den Himmel herauszufordern. Sie sah ein Bild vor ihrem geistigen Auge: einen Kampf titanischer Kräfte, die mit Bergen aufeinander warfen, als seien es Wackersteine. Sie empfand das Fehlen des Baelrath mit einer Intensität, die an Verzweiflung grenzte.

Sie erreichten die Tür, die am oberen Ende der Treppe lag. Sie glich nicht jenen, die sie gesehen hatten, jenen kunstvoll gearbeiteten Eingängen, die aus den umgebenden Wänden herausgleiten und wieder in sie zurückrollen konnten, oder jenen hochgewölbten Bögen mit ihren vollkommen bemessenen Proportionen. Schon auf halbem Wege hatte sie erkannt, daß dieses Tor anders sein würde als die anderen. Es bestand aus Stein, war nicht besonders groß und mit einem schweren geschwärzten Eisenschloß verriegelt. Sie warteten auf der Schwelle, während Niach auf seinen Stab gestützt noch heraufstieg. Er zog einen eisernen Schlüssel aus seiner Robe und drehte ihn mit einiger Mühe langsam im Schloß. Dann faßte er den Handgriff und zog an. Das Tor öffnete sich und gab in dieser Öffnung den Blick auf den schwarzen Nachthimmel mit einigen glitzernden Sternen frei.

Schweigend gingen sie auf die Wiese des Calor Diman hinaus. In einer Vision auf dem Wege zu Ysannes See hatte sie ihn schon gesehen. Das hätte sie eigentlich darauf vorbereiten können. Doch das war nicht der Fall gewesen. Für diesen Ort gab es keine Vorbereitung. Die blaugrüne Wiese war eingebettet in der Mulde zwischen den Bergen wie ein zerbrechliches Ding von unendlichem Wert. Und wie die Wiese inmitten der sie umgebenden Gipfel lag, so wurden auch die Wasser des Kristallsees von der Wiese umschlossen. Das Wasser war dunkel, fast schwarz. Kim fragte sich mit leiser Furcht, wie tief und kalt es wohl sein mochte. Aber hier und da konnte sie auf seiner stillen Oberfläche ein Glitzern erkennen, der See reflektierte das Licht der frühen Sterne. Der abnehmende Mond war noch nicht aufgestiegen, sie wußte, daß Calor Diman leuchten würde, wenn sich der Mond über den Gipfel von Banir Lök erheben würde.

Und plötzlich hatte sie eine Vorstellung davon ... nur eine Vorstellung, aber das war schon mehr als genug ... wie fremdartig und schrecklich dieser Ort sein mußte, wenn der Vollmond darauf herabschien und wenn der Calor Diman zum Himmel hinaufschien und ein unmenschliches Licht über die Wiesen und die Berghänge warf. Es war kein Platz für Sterbliche in einer solchen Nacht. Im Himmel und in den tiefen Wassern, in jedem schimmernden Grashalm, in den uralten, wachsamen und leuchtenden Bergketten würde der Wahnsinn liegen.

Selbst jetzt im Sternenlicht war es nur schwer zu ertragen. Nie hatte sie erlebt, welch tödliche Gefahr Schönheit beinhalten konnte. Und da gab es noch etwas anderes, etwas Tieferes und Kälteres, so tief und kalt, wie der See selbst war. Während die Nacht dichter wurde und die Sterne heller zu leuchten begannen, wurde ihr in jeder Sekunde deutlicher bewußt, daß hier eine Magie ruhte, die darauf wartete, entfesselt zu werden. Über alle Worte hinaus war sie für den grünlichen Schutz des Vellinsteins dankbar: Es war Matts Geschenk gewesen, erinnerte sie sich.

Sie blickte ihn an, ihn, der tatsächlich hier eine Nacht bei Vollmond verbracht hatte, der überlebt hatte und auf diese Weise zum König geworden war. Mit einem neueren, tieferen Verständnis sah sie ihn an, und er schaute zu ihr zurück, sein Antlitz war noch immer lebhaft, noch immer schien aus ihm die seltsame glühende Intensität. Er war nach Hause gekommen. Die Flut des Sees in seinem Herzen hatte ihn hierher zurückgezogen. Er brauchte diesem Sog nicht mehr länger zu widerstehen.

Er war nicht mehr gezwungen zu kämpfen, er mußte nur das Urteil ertragen. Und so viel stand hier zur Entscheidung, hier in dieser Senke inmitten der Berge, in nächster Nähe der Sterne. Sie dachte an das Heer der Zwerge jenseits der trennenden Bergketten. Sie hatte überhaupt keine Vorstellung, was sie tun könnte.

Matt trat zu ihr. Mit einem kleinen Wink seines Kopfes bedeutete er ihr, ein wenig auf die Seite zu gehen. Zusammen mit ihm sonderte sie sich ein wenig von den anderen ab. Sie zog die Kapuze ihres Mantels über den Kopf und vergrub die Hände in ihren Taschen. Es war sehr kalt. Schweigend blickte sie auf Matt hinab und wartete.

Sehr leise sagte er: »Vor langer Zeit habe ich dich gebeten, einige von deinen Lobesworten für Ysannes See für den Augenblick aufzusparen, an dem du diesen Ort siehst.«

»Er ist jenseits aller Schönheit«, erwiderte sie, »jenseits aller Worte, die ich aussprechen könnte. Aber ich habe große Angst, Matt.«

»Ich weiß es. Auch ich. Wenn ich es nicht zeige, so ist es, weil ich meinen Frieden mit jedem möglichen Urteil des Sees gemacht habe. Was ich vor vierzig Jahren getan habe, tat ich im Namen des Lichtes. Trotzdem ist es vielleicht ein Akt des Bösen gewesen. Dinge dieser Art sind schon früher geschehen und werden auch wieder geschehen. Ich werde mich dem Urteil unterwerfen.«

So hatte sie ihn noch nie gesehen. Sie fühlte sich gedemütigt in seiner Anwesenheit. Hinter Matt flüsterte Niach Ingen etwas zu und winkte dann Loren und Kaens Begleiter heran, die ihre in die Tücher gehüllten Kristalle trugen.

Matt fuhr fort: »Ich glaube, es ist jetzt Zeit, und es könnte auch das Ende meiner Zeit sein. Aber zuerst habe ich noch etwas für dich.«

Er senkte seinen Kopf und führte seine Hand zu der Binde über seinem verlorenen Auge. Sie sah, daß er sie anhob, und zum ersten Mal konnte sie einen Blick auf die dahinterliegende zerstörte Augenhöhle werfen. Dann fiel etwas Weißes heraus, und er fing es mit der Hand auf. Es war ein winziges Viereck aus weichem Tuch. Matt entfaltete es ... nur um ihr den Baelrath zu zeigen, der in seiner Hand sanft schimmerte. Kim öffnete den Mund zu einem wortlosen Schrei.

»Es tut mir leid«, entschuldigte sich Matt. »Ich weiß, daß dich die Angst geplagt hat, wer ihn wohl an sich genommen haben würde, aber ich hatte keine Gelegenheit, mit dir zu sprechen. Ich habe ihn von deiner Hand abgestreift, als wir am Eingang nach Banir Lök angegriffen wurden. Ich dachte, es sei wohl das beste, wenn ich . . . wenn ich ihn nicht *aus dem Auge* ließe, bis wir den weiteren Verlauf der Dinge wissen würden. Verzeih mir.«

Sie schluckte, nahm den Kriegsstein und legte ihn an. Er flammte auf ihrem Finger auf, dann beruhigte er sich wieder. Sie bemühte sich um den scherzhaften Ton, der ihr sonst so leicht gelang, und gelobte: »Von jetzt an bis zu dem Tag, an dem der letzte Faden auf dem Webstuhl gewoben wird, werde ich dir alles und jedes verzeihen; nur nicht dieses miserable Wortspiel.«

Sein Mund verzog sich. Sie wollte noch mehr sagen, aber dazu war nun wirklich keine Zeit mehr. Es schien, daß sie einfach niemals genügend Zeit hatten. Niach rief nach ihnen. Kim sank im tiefen kalten Gras auf die Knie, und Matt umarmte sie mit unendlicher Zärtlichkeit. Dann küßte er sie einmal auf die Lippen und drehte sich um.

Sie folgte ihm zu den anderen. Jetzt fühlte sie die Kraft in ihrer Hand und konnte empfinden, wie sie auf die Magie dieses Ortes antwortete. Langsam und allmählich, aber unverkennbar. Und da er nun wieder ihr gehörte, erinnerte sie sich mit einem Male an einige der Dinge, zu denen sie der Baelrath veranlaßt hatte. Es gab einen Preis, den man für die Macht entrichten mußte. Sie hatte ihn immer und immer wieder zahlen müssen, und mit ihr hatten andere gezahlt: Arthur, Finn, Ruana und die Paraiko, Tabor.

Neu war ihr dieses Leiden nicht, aber jetzt war es noch intensiver, noch schärfer. Aber jetzt hatte sie keine Zeit, darüber nachzudenken. Sie kam heran, trat neben Loren, gerade rechtzeitig, um zu hören, wie Niach mit stillem Ernst zu sprechen begann: »Ich brauche euch wohl nicht mitzuteilen, daß es für das, was heute hier geschehen wird, keine Vorbilder in der Geschichte gibt. Wir erleben Zeiten, die in kein Muster passen. Trotzdem: Die Zwergenversammlung hat sich beraten, und wir werden durchführen, was sie beschlossen hat, und wir sechs werden als Zeugen für das Urteil zwischen den beiden anwesend sein.«

Er hielt inne, um Atem zu holen. Nicht ein Windhauch regte sich in der Gebirgssenke. Die kalte Nachtluft war still, als warte sie, und still war auch das gestirnte Wasser des Sees. Niach fuhr fort: »Ihr werdet beide eure kristallenen Bilder enthüllen, so daß wir sie sehen und ihre Bedeutung erraten können. Und dann werdet ihr sie zusammen ins Wasser werfen, und wir werden auf ein Zeichen vom See warten. Wenn an diesem Vorgehen irgendein Fehler ist, so sprecht jetzt.« Er blickte auf Kaen. Dieser schüttelte den Kopf. »Kein Fehler«, stellte er in seiner klangvollen, schönen Stimme fest. »Soll der, welcher sich von seinem Volk und vom Calor Diman abgewendet hat, diese Stunde zu vermeiden suchen.« Er sah stattlich und stolz aus in seinem schwarzen Umhang, der von der goldenen und schwarzen Brosche zusammengehalten wurde.

Niach blickte auf Matt.

»Kein Fehler«, war Matt Sörens knappe Antwort.

Weiter nichts. Wann hatte er, dachte Kim mit einem Kloß in der Kehle, hatte er in all der Zeit, die sie ihn kannte, ein Wort verschwendet? Er stand mit gespreizten Beinen, die Hände auf die Hüften gestützt, und glich den Felsen rings um ihn her, er wirkte ausdauernd und standhaft.

Und dennoch hatte er diese Berge verlassen. Sie dachte in diesem Augenblick an Arthur und die Kinder, die er erschlagen hatte. Sie grämte sich in ihrem Herzen um der Sünden guter Menschen willen, die in einer dunklen Welt gefangen waren und sich nach dem Licht sehnten.

Die Frage, um die es geht, hatte Niach in Seithrs Halle gesagt, *besteht darin, ob der König den See aufgeben kann.* Sie wußte es nicht. Niemand von ihnen wußte es. Sie waren hier, um es herauszufinden. Niach wandte sich erneut zu Kaen und nickte. Kaen ging wieder zu seinem Begleiter hinüber, der das mit dem Tuch verhüllte Kristall emporhielt, und mit einer schwungvollen und zugleich anmutigen Bewegung zog Kaen das Tuch weg.

Kim war es, als hätte sie jemand in den Magen geschlagen. Tränen traten in ihre Augen. Ihr Atem stockte, und sie mußte einige Zeit darum kämpfen, ihn wieder zurückzuholen. Und diese ganze Zeit verfluchte sie in ihrem Innern die schreckliche Ungerechtigkeit, die ätzende, vollkommene Ironie, die darin lag, daß jemand, der so sehr mit dem Bösen verschwägert war, dessen Taten so tief schwarz an der Schwelle seines Herzens standen, über soviel Schönheit verfügen konnte. Er hatte aus dem Kristall den Zauberkessel von Kath Meigol in Miniaturformat geschaffen.

Er sah genauso aus, wie sie ihn auf ihrer langen dunklen Bewußtseinsreise vom Tempel in Gwen Ystrat gesehen hatte. Damals hatte sie sich so weit in die Schwärze von Rakoths Plänen hineingewagt, daß sie niemals mehr hätte zurückkommen können, hätte nicht Ruana gesungen, um sie zu schützen und ihr einen Grund zur Rückkehr zu geben.

Die Form war genau dieselbe, aber alles war irgendwie umgekehrt. Der schwarze Kessel, den sie gesehen hatte, die Quelle des mörderischen Winters in der Mitte des Sommers, und dann der Todesregen, der Eridu entvölkert hatte, war jetzt ein feines, glitzerndes, unaussprechlich schönes Werk aus kristallinem Licht bis hin zu den Runen, die um den Rand herum eingeritzt waren, und dem symmetrischen Muster auf seinem Grund. Kaen hatte das Bild jenes dunklen, zertrümmerten Kessels genommen und daraus ein Kunstwerk gefertigt, das das Sternenlicht ebenso hell einfing wie der See.

Es war ein Gegenstand, nach dem man sich sehnen konnte, nach dem sich jedes einzelne von den sterblichen Kindern des Webers in allen Welten herzinniglich sehnen konnte. Schon für sich genommen als Kunstwerk war es wunderschön, aber auch als Symbol: Es symbolisierte die Wiederkehr vom Tod, von jenseits der Mauern der Nacht, das leidenschaftliche Sehnen all jener, die verdammt waren zu sterben, daß es eine Wiederkehr gäbe oder eine Fortsetzung geben möge, daß das Ende nicht wirklich das Ende sein möge.

Kim blickte auf den Zwerg, der diesen Gegenstand geschaffen hatte, sah, wie er sein Werk betrachtete, und verstand in diesem Augenblick, wie er dazu gekommen war, Maugrim zu befreien und ihm den Kessel auszuhändigen. Sie erkannte, daß Kaen die Seele eines Künstlers besaß, aber die Suche, die Sehnsucht nach Wissen und Schöpfung hatten sich in ihm verselbständigt und den Punkt erreicht, wo der Wahnsinn begann.

Die Verwendung des Kessels war für eine solche Person unwichtig, ihm kam es darauf an zu *finden*, zu wissen, wo er ihn finden könne. Es war alles so abstrakt, verinnerlicht und so umfassend, daß nichts zwischen dem Sucher und seinem alten Verlangen stehen durfte. Ihn kümmerte nicht, ob Tausende oder Zehntausende starben, ob eine Welt oder alle Welten der Finsternis preisgegeben wurden.

Er war ein Genie, und er war verrückt. Er war in einem solchen Maße von sich selbst eingenommen, daß es schon nicht mehr vom Bösen unterschieden werden konnte, und trotzdem hatte er in sich diese Schönheit, die ein Ausmaß erreichte, das Kim sich niemals hätte vorstellen können.

Sie wußte nicht, wie lange sie so standen, gebannt von diesem leuchtenden Gegenstand. Schließlich hustete Niach, es klang fast entschuldigend. Er sagte: »Wir haben Kaens Gabe gesehen.« Seine Stimme war belegt und unsicher. Kim konnte ihn dafür nicht einmal tadeln. Trotz allem, was sie wußte, hätte ihre Stimme kaum anders geklungen.

»Matt Sören?« fragte Niach. Matt ging zu Loren hinüber. Einen Augenblick lang hielt er vor diesem Mann inne, um dessentwillen er diese Berge und diesen See verlassen hatte. Und die beiden wechselten einen Blick, der Kimberly dazu veranlaßte, sich einen Moment von ihnen abzuwenden, denn er war so intim und drückte so vieles aus, was niemanden außer ihnen betraf. Dann zog auch Matt ruhig das Tuch von seinem Kunstwerk weg.

Loren hielt einen Drachen in den Händen.

Er stand zu Kaens Kunstfertigkeit in derselben Beziehung wie das steinerne Tor am Ende der Treppe zu den herrlichen Gewölben, die in Seithrs Halle hineinführten. Er war roh bearbeitet, unpoliert, seine scharfen Ecken waren nicht abgerundet. Wo Kaens Kessel strahlend im Sternenlicht schimmerte, schien Matts Drachen dagegen stumpf. Er hatte zwei große hervorstehende Augen, und sein Kopf war in einem merkwürdigen, verformten Winkel nach oben gerichtet.

Und trotzdem konnte Kim ihre Augen nicht von ihm wenden. Bei den anderen war es genauso, bemerkte sie. Und selbst Kaens schnelles Spottgelächter war in Schweigen übergegangen. Als Kim genauer hinsah, erkannte sie, daß das Rohe, Ungeschliffene beabsichtigt war und nicht aus Unfähigkeit oder Eile resultierte. Es hätte nur wenige Augenblicke gedauert, die Schulterlinie des Drachen zu glätten, und so war es auch mit dem scharfen Rand des weggedrehten Halses. Matt hatte es so gewollt.

Und langsam begann sie zu verstehen. Unwillkürlich erschauerte sie, denn es lag darin eine Kraft jenseits aller Worte, die von der Seele, dem Herzen und einem tieferen Bewußtsein als dem des denkenden Verstandes aufstieg. Denn während Kaen versucht hatte, der Schönheit dieses Ortes Ausdruck zu verleihen (was ihm auch gelungen war), die Sterne einzufangen und zu verwandeln, hatte Matt etwas anderes angestrebt.

Er hatte sich der alten, primitiven Kraft genähert (mehr war es nicht), die Kim gespürt hatte, als sie die Treppen emporstiegen, und die ihr Bewußtsein geradezu überwältigte, sobald sie auf die Wiese getreten waren.

Calor Diman war unendlich viel mehr als ein Ort der Herrlichkeit und des Ruhmes, so sehr er das *auch* war. Er war Urgestein, er war Wurzel. Er beinhaltete das Rohe des Felsens und das Alter der Erde wie auch die kalten Tiefen des Bergwassers. Er war sehr gefährlich. Er war das Herzblut der Zwerge, ihre Macht, und Matt Sören, der durch eine Nacht in dieser hochgelegenen Wiese zum König geworden war, wußte das besser als irgend jemand anders, und seine kristallene Gabe für den See bezeugte es.

Keiner von ihnen dort oben konnte es wissen, und der einzige, der es ihnen vielleicht hätte sagen können, war in Gwen Ystrat gestorben, um den Winter zu beenden, aber selbst jetzt lag eine uralte zerbrochene Steinschale neben einer Spalte in Danas Höhle in Dun Maura. Und diese Schale verkörperte dasselbe nicht in Gedanken zu fassende Bewußtsein des Wesens einer uralten Macht wie Matt Sörens Drachen.

»Du hast das schon einmal getan«, bemerkte Niach ruhig. »Vor vierzig Jahren.«

»Du erinnerst dich?« fragte Matt.

»Ja, aber es sah anders aus.«

»Damals war ich noch jung. Ich dachte, ich müßte mich bemühen, in Kristall die Wahrheit dessen zum Ausdruck zu bringen, was ich gestaltete. Aber jetzt bin ich älter, und einiges habe ich gelernt. Ich bin froh über die Möglichkeit, die Dinge jetzt vor dem Ende wieder zurechtzurücken.«

In Niachs und auch in Ingens Augen zeigte sich widerwillige

Achtung. Lorens Antlitz aber drückte etwas anderes aus: eine Mischung aus dem Stolz eines Vaters, eines Bruders und eines Sohnes. »Also gut«, entschied Niach und reckte sich, so gut es ihm sein Alter erlaubte. »Wir haben eure beiden Kunstwerke gesehen. Nehmt sie jetzt und werft sie in den See. Und möge die Königin des Wassers uns weise leiten.«

Nun nahm Matt Sören seinen Drachen, Kaen seinen glänzenden Kristallkessel, und Seite an Seite entfernten sie sich von den sechs anderen, und im Schweigen dieser Nacht unter den Sternen ... nur der Mond war noch nicht aufgegangen ... erreichten sie das Ufer des Calor Diman und blieben dort stehen.

Die Sterne glitzerten am Himmel und spiegelten sich im See, und einen Augenblick später waren zwei weitere leuchtende Gegenstände über dem Wasser, denn beide Zwerge, die sich nun dem Urteil unterwarfen, schleuderten ihre Kristalle auf den See hinaus. Sie trafen klatschend auf dem Wasser auf, daß das Echo in der brütenden Stille widerhallte, und verschwanden in der Tiefe des Calor Diman.

Kim sah erschauernd, daß auf dem Wasser keine gekräuselten Wellen erschienen, welche die Stelle, wo sie niedergingen, bezeichnet hätten.

Dann kam ein Warten, eine Zeit außerhalb der Zeit, die so sehr mit dem Widerhall dieses Ortes geladen war, daß sie ohne Ende immer weiterzugehen schien, ja, daß sie existiert zu haben schien, seit Fionavar auf dem Webstuhl gewoben ward. Trotz all ihrer Träume und seherischen Gaben hatte Kimberly keine Ahnung, was nun folgen würde, in welcher Form die Antwort des Sees ersichtlich würde. Sie blickte unverwandt auf die beiden Zwerge am Wasserrand, forschte in ihrem eigenen Innern, fand ihre Zwillingsseele, suchte nach einer Antwort für die Frage, die sie selbst nicht beantworten konnte. Aber auch jener Teil von ihr, der Ysanne war, schien dazu nicht in der Lage. Nicht einmal die Träume der alten Seherin oder ihr eigener weiter Wissensspeicher vermochte sich damit zu messen: Die Zwerge hatten ihr Geheimnis viel zu gut behütet.

Und noch während Kim so dachte, sah sie plötzlich, daß der Calor Diman sich bewegte.

Weiß gekrönte Wellen bildeten sich in der Mitte des Sees, und gleichzeitig erklang ein hohes, schrilles Geräusch, ein klagender, gequälter Schrei, wie sie ihn niemals zuvor gehört hatten. Loren, der neben ihr stand, murmelte irgend etwas, das ein Gebet sein mußte. Die kleinen Gischtwellen wurden zu größeren Wogen, der klagende Ton wurde höher und höher, auch die Wellen türmten sich immer mehr und brausten mit einem Male riesig aus dem aufgewühlten Herzen des Wassers zum Strand, als ob Calor Diman sein Zentrum entleere.

Oder daraus emporsteige.

Und in diesem Augenblick kam der Kristalldrache.

Und jetzt brach in Kimberly das Verständnis durch und damit auch ein Gefühl, wie sie es schon so viele Male hinterher gehabt hatte, daß sie es doch schließlich hätte wissen können. Hatte sie nicht die ungeheuerlich große Skulptur eines Drachens gesehen, der den Eingang zu Seithrs Halle beherrschte. Hatte sie nicht Matts Kristallbild gesehen und gehört, was er und Niach zueinander gesagt hatten, hatte sie nicht gewußt, daß an diesem Ort mehr als Schönheit war ... sie hatte doch so eine uralte tiefe Magie wahrgenommen.

Und das war es. Dieser kristallen schimmernde Drachen war die Kraft des Calor Diman. Dies war das Herz, die Seele und das Geheimnis der Zwerge, das sie und Loren nun hatten schauen dürfen. Sie war sich jedoch bitter bewußt, daß dies nur umso mehr ihren Tod bedeuten würde, wenn Kaen in den nun folgenden Geschehnissen siegen würde.

Sie verbannte diesen Gedanken aus ihrem Kopf. Rings um sie her waren alle einschließlich Loren niedergekniet. Sie nicht. Ohne den Impuls, der sie auf den Beinen hielt ... es war Stolz, aber mehr als das ... begegnete sie den leuchtenden Augen des Kristalldrachens, als er sie anblickte, und sie begegnete ihnen mit Achtung, aber aus gleicher Warte.

Trotzdem war es schwer. Der Drache war unvorstellbar schön. Dieses Geschöpf der Bergwiese und der eisigen Tiefen des Bergwassers war im Sternenlicht fast durchscheinend, es glitzerte und erhob sich aus den aufgewühlten Wogen hoch über die beiden knieenden Gestalten der Zwerge an den Ufern des Calor Diman.

Dann breitete der Drache seine Schwingen aus, und Kimberly schrie vor Staunen und Bewunderung auf, denn die Schwingen des Drachens blitzten und strahlten in einer Myriade von Farben wie geschliffene Steine in unendlicher Vielfalt, es war ein Lichterspiel in diesem nächtlichen Bergkessel. Fast wäre sie auf die Knie gesunken, aber wieder hielt sie irgend etwas auf den Beinen, sie beobachtete, ihr Herz tat weh.

Der Drachen flog nicht, sondern schwebte halb über dem Wasser, halb im Wasser. Dann öffnete er sein Maul, und es brachen Flammen daraus hervor, Flammen, die wie Fackeln an den Wänden innerhalb des Berges ohne Rauch brannten. Es waren weißlichblaue Flammen, durch die man dennoch die Sterne sehen konnte. Das Feuer schwand hinweg, die Schwingen des Drachen waren ruhig. Ein kaltes und absolutes Schweigen, ein Schweigen, wie es vielleicht über dem Anfang der Zeit selbst gelegen haben konnte, erfüllte die Wiese. Kim sah, wie sich eine der Klauen des Drachen langsam glitzernd aus dem Wasser löste. Und in dieser Klaue steckte ein Gegenstand, den er dann plötzlich mit einer Art verächtlicher Nachlässigkeit auf das Gras am See stieß. Sie erkannte, was es war.

»*Nein*«, stöhnte sie, und der Ausruf entrang sich ihr wie Fleisch, das aus der Wunde gerissen wird. Weggeworfen auf dem Gras lag blinkend eine Miniaturausgabe eines kristallenen Drachen.

»Warte!« flüsterte Loren scharf und stand auf. Er berührte ihre Hand. »Schau.«

Und sie sah, wie der Drache des Calor Diman seine andere Klaue mit einem zweiten Gegenstand darinnen hob. Und dies war der kristallene Zauberkessel, der so schön funkelte und blitzte, und auch diesen Gegenstand warf der Drache weg, er blieb funkelnd auf dem blaugrünen Gras liegen.

Sie verstand nicht. Sie blickte auf Loren. In seinen Augen stand ein merkwürdiges Leuchten.

Er flüsterte ihr zu: »Schau nochmal hin, Kim, schau genau hin.«

Sie wandte sich wieder zurück. Matt und Kaen knieten am See, der Drache leuchtete über ihnen, sie sahen Sterne, Wogen, die in den See zurückglitten, dunkle Bergklüfte. Sie sah einen kristallenen Kessel und einen kleinen kristallgeschnittenen Drachen nebeneinander auf dem Gras liegen.

Und dann erkannte sie, daß der Drache, der dort lag, ein anderer war, als der, den Matt zuvor dem See geopfert hatte. Hoffnung flammte in ihr auf wie das bläulich-weiße Feuer des Drachens, und in diesem Augenblick stieg noch ein anderes Wesen aus dem Calor Diman. Es war winzig klein, explodierte aus dem Wasser und schlug wild wütend mit seinen Schwingen, die es in der Luft hielten. Dieses Wesen schien jetzt strahlender als jemals zuvor, seine Augen blitzten in der Nacht, sie waren nicht mehr dunkel und leblos.

Es war die Gabe, die Matt aus seinem Herzen geschaffen hatte, und der durch den See Leben verliehen worden war. Der See hatte sein Opfer angenommen.

In die Anwesenden kam hastige Bewegung. Kaen kroch auf den Knien nach vorne, nahm seinen Kessel wieder an sich, stand auf und hielt ihn beschwörend vor sich hin. »Nein«, flehte er. »Warte!«

Mehr Zeit blieb ihm nicht. Die Zeit ging für ihn zu Ende. An diesem hochgelegenen Ort der Schönheit, der so viel mehr war, manifestierte sich nun einen Augenblick lang die ihm innewohnende Kraft ... aber dieser Augenblick war genug. Der Drache des Sees, der Hüter der Zwerge, öffnete sein Maul und ein zweites Mal schossen die Flammen daraus hervor. Aber diesmal nicht in die Bergluft hinaus, nicht als Warnung oder Machtdemonstration ... das Drachenfeuer traf Kaen von Banir Lök, wo er stand und mit ausgebreiteten Armen seine abgewiesene Gabe von neuem darbot, und es verzehrte ihn vollständig, äscherte ihn ein. Einen schrecklichen Augenblick lang sah Kim, wie sein Körper sich in der durchscheinenden Flamme wand, dann war er verschwunden. Nichts blieb von ihm übrig, nicht einmal der Kristallkessel, den er angefertigt hatte. Das bläulich-weiße Feuer schwand hinweg, und dann kniete Matt Sören allein am Seeufer.

Er streckte den Arm aus und ergriff den Kristalldrachen neben sich, den er vor vierzig Jahren gefertigt hatte, als er vom See zum König gemacht worden war. Erst jetzt erkannte sie es, während Loren es vom ersten Augenblick an verstanden hatte. Matt erhob sich langsam und stand nun vor dem Drachen des Calor Diman. Kim schien es, als läge ein farbiges Strahlen in der Luft.

Dann sprach der Drache: »Du hättest nicht weggehen sollen«, bedauerte er in uraltem Kummer.

Es war eine so tiefe Traurigkeit, die auf diesen wilden Ausbruch magischer Kraft folgte. Matt senkte seinen Kopf.

»In jener Nacht hatte ich deine Gabe angenommen«, fuhr der Drache in einer Stimme fort, die wie der Bergwind kalt, klar und einsam klang. »Ich habe sie angenommen wegen des Mutes, der unter dem Stolz deiner Gabe lag. Ich habe dich zum König unter Banir Lök gemacht. Du hättest nicht weggehen sollen.«

Matt blickte hinauf und ließ zu, daß das Gewicht des kristallenen Blickes des Drachen in ihn eindrang. Noch immer verharrte er in Schweigen. Kim bemerkte, daß Loren neben ihr leise weinte.

»Trotzdem«, hub der Drache vom See von neuem an, und in seiner Stimme klang ein neuer Ton, »trotzdem, Matt Sören, hast du dich verändert, seit du von hier weggegangen bist. Du hast ein Auge in den Kriegen verloren, die du nicht wirklich für unser Volk gefochten hast, aber mit dieser zweiten Gabe hast du heute nacht gezeigt, daß du mit einem Auge noch tiefer in mein Wasser blicken kannst, als andere der Zwergenkönige dies je vermochten.«

Kimberly biß sich auf die Lippe. Sie ließ ihre Hand in Lorens Hand gleiten, in ihrem Herzen war ein Strahlen.

»Du hättest nicht weggehen sollen«, hörte sie den Drachen sagen, »aber angesichts dessen, was du heute nacht getan hast, will ich annehmen, daß ein Teil von dir niemals wirklich weggegangen ist. Sei willkommen, Matt Sören, und höre mich: Ich ernenne dich zum wirklichsten von allen Königen, die jemals unter Banir Lök regiert haben.«

Licht, soviel Licht: Es erschien eine rosafarbige Andeutung der heftigsten, tiefrote Beleuchtung.

»O Kim, nein!« schrie Loren plötzlich mit halberstickter, verzweifelter Stimme. »Nicht das, bitte, nicht das!«

Im Kielwasser des Wissens, des bitteren, bittersten und immer wiederkehrenden Verständnisses brannte das Licht zu Asche. *Natürlich* war Licht auf der Wiese. *Sie* war ja hier. Und der Baelrath flammte in wildem Drängen auf ihrer Hand.

Matt fuhr auf Lorens Aufschrei hin herum. Er blickte auf den Ring, den er Kim gerade erst zurückgegeben hatte, und sie las in seinem Gesicht die grausamste Angst, und so verwandelte sich dieser Augenblick des höchsten Triumphes, der Augenblick seiner Rückkehr in etwas, das schrecklich, unaussprechlich schrecklich war.

Sie hätte alles darum gegeben, jetzt nicht hier zu sein, nicht zu verstehen, was dieses gebieterische Flammen bedeutete. Aber sie *war* hier, und sie wußte es. Und sie war nicht vor dem Drachen niedergekniet, weil sie sich irgendwo in ihrem Inneren bewußt gewesen war, was nun folgen würde.

Und es war geschehen. Wieder trug sie den Kriegsstein, und er leuchtete, um in den Krieg zu rufen, um den Kristalldrachen aus seinem Bergkessel zu zwingen. Kim hatte überhaupt keine Illusionen, und der Anblick von Matts schreckerfülltem Antlitz hätte ihr auch alle geraubt, die ihr noch geblieben waren. Der Drache konnte den See nicht verlassen, nicht wenn er blieb, was er immer gewesen war: ein uralter Wächter, der Schlüssel zu der Seele, des Herzens tiefes Symbol dessen, was die Zwerge waren. Was sie sich jetzt zu tun anschickte, würde das Volk der Zwillingsberge ebenso und noch viel mehr erschüttern und zerschmettern als die Paraiko in Kath Meigol.

Die kristallene Kraft des Calor Diman, die Maugrims Todesregen überdauert hatte, würde dem Feuer, das sie trug, nicht widerstehen können. Nichts konnte ihm widerstehen. Matt drehte sich weg. Loren gab ihre Hand frei.

Ich habe keine Wahl! schrie sie. Sie schrie es in ihrem Herzen, nicht laut. Sie wußte, warum der Stein brannte. In diesem Geschöpf des Sees ruhte eine ungeheure Kraft, und bereits sein Strahlen machte es zu einem Teil des Heeres, das für das Licht kämpfte. Sie waren im Krieg mit der Finsternis, mit den unzähligen Legionen Rakoths. Sie hatte den Ring nicht ohne Grund hierher getragen, und das war der Grund.

Sie trat nach vorne zu den Wassern des Calor Diman, die sich jetzt beruhigt hatten. Sie blickte auf und sah, daß die klaren Augen des Drachen furchtlos, wenn auch unendlich traurig auf ihr ruhten. Seine Kraft wurzelte tief in Fionavar, und gleichzeitig wußte er, daß Kim über eine Macht verfügte, die ihn binden und für immer verändern würde.

Der Baelrath auf ihrer Hand pulsierte nun so heftig, daß die ganze Wiese und alle Bergklüfte von seinem Glühen erleuchtet wurden. Kim erhob ihre Hand. Sie dachte an Macha und Nemain, die Kriegsgöttinnen. Sie dachte an Ruana und die Paraiko, erinnerte sich an das Kanior, das letzte Kanior. Ihretwegen das letzte.

Sie dachte an Arthur, an Matt Sören, der jetzt nicht auf sie hinblickte, damit sie nicht das Flehen in seinem Gesichtsausdruck sehen könne.

Sie dachte an das Böse, das gute Menschen im Namen des Lichtes getan hatten, sie dachte an Jennifer in Starkadh. Der Krieg war über ihnen, er war überall und bedrohte die Lebenden und alle, die nach ihnen kommen würden, mit der schrecklichen Herrschaft der Finsternis.

»Nein«, sagte Kimberly Ford ruhig und mit vollkommener Entschlossenheit. »Ich bin bis hierher gekommen und habe dies alles getan. Ich will auf diesem Weg nicht weitergehen. Es gibt einen Punkt, wo die Suche nach dem Licht zu einem Dienst für die Finsternis wird.«

»Kim ...« begann Matt. In seinem Gesicht arbeitete es.

»Schweig!« gebot sie streng, denn sie wußte, sie würde zusammenbrechen, wenn sie ihn sprechen hörte. Sie kannte ihn, und sie wußte, was er sagen würde. »Komm hier neben mich! Loren! Auch Niach! Ich brauche euch!« Ihr Verstand raste nun so schnell wie immer.

Sie kamen auf sie zu, angezogen durch das Brennen auf ihrer Hand, aber mindestens ebenso sehr durch die Macht in ihrer Stimme ... es war die Stimme der Seherin. Sie wußte genau, was sie tat und was es bedeuten könnte, sie war sich der Folgen zutiefst bewußt. Und sie würde sie auf sich nehmen. Auch wenn ihr Name von jetzt an bis zum Ende aller Zeiten zum Fluch würde, wollte sie nicht zerstören, was sie in dieser Nacht gesehen hatte.

In den kristallenen Augen leuchtete Verständnis auf. Langsam breitete er seine Schwingen aus ... ein Vorhang des Segens in mannigfaltigen Farben, glitzernd und schimmernd. Aber das erzeugte keine Illusionen bei Kim.

Die beiden Zwerge und der einstige Magier standen nun neben ihr. Die Flamme auf ihrer Hand trieb sie noch immer dazu, den Drachen zu beschwören. Sie *verlangte* danach. Es war Krieg, und es war notwendig! Zum letzten Mal begegnete sie den Augen des Drachens.

»Nein«, rief sie noch einmal mit der ganzen Überzeugung ihrer Seele ... ihrer zwei Seelen.

Und dann verwendete sie das strahlende, überwältigende Flammen des Ringes nicht, um den Drachen der Zwerge zu binden, sondern sich und die drei anderen über die Berge zu heben und diesen verborgenen Ort des Sternenlichtes und der Verzauberung weit hinter sich zu lassen. Der Weg, den sie zurücklegten, war jedoch nicht so lang, wie der, den sie zuvor hinter sich gebracht hatten, als sie bei den Zwillingsbergen ankamen.

Die Kraft des Baelrath, der im Kriegsfeuer flammte, ergriff sie, sie trat in sie ein, sah, wohin sie gehen mußten, sammelte dieses Wissen und trug sie dann dorthin.

Sie gingen in einem Strahlenkranz von violettem Licht nieder und befanden sich in einer Lichtung, in einer Lichtung im Wald von Gwynir, nahe an der Grenze von Daniloth.

»Es ist jemand hier!« schrie eine Stimme schrill. Eine andere Stimme gab die Warnung weiter: Es waren die Stimmen von Zwergen aus dem Heer, das Blöd befehligte. Sie waren gerade rechtzeitig gekommen!

Kim war durch den Schwung der Landung auf die Knie gegangen und sah Dave Martyniuk keine zwei Meter von sich entfernt mit einer Axt in seiner Hand. Hinter ihm erkannte sie mit einer Ungläubigkeit, die an Verblüffung grenzte, Faebur und Brock, die ihre Schwerter gezogen hatten. Es blieb keine Zeit zu überlegen.

»Niach!« schrie sie. »Gebiete ihnen Einhalt!«

Und der betagte Führer der Zwergenversammlung ließ sie nicht im Stich. Schneller als sie es ihm jemals zugetraut hätte, trat er zwischen Dave und die drei Zwerge, die ihn bedrohten, und er schrie: *»Zurück die Pfeile und Schwerter, Volk der Berge!* Niach von der Ratsversammlung befiehlt es euch im Namen des Zwergenkönigs!«

In diesem kurzen Augenblick donnerte aus ihm die Befehlsgewalt. Die Zwerge erstarrten. Langsam senkte Dave seine Axt und Faebur seinen Bogen.

Im knisternden Schweigen der Waldlichtung verkündete Niach dann sehr deutlich: »Hört mir zu. Heute nacht wurde ein Urteil an den Ufern des Calor Diman gefällt. Matt Sören ist gestern in unsere Berge zurückgekehrt, und nachdem ein Wortkampf zwischen ihm und Kaen in Seithrs Halle stattgefunden hatte, entschied die Versammlung, daß die Entscheidung dem See überantwortet wurde. Und so geschah es auch in dieser Nacht. Ich muß euch mitteilen, daß Kaen tot ist, er wurde vom Feuer des Sees vernichtet. Der Geist von Calor Diman ist in dieser Nacht hervorgekommen, ich habe ihn mit meinen eigenen Augen gesehen, und ich habe gehört, daß er Matt Sören von neuem zu unserem König ernannt hat, und mehr noch: Er nannte ihn den wirklichsten von allen Königen, die jemals unter den Bergen regiert haben.«

»Du lügst!« unterbrach ihn eine rauhe Stimme. »Nichts davon ist wahr. Rinn, Nemedh, *ergreift* ihn!« Blöd zeigte mit zitterndem Finger auf Niach.

Niemand bewegte sich.

»Ich bin der Erste der Versammlung«, erklärte Niach ruhig. »Ich kann nicht lügen, du weißt, daß das die Wahrheit ist.«

»Ich weiß, daß du ein alter Dummkopf bist«, schnarrte Blöd. »Warum sollten wir uns durch dieses Kindermärchen täuschen lassen? Du kannst ebenso lügen wie alle anderen von uns, Niach! Besser sogar noch als ...«

»Blöd«, gebot der König der Zwerge, »hör auf. Es ist vorbei.« Aus der Dunkelheit der Bäume schritt Matt nach vorne. Mehr sagte er nicht, und seine Stimme war nicht laut gewesen, doch der Befehlston war vollkommen und unmißverständlich.

In Blöds Augen zuckte es krampfartig, aber er entgegnete nichts. Hinter ihm schwoll ein Murmeln an und verbreitete sich nach hinten über das ganze Heer bis an den Rand der Lichtung und noch darüber hinaus, wo die Zwerge zwischen den immergrünen Bäumen geschlafen hatten. Jetzt schliefen sie nicht mehr.

»O mein König!« schrie eine Stimme. Brock von Banir Tal stolperte nach vorne, warf seine Axt weg und kniete zu Matts Füßen nieder.

»Es leuchte die Stunde, da wir uns begegnen«, sagte Matt förmlich zu ihm. Er legte eine Hand auf Brocks Schulter. »Aber warte jetzt, mein alter Freund, denn es gibt noch etwas zu tun.« In seiner Stimme lag etwas, das Kim an das Eisenschloß am Tor zur Wiese von Calor Diman erinnerte.

Brock zog sich zurück. Langsam legten sich das Murmeln und die Schreie im Heer. Ein aufmerksames Schweigen senkte sich herab. Hin und wieder hustete jemand, hin und wieder knackte ein zerbrochener Zweig auf dem Boden.

In dieser Stille pflanzte sich Matt Sören vor Blöd auf, der in

Starkadh gedient hatte, der Jennifer dieses Leiden zugefügt hatte und der gerade jetzt die Zwerge dem Heer der Finsternis zuführte. Blöds Augen schossen hin und her, aber er versuchte nicht, sich zu entschuldigen, zu fliehen oder wegzulaufen. Kim hatte gedacht, er sei ein Feigling, aber damit hatte sie unrecht. Keinem der Zwerge mangelte es offensichtlich an Mut, selbst jenen nicht, die sich dem Bösen ergeben hatten.

»Blöd von Banir Lök, dein Bruder ist heute nacht gestorben. Und auch dein Drache wartet jetzt auf dich auf der Mauer der Nacht, um über dich zu urteilen. In Anwesenheit unseres Volkes will ich dir gewähren, was du nicht verdienst: ein Recht auf Zweikampf und ein Leben in Verbannung, wenn du überlebst. Als Buße für meine eigenen Fehlhandlungen, die nicht wenige sind, werde ich in diesem Wald mit dir kämpfen, bis einer von uns tot ist.«

»Matt, nein!« rief Loren aus.

Matt hielt eine Hand in die Höhe, er drehte sich nicht um. »Aber zuerst«, fuhr er unbeirrt fort, »möchte ich die hier Versammelten um Erlaubnis bitten, daß ich diesen Kampf selbst fechte. Es sind sehr viele hier, die einen Anspruch auf deinen Tod haben.«

Dann drehte er sich um und blickte als erstes auf Faebur. »Hier sehe ich einen, dessen Gesicht erkennen läßt, daß er aus Eridu stammt. Habe ich die Erlaubnis, diesen Tod für dich und im Namen deines Volkes für mich zu fordern, Fremder aus Eridu?«

Der junge Mann trat einen Schritt nach vorne. »Ich bin Faebur aus dem einstigen Larak«, sagte er. »König der Zwerge, ich gebe dir die Erlaubnis, dies für mich und für all die Regentoten von Eridu zu tun. Auch im Namen eines Mädchens, das Arrian hieß, das ich liebte und das jetzt nicht mehr ist. Der Weber lenke deine Hand.« Er zog sich mit einer Würde zurück, die seine Jahre Lügen strafte.

Wieder wandte sich Matt einem anderen zu. »Dave Martyniuk, auch du hast einen Anspruch darauf. Denn eine Frau aus deiner Welt hat gelitten, und ein Mann aus deiner Welt ist gestorben. Willst du diesen Anspruch mir überlassen?«

»Ich will«, erklärte Dave feierlich.

»Mabon von Rhoden?« fragte Matt.

Und Mabon antwortete ernst: »Im Namen des Großkönigs

ersuche ich Euch, für das Heer von Brennin und Cathal zu handeln.«

»Levon dan Ivor?«

»Diese Stunde kennt seinen Namen«, sagte Levon. »Kämpfe für die Dalrei, Matt Sören, für die Lebenden und die Toten.«

»Niach?«

»Kämpfe für die Zwerge, König der Zwerge.«

Erst dann zog Matt seine Axt aus dem Gürtel und wandte sich wieder Blöd zu, der voller Verachtung auf ihn wartete. Matts Gesicht war jetzt fest und grimmig wie das Gestein der Berge.

»Habe ich dein Wort?« fragte Blöd jetzt, mit einer scharfen, unangenehmen Stimme, die der seines Bruders so wenig ähnelte, »daß ich unbehelligt von diesem Ort weggehe, wenn du tot zurückbleibst?«

»Ja«, versicherte Matt, »und ich erkläre dies in Gegenwart des Ersten der Versammlung und . . .«

Blöd hatte nicht gewartet. Noch während Matt sprach, hatte er sich seitlich in den Schatten geworfen und aus dem Hinterhalt einen Dolch direkt auf Matts Herz geschleudert.

Matt gab sich nicht einmal die Mühe auszuweichen. Ohne Eile, als ob ihm die ganze Zeit der Welt zur Verfügung stünde, parierte er die Klinge mit seiner Axt, so daß sie ins Gras fiel, ohne Schaden anzurichten. Blöd fluchte, rappelte sich auf und griff nach seiner Waffe.

Aber er konnte sie nicht mehr berühren.

Matt Sören warf seine Axt mit der ganzen Kraft seines Armes und der Leidenschaft seines Herzens, und sie flog wie ein Werkzeug der Götter, wie eine Kraft endgültiger Gerechtigkeit, die immer siegen würde, durch die vom Feuer erleuchtete Lichtung und traf Blöd zwischen den Augen, vergrub sich in seinem Gehirn und tötete ihn auf der Stelle.

Niemand schrie, niemand klatschte oder jubelte, in der Lichtung und dahinter schien ein kollektives Seufzen aufzusteigen und zu schwinden, das von den Zwergen kam, die zwischen den Bäumen und auf der Lichtung standen. Kim hatte plötzlich das Bild eines bösartigen Geistes mit Fledermausflügeln vor sich, der sich erhob, um wegzufliegen. Ein Drachen wartete auf ihn, hatte Matt gesagt. So möge es sein, dachte sie. Sie blickte auf den Körper des Zwerges, der Jennifer so grausam angefallen hatte, und irgendwie schien ihr, daß das nicht ausreichte, um sie zu rächen. Dieser blutige von Fackeln erleuchtete Körper in Gwynir war keine Antwort auf das, was sie erlitten hatte.

O Jen, dachte sie, *er ist jetzt tot, ich kann dir sagen, daß er jetzt tot ist.* Es war nicht so bedeutsam, wie sie einstmals geglaubt hatte, es war nur eine weitere Etappe auf dieser schrecklichen Reise. Und sie mußten noch weit gehen.

Aber sie hatte keine Zeit mehr, um nachzudenken, und das war ein großer Segen. Brock und Faebur rannten auf sie zu, und sie umarmte sie beide voller Freude. Inmitten all der Geräusche, die nun immer lauter wurden, war noch Zeit für eine schnelle Frage nach Dalreidan, und als sie hörte, wer er wirklich war, freute und wunderte sie sich gleichermaßen.

Dann stand sie schließlich vor Dave, der natürlich als letzter kam. Sie strich ihr Haar von den Augen und sah zu ihm auf.

»Also ...« begann sie.

Und weiter kam sie nicht.

Sie verschwand in einer Umarmung, die sie vollständig vom Boden abhob und den letzten Rest von Luft aus ihren Lungen zu quetschen drohte. »Niemals«, flüsterte er, indem er sie festhielt und seinen Mund an ihr Ohr brachte, »niemals in meinem ganzen Leben bin ich so glücklich gewesen, jemanden kommen zu sehen!«

Er ließ sie herab, und sie glitt zu Boden, stolperte und rang wie wild nach Luft. Mabon von Rhoden schmunzelte. Sie wußte, daß sie übers ganze Gesicht grinste wie eine Verrückte.

»Ich auch«, sagte sie plötzlich und wurde sich mit einem Male bewußt, wie wahr es war. »Ich auch!«

»Hm!« machte Levor dan Ivor und hustete höchst auffällig und gespielt. Sie drehten sich um und sahen, daß er ebenso breit grinste wie sie selbst. »Ich hasse es, mit kleinen unwichtigen Dingen zu stören«, entschuldigte sich der Sohn des Aven und bemühte sich, ironisch zu klingen. »Aber wir haben die Aufgabe, den Großkönig über die Ereignisse der heutigen Nacht aufzuklären, und wenn wir zurück sein wollen, bevor Torc und Sorcha falschen Alarm schlagen, sollten wir uns jetzt in Bewegung setzen.«

Aileron. Sie würde auch Aileron jetzt wiedersehen. So viel

geschah in so schneller Abfolge. Sie holte Atem, und als sie sich umdrehte, wurde sie gewahr, daß Matt zu ihr herübergekommen war.

Ihr Lächeln verschwand. Unter den immergrünen Bäumen von Gwynir sah sie vor sich den Kristallsee und einen Drachen, der daraus emporstieg, dessen glitzernde Schwingen weit ausgebreitet waren. Es war ein Ort, den sie niemals mehr betreten würde, nicht unter Sternen, nicht unter der Sonne, nicht unter dem Mond. Sie war eine Seherin, sie wußte, daß es so war. Sie und Matt blickten einander lange an.

Schließlich sagte er: »Der Ring ist dunkel.«

»Ja«, bestätigte sie und mußte nicht einmal herabschauen. Sie wußte es. Sie wußte auch noch etwas anderes, aber das war die Last, die sie selbst tragen mußte, nicht er. Sie erwähnte nichts davon.

»Seherin«, begann Matt. Er hielt inne. »Kim. Du hättest ihn binden sollen, nicht? Du hättest ihn in den Krieg rufen sollen?« Nur Loren und Niach, die hinter Matt standen, konnten wissen, worüber er sprach.

Sie setzte ihre Worte sorgfältig, als sie erwiderte: »Matt, wir haben die Wahl, wir sind nicht Sklaven, nicht einmal die Sklaven unserer Gaben. Ich habe mich entschieden, den Ring auf andere Weise zu verwenden.« Mehr sagte sie nicht. Sie dachte an Darien, als sie über die freie Wahl sprach und erinnerte sich, wie er an einem brennenden Baum vorbei nach Pendaran hineinrannte.

Matt holte tief Luft und nickte dann langsam. »Darf ich dir danken?« fragte er.

Das war schwierig, aber alles war jetzt schwierig. »Noch nicht«, beschied sie ihm. »Warte und beobachte. Vielleicht willst du es nicht. Aber ich glaube, daß wir nicht lange warten müssen.«

Das letzte sprach sie in der Stimme der Seherin, und deshalb wußte sie, daß es wahr war.

»Gut«, bemerkte Matt. Er wandte sich an Levon: »Du sagst, daß du den Großkönig benachrichtigen mußt. Wir werden morgen zu euch stoßen. Die Zwerge haben eine schlimmere Zeit durchlebt als irgend jemand sonst in unserer Zeit. Wir werden heute nacht in diesen Wäldern unter uns bleiben und uns mit unserer Vergangenheit auseinandersetzen. Richte Aileron aus, daß wir ihn hier treffen werden, wenn er kommt und daß Matt Sören, der König der Zwerge, sein Volk dann dem Heer des Lichtes zuführen wird.«

»Ich will es ihm berichten«, versprach Levon einfach. »Kommt, Tabor, Mabon, Faebur.« Er blickte auf Kim, und sie nickte. Mit Loren und Dave zu ihrer Rechten und Linken folgte sie Levon nach Süden.

»*Warte!*« schrie Matt plötzlich. Zu ihrem Erstaunen hörte Kim wirkliche Furcht in seiner Stimme. »Loren, wohin gehst du?«

Loren drehte sich um, und in sein durchfurchtes Gesicht trat ein Ausdruck der Hilflosigkeit. »Du hast uns doch gebeten wegzugehen«, begründete er sein Handeln. »Du hast uns doch gebeten, die Zwerge heute nacht alleine zu lassen.«

Matts finster entschlossenes Gesicht schien sich im Licht des Feuers zu verändern. »Nicht du«, flüsterte er leise. »Niemals du, mein Freund. Du wirst mich doch jetzt sicher nicht verlassen?«

Die beiden blickten einander auf eine Art und Weise an, die den Eindruck erzeugte, als seien sie inmitten vieler Menschen völlig allein. Und dann begann Loren ganz langsam zu lächeln.

Als Kim und Dave Levon aus der Lichtung in die Dunkelheit der immergrünen Bäume folgten, hielten sie einen Augenblick lang an und blickten zurück. Sie sahen Matt Sören mit Brock auf der einen Seite und Loren Silbermantel auf der anderen Seite. Matt hatte seine Fingerspitzen vor der Brust aneinandergelegt, die Handflächen hielt er in einem kleinen Abstand voneinander, es schien, als bildete er mit seinen Händen einen Berggipfel. Und einer nach dem anderen gingen die Zwerge von den Zwillingsbergen zu ihm hin, knieten vor ihm nieder und legten die Hände in die seinen, in den Schutz des Berges, den der Zwergenkönig schuf.

TEIL IV

Andarien

Kapitel 14

Auf eine Art war es leichter gewesen, als sie es hatte erwarten dürfen, dachte Leila, während sie den letzten Tönen der Morgenklage für Liadon lauschte. Sie stand allein hinter dem Altar und konnte über all die anderen hinblicken, sie war der Axt am nächsten, achtete aber sorgfältig darauf, sie nicht zu berühren, denn das war nur der Hohenpriesterin erlaubt.

Dennoch stand sie ihr am nächsten. Sie war fünfzehn Jahre alt, und gerade erst mit dem Grau der Priesterinnen bekleidet worden, und doch hatte Jaelle sie ernannt, an ihrer Stelle zu zelebrieren, während die Hohepriesterin von Paras Derval abwesend war. Schwarzbraun, dann grau und schließlich rot. Jetzt gehörte sie zu den Mormae. Jaelle hatte sie davor gewarnt, daß es hier im Tempel zu Schwierigkeiten kommen könnte.

Daß es bisher keine gegeben hatte, lag großteils an der Angst.

Sie hatten alle ein wenig vor ihr Angst, seit sie vor vier Nächten Owein und die Wilde Jagd gesehen, als sie zur Schlacht bei Celidon eintrafen und dann als Kanal für Ceinwens Stimme gedient hatte. Und das war im Heiligtum gewesen, so fern von dem Fluß, wo die Göttin sich befand. In der überhitzten Atmosphäre des Kriegs hallte diese Manifestation ihrer beunruhigenden Kräfte noch immer im Tempel wider.

Leider konnte ihr das mit Gwen Ystrat nicht weiterhelfen, mit Audiart war alles ganz anders. Dreimal während der anderthalb Tage nach Jaelles Abreise hatte die Zweite der Göttin Leila mittels der versammelten Mormae in Morvran zu erreichen versucht. Und dreimal hatte Audiart gnädigst angeboten, nach Paras Derval zu ziehen, um dem armen bedrängten Kind, das in einer so schrecklichen Zeit unfairerweise mit einer so schweren Last beladen worden war, zu helfen.

Leila hatte all die Klarheit und Festigkeit, deren sie fähig war, aufbieten müssen, um sie zurückzuhalten. Sie wußte genausogut, was auf dem Spiel stand wie alle anderen. Wenn Jaelle nicht zurückkehren würde, so würde Leila, die in einer Kriegszeit zur

Stellvertreterin der Hohenpriesterin ernannt worden war, selbst zur Hohenpriesterin werden.

Die normalen Rituale der Amtsnachfolge, die in Friedenszeiten galten, waren jetzt außer Kraft. Zudem wußte sie auch, daß Jaelle eines ganz klargestellt hatte: Audiart sollte es *nicht* erlaubt werden, zum Tempel zu kommen.

Während der letzten Geistverbindung hatte sie es mit Diplomatie versucht, aber das war nutzlos gewesen. Jaelle hatte sie bereits auf diese Möglichkeit aufmerksam gemacht und ihr dann ein anderes Vorgehen erklärt, aber dadurch wurde es für ein fünfzehnjähriges Mädchen, das sich mit der schrecklichsten Gestalt unter den Mormae auseinandersetzen mußte, auch nicht leichter.

Dennoch hatte sie es vollbracht. Sie wunderte sich selbst über die erstaunliche Klarheit ihrer Geiststimme während der Geistverbindungen, und aufgrund dieser Klarheit war sie imstande, als stellvertretende Hohepriesterin zu sprechen und die Göttin nacheinander mit ihren neuen Namen anzurufen, um Audiart förmlich zu befehlen, daß sie genau dort bleibe, wo sie war, nämlich in Gwen Ystrat, und keine weiteren Geistverbindungen initiieren solle. Sie selbst, Leila, hatte viel zu viel zu tun, als daß sie noch eine weitere von diesen Mitteilungen hätte zulassen können, welche die Kraft des Avarlith erschöpften.

Und dann hatte sie die Geistverbindung abgebrochen.

Das war letzte Nacht gewesen. Danach hatte sie nicht sehr gut geschlafen, ihre Träume waren wirr. In einem davon donnerte Audiart auf irgendeinem sechsfüßigen Roß über die breiten Landstraßen von Morvran zum Tempel, um sie mit kalten Flüchen aus Jahrtausenden zu treffen und zu bannen.

Auch andere Träume waren durch ihren Schlaf gezogen, die nichts mit den Mormae zu tun hatten. Leila verstand nicht, wie ihr Bewußtsein arbeitete, woher ihre wirbelnden Vorahnungen kamen, aber sie begleiteten sie die ganze Nacht.

Die meisten davon bezogen sich auf Finn, und das beunruhigte sie am meisten, da sie wußte, wer er wirklich war und mit wem er ritt.

Darien war sich noch nicht einmal darüber im klaren, daß er zeitlos über Daniloth verharrt hatte. Seiner Meinung nach war er die ganze Zeit mit dem Dolch im Schnabel nach Norden geflogen. Als er das Schattenland verließ und über Andarien hervorkam, war es Abend und nicht Morgen, aber er kannte die Geographie dieser Gegend nicht, und deshalb machte er sich darüber auch keine Gedanken. Außerdem war es ohnehin schwierig, in der Eulengestalt klar zu denken, und er war inzwischen sehr müde geworden. Er war von Brennin zum Anor Lisen geflogen, hatte dann den Heiligen Hain durchquert, war von dort nach einer schlaflosen Nacht nach Daniloth weiter gezogen und dann noch einen ganzen weiteren Tag bis hierher, immer auf dem Weg zu seinem Vater.

Er flog durch die dichter werdende Dunkelheit, und mit seinem scharfen Sehvermögen konnte er auch in der dunklen Nacht erkennen, daß sich unter ihm in der Öde dieses Landes eine unvorstellbar riesige Armee sammelte. Er wußte, wer sie waren, aber er ging nicht tiefer, verlangsamte seinen Flug auch nicht, um Genaueres erkennen zu können. Er hatte noch einen weiten Weg vor sich.

Unter ihm hob eine schmale Gestalt mit narbenbedecktem Gesicht plötzlich den Kopf und warf einen scharfen Blick auf den sich verdunkelnden Himmel. Nichts zeigte sich dort oben außer einer einzelnen Eule, deren Gefieder trotz der veränderten Jahreszeit noch immer weiß war. Galadan bobachtete, wie sie nach Norden flog. Über Eulen gab es einen alten Aberglauben: Sie verhießen Glück oder Unglück, je nachdem in welcher Richtung sie am Himmel kreisten.

Diese hier aber flog pfeilgerade nach Norden über die Armee der Finsternis. Der Wolfsfürst sah ihr nach, bis sie verschwand. Eine namenlose Unruhe quälte ihn. Das lag wohl an der Farbe, diesem merkwürdigen Weiß bei Sonnenuntergang über diesem Ödland, vermutete er. Er verdrängte sie aus seinem Bewußtsein. Jetzt, da der Schnee verschwunden war, war Weiß eine sehr gefährdete Farbe, und diese Nacht mußten noch etliche Schwäne vom Norden zurückkommen. Die Eule würde wahrscheinlich keine Chane haben zu überleben.

Und so sah es auch aus.

Einige Stunden später war Darien noch müder geworden, und die Müdigkeit machte ihn sorglos. Nur einen einzigen Augenblick, bevor die gräßlichen Krallen eines schwarzen Schwanes aus Avaias Brut sein Fleisch berührten, wurde er sich der Gefahr bewußt. Er kreischte auf, ließ dabei fast seinen Dolch fallen und kurvte in scharfem Bogen schräg nach unten. Trotzdem riß ihm eine der Krallen noch ein halbes Dutzend Federn aus den Flügeln.

Ein weiterer riesiger schwarzer Schwan stürzte auf ihn zu, seine Schwingen peitschten die Luft. Darien drehte verzweifelt nach rechts ab und zwang sich zu einem steilen Aufstieg . . . gerade auf den letzten der drei schwarzen Schwäne zu, der hinter den anderen beiden geduldig auf genau diese Bewegung gewartet hatte. Trotz all ihrer vielgerühmten Klugheit waren die Eulen im Kopf ziemlich berechenbar. Mit mörderischem Grinsen wartete der dritte Schwan auf die kleine weiße Eule, begierig, seinen beständigen Durst nach Blut zu stillen.

In Dariens Brust siegte die Angst über die Müdigkeit, und auf den Schrecken folgte ein rotes Aufwallen von Wut. Er versuchte noch nicht einmal, diesem letzten Schwan auszuweichen, er flog gerade auf ihn zu, und einen Augenblick, bevor sie aufeinanderstießen . . . was ihn mit Sicherheit das Leben gekostet hätte . . . ließ er seine Augen so rot aufflammen, wie er nur konnte. Mit demselben Feuerstrahl, mit dem er den Baum versengt hatte, verbrannte er auch den Schwan zu Asche. Er hatte nicht einmal Zeit aufzuschreien.

Darien wechselte wieder die Richtung, in ihm pulsierte die Wut. Er traf die beiden anderen Schwäne mit demselben roten Feuer, und auch sie starben.

Er sah zu, wie sie auf die dunkle Erde unter ihm hinabfielen. Die Luft um ihn her war voll vom Gestank versengter Federn und verbrannten Fleisches. Er fühlte sich plötzlich schwindelig und überwältigend schwach. In einem langsamen, sachten Gleiten senkte er seinen Flug nach unten und schaute nach irgendeinem Baum aus. Er fand keinen, nicht in Andarien, wo seit tausend Jahren kaum noch etwas gewachsen war.

Da er nichts Besseres finden konnte, ließ er sich auf dem Abhang eines kleinen Hügels nieder, der von Rundlingen und scharf gezackten Steinen übersät war. Es war kalt. Der Wind blies aus dem Norden und pfiff durchdringend, wenn er an den Felsen vorbeistrich. Am Himmel leuchteten einige Sterne, und im Osten hatte sich der abnehmende Mond gerade über den Horizont erhoben. Er bot jedoch keinen Trost, sondern warf nur ein kühles dünnes Licht über die steinige Landschaft, das verkümmerte Gras.

Darien nahm wieder seine eigene Gestalt an. Er blickte um sich. Soweit er in der leeren Nacht sehen konnte, bewegte sich nichts. Er war vollständig allein. Mit einer Geste, die ihm in den vergangenen zwei Tagen zum Reflex geworden war, obwohl er sich dessen nicht bewußt war, berührte er den Stein im Reif von Lisen. Er war so kühl, dunkel und fern, wie er immer schon gewesen war, seit er das Diadem aufgesetzt hatte. Er konnte sich daran erinnern, wie es in den Händen der Seherin geschimmert hatte. Diese Erinnerung war wie eine Schwertklinge oder wie die Wunde, die durch so eine Klinge hervorgerufen worden war. Entweder dies oder beides.

Er ließ seine Hand wieder sinken und blickte von neuem um sich. Nach allen Richtungen dehnte sich die Einöde von Andarien aus. Er war so weit im Norden, daß der Rangat fast östlich von ihm lag. Er ragte über all die Länder des Nordens auf, er war beherrschend und großartig. Darien ließ jedoch seine Blicke nicht lange auf dem Berg ruhen.

Stattdessen schaute er nach Norden aus. Und weil er sehr viel mehr als nur ein Sterblicher war und weil seine Augen sehr gut waren, konnte er weit hinter dem mondbeleuchteten Schatten, wo das steinige Hochland die Berge und das Eis erreichte, ein kaltes grünliches Glühen erkennen. Und er wußte, daß dies Starkadh war, Starkadh hinter der Valgrind-Brücke, und daß er morgen bis dorthin fliegen könnte.

Aber er entschied, daß er es nicht tun würde. Irgend etwas an der Eulengestalt stimmte nicht. Er bemerkte, daß ihm seine eigene Gestalt lieber war, daß er Darien sein wollte, was und wer das auch immer sein mochte, um die Klarheit der Gedanken wiederzuerlangen. Er erreichte sie, wenn auch um den Preis der Einsamkeit, nur in seiner menschlichen Gestalt. Aber auch so könnte er diesen Weg zurücklegen. Er würde nicht fliegen, er würde zu Fuß über die Steine und den dürren Boden gehen, er würde mit einem erloschenen Licht auf seiner Stirn und mit einer Klinge in seiner Hand als Geschenk für die Finsternis als Wanderer nach Starkadh kommen.

Aber heute nacht nicht mehr. Er war zu müde. Und in seiner Flanke, wo die Kralle des Schwans ihn getroffen hatte, empfand er Schmerz. Wahrscheinlich blutete er, aber er war zu erschöpft, um auch nur nachzusehen. Er legte sich auf der südlichen Seite eines der größten Findlinge nieder, um wenigstens einen geringen Schutz gegen den Wind zu finden. Dann schlief er trotz seiner Ängste und Sorgen schnell ein. Er war noch jung, er hatte einen langen Weg zu einem einsamen Ort zurückgelegt, und seine Seele war ebenso übermüdet wie sein Körper.

Während er in die fernen Länder des Schlafes überwechselte, segelte seine Mutter auf einem Geisterschiff die Lindenbucht hinab und näherte sich vor der mondbeschienenen Westküste des Landes der Mündung des Celynflusses.

Die ganze Nacht träumte er von Finn, ebenso wie Leila weit im Süden, in ihrem Tempel. Er träumte von jenem letzten Nachmittag, als er noch klein gewesen war und mit seinem Bruder in dem Hof hinter dem Cottage gespielt hatte. Sie hatten Reiter gesehen, die in östlicher Richtung von ihnen über die schneebedeckten Abhänge galoppierten. Er hatte mit seiner behandschuhten Hand gewunken, weil Finn ihn dazu aufgefordert hatte. Und dann war Finn den Reitern hinterhergelaufen und mit ihnen viel, viel weiter gegangen, als irgend jemand sonst und selbst Darien gehen konnte, und sei es auch nur im Traum.

Während er auf dem kalten Boden von Andarien lag und sich an einen überhängenden Rundling schmiegte, merkte er nicht, daß er im Schlaf weinte. Ebensowenig wußte er, daß er die ganze Nacht hindurch nach dem leblosen Stein auf seiner Stirn griff, daß er immerzu nach etwas suchte und suchte und doch keine Antwort fand.

»Weißt du«, sagte Diarmuid und blickte mit bedeutsamem Gesichtsausdruck in Richtung Osten, »wenn man das sieht, könnte man fast doch an brüderliche Instinkte glauben.«

Paul, der neben ihm am Ufer des Celynflusses stand, schwieg. Jenseits des nordwestlichen Ausläufers des Celynsees nahte das Heer heran. Es war noch zu weit entfernt, als daß er einzelne Details hätte erkennen können, aber darauf kam es nicht an. Wichtiger war vielmehr, daß Diarmuid trotz der unwillkürlichen Ironie seiner Worte tatsächlich recht gehabt hatte.

Aileron hatte nicht gewartet, weder auf sie noch auf sonst irgend jemand. Er hatte diesen Krieg zu Maugrim getragen. Wieder war das Heer des Hochkönigs in Andarien, tausend Jahre nachdem es zuletzt durch diese wilde, öde Hochebene gezogen war. Und im Licht des späten Nachmittages wurde dieses Heer von Ailerons Bruder Diarmuid erwartet, von Arthur, Lancelot und Guinevere, von Sharra von Cathal und der Hohenpriesterin Jaelle, von den Männern der Südfeste, die auf der Prydwen gesegelt waren, und von Pwyll Zweimalgeboren, dem Herrn des Sommerbaums.

Herr des Sommerbaums, dachte Paul, was war das nun wert. Im Augenblick kam es ihm nicht sehr bedeutend vor. Er wußte, daß er sich inzwischen daran hätte gewöhnen müssen: an dieses Gefühl einer latenten Macht ohne Kontrolle, das Gefühl, Macht innezuhaben, ohne sie zügeln zu können. Er erinnerte sich an Jaelles Worte auf dem Felsen, und es wurde ihm deutlich bewußt, daß sie recht hatte: Seine Schwierigkeiten resultierten aus seinem überdimensionalen Bedürfnis, die Dinge zu kontrollieren, und vor allem sich selbst.

Das alles war wahr, es war vernünftig, er konnte es sogar verstehen. Aber deswegen fühlte er sich noch nicht besser. Nicht jetzt, wo sie der Entscheidung so nahe waren und noch nicht wußten, welchem Ende sie zusteuerten oder um welche Zukunft sie sich bemühten.

»Er hat die Zwerge bei sich«, schrie der scharfäugige Brendel plötzlich.

»Also das ist eine wirkliche Neuigkeit!« bemerkte Diarmuid schnell.

»Dann hat Matt Erfolg gehabt!« rief Paul aus. »Siehst du ihn, Brendel?«

Der silberhaarige Lios Alfar spähte auf die weit entfernte Armee. »Noch nicht«, murmelte er, »aber . . . ja. Sie muß sie sein! Die Seherin ist beim Großkönig. Niemand außer ihr hat weißes Haar.«

Paul blickte schnell zu Jennifer hinüber. Und sie erwiderte seinen Blick und lächelte. Es war merkwürdig, dachte er, in gewisser Weise war es sogar das Merkwürdigste von allem, wie sie gleichzeitig so anders und fern sein konnte, so sehr Guinevere von Camelot, Arthurs Königin, Lancelots Geliebte, und dann einen Augenblick später mit der Schnelligkeit eines Lächelns wieder Jennifer Lowell, die vor Freude über Kimberlys Rückkehr strahlte.

»Sollen wir um den See herumgehen, um ihnen entgegenzukommen?« fragte Arthur.

Diarmuid schüttelte mit übertriebener Entschlossenheit den Kopf. »Sie haben Pferde«, erklärte er anzüglich, »und wir sind den ganzen Tag zu Fuß marschiert. Wenn Brendel sie sehen kann, dann können die Lios Alfar im Heer auch uns sehen. Wirklich, es gibt Grenzen: Wie lange soll ich noch über diese Felsen stolpern, um einen Bruder zu treffen, der es nicht der Mühe wert fand, auf mich zu warten!«

Lancelot lachte. Paul blickte zu ihm hinüber und verspürte von neuem ein Gefühl der Ehrfurcht, gleichzeitig aber auch überkam ihn wieder einmal die Empfindung seiner eigenen frustrierenden Unfähigkeit.

Lancelot hatte hier auf sie gewartet. Als sie vor zwei Stunden den Fluß aufwärts wanderten, hatte er geduldig unter den Bäumen gesessen. Mit der sanften Zurückhaltung, mit der er Guinevere und dann Arthur begrüßte, hatte Paul von neuem die Tiefen des Grams durchschaut, die diese drei Menschen aneinander banden. Es war nicht leicht, das mitanzusehen.

Und dann hatte Lancelot knapp und ohne Ausschmückung davon erzählt, wie er in jener Nacht im Heiligen Hain mit dem Dämon um Dariens Leben gekämpft hatte. Er ließ es prosaisch und fast nebensächlich klingen. Aber alle, die hier versammelt waren, konnten die Fleischwunden und die Brandmale dieses Kampfes sehen, es war der Preis, den er bezahlt hatte.

Wofür? Paul wußte es nicht. Niemand von ihnen wußte es, auch nicht Jennifer. Auch in ihren Augen hatte man nichts lesen können, als Lancelot berichtete, wie er die Eule in Daniloth befreite und zusah, als sie nach Norden flog: Es war der Zufallsfaden in diesem Kriegsgewebe.

Und der Krieg schien nun unmittelbar über sie hereinzubrechen. Das Heer war bereits näher gekommen und umrundete die nordwestliche Spitze des Celynsees. Unter Diarmuids herber Leichtfertigkeit konnte Paul das Anwachsen einer fiebrigen Spannung erkennen: die Wiedervereinigung mit seinem Bruder, die Nähe des Kampfes. Jetzt konnten sie bereits einige Gestalten unterscheiden. Paul erkannte Aileron unter dem Banner des Großkönigtums und bemerkte dann, daß man die Flagge verändert hatte: Der Baum war noch immer vorhanden, jener Sommerbaum, nach dem er selbst benannt war, aber der Mond darüber war nicht mehr die silbrige Sichel von ehedem. Stattdessen zeigte sich der Mond über dem Baum als roter Vollmond, den Dana in einer Neumondnacht hatte scheinen lassen. Es war die Herausforderung der Göttin an Maugrim. Und diese Herausforderung trug Aileron jetzt hoch erhoben vor dem Heer des Lichtes.

Und so ritt jene Armee um den See herum, und die Söhne Ailells trafen einander wieder an den Grenzen von Daniloth, im Norden des Celynflusses unter den breitblättrigen Ulmen und den silbernen und roten Blüten des Sylvain am Flußufer.

Diarmuid und Sharra gingen Hand in Hand ein wenig vor den anderen her, und auch Aileron löste sich von dem Heer, das er anführte.

Paul sah, wie Ivor alles beobachtete, ferner ein Lios Alfar, der Ra-Tenniel sein mußte, auch Matt war da, und Loren ritt neben ihm. Kim lächelte ihm zu, und neben ihr stand Dave mit einem unbeholfenen Grinsen auf seinem Gesicht. So waren sie also alle am Rande von Andarien hier zusammengekommen, um den Anfang des Endes zu erleben. Sie alle, oder doch nicht alle. Einer fehlte. Einer würde immer fehlen.

Diarmuid verbeugte sich förmlich vor dem Großkönig. »Wo seid Ihr so lange geblieben?« fragte er strahlend.

Aileron lächelte nicht. »Es war nicht so einfach, die Wagen durch den Wald zu manövrieren.«

»Ach so«, sagte Diarmuid und nickte ernst.

Aileron, dessen Augen wie immer nichts von dem verrieten, was in ihm vorging, blickte eingehend an seinem Bruder auf und nieder und bemerkte dann völlig ausdruckslos: »Deine Stiefel müßten dringend repariert werden.«

Jetzt lachte Kim, und bald schlossen alle sich ihr an. In der Lösung der allgemeinen Spannung fluchte Diarmuid ausgiebig, plötzlich hatte er Farbe im Gesicht.

Nun lächelte Aileron schließlich: »Loren und Matt haben uns berichtet, was du auf der Insel und auf dem Meer vollbracht hast. Ich habe Amairgens Besatzung getroffen. Du weißt selbst, wie strahlend diese Reise gewoben war, auch wenn ich es nicht extra betone.«

»Und trotzdem könntest du das tun«, murmelte Diarmuid.

Aileron überhörte es. »Es ist unter euch ein Mann, den ich gerne bgrüßen möchte.« Sie sahen zu, als Lancelot ein klein wenig hinkend nach vorne schritt. Dave Martyniuk erinnerte sich in diesem Augenblick an eine Wolfsjagd im Leinanwald, wo der Großkönig die letzten sieben Wölfe selbst erschlagen hatte. Und Arthur Pendragon hatte mit seltsam veränderter Stimme gesagt: *»Ich kenne nur einen Mann, der das vermocht hätte, was du eben vollbracht hast.«*

Nun war dieser Mann zugegen und kniete vor Aileron. Und der Großkönig hieß ihn aufstehen und legte vorsichtig ... wegen Lancelots Wunden ... seinen Arm um seine Schulter, was er bei seinem Bruder nicht getan hatte. Diarmuid stand ein wenig dahinter, auf seinem Gesicht schimmerte ein leises Lächeln, und er hielt die Prinzessin von Cathal an der Hand.

»Mein Herr, Großkönig«, sprach Mabon von Rhoden nun Aileron an und löste sich aus den Reihen des Heeres, »das Tageslicht schwindet, und wir sind lange bis zu diesem Ort geritten. Willst du hier das Lager aufschlagen? Soll ich den Befehl dazu geben?«

»Das würde ich nicht raten«, warf Ra-Tenniel von Daniloth schnell ein und beendete sein Gespräch mit Brendel.

Aileron schüttelte bereits den Kopf. »Nicht hier«, entschied er. »Nicht in so großer Nähe des Schattenlandes. Wenn das Heer der Finsternis heute nacht vorrücken würde, hätten wir das schlechtest mögliche Schlachtfeld. Hinter uns der Fluß und keine Rückzugsmöglichkeit, es sei denn in den Nebel, der dahinterliegt. Nein, wir werden weiterreiten. Bis zum Einbruch der Dunkelheit sind es noch einige Stunden.«

Mabon nickte zustimmend und zog sich zurück, um die Hauptleute des Heeres zu unterrichten. Paul bemerkte, daß Ivor den Dalrei bereits befohlen hatte, wieder aufzusitzen, und nur auf das Signal wartete, um loszureiten.

Diarmuid hustete laut. »Darf ich so kühn sein«, meldete er sich wehleidig zu Wort, als sich sein Bruder zu ihm umdrehte, »und dich endlich darum bitten, mir und meiner Gesellschaft einige Pferde zu leihen? Oder hättest du lieber, daß ich in eurem Kielwasser hinterhertrudle?«

»Damit findest du mehr Anklang, als du glaubst«, entgegnete

Aileron und lachte zum ersten Mal. Er wandte sich um, in der Absicht, sich zum Heer zurückzubegeben, doch fügte er wie nebenbei hinzu: »Wir haben dir dein eigenes Pferd mitgebracht, Diar. Ich habe immer angenommen, daß du es schaffen würdest, rechtzeitig zurückzukommen.«

Sie saßen auf. Als sie den Fluß hinter sich ließen und den steinigen Boden von Andarien betraten, trieb in ihrem Rücken ein Boot die Strömung des Celynflusses hinab. In diesem Gefährt lauschte Leyse vom Schwanensiegel den Klängen ihres Liedes, sie folgte der untergehenden Sonne über die Weite des Meeres, die Wellen trugen sie immer weiter nach Westen.

Kim blickte zu Dave hinüber, damit er sie ermutigen sollte. Eigentlich hatte sie kein Recht auf irgendeine Art der Unterstützung, aber der wuchtige Mann warf ihr einen unerwartet klugen Blick zu, und als sie ihr Pferd schräg nach vorne lenkte, wo Jennifer ritt, löste er sich von Ivors Seite und folgte ihr.

Sie mußte Jennifer etwas mitteilen, und es war ihr nicht angenehm, vor allem wenn sie an die katastrophalen Folgen dachte, die sie ausgelöst hatte, indem sie Darien vor zwei Tagen zum Anor geschickt hatte. Trotzdem konnte sie es nicht umgehen und versuchte es auch nicht.

»Grüß dich«, wandte sie sich lebhaft und heiter ihrer engsten Freundin zu. »Sprichst du noch mit mir?«

Jennifer lächelte müde und lehnte sich in ihrem Sattel nach hinten, um Kim auf die Wange zu küssen. »Sei nicht albern«, erwiderte sie.

»So albern ist es nicht, du warst ganz schön zornig.«

Jennifer senkte ihren Blick. »Ich weiß, es tut mir leid.« Sie hielt inne. »Ich wollte, ich könnte besser erklären, warum ich das tue, was ich tue.«

»Du wolltest, daß wir ihn in Ruhe lassen. Ist das so schwer zu verstehen?«

Jennifer blickte wieder auf. »Wir *müssen* ihn in Ruhe lassen«, fuhr sie ruhig fort. »Hätte ich versucht, ihn zu binden, hätten wir niemals erfahren, wer er wirklich ist. Jeden Augenblick hätte er sich verändern können. Niemals hätten wir sicher sein können, was er im nächsten Augenblick tun würde.«

»So sicher sind wir auch jetzt nicht«, widersprach Kim bedeutend schärfer, als sie beabsichtigt hatte.

»Ich weiß es«, erwiderte Jennifer. »Aber zumindest wird er es frei tun, was auch immer er unternimmt. Es wird seine eigene Wahl sein. Ich glaube, daß es eigentlich nur darum geht, Kim, ich glaube, daß es so sein muß.«

»Wäre es denn so schrecklich gewesen«, fragte Kim unklugerweise, aber sie konnte die Frage nicht zurückhalten, »wäre es denn so schrecklich gewesen, wenn du ihm einfach gesagt hättest, daß du ihn liebst?«

Jennifer wich ihrem Blick nicht aus, aber ebenso wenig geriet sie in Wut. »Ich habe es«, antwortete sie sanft, und in ihrer Stimme lag ein leises Erstaunen. »Ich habe es ihn wissen lassen. Du kannst das sicher verstehen. Ich habe ihm die Freiheit gelassen, seine eigene Wahl zu treffen. Ich . . . habe ihm vertraut.«

»Gar nicht so schlecht«, mischte sich Paul Schafer ein. Sie hatten nicht gehört, daß er zu ihnen aufgeholt hatte. »Du warst die einzige von uns, die Vertrauen zu ihm hatte«, fügte er hinzu. »Alle anderen haben immer nur versucht, ihm zu schmeicheln oder ihn zu verändern, einschließlich ich selbst . . . Als ich ihn zum Götterwald brachte.«

»Weißt du«, fragte Jennifer plötzlich, »warum der Weber die Wilde Jagd geschaffen hat? Weißt du, was Owein *bedeutet?*«

Paul schüttelte den Kopf.

»Erinnere mich daran, daß ich es dir erkläre, wenn wir dazu noch Zeit haben«, sagte sie. »Auch du«, ergänzte sie, indem sie sich an Kim wandte. »Ich glaube, es könnte euch helfen zu verstehen.«

Kim schwieg. Sie wußte wirklich nicht, wie sie hätte antworten können. Diese ganze Geschichte mit Darien war zu schwierig, und seit gestern nacht am Calor Diman, wo sie sich geweigert hatte, den Drachen zu binden, traute sie selbst ihren eigenen Instinkten nicht mehr. Außerdem hatte sie keine Konfrontation mit Jennifer gesucht, als sie herangeritten war.

Sie seufzte. »Du hast das Recht, mich zu hassen«, räumte sie ein. »Ich habe mich wieder eingemischt, fürchte ich.«

Aber Jennifers grüne Augen blieben ruhig. »Ich kann es mir denken«, gab sie zu. »Du hast Aileron und den anderen über

Darien erzählt.«

Kim zwinkerte. Es mußte komisch ausgesehen haben, denn Dave grinste plötzlich, und Jennifer lehnte sich herüber und tätschelte ihre Hand.

»Ich dachte, daß du es vielleicht tun würdest«, fuhr Jen fort. »Und ich gebe zu, daß du recht damit hattest. Inzwischen muß er es ja wissen. Arthur hat es mir gestern abend auf dem Schiff gesagt. Ich hätte selbst mit ihm darüber gesprochen, wenn du es nicht getan hättest. Vielleicht hat es Einfluß auf seine Pläne, ich weiß jedoch nicht in welcher Weise.« Sie hielt inne und fügte dann mit veränderter Stimme hinzu: »Verstehst du denn nicht? Das Geheimnis ist jetzt nicht mehr wichtig. Niemand von ihnen kann ihn jetzt mehr zurückhalten, was immer er auch tun will ... Lancelot hat ihn gestern morgen aus Daniloth befreit. Er ist jetzt weit im Norden von uns.«

Unwillkürlich ließ Kim ihren Blick über das Land streichen, das sich vor ihnen ausdehnte. Sie sah, daß Dave Martyniuk es ebenfalls tat. Andarien lag wüst und leer im Licht des späten Nachmittags. Soweit das Auge reichte, sah man nur felsige Hügel und dürre, unbelebte Vertiefungen, und sie wußte, daß es bis zum Ungarchfluß immer so weiterging. Bis zur Valgrind-Brücke, die über diesen Fluß führte nach Starkadh, das auf der anderen Seite lag.

Aber sie mußten auch nicht annähernd so weit reisen, denn nun geschah es.

Sie waren unmittelbar hinter der Spitze des Heeres, ritten nur einige Schritte hinter Aileron und Ra-Tenniel, als sie einen langen, leicht ansteigenden Grat hinaufritten, hinter dem wieder eine andere düstere Senke liegen würde. Die Sonne hatte sich rot gefärbt und stand weit im Westen, ein leichter Wind war aufgekommen, die Dämmerung stand kurz bevor.

Dann sahen sie, daß der voranreitende Herold, der bereits hinter dem Grat verschwunden war, plötzlich wieder zurückkehrte. Der Großkönig erreichte nun den höchsten Punkt der Erhebung. Er zügelte sein schwarzes Schlachtroß und verharrte wie erstarrt an Ort und Stelle. Und als die vier, die nun zum ersten und zum einzigen Mal zusammen ritten, den Grat erreichten, blickten sie auf eine weite, steinige Ebene hinab und sahen das Heer der Finsternis.

Die Ebene war riesig, sie war bei weitem das ausgedehnteste Gelände, das sie bisher in Andarien erreicht hatten, und Paul wußte, daß dies kein Zufall war. Und während er versuchte, seinen beschleunigten Herzschlag unter Kontrolle zu halten, begann er auch zu vermuten, daß es in ganz Andarien zwischen dem Ort, wo sie standen, und dem Eis keine größere Ebene gab. Und der Grat, wo sie sich jetzt befanden, von dem sie den sanften Abhang herabblickten, war die einzige abweichende Formation in all dem ebenen Land im Osten und Westen. Es würde eine Schlacht werden, wo Kraft auf Kraft prallte, wo man sich nicht verbergen oder irgendeinen Vorteil suchen konnte, wo nur die nackte Zahl entscheiden würde.

Dort unten sahen sie ein Heer, das so riesig war, daß es den Geist betäubte. Man konnte es noch nicht einmal vollständig überblicken, und das war ein weiterer Punkt, warum diese Ebene ausgewählt worden war: Nirgendwo sonst hätten sich derartig vernichtende Mengen sammeln und sich, ohne einander zu behindern, frei bewegen können. Paul blickte auf und sah Hunderte von Schwänen, alle waren sie schwarz und zogen unheilkündend ihre Kreise über Rakoths Heer.

»Gut gemacht, Teyrnon«, anerkannte der Großkönig ruhig. Paul wurde sich mit Schrecken bewußt, daß Aileron wie immer selbst auf so etwas vorbereitet zu sein schien. Der Magier hatte seine Kräfte verwendet, um nach vorne zu spüren. Aileron hatte erraten, daß das Heer sich in dieser Ebene aufhielt. Deshalb hatte er so entschieden abgelehnt, in der Nähe der Nebel des Schattenlandes das Lager aufzuschlagen.

Noch während Paul mit Qual im Herzen auf das herabblickte, was da unten auf sie wartete, machte sich in ihm schnell ein Gefühl von Stolz auf den jungen Kriegskönig breit, der sie anführte. Ohne auch nur im geringsten die Ruhe zu verlieren, schätzte Aileron den Umfang des Heeres ab, das er auf irgendeine Weise besiegen mußte. Seine Augen spähten unablässig über die Ebene unter ihnen, und ohne sich umzudrehen, begann er eine Reihe wohlüberlegter Anweisungen zu geben.

»Sie werden uns heute nacht nicht mehr angreifen«, versicherte er vertrauensvoll. »Sie werden nicht auf diesem Abhang gegen uns anreiten wollen. Und nachts verlieren sie auch den Vorteil der

Schwanenaugen. Wir werden bei Sonnenaufgang kämpfen, meine Freunde. Ich wollte, ich hätte auch irgendeine Möglichkeit, aus der Luft zu kämpfen, aber leider ... Teyrnon, ihr müßt meine Augen sein, solange du und Barak dazu imstande seid.«

»Wir können das solange für dich tun, wie du es benötigst«, erwiderte der letzte Magier von Brennin.

Paul bemerkte, daß Kim bei Ailerons letzten Worten bleich geworden war. Er versuchte, ihrem Blick zu begegnen, aber sie vermied es. Er hatte nicht die Zeit, um den Grund dafür zu erfahren.

»Dabei können auch die Lios behilflich sein«, murmelte Ra-Tenniel. Noch immer war Musik in seiner Stimme, aber sie klang nicht mehr fein, nicht mehr besänftigend. »Ich kann die Scharfäugigen unter uns auf diesem Grat postieren, damit sie das Schlachtfeld im Auge behalten.«

»Gut, laß sie gleich heute nacht hier Wache halten«, wies ihn Aileron kurz an. »Sie werden auch morgen hier bleiben. Ivor, teile jedem der hier postierten Lios zwei Auberei zu, die ihre Botschaften hin- und hertragen.«

»Ja«, bestätigte Ivor einfach. »Und meine Bogenschützen wissen, was sie zu tun haben, wenn die Schwäne zu tief fliegen.«

»Ich bin überzeugt, daß sie es wissen«, entgegnete Aileron grimmig. »Und ihr alle, teilt eure Männer für diese Nacht in drei Wachablösungen ein, und sie sollen ihre Waffen in der Hand behalten, wenn sie ruhen. Und am Morgen ...«

»Warte«, unterbrach Diarmuid, der neben Paul stand. »Schau, wir scheinen einen Gast zu haben.« Sein Tonfall war ebenso mühelos leicht wie immer.

Er hatte nur allzu recht.

Das rote Licht des Sonnenuntergangs hob eine einzelne, riesige weißgekleidete Gestalt hervor, die sich aus der dichtgedrängten Masse des Heeres auf der Ebene gelöst hatte. Sie ritt auf einem der ungeheuerlichen sechsbeinigen Slaugs, lenkte seinen Weg über den steinigen Grund und hielt an einer Stelle an, die für die Beobachter auf dem Grat gerade außerhalb der Bogenschußweite lag.

Eine unnatürliche Stille senkte sich herab. Pauls Wahrnehmung war schmerzhaft scharf: Er fühlte den Abendwind, sah die Schräge der einfallenden Sonnenstrahlen und die Wolken, die sich über ihnen türmten. Etwas verzweifelt suchte er in sich nach dem Ort, der die Anwesenheit Mörnirs andeuten würde. Er fand ihn, aber er war dünn und hoffnungslos weit entfernt. Er schüttelte den Kopf.

»*Uathach!*« rief Dave Martyniuk plötzlich, er schnarrte es geradezu.

»Wer ist das?« fragte Aileron sehr ruhig.

»Er hat sie bei der Schlacht beim Adein angeführt«, erwiderte Ivor, und seine Stimme war dick vor Ekel. »Er ist ein Urgach, aber viel mehr als das. Rakoth hat irgend etwas mit ihm angestellt.«

Aileron nickte, sagte aber weiter nichts mehr.

Stattdessen sprach nun Uathach.

»Hört mich!« schrie er, und seine Stimme war ein zähflüssiges Heulen, so laut, daß es die Luft zu quetschen schien. »Ich heiße dich willkommen in Andarien, Großkönig von Brennin. Meine Freunde hinter mir sind hungrig, und ich habe ihnen für morgen Kriegerfleisch versprochen, und danach eine feinere Kost in Daniloth.« Er lachte, riesig und grausam stand er dort auf der Ebene, und die rote Sonne färbte das falsche Weiß seiner Kleidung.

Aileron gab keine Antwort, und auch außer ihm erhob niemand auf dem Grat seine Stimme. In finsterem und bedrücktem Schweigen, so steinig wie das Land, über das sie ritten, blickten sie auf den Führer von Rakoths Heer hinab.

Der Slaug bewegte sich ruhelos zur Seite. Uathach zügelte ihn bösartig, dann lachte er ein zweites Mal auf, und es lag etwas in diesem Lachen, was Paul bis in die Knochen erschaudern ließ.

Uathach sprach: »Ich habe den Svart Alfar für morgen Fleisch versprochen und für heute abend Vergnügungen angeboten. Sagt mir, ihr Krieger von Brennin, von Daniloth, von den Dalrei und den verräterischen Zwergen, sagt mir, ob es unter euch einen gibt, der jetzt allein zu mir herabkommen will. Oder wollt ihr euch alle, wie die zarten Lios es tun, in den Schatten verbergen? *In Anwesenheit dieser beiden Heere fordere ich euch heraus! Gibt es einen unter euch, der die Herausforderung annimmt? Oder seid ihr alles Memmen vor meinem Schwert?*«

Nun kam Bewegung in die Menschen, die auf dem Grat standen. Paul sah, daß Dave sich mit zusammengepreßten Kiefern umdrehte und einen Blick auf den Sohn des Aven warf. Levons Hand zitterte, er hatte sein Schwert halb herausgezogen.

»Nein!« sagte Ivor dan Banor, und nicht nur zu seinem Sohn. »Ich habe den dort unten im Kampf gesehen. Wir können nicht gegen ihn kämpfen, und wir können es uns nicht leisten, auch nur einen Mann zu verlieren!«

Bevor noch jemand anders sprechen konnte, quoll von neuem Uathachs rohes Gelächter hervor, es war eine schleimige Klangflut. Er hatte es gehört.

Er brüllte: »Das habe ich mir vorgestellt. Dann laßt mich all diesen Tapferen auf dem Hügel noch eines sagen. Ich habe eine Botschaft von meinem Herrn.« Seine Stimme veränderte sich. Sie wurde kälter, weniger rauh und dadurch noch erschreckender. »Vor etwas mehr als einem Jahr hat Rakoth an einer Frau, die sich bei euch befindet, Gefallen gefunden. Er würde sie gerne wiederhaben, denn sie war ihm ein williges Spielzeug, wie es selten vorkommt. Der schwarze Avaia ist jetzt bei mir, um sie auf meinen Befehl hin nach Starkadh zurückzubringen. Gibt es einen unter euch, der gegen mein Schwert Rakoths Anspruch auf ihr nacktes Fleisch bestreitet?«

Übelkeit stieg in Paul empor, die aus Ekel und einer schlimmen Vorahnung bestand.

»Mein Herr, Großkönig«, meldete sich Arthur Pendragon zu Wort, während Uathachs Gelächter und das Heulen der Svart Alfar hinter ihm an- und abschwoll. »Kannst du mir den Namen dieses Ortes nennen?«

Aileron wandte sich dem Krieger zu.

Aber es war Loren Silbermantel, der ihm mit wissendem Schmerz in der Stimme antwortete: »Diese Ebene war vor etwa tausend Jahren grün und fruchtbar«, sagte er, »und in jenen Tagen hieß sie Camlann.«

»Ich dachte es mir«, erwiderte Arthur ruhig. Ohne weiter zu sprechen, begann er den Sitz seines Schwertgürtels und die Neigung des König Speer in der Sattelhalterung zu prüfen.

Paul wandte sich zu Jennifer . . . Guinevere. Es traf ihn mitten ins Herz, was er in ihrem Gesicht las, als sie die ruhigen Vorbereitungen des Kriegers beobachtete.

»Mein Herr Arthur«, ließ sich Aileron vernehmen, »ich muß

Euch bitten, den Kampf mir zu überlassen. Der Führer ihrer Armee sollte mit dem Führer unserer Armee kämpfen. Dies ist mein Kampf, und ich erhebe Anspruch auf ihn.«

Arthur blickte nicht einmal kurz von seinen Vorbereitungen auf. »Nein«, widersprach er. »Und Ihr wißt, daß es nicht so ist. Ihr werdet morgen mehr als jeder andere Mann hier gebraucht. Ich habe Euch allen vor langer Zeit am Abend vor unserem Aufbruch nach Cader Sedat erzählt, daß es mir niemals erlaubt ist, das Ende der Geschehnisse zu erleben, wenn ich gerufen werde. Und der Name, den Loren nannte, hat es gezeigt: In allen Welten hat es ein Camlann gegeben, das auf mich wartete. Aus diesem Grund bin ich hierher gebracht worden, Großkönig.«

Cavall neben ihm gab ein Geräusch von sich, das mehr ein Winseln als ein Knurren war. Die rote Sonne stand tief im Westen und warf ein seltsames Licht auf ihre Gesichter. Das Gelächter unter ihnen hatte aufgehört.

»Arthur, nein!« rief Kimberly leidenschaftlich. »Du hast hier eine viel größere Aufgabe, du sollst nicht dort hinuntergehen. Wir brauchen dich viel zu sehr, mit *allen* deinen Fähigkeiten. Kannst du nicht sehen, womit du es zu tun hast? Niemand von euch kann mit ihm kämpfen! Jennifer, mach ihnen klar, es ist die reine Torheit. Du *mußt* es ihnen sagen!«

Aber Jennifer blickte auf den Krieger und sagte überhaupt nichts.

Arthur hatte seine Vorbereitungen beendet. Dann blickte er auf und sah Kimberly, die ihn gerufen hatte, direkt in die Augen. Sie hatte ihn an diesen Ort gebracht, indem sie ihn mittels seines Namens beschwor. Und ihr antwortete er in Worten, die Paul niemals vergessen würde, das wußte er.

»Wie können wir *nicht* mit ihm kämpfen, Seherin? Wie können wir beanspruchen, unsere Schwerter im Namen des Lichtes zu führen, wenn wir als Feiglinge vor der Finsternis stehen! Diese Herausforderung geht weiter zurück als irgendeiner von uns. Weiter sogar als ich selbst. Was sind wir, wenn wir den Tanz verweigern?«

Aileron nickte langsam, auch Levon, und Ra-Tenniels Augen leuchteten zustimmend auf. In seinem Herzen fühlte Paul eine tiefe, alte Kraft in den Worten des Kriegers, und als er sie gramvoll in sich aufnahm, fühlte er noch etwas anderes: den Pulsschlag des Gottes. Es stimmte. Es war ein Tanz, den man nicht verweigern konnte. Und es schien, daß er letztendlich Arthur zustand.

»*Nein*«, rief Guinevere.

Aller Augen fielen auf sie. In dem winddurchfegten Schweigen dieses Ortes schien ihre Schönheit wie ein Abendstern zu brennen, den man unter die Menschen gebracht hatte. Ihre Schönheit schien fast zu intensiv, um sie anzusehen.

Bewegungslos saß sie auf ihrem Roß, ihre Hände waren in seine Mähne verkrampft, und sie erklärte mit Nachdruck: »Arthur, ich will dich nicht noch einmal so verlieren, ich könnte es nicht ertragen. Der Zweikampf ist nicht der Grund, um dessentwillen du beschworen wurdest, mein Geliebter, es kann nicht der Grund sein. Camlann oder nicht, dies darf nicht dein Kampf sein.«

Sein Gesicht war ruhig geworden. Er antwortete: »Wir sind in einem gewebten Verhängnis gefangen, aus dem es keinen Ausweg gibt. Du weißt, daß ich zu ihm hinunterreiten muß.«

Aus ihren Augen quollen die Tränen. Sie sprach nicht, sondern schüttelte nur verneinend den Kopf hin und her.

»Wessen Aufgabe ist es dann, wenn nicht die meine?« fragte er, und es war kaum mehr als ein Flüstern.

Sie senkte den Kopf. Ihre Hände bewegten sich in einer kleinen hilflosen Geste der Verzweiflung, wie eingefangen.

Und dann sagte sie mit plötzlicher schrecklicher Förmlichkeit, ohne aufzublicken: »An diesem Ort und vor all diesen Menschen ist mein Name besudelt worden. Ich brauche einen, der diese Herausforderung annimmt und mit seinem Schwert zunichte macht.«

Und nun hob sie den Kopf, und jetzt erst drehte sie sich um. Sie wandte sich an den einen, der ruhig auf seinem Pferd sitzen geblieben war, der nicht gesprochen, sich nicht bewegt und geduldig darauf gewartet hatte, was er bereits vorhergesehen hatte. Und Guinevere sprach: »Willst du, der du schon so viele Male mein Kämpfer warst, es wieder sein? Willst du in meinem Namen annehmen, mein Herr Lancelot.«

»Herrin, ich will es.«

»Du kannst es nicht!« rief Paul dazwischen. Seine Stimme krachte in die Stille, er war unfähig, sich zurückzuhalten. »Jennifer, er ist verwundet. Schau seine Handfläche an, er kann nicht mal sein Schwert halten!« Neben ihm gab jemand ein merkwürdiges, atemloses Geräusch von sich.

Die drei Gestalten im Zentrum des Kreises überhörten ihn vollständig. Es war, als ob er nicht gesprochen hätte. Es folgte ein neues Schweigen, das beladen war mit Unausgesprochenem, mit so vielen Schichten der Zeit. Ein Windstoß blies Jennifers Haar aus ihrem Gesicht zurück.

Arthur ergriff erneut das Wort: »Herrin, ich habe zu vieles zu lange erlebt, als daß ich Lancelots Anspruch, dein Kämpfer zu sein, bestreiten könnte. Oder auch, daß er, wenn er gesund ist, viel eher würdig ist als ich, diesem Feind gegenüberzutreten. Und trotzdem will ich es jetzt nicht erlauben. Nicht diesmal, meine Geliebte. Du hast ihn, der schwer verwundet ist, gebeten, diesen Kampf auf sich zu nehmen, aber nicht um deinetwillen oder seinetwillen, sondern für mich. Du hast ihn nicht in Liebe gebeten.«

Guineveres Kopf fuhr zurück. Ihre grünen Augen öffneten sich weit und flammten dann in nackter, heller Wut. Sie schüttelte den Kopf so heftig, daß die Tränen aus ihrem Gesicht flogen, und mit der Stimme einer Königin, einer Stimme, die sie in die Kraft des Grames, den sie trug, einfror und bannte, schrie sie laut: »*Wirklich, mein Herr?* Und wollt *Ihr* es mir sagen? Wollt Ihr mein Fleisch aufreißen, damit alle Männer hier in mein Herz stoßen können, wie Maugrim es getan hat?«

Arthur wich zurück, als hätte ihn ein Schlag getroffen, aber sie war noch nicht fertig. Mit eisiger, unaufhaltsamer Wut fuhr sie fort: »Welcher Mann, und selbst Ihr, mein Herr, könnte es *wagen*, in meiner Anwesenheit zu beurteilen, ob ich in Liebe gesprochen habe oder nicht?«

»Guinevere ...« begann Lancelot, aber er verstummte sofort, als sie ihm ihren brennenden Blick zuwandte.

»Kein Wort!« schnappte sie. »Nicht von Euch, noch von irgend jemand sonst!«

Arthur war von seinem Pferd herabgeglitten, er kniete vor ihr, der Schmerz stand wie eine offene Wunde in seinem Gesicht. Er öffnete den Mund, um zu sprechen.

Und genau in diesem Augenblick bemerkte Paul eine Abwesenheit, und er erinnerte sich an dieses leichte, atemlose Geräusch, das er kurz zuvor neben sich gehört hatte und auf das er nicht geachtet hatte.

Aber jetzt war niemand mehr neben ihm.

Sein Herz versagte, er wandte sich um und blickte nach Norden, den abfallenden Pfad entlang, bis zu der Stelle, wo Uathach auf der steinigen Ebene wartete.

Er sah und dann hörte er, alle hörten sie, wie ein hell klingender Schrei aufstieg und im Zwielicht zwischen den Armeen des Lichtes und der Finsternis widerhallte:

»Für den Schwarzen Eber!« erscholl es. Sie alle hörten es. *»Für die Ehre des Schwarzen Ebers.«*

Und so nahm Diarmuid dan Ailell Uathachs Herausforderung an; auf dem Pferd, das sein Bruder gebracht hatte, ritt er ihm allein entgegen, sein Schwert war hoch erhoben, sein blondes Haar vom Sonnenuntergang hell erleuchtet, als er auf den Tanz zuraste, den seine strahlende Seele nicht verweigern wollte.

Dave wußte, daß er ein Meister war. Er hatte beim Winterscharmützel beim Latham neben Diarmuid gefochten, und dann wieder bei der Wolfsjagd im Leinanwald, und so wußte er wohl, was Ailerons Bruder vermochte. Und Daves Herz, das schon seiner eigenen Kampfeswut zusteuerte, hüpfte, als er Diarmuids ersten raschen Angriff auf den Urgach miterlebte.

Aber einen Augenblick später machte das Schlachtenfieber einem grauenvollen Schauder Platz. Denn er erinnerte sich auch an Uathach, den er an den blutigen Ufern des Adein in der ersten Schlacht in Kevins Frühling kennengelernt hatte. Und im Geiste sah er, wie Maugrims weißgewandeter Urgach sein ungeheuerliches Schwert in einem einzigen Sensenhieb vom Sattel seines Slaugs herabsaußen ließ, und dieser eine Hieb zertrennte beide, Barth und Narvon, die Kinder im Wald. Und sein geistiges Bild war viel lebhafter, als eine solche Erinnerung jemals sein konnte.

Er erinnerte sich an Uathach, und jetzt sah er ihn wieder, und die Erinnerung, so bedrohlich sie auch war, stand der Wirklichkeit bei weitem nach. Im Licht der untergehenden Sonne begegnete Diarmuid auf seinem schnellen, klugen Pferd in jenem Ödland zwischen den Heeren, im Donner der Hufe und dem erschütterten

Zusammenprall der Schwertklingen einem Feind, der viel mehr war, als daß ein sterblicher Mensch ihm hätte widerstehen können.

Der Urgach war zu groß und trotz seiner gewaltigen Masse zu unbezähmbar schnell. Und er war intelligenter, als irgendein Geschöpf dieser Art jemals sein könnte, wenn er nicht im Inneren der Festung von Starkadh irgendwie verändert worden wäre. Außerdem, darüberhinaus war auch der Slaug selbst schon ein tödlicher Schrecken. Unablässig suchte er das Fleisch von Diarmuids Pferd, um es mit seinem gekrümmten Horn aufzureißen, und da er auf vier Beinen lief und mit den anderen ausschlug, war es für Diarmuid zu gefährlich, viel mehr zu tun, als ihm auszuweichen, denn er mußte befürchten, daß sein eigenes Reittier durchbohrt oder zertrampelt würde und er hilflos auf dem dürren Grund zurückbliebe. Und weil er nicht im dichten Abstand kämpfen konnte, vermochte er mit seinem schmalen Schwert Uathach auch kaum zu erreichen ... er selbst aber war für das riesige schwarze Schwert des Urgach ein gefährlich leichtes Ziel.

Neben Dave stand Levon dan Ivor. Sein Gesicht war weiß in all seiner Niedergeschlagenheit, als er das Drama dort unten beobachtete. Dave wußte, wie verzweifelt Levon den Tod dieses Geschöpfes ersehnt hatte und wie eisern Torc, der sonst nichts fürchtete, was Dave kannte, darauf bestanden hatte und Levon unter Eid dazu verpflichtet hatte, nicht allein mit Uathach zu kämpfen.

Daß er das nicht tun solle, was Diarmuid jetzt tat.

Und trotz des Schreckens, mit dem er jetzt konfrontiert war, führte Diarmuid diesen Kampf mit einer scheinbaren Anmut, in der irgendwie die unberechenbare, blitzende Intelligenz dieses Mannes eingewoben war. So plötzlich waren seine Richtungsänderungen, so plötzlich hielt er an oder stürmte er los ... und das Pferd schien eine Verlängerung seines Geistes zu sein ... daß es ihm zweimal kurz nacheinander gelang, dem Horn des Slaugs zu entgehen und einige brillante Schläge gegen Uathach zu führen.

Aber dieser parierte sie mit einer rohen Gleichgültigkeit, die einem Beobachter fast das Herz brechen konnte. Und beide Male ließ sein donnernder Gegenschlag Diarmuid im Sattel zurückwanken, er konnte die Angriffe nicht parieren, ohne durch und durch erschüttert zu werden. Dave wußte es: Er erinnerte sich an seinen ersten Kampf mit einem Urgach, damals in der Dunkelheit des

Faelinnhaines. Nachdem er einen dieser Schläge abgeblockt hatte, war er zwei Tage lang kaum fähig, seinen Arm zu heben. Und das Ungeheuer, dem er gegenüber gestanden hatte, war im Vergleich zu Uathach wie der Schlaf zum Tod.

Aber Diarmuid saß noch immer fest im Sattel, er suchte noch immer nach einer Lücke für sein Schwert und drehte sich auf seinem tapferen Roß so nahe neben dem Slaug in Bögen und Halbkreisen, die in verwirrender Unberechenbarkeit darauf abzielten, um Haaresbreite dem Schwert und dem vernichtenden Horn zu entgehen und gleichzeitig einen Winkel zu finden, einen Eingang, eine Lücke, wo er im Namen des Lichtes eindringen konnte.

»Götter, wie kann er doch reiten«, flüsterte Levon, und Dave wußte, daß es keine Worte gab, mit denen ein Dalrei ein höheres und heiligeres Lob hätte aussprechen können. Und es stimmte, es war die Wahrheit, eine blendende und strahlende Wahrheit: Was sie beobachteten, war die Darbietung eines ruhmvollen Kampfes, während die Sonne im Westen unter den Horizont sank.

Und dann wurde es plötzlich noch mehr: Denn wieder lancierte Diarmuid einen Sensenhieb gegen Uathachs rechte Flanke, und wieder stach er von unten gegen das Herz des Ungeheuers. Wieder blockierte der Urgach den Hieb, der ihn schon fast erreicht hatte, und wieder krachte sein Gegenschlag genau wie zuvor herab, wie ein eiserner Baum, der nach unten fiel. Diarmuid fing ihn mit seiner Klinge auf, er wankte im Sattel. Aber diesmal ließ er den Schwung für sich arbeiten, riß sein Pferd hoch und nach rechts und ließ sein glänzendes Schwert nach unten sausen, um das Bein des Slaug, das ihm am nächsten war, abzutrennen.

Dave setzte zu einem erregten wortlosen Freudenschrei an und biß ihn dann bitter wieder zurück. Uathachs Spottgelächter schien die ganze Welt zu erfüllen, und das Heer der Finsternis ließ hinter ihm ein rauhes, ohrenbetäubendes Grölen ertönen, das die Vorfreude auf die Beute ausdrückte.

Der Preis war zu hoch, dachte Dave, er litt mit dem Mann dort unten. Der Slaug hatte zwar nun ein Bein verloren und war deshalb viel weniger gefährlich als zuvor, aber dafür war Diarmuids linke Schulter durch das Horn des Tieres aufgerissen worden. Im schwindenden Licht konnten sie sehen, wie sein Blut dunkel aus einer tiefen Rißwunde hervorquoll.

Es war zu viel, dachte Dave. Es war ein zu unmenschlicher Feind, als daß ein Mensch ihm hätte widerstehen können. Torc hatte recht gehabt. Dave wandte seinen Kopf von diesem schrecklichen Ritual ab, das da unten vor ihnen vollführt wurde, und gleichzeitig sah er, wie Paul Schafer etwas weiter drüben auf dem Grat zu ihm zurückblickte.

Paul bemerkte Daves Blick und den Schmerz im Gesichtsausdruck des wuchtigen Mannes, aber sein eigener Geist war weit entfernt, er bewegte sich auf den gewundenen Pfaden der Erinnerung.

Er dachte zurück an Diarmuid in jener ersten Nacht, als sie angekommen waren. Ein Pfirsich! hatte er von Jennifer gesagt, als er sich bückte, um ihre Hand zu küssen. Und dann wiederholte er es noch einmal und küßte noch einmal ihre Hand, um sich nur wenige Augenblicke später durch ein hohes Fenster zu schwingen und Gorlaes mit seiner Ironie zu verwirren.

Ein weiteres Bild, ein weiterer extravaganter Satz tauchte auf. *Ich habe die schönste Rose in Shalhassans Garten gepflückt.* Das hatte er verlautet, als er aus dem duftenden Larai Rigal wieder zurück zu Kevin, Paul und den Männern der Südfeste kam. Immer war er extravagant, und die flammende Geste verbarg so viele tiefere Wahrheiten. Dennoch konnte man diese Wahrheiten sehen, wenn man nur hinzuschauen wußte. Hatte er nicht Sharra beschützt, nachdem sie versucht hatte, ihn in Paras Derval zu töten? Und am Vorabend seiner Reise nach Cader Sedat hatte er dann um ihre Hand angehalten.

Und Tegid als seinen Brautwerber agieren lassen.

Immer war da die Geste, ein glitzerndes stilvolles Etwas, das von ihm selbst ablenkte und das verbarg, was er in seinen Wurzeln und hinter dem letzten verschlossenen Tor seiner Seele war.

Paul erinnerte sich, wie Diarmuid seinen Anspruch auf den Thron aufgegeben hatte ... und auf dieser windigen Erhebung, auf der er stand, tat es ihm weh, und er wollte nicht mehr hinabsehen. In jenem Augenblick, als das Schicksal seinen Kreis vollendet zu haben schien, als Jaelle sich anschickte, für die Göttin zu sprechen und in Danas Namen den Großkönig zu ernennen, hatte Diarmuid selbst bereits die Entscheidung gefällt, indem er die richtigen Worte respektlos aussprach.

Metall klirrte auf Metall. Paul wandte sich wieder zurück. Irgendwie war es Diarmuid gelungen, und nur die Götter wußten, was es ihn gekostet haben mußte, sich von neuem an den ungeheuerlichen Urgach heranzuschwingen, und wieder hatte er angegriffen und den Kampf gegen seinen Feind vorangetragen. Aber nur, um ein weiteres Mal mit einer markerschütternden Kraft zurückgeschlagen zu werden, einer Kraft, die Paul selbst hier oben noch spüren konnte.

Er beobachtete weiter, und es schien notwendig zu beobachten: Zeuge zu sein und die Erinnerung zu bewahren.

Und während Diarmuids tapferes Roß wieder eine Pirouette schlug und gerade noch dem Horn des Slaugs und dem Schwert des Urgachs entkam, kehrten weitere Erinnerungen in ihm zurück. Es waren Bilder aus Cader Sedat, jenem Platz des Todes am Meer, jener Insel in allen Welten und in keiner Welt, wo die Seele ohne irgendein Versteck offen lag. Dort hatte Diars Gesicht die volle unverhüllte Leidenschaft seines Hasses gegen die Finsternis geoffenbart, als er auf Metran blickte. Dort war er in der Totenkammer unter dem Meer gestanden, und als Arthur sich anschickte, Lancelot zu beschwören und so die alte, dreiseitige Tragödie wieder in die Welt zu bringen, hatte er zum Krieger gesagt, . . . und es lag tatsächlich eine Wahrheit, ein Kern, ein Fingerzeig darin: *»Das mußt du nicht tun. Es steht weder geschrieben, noch ist es zwangsläufig.«*

Und mit einem Erschaudern, das aus plötzlicher Erkenntnis rührte, erblickte Paul nun den Faden, der von jenem Augenblick bis zu diesem hier führte. Denn es war für Arthur und Lancelot und für Guinevere gedacht, daß Diarmuid in der ganzen wilden Anarchie seines Wesens diesen Tanz beansprucht hatte.

Gegen das Gewebe ihres uralten Verhängnisses hatte er voller Trotz rebelliert, und er hatte diese Rebellion in eine eigene Heldentat gegen die Finsternis umgewandelt. Er hatte den Kampf mit Uathach auf sich genommen, damit beide, Arthur und Lancelot, über diesen Tag hinausgehen sollten.

Die Sonne war nun fast verschwunden. Nur ihre letzten langen Strahlen standen schräg und rot über Andarien. Im Dämmerlicht schien sich der Kampf weiter entfernt zu haben: In ein Reich der Schatten wie die Vergangenheit. Es war sehr still. Selbst die locker ausgespuckten triumphierenden Schreie der Svart Alfar hatten aufgehört. Auf der schneeweißen Robe standen Blutflecken. Paul hätte nicht sagen können, ob sie von Diarmuid oder dem Urgach selbst stammten. Aber darauf schien es nun nicht mehr anzukommen: Diars Pferd war wild und tapfer, aber hoffnungslos überfordert. Noch während sie das Geschehen beobachteten, ermüdete es zusehends.

Diarmuid führte es einige wenige Schritte zurück, um ihm einen Augenblick Ruhe zu gönnen, aber sie sollte nicht gewährt werden. Nicht in diesem Kampf, nicht von diesem Feind. Uathach, der jetzt nicht mehr lachte, sondern mit seinem schwarzen Schwert nur mehr finster den Tod verhieß, setzte nach, und Diarmuid mußte seinem Reittier grausam die Sporen geben, um es wieder in Bewegung zu setzen.

Inmitten des Schweigens, das oben auf dem Grat herrschte, sprach eine einzelne Stimme. »Es gibt nur noch eine Chance für ihn«, ließ sich Lancelot du Lac vernehmen.

Nur einer verstand es und antwortete darauf.

»Wenn man es als Chance bezeichnen kann«, bemerkte Aileron in einem Ton, den keiner von ihnen jemals zuvor von ihm gehört hatte.

Im Westen ging jenseits der Lindenbucht die Sonne unter. Instinktiv wandte Paul sich um und sah, wie ihr letztes sterbendes Licht das Gesicht der Prinzessin von Cathal berührte. Er sah, daß Kim und Jaelle zu ihrer Rechten und Linken standen, und einen Augenblick später wandte er sich zu den Gestalten auf der Ebene zurück, rechtzeitig, um das Ende mitzuerleben.

Im Grunde war es einfach ein wenig lächerlich. Dieses häßliche, haarige Ungeheuer, das selbst für einen Urgach viel zu groß war, war ebenso schnell wie er selbst. Und es schwang ein Schwert, das er selbst, Diarmuid, wohl kaum hätte hochheben, geschweige denn in diesen donnernden, unablässigen Schlägen hätte führen können. Außerdem war es auch unnatürlich bösartig intelligent und schlau. Bei Lisens Blut, hieß es nicht, daß die Urgach dumm seien! Wo war denn noch die *Proportion* in diesem Kampf, fragte sich der Prinz, während ein weiterer Schlag wie eine Lawine auf sein Schwert niederging.

Diese Frage hätte er gerne laut gestellt, aber in diesen letzten paar Augenblicken war das Überleben zu einer Sache sorgfältigster Konzentration geworden, und es blieb ihm kein Atem, um auch nur eine halbwegs geistreiche Bemerkung zu äußern. Welch eine Schande. Mit innerer Heiterkeit fragte er sich, was Uathach wohl sagen würde, wenn er ihm vorschlüge, die Angelegenheit mit den Würfeln zu entscheiden, die Diarmuid zufällig gerade in seinem ...

Ihr Götter! Selbst nach dem Verlust eines Beines war der Slaug, der doppelt so groß wie sein eigenes erschöpftes Pferd war, auf den Tod gefährlich. Mit einem verzweifelt schnellen Schwerthieb, schneller, als er ihn jemals zuvor geführt hatte, gelang es Diarmuid, einen Stoß des Hornes abzublocken, der seinem eigenen Reittier die Eingeweide aufgerissen hätte. Doch unglücklicherweise hieß das ...

Er tauchte wieder im Sattel hoch, nachdem er sich unter seinem Pferd von der einen Seite zur anderen geschwungen hatte, so daß der vernichtende Schlag Uathachs in der dunkler werdenden Luft einen pfeifenden Ton hinterließ, dort, wo einen Augenblick zuvor noch sein Kopf gewesen war. Er fragte sich, ob Ivor von den Dalrei sich wohl erinnerte, wie er ihm das vor so vielen Jahren beigebracht hatte, als Diarmuid mit seinem Bruder den Sommer auf der Ebene verbrachte. Das war so viele Jahre her, er war noch ein Knabe gewesen, aber irgendwie kam es ihm vor, als sei es erst gestern gewesen. Merkwürdig, fast alles fühlte sich nun wie gestern an.

Der Schwung des letzten Hiebes hatte den Urgach zur Seite getragen, er grunzte und hielt sich gerade noch schräg in seinem Sattel, und diese Gewichtsverlagerung trug den Slaug einige Schritte zur Seite. Wäre Diarmuid noch frisch gewesen, so hätte er dies ausnützen können, um von neuem mit einem Angriff zu beginnen, aber sein Pferd hechelte mit verzweifeltem Heben und Senken seiner schaumbedeckten Flanken nach Luft, und sein linker Arm wurde allmählich gefühllos, aus dem tiefen Riß der Wunde breitete sich allmählich Kälte aus, die bis tief über seine Brust reichte.

Die kurze Ruhepause nutzte er auf die einzig mögliche Weise, um seinem Pferd ein wenig Ruhe zu gönnen. Es dauerte einige

Sekunden, nicht mehr, und das genügte nicht. Er dachte nun an seine Mutter und an den Tag, an dem sein Vater starb. So viel schien gestern geschehen zu sein. Er dachte an Aileron und an all die Dinge, die in all diesen gestrigen Tagen unausgesprochen blieben.

Und als Uathach den Slaug dann wieder herumlenkte, flüsterte Diarmuid dan Ailell seinem Pferd ein letztes Mal ins Ohr und spürte, wie es sich auf das Murmeln seiner Stimme hin gehorsam und tapfer aufstellte. Er ließ eine Ruhe in sich aufsteigen, und aus dieser Ruhe in sich rief er sich Sharras Antlitz ins Gedächtnis, durch deren dunkle Augen . . . Tore zur Seele eines Falken . . . die Liebe so unerwartet in ihn eingetreten war, um bei ihm zu bleiben. Und diese Liebe hatte ihn bis zu diesem Augenblick getragen, ihr Bild wohnte in seinem Bewußtsein und mit ihr das sichere, kraftspendende Wissen um ihre Liebe. Und diese Liebe trug ihn nun über den dunklen Boden von Andarien nach vorne, um das letzte, was er tun konnte, zu tun.

Er ritt geradewegs auf den Slaug zu, und sein Roß setzte seine letzten Kräfte ein, um noch einmal schnell und mutig nach vorwärts zu galoppieren, im letzten Augenblick riß er es scharf nach links und versetzte Uathach den heftigsten Schlag, dessen er fähig war.

Er wurde pariert. Und er wußte es. All seine Hiebe waren abgeblockt worden. Und nun folgte der ungeheure, nach unten gerichtete Gegenschlag vom Schwert des Urgach. Wie all die anderen zuvor würde auch dieser ihn zurücktreiben, würde ihn zutiefst erschüttern, wenn er ihn zu parieren versuchte. Das würde seinen Arm betäuben und das unausweichliche Ende näher rücken lassen.

Er parierte ihn nicht. Er riß sein Pferd kraftvoll zur Seite, um wenigstens ein bißchen Raum gewinnen zu können, so daß Uathachs Klinge seinen Körper nicht vollständig zertrennen würde. Und er nahm diesen schrecklichen Schlag mit seiner linken Seite unmittelbar unter dem Herzen in sich auf . . . er wußte, es war das Ende.

Und als dann gleißender Schmerz in der Finsternis in ihm explodierte, sich unbeschreiblich auftürmte, als sein Lebensblut aufspritzte und auf die Steine herabtroff, vollbrachte Diarmuid dan Ailell mit der letzten Kraft seiner Seele, dem letzten Stück Selbstkontrolle die entscheidende Tat seines Lebens. Im Geiste sah er Sharras Antlitz vor sich, und nicht Uathach, er erhob sich über seinen Todesschmerz, mit der Linken ergriff er den haarigen Arm, der das schwarze Schwert hielt, zog sich nach vorne, als hätte er einen langgesuchten Traum von überwältigendem Licht gefunden, und mit der Rechten stieß er seine blitzende Klinge ins Gesicht des Urgach, so daß sie an seinem Hinterkopf wieder hervorkam. Unmittelbar nach Sonnenuntergang tötete er ihn in Andarien.

Sharra beobachtete ihn wie aus weiter Ferne. Als die Dunkelheit hereinbrach, sah sie durch einen Tränenvorhang, der alle Umrisse verschwimmen ließ, wie er seine Wunde bezog, wie er Uathach tötete, sah, wie das wunderschön aufgezäumte Roß von unten her vom Horn des Slaugs häßlich aufgeschlitzt wurde. Der Urgach fiel zu Boden. Von den Svart Alfar konnte sie Schreckensschreie hören, und sie vernahm den Todesschrei des sterbenden Pferdes. Sie sah, daß Diar zur Seite fiel, als sich das Pferd in seinem Todeskampf zu Boden rollte und mit den Hufen ausschlug. Sie sah, wie sich der Slaug in heller Wut im Blutrausch gegen den Mann am Boden wandte, um ihn in Fleischfetzen zu zerreißen . . . sie sah einen Speer, dessen Spitze bläulich-weiß schimmerte, durch die Dunkelheit blitzen, er bohrte sich in die Kehle des Slaug und tötete ihn auf der Stelle. Danach sah sie nur mehr den Mann, der am Boden lag.

»Komm, Kind«, bat Arthur Pendragon, der den König Speer bei dieser Beleuchtung und aus so großer Entfernung so unglaublich weit geworfen hatte. Er berührte sanft ihren Arm. »Laß mich dich zu ihm führen.«

Sie ließ sich von ihm hinab geleiten, durch den Nebel ihrer Tränen registrierte sie wie von ferne, daß in den Reihen der Finsternis äußerste Verwirrung herrschte, der Verlust ihres Führers hatte sie in Schrecken versetzt. Sie nahm Menschen wahr, die neben ihr einherritten, doch sie bemerkte nicht, wer es war, abgesehen von Arthur, der sie am Arm hielt.

Sie ritt den Abhang hinunter, weiter über die dunkle, steinige Ebene und kam an der Stelle an, wo er lag. Um sie herum brannten etliche Fackeln. Wie erstickt, verzweifelt holte sie Atem und wischte dann ihre Tränen mit dem weiten Ärmel ihres Kleides weg.

Dann stieg sie ab und ging hinüber. Sein Kopf ruhte im Schoß von Coll von Taerlinden, aus der Wunde, die Uathachs Schwert ihm geschlagen hatte, strömte und strömte das Blut und versikkerte im dürren Boden.

Er war noch nicht tot. Er atmete mit schnellen, flachen Bewegungen seiner Brust, aber jeder Atemzug ließ einen neuen Sturzbach seines Blutes hervorquellen. Seine Augen waren geschlossen. Es standen andere Menschen um sie her, aber ihr schien es, daß sie und er ganz allein in einer weiten Nacht ohne Sterne waren.

Sie kniete neben ihm nieder, und irgendwie nahm er intuitiv ihre Anwesenheit wahr und öffnete seine Augen. Im Fackellicht nahm sie zum letzten Mal seinen hellblauen Blick in sich auf. Er versuchte zu lächeln und zu sprechen. Aber es war doch zu schmerzhaft, wie sie sehen konnte, nicht einmal das war ihm mehr erlaubt, und so senkte sie ihren Mund zu dem seinen, küßte ihn und sprach ihre letzten Worte zu ihm: »Gute Nacht, mein Geliebter. Warte auf mich an der Seite des Webers. Wenn die Götter uns lieben ...«

Sie versuchte weiterzusprechen, versuchte es, bemühte sich sehr, aber die Tränen blendeten ihre Augen und ließen ihre Stimme versagen. Sein Gesicht war blutleer, im Licht der Fackeln war es knochenweiß. Seine Augen hatten sich wieder geschlossen. Sie konnte fühlen, wie sein Blut aus der Wunde strömte und den Boden, auf dem sie kniete, sättigte. Sie wußte, daß er sie nun verlassen würde. Keine Kraft der Magie, keine Stimme eines Gottes konnte ihn von dort zurückbringen, wo dieser schweigende, schreckliche Schmerz ihn hinführte. Die Wunde war zu tief, sie war endgültig.

Dann öffnete er seine Augen zum letzten Mal und mit großer Anstrengung, und sie erkannte, daß Worte nicht wichtig waren, daß sie alles wußte, was er noch sagen wollte. Sie las die Botschaft in seinen Augen und wußte, worum er sie bat. Es war, als brauchten sie sich hier in dieser letzten Stunde nur noch anzusehen, um zu verstehen.

Sie hob ihren Kopf und nahm wahr, daß Aileron auf Diarmuids anderer Seite kniete und daß sein schmerzverzerrtes Gesicht offen lag, als hätte ihm jemand einen Hieb versetzt. Nun konnte sie irgendwie verstehen, sie konnte selbst einen Platz in sich finden, um ihn zu bemitleiden. Sie schluckte und kämpfte gegen den Kloß in ihrer Kehle an, um wieder sprechen zu können: Um Diarmuids Worte auszusprechen, denn er konnte es nicht. Und so mußte sie dieses letzte Mal seine Stimme sein.

Sie flüsterte: »Er möchte, daß du ihn befreist. Daß du ihn heimschickst, damit es nicht durch das Schwert des Urgach geschehen sein soll.«

»O Diar, nein!« wollte sich Aileron weigern.

Aber Diarmuid drehte ganz langsam den Kopf, verbiß den Schmerz dieser Bewegung, seine Atmung war so flach, daß sie kaum noch zu spüren war. Er blickte auf seinen älteren Bruder und nickte einmal kurz.

Aileron schwieg sehr lange, während die beiden Söhne von Ailell einander im flackernden Fackellicht ansahen. Dann streckte der Großkönig seine Hand aus und legte sie sanft an die Wange des Bruders. Dort ließ er sie einen Augenblick ruhen und blickte dann mit einer letzten Frage auf Sharra, als ob er sie mit seinen dunklen Augen um Erlaubnis bäte.

Und Sharra nahm ihren ganzen Mut zusammen, gewährte sie ihm und sagte für sich selbst und Diar: »Laß es mit Liebe geschehen.«

Dann zog Aileron dan Ailell, der Großkönig, aus einer Scheide, die von seinem Gürtel herabhing, seinen Dolch heraus und setzte die Spitze über das Herz seines Bruders. Diarmuid bewegte seine Hand und fand Sharras Hand, Aileron wartete, während er sie ein letztes Mal an seine Lippen führte. Dort hielt er sie, und mit seinen Augen hielt er die ihren, als das Messer seines Bruders ihn von seinem eisern quälenden Schmerz befreite und er starb.

Aileron zog die Klinge zurück und legte sie weg. Dann vergrub er das Gesicht in den Händen. Sharra konnte kaum sehen, so sehr war sie durch ihre Tränen geblendet. Überall schien es zu regnen, in jener klaren, kühlen, sternenübersäten Nacht in Andarien.

»Komm, meine Liebe«, forderte Jaelle, die Hohepriesterin, sie auf und half ihr aufzustehen. Sie weinte. Die Seherin kam von der anderen Seite zu ihr, und Sharra ging, wohin sie sie brachten.

In den Armen seines Bruders wurde Diarmuid dan Ailell von dem Ort, an dem er starb, zurückgetragen, denn der Großkönig wollte es keinem anderen erlauben. Über die steinige Ebene trug ihn Aileron, auf beiden Seiten und ringsumher brannten die Fackeln. Er schritt den langen Abhang hinauf, der Körper des toten Bruders lag an seiner Brust, und manch einer wandte sich ab, um das Gesicht des lebenden Bruders nicht sehen zu müssen, als er den Toten wegtrug.

Sie errichteten einen Scheiterhaufen in jener Nacht in Andarien. Sie wuschen Diarmuids Körper und kleideten ihn in Weiß und in Gold und verbargen so seine schrecklichen Wunden. Sie kämmten sein goldenes Haar. Dann hob ihn der Großkönig zum letzten Mal auf und trug ihn zum Holz des Scheiterhaufens, und er legte seinen Bruder darauf nieder, küßte ihn auf die Lippen und trat zurück.

Dann kam Teyrnon, der letzte Magier von Brennin zusammen mit Barak, seiner Quelle, mit Loren Silbermantel und Matt Sören nach vorne, und sie alle weinten dort in der Dunkelheit. Aber Teyrnon warf seine Hand empor und sprach ein Wort der Macht, aus seinen Fingern schoß ein einzelner Lichtstrahl hervor, der weiß und golden flammte, wie das Kleid des toten Prinzen, und der Scheiterhaufen lohte plötzlich in Flammen auf und verzehrte den Körper, der auf ihm lag.

So verschied Diarmuid dan Ailell. So wurde sein unbezähmbares Strahlen am Ende zur Flamme und dann zur Asche und zu allerletzt zu den klaren Stimmen der Lios Alfar zum Lied unter den Sternen.

Kapitel 15

Während der Scheiterhaufen brannte, stand Darien weit, weit im Norden in der Dunkelheit unter der Valgrind-Brücke. Es war hier am Rande des Eises sehr kalt, die Sonne war verschwunden, und kein anderes lebendes Wesen war zu hören oder zu sehen. Er blickte über die dunklen Wasser des Flusses, über den sich diese Brücke spannte, und auf der anderen Seite sah er den massiven Ziggurat von Starkadh hochragen, wo in der Schwärze dieser mächtigen Festung, die seinem Vater gehörte, eisig grüne Lichter fahl hervorschienen.

Er war vollkommen allein. Nirgends waren irgendwelche Wachtposten aufgestellt. Wozu hätte Rakoth Maugrim sie auch gebraucht? Wer hätte sich jemals bis zu diesem unheiligen Platz gewagt? Vielleicht ein Heer, aber in dem baumlosen Ödland wäre es schon von weitem sichtbar gewesen. Nur ein Heer konnte bis hierher vordringen. Darien war auf seinem Weg hierher zahllosen Svart Alfar und riesigen Urgach auf ihrem Marsch nach Süden begegnet. Sie waren so zahlreich, daß vor ihnen die Weite dieses dürren Landes zu schrumpfen schien. Er erwartete nicht, daß irgendeine Armee hierher kommen würde: Nicht an diesen Horden vorbei, die er gesehen hatte. Er war mehrere Male gezwungen gewesen, sich zu verbergen, hatte im Schatten von Felsen Schutz gesucht, war auf seinem Wege allmählich westwärts abgeschwenkt, so daß die Legionen der Finsternis östlich an ihm vorbeizogen.

Er wurde nicht entdeckt. Niemand hielt nach ihm Ausschau, niemand hielt nach einem einzelnen Kind Ausschau, das einen Morgen, einen Nachmittag, dann einen kalten Abend und eine noch kältere Nacht hindurch nordwärts stolperte. Während der bleiche Rangat im Osten emporragte und die schwarze Feste Starkadh mit jedem Schritt beherrschender und bedrängender wurde, war er schließlich an der Brücke angelangt, kauerte nun unter ihr nieder und blickte über den Ungarch zu jenem Ort, zu dem er gehen wollte.

Aber nicht heute nacht, entschied er. Er fror so sehr, daß er zitterte, schlang seine Arme eng um seinen Körper. Besser war es noch, die Kälte einer weiteren Nacht hier draußen zu ertragen, als in der Dunkelheit in diesen Ort einzutreten. Er blickte auf den Dolch, den er trug, und zog ihn aus der Scheide. Ein Klang gleich einer Harfensaite hallte dünn in der kalten Nachtluft wider. Auf der Schneide war eine bläuliche Ader, eine etwas breitere auf dem Dolchgriff. Beide schimmerten ein wenig unter den frostigen Sternen. Er erinnerte sich daran, was der kleine Waldgeist, Flidais zu ihm gesagt hatte. Während er Lökdal wieder in die Scheide steckte, wiederholte er die Worte im Geiste. Die ihnen innewohnende Magie war ein Teil des Geschenkes, das er mitbrachte. Und diese Magie sollte schon richtig ankommen. Als er sich zurücklehnte, konnte er fühlen, daß das Metall der Brücke kalt war, ebenso kalt wie der steinige Boden. So hoch im Norden war alles kalt. Er rieb die Hände auf dem Pullover, den er trug. Es war nicht einmal sein eigener Pullover. Seine Mutter hatte ihn für Finn gestrickt . . . und Finn war verschwunden.

Und es war noch nicht mal seine wirkliche Mutter, es war Vae, die ihn gefertigt hatte. Seine eigene Mutter war hochgewachsen und sehr schön, und sie hatte ihn weggeschickt und ihm dann Lancelot hinterhergeschickt, um im Wald mit dem Dämon zu kämpfen. Er verstand es nicht. Er hätte es gerne begriffen, aber niemand half ihm dabei, und er war müde und durchgefroren und weit entfernt.

Er hatte dort am Ufer des dunkel fließenden Flusses halb unter der eisernen Brücke gerade seine Augen geschlossen, als er einen ungeheuren widerhallenden Klang hörte: Eines der mächtigen Tore weit über ihm hatte sich geöffnet. Er sprang auf die Beine und spähte unter der Brücke hervor. Aber da traf ihn ein titanischer Windstoß, der ihn zu Boden warf und fast in den Fluß fegte.

Er rollte sich schnell herum, strengte seine Augen an, um die Kraft, die hinter diesem plötzlichen Sturm stand, zu erkennen, und hoch über sich sah er einen riesigen, gesichtslosen Schatten, der in Richtung Süden trieb und die Sterne verdeckte, während er sich bewegte.

Und dann hörte er das Gelächter seines Vaters.

Für Dave Martyniuk war Wut immer etwas Heißes, Explosives in ihm selbst gewesen. Es war der Zorn seines Vaters, ein breiter ungezähmter Lavafluß in Herz und Geist. Selbst in den Kämpfen, die er hier in Fionavar ausgefochten hatte, war es immer dasselbe gewesen, was ihn überkam: ein feuriger, vernichtender Haß, der alles andere in ihm verzehrte. Doch diesen Morgen war er anders, diesen Morgen war er wie aus Eis. Als die Sonne aufstieg und sie sich auf den Kampf vorbereiteten, spürte er in sich eine kalte Wut, die er nicht an sich kannte. Sie erschreckte ihn sogar ein wenig. Er war ruhiger, hatte einen klareren Kopf als jemals zuvor und war dennoch von einem Zorn erfüllt, der gefährlicher und unversöhnlicher war, als er ihn jemals an sich gekannt hatte.

Über ihnen kreisten die schwarzen Schwäne, ihre rauhen Schreie gellten im frühen Morgenlicht. Unter ihnen hatte sich das Heer der Finsternis gesammelt, es war so riesig, daß es die ganze Ebene auszufüllen schien. An ihrer Seite stand ein neuer Führer, Dave konnte ihn jetzt sehen: Es war Galadan, der Wolfsfürst natürlich. Nicht gerade ein Segen, hatte Ivor gemurmelt, bevor er losritt, um Ailerons Befehle entgegenzunehmen. Er war gefährlicher, als selbst Uathach sein konnte, subtiler in seiner Bösartigkeit.

Es kam nicht darauf an, dachte Dave, der groß und finster in seinem Sattel saß und die unsicheren Blicke, die er auf sich zog, nicht registrierte. Es war vollkommen unwichtig, wer Rakoths Heer anführte, wen sie gegen ihn losschickten: Wölfe, Svart Alfar, Urgach, mutierte Schwäne oder was auch immer, wieviel auch immer. Sollten sie kommen, er würde sie zurücktreiben oder sie tot hinter sich liegen lassen.

Er war nicht mehr Feuer. Das Feuer war letzte Nacht gewesen, als man Diarmuid verbrannt hatte. Er war jetzt Eis, vollkommen selbstbeherrscht und zur Schlacht bereit. Er würde tun, was getan werden mußte, was auch immer getan werden mußte. Er würde es tun für Diarmuid und für Kevin Laine, für die Kinder, die er im Wald beschützt hatte, für Sharras Kummer, für Guinevere, Arthur und Lancelot, für Ivor, Levon und Torc, für die Ausdehnung des Schmerzes in ihm selbst, für alle, die sterben würden, bevor dieser Tag zu Ende ginge ... und für Josef Martyniuk.

»Um eines möchte ich bitten«, sagte Matt Sören. »Doch werde ich es verstehen, wenn du es mir abschlägst.«

Kim sah, daß Aileron sich ihm zuwandte. In den Augen des Großkönigs war es Winter. Er wartete und sprach nicht.

Matt kam zur Sache: »Die Zwerge haben einen Preis zu zahlen, und sie haben Buße zu leisten, falls das überhaupt noch möglich ist. Erlaubst du uns, heute im Zentrum deines Heeres eingesetzt zu werden, damit wir den Hauptstoß der feindlichen Streitmacht auf uns nehmen können?«

Unter den versammelten Hauptleuten entstand ein Murmeln. Die bleiche Sonne hatte sich gerade im Osten über Gwynir erhoben.

Aileron schwieg noch einen Augenblick und entgegnete dann sehr deutlich, so daß man es überall hin hören konnte: »In jedem einzelnen Bericht über den Bael Rangat, den ich gefunden habe ... und ich habe alle Schriften, die es gibt, glaube ich, gelesen ... herrscht ein gemeinsamer Zug vor. Selbst in der Gesellschaft von Conary und Colan, von Ra-Termaine und dem wilden Angirad aus dem Land, das jetzt Cathal heißt, von Revor von der Ebene und all jenen, die mit ihm ritten, ... selbst in so strahlender Gesellschaft war kein einzelner Heeresteil des Lichtes so gefährlich wie Seithr und die Zwerge. Es gibt keine Bitte, die ich dir abschlagen könnte, Matt, aber ich wollte dich ohnehin darum bitten. Dein Volk soll seinem König folgen und einen Ehrenplatz in unseren Reihen einnehmen. Sie sollen aus seiner strahlenden Ehre ihre Ehre ableiten und Mut aus ihrer Vergangenheit ziehen.«

»So sei es«, bestätigte Ivor ruhig. »Wo wollt Ihr die Dalrei aufstellen, Großkönig?«

»Bei den Lios Alfar, wie beim Adein. Ra-Tenniel, kannst du und der Aven unsere rechte Flanke halten?«

»Wenn wir beide es nicht können«, antwortete der Herr der Lios Alfar mit einem Anflug von Lachen in seiner silbrigen Stimme, »dann wüßte ich nicht, wer es kann. Wir werden mit den Reitern vorgehen.« Er saß auf einem der großartigen Raithen, wie hinter ihm auch Brendel, Galen und Lyden, die Führer ihrer Gaue. Neben ihnen stand ein fünftes reiterloses Raithen.

Ra-Tenniel zeigte darauf. Er wandte sich Arthur Pendragon zu, aber er sprach nicht. Es war Loren Silbermantel, der dann das Schweigen brach. Er verfügte nicht mehr über die Kräfte des Magiers, trug aber noch immer das Wissen des Magiers in sich.

»Mein Herr Arthur«, sagte er, »Ihr habt uns mitgeteilt, daß Ihr niemals lange genug lebt, um die letzte Schlacht Eurer Kriege zu sehen. Doch heute wird es, wie es scheint, der Fall sein. Obwohl dieser Ort einstmals Camlann hieß, trägt er diesen Namen jetzt nicht mehr. Seit er vor tausend Jahren durch den Krieg verwüstet wurde, hat er nicht mehr so geheißen. Sollen wir nicht etwas Gutes in diesem Übel suchen, eine Hoffnung im Kreislauf der Jahre?«

Und Arthur erwiderte: »Gegen alles, das ich durch Schmerz gezwungen wurde zu erkennen, laßt es uns versuchen.« Er stieg von seinem Pferd, nahm den König Speer in die Hand und ging zu dem fünften gold- und silberschimmernden Raithen aus Daniloth hinüber. Als er aufsaß, flammte der Speer einen Augenblick lang auf.

»Kommt, mein Herr«, rief Aileron, »und mein Herr Lancelot, wenn Ihr wollt. Ich heiße Euch in den Reihen von Brennin und Cathal willkommen. Wir werden die linke Seite dieses Kampfplatzes einnehmen. Laßt uns versuchen, unsere Reihen über die Körper unserer Feinde im Bogen nach innen zu führen und vor Ende des Tages die Dalrei und die Lios Alfar wieder zu treffen.«

Arthur nickte, ebenso Lancelot. Sie gingen hinüber zu der Stelle, wo Mabon von Rhoden wartete, neben ihm auch Niavin, der Herzog von Seresh und Coll von Taerlindel mit steinernem Gesicht, der jetzt die Männer der Südfeste, Diarmuids Männer, anführte. Kim tat es leid um ihn, aber es würde heute an diesem Tag noch genügend Kummer geben, das wußte sie, und vielleicht noch endgültigere Finsternis für sie alle.

Es schien, daß sie alles Nötige besprochen hatten, aber zu ihrer Überraschung ließ sich Aileron von neuem vernehmen. »Noch eines«, sagte der Großkönig, als seine Hauptleute sich anschickten loszureiten. »Vor tausend Jahren war noch ein anderes Volk im Heer des Lichtes, ein gefährliches und wildes Volk, mutig über alle Maßen. Ein Volk, das jetzt vernichtet und bis auf einen einzigen untergegangen ist.«

Er drehte sich um und fragte: »Faebur von Larak, willst du im Namen des Volkes des Löwen an der vordersten Front unserer Schar reiten? Willst du heute zu den Zwergen stoßen und an die Seite ihres Königs treten? Willst du das Horn, das ich trage, annehmen und für uns alle zum Angriff blasen?«

Kim sah, daß Faebur erblaßte, aber nicht aus Furcht. Er lenkte sein Pferd auf das schwarze Streitroß Ailerons zu und nahm das Horn entgegen. »Im Namen des Löwen«, gelobte er, »will ich es tun.«

Er ritt nach vorne und hielt an Matts linker Seite an. Rechts neben Matt wartete Brock von Banir Tal. Kims Mund war trocken vor Angst, sie blickte auf und sah, wie die Schwäne über ihnen kreisten, unangefochten beherrschten sie den Himmel. Auch ohne hinzublicken, wußte sie, wie vollkommen leblos der Baelrath auf ihrer Hand war. Als Seherin war ihr klar, daß er niemals mehr für sie aufflammen würde, nachdem sie es am Calor Diman abgelehnt hatte, den Drachen zu binden. Sie fühlte sich hilflos, fast krank.

Ihr Platz würde hier auf dem Felsrücken sein . . . zusammen mit Loren und Jaelle . . . zusammen mit etlichen anderen aus allen Teilen des Heeres. Immerhin hatte sie ihre Ausbildung, und sie würden es bald mit Verwundeten zu tun haben.

Sehr bald schon. Aileron und Arthur galoppierten schnell nach links, und sie sahen, wie Ivor nach rechts an Ra-Tenniels Seite ritt und sich an die Spitze der dort wartenden Dalrei stellte. Selbst in der Entfernung konnte sie die Gestalt Dave Martyniuks erkennen, er war bei weitem größer als alle um ihn her. Ihr entging nicht, wie er eine Axt aus der Schlinge nahm, in der sie an seinem Sattel gehangen hatte.

Loren kam zu ihr und blieb bei ihr stehen. Sie ließ ihre Hand in die seine gleiten. Zusammen beobachteten sie Matt Sören, der sich zu Fuß an die Spitze der Zwerge begab, die niemals zuvor auf Pferden gekämpft hatten und es auch heute nicht tun würden. Neben ihm war Faebur. Der junge Mann aus Eridu war abgestiegen und hatte sein Pferd weiter oben zurückgelassen.

Die Sonne stand jetzt schon höher. Von ihrem Platz aus konnte Kim das bewegte, wogende Heer der Finsternis ausmachen, es bedeckte die ganze Ebene dort unten wie ein Teppich. Zur Linken erhob Aileron sein Schwert, und auf der anderen Seite taten Ra-Tenniel und der Aven dasselbe. Sie sah, daß Matt sich an Faebur wandte und mit ihm sprach.

Dann stieß Faebur in das Horn, sie hörte den hellen Klang . . . und die Schlacht hatte begonnen.

Cechtar war der erste, den Dave sterben sah. Der große Dalrei schrie, so laut er nur konnte, und donnerte auf den nächsten Urgach zu, als die Armeen mit einem Krachen, das die Erde erzittern ließ, aufeinanderprallten. Cechtars Wucht und sein pfeifender Schwerthieb ließen den Urgach fast aus seinem Sattel fallen, aber bevor der Dalrei ihm nachsetzen konnte, wurde sein Reittier durch das Horn des Slaug, auf dem der Urgach ritt, von unten böse aufgespießt, und als das graue Pferd sterbend zusammenbrach, war Cechtars Seite ungeschützt, und ein Svart Alfar sprang mit einem langen dünnen Messer in der Hand hinzu und tauchte es in sein Herz.

Dave hatte nicht einmal Zeit aufzuschreien, sich darüber zu grämen oder auch nur darüber nachzudenken. Rings um ihn war nur Tod, blutig und verschwommen. Svart Alfar kreischten zwischen den Todesschreien junger Männer. Ein Svart sprang an seinem Pferd hoch, Dave zog seinen Fuß aus dem Steigbügel, schlug mit der Fußspitze zu und fühlte, wie der Schädel des häßlichen Geschöpfes unter seinem Tritt zerbrach. Er drängte sein Pferd vorwärts, um mehr Raum zu haben, um seine Axt besser schwingen zu können. Dann griff er den nächsten Urgach an, und jedesmal danach trieben ihn Haß und Bitterkeit (aber kalt, eisig, berechnend kalt) weiter und immer weiter, und bald war die Schneide seiner Axt rot und triefte von Blut, während sie immer von neuem hochgerissen wurde und niedersauste. Er bemerkte nicht einmal, was auch nur zehn Meter entfernt von ihm geschah. Die Lios Alfar waren irgendwo zu seiner Rechten, und er wußte, daß Levon immer und bei allem, was geschah, neben ihm war und daß Torc und Sorcha auf seiner anderen Seite kämpften. Unmittelbar vor sich sah er Ivors gedrungene Gestalt, und bei allem, was er tat, bemühte er sich, in Reichweite des Aven zu bleiben. Wie damals bei der Schlacht an den Ufern des Adein verlor er jeden Sinn für die Zeit. Seine Welt war ein enger Strudel: Ein Universum von Schweiß, zerschmetterten Knochen, von schweißbedeckten Pferden, Slaughörnern und einem Boden, der schlüpfrig war vor Blut und zertrampeltem Fleisch der Sterbenden und der Toten. In den Schreien der Schlacht kämpfte er in schweigender Raserei, und wo seine Axt niederfiel, wo die Hufe seines Pferdes ausschlugen, dort töteten sie.

Die Zeit wellte und drehte sich, sie wirbelte von ihm weg. Er stieß die Axt vorwärts wie ein Schwert mitten in das haarige Gesicht des Urgach vor ihm, und fast im selben Schwung trieb er die Schneide nach unten, so daß sie sich durch das Fleisch des Slaugs biß, auf dem der Urgach saß. Er ritt weiter. Levons Schwert neben ihm war ein unablässiger Wirbel glitzernder Bewegung, ein Gegengewicht von tödlicher Anmut zu Daves unüberwindlicher Kraft.

Er hatte jedes Zeitgefühl verloren, der Morgen war sicher längst vorbei. Er wußte, daß sie eine Zeitlang vorgerückt waren, daß sie jetzt aber, da die Sonne etwas höher am Himmel stand, nicht mehr nach vorne drängten, sondern nur den gewonnenen Boden verteidigten. Verzweifelt mühten sie sich, einander genügend Platz zum Kampf zu lassen, aber nicht so viel Raum, als daß die schnellen Svart Alfar hätten dazwischen schlüpfen können, um von unten zu töten.

Und allmählich begann Dave sich etwas einzugestehen, was ein Teil von ihm bereits am Abend zuvor gewußt hatte, als sie gerade den Bergrücken erklommen und hinabblickten. So sehr er auch versuchte, den Gedanken beiseite zu schieben, er mußte es sich eingestehen: Es war die Masse, das rohe Gewicht der Masse, die sie besiegen würde.

Es lohnte sich nicht einmal, darüber nachzudenken, sagte er sich und hämmerte seine Axt mitten durch das abwehrbereite Schwert eines Urgach zu seiner Rechten, während Torcs Schwert gleichzeitig in das Gehirn der Bestie eindrang. Er und der dunkelhaarige Dalrei ... sein Bruder ... sahen einander einen Augenblick lang an: grimmig und verbissen.

Zu mehr reichte die Zeit nicht. Zeit und Kraft waren schnell zu den wertvollsten Dingen in allen Welten geworden, und mit jedem Augenblick, der verging, wurden sie seltener. Die weiße Sonne schwang sich im Bogen den Himmel hinauf, hielt über ihnen inne, blieb einen Augenblick im Gleichgewicht, als träfen sich alle Welten an diesem Tag, und begann dann, durch einen blutigen Nachmittag hinabzugleiten.

Daves Pferd zertrampelte einen Svart Alfar, während seine Axt gleichzeitig das Horn eines dunkelgrünen Slaug abtrennte. Er fühlte einen Schmerz in seinem Schenkel, er registrierte ihn kaum und tötete mit einem Faustschlag den dolchschwingenden Svart, der ihn verletzt hatte. Er hörte, wie Levon vor Anstrengung keuchte, und drehte sich gerade rechtzeitig um, um sein Pferd in die Seite eines Slaugs krachen zu lassen, der den Sohn des Aven bedrohte. Levon erledigte den Urgach, der das Gleichgewicht verloren hatte, mit einem kreisenden Schwung seines Schwertes.

Dahinter kamen zwei weitere Urgachs und ein halbes Dutzend Svart Alfar. Dave hatte nicht einmal genügend Platz, um bei Levon zu bleiben. Vor ihm drängten drei weitere Slaugs nach vorne, über den Körper des einen, dessen Horn er zerschmettert hatte. Dave fiel einige Schritte zurück, es tat ihm im Herzen weh. Auch Levon neben ihm wich zurück.

Dann hörte Dave ungläubig, wie das unablässige Kreischen der Svart Alfar einen höheren Ton erreichte. Der größte der Urgach, die ihn nun angriffen, brüllte plötzlich einen verzweifelten Befehl heraus, und einen Augenblick später sah Dave, wie sich plötzlich zu seiner Linken hinter Levon ein freier Raum auftat und die Feinde zurückfielen.

Und schon war dieser Raum von Matt Sören, dem König der Zwerge erfüllt, der in grimmigem, wütendem Schweigen kämpfte. Seine Kleider waren zerfetzt und blutgetränkt, als er über die Körper der Toten vorwärtswatete, um die Zwerge in die Lücke zu führen.

»Gut getroffen, König der Zwerge!« erhob sich Ivors Stimme hoch über das Kampfesgetümmel. Mit einem Freudenschrei stieß Dave vorwärts, Levon war ihm schon voraus, sie mischten sich unter Matts Streitkräfte und begannen wieder vorzurücken.

Ra-Tenniel, blendend schnell auf seinem Raithen, war plötzlich auch neben ihnen. »Wie geht es am linken Flügel?« sang er.

»Aileron hat uns hierher geschickt. Er meint, sie werden sich halten können!« schrie Matt zurück. »Aber ich weiß nicht, wie lange. Dort drüben sind Galadans Wölfe. Wir müssen zusammen durchbrechen und dann im Bogen nach Westen stoßen!«

»Dann komm!« rief Levon, preschte an ihnen vorbei und ritt nordwärts, als wolle er die Türme von Starkadh selbst erobern. Ivor hielt sich zur Rechten seines Sohnes.

Auch Dave trieb sein Reittier vorwärts und beeilte sich, ihnen zu folgen. Er mußte ihnen nahe bleiben, um sie zu schützen, wenn er es vermochte, um alles zu teilen, was ihnen widerfuhr.

Plötzlich spürte er einen heftigen Luftzug und sah, wie ein riesiger, rasender Schatten über Andarien fegte.

»Gute Götter!« schrie Sorcha, der rechts von Dave ritt. Ein ungeheurer, tosender und brüllender Klang ertönte.

Dave blickte empor.

Als es dämmerte, wachte Leila auf. Sie hatte eine schreckliche, ruhelose Nacht erlebt und fühlte sich fiebrig und voller Angst. Als Shiel sie holen kam, befahl sie ihr, an ihrer Stelle als Priesterin die Morgengesänge zu leiten. Shiel warf nur einen Blick auf Leila und ging wortlos hinaus.

Leila schritt die engen Wände ihres Zimmers auf und ab und bemühte sich, die Bilder, die in ihr Bewußtsein blitzten, festzuhalten. Aber sie waren zu schnell, zu heftig, zu chaotisch. Sie wußte nicht, woher sie kamen, wie sie sie empfangen konnte. Sie wußte es nicht! Und sie wollte sie nicht! Ihre Hände waren feucht, sie fühlte Schweiß auf ihrer Stirn, obwohl die unterirdischen Räume ebenso kühl wie immer waren.

Unter dem Kuppelgewölbe gingen die Gesänge zu Ende. In plötzlichem Schweigen wurde sie sich ihrer eigenen Schritte bewußt, sie bemerkte, wie schnell ihr Herz schlug, wie schnell ihr Bewußtsein pulsierte ... alles schien lauter und dringlicher. Sie hatte jetzt mehr Angst als jemals zuvor. Es klopfte an der Tür.

»Ja!« stieß sie hervor. Sie hatte es nicht in dieser Weise sagen wollen. Ängstlich öffnete Shiel die Tür und spähte herein. Sie betrat den Raum nicht. Als sie Leilas Gesicht sah, weiteten sich ihre Augen.

»Was ist?« fragte Leila und versuchte, ihre Stimme zu beherrschen.

»Es sind Männer hier, Priesterin, sie warten am Eingang. Willst du sie sehen?«

Jetzt hatte sie zumindest etwas zu tun, etwas zu unternehmen. Sie eilte an Shiel vorbei und ging in den gewundenen Gängen schnell bis zum Tempeleingang. Dort warteten drei Priesterinnen und eine schwarz-braun gekleidete Akolytin. Die Tore standen offen, aber die Männer warteten geduldig draußen.

Sie kam zur Schwelle und sah, wer es war. Sie kannte sie alle drei: Gorlaes, den Kanzler, Shalhassan von Cathal und den fetten Tegid, der sich soviel gekümmert und gesorgt hatte, als Sharra von Cathal hier gewesen war.

»Was wollt ihr?« fragte sie brüsk. Wieder war ihre Stimme härter, als sie es wollte. Es gelang ihr jetzt nur schwer, sie zu kontrollieren. Der Tag draußen schien strahlend zu sein. Die Sonne tat ihren Augen weh.

»Kind«, wollte sich Gorlaes vergewissern, »bist du diejenige, welche die Hohepriesterin vertritt?«

»Ich bin es«, antwortete sie kurz und wartete.

Shalhassans Haltung war anders, drückte eher ruhige Zustimmung aus. Er bemerkte: »Ich habe von dir gehört, du bist Leila dal Karsh?«

Sie nickte und trat ein wenig zur Seite, um im Schatten zu sein.

Shalhassan fuhr fort: »Priesterin, wir sind gekommen, weil wir Angst haben. Wir wissen nichts, wir können nichts erkennen. Ich dachte, daß die Priesterinnen vielleicht Nachrichten über den Ausgang der Ereignisse haben.«

Sie schloß die Augen. Auf irgendeiner Ebene hätte sie dies als Triumph auffassen können, wenn das Gewebe dieser Geschehnisse normal verlaufen wäre: die Führer von Brennin und Cathal, die derartig demütig zum Heiligtum kamen. Sie war sich dessen bewußt, vermochte aber nicht, die angemessene Antwort zu finden. Sie schien ganze Lebensspannen von den raschen Fiebern dieses Tages entfernt.

Sie öffnete ihre Augen und bekannte: »Auch ich habe Angst. Ich weiß sehr wenig. Ich weiß nur, daß . . . daß heute morgen etwas geschieht. Und es ist Blut da. Ich glaube, daß sie kämpfen.«

Der dicke Tegid entließ ein rumpelndes Geräusch aus seiner Brust. In seinem Gesicht sah sie Besorgnis und Zweifel. Einen Augenblick zögerte sie noch und fügte dann hinzu, nachdem sie tief Atem geholt hatte: »Wenn ihr wollt, wenn ihr Blut gebt, könnt ihr eintreten. Ich werde alles mit euch teilen, was ich erfahren werde.«

Alle drei verbeugten sich vor ihr.

»Wir werden dankbar sein«, murmelte Shalhassan, und sie konnte hören, daß er es ernst meinte.

»Shiel«, gebot sie und war wiederum nicht imstande, ihren scharfen Befehlston zu unterdrücken. »Nimm das Wasser und die Schale zur Hand und bring beides dann zum Gewölbe.«

»Ich werde es tun«, gehorchte Shiel mit einem Mut, den sie nur selten aufbrachte.

Leila wartete nicht. Wieder schnitt sich ein inneres Gesicht wie ein Wasser in ihr Bewußtsein und verschwand. Sie wandte sich vor der Schwelle nach innen, stolperte, fast wäre sie gefallen. Sie sah die erschreckten Augen der jungen Akolytin, die von ihr abrückte. Jung? registrierte sie in einem Teil ihres Bewußtseins. Das Mädchen war älter als sie selbst.

Leila schritt weiter zum Gewölbe. Ihr Gesicht war jetzt blutleer, sie konnte es fühlen. Und sie konnte fühlen, wie in ihr eine dunkle, kalte Angst immer höher und höher stieg. Es schien ihr, während sie ging, als ob die Wände des Heiligtums um sie her von Blut überströmt waren.

Paul gab sich alle Mühe. Er war zwar kein Schwertkämpfer und verfügte auch nicht über Daves gewaltige Größe und Kraft, aber er hatte seinen eigenen Zorn und eigenen Mut, der in seiner gefestigten Natur wurzelte und der ihn unendlich viel von ihm selbst fordern ließ. Er war graziös und zeigte sehr schnelle Reflexe. Aber Kunstfertigkeit im Schwertkampf konnte man nicht über Nacht erwerben, jedenfalls nicht in einem Ausmaß, um Urgach und Galadans Wölfen standhalten zu können.

Trotzdem blieb er während des ganzen Morgens im Herzen des Kampfs auf der westlichen Seite und kämpfte mit leidenschaftlicher, unermüdlicher Selbstaufgabe.

Er sah, wie Lancelot und Aileron vor ihm von den Pferden stiegen, wie sie Seite an Seite unter die riesigen Wölfe wateten und wie ihre Schwerter mit einer aufeinander abgestimmten Schnelligkeit blitzten, so daß sie vor den Augen verschwammen. Er wußte, daß er etwas erlebte, was er niemals vergessen würde, eine fast unvorstellbare Virtuosität. Lancelot kämpfte mit einem Handschuh zum Schutz seiner verbrannten Hand, damit der Knauf seines Schwertes nicht in die Wunde drang. Früh am Morgen war der Handschuh noch weiß gewesen, aber jetzt war seine Innenseite von Blut getränkt.

Zu beiden Seiten von Paul kämpften Carde und Erron wie rasend, sie ließen ihre Schwerter durch die Svart Alfar sausen, schlachteten die Wölfe ab und hielten, so gut wie möglich, die schrecklich berittenen Urgach zurück. Und, wie Paul sich peinlich bewußt wurde, sie taten ihr Bestes, um ihn zu schützen, noch während sie um ihr eigenes Leben kämpften.

Er bemühte sich, sosehr er nur konnte, beugte sich auf beiden Seiten des Pferdehalses hinab, um mit dem Schwert, das er trug, zu stoßen und zu schlagen. Er sah, wie ein Svart unter einem seiner Hiebe zu Boden ging, wie ein Wolf vor einem anderen schnappend zurückwich. Aber noch bevor das geschah, hatte Erron mit seiner schnellen Gewandtheit herumwirbeln müssen, um einen anderen Svart zu durchbohren, der auf Pauls ungeschützte Seite losgesprungen war.

Keine Zeit, um Dankbarkeit auszudrücken, keine Zeit für irgendwelche Worte. Nur einige zersprengte Sekunden inmitten des Getümmels, in denen er sich nach innen wandte und vergeblich nach irgendeinem Hinweis, nach irgendeinem Pulsschlag von seiten des Gottes suchte, der ihm zeigen würde, wie er mehr sein konnte als eine Quelle der Gefahr für die Freunde, die sein Leben schützten.

»Ihr Götter!« keuchte Carde, als er sich später einen Augenblick der Rast gönnte. »Warum sind die Wölfe hier so viel schlimmer, als sie im Leinanwald waren?«

Paul wußte die Antwort darauf. Er konnte sie sehen. Schräg rechts vor ihnen stand Galadan, er bewegte sich mit einer unheilverheißenden Wendigkeit, um ihn schwebte eine fast greifbare Aura tödlicher Drohung. Er kämpfte in seiner Tiergestalt und verlieh dem Ansturm seiner Wölfe, ja der gesamten Armee Maugrims die geistige Führung, und es war ein bösartiger und zugleich subtiler Geist.

Galadan, den Paul so anmaßend für sich beansprucht hatte. Jetzt, da er sich nicht einmal gegen die Svart Alfar verteidigen konnte, kam es ihm nur noch peinlich vor, dümmlich und arrogant.

Als er in diesem Augenblick über das Aufwallen und Aufeinanderprallen der Schlacht hinblickte, öffnete sich vor Galadan ein freier Raum, und dann beobachtete Paul mit einem ziehenden Schmerz im Herzen, wie der graue Cavall zum zweiten Mal herausfordernd auf den Wolf mit den Silberflecken zwischen den Augen zuging. Die Erinnerung peitschte durch Pauls Bewußtsein wie eine andere Wunde: eine Erinnerung an die Schlacht im Götterwald, die den Kampf, den sie nun ausfochten, bereits hatte ahnen lassen.

Er sah, wie der narbenbedeckte graue Hund und der stolze Herr der Adain einander zum zweiten Mal gegenüberstanden. Beide waren einen gefrorenen Augenblick lang reglos, hielten sich in Bereitschaft.

Aber diese erste Auseinandersetzung in der Lichtung des Sommerbaums sollte sich nicht wiederholen. Eine Schar von berittenen

Urgachs donnerte in die Lücke zwischen Wolf und Hund. Sie wurde durch einen schwerterklirrenden Schlagabtausch aufgehalten von Diarmuids Schar. Coll von Taerlindel und der rothaarige Averren, der ein Dutzend Männer von der Südfeste anführte, kämpften an diesem Tag mit gleicher Verbissenheit, alle verdrängten sie den Gram ihres Herzens durch die Raserei des Krieges, sie freuten sich über jede Gelegenheit zu töten.

Auf beiden Seiten von Paul behaupteten Coll und Averren ihre Stellung, sie deckten seinen Körper ebenso wie die ihren. Als er sah, wie die Männer des Prinzen gerade vor ihm mit den Urgach kämpften, hatte er sich bereits entschlossen.

»Kämpft mit den anderen weiter«, schrie er den beiden zu. »Ich bin hier keine Hilfe! Ich reite zum Grat zurück . . . dort kann ich mehr tun.«

Beide tauschten mit ihm einen kurzen Blick, und sie wußten, daß es der letzte sein konnte. Er berührte kurz Cardes Schulter, fühlte Averrens Hand auf seinem Arm. Dann riß er sein Pferd herum und jagte zu der Erhebung zurück. Dabei verfluchte er bitter seine Nutzlosigkeit.

Zu seiner Linken erkannte er zwei weitere Gestalten, die sich ebenfalls aus dem Gedränge abgesondert hatten und nun zum Bergrücken ritten. Er lenkte sein Reittier in ihre Richtung und traf auf Teyrnon und Barak.

»Wohin geht ihr?« rief er.

»Nach droben«, schrie Teyrnon mit rauher Stimme zurück, der Schweiß strömte über sein Gesicht. »Das Kampfesgewühl ist zu dicht. Wenn ich einen Donnerkeil zu werfen versuche, so treffe ich genauso viele von unseren eigenen Leuten wie von den ihren. Und Barak ist hoffnungslos verwundbar, wenn er als Quelle für meine Magie fungiert.«

Barak weinte vor Enttäuschung. Sie erreichten den Abhang und galoppierten nach oben. Dort stand eine Reihe von Lios Alfar, die das ganze Schlachtfeld überblickten. Berittene Auberei warteten neben ihnen, bereit um hinabzurasen und dem Großkönig ihre Botschaften zu überbringen.

»Wie geht es?« keuchte Paul, an einen der ihm nächst stehenden Lios Alfar gewandt, während er abstieg und sich gleichzeitig umdrehte, um nach unten zu blicken.

Aber es war Loren Silbermantel, der ihm antwortete. »Sehr auf Messers Schneide«, stellte er fest, und seine faltigen Gesichtszüge waren tief ernst. »Wir werden hingehalten, und die Zeit ist auf ihrer Seite. Aileron hat den Befehl gegeben, daß die Zwerge sich nach Osten zu den Dalrei und den Lios Alfar schlagen. Er will versuchen, die westliche Flanke und die Hälfte des Zentrums alleine zu halten.«

»Kann er es?« fragte Teyrnon.

Loren schüttelte den Kopf. »Eine Zeitlang, aber nicht für immer. Und schau, die Schwäne melden Galadan alles, was wir tun.«

Paul konnte sehen, daß der Wolfsfürst sich drunten in einen freien Raum hinter der Armee der Finsternis zurückgezogen hatte.

Er war wieder in seiner menschlichen Gestalt, und jeden Augenblick ließ sich ein anderer von seinen häßlichen schwarzen Schwänen aus der Luft, wo sie sich ungestört bewegen konnten, zu ihm herab, um ihm Botschaften zu übergeben und Anweisungen weiterzuleiten.

An Pauls Seite begann Barak zu fluchen, herzhaft, leidenschaftlich und wortreich. Links unter ihnen blitzte ein Lichtschein auf, der Paul ins Auge stach. Es war Arthur, der den schimmernden König Speer und sein herrliches Raithen an der ganzen Linie der westlichen Flanke entlangführte und mit der strahlenden Flamme seiner Gegenwart Maugrims Legionen zurücktrieb und auf diese Weise den bedrängten Männern von Brennin eine Ruhepause verschaffte, wo immer er sich zeigte. Der Krieger in der letzten Schlacht bei Camlann. Es war die Schlacht, die er eigentlich nicht hätte erleben dürfen und auch nicht erlebt hätte, wäre nicht Diarmuid dazwischengetreten.

Hinter Paul glühten noch immer die verkohlten Hölzer des Scheiterhaufens, und die Asche trieb in der Morgensonne. Paul blickte nach oben: Der Morgen ist vorbei, stellte er fest. Hinter den kreisenden Schwänen hatte die Sonne den Zenit erreicht und begann wieder abzusteigen.

Er lief zu Fuß nach Süden zurück. Auf einem freien Platz taten einige Leute, unter ihnen Kim und Jaelle, ihr Bestes für die Verwundeten, welche die Auberei in erschreckender Anzahl zum Grat heraufbrachten.

Kims Gesicht war von Blut und Schweiß gezeichnet. Er kniete

sich neben ihr hin. »Dort unten bin ich nutzlos«, meinte er schnell. »Was kann ich tun?«

»Du auch?« antwortete sie, und ihre grauen Augen waren von Schmerz überschattet. »Reich mir diese Tücher herüber zum Verbinden, hinter dir, ja.« Sie begann, das verwundete Bein eines Zwerges zu versorgen.

»Was willst du damit sagen?« fragte Paul.

Kim schnitt das Tuch mit einem Messer zurecht und befestigte es, so gut sie nur konnte. Sie stand auf und ging weiter, ohne zu antworten. Paul folgte ihr. Ein junger Dalrei, nicht älter als sechzehn Jahre, lag in atemlosem Todeskampf vor ihnen, an seiner Seite klaffte eine Wunde, die eine Axt geschlagen hatte. Kim sah verzweifelt auf ihn nieder.

»Teyrnon!« schrie Paul.

Der Magier und seine Quelle kamen eilends herbei. Teyrnon blickte kurz auf den verwundeten Jungen, dann auf Barak und kniete sich dann neben den Dalrei nieder. Barak schloß seine Augen, und Teyrnon legte eine Hand über die gezackte Wunde. Er sprach flüsternd ein halbes Dutzend Wörter, und während er noch dabei war, begann sich die Wunde langsam zu schließen. Aber als er fertig war, brach Barak fast zusammen. Erschöpfung stand wie eingeätzt in seinen Gesichtszügen. Teyrnon erhob sich schnell und richtete seine Quelle wieder auf.

»Ich kann nicht mehr viel von diesen Dingen tun«, bedauerte der Magier grimmig und blickte geradewegs auf Barak.

»Doch, du kannst!« schnappte Barak zurück und starrte ihn an. »Wer sonst noch, Seherin, wer braucht uns sonst noch?«

»Geht zu Jaelle«, bat Kim tonlos. »Sie wird euch diejenigen zeigen, denen es am schlechtesten geht. Tut, was ihr könnt, aber achtet darauf, euch nicht zu sehr zu erschöpfen. Außer euch beiden haben wir nichts mehr, was die Magie betrifft.«

Teyrnon nickte kurz und ging zu der Stelle hinüber, wo Paul die Hohepriesterin sehen konnte. Sie hatte die Ärmel ihres weißen Gewandes zurückgeschoben und kniete neben einem zusammengekrümmten Lios Alfar.

Paul wandte sich wieder zu Kim. »Und deine Magie?« fragte er und deutete auf den glanzlosen Kriegsstein. »Was ist geschehen?«

Einen Augenblick lang zögerte sie, dann erzählte sie ihm rasch den Ablauf der Geschehnisse am Calor Diman. »Ich habe es abgelehnt«, schloß sie ihre Erzählung, »und jetzt haben die Schwäne den Himmel für sich, und der Baelrath ist vollkommen tot. Ich fühle mich krank, Paul.«

Ihm ging es nicht anders, aber er ließ es sich nicht anmerken und zog sie in einer heftigen Umarmung an sich. Er fühlte, wie sie in seiner Umarmung zitterte.

Paul sagte: »Keiner hier oder anderswo hat so viel wie du getan. Und wir wissen nicht, ob das, was du tatest, falsch war ... wärest du dann rechtzeitig zu den Zwergen gekommen, wenn du den Ring benutzt hättest, um das Wesen im See zu binden? Es ist noch nicht vorbei, Kim. Es ist noch lange nicht vorbei.«

Sie hörte ein schmerzvolles Stöhnen in nächster Nähe. Vier Auberei setzten eine Trage nieder, die sie heraufgebracht hatten. Auf ihr lag Mabon von Rhoden, der aus einem halben Dutzend frischer Wunden blutete. Loren Silbermantel und Sharra von Cathal mit weißem Gesicht eilten an die Seite des gefallenen Herzogs.

Paul wußte nicht, wohin er blicken sollte. Überall um sie her lagen die Sterbenden und die Toten. Auf dem Schlachtfeld unten schienen sich die Streitkräfte der Finsternis kaum vermindert zu haben. In sich fühlte er den Pulsschlag Mörnirs so schwach wie immer, schwach und quälend fern. Höchstens eine Andeutung, keineswegs ein Versprechen, ein Bewußtsein, aber keine Macht.

Wie Barak fluchte er laut in seiner Hilflosigkeit.

Kim sah ihn an, und einen Augenblick später erklärte sie mit seltsamer Stimme: »Ich habe gerade etwas erkannt. Du haßt dich selbst, weil du nicht imstande bist, deine Kraft im Kampf zu gebrauchen. Aber du *hast* keine Macht im Krieg, Paul. Das hätten wir vorher erkennen sollen. *Ich* aber habe diese Art der Macht, oder ich hatte sie bis gestern nacht. Du bist etwas anderes.«

Da hörte er nun eine Wahrheit, aber die Bitterkeit verließ ihn dennoch nicht.

»Wunderbar«, schnappte er. »Das macht mich schon sehr nützlich, nicht?«

»Vielleicht«, war alles, was sie erwiderte. Aber in ihren Augen war eine stille Überlegung, die ihn beruhigte.

»Wo ist Jen?« fragte er. Sie zeigte mit dem Finger, und er

beobachtete, wie auch Jennifer sich nach bestem Vermögen um die Verwundeten kümmerte. In diesem Augenblick hatte sie sich gerade von der Seite eines Verwundeten erhoben, um ein paar Schritte nach Norden zu gehen und auf das Schlachtfeld hinabzusehen. Er konnte sie nur im Profil sehen, aber als er auf sie blickte, wurde ihm bewußt, daß ihm noch nie eine Frau begegnet war, die so aussah wie sie, die so aussah, als nähme sie den Schmerz aller Welten auf sich. Sie tat es nach der Art einer Königin.

Und er wußte nicht, weswegen er dann plötzlich seine Augen nach oben richtete. Und er gewahrte einen schwarzen Schwan im Sturzflug herabgleiten. Lautlos, ein Schrecken gegen den Himmel, mit Klauen wie Rasierklingen, die direkt nach Jennifer ausgestreckt waren. Es war die schwarze Avaia, die fauligen Tod in der Luft kündete und nun zurückkehrte, um ihr Opfer ein zweites Mal zu holen. So laut er nur konnte, schrie Paul ein Warnung aus und begann wie ein Besessener, die Entfernung zwischen ihnen hinter sich zu bringen. Er rannte aus Leibeskräften. Der Schwan aber war wie ein schwarzes Projektil, das mit vernichtender Geschwindigkeit herabstürzte. Auf Pauls Schreie hin wandte Jennifer sich um und blickte nach oben. Sie sah Avaia und wich nicht aus. Tapfer griff sie nach dem dünnen Messer, das sie ihr gegeben hatten. Paul rannte, wie er nie zuvor in seinem ganzen Leben gerannt war. Ein Seufzer entrang sich ihm. Zu weit, er war zu weit weg. Er versuchte, bemühte sich um höhere Geschwindigkeit, um mehr, um *irgend etwas*. Ein fleischiger Gestank erfüllte die Luft, ein kreischender Triumphschrei ertönte. Jennifer hob ihre Klinge. Zehn Meter von ihr entfernt stolperte Paul, fiel zu Boden, hörte, wie er ihren Namen schrie, erhaschte einen Blick auf die scharf gekrümmten Fänge des Schwanes . . .

Und sah, wie Avaia drei Meter über Jennifers Kopf durch einen roten Kometen im Himmel zu einem wirren Bündel von Federn zermatscht wurde. Ein lebender Komet, der sich blendend schnell irgendwie materialisiert hatte, um ihren Weg zu kreuzen. Ein Horn gleich einem Messer explodierte in Avaias Brust. Ein helles Schwert traf ihren Kopf. Der schwarze Schwan kreischte in Schmerz und Schrecken so gräßlich auf, daß sie es unten auf der Ebene hören konnten. Avaia fiel noch immer kreischend vor ihren Füßen zu Boden, und Guinevere ging ohne zu wanken zu ihr hin, blickte auf das Geschöpf hinab, das sie Maugrim ausgeliefert hatte.

Einen Augenblick lang stand sie so, dann drang ihr dünnes Messer in Avaias Kehle, das Kreischen hörte auf, und Lauriel, die Weiße, war nach nunmehr tausend Jahren gerächt.

Das Schweigen auf dem Grat war überwältigend. Selbst das Kriegsgetümmel auf der Ebene schien abgenommen zu haben. Wie Paul, so sahen alle voller Ehrfurcht zu, als Gereint, der alte blinde Schamane, vorsichtig zu Boden kletterte und Tabor dan Ivor allein auf seinem geflügelten Wesen zurückließ. Die beiden schienen selbst unter so vielen Menschen seltsam und unheimlich fern. Blut war auf seinem Schwert, und Blut auf ihrem tödlichen glänzenden Horn. Der Schamane stand ganz ruhig, den Kopf hatte er ein wenig erhoben, als lausche er nach irgend etwas. Er zog die Luft ein, die von dem verwesenden Geruch des Schwanes stank.

»Ha!« rief Gereint aus und spuckte vor sich auf den Boden.

»Sie ist tot, Schamane«, bemerkte Paul ruhig. Er wartete.

Gereints blicklose Augen richteten sich zielsicher auf die Stelle, wo Paul stand. »Zweimalgeborener?« fragte der alte Mann.

»Ja«, antwortete Paul. Er trat einen Schritt vorwärts und umarmte zum ersten Mal die alte, blinde, tapfere Gestalt, die ihre Seele so weit geschickt hatte, um auf dem dunklen weiten Meer Pauls Seele zu finden.

Dann trat er wieder zurück, und Gereint wandte sich mit dieser unnachahmlichen Genauigkeit in Kims Richtung, und die Seherin schwieg, über ihr Gesicht strömten die Tränen und niemand verstand es. Der Schamane und die Seherin standen einander gegenüber, es wurden keine Worte gewechselt. Kim schloß ihre Augen und weinte noch immer.

»Es tut mir leid«, klagte sie mit gebrochener Stimme. »O Tabor, es tut mir leid.«

Paul verstand nicht. Er sah, wie Loren Silbermantel ruckartig den Kopf hob.

»War es das, Gereint«, fragte Tabor in merkwürdig ruhigem Ton. »War es der schwarze Schwan, den du gesehen hast?«

»O mein Kind«, flüsterte der Schamane. »Um der Liebe willen, die ich für dich und deine ganze Familie empfinde, wünschte ich, daß es so wäre.«

Nun hatte Loren sich vollständig umgedreht und starrte nach Norden.

»Weber am Webstuhl!« schrie er.

Dann sahen auch die anderen das Heranbrausen eines Schattens, sie hörten ein gewaltiges, brüllendes Geräusch und spürten den mächtigen Windstoß, der herankam.

Jaelle ergriff Pauls Arm. Er spürte ihre Bewegung, schaute aber auf Kim, als der Schatten auf sie zuraste. Jetzt endlich verstand er ihren Gram, und er wurde zu dem seinen. Aber es gab nichts, was er hätte tun können, überhaupt nichts. Er sah, daß Tabor aufblickte. Die Augen des Jungen schienen sich weit zu öffnen. Er berührte sein herrliches Reittier, es breitete seine Schwingen aus, und sie erhoben sich in den Himmel.

Er hatte den Befehl, bei den Frauen und Kindern in jenem Landstrich östlich des Latham zu bleiben und sie, wenn notwendig, zu beschützen. Doch Tabor wußte, daß das ebenso sehr um seinetwillen geschah wie um ihretwillen: Sein Vater versuchte ihn auf diese Weise davon abzuhalten, die Welt der Menschen zu verlassen, und das schien immer dann zu geschehen, wenn er auf Imraith-Nimphais ritt.

Aber Gereint hatte nach ihm gerufen. In dieser grauen Stunde vor der Dämmerung vor dem Haus des Schamanen war er nur halb wach gewesen, aber er hatte Gereints Worte gehört, und alles hatte sich verändert.

»Kind«, sprach der Schamane zu ihm. »Ich habe eine Vision von Cernan bekommen, die ebenso deutlich war wie damals, als er zu mir kam und dich für deinen Festtag erwählte. Es tut mir leid, aber du mußt fliegen. Sohn Ivors, du hast in Andarien zu sein, bevor die Sonne hoch am Himmel steht!«

Es schien Tabor, als spiele irgendwo im Bodennebel und all dem Grau, das sich vor Aufgang der Sonne überall ausdehnte, eine leise, flüchtige Musik. Neben ihm standen seine Mutter und seine Schwester. Der Knabe, den Gereint mit seiner Botschaft geschickt hatte, hatte auch sie geweckt. Tabor wandte sich an seine Mutter, versuchte zu erklären, um Verzeihung zu bitten . . .

Und er sah, daß es nicht notwendig war, nicht bei Leith. Sie hatte sein Schwert aus dem Haus geholt, und er hatte keine

Ahnung, wie sie hatte wissen können, daß er es brauchen würde. Sie hielt es ihm entgegen, er nahm es aus ihren Händen. Ihre Augen waren trocken. Es war immer sein Vater gewesen, der geweint hatte.

Seine Mutter bedeutete ihm in ihrer ruhigen, kräftigen Stimme: »Du wirst tun, was du tun mußt, und dein Vater wird es verstehen, da die Botschaft von Gott kommt. Webe leuchtend für die Dalrei, mein Sohn, und *bringe sie nach Hause.*«

Tabor erschien es schwierig, eigene Worte zu bilden. Um ihn her und immer deutlicher konnte er die merkwürdige Musik hören, die ihn in die Ferne rief.

Er wandte sich zu seiner Schwester. Im Gegensatz zu ihrer Mutter weinte Liane, und es tat ihm leid für sie. Er wußte, daß sie in Gwen Ystrat, in jener Nacht, als Liadon starb, verletzt worden war. Sie hatte in diesen Tagen eine neue Verletzlichkeit an sich. Oder vielleicht war sie immer schon so gewesen, und er bemerkte es erst jetzt. Aber das spielte in diesem Moment wirklich keine Rolle mehr. Schweigend, denn das Sprechen wurde ihm jetzt schwer, reichte er ihr sein Schwert und hob seine Arme. Knieend schnallte ihm seine Schwester den Schwertgürtel um. Auch sie sprach nicht. Als sie damit fertig war, küßte er zuerst sie und dann seine Mutter. Leith drückte ihn einen Augenblick lang an sich, dann ließ sie ihn gehen. Er trat ein wenig von ihr zur Seite.

Die Musik war jetzt verklungen. Im Osten über der Bergkette des Carnevon, in dessen aufragenden Schatten sie lagen, war der Himmel heller geworden. Tabor ließ seinen Blick über das schweigende, schlafende Lager gleiten.

Dann schloß er seine Augen und sagte in sich, nicht laut: *Geliebte!*

Und fast bevor noch dieser Gedanke vollkommen gebildet war, hörte er die Stimme seines Traums, welche die Stimme seiner Seele war, ... sie antwortete: *Hier bin ich. Sollen wir fliegen?* Er öffnete seine Augen. Sie schwebte über ihnen im Himmel, strahlte schöner und heller, als er sich selbst in seinem inneren Wissen erinnern konnte. Jedesmal, wenn sie kam, schien sie noch strahlender, ja noch leuchtender. Sein Herz hob sich, als er sie sah und dabei beobachtete, wie sie so gewandt an seiner Seite landete.

Ich glaube, wir müssen fliegen, antwortete er ihr und ging zu ihr, um ihre glänzende rote Mähne zu streicheln. Sie senkte den Kopf, so daß das gleißende Horn einen Augenblick auf seiner Schulter ruhte. *Ich glaube, das ist die Zeit, um derentwillen wir zusammengebracht wurden.*

Wir werden einander haben, sagte sie zu ihm. *Komm, ich will dich zum Sonnenaufgang emporheben.*

Er lächelte ein wenig über ihren Eifer, aber schon einen Augenblick später schwand sein nachsichtiges Lächeln hinweg, er fühlte dieselbe wilde Freude in sich aufwallen. Er bestieg Imraith-Nimphais, und schon breitete sie ihre Schwingen aus. *Warte*, bat er mit dem letzten Rest seiner Selbstkontrolle. Er wandte sich zurück. Seine Mutter und seine Schwester beobachteten sie. Leith hatte sein geflügeltes Reittier niemals zuvor gesehen, und ein ferner Teil in Tabors Seele schmerzte, als er ehrfürchtiges Staunen in ihrem Gesicht las. Eine Mutter sollte vor ihrem Sohn keine Ehrfurcht empfinden, dachte er. Aber Gedanken wie dieser schienen bereits von sehr ferne zu kommen.

Der Himmel war inzwischen bedeutend heller geworden. Der Nebel lüftete sich. Er wandte sich an Gereint, der, ohne etwas zu sagen, geduldig gewartet hatte. Tabor sagte: »Du kennst ihren Namen, Schamane. Du weißt die Namen von all unseren Totemtieren, auch von diesem hier. Wenn du willst, wird sie dich tragen. Willst du mit uns fliegen?«

Und Gereint antwortete ruhig und unerschütterlich wie immer: »Ich hätte es mir nicht angemaßt, darum zu bitten, aber vielleicht gibt es noch einen Grund, warum ich dort sein sollte. Ja, ich will mit euch kommen. Helft mir aufzusteigen.«

Ohne Aufforderung trat Imraith-Nimphais an den schmächtigen, verschrumpelten Schamanen heran. Sie stand ganz still, als Tabor seine Hand herabreichte und Liane nach vorne trat und Gereint dabei half, hinter Tabor aufzusitzen.

Dann schien es, als sei nichts weiter mehr zu sagen, auch blieb ihnen keine Zeit mehr, selbst wenn sie dazu noch fähig gewesen wären. In seinem Bewußtsein sprach Tabor zu seinem Traumwesen: *Laß uns fliegen, meine Geliebte.* Und mit diesem Gedanken waren sie bereits im Himmel, schwenkten nach Norden, gerade als die Morgensonne rechts von ihnen über den Horizont hervorbarst.

Auch ohne sich umzusehen, wußte Tabor, daß hinter ihm seine

Mutter stand, daß sie trockenen Auges und in aufrechter Haltung seine Schwester in ihren Armen hielt und zusah, wie ihr jüngster Sohn wegflog.

Das war sein letzter klarer Gedanke, sein letztes klares Bild aus der Welt der Menschen gewesen, als sie mit höchster Geschwindigkeit hoch über der hinziehenden Ebene durch den Morgen sausten und mit der Sonne zu einem Schlachtfeld rasten.

Und sie hatten es erreicht, sie hatten es rechtzeitig erreicht, die Sonne stand schon hoch und begann, in den Westen hinabzuwandern. Sie waren angekommen, Tabor hatte ein schwarzes Ungeheuer gesehen, einen riesigen Schwan, der vom Himmel herabstieß, er hatte sein Schwert gezogen, Imraith-Nimphais, herrlich und todgefährlich, hatte noch Schnelligkeit zugelegt, sie hatten den herabstoßenden Schwan getroffen und ihm zwei tödliche Wunden mit dem glänzenden Schwert und dem Horn versetzt.

Als es vorüber war, hatte Tabor wie jedesmal zuvor, wenn sie geflogen waren und getötet hatten, gefühlt, daß das Gleichgewicht seiner Seele wieder weiter von jener Welt weggerückt war, in der sich die Menschen um sie her bewegten.

Gereint stieg ohne Hilfe ab, und so standen Tabor und Imraith-Nimphais allein unter Männern und Frauen, von denen sie einige kannten. Er sah das dunkle Blut auf dem Horn seines Reittiers und hörte, daß er genau in diesem Augenblick, als er selbst den Gedanken formte, bereits ihm zuraunte: *Wenn das Ende naht, haben wir nur einander.*

Und dann hörte er einen Augenblick später, wie Silbermantel laut aufschrie, er fuhr herum und ließ seinen Blick über das Getümmel auf dem Schlachtfeld nach Norden schweifen, wo sein Vater und sein Bruder kämpften. Er blickte auf, sah den Schatten, fühlte den Wind, erkannte, was jetzt schließlich hier angekommen war, und wußte im gleichen Moment, warum er sein Flügelwesen geträumt hatte und daß das Ende für sie nahte.

Er zögerte nicht, drehte sich nicht um, um sich von irgend jemand zu verabschieden. Er war bereits zu weit weg, um das zu tun. Er bewegte ein wenig seine Hände, und Imraith-Nimphais sprang in den Himmel, um sich dem Drachen zu stellen.

Es war der Drache von Rakoth Maugrim im Himmel über Andarien. Tausend Jahre zuvor war er noch zu jung gewesen, um zu fliegen, seine Schwingen waren zu schwach, um das ungeheure Gewicht seines massiven Körpers zu tragen. Der Drache war die geheimste und schrecklichste Erfindung, die Maugrim in seiner Bösartigkeit ersonnen hatte, aber er hatte in dem Krieg, der vor tausend Jahren stattfand, noch keine Rolle spielen können: ein Umstand, der aus der unziemlichen Hast des Entwirkers beim Bael Rangat resultierte.

So hatte er sich in einer unterirdischen Kammer versteckt, die unter Starkadh ausgehoben worden war, und als das Ende gekommen war, als das Heer des Lichtes sich seinen Weg nach Norden gebahnt hatte, war der Drache von Rakoth weggeschickt worden. Er flog mit unbeholfenen, halbgelähmten Bewegungen nach Norden, um im ewigen Eis, wo kein Mensch je hingehen würde, Zuflucht zu finden.

Die Lios Alfar und die weitsichtigsten unter den Männern hatten ihn von weitem gesehen, aber sie waren noch immer zu fern, um ihn genau erkennen zu können oder zu wissen, was es war. Es gab Erzählungen über ihn, die mit der Zeit zu Sagen wurden, zu Motiven für Wandteppiche oder für Kinderalpträume.

Der Drache hatte überlebt und Fordaetha, die Königin von Rük, hatte ihn während der langen, langen Jahre, in denen der Entwirker eingekerkert war, in ihrem Eispalast im nördlichen Ödland gepflegt. Als die Jahre und Jahrhunderte vergingen, wurden seine Schwingen allmählich stärker. Er begann, längere und längere Flüge durch dieses weite und weglose Ödland auf dem Dach der Welt zu unternehmen.

Er lernte fliegen. Und dann lernte er das geschmolzene Feuer seiner Zunge zu bändigen und dann hervorzuschleudern, er lernte es, brüllende Flammenzungen auszusenden, die in der weißen Kälte explodierten ... hoch über den riesigen Eisschollen, die unablässig gegeneinander mahlten und aneinanderprallten.

Er flog weiter und weiter, seine großen Schwingen schlugen die starre, kalte Luft, die Flamme seines Atems erleuchtete in unheimlichem, schmutzigem Gelb den nächtlichen Himmel über dem Eis, wo niemand ihn sehen konnte, außer der Königin von Rük in ihren kalten Türmen.

Er flog so hoch, daß er manchmal über die Gletscherwände, über das titanische Gefängnis des kaltschultrigen Rangat zu den grünen Ländereien weit im Süden hinausblicken konnte. Während die rollende Zeit selbst die Sterne zu neuen Mustern verschob, gelang es Fordaetha gerade noch, den Drachen zurückzuhalten.

Sie schaffte es, da sie in ihrem kalten Reich die Macht innehatte, und dann kam zur rechten Zeit ein Bote von Galadan, dem Wolfsfürsten, der verkündete, daß Rakoth Maugrim frei war und daß das schwarze Starkadh sich wieder erhoben hatte.

Erst dann schickte sie ihn nach Süden. Und der Drache flog los und landete an einem Ort im Norden von Starkadh, der für ihn dort vorbereitet worden war, und traf Rakoth Maugrim. Der Entwirker lachte laut, als er das mächtigste Geschöpf seines Hasses jetzt voll ausgewachsen vor Augen sah.

Diesmal hatte Rakoth gewartet, hatte die Bosheit von tausend Jahren ausgekostet und beobachtet, wie sein schwarzes Blut von dem Stumpf seiner abgetrennten Hand herabtroff. Er wartete und im Vollbesitz der Zeit ließ er den Berg in Flammen aufgehen, schuf erst den Winter und dann den Todesregen über Eridu. Und erst als das zu Ende ging, ließ er sein Heer in voller Stärke ausziehen und danach erst schickte er seinen Drachen aus, um zu sengen, zu brennen und zu vernichten. Erst zu allerletzt sollte dessen unerwartete Ankunft die Herzen all jener, die sich ihm entgegenstellten, zerschmettern.

Und so geschah es, daß die Sonne und der halbe Himmel über jenem Schlachtfeld in Andarien verdeckt wurden, daß die Heere des Lichtes und der Finsternis, beide, durch die pulsierende Kraft des Windes aus den Schwingen des Drachen in die Knie gezwungen wurden. Das Feuer schwärzte den trockenen Boden des verödeten Landes Andarien, Meile über Meile in einen langen, verschmorten Streifen von doppelt verwüsteter Erde.

Und so geschah es dann auch, daß Tabor dan Ivor sein Schwert zog und daß sein strahlendes Reittier sich in die Lüfte erhob und mit den Schwingen so schnell schlug, daß es in verschwimmender Geschwindigkeit mitten in die Wut dieses Windes hineinflog. Sie erhoben sich, waren schließlich allein, wie sie es ja von Anfang an gewußt hatten, sie schwebten in der verdunkelten Luft, strahlend, tapfer, bemitleidenswert klein und unmittelbar im Weg des Drachen.

Unten auf dem Boden war Ivor dan Banor durch den Wind auf

die Knie geworfen worden, nur einen Augenblick lang sah er nach oben, und das Bild seines Sohnes im Himmel prägte sich für immer in das Muster seines Gehirns. Dann drehte er sich weg und bedeckte sein Gesicht mit seinem blutdurchtränkten Ärmel, denn er konnte es nicht aushalten zuzusehen.

Hoch über ihnen hob Tabor sein Schwert, um die Aufmerksamkeit des Drachen auf sich zu ziehen, aber das war nicht notwendig, denn er hatte sie bereits gesichtet. Tabor sah, daß er seine Geschwindigkeit beschleunigte und Atem holte, um aus dem Brennofen seiner Lungen einen Flammenstoß auf sie zuzuschicken. Er erkannte, daß er riesig und unaussprechlich häßlich war, grauschwarze Schuppen bedeckten seinen Panzer und die graugrün gefleckte Haut darunter.

Er wußte, daß nichts und niemand auf dem vom Wind gerüttelten Boden unter ihnen diesem Wesen widerstehen konnte. Und er wußte auch mit einer feinen, ruhigen Sicherheit ... es war ein letzter Raum der Ruhe inmitten des beißenden Windes ... daß es nur eines gab, was sie tun konnten.

Und es gab nur einen einzigen Augenblick, diesen jetzigen Augenblick, in dem sie es tun konnten, bevor die Flamme des Drachen hervorbersten und sie in Asche verwandeln würde.

Er streichelte ihre glänzende, schimmernde Mähne. Im Geiste sagte er: *Also hier ist es. Hab keine Angst, meine Geliebte, laß uns tun, wozu wir geboren wurden.*

Ich habe keine Angst, schickte sie ihm in ihrer Geiststimme zurück, deren Tonfall er so genau kannte. *Du hast mich deine Geliebte genannt, seit wir uns das erste Mal gesehen haben. Weißt du, daß auch du mein Geliebter warst?*

Nun näherte sich der Drachen, Schwärze erfüllte den Himmel. Das brüllende, betäubende Geräusch des Windes erreichte die äußersten Grenzen. Trotzdem hielt Imraith-Nimphais ihm stand, sie strengte ihre Schwingen an, um schneller als jemals zuvor zu fliegen, ihr Horn war ein Punkt von blendendem Licht in dem brüllenden Chaos des Himmels.

Natürlich weiß ich es, übermittelte ihr Tabor, und es war der letzte Gedanke dieser Art. *Jetzt komm, mein Liebling, wir müssen ihn töten, indem wir sterben!*

Und Imraith-Nimphais zwang sich auf irgendeine Weise noch

höher, noch mehr nach vorne, trat geradewegs in den Wirbel des Drachenwindes ein, und Tabor klammerte sich mit aller Kraft an ihre Mähne und ließ sein nutzloses Schwert fallen. Sie stieg über den Weg des Drachen empor, er sah noch, wie dieser seinen Kopf hob und seinen Rachen aufriß.

Aber sie stürzten sich herab und zielten wie ein Strahl tötenden Lichtes geradewegs auf den ekelerregenden Kopf zu. Sie, die zuallerletzt nur einander hatten, verwandelten sich in ein lebendes Messer, um in dieser blendenden, weißglühenden Geschwindigkeit zu explodieren, um das scharfe Horn, das wie ein Stern schimmerte, mitten in und durch die Haut, den Muskel, den Knorpel und Knochen des Drachengehirns zu jagen und ihn durch ihren eigenen Tod zu töten.

Unmittelbar vor dem Zusammenstoß, unmittelbar vor dem Ende aller Dinge bemerkte Tabor, wie sich die lidlosen Augen des Drachen verengten. Er blickte hinab und sah die erste Flammenzunge am Grunde seines aufgerissenen Rachens auflodern. Zu spät! Er wußte, es war zu spät. Sie würden ihn rechtzeitig treffen. Er schloß seine Augen . . .

Und spürte, daß Imraith-Nimphais ihn mit einer taumelnden, spiralförmigen Bewegung abgeworfen hatte! Er schrie auf, seine Stimme verlor sich im Chaos. Er drehte sich in der Luft wie ein abgerissenes Blatt. Er fiel.

Im Geiste hörte er eine Geiststimme, klar und süß wie eine Glocke über sommerlichen Feldern in den reinsten Tönen der Liebe sagen: *Denk an mich!*

Dann traf sie den Drachen auf dem Höhepunkt ihrer Geschwindigkeit.

Ihr Horn scherte durch seinen Schädel, und ihr Körper folgte nach, sie war ein lebendes Messer, und genauso wie Imraith-Nimphais in ihrem Leben wie ein Stern geschienen hatte, so explodierte sie in ihrem Tod wie ein Stern. Denn das im Drachen angesammelte Feuer explodierte im Inneren und ließ sie beide in Flammen aufgehen.

Brennend fielen sie auf die Erde im Westen des Schlachtfeldes nieder und prallten dort mit einer Kraft auf, die den Boden im Osten bis nach Gwynir, im Norden bis zu den Mauern von Starkadh erzittern ließ.

Und Tabor dan Ivor, der durch einen Akt der Liebe abgeworfen worden war, stürzte nach ihnen aus einer mörderischen Höhe herab.

Als der Drache kam, fiel Kim auf die Knie nieder, nicht nur weil der Wind seiner Schwingung so heftig wehte, sondern auch weil sie sich ihrer eigenen Torheit so grausam bewußt wurde. *Jetzt* wurde ihr klar, warum der Baelrath für den Kristalldrachen am Calor Diman aufgeflammt war, warum Macha und Nemain, denen der Kriegsstein gedient hatte, gewußt hatten, daß der Wächtergeist der Zwerge gebraucht würde, koste es, was es wolle.

Und sie hatte sich geweigert. In ihrer Anmaßung, in ihrer eigenen künstlichen Moralität hatte sie sich geweigert, diesen Preis von den Zwergen zu fordern oder ihn selbst zu zahlen. Sie hatte sich geweigert, die Verantwortung des Baelrath bei der letzten Prüfung zu übernehmen. Und so hatte sich Tabor dan Ivor hoffnungslos überfordert in den Himmel erhoben, um den Preis für ihre Weigerung zu entrichten.

Wenn er es überhaupt konnte. Wenn sie nicht *alle* diesen Preis zu zahlen hatten. Denn wenn der Drache auf sie niederkäme, so würde dies das Ende von allem bedeuten. Kim wußte es, und wie sie, so wußten es alle, die mit ihr auf dem Grat oder auf der blutüberströmten Ebene dort unten standen.

Von einem betäubenden Schuldgefühl überwältigt sah Kim zu, wie Imraith-Nimphais verzweifelt kämpfte, um ihren Platz in der Luft gegen den vernichtenden Wirbelwind des Drachen zu halten.

Eine Hand griff nach ihrer Schulter. Es war Gereint. Sie hatte keine Ahnung, wie der alte Schamane wissen konnte, was sie getan hatte, aber an Gereint konnte sie jetzt überhaupt nichts mehr überraschen. Es war klar, daß er es wußte und selbst jetzt, als das Ende nahte, sie zu trösten versuchte ... als ob sie darauf irgendein Anrecht hätte.

Zwinkernd drückte sie die Tränen aus ihren Augen und sah, wie die ungeheuren, verwachsenen, grauschwarzen Schwingen des Drachen die Luft schlugen. Die Sonne war verschwunden, eine riesige, brausende Schwärze lag über dem Land. Der Drache öffnete seinen Rachen. Kim beobachtete, wie Tabor sein Schwert fallen ließ. Und dann sah sie ungläubig und verblüfft, wie sein herrliches Reittier, das Geschenk der Göttin, strahlend und zweischneidig nach vorne in den Strudel flog, mitten in die vernichtende Riesigkeit von Maugrims Drachen.

Trotz der Kraft des Windes stand Gereint noch immer neben ihr, mit steinernem Gesicht wartete er. Irgend jemand stieß einen Schrei der Angst und der Ehrfurcht aus. Das Horn von Imraith-Nimphais blinkte glorreich und blendend am Rande der Nacht.

Und dann war sie nur noch verschwommen sichtbar, so schnell bewegte sie sich und fand irgendwo in ihrem Wesen eine noch größere, eine noch herausforderndere Dimension der Geschwindigkeit. Und dann erkannte Kim schließlich, was geschah und wie der Preis gezahlt wurde.

»Teyrnon!« schrie Paul Schafer plötzlich aus Leibeskräften. Er kreischte es über den Wind. *»Schnell! Sei bereit!«*

Der Magier warf ihm einen erschrockenen Blick zu, aber Barak rappelte sich, ohne eine Frage zu stellen, auf die Füße, schloß die Augen und machte sich stark.

Und in diesem Augenblick sahen sie, daß Tabor abgeworfen worden war. Dann traf Imraith-Nimphais auf den Drachen, und es explodierte ein Feuerball im Himmel, der zu grell war, als daß ein Auge ihn hätte ertragen können.

»Teyrnon!« schrie Paul wieder.

»Ich sehe ihn!« rief der Magier zurück. Der Schweiß lief ihm übers Gesicht, seine Hände waren ausgestreckt, so weit er nur konnte, die Kraft stieg aus ihm in schimmernden Wellen empor, er kämpfte darum, den Fall des Knaben, der aus so großer Höhe hilflos zur Erde herabstürzte, zu bremsen.

Als der Drache auf dem Boden aufprallte, war es, als sei ein Berg zerborsten. Rings um Kim purzelten die Menschen wie Dominosteine auf die zitternde Erde. Irgendwie konnte Gereint sein Gleichgewicht halten, er blieb aufrecht stehen und hatte noch immer eine Hand auf ihrer Schulter.

So war es auch bei Teyrnon und Barak. Aber als Kim aufblickte, sah sie, daß Tabor noch immer fiel, aber langsam und in Drehungen wie ein weggeworfenes Spielzeug.

»Er ist zu weit entfernt!« schrie Teyrnon verzweifelt. »Ich kann ihn nicht aufhalten!« Trotzdem versuchte er es. Und Barak, der am ganzen Körper zitterte, gab sein Äußerstes, um die Magie zu speisen, die diesen schrecklichen Fall unterbrechen konnte.

»Schau!« rief Paul. Aus dem Augenwinkel machte Kim eine blitzende Bewegung auf der Ebene aus. Sie wandte sich um. Ein Raithen von Daniloth lief in gestrecktem Galopp nach Westen. Tabor fiel mit dem Kopf voran, Teyrnons Magie hatte seinen Fall verlangsamt, aber er war bewußtlos und nicht imstande, sich zu helfen. Das Raithen schoß über den Boden wie ein golden-silberner Bruder von Imraith-Nimphais selbst. Arthur, der auf seinem Rükken saß, ließ den König Speer fallen und erhob sich in den Steigbügeln. Das Raithen sammelte sich und sprang. Und genau in diesem Augenblick streckte sich Arthur schräg nach oben zu dem Jungen, der aus dem Sonnenlicht herauswirbelte, und mit seinen starken Armen fing er Tabor auf und barg ihn an seiner Brust, während das Raithen langsamer wurde und zum Stehen kam. Lancelot, der hinter ihm herraste, lehnte sich in seinem Sattel zur Seite und hob den gefallenen Speer wieder auf. Dann ritten sie zusammen eilends nach Süden und den Abhang hinauf und hielten auf dem Grat an, auf dem Kim und Gereint und all die anderen standen.

»Ich glaube, er ist gerettet«, bemerkte der Krieger knapp. Tabor war weiß wie Asche, schien aber ansonsten unverletzt zu sein. Kim konnte sehen, wie er atmete.

Sie blickte auf Arthur. Er war am ganzen Körper von Blut besudelt, über seinem Auge strömte es unaufhaltsam aus einer tiefen Wunde und blendete ihn teilweise. Kim trat nach vorne und wartete, bis er Tabor, der nun von vielen Händen in Empfang genommen wurde, niedergelassen hatte. Dann hieß sie ihn absteigen und pflegte seine Wunde, so gut sie konnte. Und selbst durch den Handschuh, den Lancelot trug, konnte sie seine zerstörte Handinnenfläche sehen, aber es gab nichts, was sie oder sonst jemand dafür hätten tun können. Hinter ihr kümmerten sich Jaelle und Sharra um Tabor, und Loren hatte sich neben Barak niedergekniet, der das Bewußtsein verloren hatte. Sie würden sich erholen, das wußte sie. Beide würden sie sich erholen, wenn auch Tabor eine innere Wunde davongetragen hatte, die nur die Zeit heilen konnte . . . falls sie überhaupt noch Zeit hatten, falls es ihm erlaubt sein würde, den heutigen Tag zu überleben.

Arthur ertrug nur ungeduldig ihre Hilfeleistungen. Während

sie ihn behandelte, sprach er ohne Unterlaß und gab den versammelten Auberei kurze Anweisungen. Einen von ihnen schickte er zu Ivor, er sollte ihm die Botschaft von seinem jüngsten Sohn bringen. Unten auf der Ebene hatte das Heer des Lichtes wieder zu kämpfen begonnen, diesmal mit einer Leidenschaft und Hoffnung, die an diesem Nachmittag einmalig war. Herabblickend sah Kim, wie Aileron einen tödlichen Korridor durch die Urgach und die Wölfe grub, zusammen mit Diarmuids Männern schlug er sich nach Nordosten durch, um zu den Zwergen im Zentrum aufzuschließen.

»Jetzt haben wir eine Chance«, stellte Teyrnon fest, der vor Erschöpfung keuchte. »Tabor hat uns eine Chance gegeben.«

»Ich weiß«, bestätigte Arthur. Er drehte sich von Kim weg und schickte sich an, wieder nach unten zu galoppieren.

Dann hielt er inne. Lancelots Gesicht neben ihm war ebenso aschfahl geworden wie Tabors Antlitz. Kim folgte ihrem Blick und fühlte, wie ihr Herz in unbeschreiblicher Qual schwer pochte.

»Was ist los?« fragte Gereint dringlich. »Verrate mir, was du siehst!«

Ihm sagen, was sie sah. Gerade jetzt, als die Hoffnung aus dem Feuertod wiedergeboren worden war, offenbarte sich ihr das Ende aller Hoffnungen.

»Verstärkungen«, sagte sie. »Unendlich viele, Gereint. Unendlich viele kommen von Norden und stoßen zu ihrem Heer. Es sind zu viele, Schamane. Ich glaube, es sind zu viele.«

Auf dem Bergrücken war Schweigen. Doch dann widersprach Gereint ruhig: »Vielleicht nicht.«

Auf diese gelassenen Worte hin wandte Arthur sich um. In seinen Augen leuchtete eine Leidenschaft, wie Kim sie nie zuvor gesehen hatte. Wie im Echo stimmte er zu: »Du hast recht, Schamane. Es ist nicht zwangsläufig.« Und das Raithen sprang über den Grat hinab und trug den Krieger in den Krieg zurück.

Nur eine Sekunde zögerte Lancelot. Kim sah ihn wie gegen seinen Willen zu Guinevere hinüberblicken, die auch ihn anschaute. Kein Wort wurde zwischen ihnen gesprochen, aber es lag ein Abschied in der Luft und eine Liebe, der selbst jetzt der Trost und die Erleichterung versagt waren, welche die Worte hätten vermitteln können.

Dann zog auch er wieder sein Schwert und stürmte zur Schlacht zurück.

Jenseits des Schlachtfeldes, im Norden, verschwand die Ebene von Andarien aus dem Auge, sie war schwarz von dem Auf und Ab der vorrückenden zweiten Welle von Rakoths Heer: Und diese Welle war fast ebenso groß wie die erste, und die erste war fast schon zu groß gewesen. Der Drache war tot, aber das schien jetzt gar nicht mehr wichtig. Sie hatten Zeit gewonnen, ein wenig Zeit, die in Feuer geformt und mit Blut bezahlt wurde, und dennoch steuerte alles demselben Ende zu, und das war die Finsternis.

»Sind wir verloren?« fragte Jaelle, die neben Tabor kniete. Kim wandte sich zu ihr, aber unter all den Menschen, die da oben versammelt waren, war es Paul, der ihr antwortete.

»Vielleicht«, räumte er mit einer Stimme ein, die plötzlich mehr trug, als nur seinen eigenen Tonfall. »Ich fürchte, es ist wahrscheinlich. Aber es gibt im Gewebe dieses Tages noch einen einzigen Zufallsfaden für uns, und ich werde der Finsternis die Herrschaft nicht zugestehen, solange dieser Faden nicht verloren ist.«

Noch während er sprach, kam Kims Wissen wie in einem Traumbild über sie. Einen Augenblick lang schaute sie auf Jennifer und dann gen Norden, jenseits des Schlachtfeldes, wo sich Maugrims Verstärkungen donnernd näherten. Sie waren inzwischen gesichtet worden und lösten auf der ganzen Linie rauhe, wilde Triumphschreie aus. Doch Kim kümmerte sich nicht darum, sie blickte noch hinter die geschwärzte Linie der vom Feuer geschwärzten Erde, die den Flug des Drachen markierte. Weit, weit im Norden richtete Kim ihre Augen auf einen Ort, der ihr nur in einer Vision erschienen war, die Eilathen ihr vor so langer Zeit gewährt hatte. Sie blickte auf Starkadh.

Kapitel 16

Das Lachen hatte ihn erschreckt. Darien verbrachte eine kalte, unruhige Nacht, durchzogen von Träumen, an die er sich nicht erinnern konnte, als der Morgen graute. Mit der Sonne kam auch etwas Wärme. Selbst hier, in den nördlichen Regionen, war es

Sommer. Aber er war noch immer furchtsam und unentschlossen, nun, da er das Ziel seiner Reise erreicht hatte. Als er sein Gesicht im Fluß waschen wollte, stellte er fest, daß das Wasser ölig war, und außerdem biß ihn etwas in den Finger, so daß das Blut rann. Schleunigst wich er zurück.

Er zögerte lange, verbarg sich unter der Brücke und mochte sich nicht bewegen. Denn wenn er sich von der Stelle rührte, dann würde es so etwas Entscheidendes, *Endgültiges* sein. Es war seltsam und unheimlich still. Der Ungarch strömte träge und lautlos dahin. Abgesehen von diesem unbekannten Irgendwas, das ihn gebissen hatte, war nirgends ein Lebenszeichen. Jedenfalls nicht, seit der Drache, eine schwarze Gestalt in aller Schwärze, nach Süden gezogen war und seit er das Lachen seines Vaters gehört hatte.

Selbst an einem Hochsommermorgen gab es keinen Vogelgesang, es war ein öder, verlassener Ort, und auf der anderen Seite des Flusses standen die Türme seines Vaters, sie forderten den Himmel heraus, sie waren so schwarz, daß sie das Licht zu schlukken schienen. Aus irgendeinem Grund war es bei Tageslicht noch schlimmer. Es gab keine Dunkelheit mehr, die das bedrückende Gefühl, das von Starkadh ausging, hätte abstumpfen können. Mit seinen riesigen, grob behauenen aufeinandergeschichteten Steinen war es die Festung eines Gottes, leer und gesichtslos, mit Ausnahme einiger gesichtsloser Fenster, die oben in der Mauer verstreut waren. Darien kauerte unter der Brücke und blickte auf den Weg, der zu den Eisentoren hinaufführte, in sich spürte er die Angst wie ein lebendes Tier.

Er versuchte, sie zu meistern, versuchte, aus der Erinnerung an Finn, seinen Bruder, der mit diesem Schrecken zu tun gehabt hatte, Kraft zu ziehen. Es gelang ihm nicht. Wie sehr er sich auch bemühte, er konnte sich Finn an diesem Ort nicht einmal vorstellen. Genauso ging es ihm auch, als er sich bemühte, aus der Erinnerung an Lancelot im Heiligen Hain Mut zu schöpfen. Auch das half nicht, es konnte die Angst nur überlagern, die Angst aber wich nicht. So blieb er hier, einsam und verängstigt, und die ganze Zeit griff er, ohne es zu merken, mit der Hand an seinen Kopf und streichelte den leblosen Edelstein auf seiner Stirn. Die Sonne stieg höher, im Osten schimmerte der Rangat, ganz oben am

Gipfel strahlten seine Hänge blendend weiß, ehrfurchtgebietend und unzugänglich. Darien wußte nicht, warum, aber nachdem er auf den Berg geblickt hatte, bemerkte er, daß er aufgestanden war.

Er kam aus seinem Versteck hervor und stand nun unter offenem Himmel in strahlender Sonne, und er setzte seinen Fuß auf die Valgrinth-Brücke. Es schien ihm, als werfe die ganze Welt in einem Umkreis von vielen Meilen das Echo seines Schrittes zurück. Er hielt mit pochendem Herzen inne und wurde sich dann klar, daß es nicht so war. Der Klang war ebenso schwach und dünn wie er selbst. Und das Echo wurde nur in den Kammern seines Geistes verstärkt.

Er ging weiter, überquerte den Ungarch und stand schließlich vor den Toren von Starkadh. Er wurde nicht gesehen, obwohl er in dieser bleichen, flachen Landschaft vollkommen ungeschützt war: ein Junge, in einem zwar wunderschön gestrickten, aber schlecht sitzenden Pullover, der einen Dolch in seiner Hand trug und dessen blondes Haar durch ein Diadem auf seiner Stirn zurückgehalten wurde. Seine Augen waren sehr blau im Sonnenlicht.

Einen Augenblick später wurden sie rot, und dann war der Knabe verschwunden. Eine Eule, so weiß wie der geschmolzene Schnee, flatterte geschwind nach oben und landete auf dem schmalen Sims eines Fensterschlitzes auf halber Höhe der Festung Starkadh. Wäre das beobachtet worden, hätte man sicherlich Alarm geschlagen. Aber niemand sah es, es gab keine Wächter. Wozu wären an diesem Ort jemals Wachposten nötig gewesen?

In seiner Eulengestalt hockte Darien unbehaglich auf dem Fenstersims und spähte nach drinnen. Es war niemand da. Er plusterte sich, unterdrückte eine würgende Angst, dann flammten seine Augen wieder auf, und er fand sich in seiner menschlichen Form wieder.

Vorsichtig ließ er sich vom Fenster herabgleiten und setzte den Fuß schließlich in die Festung, in der er gezeugt worden war. Weit, weit unter ihm hatte seine Mutter in den Eingeweiden dieses Ortes gelegen, und an einem Morgen wie diesem war Rakoth Maugrim zu ihr gekommen und hatte getan, was er getan hatte.

Darien blickte um sich. Es war, als sei es innerhalb dieser Wände immer Nacht: Das einzelne Fenster ließ kaum Sonnenlicht eindringen. Das Tageslicht schien zu sterben, wenn es Starkadh erreichte.

Grünliche Leuchten, die in die Wände eingelassen waren, warfen ein unruhiges Licht auf sie. Es herrschte ein betäubender Gestank in diesem Raum, und als Dariens Augen sich an die verderbenbringende Struktur des Lichtes gewöhnt hatten, konnte er halbverzehrte Knochengerippe auf dem Boden liegen sehen. Es waren Svart Alfar, und ihre toten Körper stanken. Plötzlich verstand er, wo er war und warum hier ein Fenster eingelassen war: Dies war der Ort, wohin die Schwäne zurückkehren konnten, um zu fressen. Er erinnerte sich an den Geruch der drei Schwäne, die er getötet hatte. Jetzt war er davon umgeben.

Die faulige Ausdünstung ließ ihn aufstoßen. Er stolperte auf das Innentor zu. Sein Fuß trat auf etwas Weiches, aus dem dann eine Flüssigkeit sickerte. Er schaute nicht hin, was es war. Er öffnete das Tor und fiel schon fast hinaus in den Gang, er keuchte und kümmerte sich nicht, ob er gesehen wurde.

Und er *wurde* gesehen. Ein einzelner, massiver und mit scharfen Klauen bewehrter Urgach drehte sich um. Er war nur zwei Meter vor ihm. Er grunzte in ungläubigem Schrecken und öffnete sein Maul, um einen Alarmruf zu bellen . . . und starb. Darien reckte sich, seine Augen wurden wieder blau. Er senkte den Arm, den er nach vorne in Richtung auf den Urgach gestoßen hatte, und holte tief Atem. Macht pulsierte in ihm, es war eine triumphierende und freudvolle Macht. Niemals hatte er sich so stark gefühlt. Der Urgach war verschwunden, nichts deutete darauf hin, daß es ihn je gegeben hatte! Er war von ihm mit einem einzigen Aufwallen seiner Kraft vernichtet worden. Er lauschte nach dem Klang von Schritten, aber es gab keine. Es war kein Alarm geschlagen worden. *Es würde ohnehin nichts ändern*, dachte Darien.

Seine Angst war verflogen. Statt ihrer empfand er ein rauschendes Gefühl der Macht. Er hatte nie gewußt, wie stark er war. Und er *war* noch nie so stark gewesen. Er befand sich in der Festung seines Vaters, an dem Ort, wo er gezeugt worden war. Hier lag das Fundament seiner roten Kraft.

Er war ein würdiger Sohn, ein Verbündeter, vielleicht sogar gleichwertig. Er brachte mehr als einen Zwergendolch als Geschenk. Er brachte *sich selbst*. An diesem Ort konnte er mit einer Bewegung seiner Hand einen Urgach zu nichts reduzieren. Wie hätte sein Vater ihn zu Kriegszeiten nicht an seiner Seite willkommen heißen können?

Darien schloß die Augen, öffnete seine inneren Finger und fand, was er suchte. Hoch über ihm war eine gestaltlose Gestalt zugegen, die sich unendlich von Dariens Wahrnehmung der Urgach und Svart Alfar unterschied, es war eine Präsenz, die anders war als alle anderen, die Aura eines Gottes.

Er fand die Treppe und begann hinaufzusteigen. Er hatte jetzt keine Angst mehr. Stattdessen empfand er Kraft und eine Art von Freude. Die Scheide des Messers schimmerte bläulich in seiner Hand, das Diadem war stumpf und tot. Seine Hand fuhr nicht mehr nach oben, um es zu berühren, jedenfalls nicht mehr, seit er den Urgach getötet hatte.

Während er hinaufstieg, tötete er zwei weitere Urgach auf dieselbe Weise mit der gleichen, vollkommen mühelosen Handbewegung, und er fühlte, wie die Kraft von seinem Bewußtsein nach draußen strömte. Er spürte, wieviel mehr noch in ihm lag. Hätte er das gewußt, hätte er gewußt, wie er diese Kraft anzapfen könnte, dachte er, hätte er den Dämon im Heiligen Hain ganz allein in Bruchstücke zerfetzt. Er hätte weder Lancelot noch einen anderen Beschützer gebraucht, den ihm seine Mutter sandte.

Er verlangsamte nicht einmal seinen Schritt, als er an sie dachte. Sie war weit weg und hatte ihn weggeschickt, hatte ihn hierher geschickt. Und hier war er mehr, als er sich jemals hätte vorstellen können. Ohne zu ermüden, ging er nach oben, erklomm eine der gewundenen Stiegen nach der anderen. Er wollte laufen, zwang sich aber, langsam zu gehen, damit er würdig mit seinem Geschenk ankäme und alles darböte, was er war. Selbst die grünen Lichter an den Wänden schienen nicht mehr so kalt oder fremd zu sein.

Er war Darien dan Rakoth und kehrte nach Hause zurück.

Er wußte genau, wohin er gehen mußte. Während er nach oben stieg, wurde die Aura, das Kraftpotential seines Vaters, mit jedem Schritt stärker. Dann hielt Darien an der Wendung einer Treppe inne, es war fast die letzte.

Eine rumpelnde Erschütterung rollte über die Erde nach Norden und ließ die Grundfeste von Starkadh erzittern. Und einen Augenblick später kam von oben ein Schrei, ein wortloses Schnarren von vereiteltem Verlangen, von verzehrender Wut. Zu riesig, zu grausam war dieses Geräusch, es war schlimmer als das Gelächter gewesen. Dariens aufkeimende Hoffnung begann vor dem Haß in diesem Schrei zu wanken.

Er stand reglos, keuchte, versuchte den Schrecken, der in Wellen über ihn hinrollte, zu unterdrücken. Seine Kraft war noch immer bei ihm. Er wußte, was geschehen war. Der Drache war tot. Nichts anderes in Fionavar hätte die Erde so erschüttern können, das Beben der Festungsmauern hielt noch lange an.

Dann verging es, und wieder herrschte Schweigen, diesmal eine andere Art von Schweigen. Darien stand wie angewurzelt, und in seinem Geist blühte ein neuer Gedanke auf, der aus einsamer Hoffnung geboren war: *Er wird mich jetzt umso mehr brauchen! Der Drache ist verloren!*

Er setzte seinen Fuß auf die letzte Treppe, und im selben Augenblick spürte er, wie der Hammer eines Gottes auf sein Bewußtsein niederdonnerte. Und mit dem Hammer erklang eine Stimme. *Komm!* hörte Darien. Dieses Geräusch wurde zu seinem Universum, es vernichtete alles andere. Ganz Starkadh hallte davon wider. *Ich weiß, du bist da, ich will dein Gesicht sehen.*

Er wollte ja dorthin gehen, er hatte es ja vorgehabt, aber jetzt gehorchten seine Füße nicht mehr seinem Willen. So sehr er sich auch bemühte, er hätte nicht widerstehen können, trotz all seiner aufsteigenden Kraft. Mit bitterster Selbstironie erinnerte er sich an seine eigene Anmaßung vor nur wenigen Augenblicken: Er hatte gedacht, er sei Maugrim ebenbürtig.

Und mit dieser Feststellung beschritt er die letzte Treppe von Starkadh und trat nun in einen riesigen Raum hinaus, der ringsum von Glas umschlossen war, obwohl er von draußen ebenso schwarz wie alle anderen Mauern gewirkt hatte. Dariens Bewußtsein sprang und drehte sich, schwindelnd, als er dieses Fenster sah.

Er sah die Schlacht in Andarien.

Jenseits dieser hohen Fenster von Starkadh lag das Schlachtfeld fern im Süden zu seinen Füßen. Es war, als flöge er darüber, und einen Augenblick später erkannte er, daß es wirklich so war. Durch irgendeinen magischen Kunstgriff, den auszuloten er nicht einmal versuchen konnte, zeigten die Fenster das, was die Schwäne, die über Andarien kreisten, sahen. Und die Schwäne waren die Augen von Maugrim.

Und Maugrim war hier. Und nun zuletzt wandte er sich an

diesem Ort seiner Macht zu Darien um. Er war riesig und unaussprechlich mächtig. Er war Rakoth Maugrim, der Entwirker, der von außerhalb der Mauern der Zeit, von jenseits der Hallen des Webers in die Welten eingetreten war, obwohl kein Faden auf dem Gewebe seinen Namen trug. Gesichtslos wandte er sich vom Fenster ab und dem Ankömmling zu, der es gewagt hatte, bis hierher vorzudringen, und Darien zitterte am ganzen Leib und wäre zu Boden gefallen, wenn sein Körper nicht durch Maugrims roten Blick aufrechtgehalten worden wäre.

Er sah, wie das Blut schwarz und dampfend aus dem Stumpf hervortropfte, wo die Hand seines Vaters hätte sein sollen. Dann wurde der Hammer, den er zuvor verspürt hatte, verschwindend geringfügig gegen das, was er nun empfinden mußte: Durch die bohrende Wissensbegierde des Entwirkers wurde sein Bewußtsein durch und durch erschüttert. Er konnte sich weder bewegen noch sprechen. Der Schrecken saß wie ein krallenbewehrtes Tier in seiner Kehle. Er war von Rakoths Willen vollkommen umfangen, dieser Wille war überall, er trieb und schlug gegen die Tore seines Seins. Er forderte, daß er sich unterwerfen solle, und hämmerte immer und immer wieder nur eine Frage, bis Darien glaubte, er würde wahnsinnig werden.

Wer bist du? schrie sein Vater lautlos und unablässig und trommelte gegen alle Einlässe zu Dariens Seele. Es gab nichts, was Darien tun konnte . . .

Es sei denn, ihn draußen zu halten.

Und das tat er dann auch, bewegungslos, buchstäblich gelähmt stand er vor dem dunkelsten Gott aller Welten und hielt Maugrim stand. Seine eigene Kraft war verschwunden, er konnte nichts tun, nichts durchsetzen. An diesem Ort war er nichts, nur eines vermochte er. Er war stark genug wie noch nie jemand in einer Welt, sein Bewußtsein in Starkadh aufrechtzuerhalten: sein Geheimnis zu hüten.

Er konnte die Frage hören, die ihm zugeschrien wurde. Es war die Frage, die zu beantworten er gekommen war, er wollte dieses Wissen als Geschenk mitbringen, aber da es auf diese Weise gefordert wurde, da es Maugrim ihm wie einen Fetzen von einer Wunde entreißen wollte, um ihn offen und nackt liegen zu lassen, sagte Darien in seiner Seele *nein*.

Genauso hatte seine Mutter es in diesen Hallen getan, obwohl sie nicht so stark gewesen war. Zwar war sie eine Königin, aber sie war nur eine Sterbliche und am Ende war sie gebrochen worden.

Oder doch nicht ganz. *Du wirst nichts von mir bekommen, was du dir nicht mit Gewalt nimmst*, hatte sie Rakoth Maugrim entgegengeschleudert. Und er hatte gelacht und sich darangemacht, alles von ihr zu nehmen. Aber es war ihm nicht gelungen. Sie war vollständig offen für ihn dagelegen, Maugrim hatte ihre Seele entblößt und verwüstet, und als er damit fertig war, hatte er sie wie einen gebrochenen Schilfhalm verlassen, um sie zu genießen und dann zu töten.

Aber sie war nicht gebrochen. Irgendwo war in ihrer Seele ein Halm zurückgeblieben, an den sich die Erinnerung an Liebe noch immer klammern konnte, und Kimberly hatte den Halt an diesem Halm gefunden und war herausgebracht worden.

Dann hatte sie das Kind geboren, das jetzt hier vor Rakoth stand und sich weigerte, sein Bewußtsein oder seine Seele zu unterwerfen.

Darien wußte, daß Rakoth ihn ebenso leicht töten konnte, wie er selbst die Urgach oder die Schwäne getötet hatte. Aber es gab irgend etwas, er wußte nicht genau, was, aber *irgend etwas*, was sein Leben retten konnte, wenn er auf seinem Widerstand beharrte.

Und als dann der Webstuhl der Welten langsam über der Achse dieses Raumes zu weben begann, als alles, die gesamte Zeit in der Schwebe war, hielt Maugrim den Wirbelwind seines Angriffes an, und Darien stellte fest, daß er sich bewegen und sprechen konnte, wenn er es wollte.

Rakoth Maugrim sagte laut: »Nicht einmal Galadan, der Herr der Adein, konnte sein Bewußtsein an diesem Ort gegen meinen Willen setzen. Du kannst nichts gegen mich tun. Ich kann dein Leben in zehntausend verschiedenen Arten beenden, noch während wir hier stehen. Sprich, bevor du stirbst. Wer bist du? Warum bist du gekommen?«

Also, dachte Darien wie betäubt, gab es noch immer eine Chance. Er glaubte, irgendeine Art von Respekt hören zu können. Er hatte sich bewährt.

Er war sehr, sehr jung, und es war niemand hier, der ihm hätte raten könne, überhaupt hatte er keine Anleitung gehabt, seit Finn weggegangen war. Er war von allem und jedem zurückgewiesen worden, selbst von dem Licht, das er auf der Stirn trug. Cernan von den Tieren hatte gefragt, warum man ihn hatte leben lassen.

Darien bemannte die Mauern seines Geistes und flüsterte: »Ich bin gekommen, um dir ein Geschenk zu bringen.« Er streckte Rakoth den Dolch in der Scheide entgegen, den Griff nach vorne gerichtet.

Und noch während er es tat, ging der Hammer von neuem nieder, führte einen unaussprechlich erschreckenden Angriff auf sein Bewußtsein; es war, als sei Maugrim ein rasendes Tier, das wütend um zerbrechliche Wände tobte, auf Dariens Seele einhämmerte und vor Wut über seine Weigerung schrie und kreischte.

Aber Darien wies ihn zum zweiten Mal ab. Und zum zweiten Mal unterbrach Rakoth sein Tun. Er hielt jetzt den Dolch und hatte ihn aus der Scheide gezogen. Er war Darien näher gekommen. Er war riesig, er hatte kein Gesicht. Mit dem Ballen der einen Hand strich er über die blaugeäderte Klinge. Er sagte:

»Ich brauche keine Geschenke. Was immer ich will, von heute bis zum Ende der Zeit und darüber hinaus, werde ich mir selbst nehmen können. Warum sollte ich einen nutzlosen Trödel von den verräterischen Zwergen haben wollen? Was bedeutet ein Messer für mich? Du hast nur eines, was ich wünsche, und es wird mein sein, bevor du stirbst: *Ich will deinen Namen.*«

Darien war ja gekommen, um es ihm zu sagen, er war gekommen, um sich selbst in allem, was er war und sein konnte, Rakoth anzubieten, damit irgend jemand irgendwo über seine Anwesenheit erfreut sein solle. Er konnte jetzt sprechen, sich bewegen und sehen.

Er blickte an Rakoth vorbei aus den Fenstern dieses Ortes und gewahrte, was die schwarzen Schwäne weit im Süden sahen. Er überblickte das Schlachtfeld mit einer solchen Klarheit, daß er sogar einzelne Gesichter unterscheiden konnte. Sein Vater hatte keines. Erschrocken erkannte er Lancelot, dessen rechte Hand ganz blutbedeckt war, er schwang sein Schwert neben einem graubärtigen Mann, der einen glänzenden Speer führte.

Hinter ihnen kämpfte eine Phalanx, teils beritten, teils zu Fuß, verzweifelt darum, sich gegen die unerhört großen Mengen der Finsternis zu behaupten. Und nun mußte Darien zwinkern, um sich sicher zu sein, daß seine Augen sich nicht täuschten. Unter ihnen hielt ein Mann, den er kannte, einen rostigen Speer: Es war Shahar, sein anderer Vater. Jener Mann, der so weit weggewesen war, aber der ihn in die Luft geworfen und gehalten hatte, als er wieder nach Hause kam. Er war kein Kämpfer, das konnte Darien sehen, aber er schlug sich im Gefolge seines Führers mit verzweifelter Entschlossenheit.

Das Bild wechselte, es waren die Augen eines anderen Schwans, und er sah die Lios Alfar, die in einem anderen Teil des Schlachtfeldes bedrängt wurden. Er kannte einen von ihnen noch von jenem Morgen unter dem Sommerbaum her. In seinem silbrigen Haar klebte Blut.

Eine weitere Perspektive: diesmal eine schroffe Erhebung im Süden des Schlachtfeldes. Und auf dem Grat stand seine Mutter. Darien war es plötzlich, als ob er nicht atmen könne. Er blickte auf sie aus so ungeheurer Ferne, er las den Schmerz in ihren Augen und die Erwartung des baldigen Verderbens. In seinem Herzen flammte ein weißes Feuer auf, und er erkannte, daß er nicht wollte, daß sie sterben solle.

Keiner von ihnen sollte sterben: Weder Lancelot, Shahar noch der graue Mann mit dem Speer oder die weißhaarige Seherin, die hinter seiner Mutter stand. Er teilte ihren Gram, stellte er fest . . . es war sein eigener Schmerz, als ob das Feuer durch ihn durchliefe. Er war einer von ihnen.

Er sah, wie die gräßlichen Horden in unübersehbarer Zahl auf das schwindende Heer des Lichts losgingen: die Urgach, die Svart Alfar, die Slaugs, alle Werkzeuge des Entwirkers. Sie waren häßlich, und er haßte sie.

Dort stand er nun und blickte auf eine Welt des Krieges, und er dachte an Finn. Am Ende, hier am wirklichen Ende lief der Faden wieder zu Finn zurück. Er hatte Darien ans Herz gelegt, er solle versuchen, alles zu lieben außer der Finsternis.

Und er tat es. Er gehörte zu dieser bedrängten Armee; der Armee des Lichtes. Frei und ohne Zwang trat er schließlich zu ihnen. Seine Augen leuchteten, und er wußte, daß sie blau waren.

Und so traf Darien hier in diesem Augenblick in der tiefsten Festung der Finsternis seine Wahl.

Und Rakoth Maugrim lachte.

Es war das Lachen eines Gottes, das Lachen, das erklungen war, als der Berg Rangat die Feuerhand erhoben hatte. Davon wußte Darien nichts. Zu dieser Zeit war er noch nicht geboren gewesen. Mit Schrecken jedoch erkannte er, daß er sich selbst weggeworfen hatte.

Das Fenster des Raumes zeigte noch immer den Bergrücken über der Schlacht. Noch immer konnte er seine Mutter dort stehen sehen. Und Rakoth hatte beobachtet, als Darien auf sie blickte.

Das Lachen hörte auf. Maugrim trat ganz nahe an ihn heran. Darien konnte sich nicht bewegen. Langsam erhob sein Vater den Stumpf seiner abgetrennten Hand und hielt ihn über Dariens Kopf. Die schwarzen Blutstropfen fielen nieder und brannten auf Dariens Gesicht. Er konnte nicht einmal schreien. Maugrim senkte seinen Arm. Er sagte: »Jetzt brauchst du mir nichts mehr zu erzählen. Ich weiß alles, was es zu wissen gibt. Du dachtest, du würdest mir ein Geschenk, ein Spielzeug bringen. Du hast mehr getan. Du hast mir meine Unsterblichkeit zurückgebracht. *Du* bist mein Geschenk!«

So hatte er es einst ja auch gemeint, aber nicht in dieser Art und nicht jetzt, jetzt nicht mehr! Aber Darien stand an seinem Platz wie zu Eis erstarrt durch den Willen von Rakoth Maugrim, und er hörte, wie sein Vater fortfuhr: »Du verstehst nicht, oder? Sie waren alle dumm, unglaublich dumm. Sie sollte tot sein, damit sie niemals ein Kind gebären könne. Ich *darf* kein Kind haben! Hat das niemand von ihnen bemerkt? *Ein Kind aus meinem Samen bindet mich an die Zeit, es webt meinen Namen in das Gewebe ein, und ich kann sterben!*«

Und dann erschallte wieder das Lachen, es erschallte ein grausames Crescendo des Triumphes, das in Wellen über ihn herrollte. Als es zu Ende ging, stand Maugrim nur noch wenige Zentimeter von Darien entfernt, aus der Schwärze seiner Kapuze blickte er aus schrecklicher Höhe auf ihn nieder.

Er sprach in einer Stimme, die kälter war als der Tod, älter als die kreisenden Welten: »Du bist dieser Sohn. Jetzt kenne ich dich, und ich werde mehr tun, als dich nur zu töten. Ich werde deine lebende Seele über die Mauern der Zeit hinauswerfen. Ich werde es so geschehen lassen, als hättest du niemals existiert. Du bist in Starkadh, und an diesem Ort habe ich die Macht, das zu tun.

Wärest du außerhalb dieser Mauern gestorben, so wäre ich verloren gewesen. Aber jetzt nicht. *Du* bist verloren. Du hast niemals gelebt. Ich werde in Ewigkeit leben, und heute sind alle Welten und alle Dinge in allen Welten mein.«

Darien konnte nichts, gar nichts tun. Er war unfähig, sich zu bewegen oder zu sprechen. Er konnte nur zuhören, wie der Entwirker noch einmal sagte: »Alle Dinge in allen Welten, angefangen mit diesem Spielzeug von den Lios, das du trägst. Ich weiß, was es ist, bevor ich deine Seele aus dem Gewebe sprenge.«

Er dehnte sein Bewußtsein aus ... Darien spürte, daß es ihn wieder berührte ... um das Diadem für sich zu fordern, wie er den Dolch gefordert hatte, und an sich zu nehmen.

Und in diesem Augenblick geschah es: Der Geist von Lisen vom Walde, für die dieses schimmernde Juwel des Lichtes vor so langer Zeit gefertigt worden war, reichte von der fernen Seite der Nacht, von jenseits des Todes herüber und vollzog den letzten Akt der vollkommenen Ablehnung der Finsternis.

In dieser Festung des Bösen flammte das Diadem auf. Es leuchtete mit dem Licht von Sonne, Mond und Sternen, von Hoffnung und weltumspannender Liebe, mit einem so reinen, so blendend strahlenden Licht, daß Rakoth Maugrim durch den Schmerz geblendet wurde. Er schrie voller Qual auf. Seine Kontrolle über Darien zerbrach, wenn auch nur für einen Augenblick.

Aber das war genug.

Denn in diesem Augenblick tat Darien das einzige, was er tun konnte, um seine Wahl zu manifestieren. Er trat einen Schritt nach vorne, während das Diadem auf seiner Stirn herrlich strahlte und ihn nicht mehr zurückwies. Er machte den letzten Schritt auf der Dunkelsten Straße *und spießte sich selbst auf dem Dolch auf, den sein Vater hielt.*

Lökdal, das Geschenk, das Seithr vor tausend Jahren Colan gegeben hatte, durchbohrte sein Herz. Und Maugrim Rakoth, geblendet durch Lisens Licht und sterblich, weil er einen Sohn gezeugt hatte, tötete diesen Sohn mit dem Dolch der Zwerge, und er tötete ohne Liebe in seinem Herzen. Im Sterben hörte Darien noch den letzten Schrei seines Vaters, und er wußte, er war in jener Ecke von Fionavar und in allen Welten, die von der Hand des Webers in die Zeit gesponnen waren, zu hören: Es war jener

Schrei, der den Tod von Rakoth Maugrim bezeichnete.

Darien lag auf dem Boden. Die strahlende Klinge stak in seinem Herzen. Mit schwindendem Augenlicht blickte er zum hohen Fenster hinaus und sah, daß der Kampf auf der fernen Ebene aufgehört hatte. Das Sehen fiel ihm nun schwerer, das Fenster schwankte, und alles verschwamm vor seinen Augen. Aber das Diadem leuchtete noch immer. Er griff nach oben und berührte es zum letzten Mal. Das Fenster begann jetzt noch heftiger zu zittern, der Boden des Raumes wankte, ein Stein krachte von oben hernieder, weitere Steine folgten. Rings umher begann Starkadh in sich zusammenzustürzen. Mit Maugrims Verderben verfiel auch Starkadh zu nichts.

Er fragte sich, ob irgend jemand verstehen würde, was geschehen war. Er hoffte es. Dann würde vielleicht jemand rechtzeitig zu seiner Mutter gehen und ihr von der Wahl erzählen, die er getroffen hatte. Die Wahl für das Licht und die Liebe.

Er erkannte, daß es stimmte. Er starb in Liebe, und er starb durch Lökdal. Flidais hatte ihm auch gesagt, was dieser Teil bedeutete, und vielleicht hätte er dieses Geschenk weitergeben dürfen. Aber das Muster auf dem Griff hatte er niemandem auf die Stirn gezeichnet, und ohnehin hätte er kein lebendes Wesen mit seiner Seele belasten wollen, dachte er.

Und das war fast sein letzter Gedanke. Der allerletzte betraf seinen Bruder, der mit ihm auf den weichen Schneewehen gespielt hatte, als er noch Dari gewesen und Finn noch zugegen war, ihn liebte und ihm gerade genug über die Liebe sagen konnte, um ihn zum Licht heimzubringen.

Kapitel 17

Dave vernahm den letzten Schrei von Rakoth Maugrim, und dann hörte das Schreien auf. Es folgte ein Augenblick des Schweigens und des Wartens, und dann donnerte eine große Geräuschlawine vom hohen Norden auf sie herab. Er wußte, was es war. Sie alle wußten es. Er hatte Freudentränen in seinen Augen, sie rannen über sein Gesicht, er konnte sie nicht aufhalten. Und er wollte sie nicht aufhalten.

Und mit einem Mal war alles leichter. Es war ihm, als wäre ein Gewicht von ihm genommen worden, ein Gewicht, von dem er nicht einmal gewußt hatte ... es war eine Bürde, die er seit seiner Geburt mit sich getragen zu haben schien. Er und alle anderen, die in Welten geworfen worden waren, die im Schatten der Finsternis lagen.

Aber Rakoth Maugrim war tot. Dave wußte nicht wie, aber er wußte, daß es stimmte. Er blickte auf Torc und sah, daß sich ein weites, hilfloses Lächeln über sein Gesicht breitete. Niemals zuvor hatte er Torc so gesehen. Und plötzlich lachte Dave auf dem Schlachtfeld laut auf, und dieses Lachen kam aus reiner Freude, in diesem Augenblick am Leben zu sein.

Die Svart Alfar vor ihnen barsten auseinander und rannten weg. Die Urgach schlugen in vollständiger Verwirrung um sich, ein Slaug prallte auf den anderen und grunzte vor Angst. Dann wandten auch sie sich um und begannen, vor dem Heer des Lichtes nach Norden zu fliehen. Aber das war jetzt kein sicherer Hafen mehr. Dave wußte, daß sie gejagt und erlegt würden, sie würden vernichtet werden. Schon rasten die Dalrei und die Lios Alfar hinter ihnen her. Zum ersten Mal an diesem langen schrecklichen Tag hörte Dave, daß die Lios zu singen begannen, und sein Herz wollte bersten, als er die Herrlichkeit ihres Liedes in sich aufnahm.

Nur die Wölfe hielten sich noch eine geraume Zeit an der Westflanke. Aber sie waren jetzt allein und zahlenmäßig unterlegen, und die Krieger von Brennin, die von Arthur Pendragon auf seinem Raithen angeführt wurden, droschen wie mit Sicheln auf einem Kornfeld auf sie ein.

Dave und Torc donnerten lachend und schreiend hinter den Urgach und den Svart Alfar her. Auch Sorcha war bei ihnen, er ritt neben seinem Sohn. Normalerweise wären die Slaug schneller gewesen als ihre Pferde, aber das hatte sich geändert. Die sechsbeinigen Ungeheuer schienen schwach und ziellos geworden zu sein. Sie stolperten, schwankten in alle Richtungen, warfen ihre Reiter ab und fielen zu Boden. Jetzt war es leicht und großartig. Ringsumher sangen die Lios Alfar, und die untergehende Sonne schien aus einem wolkenlosen Sommerhimmel auf sie herab.

»Wo ist Ivor«, schrie Torc plötzlich. »Und Levon?«

Dave zuckte erschreckt zusammen, aber schon war es vorüber. Er wußte, wo sie sein würden. Er zügelte sein Pferd, und die beiden anderen folgten seinem Beispiel. Sie ritten über die blutüberströmte Ebene zurück, auf der die Körper der Sterbenden und Toten verstreut lagen, zurück zu dem Bergrücken im Süden des Schlachtfeldes. Aus weiter Entfernung konnten sie bereits den Aven sehen, der neben einem Körper am Boden kniete . . . es war wahrscheinlich sein jüngster Sohn.

Sie stiegen ab und schritten im Licht des späten Nachmittages den Abhang hinauf. Heiterkeit schien an diesem Ort um sich gegriffen zu haben.

Levon erblickte sie. »Er wird wieder zu sich kommen«, war er sich sicher und begab sich zu ihnen. Dave nickte, breitete dann die Arme aus und zog Levon in einer heftigen Umarmung an sich.

Ivor blickte auf. Er ließ Tabors Hand los und ging zu ihnen hinüber. Seine Augen strahlten noch durch seine Müdigkeit hindurch. »Es ist ihm nichts passiert«, stellte er fest. »Dem Magier und Arthur sei gedankt . . .«

»Und Pwyll«, ergänzte Teyrnon ruhig. »Er war es, der die Idee hatte. Ich hätte ihn niemals auffangen können, wenn er mich nicht darauf hingewiesen hätte.«

Dave suchte nach Paul und sah ihn in einer kleinen Entfernung von allen anderen auf dem Hügelrücken stehen. *Selbst jetzt,* dachte er. Er überlegte, ob er hinübergehen solle, aber er wollte nicht aufdringlich sein. Paul hatte in diesem Augenblick etwas sehr Privates, nur auf sich selbst Bezogenes an sich.

»Was ist geschehen?« fragte jemand. Dave blickte nach unten. Es war Mabon von Rhoden, der auf einem behelfsmäßigen Strohlager in der Nähe lag. Der Herzog lächelte und zwinkerte ihm zu. Dann wiederholte er seine Frage: »Weiß irgend jemand genau, was geschehen ist?«

Dave bemerkte, daß Jennifer sich ihnen näherte. In ihrem Gesicht stand ein sanftes Leuchten, aber es verbarg nicht die Tiefe der Quelle des Schmerzes in ihren Augen. Noch bevor jemand sprechen konnte, dämmerte Dave das Verständnis der Geschehnisse herauf.

»Es war Darien«, behauptete Kim, die ebenfalls näher kam. »Aber ich weiß nicht wie. Ich wünschte, ich wüßte es.«

»Ich auch«, sagte Teyrnon, »aber ich konnte nicht weit genug sehen, um die Geschehnisse dort zu beobachten.«

»Ich schon«, ließ sich ein Dritter sehr sanft und sehr klar vernehmen. Alle wandten sich Gereint zu. Und es war der alte, blinde Schamane von der Ebene, der Dariens Sterbewunsch Stimme verlieh.

In dem weichen Licht und dem tief gewobenen Frieden, der nun eingetreten war, erklärte er: »Ich wußte, es gab einen Grund, weswegen ich mit Tabor fliegen mußte. Das war es. Zwar konnte ich am Kampf nicht teilnehmen, aber ich war weit genug im Norden, um mein Bewußtsein nach Starkadh hineinzuschicken.« Er hielt inne und fragte sanft: »Wo ist die Königin?«

Einen Augenblick lang war Dave verwirrt, aber Jennifer antwortete: »Hier, Schamane.«

Gereint wandte sich in die Richtung, aus der ihre Stimme gekommen war. Er beschied ihr: »Er ist tot, meine Herrin. Es tut mir leid, sagen zu müssen, daß das Kind tot ist. Aber durch das Geschenk meiner Blindheit konnte ich sehen, was er getan hat. Er hat sich zu allerletzt für das Licht entschieden. Lisens Diadem ist auf seiner Stirn aufgeleuchtet, und er warf sich auf ein Messer, und er starb auf eine Weise, daß Maugrim mit ihm sterben mußte.«

»*Lökdal!*« rief Kim aus. »Natürlich. Rakoth tötete ohne Liebe, und deshalb starb er. O Jen! Du hattest eben doch recht. Du hattest so schrecklich recht.« Sie brach in Tränen aus, und Dave sah, daß Jennifer Lowel, die Guinevere war, jetzt ebenso, wenn auch lautlos, weinte.

Sie weinte in Trauer um ihr Kind, das den dunkelsten Weg eingeschlagen und jetzt schließlich allein und so fern das Ende dieses Weges erreicht hatte.

Dave beobachtete, wie Jaelle, die Hohepriesterin, die sich jetzt nicht mehr so kühl und arrogant benahm – es zeigte sich selbst in der Art, wie sie sich bewegte –, hinüberging, um Jennifer zu trösten, sie in ihren Armen zu halten.

So viele Dinge kämpften um einen Platz in seinem Herzen: Freude und Müdigkeit, tiefer Kummer, Schmerz und unendliche Erleichterung. Er drehte sich um und lief den Abhang des Hügels hinab, umrundete den südlichen Rand des Schlachtfeldes, auf dem das Licht verlieren sollte und verloren hätte, wäre nicht Jennifers

Kind gewesen, Guineveres Kind.

Er war an vielen Stellen verwundet und allmählich erreichte ihn die Erschöpfung. Zum zweiten Mal an diesem Tag dachte er an seinen Vater, nun da er am Rande des Schlachtfeldes stand und auf die Toten blickte.

Aber einer von ihnen war nicht tot.

Würde ihn seine alte Entfremdung niemals verlassen, fragte sich Paul, selbst hier nicht? Selbst jetzt nicht, in dem Augenblick, wo die Türme der Finsternis in sich zusammenfielen? Würde er sich denn immer weiter so fühlen müssen?

Und die Antwort seines Bewußtseins erfolgte in Form einer Gegenfrage: *Welches Recht hatte er überhaupt, danach zu fragen?*

Durch Mörnirs Gnade war er noch am Leben. Er war zum Sommerbaum gegangen, um zu sterben, er war von dem alten König Ailell dazu bestimmt gewesen, ihn zu vertreten. Und dieser König hatte ihm während eines Schachspiels, das Jahrhunderte zurückzuliegen schien, von dem Preis erzählt, den man für die Macht bezahlen mußte.

Er hatte eingewilligt zu sterben, aber er war zurückgeschickt worden. Er war noch immer am Leben: zweimal geboren. Er war der Herr des Sommerbaums und hatte tatsächlich einen Preis für seine Macht zu zahlen. Er war gezeichnet und dazu bestimmt, allein zu sein. Und während rings um ihn ruhige Freude und ruhiger Kummer miteinander verschmolzen, spürte Paul in sich das Vibrieren seiner Macht, wie er es nie zuvor erlebt hatte. Noch etwas anderes würde geschehen. Es war noch etwas im Kommen. Nicht der Krieg, damit, wie mit so vielen anderen Dingen, hatte Kim recht gehabt. Seine Macht war nicht die Macht des Krieges, niemals war es so gewesen. Er hatte sich sehr bemüht, sie in dieser Weise zu nutzen, den Kampf durch sie zu beeinflussen, aber von Anfang an hatte er nur die Stärke des Widerstandes, der Gegnerschaft, der Ablehnung der Finsternis in sich gefühlt. Er war ein Werkzeug der Verteidigung, nicht des Angriffes. In seiner Existenz selbst war er das Symbol des Gottes, war er eine Bestätigung des Lebens.

Er hatte die Kälte von Maugrims Winter nicht gespürt, war ohne Mantel in einer schlimmen Nacht gewandert. Später hatte er vor dem Seelenverkäufer auf dem Meer gewarnt, und sein Schrei hatte Liarnan zu ihrer Verteidigung herangerufen. Und dann war er noch ein zweites Mal gekommen, um ihr Leben auf den Felsen der Bucht am Anor zu retten. Er war die Existens des Lebens, des Saftes des Sommerbaums, der sich aus der grünen Erde erhob, um den Regen des Himmels zu trinken und die Sonne zu grüßen.

Und nun, da der Krieg vorüber und Maugrim tot war, begann der Saft in ihm wieder zu strömen. Seine Hände zitterten, und er fühlte, daß in ihm etwas wuchs, sich etwas aufbaute, daß es tief und stark war. Es war der Pulsschlag des Gottes, der sein eigener war. Er blickte auf die ruhige Ebene hinab. Im Nordwesten ritt der Großkönig Aileron zurück, begleitet von Arthur auf der einen und Lancelot auf seiner anderen Seite. Hinter ihnen leuchtete die untergehende Sonne, und in ihrem Haar strahlten Lichtkronen.

Das waren kämpferische Gestalten, dachte Paul: Krieger, die im Dienst von Macha und Nemain, den Kriegsgöttinnen, standen. Genauso wie Kimberly mit ihrem Baelrath, Tabor mit seinem schimmernden Reittier, dem Geschenk Danas, das aus dem roten Vollmond geboren war. Und selbst Dave Martyniuk gehörte dazu mit seiner wilden, überwältigenden Leidenschaft im Kampf, mit Ceinwens Geschenk an seiner Seite.

Ceinwens Geschenk . . .

Paul reagierte schnell. Sein ganzes Leben lang hatte er die Intuition, um Verbindungen herzustellen, die andere niemals auch nur sehen konnten. Noch während dieser Gedanke in seinem Geist wie ein Steppenfeuer aufloderte, drehte er sich um. Er wandte sich um, suchte nach Dave, und auf seinen Lippen formte sich ein Schrei. Fast noch wäre er rechtzeitig gekommen.

So war es auch bei Dave. Als die barbarische Gestalt, die unter den Leichen fast begraben war, plötzlich hervorsprang, siegten Daves Reflexe über seine Müdigkeit. Er fuhr herum, warf seine Hände hoch, um sich zu verteidigen. Hätte diese Gestalt auf sein Herz oder seine Seele gezielt, so hätte Dave ihn zurückschlagen können.

Aber der Angreifer versuchte nicht, ihm das Leben zu nehmen, noch nicht. In diesem letzten kritischen Moment zuckte eine Hand hervor und griff mit unfehlbarer Genauigkeit nach Daves Seite, nicht nach seinem Herzen oder seiner Kehle. Sie suchte und fand den Schlüssel zu all dem, wonach er sich so lange gesehnt hatte.

Die Schnur zerriß, und Dave hörte, wie Paul Schafer oben auf dem Berg laut aufschrie. Er packte seine Axt, aber es war schon zu spät, es war viel zu spät.

Schon erhob sich Galadan behende aus einer Rolle, die ihn drei Meter weiter weg getragen hatte, und stand nun unter der Westsonne auf dem blutdurchtränkten Boden, und er hielt Oweins Horn in seiner Hand.

Und der Wolflord von den Andain, der so lange Jahre einen Traum geträumt hatte, der auf einer niemals endenden Suche war ... nicht nach Macht oder Herrschaft über irgend jemand oder irgend etwas, sondern nach reiner Vernichtung, nach dem Ende aller Dinge ... der blies nun mit all der Kraft seiner bitteren Seele in das mächtige Horn und rief Owein und die Wilde Jagd herbei, um das Ende der Welt herbeizuführen.

Kim hörte, wie Paul seine Warnung ausstieß, und dann schienen im selben Augenblick alle anderen Geräusche zu verstummen, und sie hörte das Horn zum zweiten Mal.

Sein Klang gehörte zum Reich des Lichtes, daran erinnerte sie sich. Die Agenten der Finsternis konnten ihn nicht hören. In jener frostigen Nacht, als das Mondlicht auf den Schnee fiel und ferne Sterne am Himmel blinkten, hatte Dave vor der Höhle ins Horn gestoßen, um die Jagd zu entfesseln.

Jetzt war es anders. Es war Galadan, der nun blies: Galadan, der tausend Jahre in einsamer, arroganter Bitterkeit gelebt hatte, nachdem Lisen ihn zurückgewiesen hatte und gestorben war. Er war ein Werkzeug Maugrims, aber er verfolgte dabei immer seine eigenen Pläne, seine eigenen unveränderlichen Pläne.

Als er seine Seele in das Horn sandte, klang es nach dem Licht trauernder Kerzen in einer dunklen Höhle, nach dem Halbmond, der durch kalte, vom Wind zerzauste Wolken glitt, nach Fackeln, die in einem dunklen Wald vorbeizogen, aber niemals nahe genug herankamen, um mit ihrem Leuchten zu wärmen. Es klang nach einem bleichen Sonnenaufgang auf einem winterlichen Strand, nach dem blassen, zuckenden Licht von Glühwürmchen im Nebel des Llychlynmoores und nach allen Lichtern, die nicht wärmten und trösteten, sondern nur von Schutz erzählten, die jemand anders an einem anderen Ort empfand.

Dann verstummte der Klang des Hornes, und die Bilder schwanden hinweg. Galadan ließ das Horn sinken. Auf seinem Gesicht stand Verblüffung. Ungläubig fragte er sich: »Ich habe es gehört. Wie konnte ich Oweins Horn hören?«

Niemand antwortete ihm, niemand sprach. Sie blickten zum Himmel hinauf. Und in diesem Augenblick kamen Owein und die Schattenkönige der Wilden Jagd herbei, und vor ihnen allen ritt das Kind auf der fahlen Iselen und zog ein tödliches Schwert aus der Scheide. Dieses Kind war Finn dan Shahar gewesen.

Jetzt war es der Tod.

Sie hörten, wie Owein in wilder, chaotischer Ekstase schrie. Sie vernahmen das Stöhnen der sieben Könige. Sie sahen, wie sie über das Licht der Sonne hinzogen, wie Dampf, wie Rauch.

»Owein, halt an«, schrie Arthur Pendragon mit all der klirrenden Befehlsgewalt, die seine Stimme auszudrücken imstande war. Aber Owein kreiste über seinem Kopf und lachte. »Du kannst mich nicht binden, Krieger! Wir sind frei, wir haben das Kind, die Zeit ist gekommen, die Wilde Jagd kann reiten!«

Und schon stürzten die Könige nach unten, unbezähmbar vernichtend, unverletzlich, sie waren der chaotische Zufallsfaden im Gewebe. Schon schienen ihre Schwerter blutig zu leuchten. Sie würden immer weiter reiten und töten, bis nichts mehr zu töten übrig war.

Aber noch in diesem Augenblick bemerkte Kim, wie sie schwankten, wie sie ihre Pferde aus Rauch und Dunst in ihrem Sturz zu zügeln versuchten. Sie hörte, wie sie ihre Geisterstimmen in klagender Verwirrung erhoben, und sie sah, daß das Kind nicht mehr bei ihnen war, als sie nach unten stürzten. Finn schien in größter Not und Bedrängnis zu sein, sein bleiches Pferd schlug nach vorne und hinten aus und bäumte sich im rötlichen Licht des Sonnenuntergangs wild auf. Er rief etwas. Kim konnte es nicht verstehen, sie wußte nicht, was geschah.

Leila schrie. Sie stand im Tempel und hörte den Klang des Hornes. Er explodierte in ihrem Gehirn. Sie konnte kaum einen Gedanken bilden, aber dann verstand sie. Und wieder schrie sie voller Angst und Entsetzen auf, und die Verbindung entstand ein zweites Mal.

Plötzlich erschien das Schlachtfeld vor ihrem inneren Auge. Sie war im Himmel über Andarien. Jaelle, der Großkönig, Guinevere, sie alle standen dort unten auf dem Bergrücken. Aber sie blickte zum Himmel auf und sah, daß die Wilde Jagd erschien: Owein und die tödlichen Könige und das Kind, und das Kind war Finn, den sie liebte.

Sie schrie ein drittes Mal laut im Tempel auf, und mit der intensivsten Kraft ihrer Geiststimme schickte sie ihre Botschaft in den Himmel weit dort oben im Norden:

Finn, nein! Geh weg! Ich bin Leila! Töte sie nicht! Geh weg! Sie sah, daß er zögerte und sich ihr zuwandte. Ihr ganzes Bewußtsein war zersplittert und von grellem Schmerz erfüllt. Sie fühlte sich wie in Fetzen zerrissen. Er blickte auf sie, und sie konnte aus seinen Augen lesen, wie fern er war, wie sehr ihrer Reichweite entrückt.

Zu fern. Er antwortete nicht einmal. Er wandte sich von ihr ab. Sie hörte, wie Owein den Krieger verspottete, sie beobachtete, wie die Himmelskönige ihre brennenden Schwerter zogen. Rings um sie war Feuer, am Himmel und auf den Tempelmauern war Blut. Finns weißes Schattenroß bleckte die Zähne gegen sie und trug Finn hinweg.

Leila riß sich verzweifelt los, bemerkte nicht einmal, wer sie festzuhalten versuchte. Shalhassan taumelte zurück. Er sah, wie sie voranschritt, stolperte und fast zu Boden fiel. Doch sie richtete sich wieder auf, erreichte den Altar und ergriff die Axt. »Im Namen der Göttin, nein«, kreischte eine der Priesterinnen vor Schrecken hinter vorgehaltener Hand.

Leila hörte sie nicht. Sie schrie, und sie war weit entfernt. Sie hob Danas Axt, die nur die Priesterin emporheben durfte. Sie riß diesen Gegenstand der Macht hoch über ihren Kopf und ließ ihn krachend, donnernd, widerhallend auf den Altarstein herabsausen. Dabei schrie sie wieder laut, wuchs mit der Kraft der Axt, mit Danas Kraft, kletterte wie auf eine mächtige Mauer, um in ihrer Geiststimme den Befehl zu schleudern:

Finn, ich befehle es dir. Im Namen von Dana, im Namen des Lichtes! Geh weg. Komm jetzt zu mir nach Paras Derval.

Sie fiel im Tempel auf die Knie und ließ die Axt fallen, und sie beobachtete den Himmel über Andarien. Mehr blieb ihr nicht, sie war leer, eine hohle Schale, wenn das nicht genügte, war alles verschwendet, bitter vergeudet worden.

Finn drehte sich um. Er zog seine aufbäumende Stute am Zügel, zwang sie herum, um von neuem Leilas körperlosen Geist vor sich zu haben. Die Stute widersetzte sich und schlug wütend aus. Sie wollte Rauch und Feuer durch und durch, sie wollte Blut. Finn packte die Zügel mit beiden Händen und kämpfte solange mit ihr, bis sie in der Luft stillstand. Er blickte auf Leila, und sie sah, daß er sie jetzt erkannte, daß er nahe genug zurückgekommen war, um sie zu erkennen.

Und so sagte sie sanft in ihrer gemeinsamen Geistverbindung, ohne Macht, nur mit Trauer und Liebe: *O Finn, bitte komm zurück, komm zurück zu mir.*

Sie beobachtete, wie sich jetzt seine Schattenaugen weiteten, und sie fühlte sich an seine frühere Gestalt erinnert, und gerade bevor sie das Bewußtsein verlor, glaubte sie in ihrem Geist seine Stimme zu hören, er sagte nur eines, aber das war auch das einzig Wichtige: ihren Namen.

Kim konnte auf ihrem Ring auch nicht die geringste Spur eines Flackerns erkennen, und es war ihr klar, daß es auch nicht mehr dazu kommen würde. Sie war macht- und kraftlos, nur Mitleid und Gram waren ihr geblieben, aber das zählte ja nicht. In einem Teil ihres Geistes war sie sich bitter und verzweifelt bewußt, daß sie es gewesen war, die in jener Nacht am Rande von Pendaran die Jagd entfesselt hatte. Wie hatte sie nicht sehen können, was später folgen würde?

Aber andererseits wußte sie auch, daß die Lios und die Dalrei am Adein alle gestorben wären, wenn nicht Owein eingegriffen hätte. Sie hatte keine Zeit gehabt, die Zwerge zu erreichen, Aileron und die Männer von Brennin hätten allein kämpfen müssen und wären aufgerieben worden. Die Prydwen wäre von Cader Sedat zurückgekehrt, nur um den Krieg verloren zu sehen und Rakoth Maugrims Triumph zu erleben.

Owein hatte sie gerettet . . . um sie jetzt zu zerstören, so schien es.

So liefen ihre Gedanken, als Finn seine weiße Stute von den anderen vom Himmel weglenkte und sie nach Süden zu führen begann. Kim legte die Hand auf den Mund. Sie hörte, wie Jaelle atemlos etwas flüsterte, sie konnte nicht verstehen, was es war.

Aber sie hörte, daß Owein laut aufschrie und hinter Finn herrief. Die Himmelskönige klagten. Finn kämpfte mit seinem Pferd, das auf Oweins Schrei reagiert hatte. Die Stute schlug um sich, bockte und bäumte in dem hohen Luftreich.

Aber Finn behielt die Oberhand. Zwar wankte er auf dem Rücken des Pferdes, aber er riß an seinen Zügeln, zwang es in Richtung Süden, weg von den Königen und Owein, weg vom Blut der herannahenden Jagd. Wieder murmelte Jaelle vor sich hin, und es klang leidvoll und schmerzerfüllt.

Finn trat seinem Roß, das sich wieder aufbäumte, in die Flanken. Es wieherte in trotziger Wut auf. Das Klagen der Könige war wie das Heulen eines Wintersturmes. Sie waren Rauch und Nebel, sie hatten feurige Schwerter, sie waren der Tod im rötlichen Himmel.

Und dann veränderte sich das Klagen. Alles veränderte sich. Kim schrie in hilflosem Schrecken und Mitleid laut auf. Denn fern im Westen, vor der untergehenden Sonne warf Iselen ihren Reiter ab, aber nicht aus Liebe wie Imraith-Nimphais.

Und Finn dan Shahar wurde aus großer Höhe herabgeschleudert, er war nicht mehr Schatten und Rauch, er wurde wieder zu einem sterblichen Jungen; noch im Fallen nahm er seine menschliche Gestalt wieder an, wurde von ihr ergriffen, und er prallte kopfvoraus auf der Ebene von Andarien auf und blieb vollkommen regunglos dort liegen.

Diesen Sturz hatte niemand aufgefangen. Kim beobachtete, wie er zur Erde niedersauste, sie sah ihn dort zusammengekrümmt liegen, und sie erinnerte sich lebhaft und schmerzlich an jene Winternacht im Wald von Pendaran, als das wandernde Feuer, das sie trug, die Wilde Jagd erschreckt hatte.

Erschreckt sie nicht, ich bin hier, hatte Finn Owein zugerufen, der sich auf seinem schwarzen Roß hoch über Kim aufgerichtet hatte. Und Finn war nach vorne getreten, hatte unter den Königen die fahle, weiße Iselen bestiegen und hatte sich verändert: Auch er war zu Rauch und Schatten geworden, er war das Kind an der Spitze der Jagd.

Jetzt nicht mehr. Er war jetzt nicht mehr Iselens Reiter im Himmel, der zwischen den Sternen einherjagte. Er war wieder sterblich, er war herabgefallen und höchstwahrscheinlich tot.

Doch sein Sturz bedeutete etwas, oder *konnte* zumindest etwas bedeuten. Die Seherin in Kim erfaßte ein Bild, und sie trat nach vorne, um ihm Stimme zu verleihen. Aber vor ihr stand bereits Loren, auch er hatte es schon wahrgenommen. Er hielt Amairgens Stab hoch in die Luft und blickte zu Owein und den sieben Königen auf. Sie klagten und stöhnten laut mit immer denselben Worten, und der Klang ihrer Stimmen pfiff wie der Wind über Andarien.

»Iselen hat seinen Reiter verloren!« schrie die Wilde Jagd in Angst und Verzweiflung, und trotz all ihrer Traurigkeit empfand Kim ein schnelles Aufkeimen von Hoffnung, als Loren mit seiner Stimme das Klagen der Könige in der Luft übertönte.

»Owein!« schrie er. »Ihr habt das Kind wieder verloren. Ihr könnt nicht reiten. Ihr könnt nicht jagen im Himmelsgebiet!«

Hinter Owein und seinem schwarzen Roß kurvten und kreisten die Könige der Wilden Jagd in wahnsinniger Wut. Doch Owein zügelte den schwarzen Cargael, so daß er bewegungslos über Lorens Kopf stand, und als er dann sprach, war seine Stimme kalt und mitleidlos. »Das ist nicht wahr«, stellte er richtig. »Wir sind frei. Wir sind durch Macht zur Macht gerufen worden. Es gibt niemand hier, der uns beherrschen kann. Wir werden reiten und werden unseren Durst mit Blut stillen!«

Er erhob sein Schwert, seine Klinge leuchtete rot im Abendlicht, und er ließ den wilden nachtschwarzen Cargael sich hoch aufbäumen. Das Klagen der Könige verwandelte sich in schreiende Wut. Sie beendeten ihr schreckhaftes Kreisen und Tänzeln im Himmel und ordneten ihre grauen Rosse hinter Cargael ein.

So war also alles umsonst gewesen, dachte Kim. Sie wandte ihren Blick von der Jagd zu Finns Körper hinüber, der verkrümmt am Boden lag. Es hatte nicht gereicht. Weder sein Sturz noch Dariens, Diarmuids und Kevins Tod noch Rakoths Untergang. Das alles hatte nicht gereicht, und hier am Ende war es Galadan, dessen altes Verlangen gestillt wurde. Die weiße Iselen blitzte nun reiterlos am Himmel, hinter den anderen Reitern der Jagd. Acht Schwerter wurden geschwungen, neun Pferde schlugen mit ihren Hufen aus, als die Jagd sich anschickte, durch den Sonnenuntergang durch die Finsternis zu reiten.

»Halt!« schrie Brendel von den Lios Alfar.

Noch während er sprach, vernahm Kim hinter ihnen den Klang eines Liedes, der über den steinigen Boden der Ebene zu ihnen drang. Noch bevor sie sich umdrehte, wußte sie bereits, wer es war, denn sie kannte diese Stimme.

Über die zerstörte Ebene von Andarien näherte sich Ruana von den Paraiko mit riesigen Schritten, um die Wilde Jagd zu binden, wie Connla sie vor langer Zeit gebunden hatte.

Owein senkte langsam sein Schwert. Die Könige hinter ihm verstummten. Und in diesem Schweigen hörten sie alle die Worte, die Ruana sang, als er näher herankam:

Aus dem Schlaf wird erwachen der Flamme Brand.
Das Horn wird rufen die königlichen Mannen.
Auch wenn sie dir antworten aus dem tiefen Land,
Darfst du sie dennoch niemals bannen,
Die verlassen zu Pferde Oweins schützende Hand
Und sich zum Führer ein Kind ersannen.

Dann war er unter ihnen und sang noch immer in seiner tiefen, zeitlosen Stimme. Er schritt an Loren vorbei bis zum äußersten Rand des Bergrückens, hielt dort an und blickte zu Owein hinauf.

Und dann rief Ruana in dem weiten Schwingen aus: »Himmelskönig, steck dein Schwert in die Scheide! Ich unterwerfe dich meinem Willen! Und ich bin einer, dessen Willen du gehorchen mußt. Ich bin der Erbe Connlas, der dich durch die Worte, die du mich jetzt eben singen hörtest, in den Schlaf gebannt hat.«

Owein bewegte sich und entgegnete trotzig: »Wir sind gerufen worden, wir sind frei.«

»Und ich werde euch wieder binden«, erwiderte Ruana tief und sicher. »Connla ist tot, aber seine Kraft lebt in mir weiter, denn die Paraiko haben niemals getötet. Und obwohl wir jetzt und für immer verändert sind, verfüge ich noch immer über viel von dem, was wir gewesen sind. Ihr seid aus eurem langen Schlaf nur durch die Ankunft des Kindes befreit worden. Doch das Kind ist nicht mehr da, Owein, es ist verloren, wie damals, als Connla euch zur Ruhe gelegt hat. Ich verlange von neuem: Steckt eure Schwerter in die Scheide! *Durch die Kraft von Connlas Zauberspruch unter-*

werfe ich euch meinem Willen!«

Einen Augenblick lang . . . und dieser Augenblick war kraftgeladen wie kaum einer, seit die Welten gesponnen worden waren . . . stand Owein bewegungslos in der Luft über ihnen. Dann senkte er langsam, sehr langsam seine Hand und ließ sein Schwert in die Scheide an seiner Seite gleiten. Mit einem kalten Seufzen folgten die sieben Könige seinem Beispiel. Owein sah auf Ruana herab und fragte halb fordernd, halb flehend: »Aber es ist nicht für immer?«

Und Ruana antwortete ruhig: »Es kann nicht für immer sein, mein Herr Owein, weder durch Connlas Zauberspruch noch durch euren Platz im Gewebe. Die Jagd wird immer ein Teil von allen Welten des Webers sein. Ihr seid die Unberechenbarkeit, die uns Freiheit gibt. Aber nur wenn wir euch in den Schlaf bannen, können wir leben. Doch es ist nur Schlaf, Himmelskönig, du wirst wieder reiten, du und die sieben Könige der Jagd, und vor dem Ende des Tages wird es wieder ein anderes Kind geben. Wo wir dann sein werden, wir Kinder aus der Hand des Webers, das weiß ich nicht, aber ich sage dir jetzt, und ich spreche die Wahrheit, daß alle Welten wieder dein sein werden, wie sie es waren, bevor das Gewebe zu Ende ist.«

Seine tiefe Stimme führte den Klang der Prophezeiung mit sich, einer Wahrheit, welche die Zeit gemeistert hatte. Er betonte nochmals: »Aber jetzt an diesem Platz seid ihr meinem Willen unterworfen, weil das Kind wieder verloren ist.«

»Nur deswegen«, fügte sich Owein mit einer Bitterkeit, die ebenso scharf durch die Luft schnitt, wie es sein offenes Schwert vielleicht getan hätte.

»Nur deswegen«, bestätigte Ruana ernst. Und Kim wußte, wie knapp sie dem Unheil entronnen waren. Sie schaute wieder zu der Stelle hinüber, wo Finn abgestürzt war, und sah, daß ein Mann zu ihm hinübergegangen war und neben ihm kniete. Zuerst wußte sie nicht, wer es war, und dann erriet sie es.

Owein sprach von neuem, und jetzt war seine Bitterkeit verschwunden und hatte einer ruhigen Resignation Platz gemacht. Er fragte: »Sollen wir wieder zur Höhle zurückkehren, Connlas Erbe?«

»Genau das«, antwortete Ruana vom Bergrücken aus und blickte in den Himmel. »Dorthin sollt ihr gehen und euch wieder auf euren Steinbetten zur Ruhe legen, du und die sieben Könige. Und ich werde euch zu jenem Platz folgen und Connlas Zauber ein zweites Mal sprechen, um euch in den Schlaf zu bannen.«

Owein hob seine Hand. Einen Augenblick lang verharrte er in dieser Haltung, ein grauer Schatten auf einem schwarzen Roß, und die roten Juwelen leuchteten im Sonnenuntergang. Dann verbeugte er sich vor Ruana und ließ seine Hand wieder sinken. Durch Finns Eingreifen war er nun dem Willen des Riesen unterworfen.

Und plötzlich raste die Wilde Jagd hinweg nach Süden zu einer Höhle am Rande des Waldes von Pendaran in der Nähe eines Baumes, der vor vielen tausend Jahren durch einen Blitz gespalten worden war.

Hinter ihnen allen flog die reiterlose Iselen hinterher. Ihr weißer Schweif wehte wie ein Komet hinter ihr, sie war noch immer sichtbar, nachdem die Pferde der Könige bereits aus dem Blickfeld der Menschen verschwunden waren.

Kim war durch die Intensität der Geschehnisse wie betäubt, sie sah, wie Jaelle rasch am Grat entlang zu der Stelle ging, wo Finn lag. Paul Schafer sagte kurz etwas zu Aileron und folgte dann der Hohenpriesterin.

Kim wandte sich von ihnen ab und schaute zu Ruanas Antlitz empor. Seine Augen waren genau so, wie sie sie in Erinnerung hatte: Sie strahlten ein tiefes und ruhiges Mitgefühl aus. Er blickte auf sie nieder und wartete.

»Ruana, wie konntest du rechtzeitig hierherkommen? Gerade noch rechtzeitig?« begehrte Kim zu erfahren.

Er schüttelte langsam den Kopf. »Ich bin hier gewesen, seit der Drache kam. Ich habe von hinten zugesehen . . . mehr wollte ich mich dem Kampfplatz nicht nähern. Aber als Starkadh zusammenbrach, als der Krieg vorüber war und der Wolflord ins Horn stieß, erkannte ich, was mich hierher gezogen hatte.«

»Was? Was, Ruana, zwang dich hierher?«

»Seherin, was du in Kath Meigol getan hast, hat uns für immer verändert. Als ich zusah, wie sich mein Volk nach Eridu aufmachte, wurde mir klar, daß der Baelrath eine Kraft des Krieges, ein Aufruf zum Kampf ist und daß wir ihm nicht Genüge tun würden, wenn wir auf unserem Zug nach dem Osten nur die Regentoten aufsammeln würden, so notwendig das auch sein mochte. Ich spürte, daß das nicht ausreichte.«

Kim schwieg dazu. Ihre Kehle war wie zusammengeschnürt.

Ruana fuhr fort: »Und so habe ich es allein auf mich genommen, anstatt in den Osten nach Westen zu ziehen. Ich nahm es auf mich, zum Kriegsschauplatz zu eilen und zu prüfen, ob es noch eine passendere Rolle geben würde, welche die Paraiko in den künftigen Geschehnissen spielen sollten. Irgend etwas hat mich von innen her getrieben. Seherin, ich spürte Zorn in mir und Haß gegen Maugrim, und nichts davon hatte ich jemals zuvor empfunden.«

»Ich weiß es«, bemerkte Kim. »Es tut mir leid, Ruana.«

Wieder schüttelte er seinen Kopf. »Gräme dich nicht. Der Preis für unsere Heiligkeit wäre es gewesen, daß die Wilde Jagd ungehindert geflogen wäre und alle lebenden Menschen, die hier versammelt sind, getötet hätte. Es war Zeit, Seherin von Brennin, höchste Zeit für die Paraiko, sich wirklich in die Armee des Lichtes einzuordnen.«

»Habe ich dann deine Verzeihung?« fragte sie kleinlaut.

»Du hattest sie bereits im Kanior.«

Sie erinnerte sich: Die Geistbilder von Kevin und Ysanne, die unter den dichtgedrängten Toten der Paraiko schwebten, von ihnen geehrt und durch die tiefen Worte der Beschwörung in Ruanas Lied herbeigerufen wurden.

Sie nickte. »Ich weiß«, sagte sie. Rings um sie war Schweigen, Kim blickte zu dem ernsten, weißhaarigen Riesen auf. »Mußt du jetzt gehen? Mußt du ihnen zu der Höhle folgen?«

»Bald«, erwiderte er. »Aber es wird hier noch etwas geschehen müssen, glaube ich, und ich werde bleiben, um es mitzuerleben.«

Und bei diesen seinen Worten erwachte auch in Kimberly wieder die Aufmerksamkeit für die Gegenwart, die sie verdrängt hatte. Sie blickte an Ruana vorbei und sah Galadan auf der Ebene. Er war von sehr vielen Männern umringt, die meisten von ihnen kannte sie. Sie hatten ihre Schwerter gezogen und zielten mit ihren Pfeilen auf das Herz des Wolflord, aber keiner von ihnen bewegte sich oder sprach, auch Galadan nicht. In der Nähe des Kreises stand Arthur mit Guinevere und Lancelot.

Auf Befehl des Großkönigs warteten sie alle auf Paul Schafer, der weiter drüben im Westen neben dem Körper von Finn dan Shahar kniete.

Als Leila die Axt hob, wußte es Jaelle. Wie hätte es die Hohepriesterin nicht wissen können? Es war das tiefste Sakrileg, das es gab, und irgendwie überraschte es sie überhaupt nicht.

Sie hörte es . . . und jede Priesterin in Fionavar hörte es . . . als Leila die Axt auf den Altarstein schmetterte und Finn in schrillen Worten den Befehl zurief, zu ihr zu kommen, einen Befehl, der sich aus der Blutkraft von Danas Axt speiste. Und Jaelle hatte die Schattengestalt des Jungen auf seinem fahlen Pferd gesehen, sie beobachtete, wie er wegzureiten sich anschickte und dann abstürzte.

Dann kam der einzelne Paraiko zu ihnen, unterwarf die Wilde Jagd Connlas Beschwörungsspruch, und Jaelle sah, wie sie nach Süden wegrasten.

Erst, als sie verschwunden waren, erlaubte sie sich, ihre Schritte nach Westen zu der Stelle zu lenken, wo Finn lag. Zuerst ging sie nur, dann aber begann sie zu rennen, denn um Leilas willen wollte sie rechtzeitig kommen. Sie bemerkte, daß das Diadem, das ihr Haar zurückhielt, herabfiel, aber sie nahm sich nicht die Zeit, es wieder aufzuheben. Und während sie mit wehendem Haar dahineilte, dachte sie an das letzte Mal, als diese Verbindung geschmiedet worden war, damals als Leila gehört hatte, wie die grüne Ceinwen die Erinnerung an die Schlacht in den blutigen Ufern des Adein zurückgerufen hatte.

Jaelle entsann sich der Worte, die sie damals selbst mit der Stimme der Göttin gesprochen hatte: *Es ist Tod darin,* hatte sie gesagt, und wußte, daß es stimmte.

Sie kam zu der Stelle, wo er lag, sein Vater war bereits da. Sie erinnerte sich an Shahar aus der Zeit, als er in den Monaten nach Dariens Geburt nach Hause gekommen war, es war die Zeit, in der die Priesterinnen der Dana, die von dem Geheimnis wußten, Vae dabei geholfen hatten, ihr neues Kind aufzuziehen.

Er saß auf dem Boden und hielt den Kopf seines Sohnes im Schoß. Immer und immer wieder streichelten seine schwieligen Hände die Stirn des Knaben. Ohne zu sprechen, blickte er auf, als

Jaelle sich näherte. Finn lag bewegungslos mit geschlossenen Augen. Sie wurde sich bewußt, daß er jetzt wieder sterblich war. Er sah genauso aus wie damals in den Tagen des Kinderspiels, des Ta'Kiena, das sie im Park am Ende der Amoßstraße gespielt hatten. Damals hatte ihn Leila mit verbundenen Augen auf den längsten Weg gerufen.

Nun kam noch jemand herbei. Jaelle blickte über ihre Schulter und stellte fest, daß es Pwyll war.

Er reichte ihr das silberne Diadem. Keiner von beiden sprach. Sie blickten auf Vater und Sohn hinab und knieten dann auf dem steinigen Boden neben dem Jungen nieder.

Er lag im Sterben. Sein Atem war flach und mühsam, aus seinen Mundwinkeln rann das Blut. Jaelle hob den Rand ihres Ärmels und wischte es weg.

Bei dieser Berührung öffnete Finn seine Augen. Es war ihr klar, daß er sie erkannte.

Sehr sorgsam und so deutlich, wie sie nur konnte, beantwortete Jaelle die Frage, die sie aus seinen Augen las: »Die Jagd ist verschwunden. Einer von den Paraiko ist gekommen und hat sie wieder zurückbeschworen in die Höhle . . . er hat den Spruch von neuem ausgesprochen, der sie dort zur Ruhe legt.«

Sie sah, daß er nickte. Es schien, daß er verstanden hatte. Er *mußte* es ja verstehen, erkannte Jaelle. Er war ja mit der Wilden Jagd eins gewesen. Aber jetzt war er nur mehr ein Junge, sein Kopf lag im Schoß seines Vaters, bald würde er sterben.

Aber seine Augen waren noch immer offen. Er fragte so leise, daß sie sich bücken mußte, um es zu hören: »War es denn richtig, was ich getan habe?«

Sie bemerkte, wie Shahar einen kleinen Laut tief in seiner Brust unterdrückte und weinend antwortete: »Es war mehr als richtig, Finn. Du hast alles sehr gut gemacht, alles. Gleich von Anfang an.« Sie sah, daß er lächelte. Wieder rann Blut aus seinem Mund, wieder wischte sie es mit ihrem Ärmel ab. Er hustete und setzte von neuem an: »Weißt du, sie wollte mich nicht abwerfen.« Jaelle brauchte einen Augenblick um zu verstehen, daß er seine Stute meinte. »Sie hatte Angst«, vermutete Finn. »Sie war nicht daran gewöhnt, so fern von den anderen zu fliegen, sie hatte einfach nur Angst.«

»O mein Kind«, bat Shahar mit belegter Stimme. »Spare deine Kraft.«

Finn griff nach der Hand seines Vaters. Er schloß die Augen und atmete langsamer. Jaelles Tränen liefen immer weiter ihre Wangen herab. Dann öffnete Finn wieder die Augen.

Er blickte sie an und flüsterte: »Wirst du Leila sagen, daß ich sie gehört habe, daß ich zu ihr kommen wollte?«

Jaelle nickte, blind vor Tränen. »Ich glaube, sie weiß es, aber ich werde es ihr ausrichten, Finn.«

Daraufhin lächelte er. In seinen braunen Augen lag viel Kummer, aber auch ein ruhiger Friede. Lange Zeit schwieg er, da die Kraft ihn allmählich verließ, aber er hatte noch eine weitere Frage, und die Hohepriesterin wußte, daß es die letzte war. *»Dari?«*

Diesmal bemerkte sie, daß sie nicht antworten konnte. Ihre Kehle war vor Kummer vollkommen zugeschnürt.

An ihrer Stelle sprach Paul. Mit unendlichem Mitgefühl versicherte er: »Auch er hat alles richtig gemacht, Finn. Alles. Er ist tot, aber er hat Rakoth Maugrim getötet, bevor er selbst starb.«

Finns Augen weiteten sich, als er es hörte . . . zum letzten Mal. Freude blitzte in ihnen auf, dann ein bitterer Schmerz, aber am Ende kehrte der Friede, ein Friede ohne Grenzen an der Schwelle der Dunkelheit zurück. »O mein Kleiner«, hauchte er, und dann starb er mit der Hand seines Vaters in der seinen.

In späteren Tagen entstand eine Sage, vielleicht deshalb, weil so viele, die jene Zeit durchlebt hatten, sie sich wünschten. Es war die Geschichte, wie Dariens Seele, die einige Zeit vor der seines Bruders auf die Reise gegangen war, in der Zeitlosigkeit zwischen den Sternen hatte innehalten und auf Finn warten dürfen.

Und dann erzählte die Geschichte, wie die beiden über die Mauern der Macht, die alle lebenden Welten umgeben, in die strahlende Helligkeit in den Hallen des Webers hinüberwechselten. Und Dariens Seele zeigte die Form, die er damals als Dari hatte, und die Augen seiner Seele waren blau, und Finns Augen waren braun, als sie Seite an Seite zum Licht wanderten.

So verlautet die Legende, die später aus der Trauer und dem Verlangen des Herzens geboren wurde.

An jenem Tag aber erhob sich Jaelle, die Hohepriesterin, von

Finns Seite, und sie sah, daß die Sonne im Westen den Nachmittag schon zur Dämmerung führte.

Dann richtete sich auch Pwyll auf und Jaelle blickte zu ihm hin und wurde gewahr, daß in seinem Antlitz die Macht so tief und so deutlich geschrieben stand, daß sie Angst bekam.

Und nun sprach er wieder als der Herr vom Sommerbaum, der Zweimalgeborene Mörnirs: »Nach all dem Gram und all den Freuden dieses Tages«, ließ sich Pwyll vernehmen, »ist noch eines zu tun, und ich glaube, daß es meine Aufgabe ist.«

Er schritt langsam an ihr vorbei, und sie wandte sich um und sah im Licht der untergehenden Sonne, daß sich auf der Ebene alle um Galadans Gestalt gesammelt hatten. Sie standen bewegungslos wie Statuen oder Figuren, die in der Zeit erstarrt waren.

Sie ließ Shahar mit seinem Sohn allein zurück und folgte Pwyll, in der Hand trug sie ihr silbernes Diadem. Als sie zur Ebene hinabging, hörte sie über ihrem Kopf die schnellen, unsichtbaren Schwingen seiner Raben, Gedanke und Erinnerung. Sie wußte nicht, was er tun wollte, aber in diesem Augenblick erkannte sie etwas anderes, eine Wahrheit in den Tiefen ihres Herzens. Und dann sah sie, wie sich der Kreis der Menschen öffnete, so daß Pwyll hineingehen und vor den Wolflord von den Andain treten konnte.

Kim stand zwischen Loren und Ruana, sie beobachtete, wie Paul in den Kreis hineinging, und plötzlich hatte sie ein merkwürdiges Bild vor ihrem geistigen Auge, das ebenso schnell verschwand, wie es gekommen war ... sie dachte an Kevin Laine, der in der Versammlungshalle so sorglos gelacht hatte, bevor irgend etwas geschehen war.

Es war sehr still in Andarien. Im roten Licht der untergehenden Sonne waren die Gesichter der dort Versammelten merkwürdig beleuchtet. Aus dem Westen wehte ein sanfter Wind. Rings um sie lagen die Toten. Inmitten der Lebenden trat Paul Schafer Galadan gegenüber und richtete folgende Worte an ihn: »Nun treffen wir uns zum dritten Mal, wie ich es vorhergesagt habe. In meiner eigenen Welt habe ich dir mitgeteilt, daß das dritte Mal die anderen ausgleichen würde.«

Seine Stimme klang ruhig und tief, aber sie war von unglaublicher Autorität erfüllt. Kim sah, daß Paul seine ganze gestandene Kraft einbrachte und sie mit dem vermehrte, was er in Fionavar geworden war. Umso mehr, da nun der Krieg vorüber war. Denn sie hatte recht gehabt: Seine Macht war *nicht* die Macht des Kampfes. Sie war anders und hatte sich nun in ihm erhoben. Er sagte: »Wolflord, ich kann in jeder Dunkelheit sehen, die du vielleicht erschaffst, und ich kann jede Klinge zerschmettern, die du vielleicht werfen möchtest. Ich glaube, du weißt, daß das wahr ist.«

Galadan stand ruhig vor ihm und hörte ihm aufmerksam zu. Sein narbenbedecktes aristokratisches Haupt hatte er hoch erhoben, der Silberstreifen in seinem schwarzen Haar schimmerte im schwindenden Licht. Zu seinen Füßen lag Oweins Horn wie ein weggeworfenes Spielzeug.

Er entgegnete: »Ich habe kein Messer, das ich noch werfen könnte. Vielleicht wäre das anders, wenn der Hund auf dem Baum dich nicht gerettet hätte, aber jetzt bleibt mir nichts mehr, Zweimalgeborener, das lange Spiel ist vorüber.«

Kim hörte es und versuchte, durch die Müdigkeit von Jahrhunderten, die in seiner Stimme lag, nicht gerührt zu sein.

Galadan wandte sich um und sprach zu Ruana: »Mehr Jahre als ich denken kann, haben die Paraiko von Kath Meigol meine Träume beunruhigt. Wenn ich schlief, fielen die Schatten der Riesen immer über das Bild meiner Sehnsucht, jetzt weiß ich warum. So tief war die Beschwörung, die Connla vor so langer Zeit gewoben hat, daß ihre Kraft die Wilde Jagd noch heute binden konnte.«

Ohne irgendeine sichtbare Ironie verbeugte er sich vor Ruana, der zu ihm hinblickte, ohne zu zwinkern oder irgend etwas zu sagen. Er wartete.

Noch einmal wandte sich Galadan zu Paul, und er wiederholte: »Es ist vorbei, es ist mir nichts geblieben. Wenn du auf eine Auseinandersetzung gehofft hattest, jetzt, da ich in deiner Macht bin, tut es mir leid, dich enttäuschen zu müssen. Ich werde dankbar sein, welches Ende auch immer du mir bereitest. So wie die Dinge jetzt liegen, hätte es schon viel früher geschehen können. Ich hätte genauso gut auch vom Turm springen können.«

Das ging jetzt wieder gegen sie, dachte Kim. Sie biß sich auf die Lippe. Paul aber erwiderte ruhig und vollkommen kontrolliert: »Es braucht nicht vorüber zu sein, Galadan. Du hast Oweins Horn vernommen. Nichts, was wirklich böse ist, kann das Horn hören. Möchtest du dich nicht von dieser Wahrheit heimführen lassen?«

Ein Murmeln kam auf, das sich aber schnell beruhigte. Galadan war mit einem Mal weiß geworden.

»Ja, ich hörte das Horn«, gab er zu ... fast wider seinen Willen. »Ich weiß nicht, warum. Aber wie sollte ich zurückkehren, Zweimalgeborener? Wohin könnte ich gehen?«

Paul sprach nicht. Er hob nur die eine Hand und zeigte nach Südosten.

Dort stand in einiger Entfernung auf dem Bergrücken ein Gott, er war nackt und herrlich. Die Strahlen der untergehenden Sonne lagen schräg über der Ebene, und sein Körper glänzte in diesem Licht rot und bronzefarben, und das verästelte Geweih auf seinem Kopf strahlte und schimmerte.

Es war Cernans Hirschgeweih.

Kim bemerkte, daß sich Galadan nur mit äußerster Anstrengung auf seinen Füßen hielt, als er sah, daß sein Vater gekommen war. Sein Gesicht hatte jegliche Farbe verloren.

Als absoluter Herr des Augenblickes sprach Paul mit der Stimme des Gottes: »Ich kann dir das Ende, nach dem du verlangst, gewähren, und ich werde es tun, wenn du es nochmal von mir forderst. Aber hör mir zuerst zu, Herr von den Andain.«

Er hielt einen Augenblick lang inne und fuhr dann nicht ohne Freundlichkeit fort: »Seit tausend Jahren ist Lisen tot, aber erst heute, als ihr Diadem bei Maugrims Untergang aufblitzte, konnte ihr Geist Ruhe finden. Auch Amairgens Seele ist jetzt davon erlöst worden, auf dem Meer herumwandern zu müssen. Es sind zwei Seiten des Dreiecks, Galadan. Sie sind befreit, endlich wirklich befreit. Du aber lebst noch. Und trotz allem, was du in Bitterkeit und aus Stolz tatest, hast du dennoch den Klang des Lichtes in Oweins Horn gehört. Willst du nicht deinem Schmerz entsagen, Herr der Andain? Laß ihn los. Der heutige Tag bezeichnet das echte Ende dieser traurigen Geschichte. *Willst du sie nicht zu Ende gehen lassen?* Du hast das Horn gehört ... *es gibt* für dich einen Weg zurück, zurück nach jenseits der Nacht. Dein Vater ist gekommen, um dich zu führen. Willst du nicht zulassen, daß er dich von hier wegschafft, dich heilt, und zurückbringt?«

In der Stille klangen diese klaren Worte wie die Tropfen des lebensspendenden Regens, den Paul erkauft hatte, als er am Sommerbaum stand. Eines nach dem anderen, so sanft wie der Regen, tropften sie glänzend herab.

Dann schwieg er, nachdem er auf die Rache verzichtet hatte, die er vor so langer Zeit für sich gefordert und ein zweites Mal in Cernans Gegenwart am Sommerbaum in der Mittsommernacht beansprucht hatte.

Die Sonne stand nun sehr tief. Wie ein Gewicht in einer Waagschale hing sie sehr weit im Westen. In Galadans Gesicht bewegte sich etwas, es zuckte wie von einer alten unaussprechlichen und niemals ausgesprochenen Qual. Unwillkürlich riß er seine Arme nach oben und schrie: *»Wenn sie mich doch nur geliebt hätte! Ich hätte so hell strahlen können!«*

Dann bedeckte er sein Gesicht mit den Händen und weinte das erste und einzige Mal in tausend Jahren des Verlustes. Er weinte lange. Paul bewegte sich weder, noch sprach er. Aber dann begann Ruana plötzlich neben Kim ein langsames, trauriges Klagelied tief in seiner Brust zu intonieren. Einen Augenblick später hörte Kim erschaudernd, wie auch Ra-Tenniel, der Herr der Lios Alfar, seine herrliche Stimme in einer klaren Harmonie erhob, sie klang so fein wie ein Glockenläuten im Abendwind.

Und so ließen die beiden an diesem Ort Musik ertönen. Sie sangen für Lisen und Amairgen, für Finn und Darien, für Diarmuid dan Ailell, für all die Toten, die hier versammelt waren, und all die Toten, die hier und anderswo gestorben waren . . . und für die ersten Tränen des Herrn der Andain, der in seinem Stolz und seinem bitteren Schmerz so lange der Finsternis gedient hatte.

Schließlich blickte Galadan auf. Das Singen ging zu Ende. Seine Augen lagen tief in ihren Höhlen, sie waren so dunkel wie die von Gereint. Zum letzten Mal sah er Paul ins Gesicht und fragte: »Würdest du das wirklich tun? Würdest du mich von hier weggehen lassen?«

»Ja«, antwortete Paul, und niemand, der hier stand, stellte sein Recht, dies zu tun, in Frage.

»Warum?«

»Weil du das Horn gehört hast.« Paul zögerte und fuhr dann

fort: »Und noch aus einem anderen Grund. Als du kamst, um mich auf dem Sommerbaum zu töten, hast du ganz am Anfang etwas gesagt. Erinnerst du dich?«

Galadan nickte langsam.

»Du meintest, ich sei fast einer von euch«, fügte Paul ruhig und leidenschaftslos hinzu. »Du hattest unrecht, Wolflord. Die Wahrheit ist, daß du fast einer von uns warst, aber du wußtest es damals nicht. Du hattest es zu weit aus deinem Bewußtsein verdrängt. Jetzt weißt du es, jetzt hast du dich erinnert. Wir haben heute mehr als genug morden miterlebt. Geh nach Hause, unruhiger Geist, und finde Heilung. Komm dann wieder zu uns zurück mit dem Segen dessen, was du immer hättest sein sollen.«

Galadans Hände ruhten wieder an seiner Seite. Er hörte zu und nahm jedes Wort in sich auf. Dann nickte er einmal, sehr anmutig verbeugte er sich vor Paul, wie auch sein Vater es einst getan hatte, und langsam trat er aus dem Ring der Menschen hinaus.

Auf beiden Seiten machten sie ihm Platz. Kim beobachtete, wie er den Abhang hinaufstieg und dann in südöstlicher Richtung weiterging, bis er zu der Stelle kam, wo sein Vater stand. Die Abendsonne ruhte auf ihnen. In ihrem Licht konnten sie erkennen, wie Cernan seine Arme ausbreitete und sein gebrochenes, streunendes Kind umarmte.

Einen Augenblick lang standen sie so. Dann war es, als schwände das Licht auf der Erhebung plötzlich, und sie waren ihren Blicken entzogen. Kim schaute nach Westen und sah, daß Shahar, jetzt nicht mehr als eine Silhouette vor dem Licht, noch immer auf dem steinigen Boden saß und Finns Kopf in seinem Schoß hielt. Ihr Herz war zu groß für ihre Brust. So viel Herrlichkeit und so viel Schmerz ineinander verwoben und für immer unauflösbar, so fürchtete sie. Aber es war vorüber. Jetzt schienen sie ein Ende erreicht zu haben.

Doch als sie sich wieder Paul zuwandte, bemerkte sie, daß sie keineswegs recht hatte. Sie schaute zu ihm hin und folgte dann seinem Blick, der auf Arthur Pendragon fiel, der die ganze Zeit ruhig dabeigestanden hatte.

Neben ihm war Guinevere. Ihre Schönheit und die Einfachheit ihrer Schönheit war in dem Augenblick so stark, daß es Kim schwer wurde, sie anzuschauen. Schräg hinter ihr stand in geringer

Entfernung Lancelot du Lac, er lehnte auf seinem Schwert und blutete aus mehr Wunden, als Kim zählen konnte. Aber seine sanften Augen waren klar und ernst, und es gelang ihm zu lächeln, als er ihren Blick auffing. Dieses Lächeln von einem Mann, mit dem sich kein Lebender und Toter jetzt oder in der Zukunft messen konnte, war so sanft und so freundlich, daß Kim glaubte, es könnte ihr das Herz brechen.

Sie blickte auf diese drei Menschen, die zusammen in der Dämmerung standen, und unzählige Gedanken gingen ihr durch den Kopf. Sie wandte sich wieder zu Paul zurück und sah, daß er jetzt in der Dunkelheit von einem gewissen Strahlen umgeben war. Alle Gedanken verließen sie. Darauf war sie überhaupt nicht vorbereitet. Sie wartete. Und dann hörte sie ihn ebenso ruhig wie zuvor sagen: »Arthur, das Ende des Krieges ist gekommen, und Ihr seid nicht von uns geschieden. Dieser Platz hieß einst Camlann, und Ihr steht hier noch immer lebend vor uns.«

Der Krieger erwiderte nichts. Das Ende seines Speers ruhte auf dem Boden, und seine breiten Hände umschlossen den Schaft. Die Sonne ging unter. Im Westen schien der Abendstern, der nach Lauriel benannt worden war, heller zu strahlen als jemals zuvor. Noch immer zeigte sich ein schwaches Leuchten am westlichen Himmel, aber bald würde es ganz dunkel sein. Einige Männer hatten Fackeln herbeigetragen, aber noch nicht angezündet. Paul fuhr fort: »Krieger, du hast uns das Muster mitgeteilt. Du hast uns erzählt, wie es immer und immer gewesen ist, wenn du gerufen wurdest. Arthur, es hat sich verändert. Du hast erwartet, du würdest in Cader Sedat sterben, und es geschah nicht. Dann dachtest du, du würdest dein Ende im Kampf mit Uathach finden, und es geschah nicht.«

»Ich glaube, ich hätte es dort finden sollen.« Das waren seine ersten Worte.

»Ich glaube es auch«, pflichtete Paul bei. »Aber Diarmuid hat es anders bestimmt. Er hat es anders *werden* lassen. Wir sind keine Sklaven am Webstuhl, wir sind nicht in Ewigkeit an unser Schicksal gebunden, nicht einmal Ihr, mein Herr Arthur. Nicht einmal Ihr, nach so langer Zeit.«

Er hielt inne. Auf der Ebene war es vollkommen still. Kim war es dann, als ob sich ein Wind erhob, der aus allen Richtungen und aus keiner Richtung zu kommen schien. In diesem Augenblick empfand sie, daß sie im absoluten Zentrum des Geschehens standen, am Achsenbaum der Welten. Sie hatte eine Vorahnung eines Höhepunktes, der noch kommen würde und der weit jenseits aller Worte liegen würde. Es war tiefer als der Gedanke: Es war ein Fieber im Blut, eine andere Art von Puls. Sie war sich der schweigsamen Anwesenheit von Ysanne in sich selbst bewußt. Und dann nahm sie noch etwas anderes wahr. Ein neues Licht, das in der Dunkelheit schien.

»O Dana!« hauchte Jaelle, als sei es ein Gebet. Sonst sprach niemand. Im Osten stieg der Vollmond über Fionavar auf, und das geschah zum zweiten Mal in einer Nacht, die keine Vollmondnacht war.

Aber diesmal war er nicht rot, es war keine Herausforderung, es war kein Kriegsruf. Er war silbern und strahlend herrlich, wie der Vollmond der Göttin auch sein sollte, er leuchtete wie ein Traum der Hoffnung, badete Andarien in einem milden und wohltuenden Licht.

Paul blickte nicht einmal nach oben. Auch der Krieger tat es nicht. Ihre Augen ließen nicht voneinander ab. Und in diesem silbernen Licht, in diesem Schweigen, ließ sich Arthur vernehmen, und in seiner Stimme lag ein Ton knochentiefer Selbstverdammung: »Zweimalgeborener, wie konnte es sich jemals verändern, ich hatte doch die Kinder erschlagen.«

»Und du hast den vollen Preis gezahlt«, erwiderte Paul ohne Zögern.

Und nun hörten sie mit einem Male Donner in seiner Stimme. »Blick auf, Krieger!« schrie er. »Schau hinauf und sieh, wie der Mond der Göttin auf dich niederscheint. Höre Mörnir durch mich sprechen. Fühle den Boden von Camlann unter deinen Füßen. Blicke um dich! Lausche! Siehst du nicht? Nach so langer Zeit ist es gekommen. Du bist zur Herrlichkeit gerufen, nicht zum Ruhm. Dies ist die Stunde deiner Befreiung!«

In seiner Stimme war Donner, in seinem Gesicht stand das Leuchten des Blitzes. Kim zitterte und schlang die Arme enger um ihren Körper. Der Wind, der um sie wehte, wurde stärker und stärker, noch während Paul sprach, der Donner rollte, und als Kim nach oben blickte, schien es ihr, als trüge der Wind die Sterne und den Sternenstaub an ihren Augen vorbei.

Und dann wandte sich Pwyll Zweimalgeboren, der Herr des Sommerbaumes, von ihnen allen ab, schritt ein wenig nach Westen, stellte sich mit dem Gesicht zum fernen Meer, so daß der helle Mond in seinem Rücken stand, und sie hörten, wie er mit mächtiger Stimme rief:

»Liarnan, Meeresbruder! Dreimal habe ich dich jetzt gerufen, einmal vom Ufer aus, einmal vom Meer aus und einmal in der Bucht des Anor Lisen. Jetzt, in dieser Stunde rufe ich dich von neuem, fernab von deinen Wogen. Im Namen Mörnirs und in der Gegenwart Danas, deren Mond jetzt über uns ist, ersuche ich dich: Schicke deine Flut zu mir. Schicke sie, Liarnan, schicke das Meer, so daß am Ende einer so oft erzählten Geschichte des Kummers schließlich Freude stehen kann. Ich bin verwurzelt in der Kraft des Landes, Bruder, und mein ist die Stimme Gottes. Ich fordere dich auf zu kommen!«

Während Paul sprach, breitete er seine Arme aus, so weit er nur konnte, als wolle er alle Zeiten und alle Welten des Webers in sich vereinigen. Dann schwieg er. Sie warteten. Ein Augenblick verstrich, ein weiterer. Paul bewegte sich nicht, er hielt seine Arme ausgestreckt, während der Wind stark und wild um ihn wirbelte. Hinter ihm schien der Vollmond, vor ihm der Abendstern.

Kim hörte das Geräusch von Wogen.

Und über die dürre Ebene von Andarien begannen die Wasser des Meeres hereinzurauschen. Sie schimmerten silbern im Licht des Mondes. Sie schwollen höher und höher an, aber sanft und kontrolliert. Paul hatte seinen Kopf hoch erhoben, seine Arme waren weit ausgestreckt, es war ein Willkommensgruß, als er das Meer aus der Lindenbucht so weit ins Land hereinzog. Kim zwinkerte, in ihren Augen standen Tränen, und ihre Hände zitterten wieder. In der Abendluft konnte sie den Salzgeruch spüren und sah, wie die Wellen im Mond glitzerten. Weit, weit in der Ferne erblickte sie auf den Wellen eine Gestalt, deren Arme ebensoweit ausgebreitet waren wie die Pauls. Sie wußte, wer dies sein mußte. Sie wischte ihre Tränen weg, um ihn klar zu sehen. Er schimmerte im weißen Mondlicht, und es schien ihr, daß alle Farben des Regenbogens auf dem Gewand tanzten, das der Seegott trug.

Auf dem hohen Grat barg Shahar noch immer seinen Sohn in

seinem Schoß, aber es hatte den Anschein, als wären die beiden jetzt allein auf einem Vorgebirge, auf einer Insel, die sich aus den Wassern des Meeres erhob.

Eine Insel, wie auch Glastonburytor einst gewesen war, eine Insel, die sich aus den Fluten erhob, welche die Somerset-Ebene bedeckt hatten. Es waren die Wasser, über die einst ein Boot geglitten war, das drei traurige Königinnen und den Körper von Arthur Pendragon nach Avalon trug.

Und noch während sie diesen Gedanken bildete, sah Kim, daß über die Wogen ein Boot auf sie zukam. Es war lang und schön und hatte ein einziges Segel gehißt, das sich mit diesem Wind füllte. Im Heck dieses Fahrzeugs saß an der Ruderpinne eine Gestalt, die sie kannte, eine Gestalt, der sie unter Zwang das Verlangen seines Herzens gewährt hatte.

Die Fluten waren jetzt bis zu ihnen herangekommen. Die Welt mit all ihren Gesetzen hatte sich verändert. Unter einem Vollmond, der niemals über den Himmel hätte ziehen können, lag die steinige Ebene von Andarien bis zu dem Ort unter Wasser, wo sie jetzt standen, östlich des Schlachtfeldes. Und das silbrige Wasser Liarnans hatte die Toten überspült.

Paul ließ seine Arme sinken. Er sagte nichts und stand vollkommen bewegungslos. Der Wind wurde ruhiger. Und in dieser sanften Brise steuerte Flidais von den Andain, der vor langer Zeit einstmals Taliesin in Camelot gewesen war, sein Fahrzeug zu ihnen heran und raffte das Segel.

Es war sehr, sehr still. Dann stand Flidais im Heck seines Bootes, blickte direkt auf Kimberly und sprach in dieses Schweigen hinein: »*Aus der Finsternis dessen, was ich dir angetan habe, soll Licht werden.* Erinnerst du dich, Seherin, erinnerst du dich an das Versprechen, das ich dir gab, als du mir den Namen verraten hast?«

»Ich erinnere mich«, flüsterte Kim.

Das Sprechen fiel ihr schwer. Aber sie lächelte, lächelte durch ihre Tränen. Es kam, es war gekommen.

Flidais wandte sich Arthur zu, und indem er sich tief verbeugte, lud er ihn mit demütiger Ehrerbietung ein: »Mein Herr, ich bin gesandt, um dich heimzubringen. Willst du an Bord kommen, so daß wir im Licht des Webstuhls zu den Hallen des Webers segeln können?«

Rings um sich hörte Kim Männer und Frauen leise aus Freude weinen. Arthur regte sich. In seinem Gesicht standen Stolz und Glück, nun da er endlich verstand.

Und genau in dem Augenblick, als das geschah, als ihm Befreiung vom Zyklus seines Grams angeboten wurde, sah Kim, wie dieses Strahlen wegschwand. Sie krampfte ihre Hände so fest zusammen, daß die Nägel in ihre Handflächen drangen.

Arthur wandte sich zu Guinevere.

Vielleicht wurden im Schweigen ihrer Augen unter jenem Mond tausend Worte gesprochen, vielleicht wurde eine Geschichte erzählt, die sooft in den Kammern des Herzens erzählt worden war, daß keine Worte mehr übrig blieben. Vor allem jetzt nicht. Nicht hier, nichts angesichts dessen, was geschehen war. Sie trat voller Anmut und mit unendlicher Sorgsamkeit nach vorne. Sie hob ihren Mund, küßte ihn voll auf die Lippen, um ihn zu verabschieden, dann trat sie wieder zurück.

Sie sprach nichts, weinte nicht, bat um nichts. In ihren grünen Augen war Liebe und nur Liebe. In all ihren Tagen hatte sie zwei Männer, und nur zwei Männer geliebt, und jeder der beiden Männer hatte sie geliebt, und jeder der beiden den anderen. Aber so geteilt ihre Liebe auch war, so war sie trotzdem auch noch etwas anderes: eine Leidenschaft des Erduldens ohne Ende bis zum Ende der Welten.

Arthur wandte sich so langsam von ihr ab, daß es schien, als liege das Gewicht der Zeit selbst auf ihm. Mit einer angstvollen Frage blickte er auf Flidais. Der Andain rang die Hände und zog sie dann hilflos wieder voneinander. »Ich darf nur dich fortführen, Krieger«, flüsterte er. »Wir müssen so weit fahren, das Wasser ist so groß.«

Arthur schloß seine Augen. *Konnte die Qual denn nicht enden,* dachte Kim, konnte die Freude nie und niemals rein sein? Sie sah, daß Lancelot weinte.

Und genau in diesem Augenblick wurden die Dimensionen des Wunders offenbar. In diesem Augenblick ging die Gnade nieder, denn Paul Schafer sprach nun wieder und erklärte: *»Nein. Es ist erlaubt. Ich bin tief genug, um dies geschehen zu lassen.«*

Arthur öffnete seine Augen und blickte ungläubig auf Paul, der mit ruhiger Sicherheit nickte. »Es ist erlaubt«, wiederholte er.

So kam schließlich doch noch Freude auf. Der Krieger wandte sich wieder zu seiner Königin, dem Licht und Kummer seiner Tage, und zum ersten Mal in so langer Zeit sahen sie ihn lächeln. Auch sie lächelte zum ersten Mal nach so langer Zeit und fragte erst dann, da es ihnen zugesichert war: »Wirst du mich mitnehmen? Gibt es einen Platz für mich unter den Sommersternen?«

Durch ihre Tränen beobachtete Kim, wie Arthur Pendragon vortrat und Guineveres Hand nahm und wie sie zusammen in das Boot stiegen, das über den Wassern von Andarien schwamm. Der Anblick war fast zu stark für sie, zu reich. Sie konnte kaum atmen. Es war ihr, als sei ihre Seele ein Pfeil, der sich silbern im Mondlicht vom Bogen gelöst hatte und niemals mehr zurückkehren würde.

Und dann kam noch etwas: Das alles besiegelte und dem ganzen die Form gab. Unter Danas leuchtendem Mond sah sie, daß sich Arthur und Guinevere zu Lancelot umwandten.

Und wieder hörte sie, wie Paul mit einer so tiefen Kraft in der Stimme verkündete: *»Es ist erlaubt, wenn ihr es so wollt. Der ganze Preis ist bezahlt worden.«*

Mit einem Freudenschrei, der sich seinem großen Herzen entrang, streckte Arthur sofort seine Hand aus. »O Lance, komm!« rief er aus. *»O komm!«*

Einen Augenblick lang regte Lancelot sich nicht. Und dann strahlte in seinen Augen etwas auf, was er so lange zurückgehalten hatte, was er sich so lange verweigert hatte, es strahlte heller als irgendein Stern. Er trat nach vorne, ergriff Arthurs und Guineveres Hand, und sie zogen ihn an Bord. Und so standen sie zu dritt, die Wunden des Kummers einer langen Geschichte waren schließlich geheilt.

Flidais lachte vor Freude laut auf und zog rasch an der Leine, die das weiße Segel hißte. Ein Wind aus dem Osten kam auf, und als das Boot dann wegzugleiten begann, sah Kim, daß Paul sich nun endlich bewegte. Er kniete neben einer grauen Gestalt nieder, die sich neben ihm materialisiert hatte. Einen Augenblick lang vergrub er sein Gesicht tief im zerrissenen Pelz des Hundes, der ihn auf dem Baum gerettet hatte . . . der ihn gerettet hatte, damit das Rad der Zeit sich drehe und diesen Augenblick erreiche, der auf sie in Andarien wartete.

»Leb wohl, großes Herz«, hörte Kim ihn rufen, »ich werde es

niemals vergessen.«

Diesmal war es seine eigene Stimme, kein Donner lag in ihr, sondern nur eine reiche Trauer und eine tiefe Freude. Genau das fühlte sie auch in sich, als Cavall sich in einem großen Satz vom Land wegschnellte und genau zu Arthurs Füßen landete, als das Boot sich nach Westen wandte.

Und so trat das ein, was Arthur in Cader Sedat dem Hund versprochen hatte, der in so vielen Kriegen sein Gefährte war: daß ein Tag kommen würde, an dem sie nicht voneinander scheiden müßten.

Dieser Tag war gekommen. Unter dem silbernen Glanz des Mondes fing das lange schlanke Boot den anschwellenden Wind auf und trug sie, Arthur, Lancelot und Guinevere, hinweg. Es segelte am Vorgebirge vorbei, und von jener einsamen Anhöhe aus hob Shahar eine Hand zum Lebewohl, und alle drei grüßten zurück. Und dann schien es all jenen, die auf der Ebene standen und zusahen, daß dieses Schiff in die Nacht aufstieg und nicht der Krümmung der Erde folgte, sondern einen anderen Weg einschlug.

Es fuhr weiter und immer weiter und erhob sich immer mehr aus dem Wasser des Meeres, das zu keiner Welt und zu allen gehörte. So lange, wie sie nur konnte, strengte Kim sich an, um Guineveres blondes Haar, Jennifers Haar, im Auge zu behalten, das im hellen Mondlicht leuchtete. Dann verschwand es in der fernen Dunkelheit, und das letzte, was sie sahen, war das Blitzen von Arthurs Speer. Es glich einem neuen Stern im Himmel.

TEIL V
Blütenfeuer

Kapitel 18

Niemand konnte sich an eine Ernte erinnern wie die, welche das Großkönigtum am Ende dieses Sommers erlebte. Auch in Cathal waren die Scheunen voll, und die Gärten von Larai Rigal wurden jeden Tag immer noch schöner, immer bunter und lebhafter von Blumendüften durchzogen. Auf der Ebene donnerten Eltorherden über das satte grüne Gras, und unter dem weiten Himmel war das Jagen leicht und fröhlich. Aber nirgendwo wurzelte das Gras so tief wie auf Ceinwens Hügel bei Celidon.

Selbst in Celidon war der Boden wieder reich geworden ... buchstäblich über Nacht, nachdem die Wogen, die gekommen waren, um den Krieger wegzutragen, wieder zurückgewichen waren. Es wurde davon gesprochen, wieder dort zu siedeln, und auch am Sennettstrand. In Taerlindel und in Cynan und Seresh hieß es, daß man Schiffe bauen wolle, um die lange Küste auf und nieder zu segeln: Jenseits des Anor Lisen und der Felsen von Ruth bis nach Sennett und zur Lindenbucht. Es wurde über vieles geredet, als der Sommer zu Ende ging, und es waren Worte, die aus Frieden und einer ruhigen Freude gewoben waren.

Während der ersten Wochen nach der Schlacht war kaum Zeit zum Feiern gewesen. Das Heer von Cathal war unter ihrem Oberherrn nach Norden geritten, und zusammen mit Matt Sören hatte Shalhassan die Aufgabe übernommen, die letzten Reste der Urgach und der Svart Alfar, die dem Bael Andarien entkommen waren, auszumerzen. Der König der Zwerge wollte sein Volk nicht zur Ruhe kommen lassen, solange nicht die letzten Diener Maugrims erschlagen waren.

Die Dalrei, die sehr unter den Kriegen hatten leiden müssen, zogen sich nach Celidon zurück, um sich zu beraten, und die Lios Alfar machten sich auf den Rückweg nach Daniloth. Nach Daniloth, aber das war nicht mehr das Schattenland. Zwei Monate nach der Schlacht, die den Krieg beendet hatte, und nachdem die Zwerge und die Männer von Cathal mit ihrer Arbeit fertig waren, hatte man in einer sternenglitzernden Nacht noch im Süden in

Paras Derval einen Glanz sehen können, der sich im Norden ausbreitete, und die Menschen hatten laut aus Freude und Erstaunen geschrien, als sie erkannten, daß das Land des Lichtes seinen wirklichsten Namen wiedergewann.

In dieser Zeit geschah es auch, daß Aileron, der Großkönig, nachdem die Ernte eingebracht und gespeichert worden war, seine Boten in alle Richtungen durch das Land schickte, auch nach Daniloth, Larai Rigal und Celidon und über die Berge nach Banir Lök, um die freien Völker von Fionavar zu einer Feierwoche in Paras Derval zusammenzurufen: Die Feiern sollten im Namen des Friedens, den man schließlich doch errungen hatte, stattfinden und außerdem, um die drei von Loren Silbermantels fünf Fremden zu ehren, die noch dageblieben waren, und ihnen einen würdigen Abschied zu bereiten.

Dave ritt mit den Darei nach Süden, zu einem Fest, das auch für ihn gefeiert wurde, aber er hatte noch keine klare Vorstellung, was er tun würde. Er wußte, daß er hier willkommen war und gebraucht, wenn nicht sogar geliebt wurde ... es überstieg sogar seine Neigung, sich unsicher zu fühlen. Er wußte auch, wie sehr er diese Menschen schätzte. Aber so einfach war es nicht: Selbst jetzt schien überhaupt nichts einfach zu sein.

Trotz allem, was mit ihm geschehen war, wie und wodurch er sich verändert hatte, waren die Bilder von seinen Eltern und seinem Bruder jede Nacht in letzter Zeit durch seine Träume gezogen. Er erinnerte sich auch, wie er während der ganzen letzten Schlacht in Andarien an Josef Martyniuk gedacht hatte. Es gab Dinge, die dort draußen noch verarbeitet werden mußten, das wußte Dave, und ein Teil dessen, was er unter den Dalrei gelernt hatte, bestand darin, daß es wichtig war, ungelöste Probleme anzugehen.

Aber das andere, was er sich hier angeeignet hatte, war Freude, es war der Reichtum der Zugehörigkeit, wie er ihn niemals gekannt hatte. Und das alles bedeutete, daß er eine Entscheidung treffen mußte, und zwar schon sehr bald ... denn es war beschlossen worden, daß Jaelle und Teyrnon nach der Festwoche mit den vereinten Kräften von Dana und Mörnir sie durch die Kreuzung nach Hause senden würden, falls sie gehen wollten.

Es war wunderschön hier auf der Ebene, sie ritten in südwestlicher Richtung über das weite Grasland, sahen die großen Herden in der Ferne unter den hohen weißen Wolken und der milden Spätsommersonne vorbeiziehen. Es war zu schön, um zu denken, um mit den Schatten und den Folgen seines Dilemmas zu ringen, und deshalb ließ er eine Zeitlang seinen Gedanken freien Lauf.

Er blickte um sich. Es schien, daß der ganze dritte Stamm und viele andere von den Dalrei auf die Einladung des Großkönigs hin mit ihm nach Süden kamen. Selbst Gereint war dabei, er fuhr in einem der Wagen, die Shalhassan auf seinem Weg nach Süden nach Cathal hinter sich gelassen hatte. Auf beiden Seiten von Dave ritten Torc und Levon gelassen und fast schon faul durch den Nachmittag.

Sie lächelten ihm zu, wenn sich ihre Blicke trafen, aber keiner von ihnen hatte auf dieser Reise viel gesagt: Er wußte, daß sie ihn in keiner Weise beeinflussen wollten. Aber diese Erkenntnis führte ihn wieder zu der Entscheidung zurück, die er zu treffen hatte, und er wollte sich jetzt nicht damit beschäftigen. Stattdessen ließ er seine Erinnerung zu den Bildern der vergangenen Woche zurückkehren.

Er dachte an das Feiern und Tanzen unter den Sternen und zwischen den Feuern, die auf der Ebene brannten. Einer der Tänze stellte Ivors Ritt zum Adein dar, ein anderer den Mut der Dalrei in Andarien. Und noch viele Tänze gab es, die raffiniert gewoben von individuellen Ruhmestaten im Krieg erzählten. Und mehr als einmal ahmten die Frauen der Dalrei die Taten Tabors von der Axt im Kampf gegen die Finsternis nach. Und während der Rangat in den wilden Nächten dieses Sommers die ungeschmälerte Macht des Nordens zeigte, waren immer wieder Frauen nachts, nachdem die Feuer erstorben waren, zu Dave gekommen, um eine andere Art des Tanzes mit ihm zu suchen.

Nicht jedoch Liane. Ivors Tochter hatte für sie alle zwischen den Feuern getanzt, aber niemals mit Dave nachts in seinem Raum. Einst hätte er das vielleicht bedauert und darin eine Quelle der Sehnsucht und des Schmerzes gefunden. Aber nicht jetzt, nicht mehr, und zwar aus vielen Gründen. Selbst darin lag eine Freude, die es auszukosten galt, noch inmitten der Zeit der Heilung in jenem Sommer auf der Ebene.

Als Torc einige Wochen nach der Rückkehr nach Celidon zu ihm mit seiner Bitte kam, hatte er sich zugleich geehrt wie auch besorgt gefühlt. Er hatte eine lange Nacht üben müssen, Levon hatte ihn immer und immer wieder gedrillt und ihm dann zwischen den Sitzungen lachend Sachen angeboten, bis Dave sich schließlich bereit fühlte, am nächsten Morgen mit einem Kater, um es noch komplizierter zu machen, vor den Aven der Dalrei zu treten und zu sagen, was gesagt werden mußte. Aber er hatte es getan. Er hatte Ivor angetroffen, als dieser sich mit einer Reihe von Häuptlingen im Lager von Celidon aufhielt. Levon hatte ihn darauf hingewiesen, daß es so öffentlich wie möglich geschehen müßte. Und so hatte Dave heftig geschluckt, war vor den Aven getreten und hatte sein Anliegen vorgebracht: »Ivor dan Banor, ich bin von einem Reiter von Wert und Ehre mit einer Botschaft zu dir gesandt worden. Aven, Torc dan Sorcha hat mich zu seinem Heiratsvermittler ernannt und läßt dir durch mich in Gegenwart aller, die hier versammelt sind, mitteilen, daß die Sonne in den Augen deiner Tochter aufsteigt.«

In diesem Sommer nach dem Krieg hatte es in ganz Fionavar viele Hochzeiten gegeben, und viele der Heiratsanträge wurden nach der alten Art durch einen Vermittler gestellt . . . es war eine Huldigung an Diarmuid dan Ailell, der diese Tradition wiederbelebt hatte, als er auf diese Weise um die Hand Sharras von Cathal anhielt.

Es gab eine ganze Reihe von Hochzeiten. Und eine von ihnen wurde im dritten Stamm gefeiert, nicht lange nach jenem Morgen, als Dave die feierlichen Worte gesprochen hatte. Denn der Aven hatte voller Freude seine Zustimmung gegeben, und dann hatte Liane ihr heimliches Lächeln gelächelt, das sie alle so gut kannten, und hatte ganz einfach nur erwidert: »Ja, natürlich, natürlich will ich ihn heiraten. Das habe ich immer schon vorgehabt.«

Das allerdings war empörend unfair, bemerkte Levon später, wie alles, was seine Schwester jemals gesagt hatte. Torc schien es überhaupt nicht zu stören. Während der ganzen Zeremonie, in der Corde Liane dal Ivor zu seiner Frau wurde, schien er wie betäubt und ungläubig. Ivor hatte geweint, und Sorcha ebenfalls. Leith jedoch nicht, aber von ihr erwartete es auch keiner.

Es waren in fast jeder Hinsicht eine wundervolle Nacht und ein wundervoller Sommer gewesen. Dave war sogar mit den Reitern auf eine Eldorjagd ausgeritten. Wieder hatte Levon ihn unterrichtet, diesmal in der Handhabung eines Messers vom Pferderücken aus.

Und eines Morgens war Dave bei Sonnenaufgang mit den Jägern losgezogen, hatte sich einen Eldorbock aus einer rennenden Herde ausgewählt und war neben ihm hergaloppiert, und da er sich im Messerwurf nicht sicher genug fühlte, war er von seinem Pferd auf den Rücken des Eldor gesprungen und hatte sein Messer in die Kehle des Tieres gestoßen. Dann hatte er sich abgerollt, war aus dem Gras aufgestanden und hatte Levon zugewinkt. Und der Führer der Jagd und alle anderen hatten seinen Gruß mit lauten Lobrufen und emporgehaltenen Messern erwidert.

Es war ein herrlicher Sommer unter Menschen, die er liebte, auf einer weiten Ebene. Und nun mußte er eine Entscheidung treffen und wußte nicht wie.

Eine Woche später war er sich noch immer nicht schlüssig geworden. Er hatte auch nicht viel Zeit gehabt, um in sich zu gehen, das mußte er sich fairerweise zugestehen. In der Großen Halle von Paras Derval hatten viele Bankette stattgefunden, deren Pracht und Aufwand einfach umwerfend waren. Wieder hatte es Musik gegeben, diesmal aber eine andere Art von Musik, denn unter ihnen waren jetzt die Lios Alfar, und eines Nachts hatte ihr Herr Ra-Tenniel seine Stimme erhoben, um die lange Geschichte des eben vergangenen Krieges zu singen.

Viele, viele Dinge, die gleichermaßen schön und schmerzvoll waren, hatte er in dieses Lied eingewebt. Es begann mit jenem Tag, als Loren Silbermantel fünf Fremde aus einer anderen Welt nach Fionavar gebracht hatte.

Ra-Tanniel sang über Paul vom Sommerbaum, über die Schlacht zwischen Wolf und Hund und das Opfer von Ysanne, von Danas rotem Mond und Imraith-Nimphais Geburt (als Dave die lange Tafel hinabblickte, konnte er sehen, daß Tabor dan Ivor langsam seinen Kopf senkte). Dann von Jennifer in Starkadh, von Dariens Geburt, von Arthurs und Guineveres Ankunft, vom Erwachen der Wilden Jagd, als Finn dan Shahar den längsten Weg einschlug.

Er sang von Maidalan, von Kevin in Dun Maura, von roten

Blüten, die im Morgengrauen im schmelzenden Schnee auftauchten. Von Ivors Ritt zum Adein, der Schlacht am Adein, der Ankunft der Lios und Oweins am Himmel. Vom Seelenverkäufer auf dem Meer und der Zerstörung des Zauberkessels in Cader Sedat, von Lancelot in der Totenkammer, den Paraiko in Kath Meigol und ihrem letzten Kanior. (Auf der anderen Seite des Raumes saß Ruana neben Kimberly und lauschte schweigend, ohne eine Gefühlsregung zu zeigen.)

Ra-Tenniel setzte seinen Gesang immer weiter fort. Er nahm alles in sein Lied auf und brachte es unter den farbigen Glasfenstern der Großen Halle wieder zum Leben. Er sang von Jennifer und Brendel am Anor Lisen, von Kimberly mit dem Baelrath am Calor Diman, von Lancelot, der im Heiligen Hain kämpfte, und Amairgens Geisterschiff, das vor tausend Jahren am Sennettstrand vorbeisegelte.

Und dann berichtete Ra-Tenniel in Farben von Kummer und Freude von Bael Andarien selbst: Von Diarmuids Kampf mit Uathach, den er bei Sonnenuntergang tötete, um dann selbst zu sterben. Von Tabor und seinem schimmernden Reittier, das aufstieg, um dem Drachen Maugrims zu begegnen, von Schlacht und Tod auf einer dürren Ebene. Und dann von einem einsamen und erschreckten Kind, das sich ganz fern am Ort des Bösen befand (und er sang davon in seiner goldenen Stimme), von Darien, der das Licht wählte und Rakoth Maugrim tötete.

Dave weinte. Sein Herz tat ihm weh bei all der Herrlichkeit und all dem Schmerz, als Ra-Tenniel schließlich zum Ende seines Liedes kam: zu Galadan und Oweins Horn, zu Finn dan Shahar, der vom Himmel fiel, so daß Ruana die Wilde Jagd binden konnte, und zu allerletzt zu Arthur, Lancelot und Guinevere, die voller Glück auf einem Meer von dannen segelten, das immer höher zu steigen schien, bis es die Sterne erreichte.

Die Tränen der Lebenden flossen reichlich in Paras Derval in jener Nacht, als sie sich an die Toten und die Taten der Toten erinnerten.

Aber zum größten Teil hatte die Festwoche aus Lachen und Freude, aus fröhlichen Dingen und Wein bestanden . . . Weißwein von der Südfeste, Rotwein von Gwen Ystrat . . . aus hellen Tagen unter einem blauen Himmel, die mit Aktivität vollgepfropft waren, und auch durchgefeierten Nächten in der Großen Halle. Danach war Dave jenseits der Zelte der Dalrei, außerhalb der Mauern der Stadt mit seinen beiden Brüdern an seiner Seite spazieren gegangen, und sie hatten in die strahlenden Sterne geblickt.

Aber um das Problem, das ihn beschäftigte, zu lösen, mußte Dave allein sein, und so machte er sich schließlich am letzten Tag der Festwoche auf seinem schwarzen Lieblingspferd davon. Er schlang sich Oweins Horn um den Hals, es hing jetzt an einer neuen Lederkordel, und ritt nach Nordwesten, um eines zu tun und möglichst auch noch etwas anderes zu lösen.

Es war ein Weg, den er eines Abends in der Kälte des winterlichen Schnees schon einmal eingeschlagen hatte, als Kim mit ihrem Feuer die Wilde Jagd erweckte und er sie mit dem Horn herbeibeschwor.

Jetzt war es Sommer, Spätsommer, der sich dem Herbst zuneigte. Der Morgen war kühl und klar, über ihm sangen die Vögel. Bald würden sich die Blätter rot, gold und braun färben.

Er erreichte eine Wegkrümmung und sah unter sich im Tal den winzigen juwelenartigen See. Er ritt an dem hohen Bergrücken vorbei und bemerkte weit unten das leere Cottage. Er erinnerte sich an das letzte Mal, als sie hier vorbeigezogen waren. Zwei kleine Jungen waren hinter dem Cottage hervorgekommen und hatten zu ihnen heraufgeblickt. Zwei Jungen waren es gewesen, und beide waren nun tot. Ihren beiden Taten war es zu verdanken, daß der Friede dieses Morgens möglich wurde.

Er schüttelte nachdenklich den Kopf, ritt weiter in Richtung Nordwesten und lenkte sein Pferd zwischen Rhoden und der Nordfeste an den Feldern vorbei, die gerade erst abgeerntet worden waren. Auf beiden Seiten lagen Farmhäuser verstreut. Einige Menschen sahen ihn vorbeireiten und winkten ihm zu. Er grüßte zurück.

Dann überquerte er um Mittag die hohe Straße des Großkönigtums und wußte, daß er jetzt sehr nahe war. Wenige Minuten später kam er an den Rand des Waldes von Pendaran, sah den gegabelten Baum und dann die Höhle. Genau wie zuvor lag jetzt wieder ein riesiger Stein vor ihr, und Dave wußte, wer dort in der Dunkelheit schlafend lag. Er stieg ab, nahm das Horn in die Hand und ging ein wenig in den Wald hinein. Das Licht war durchbrochen und gefleckt, die Blätter rauschten über seinem Kopf, aber diesmal hatte er keine Angst. Es war anders als in jener Nacht, als er Flidais getroffen hatte. Die Wut des großen Waldes war nun besänftigt, so hatten ihm die Lios Alfar erzählt. Es hatte zu tun mit Lancelot und Darien und mit der endgültigen Befreiung von Lisen, als ihr Diadem in Starkadh aufflammte. Dave verstand diese Dinge nicht wirklich, aber eines war ihm klar, und er hatte sein Horn mit sich an diesen Ort gebracht.

Mit einer Geduld, die für ihn neu war, stand er da. Er beobachtete, wie die Schatten auf dem Waldboden und in den Blättern über ihm hin und her huschten. Er lauschte den Geräuschen des Waldes, versuchte zu denken, sich selbst und seine eigenen Wünsche zu verstehen.

Aber es fiel ihm schwer, sich zu konzentrieren, weil er auf jemanden wartete.

Und dann hörte er hinter sich ein Geräusch, das sich von den anderen unterschied. Trotz all seiner inneren Vorbereitungen begann sein Herz zu rasen, er wandte sich um, kniete dabei nieder und senkte den Kopf.

»Du kannst aufstehen«, sprach Ceinwen ihn an. »Unter allen Menschen solltest du wissen, daß du aufstehen darfst.«

Er blickte auf und sah sie wieder: Wie immer war sie in Grün gekleidet und hatte den Bogen in der Hand. Es war jener Bogen, mit dem sie ihn fast an einem Teich im Faellinhain getötet hätte.

Nicht alle müssen sterben, hatte sie in jener Nacht gesagt, und so hatte er weitergelebt, hatte ein Horn und eine Axt erhalten, um damit zu kämpfen, um die Wilde Jagd zu rufen und um schließlich an diesen Ort zurückzukehren.

Vor ihm stand strahlend und herrlich die Göttin, aber sie hatte das Strahlen ihres Antlitzes gedämpft, so daß er auf sie blicken konnte, ohne mit Blindheit geschlagen zu werden.

Er stand auf, als sie ihn dazu aufforderte. Er holte tief Luft, um das Pochen seines Herzens zu beruhigen. Er richtete das Wort an sie: »Göttin, ich bin gekommen, um mein Geschenk zurückzugeben.« Er war froh zu sehen, daß seine Hand nicht zitterte, als er ihr das Horn entgegenhielt. »Dieser Gegenstand ist zu mächtig für mich, als daß ich ihn behalten könnte. Ich glaube, er ist für alle sterblichen Menschen viel zu mächtig.«

Ceinwen lächelte, sie war wunderschön und schrecklich. »Ich dachte, daß du kommen würdest«, erwiderte sie, »ich habe auf dich gewartet. Andernfalls hätte ich dich aufgesucht, bevor zu weggegangen wärest. Ich habe dir mehr gegeben, als ich dir mit diesem Horn geben wollte.«

Und dann fuhr sie in sanfterem Ton fort: »Was du sagst, ist nicht falsch, Davor von der Axt. Das Horn muß wieder versteckt werden, um viele, viele Jahre später wieder gefunden zu werden, und es wird dann eine wirkliche Entdeckung sein ...«

»Ohne dieses Horn wären wir am Andain gestorben«, stellte Dave ruhig fest. »Heißt das nicht, daß es eine wirkliche Entdekkung war?«

Wieder lächelte sie unergründlich und kapriziös. Sie bemerkte leichthin: »Seit wir uns das letzte Mal getroffen haben, bist du klüger geworden. Vielleicht wird es mir leid tun, daß du gehst.«

Darauf wußte er nichts zu erwidern. Er streckte ihr das Horn entgegen, und sie nahm es aus seiner Hand. Ihre Finger berührten seine Handfläche, und nun zitterte er vor Ehrfurcht und in Erinnerung.

Sie lachte tief in ihrer Kehle.

Dave konnte fühlen, wie er errötete. Aber selbst auf die Gefahr hin, daß sie auflachte, mußte er noch etwas fragen. Er wartete einen Augenblick und sagte dann: »Würde es dir ebenso leid tun, wenn ich bleibe? Ich versuche jetzt schon lange, mich zu entscheiden. Ich glaube, daß ich bereit bin, nach Hause zurückzukehren, aber ein anderer Teil in mir ist ganz verzweifelt, wenn ich daran denke, von hier zu scheiden.« Er wählte seine Worte so sorgfältig, wie er nur konnte, und mit mehr Würde, als er selbst zu besitzen glaubte. Sie lachte nicht. Die Göttin blickte auf ihn. In ihren Augen stand Befremdung, halb kalt, halb mitfühlend.

Sie schüttelte den Kopf. »Dave Martyniuk«, ging sie auf ihn ein, »seit jener Nacht im Faellinhain bist du klüger geworden. Ich hatte gedacht, du wüßtest die Antwort auf diese Frage, ohne daß ich sie dir sage. Du kannst nicht bleiben, und du hättest wissen sollen, daß du es nicht kannst.«

Irgend etwas in Daves Bewußtsein wurde aufgerüttelt, ein Bild, eine weitere Erinerung. Unmittelbar bevor sie wieder zu sprechen begann, in jener halben Sekunde, bevor sie ihm den Grund klar machte, verstand er es.

»Was habe ich zu dir in jener Nacht am Teich gesagt?« fragte sie mit einer Stimme, die so kühl und weich war wie gewobene Seide.

Er wußte es. Die ganze Zeit war es irgendwo in seinem Geist verborgen gewesen.

Kein Mensch von Fionavar darf Ceinwen jagen sehen.

Das waren ihre Worte gewesen. Aber er *hatte* sie jagen gesehen. Er hatte gesehen, wie sie am mondbeschienenen Teich einen Hirsch tötete, und er hatte gesehen, wie sich der Hirsch aus seinem Tod erhob, sein Haupt vor der Jägerin beugte und zwischen den Bäumen verschwand.

Kein Mensch in Fionavar ... Jetzt wußte Dave die Antwort auf sein Problem: Es hatte immer nur die eine Antwort gegeben.

Er mußte nach Hause zurück. Die Göttin wollte es so. Nur indem er Fionavar verließ, konnte er sein Leben retten, nur wenn er Abschied nahm, mußte sie ihn nicht für das, was er gesehen hatte, töten.

Er fühlte in seinem Herzen ein plötzliches heftiges Aufwallen von Gram. In ihm blieb eine Traurigkeit zurück, die er immer tragen würde, aber ebenso auch eine tiefe Sicherheit, daß es so sein mußte, weil es eben nur so sein konnte.

Wäre er nicht von einer anderen Welt, hätte Ceinwen ihn nicht am Leben gelassen, hätte ihm niemals das Horn geben können. Dave erkannte in einem Blitzen der Erleuchtung, daß auch die Göttin auf ihre Art durch ihr Wesen gefangen war und durch ihre eigenen Entschlüsse.

Er würde also gehen. Er brauchte nichts mehr zu entscheiden. Die Entscheidung war schon seit langem gefallen, und diese Wahrheit hatte er all die Zeit mit sich herumgetragen. Er holte noch einmal tief und langsam Atem. Im Wald war es sehr still. Es sangen keine Vögel mehr.

Dann erinnerte er sich noch an etwas anderes, und er sprach es aus. »Ich habe dir in jener ersten Nacht, jenes erste Mal geschworen, daß ich jeden Preis zahlen würde, der nötig ist. Wenn du bereit bist, es so zu sehen, dann ist mein Abschied vielleicht dieser Preis.«

Wieder lächelte sie, und diesmal war es ein freundliches Lächeln.

»Ich will es so sehen«, versicherte die Göttin. »Es ist kein weiterer Preis von dir gefordert. Denk an mich.«

Ihr Antlitz strahlte. Er öffnete seinen Mund, bemerkte aber, daß er nicht sprechen konnte. Durch ihre und seine eigenen Worte war es ihm bewußt geworden: Er würde von Fionavar scheiden. Er würde alles hinter sich lassen. Es mußte sein. Er würde nur die Erinnerung mit sich nehmen können und in all seinen zukünftigen Tagen mit ihr leben.

Zum letzten Mal kniete er vor Ceinwen vom Bogen nieder. Sie stand reglos wie eine Statue und blickte auf ihn herab. Er erhob sich und wandte sich um, wollte aus den Schatten und dem gefleckten Licht zwischen den Bäumen weggehen.

»*Halt!*« rief die Göttin.

Er drehte sich wieder um und wußte nicht, was sie jetzt noch von ihm fordern würde. Lange Zeit ließ sie ihre Augen schweigend auf ihm ruhen, bevor sie sprach.

»Sag mir, Dave Martyniuk, Tabor von der Axt, wenn es dir erlaubt wäre, einem Kind der Andain, einem Sohn in Fionavar den Namen zu geben, wie würdest du deinen Sohn nennen?«

Sie strahlte so sehr. Und jetzt waren Tränen in seinen Augen, die ihr Bild vor ihm schimmern und verschwimmen ließen, und irgend etwas leuchtete in seinem Herzen wie der Mond.

Er erinnerte sich: Eine Nacht auf einem Hügel bei Celidon im Süden des Adeinflußes. Unter den Sternen des wiedergekehrten Frühlings hatte er mit einer Göttin auf dem frischen grünen Gras gelegen.

Er verstand. Und bevor er jetzt zu sprechen begann und dem Strahlen Stimme verlieh, blühte irgend etwas in seinem Bewußtsein auf, es leuchtete wilder und heftiger als der Mond in seinem Herzen oder selbst der Glanz auf Ceinwens Gesicht. Er verstand, und hier am Rande des Waldes von Pendaran kam Dave endlich mit sich ins reine, mit dem, was er einst in all seiner Bitterkeit gewesen und was er jetzt geworden war. »Göttin«, antwortete er und kämpfte gegen die Enge in seiner Kehle an, »wenn so ein Kind geboren würde und ich ihm den Namen verleihen müßte, so würde ich ihn Kevin nennen ... nach meinem Freund.«

Zum letzten Mal lächelte sie ihm zu.

»So soll es sein«, sagte Ceinwen.

Blendendes Licht strahlte auf, und dann war er allein. Er wandte sich um, ging zu seinem Pferd und stieg auf, um zurückzureiten ... zurück nach Paras Derval und dann weit, weit darüber hinaus nach Hause.

Paul verbrachte die Tage und Nächte dieser letzten Woche damit, Abschied zu nehmen. Im Gegensatz zu Dave oder selbst zu Kim schien er keine wirklich tiefen Bindungen hier in Fionavar eingegangen zu sein. Zum Teil entsprang das seinem eigenen Wesen, dem, was ihn vor allem dazu getrieben hatte, den Übergang zu wagen. Der tiefere Grund aber lag darin, was er am Sommerbaum erlebt hatte, dort war er zu dem geworden, der mit Göttern sprechen konnte, vor dem sie sich verbeugten. Er war anders als die anderen. Und selbst jetzt, als der Krieg vorüber war, blieb er auf seinem einsamen Weg.

Andererseits gab es tatsächlich Menschen, um die er sich sorgte und die er vermissen würde. Er versuchte, mit jedem von ihnen in diesen Tagen ein wenig Zeit zu verbringen.

Eines Morgens ging er allein zu einem Geschäft, am Ende der Amboßstraße, das er kannte, es lag in der Nähe eines Parks, wo nun die Kinder von Paras Derval wieder spielten, wenn auch nicht das Ta'Kiena. Er erinnerte sich sehr gut an den Eingang des Geschäfts, obwohl es damals Winter und Nacht gewesen war. Das erste Mal hatte sich Jennifer von ihm hierher bringen lassen, es war in der Nacht, als Darien geboren wurde. Und in einer anderen Nacht, nachdem Kim sie von Stonehenge nach Fionavar zurückgeschickt hatte, war er ohne Mantel hierher gekommen und hatte trotz der kalten Winterwinde nicht gefroren. Aus der Hitze des schwarzen Ebers, wo eine Frau gestorben war, um sein Leben zu retten, hatte er seine Schritte hierher gelenkt, nur um zu sehen, daß das Tor weit offen stand und der Schnee sich in den Gewölben des Ladens auftürmte.

Und in dem kalten Raum im ersten Stock schaukelte eine leere Wiege hin und her. Er konnte noch immer den Schrecken spüren, den er in jenem Augenblick empfunden hatte.

Aber jetzt war es Sommer, und der Schrecken war vorüber: Er war letztlich von dem Kind beendet worden, das in diesem Haus geboren wurde, das in dieser Wiege gelegen hatte. Paul betrat den

Laden. Die Besucher drängten sich in ihm, denn es war die Zeit des Festes, und Paras Derval war voll von Menschen. Trotzdem erkannte ihn Vae sofort und dann auch Shahar. Sie überließen es den beiden Angestellten, die Kunden, die ihre Wollsachen kaufen wollten, zu bedienen, und führten Paul ins Obergeschoß.

Es gab im Grunde sehr wenig, was er ihnen berichten konnte. Die Spuren des Kummers waren trotz der Monate, die vergangen waren, noch immer in ihr Antlitz wie eingeätzt. Shahar trauerte um Finn, der in seinen Armen gestorben war. Aber Paul wußte, daß Vae um ihre beiden Söhne, auch um Dari, das blauäugige Kind, trauerte, das sie aufgezogen und vom Augenblick seiner Geburt an geliebt hatte. Er fragte sich, wie Jennifer so genau gewußt hatte, wen sie darum bitten sollte, ihr Kind aufzuziehen und Liebe zu lehren.

Aileron hatte Shahar mehrere Posten und Ehrenstellungen im Palast angeboten, aber der ruhige Handwerker hatte es vorgezogen, zu seinem Laden und seinem Handwerk zurückzukehren. Paul blickte auf sie beide und fragte sich, ob sie noch jung genug waren, um ein weiteres Kind zu zeugen. Er fragte sich auch, ob sie nach all diesen Geschehnissen dazu noch imstande wären. Er hoffte es.

Er teilte ihnen mit, daß er Fionavar verlassen würde und daß er gekommen sei, um sich zu verabschieden. Sie unterhielten sich, aßen ein wenig Gebäck, das Vae gemacht hatte, aber dann rief einer der Angestellten nach oben, fragte nach dem Preis eines Tuchballens, und Shahar mußte nach unten gehen. Paul und Vae folgten ihm. Im Laden gab sie ihm ein wenig unbeholfen einen Schal für den nächsten Herbst. Und nun bemerkte er, daß er keine Ahnung hatte, welche Jahreszeit jetzt gerade zu Hause war. Er nahm den Schal, küßte sie auf die Wange und verließ sie dann.

Am nächsten Tag ritt er mit dem neuen Herzog von Seresh nach Südwesten. Niavin war in Andarien von einem berittenen Urgach getötet worden. Der neue Herzog an Pauls Seite sah genauso aus wie immer, groß, tüchtig, braunhaarig, und der Haken seiner gebrochenen Nase stand aus einem treuherzigen Gesicht hervor. Paul war sehr erfreut, daß Aileron Col in diesen Rang erhoben hatte.

Es war ein ruhiger Ritt. Col war schon immer sehr schweigsam gewesen. Nur Erron, Carde oder der lärmende angeberische Tegid hatten ihn zum Lachen bringen können, das in seinem Wesen verborgen lag. Sie und Diarmuid, der diesen vaterlosen Knaben aus Raelindel ausgewählt und ihn zu seiner rechten Hand gemacht hatte.

Ein Teil ihres Weges führte sie an Stätten vorbei, durch die sie vor so langer Zeit zusammen mit Diar galoppiert waren . . . es war jene heimliche Reise, als sie den Saerenfluß überquerten, um nach Cathal einzudringen.

Als die Straße sich gabelte und der eine Weg zur Südfeste führte, ritten sie stattdessen nach Westen weiter, und am frühen Nachmittag kamen sie zu einem Aussichtspunkt und konnten von dort auf die Mauern von Seresh und auf das Meer blicken. Sie hielten an und schauten hinunter.

»Haßt du ihn noch immer?« fragte Paul, und es waren die ersten Worte, die nach langem Schweigen gesprochen wurden. Er wußte, daß Col verstehen würde, was er sagen wollte. *Ich hätte ihn gerne im Namen aller Göttinnen und Götter verflucht*, hatte er eines Nachts vor langer Zeit in einem dunklen Gang zu Paul geäußert. Und er hatte dabei Ailerons Namen genannt, was damals einem Hochverrat gleichkam.

Nun schüttelte der großgewachsene Mann langsam den Kopf. »Ich kann mich jetzt besser in seine Lage versetzen und sehen, wie viel er gelitten hat.« Er zögerte und fuhr dann sehr sanft fort: »Aber ich werde seinen Bruder mein ganzes restliches Leben vermissen.«

Paul verstand. Er empfand dasselbe für Kevin, genau dasselbe.

Dann sprach keiner von ihnen mehr. Paul blickte zum Westen hinüber, wo das Meer in der hellen Sonne blitzte. Unter den Wellen leuchteten die Sterne. Er hatte sie gesehen. In seinem Herzen nahm er Abschied von Liarnan, dem Gott, der ihn Bruder genannt hatte.

Col blickte zu ihm hinüber, Paul nickte, und die beiden drehten sich um und ritten nach Paras Derval zurück.

Am nächsten Abend gab es beim Bankett in der Halle Speisen aus Cathal, die von Shalhassans eigenem Küchenmeister zubereitet worden waren, und danach fand er sich im Schwarzen Eber wieder, zusammen mit Dave, Col und all den Männern der Südfeste, die auf der Prydwen nach Cader Sedat gesegelt waren.

Sie tranken viel, und der Eigentümer der Taverne weigerte sich, irgendeinen von Diarmuids Männern für ihr Bier zahlen zu lassen. Tegid von Rhoden, der eine solche Großzügigkeit nicht ungenutzt vorübergehen lassen konnte, leerte gleich zu Beginn zehn große Krüge und beschleunigte dann im Laufe der Nacht noch seine Geschwindigkeit im Trinken. Auch Paul war ein wenig betrunken, was bei ihm selten vorkam, und vielleicht gingen ihm deshalb seine Erinnerungen nicht aus dem Kopf. Die ganze Nacht hörte er in all dem Gelächter und den Abschiedsumarmungen »Rachels Lied« in seinem Geiste.

Den Nachmittag darauf . . . es war der vorletzte . . . verbrachte er im Viertel der Magier in der Stadt. Dave war bei den Dalrei, aber Kim war diesmal mit ihm gekommen, und sie blieben einige Stunden mit Loren, Matt, Teyrnon und Barak zusammen, die im Garten hinter dem Haus saßen.

Loren Silbermantel, der jetzt kein Magier mehr war, wohnte inzwischen als erster Berater des Zwergenkönigs in Banir Lök. Teyrnon und Barak waren sichtlich erfreut, daß die beiden anderen bei ihnen weilten, auch wenn es nur für kurze Zeit war. Teyrnon achtete darauf, daß alle Gläser bis zum Rand gefüllt waren, und ging glücklich und geschäftig im Sonnenschein hin und her.

»Sagt«, wandte sich Barak ein wenig verschmitzt an Loren und Matt, »glaubt ihr, daß ihr beiden euch nächstes Jahr ein paar Monate um einen Schüler kümmern könntet? Oder habt ihr alles vergessen, was ihr gewußt habt?« Matt blickte schnell zu ihm hinüber. »Hast du schon einen Schüler? Gut, sehr gut. Wir brauchen mindestens noch drei oder vier.«

»Wir?« zog Teyrnon ihn auf. Matt grollte. »Gewohnheiten sterben nur schwer. Manche, so hoffe ich, werden niemals sterben.«

»Sie brauchen auch nie zu sterben«, bemerkte Teyrnon nüchtern. »Ihr beide werdet immer zum Rat der Magier gehören.«

»Wer ist unser neuer Schüler?« fragte Loren. »Kennen wir ihn?«

Als Antwort blickte Teyrnon zum Fenster im zweiten Stock hinauf, das zum Garten ging.

»Junge!« schrie er und versuchte streng zu klingen. »Ich hoffe, du lernst und hörst nicht unserem Klatsch hier zu.«

Einen Augenblick später erschien ein brauner Wuschelkopf mit widerspenstigem Haar am Fenster.

»Natürlich lerne ich«, antwortete Tabor, »aber ehrlich gesagt, nichts von dem ist besonders schwer.« Matt räusperte sich in gespielter Mißbilligung. Loren, der sich bemühte, ein Stirnrunzeln zustande zu bringen, grollte heftig: »Teyrnon, gib ihm das Buch von Abhar, und *dann* werden wir sehen, ob ihm das Lernen schwerfällt oder nicht!«

Paul grinste, und Kim lachte vor Freude auf, als sie sah, wer da auf sie herablächelte. »Tabor!« rief sie aus. »Seit wann bist du hier?«

»Seit zwei Tagen«, erwiderte der Junge. »Mein Vater hat zugestimmt, nachdem Gereint mich darum gebeten hat, zurückzukommen und ihm nächstes Jahr ein paar neue Dinge beizubringen.«

Paul tauschte einen kurzen Blick mit Loren. Es war wirklich angenehm, ein Grund zur Freude. Tabor war noch jung. Er würde sich wohl erholen. Mehr noch, Paul hatte ein intuitives Gefühl, daß Tabors neuer Weg nicht nur richtig, sondern sogar notwendig war: Welches Pferd der Ebene, auch wenn es noch so schnell war, konnte jetzt jemanden zufriedenstellen, der auf einem Flügelwesen Danas geritten war?

Als Paul später am Nachmittag zusammen mit Kim zum Palast zurückging, erfuhr er, daß auch sie sich entschlossen hatte, nach Hause zurückzukehren. Von Dave wußten sie es noch nicht.

Am nächsten Morgen, es war der letzte Tag, begab er sich zum Sommerbaum.

Zum ersten Mal, seit er damals drei Nächte lang als Opfergabe für den Gott im Baum gehangen und um Regen gefleht hatte, war er nun hier allein. Er ließ sein Pferd am Rande des Mörnirwaldes zurück, unweit von Aideens Grab, obwohl er es nicht wußte. Jennifer war einmal früh am Morgen in Kevins Frühling von Matt dorthin geführt worden.

Er ging den wohlbekannten Weg durch die Bäume, sah, wie das Morgenlicht allmählich trübe wurde, und mit jedem Schritt spürte er in zunehmendem Maße noch etwas anderes.

Seit der letzten Schlacht in Andarien, als er seiner Rache, die er Galadan geschworen hatte, entsagte und stattdessen seine Heilkraft gestärkt hatte, um das Wasser, das den Zyklus von Arthurs Leiden beenden sollte, steigen zu lassen . . . seit jenem Abend hatte Paul die Anwesenheit des Gottes in sich nicht mehr gesucht. Auf irgendeine Weise war er ihr sogar ausgewichen.

Aber jetzt war es wieder da. Und als er zu der Stelle kam, wo die Bäume des Gotteswaldes ihren doppelten Korridor bildeten, der ihn unerbittlich wieder zurück in die Lichtung des Baumes führte, erkannte Paul, daß Mörnir immer mit ihm sein würde. Er würde immer Pwyll Zweimalgeboren sein, der Herr des Sommerbaumes, wohin auch immer er gehen würde. Er war zurückgeschickt worden. Diese Realität war ein Teil von ihm und würde es bis zu seinem Tode sein.

Und während er so dachte, kam er in die Lichtung und sah den Baum. Es war hell hier, denn über dem freien Waldstück erschien der Himmel, er was mild, blau und von wellenförmigen Wolken übersät. Er erinnerte sich daran, wie weiß die Sonne von einem leeren Firmament gebrannt hatte.

Er schaute auf den Stamm und die Äste. Er wußte, daß sie so alt wie diese erste Welt waren. Und als er in die dicken grünen Blätter hineinsah, stellte er ohne Überraschung fest, daß die Raben noch immer da waren und mit ihren hellen gelben Augen seinen Blick erwiderten.

Es war sehr still, kein Donner dröhnte, nur tief in seinem Pulsschlag war dieses Bewußtsein von der ständigen Anwesenheit des Gottes.

Und Paul erkannte nun, daß er sich davor niemals wirklich verbergen konnte, auch wenn er es wollte, und das hatte er ja während der süßen Tage dieses Sommers immer wieder versucht. Er konnte nicht ungeschehen machen, wozu er geworden war. Diese Wandlung war nicht etwas, was kam und ging. Er würde es akzeptieren müssen, daß er gezeichnet und abgeschieden war. Auf eine Weise war das immer so gewesen. Einsam und kontrolliert, viel zu sehr: Das war der Grund, warum Rachel ihn in jener Nacht, als sie auf der Autobahn im Regen starb, verließ. Er stellte eine Macht dar, war ein Bruder für die Götter. So war es, und so würde es immer sein. Er dachte an Cernan und Galadan und fragte sich, wo sie wohl waren. Beide hatten sie sich vor ihm verbeugt.

Jetzt verbeugte sich niemand. Und auch Mörnir zeigte sich ihm nur durch das Pochen seines Pulsschlags. Der Baum schien zu brüten, er war tief in die Erde gesunken, tief ins Gewebe seiner Jahre.

Die Raben beobachteten ihn schweigend. Er konnte sie zum Sprechen bringen; er wußte jetzt, wie das zu bewerkstelligen war. Er hätte sogar die Blätter des Sommerbaums dazu veranlassen können, wie im Sturmwind zu rascheln und zu rauschen, und wenn er sich genügend anstrengte, hätte er zur rechten Zeit auch den Donner des Gottes entfesseln können. Er war der Herr dieses Baumes, dies war der Ort seiner Macht.

Aber von alledem tat er nichts. Es war nicht der Grund, weswegen er gekommen war. Er wollte diesen Ort nur ein letztes Mal sehen und in seinem Innern zur Kenntnis nehmen, was durch die Wirklichkeit bestätigt worden war.

Schweigend trat er nach vorne und legte eine Hand auf den Stamm des Sommerbaumes. Er empfand ihn wie eine Verlängerung seiner selbst. Er nahm die Hand wieder weg, drehte sich um und verließ die Lichtung. Über sich hörte er die Raben fliegen. Er wußte, daß sie zurückkehren würden.

Und danach erst kam der letzte Abschied. Er hatte ihn hinausgeschoben, teilweise weil er selbst nicht erwartete, daß er ihm leicht fallen würde. Auf der anderen Seite hatten sie beide trotz all ihrer Sprödigkeit vieles gemeinsam gehabt, seit sie ihn vom Baum genommen hatte und mit ihren Fingernägeln im Tempel Blut aus seinem Gesicht hatte perlen lassen.

So kehrte er also zu seinem Pferd zurück und ritt nach Paras Derval, und dann durch die überfüllte Stadt nach Osten zum Heiligtum, um Jaelle Lebewohl zu sagen.

Vor dem Eingangsbogen zog er am Klingelgriff. Im Tempel erklang eine Glocke. Einen Augenblick später öffneten sich die Tore, und eine graugekleidete Priesterin schaute heraus und zwinkerte vor dem hellen Licht. Dann erkannte sie ihn und lächelte.

Das war einer der neuen Vorgänge in Brennin, auf seine Weise ein ebenso starkes Symbol der wiedergewonnenen Harmonie, wie es auch die gemeinsame Aktion von Jaelle und Teyrnon sein würde, die sie heute abend nach Hause schicken würden.

»Hallo, Shiel«, begrüßte er sie. Er erinnerte sich noch an sie, als er nach Dariens Geburt gekommen war, um Hilfe zu suchen. Damals hatte sie ihm den Weg versperrt und Blut von ihm gefordert.

Jetzt nicht. Shiel errötete, weil er sie erkannt hatte. Sie winkte ihm einzutreten. »Ich weiß, daß du Blut gegeben hast«, bemerkte sie fast entschuldigend.

»Ich kann es wieder tun, wenn du willst«, entgegnete er sanft.

Sie schüttelte heftig den Kopf und schickte eine Akolytin aus, die die gewundenen Gänge entlang eilte, um nach der Hohenpriesterin zu suchen. Paul wartete geduldig und sah an Shiel vorbei, die zu seiner Linken stand. Er konnte die Gewölbekuppel und den Altarstein mit der Axt erkennen, die auch so placiert waren, daß sie für jeden sichtbar waren.

Die Akolytin kam zurück und mit ihr Jaelle. Er hatte gedacht, daß sie ihn würde warten lassen oder nach ihm schicken würde, aber sie tat so selten, was er vermutete.

»Pwyll«, sagte sie. »Ich habe mich gefragt, ob du kommen würdest.« Ihre Stimme war kühl. »Möchtest du ein Glas Wein trinken?«

Er nickte und folgte ihr den Gang entlang in einen Raum, an den er sich erinnern konnte. Sie entließ die Akolytin und schloß das Tor. Sie ging zu einem Buffet und goß Wein für sie beide ein, ihre Bewegungen waren flink und unpersönlich.

Sie reichte ihm ein Glas und sank auf einem Haufen von Kissen auf dem Boden nieder. Er nahm den Stuhl, der neben der Tür stand. Er schaute sie an, ein Bild aus Purpurrot und Weiß. Danas Feuer und das Weiße des Vollmondes. Ein silbernes Diadem hielt ihr Haar zurück, er erinnerte sich, daß er es auf der Ebene von Andarien aufgelesen hatte. Er entsann sich, wie sie zu der Stelle gerannt war, wo Finn lag.

»Also heute abend?« fragte sie und nippte an ihrem Wein.

»Wenn du willst«, antwortete er. »Gibt es eine Schwierigkeit? Denn wenn . . .«

»Nein, nein«, unterbrach sie schnell. »Ich habe nur gefragt. Wir werden es bei Mondaufgang tun.«

Ein kurzes Schweigen folgte, das dann durch Pauls Lachen beendet wurde. »Wir sind wirklich schrecklich, nicht?« meinte er und schüttelte bedauernd den Kopf. »Wir haben es nie geschafft, eine normale Konversation zu führen.«

Sie dachte darüber nach, ohne zu lächeln, obwohl sein Ton dazu eingeladen hatte. »In jener Nacht bei dem Anor«, begann sie. ». . . bis ich das Falsche gesagt habe.«

»Es war nicht falsch«, murmelte er. »Ich war eben nur empfindlich, was Macht und Kontrolle anbelangte. Du hast einen Nerv getroffen.«

»Wir sind darin geübt.« Sie lächelte, aber es war kein kaltes Lächeln, und er bemerkte, daß sie ein wenig über sich selbst spottete.

»Aber ich habe es genügend herausgefordert«, gab Paul zu. »Einer der Gründe, warum ich kam, liegt darin, daß ich dir sagen wollte, daß es hauptsächlich nur eine blinde Reaktion war. Es war meine eigene Abwehr. Ich wollte mich von dir verabschieden und dir versichern, daß ich . . . daß ich viel Respekt vor dir empfinde.« Es fiel ihm schwer, die richtigen Worte zu wählen.

Sie entgegnete nichts, blickte auf ihn hinab, und ihre grünen Augen waren klar und strahlend. Gut, dachte er, er hatte es gesagt, was er ihr hatte sagen wollen. Er trank seinen Wein aus und stand auf. Sie folgte seinem Beispiel.

»Ich sollte jetzt gehen«, ergriff er nochmals das Wort und hoffte, irgendwo anders zu sein, bevor einer von ihnen etwas äußerte, was den anderen verletzte und auf diese Weise sogar den Abschied verdarb. »Ich denke, daß ich dich heute abend sehen werde.« Er wandte sich zur Tür.

»Paul«, bat sie. »Warte.«

Nicht Pwyll, sondern *Paul*. Irgend etwas begann sich wie ein Wind in ihm zu bewegen. Er drehte sich wieder um.

Sie hatte sich nicht bewegt. Ihre Hände waren vor der Brust verschränkt, als sei es ihr mitten im Sommer plötzlich kalt. *»Willst du mich wirklich verlassen?«* fragte Jaelle mit einer so angespannten Stimme, daß er einen Augenblick brauchte, um sich sicher zu sein, was er gehört hatte.

Und dann *war* er sich sicher, und in diesem Augenblick wankte und taumelte die Welt in ihm und außer ihm, und irgend etwas veränderte sich. Irgend etwas zerbrach in seiner Brust, es war, als bräche ein Damm, der so lange Zeit das Bedürfnis zurückgehalten hatte, der bis zu diesem Augenblick die Wahrheit seines Herzens geleugnet hatte.

»O meine Liebe«, sagte er.

Der Raum schien mit einem Male so hell zu werden. Er machte einen Schritt nach vorne und dann noch einen . . . und dann hielt er sie in seinen Armen, und die Flamme ihres Haares umfloß sie beide. Er senkte seinen Kopf und fand den ihren, und sie küßten sich. Und in diesem Augenblick überkam ihn schließlich die ganze Klarheit. Alles floß und pulsierte in ihm wie sein schneller Pulsschlag, der Hammer seines Herzens. Er war durchsichtig, nicht mehr Herr des Sommerbaums, sondern nur noch ein Sterblicher, der lange abgelehnt worden war und sich selbst lange verweigert hatte, und der nun berührte und durch Liebe berührt wurde.

Sie war Feuer und Wasser für seine Hände, sie war alles, was er jemals ersehnt hatte. Ihre Finger waren hinter seinem Kopf, glitten durch sein Haar, zogen ihn zu ihren Lippen herab, und immer und immer wieder flüsterte sie weinend seinen Namen.

Und so kamen schließlich die Kinder der Göttin und des Gottes zusammen.

Sie ließen sich auf den verstreuten Kissen nieder, sie legte ihren Kopf auf seine Brust, und lange Zeit schwiegen sie, während seine Finger unablässig durch ihr rotes Haar strichen und ihre Tränen abwischten.

Schließlich legte sie sich so, daß ihr Kopf in seinem Schoß ruhte und sie zu ihm aufblickte. Sie lächelte, und dieses Lächeln unterschied sich von jedem anderen, das er zuvor gesehen hatte.

»Du wärst wirklich weggegangen«, sagte sie, es war keine Frage.

Er nickte betäubt, halb zitternd, angesichts dessen, was ihm geschehen war. »Ja, ich wäre weggegangen«, bekannte er. »Ich hatte zuviel Angst.«

Sie griff nach oben und berührte seine Wange. »Nach allem, was du getan hast, hattest du davor Angst?«

Wieder nickte er. »Davor vielleicht mehr, als vor allem anderen. Wann?« fragte er. »Wann hast du . . .?«

Ihre Augen wurden ernst. »Ich habe mich damals auf dem Strand in Taerlindel in dich verliebt. Damals, als du in den Wogen standest und mit Liarnan sprachst. Aber ich habe es natürlich aus vielen Gründen unterdrückt. Du wirst sie kennen. Erst als du von Finn weggingst, um Galadan entgegenzutreten, habe ich es wieder in mir gefunden.«

Er schloß die Augen und öffnete sie wieder. Er fühlte, daß ein Kummer die Freude überschattete. »Darfst du das tun?« fragte er. »Wie kann es erlaubt sein? Du bist, was du bist.«

Wieder lächelte sie, und dieses Lächeln kannte er. Er hatte sich es auf Danas Gesicht vorgestellt: Es war ein nach innen gerichtetes, unerforschliches Lächeln.

Sie versicherte: »Ich würde sterben, nur um dich zu bekommen, aber ich glaube nicht, daß es so geschehen muß.«

Übergangslos sprang sie auf. Auch er erhob sich und sah, daß sie zur Tür ging und sie öffnete. Sie murmelte der Akolytin im Korridor etwas zu und wandte sich dann wieder zu ihm zurück; ein Licht tanzte in ihren Augen.

Sie mußten nicht lange warten. Die Tür öffnete sich wieder, und Leila kam herein.

Sie war in Weiß gekleidet.

Sie blickte von einem zum anderen und lachte dann laut. »Oh, gut!« sagte sie. »Ich habe mir schon gedacht, daß es so kommen würde.«

Paul bemerkte, daß er errötete. Dann fing er Jaelles Blick auf, und beide brachen sie in Lachen aus.

»Kannst du sehen, warum sie jetzt die Hohepriesterin sein wird?« fragte Jaelle lächelnd. Dann fügte sie wieder nüchtern hinzu. »Von dem Augenblick an, da sie die Axt hob und überlebte, war Leila von der Göttin für das Weiß der Göttin ausersehen. Dana bewegt sich in einer Weise, die kein Sterblicher verstehen kann, und nicht einmal die anderen Götter. Ich bin jetzt nur noch dem Namen nach Hohepriesterin. Nachdem ich euch beim Übergang behilflich gewesen wäre, hätte ich auch meinen Platz an Leila abtreten müssen.«

Paul nickte. Er konnte sehen, wie sich hier ein Muster bildete, nur der glimmende Schein eines Musters, aber es schien ihm, daß die Schuß- und Kettfäden dieses Musters nach Dun Maura und zu einem Opfer zurückreichten, das an dem Abend von Maidaladan gebracht wurde.

Und als er daran dachte, bemerkte er, daß in seinen Augen Tränen standen. Er, der niemals hatte weinen können, mußte nun seine Tränen wegwischen.

Er wandte sich ihr zu: »Kim geht nach Hause zurück, sonst würde ich es nicht sagen, aber ich glaube, ich kenne ein Cottage am See, das auf halbem Wege zwischen dem Tempel und dem Baum liegt, und dort würde ich gerne wohnen . . . wenn es auch dir gefällt.«

»Es gefällt mir«, versicherte Jaelle ruhig. »Es gefällt mir mehr, als ich dir sagen kann. Ysannes Cottage wird den Kreis meines Lebens schließen und meinen Kummer begraben.«

»Dann werde ich also wohl hier bleiben«, meinte er und griff nach ihrer Hand. »Ich denke, ich werde schließlich doch hier bleiben.«

Kim erkannte, daß sie dazulernte . . . und zwar auf die schwierigste Art. Sie entdeckte, daß es nur eines gab, was ihr schwerer fiel, als mit Macht umzugehen. Es war der Verlust der Macht. Der Baelrath war verschwunden. Sie hatte ihn weggegeben, aber er hatte sie schon vorher verlassen. Seit Calor Diman und ihrer Weigerung dort oben war der Kriegsstein überhaupt nicht mehr aufgelodert. So hatte sie ihn gestern nacht, als keine Zeugen zugegen waren, Aileron übergeben.

Und der hatte nach Jaelle geschickt und den Stein in die Obhut der Dana-Priesterinnen gegeben. Das war richtig, dachte Kim. Zuerst hatte sie geglaubt, daß er ihn den Magiern aushändigen würde. Aber die wilde Kraft des Baelrath war Dana bei weitem näher als der Himmelsmagie, die Amairgen erlernt hatte. Es zeugte von Ailerons zunehmender Weisheit, daß der Großkönig einen so machtvollen Gegenstand der Hohenpriesterin übergab und daß sie zustimmte, ihn in ihrem Namen zu hüten.

Und so war der Kriegsstein also von ihr gegangen, und Kimberly mußte sich an diesem letzten Nachmittag mit ihrer Trauer und ihrem Verlust auseinandersetzen, als sie mit ihren Erinnerungen auf einen bewaldeten Strand im Westen von Ysannes Cottage wanderte.

Es sollte nicht so sein, befahl sie sich streng. Sie würde nach Hause zurückkehren, und sie *wollte* es so. Sie sehnte sich sehr nach ihrer Familie, mehr noch, sie wußte sogar, daß es gut für sie war, den Rückweg zu wagen. Sie hatte es geträumt, und auch Ysanne hatte es in diesen ersten Tagen geträumt.

Ich fühle es in meinem Herzen, daß auch in eurer Welt eine Träumerin gebraucht wird, hatte die alte Seherin gesagt. Und Kim wußte, daß es noch immer stimmte. Sie hatte es selbst gesehen. So hatten sich in ihrer Sehnsucht nach Rückkehr Bedürfnis und Richtigkeit vereint. Das hätte ihre Lage eigentlich einfach und klar machen müssen, aber so einfach war es nicht. Wie hätte es auch sein können, da sie doch so viel hinter sich ließ? Und all ihre Gedanken und Gefühle schienen so kompliziert und wurden immer noch verschwommener und schwieriger, wenn sie auf den Finger blickte, an dem sie den Kriegsstein so lange getragen hatte, und seine Abwesenheit wie eine klaffende Leere empfand.

Sie schüttelte den Kopf und versuchte, sich selbst aus dieser Stimmung zu heben. Sie mußte für so viele Segnungen, so viele Reichtümer dankbar sein. Das erste, und das war die Hauptsache, war der neu gewonnene Friede und der Tod des Entwirkers durch die Hand eines Kindes, dessen Namen sie geträumt hatte, noch bevor es geboren worden war.

Im Sonnenlicht wanderte sie durch die grünen Wälder, dachte an Darien und dann an seine Mutter, an Arthur und Lancelot, deren Kummer ein Ende gefunden hatte. Auch das war ein Segen. Ein weiterer Grund, daß Freude im Herzen aufglühen konnte.

Und was sie selbst betraf, so war sie noch immer eine Seherin und fühlte jetzt und für immer eine zweite Seele in sich . . . es war ein Geschenk, das nicht ermessen oder mit Worten ausgedrückt werden konnte. Noch immer trug sie das Vaellinarmband um ihr Handgelenk. Matt hatte sich glattweg geweigert, es zurückzunehmen. Sie wußte, daß es in ihrer Welt keinem wirklichen Zweck dienen konnte, höchstens der Erinnerung . . . und das war auf eine Art ein durchaus akzeptabler Zweck. Sie war alleine im Wald und kämpfte schmerzhaft um inneren Frieden. Sie hielt an und stand eine Zeitlang schweigend, lauschte den Vögeln über ihr und dem Seufzen des leichten Windes in den Blättern. Es war so ruhig, so schön hier. Sie hätte diese Stille und Erhabenheit am liebsten immer bei sich behalten.

Während sie noch so dachte, sah sie einen leuchtenden Farbflekken auf dem Boden zu ihrer Rechten und erkannte, daß ihr zum Schluß noch ein letztes Geschenk gegeben wurde. Sie ging hinüber und folgte den Schritten, die Finn und Darien in der Tiefe des Winters hier zusammen gegangen waren. Und wie sie kniete sie dann neben dem Bannion nieder, das hier wuchs.

Es war eine blaugrüne Blüte, in deren Zentrum ein roter Fleck wie ein Blutstropfen stand. An jenem Tag hatten sie sie stehen gelassen, hatten andere Blumen gepflückt, um sie zu Vae zurückzutragen. Und so war es für Kim hier stehengeblieben, Tränen quollen aus ihr hervor, als sie sich erinnerte: ihr erster Spaziergang in diesem Wald mit Ysanne, als sie zusammen nach dieser Blume suchten. Dann eine Nacht am See unter den Sternen, als Eilathen, vom Blumenfeuer gerufen, das Gewebe für sie gesponnen hatte.

Das Bannion war wunderschön, um das strahlende Rot hatte es die Farbe des Meeres. Sie pflückte es sorgfältig und steckte es in ihr weißes Haar. Sie dachte an Eilathen, an das blaugrüne Glitzern seiner nackten Macht. Auch er war für sie verloren, selbst wenn sie ihn hätte rufen wollen, um sich von ihm zu verabschieden. *Sei befreit vom Blumenfeuer, jetzt und immerzu*, hatte Ysanne ihm am Schluß zugerufen und ihn von der Aufgabe, den roten Kriegsstein zu bewachen, entbunden.

Das Bannion war wunderschön, aber ohne Macht. Es schien ein Symbol dessen zu sein, was von ihr gegangen war, was sie jetzt nicht länger tun konnte. In jener Sternennacht am See war ihr Magie verliehen worden, sie war eine Zeit bei ihr geblieben und dann verschwunden. In jedem Falle, überlegte sie, würde es für sie besser sein, wenn sie in ihre eigene Welt zurückkehrte ... so würde sie sich wenigstens der Schärfe dieser Bilder entziehen können.

Sie erhob sich und machte sich auf den Rückweg und dachte dabei an Loren, der sich mit demselben Verlust auseinandersetzen mußte. Plötzlich erkannte sie, daß es Matt all die Jahre, die er in Paras Derval verbracht und gegen die Anziehungskraft des Calor Diman gekämpft hatte, ebenso ergangen war. Die beiden hatten zusammen den vollen Kreis zurückgelegt, dachte sie. Es lag darin ein schöneres und schrecklicheres Muster, als irgendein sterbliches Gewebe es jemals hätte aufweisen können.

Sie ließ die Bäume hinter sich und ging zum See hinab. Die

Luft bewegte sich im Sommerwind. Sie spürte einen Anflug von Kühle, es war der Vorbote des herannahenden Herbstes. Kim trat auf die glatte Oberfläche des Felsens, der über das Wasser hinausragte, wie sie es damals mit Ysanne getan hatte, als die Seherin den Wassergeist unter den Sternen beschwor.

Sie wußte, daß sich Eilathen dort unten aufhielt, in seinen Doppelkorridoren aus Stein und Algen, in dem tiefen Schweigen seines Heims. Er war unerreichbar und für sie verloren. Sie saß auf dem Stein, schlang ihre Arme um die Knie und versuchte, die Freuden aufzuzählen, um Trauer in Freude zu verwandeln.

Lange verweilte sie so und blickte über die Wasser des Sees. Es war wohl schon spät am Nachmittag, überlegte sie. Sie sollte sich auf den Rückweg machen. Aber es war so schwierig wegzugehen. Aufzustehen und diesen Platz zu verlassen, würde ein ebenso einsamer und endgültiger Akt sein wie alle, die sie bisher vollführt hatte. So zögerte sie, und bald darauf hörte sie Schritte hinter sich, und dann kauerte jemand an ihrer Seite nieder.

»Ich habe dein Pferd beim Cottage gesehen«, sprach Dave sie an. »Störe ich?«

Sie lächelte zu ihm auf und schüttelte den Kopf. »Ich bin nur gerade dabei, mich vor dem heutigen Abend zu verabschieden.«

»Ich habe es auch getan«, sagte er und sammelte und verstreute Kieselsteine.

»Du kommst auch nach Hause?«

»Ich habe es gerade beschlossen«, erklärte er ruhig. In seiner Stimme lag eine Ruhe und Sicherheit, die sie vorher bei ihm nie gehört hatte. Sie stellte fest, daß Dave sich von allen hier am meisten verändert hatte. Sie, Paul und Jennifer waren nur auf dem Weg weitergegangen, auf dem sie sich vor ihrer Ankunft schon befunden hatten, und Kevin war genau das geblieben, was er immer gewesen war, mit seinem Lachen, seiner Traurigkeit und seiner süßen Seele. Aber dieser Mann, der neben ihr kauerte und von der Sommersonne der Ebene braungebrannt war, unterschied sich deutlich von dem, den sie am ersten Abend in der Versammlungshalle getroffen und eingeladen hatten, bei ihnen zu sitzen, um Loren zu Markus sprechen zu hören.

Sie brachte ein weiteres Lächeln zustande. »Ich bin froh, daß du mit zurückkommst«, gestand sie ihm.

Er nickte ruhig und blickte einen Augenblick lang im Schweigen auf sie. Dann flackerten seine Augen belustigt auf, und auch das war neu.

»Sag mir«, fragte er unvermittelt. »Was machst du Freitag abend?«

Ein kleines atemloses Lachen entschlüpfte ihr. »O Dave«, entgegnete Kim. »Ich weiß nicht einmal, wann Freitag überhaupt *ist!*«

Auch er lachte. Dann verschwand das Lachen, und nur ein leises Lächeln blieb zurück. Gewandt erhob er sich und streckte die Hand aus, um auch ihr beim Aufstehen zu helfen. »Dann Samstag?« fragte er und hielt ihre Augen in den seinen.

Und plötzlich barst in ihr eine andere Art von Blumenfeuer auf, es war das Gefühl der blitzenden Sicherheit, daß alles schließlich seinen richtigen Gang gehen würde. Es würde viel mehr als richtig sein.

Sie gab ihm beide Hände, und er half ihr auf.

Hier endet das Gewebe von Fionavar, und ein neues beginnt . . .